I0681521

INVENTAIRE
Y² 22528

ŒUVRES

COMPLÈTES

DE CHATEAUBRIAND

ATALA. — RENÉ.

LES AVENTURES DU DERNIER ABENCÉRAGE. — LES NATCHEZ

PARIS,

PUBLIÉE PAR NAPOLÉON CHAIX

IMPRIMEUR-ÉDITEUR

1865.

BIBLIOTHÈQUE UNIVERSELLE DES FAMILLES

FORMANT

500 BEAUX VOLUMES IN-OCTAVO

CHOISIS PARMI

LES MEILLEURS OUVRAGES ANCIENS ET MODERNSE

PUBLIÉE

PAR NAPOLÉON CHAIX.

Y²

22548

C.

COLLECTION NAPOLÉON CHAIX.

OEUVRES

COMPLÈTES DE

CHATEAUBRIAND

—

ATALA. — RENÉ.

LES AVENTURES DU DERNIER ABENCERAGE. — LES NATCHEZ.

PARIS

CHEZ NAPOLÉON CHAIX ET Cie,

IMPRIMEURS-ÉDITEURS.

1865.

ATALA.

PROLOGUE.

La France possédait autrefois dans l'Amérique septentrionale un vaste empire qui s'étendait depuis le Labrador jusqu'aux Florides, et depuis les rivages de l'Atlantique jusqu'aux lacs les plus reculés du haut Canada.

Quatre grands fleuves, ayant leurs sources dans les mêmes montagnes, divisaient ces régions immenses : le fleuve Saint-Laurent, qui se perd à l'est dans le golfe de son nom; la rivière de l'Ouest, qui porte ses eaux à des mers inconnues; le fleuve Bourbon, qui se précipite du midi au nord dans la baie d'Hudson, et le Meschacebé[1], qui tombe du nord au midi dans le golfe du Mexique.

Ce dernier fleuve, dans un cours de plus de mille lieues, arrose une délicieuse contrée que les habitants des États-Unis appellent le *nouvel Éden*, et à laquelle les Français ont laissé le doux nom de *Louisiane*. Mille autres fleuves, tributaires du Meschacebé, le Missouri, l'Illinois, l'Akanza, l'Ohio, le Wabache, le Tenase, l'engraissent de leur limon et la fertilisent de leurs eaux. Quand tous ces fleuves se sont gonflés des déluges de l'hiver, quand les tempêtes ont abattu des pans entiers de forêts, les arbres déracinés s'assemblent sur les sources. Bientôt la vase les cimente, les lianes les enchaînent, et des plantes, y prenant racine de toutes parts, achèvent de consolider ces débris. Charriés par les vagues écumantes, ils descendent au Meschacebé. Le fleuve s'en empare, les pousse au golfe mexicain, les échoue sur des

[1] Vrai nom du Mississipi ou Meschassipi.

bancs de sable, et accroît ainsi le nombre de ses embouchures. Par intervalle, il élève sa voix en passant sur les
monts, et répand ses eaux débordées autour des colonnades
des forêts et des pyramides des tombeaux indiens : c'est le
Nil des déserts. Mais la grâce est toujours unie à la magnificence dans les scènes de la nature : tandis que le courant
du milieu entraîne vers la mer les cadavres des pins et des
chênes, on voit sur les deux courants latéraux remonter, le
long des rivages, des îles flottantes de pistia et de nénuphar,
dont les roses jaunes s'élèvent comme de petits pavillons.
Des serpents verts, des hérons bleus, des flamants roses,
de jeunes crocodiles s'embarquent passagers sur ces vaisseaux de fleurs, et la colonie, déployant au vent ses voiles
d'or, va aborder endormie dans quelque anse retirée du
fleuve.

Les deux rives du Meschacebé présentent le tableau le
plus extraordinaire. Sur le bord occidental, des savanes se
déroulent à perte de vue; leurs flots de verdure, en s'éloignant, semblent monter dans l'azur du ciel où ils s'évanouissent. On voit dans ces prairies sans bornes errer à
l'aventure des troupeaux de trois ou quatre mille buffles
sauvages. Quelquefois un bison chargé d'années, fendant les
flots à la nage, se vient coucher parmi de hautes herbes,
dans une île du Meschacebé. A son front orné de deux croissants, à sa barbe antique et limoneuse, vous le prendriez
pour le dieu du fleuve, qui jette un œil satisfait sur la
grandeur de ses ondes et la sauvage abondance de ses rives.

Telle est la scène sur le bord occidental; mais elle change
sur le bord opposé, et forme avec la première un admirable
contraste. Suspendus sur le cours des eaux, groupés sur les
rochers et sur les montagnes, dispersés dans les vallées, des
arbres de toutes les formes, de toutes les couleurs, de tous
les parfums, se mêlent, croissent ensemble, montent dans
les airs à des hauteurs qui fatiguent les regards. Les vignes
sauvages, les bignonias, les coloquintes, s'entrelacent au
pied de ces arbres, escaladent leurs rameaux, grimpent à
l'extrémité des branches, s'élancent de l'érable au tulipier,
du tulipier à l'alcée, en formant mille grottes, mille voûtes,

mille portiques. Souvent égarées d'arbre en arbre, ces lianes traversent des bras de rivières, sur lesquels elles jettent des ponts de fleurs. Du sein de ces massifs, le magnolia élève son cône immobile; surmonté de ses larges roses blanches, il domine toute la forêt, et n'a d'autre rival que le palmier, qui balance légèrement auprès de lui ses éventails de verdure.

Une multitude d'animaux placés dans ces retraites par la main du Créateur y répandent l'enchantement et la vie. De l'extrémité des avenues on aperçoit des ours enivrés de raisins, qui chancellent sur les branches des ormeaux; des caribous se baignent dans un lac; des écureuils noirs se jouent dans l'épaisseur des feuillages; des oiseaux-moqueurs, des colombes de Virginie, de la grosseur d'un passereau, descendent sur les gazons rougis par les fraises; des perroquets verts à tête jaune, des piverts empourprés, des cardinaux de feu, grimpent en circulant au haut des cyprès; des colibris étincellent sur le jasmin des Florides, et des serpents-oiseleurs sifflent suspendus aux dômes des bois, en s'y balançant comme des lianes.

Si tout est silence et repos dans les savanes de l'autre côté du fleuve, tout ici, au contraire, est mouvement et murmure : des coups de bec contre le tronc des chênes, des froissements d'animaux qui marchent, broutent ou broient entre leurs dents les noyaux des fruits; des bruissements d'ondes, de faibles gémissements, de sourds meuglements, de doux roucoulements, remplissent ces déserts d'une tendre et sauvage harmonie. Mais quand une brise vient à animer ces solitudes, à balancer ces corps flottants, à confondre ces masses de blanc, d'azur, de vert, de rose, à mêler toutes les couleurs, à réunir tous les murmures, alors il sort de tels bruits du fond des forêts, il se passe de telles choses aux yeux, que j'essayerais en vain de les décrire à ceux qui n'ont point parcouru ces champs primitifs de la nature.

Après la découverte du Meschacebé par le père Marquette et l'infortuné la Salle, les premiers Français qui s'établirent au Biloxi et à la Nouvelle-Orléans firent alliance avec les Natchez, nation indienne dont la puissance était redoutable

dans ces contrées. Des querelles et des jalousies ensanglan-
tèrent dans la suite la terre de l'hospitalité. Il y avait parmi
ces sauvages un vieillard nommé Chactas [1], qui, par son
âge, sa sagesse, et sa science dans les choses de la vie,
était le patriarche et l'amour des déserts. Comme tous les
hommes, il avait acheté la vertu par l'infortune. Non-seulement les forêts du nouveau monde furent remplies de ses
malheurs, mais il les porta jusque sur les rivages de la
France. Retenu aux galères à Marseille par une cruelle injustice, rendu à la liberté, présenté à Louis XIV, il avait
conversé avec les grands hommes de ce siècle et assisté aux
fêtes de Versailles, aux tragédies de Racine, aux oraisons
funèbres de Bossuet; en un mot, le sauvage avait contemplé
la société à son plus haut point de splendeur.

Depuis plusieurs années, rentré dans le sein de sa patrie,
Chactas jouissait du repos. Toutefois le ciel lui vendait encore cher cette faveur : le vieillard était devenu aveugle. Une
jeune fille l'accompagnait sur les coteaux du Meschacebé,
comme Antigone guidait les pas d'OEdipe sur le Cithéron, ou
comme Malvina conduisait Ossian sur les rochers de Morven.

Malgré les nombreuses injustices que Chactas avait éprouvées de la part des Français, il les aimait. Il se souvenait
toujours de Fénelon, dont il avait été l'hôte, et désirait
pouvoir rendre quelque service aux compatriotes de cet
homme vertueux. Il s'en présenta une occasion favorable.
En 1725, un Français nommé René, poussé par des passions et des malheurs, arriva à la Louisiane. Il remonta le
Meschacebé jusqu'aux Natchez, et demanda à être reçu guerrier de cette nation. Chactas l'ayant interrogé, et le trouvant
inébranlable dans sa résolution, l'adopta pour fils, et lui
donna pour épouse une Indienne appelée Céluta. Peu de
temps après ce mariage, les sauvages se préparèrent à la
chasse du castor.

Chactas, quoique aveugle, est désigné par le conseil des
sachems [2] pour commander l'expédition, à cause du respect

[1] La voix harmonieuse.
[2] Vieillards ou conseillers.

que les tribus indiennes lui portaient. Les prières et les jeûnes commencent, les jongleurs interprètent les songes; on
consulte les manitous; on fait des sacrifices de petun, on
brûle des filets de langue d'orignal; on examine s'ils pétillent
dans la flamme, afin de découvrir la volonté des génies; on
part enfin, après avoir mangé le chien sacré. René est de
la troupe. A l'aide des contre-courants, les pirogues remontent le Meschacebé, et entrent dans le lit de l'Ohio. C'est
en automne. Les magnifiques déserts du Kentucky se déploient aux yeux étonnés du jeune Français. Une nuit, à la
clarté de la lune, tandis que tous les Natchez dorment au
fond de leurs pirogues, et que la flotte indienne, élevant
ses voiles de peaux de bêtes, fuit devant une légère brise,
René, demeuré seul avec Chactas, lui demande le récit de
ses aventures. Le vieillard consent à le satisfaire, et, assis
avec lui sur la poupe de la pirogue, il commence en ces
mots :

LE RÉCIT.

LES CHASSEURS.

C'est une singulière destinée, mon cher fils, que celle qui
nous réunit. Je vois en toi l'homme civilisé qui s'est fait sauvage; tu vois en moi l'homme sauvage que le grand Esprit
(j'ignore pour quel dessein) a voulu civiliser. Entrés l'un et
l'autre dans la carrière de la vie par les deux bouts opposés,
tu es venu te reposer à ma place, et j'ai été m'asseoir à la
tienne : ainsi nous avons dû avoir des objets une vue totalement différente. Qui, de toi ou de moi, a le plus gagné
ou le plus perdu à ce changement de position? C'est ce que
savent les génies, dont le moins savant a plus de sagesse
que tous les hommes ensemble.

A la prochaine lune des fleurs [1], il y aura sept fois dix

___
[1] Mois de mai.

neiges, et trois neiges de plus [1], que ma mère me mit au
monde sur les bords du Meschacebé. Les Espagnols s'étaient
depuis peu établis dans la baie de Pensacola, mais aucun
blanc n'habitait encore la Louisiane. Je comptais à peine
dix-sept chutes de feuilles lorsque je marchai avec mon père,
le guerrier Outalissi, contre les Muscogulges, nation puissante des Florides. Nous nous joignîmes aux Espagnols, nos
alliés, et le combat se donna sur une des branches de la
Maubile. Areskoui [2] et les manitous ne nous furent pas favorables. Les ennemis triomphèrent, mon père perdit la vie;
je fus blessé deux fois en le défendant. Oh! que ne descendis-
je alors dans le pays des âmes [3] ! j'aurais évité les malheurs
qui m'attendaient sur la terre. Les esprits en ordonnèrent
autrement : je fus entraîné par les fuyards à Saint-Augustin.

Dans cette ville, nouvellement bâtie par les Espagnols, je
courais le risque d'être enlevé pour les mines de Mexico,
lorsqu'un vieux Castillan nommé Lopez, touché de ma jeunesse et de ma simplicité, m'offrit un asile et me présenta
à une sœur avec laquelle il vivait sans épouse.

Tous les deux prirent pour moi les sentiments les plus
tendres. On m'éleva avec beaucoup de soin, on me donna
toutes sortes de maîtres. Mais après avoir passé trente lunes
à Saint-Augustin, je fus saisi du dégoût de la vie des cités.
Je dépérissais à vue d'œil : tantôt je demeurais immobile
pendant des heures à contempler la cime des lointaines forêts; tantôt on me trouvait assis au bord d'un fleuve, que
je regardais tristement couler. Je me peignais les bois à travers lesquels cette onde avait passé, et mon âme était tout
entière à la solitude.

Ne pouvant plus résister à l'envie de retourner au désert,
un matin je me présentai à Lopez, vêtu de mes habits de
sauvage, tenant d'une main mon arc et mes flèches, et de
l'autre mes vêtements européens. Je les remis à mon généreux protecteur, aux pieds duquel je tombai en versant des

[1] Neige pour année : soixante-treize ans. — [2] Dieu de la guerre. —
[3] Les enfers.

torrents de larmes. Je me donnai des noms odieux, je m'accusai d'ingratitude :

« Mais enfin, lui dis-je, ô mon père! tu le vois toi-même, je meurs si je ne reprends la vie de l'Indien. »

Lopez, frappé d'étonnement, voulut me détourner de mon dessein. Il me représenta les dangers que j'allais courir, en m'exposant à tomber de nouveau entre les mains des Muscogulges. Mais voyant que j'étais résolu à tout entreprendre, fondant en pleurs et me serrant dans ses bras :

« Va, s'écria-t-il, enfant de la nature! reprends cette indépendance de l'homme que Lopez ne te veut point ravir. Si j'étais plus jeune moi-même, je t'accompagnerais au désert (où j'ai aussi de doux souvenirs!), et je te remettrais dans les bras de ta mère. Quand tu seras dans tes forêts, songe quelquefois à ce vieil Espagnol qui te donna l'hospitalité, et rappelle-toi, pour te porter à l'amour de tes semblables, que la première expérience que tu as faite du cœur humain a été toute en sa faveur. »

Lopez finit par une prière au Dieu des chrétiens, dont j'avais refusé d'embrasser le culte, et nous nous quittâmes avec des sanglots.

Je ne tardai pas à être puni de mon ingratitude. Mon inexpérience m'égara dans les bois, et je fus pris par un parti de Muscogulges et de Siminoles, comme Lopez me l'avait prédit. Je fus reconnu pour Natchez à mon vêtement et aux plumes qui ornaient ma tête. On m'enchaîna, mais légèrement, à cause de ma jeunesse. Simaghan, le chef de la troupe, voulut savoir mon nom; je répondis :

« Je m'appelle Chactas, fils d'Outalissi, fils de Miscou, qui ont enlevé plus de cent chevelures aux héros muscogulges. »

Simaghan me dit :

« Chactas, fils d'Outalissi, fils de Miscou, réjouis-toi; tu seras brûlé au grand village. »

Je repartis :

« Voilà qui va bien, » et j'entonnai ma chanson de mort.

Tout prisonnier que j'étais, je ne pouvais, durant les premiers jours, m'empêcher d'admirer mes ennemis. Le Muscogulge, et surtout son allié le Siminole, respire la gaieté, l'amour, le contentement. Sa démarche est légère, son abord ouvert et serein. Il parle beaucoup et avec volubilité; son langage est harmonieux et facile. L'âge même ne peut ravir aux sachems cette simplicité joyeuse : comme les vieux oiseaux de nos bois, ils mêlent encore leurs vieilles chansons aux airs nouveaux de leur jeune postérité.

Les femmes qui accompagnaient la troupe témoignaient pour ma jeunesse une pitié tendre et une curiosité aimable. Elles me questionnaient sur ma mère, sur les premiers jours de ma vie : elles voulaient savoir si l'on suspendait mon berceau de mousse aux branches fleuries des érables, si les brises m'y balançaient auprès du nid des petits oiseaux. C'étaient ensuite mille autres questions sur l'état de mon cœur : elles me demandaient si j'avais vu une biche blanche dans mes songes, et si les arbres de la vallée secrète m'avaient conseillé d'aimer. Je répondais avec naïveté aux mères, aux filles et aux épouses des hommes. Je leur disais :

« Vous êtes les grâces du jour, et la nuit vous aime comme la rosée. L'homme sort de votre sein pour se suspendre à votre mamelle et à votre bouche; vous savez des paroles magiques qui endorment toutes les douleurs. Voilà ce que m'a dit celle qui m'a mis au monde, et qui ne me reverra plus! Elle m'a dit encore que les vierges étaient des fleurs mystérieuses qu'on trouve dans les lieux solitaires. »

Ces louanges faisaient beaucoup de plaisir aux femmes; elles me comblaient de toute sorte de dons; elles m'apportaient de la crème de noix, du sucre d'érable, de la sagamité [1], des jambons d'ours, des peaux de castor, des coquillages pour me parer, et des mousses pour ma couche. Elles chantaient, elles riaient avec moi, et puis elles se prenaient à verser des larmes en songeant que je serais brûlé.

Une nuit que les Muscogulges avaient placé leur camp sur le bord d'une forêt, j'étais assis auprès du *feu de la guerre,* avec le chasseur commis à ma garde. Tout à coup j'enten-

[1] Sorte de pâte de maïs.

dis le murmure d'un vêtement sur l'herbe, et une femme à demi voilée vint s'asseoir à mes côtés. Des pleurs roulaient sous sa paupière; à la lueur du feu un petit crucifix d'or brillait sur son sein. Elle était régulièrement belle; l'on remarquait sur son visage je ne sais quoi de vertueux et de passionné, dont l'attrait était irrésistible. Elle joignait à cela des grâces plus tendres; une extrême sensibilité, unie à une mélancolie profonde, respirait dans ses regards; son sourire était céleste.

Je crus que c'était la *Vierge des dernières amours*, cette vierge qu'on envoie au prisonnier de guerre pour enchanter sa tombe. Dans cette persuasion, je lui dis en balbutiant, et avec un trouble qui pourtant ne venait pas de la crainte du bûcher :

« Vierge, vous êtes digne des premières amours, et vous n'êtes pas faite pour les dernières. Les mouvements d'un cœur qui va bientôt cesser de battre répondraient mal aux mouvements du vôtre. Comment mêler la mort et la vie? Vous me feriez trop regretter le jour. Qu'un autre soit plus heureux que moi, et que de longs embrassements unissent la liane et le chêne! »

La jeune fille me dit alors :

« Je ne suis point la *Vierge des dernières amours*. Es-tu chrétien? »

Je répondis que je n'avais point trahi les génies de ma cabane. A ces mots, l'Indienne fit un mouvement involontaire. Elle me dit :

« Je te plains de n'être qu'un méchant idolâtre. Ma mère m'a faite chrétienne; je me nomme Atala, fille de Simaghan aux bracelets d'or, et chef des guerriers de cette troupe. Nous nous rendons à Apalachucla où tu seras brûlé. »

En prononçant ces mots, Atala se lève et s'éloigne.

Ici Chactas fut contraint d'interrompre son récit. Les souvenirs se pressèrent en foule dans son âme; ses yeux éteints inondèrent de larmes ses joues flétries : telles deux sources cachées dans la profonde nuit de la terre se décèlent par les eaux qu'elles laissent filtrer entre les rochers.

O mon fils! reprit-il enfin, tu vois que Chactas est bien

peu sage, malgré sa renommée de sagesse! Hélas, mon cher
enfant, les hommes ne peuvent déjà plus voir, qu'ils peuvent encore pleurer! Plusieurs jours s'écoulèrent : la fille du
sachem revenait chaque soir me parler. Le sommeil avait
fui de mes yeux, et Atala était dans mon cœur comme le
souvenir de la couche de mes pères.

Le dix-septième jour de marche, vers le temps où l'é-
phémère sort des eaux, nous entrâmes sur la grande savane
Alachua. Elle est environnée de coteaux qui, fuyant les uns
derrière les autres, portent, en s'élevant jusqu'aux nues,
des forêts étagées de copalmes, de citronniers, de magnolias
et de chênes-verts. Le chef poussa le cri d'arrivée, et la
troupe campa au pied des collines. On me relégua à quelque distance, au bord d'un de ces *puits naturels,* si fameux
dans les Florides. J'étais attaché au pied d'un arbre; un
guerrier veillait impatiemment auprès de moi. J'avais à peine
passé quelques instants dans ce lieu, qu'Atala parut sous les
liquidambars de la fontaine.

« Chasseur, dit-elle au héros muscogulge, si tu veux poursuivre le chevreuil, je garderai le prisonnier. »

Le guerrier bondit de joie à cette parole de la fille du
chef; il s'élance du sommet de la colline et allonge ses pas
dans la plaine.

Étrange contradiction du cœur de l'homme! Moi qui avais
tant désiré de dire les choses du mystère à celle que j'aimais
déjà comme le soleil, maintenant interdit et confus, je crois
que j'eusse préféré d'être jeté aux crocodiles de la fontaine,
à me trouver seul ainsi avec Atala. La fille du désert était
aussi troublée que son prisonnier; nous gardons un profond
silence; les génies de l'amour avaient dérobé nos paroles.
Enfin Atala, faisant un effort, dit ceci :

« Guerrier, vous êtes retenu faiblement; vous pouvez aisément vous échapper. »

A ces mots, la hardiesse revint sur ma langue, je répondis :

« Faiblement retenu, ô femme!... »

Je ne sus comment achever. Atala hésita quelques moments; puis elle dit :

« Sauvez-vous. »

Et elle me détacha du tronc de l'arbre. Je saisis la corde ; je la remis dans la main de la fille étrangère, en forçant ses beaux doigts à se fermer sur ma chaîne.

« Reprenez-la ! reprenez-la ! m'écriai-je.

» — Vous êtes un insensé, dit Atala d'une voix émue. Malheureux ! ne sais-tu pas que tu seras brûlé ? Que prétends-tu ? Songes-tu bien que je suis la fille d'un redoutable sachem ?

» — Il fut un temps, répliquai-je avec des larmes, que j'étais aussi porté dans une peau de castor aux épaules d'une mère. Mon père avait aussi une belle hutte, et ses chevreuils buvaient les eaux de mille torrents ; mais j'erre maintenant sans patrie. Quand je ne serai plus, aucun ami ne mettra un peu d'herbe sur mon corps pour le garantir des mouches. Le corps d'un étranger malheureux n'intéresse personne. »

Ces mots attendrirent Atala. Ses larmes tombèrent dans la fontaine.

« Ah ! repris-je avec vivacité, si votre cœur parlait comme le mien ! Le désert n'est-il pas libre ? Les forêts n'ont-elles point de replis où nous cacher ? Faut-il donc, pour être heureux, tant de choses aux enfants des cabanes ! O fille plus belle que le premier songe de l'époux ! ô ma bien-aimée, ose suivre mes pas ! »

Telles furent mes paroles. Atala me répondit d'une voix tendre :

« Mon jeune ami, vous avez appris le langage des blancs ; il est aisé de tromper une Indienne.

» — Quoi ! m'écriai-je, vous m'appelez votre jeune ami ! Ah ! si un pauvre esclave...

» — Hé bien ! dit-elle en se penchant sur moi, un pauvre esclave... »

Je repris avec ardeur :

« Qu'un baiser l'assure de ta foi ! »

Atala écouta ma prière. Comme un faon semble pendre aux fleurs de lianes roses, qu'il saisit de sa langue délicate dans l'escarpement de la montagne, ainsi je restai suspendu aux lèvres de ma bien-aimée.

Hélas, mon cher fils, la douleur touche de près au plaisir! Qui eût pu croire que le moment où Atala me donnait le premier gage de son amour serait celui-là même où elle détruirait mes espérances? Cheveux blanchis du vieux Chactas, quel fut votre étonnement lorsque la fille du sachem prononça ces paroles:

« Beau prisonnier, j'ai follement cédé à ton désir; mais où nous conduira cette passion? Ma religion me sépare de toi pour toujours... O ma mère! qu'as-tu fait?... »

Atala se tut tout à coup, et retint je ne sus quel fatal secret près d'échapper à ses lèvres. Ses paroles me plongèrent dans le désespoir.

« Hé bien! m'écriai-je, je serai aussi cruel que vous; je ne fuirai point. Vous me verrez dans le cadre de feu, vous entendrez les gémissements de ma chair, et vous serez pleine de joie. »

Atala saisit mes mains entre les deux siennes.

« Pauvre jeune idolâtre, s'écria-t-elle, tu me fais réellement pitié! Tu veux donc que je pleure tout mon cœur? Quel dommage que je ne puisse fuir avec toi! Malheureux a été le ventre de ta mère, ô Atala! Que ne te jettes-tu au crocodile de la fontaine! »

Dans ce moment même, les crocodiles, aux approches du coucher du soleil, commençaient à faire entendre leurs rugissements. Atala me dit:

« Quittons ces lieux. »

J'entraînai la fille de Simaghan au pied des coteaux qui formaient des golfes de verdure, en avançant leurs promontoires dans la savane. Tout était calme et superbe au désert. La cigogne criait sur son nid, les bois retentissaient du chant monotone des cailles, du sifflement des perruches, du mugissement des bisons et du hennissement des cavales siminoles.

Notre promenade fut presque muette. Je marchais à côté d'Atala; elle tenait le bout de la corde, que je l'avais forcée de reprendre. Quelquefois nous versions des pleurs, quelquefois nous essayions de sourire. Un regard tantôt levé vers le ciel, tantôt attaché à la terre, une oreille attentive au chant de l'oiseau, un geste vers le soleil couchant, une main tendrement serrée, un sein tour à tour palpitant, tour à tour tranquille, les noms de Chactas et d'Atala doucement répétés par intervalle... O première promenade de l'amour, il faut que votre souvenir soit bien puissant, puisqu'après tant d'années d'infortune vous remuez encore le cœur du vieux Chactas !

Qu'ils sont incompréhensibles les mortels agités par les passions ! Je venais d'abandonner le généreux Lopez, je venais de m'exposer à tous les dangers pour être libre ; dans un instant le regard d'une femme avait changé mes goûts, mes résolutions, mes pensées ! Oubliant mon pays, ma mère, ma cabane et la mort affreuse qui m'attendait, j'étais devenu indifférent à tout ce qui n'était pas Atala. Sans force pour m'élever à la raison de l'homme, j'étais retombé tout à coup dans une espèce d'enfance ; et, loin de pouvoir rien faire pour me soustraire aux maux qui m'attendaient, j'aurais eu presque besoin qu'on s'occupât de mon sommeil et de ma nourriture !

Ce fut donc vainement qu'après nos courses dans la savane, Atala, se jetant à mes genoux, m'invita de nouveau à la quitter. Je lui protestai que je retournerais seul au camp, si elle refusait de me rattacher au pied de mon arbre. Elle fut obligée de me satisfaire, espérant me convaincre une autre fois.

Le lendemain de cette journée, qui décida du destin de ma vie, on s'arrêta dans une vallée, non loin de Cuscowilla, capitale des Siminoles. Ces Indiens, unis aux Muscoguges, forment avec eux la confédération des Creeks. La fille du pays des palmiers vint me trouver au milieu de la nuit. Elle me conduisit dans une grande forêt de pins, et renouvela ses prières pour m'engager à la fuite. Sans lui répondre, je pris sa main dans ma main, et je forçai cette biche altérée d'errer avec moi dans la forêt. La nuit était délicieuse. Le génie des airs secouait sa chevelure bleue, embaumée de la senteur des pins, et l'on respirait la faible odeur d'ambre qu'exhalaient les crocodiles couchés sous les tamarins des fleuves. La lune brillait au milieu d'un azur sans tache,

et sa lumière gris de perle descendait sur la cime indéter-
minée des forêts. Aucun bruit ne se faisait entendre, hors
je ne sais quelle harmonie lointaine qui régnait dans la
profondeur des bois : on eût dit que l'âme de la solitude
soupirait dans toute l'étendue du désert.

Nous aperçûmes à travers les arbres un jeune homme
qui, tenant à la main un flambeau, ressemblait au génie du
printemps parcourant les forêts pour ranimer la nature.
C'était un amant qui allait s'instruire de son sort à la cabane de sa maîtresse.

Si la vierge éteint le flambeau, elle accepte les vœux offerts ; si elle se voile sans l'éteindre, elle rejette un époux.

Le guerrier, en se glissant dans les ombres, chantait à
demi-voix ces paroles :

« Je devancerai les pas du jour sur le sommet des montagnes pour chercher ma colombe solitaire parmi les chênes
de la forêt.

» J'ai attaché à son cou un collier de porcelaines [1] ; on y
voit trois grains rouges pour mon amour, trois violets pour
mes craintes, trois bleus pour mes espérances.

» Mila a les yeux d'une hermine et la chevelure légère d'un
champ de riz ; sa bouche est un coquillage rose garni de
perles ; ses deux seins sont comme deux petits chevreaux
sans tache, nés au même jour d'une seule mère.

» Puisse Mila éteindre ce flambeau ! Puisse sa bouche
verser sur lui une ombre voluptueuse ! Je fertiliserai son
sein. L'espoir de la patrie pendra à sa mamelle féconde, et
je fumerai mon calumet de paix sur le berceau de mon fils !

» Ah ! laissez-moi devancer les pas du jour sur le sommet
des montagnes pour chercher ma colombe solitaire parmi
les chênes de la forêt ! »

Ainsi chantait ce jeune homme, dont les accents portèrent
le trouble jusqu'au fond de mon âme, et firent changer de
visage à Atala. Nos mains unies frémirent l'une dans l'autre.
Mais nous fûmes distraits de cette scène par une scène non
moins dangereuse pour nous.

---

[1] Sorte de coquillage.

Nous passâmes auprès du tombeau d'un enfant, qui servait de limites à deux nations. On l'avait placé au bord du chemin, selon l'usage, afin que les jeunes femmes, en allant à la fontaine, pussent attirer dans leur sein l'âme de l'innocente créature, et la rendre à la patrie. On y voyait dans ce moment des épouses nouvelles qui, désirant les douceurs de la maternité, cherchaient, en entr'ouvrant leurs lèvres, à recueillir l'âme du petit enfant, qu'elles croyaient voir errer sur les fleurs. La véritable mère vint ensuite déposer une gerbe de maïs et des fleurs de lis blancs sur le tombeau. Elle arrosa la terre de son lait, s'assit sur le gazon humide, et parla à son enfant d'une voix attendrie :

« Pourquoi te pleuré-je dans ton berceau de terre, ô mon nouveau-né ! Quand le petit oiseau devient grand, il faut qu'il cherche sa nourriture, et il trouve dans le désert bien des graines amères. Du moins tu as ignoré les pleurs, du moins ton cœur n'a point été exposé au souffle dévorant des hommes. Le bouton qui sèche dans son enveloppe passe avec tous ses parfums, comme toi, ô mon fils ! avec toute ton innocence. Heureux ceux qui meurent au berceau, ils n'ont connu que les baisers et les souris d'une mère ! »

Déjà subjugués par notre propre cœur, nous fûmes accablés par ces images d'amour et de maternité, qui semblaient nous poursuivre dans ces solitudes enchantées. J'emportai Atala dans mes bras au fond de la forêt, et je lui dis des choses qu'aujourd'hui je chercherais en vain sur mes lèvres. Le vent du midi, mon cher fils, perd sa chaleur en passant sur des montagnes de glace. Les souvenirs de l'amour dans le cœur d'un vieillard sont comme les feux du jour réfléchis par l'orbe paisible de la lune lorsque le soleil est couché et que le silence plane sur les huttes des sauvages.

Qui pouvait sauver Atala ? qui pouvait l'empêcher de succomber à la nature ? Rien qu'un miracle, sans doute, et ce miracle fut fait ! La fille de Simaghan eut recours au Dieu des chrétiens ; elle se précipita sur la terre, et prononça une fervente oraison, adressée à sa mère et à la Reine des vierges. C'est de ce moment, ô René, que j'ai conçu une merveilleuse idée de cette religion qui, dans les forêts, au

milieu de toutes les privations de la vie, peut remplir de
mille dons les infortunés ; de cette religion qui, opposant
sa puissance au torrent des passions, suffit seule pour les
vaincre, lorsque tout les favorise, et le secret des bois,
et l'absence des hommes, et la fidélité des ombres. Ah!
qu'elle me parut divine la simple sauvage, l'ignorante Atala,
qui, à genoux devant un vieux pin tombé, comme au pied
d'un autel, offrait à son Dieu des vœux pour un amant
idolâtre! Ses yeux levés vers l'astre de la nuit, ses joues
brillantes des pleurs de la religion et de l'amour étaient
d'une beauté immortelle. Plusieurs fois il me sembla qu'elle
allait prendre son vol vers les cieux; plusieurs fois je crus
voir descendre sur les rayons de la lune et entendre dans
les branches des arbres ces génies que le Dieu des chrétiens
envoie aux ermites des rochers lorsqu'il se dispose à les
rappeler à lui. J'en fus affligé, car je craignis qu'Atala n'eût
que peu de temps à passer sur la terre.

Cependant elle versa tant de larmes, elle se montra si
malheureuse, que j'allais peut-être consentir à m'éloigner,
lorsque le cri de mort retentit dans la forêt. Quatre hommes
armés se précipitent sur moi : nous avions été découverts ;
le chef de guerre avait donné l'ordre de nous poursuivre.

Atala, qui ressemblait à une reine pour l'orgueil de la démarche, dédaigna de parler à ces guerriers. Elle leur lança
un regard superbe, et se rendit auprès de Simaghan.

Elle ne put rien obtenir. On redoubla mes gardes, on
multiplia mes chaînes, on écarta mon amante. Cinq nuits
s'écoulent, et nous apercevons Apalachucla situé au bord
de la rivière Chata-Uche. Aussitôt on me couronne de
fleurs; on me peint le visage d'azur et de vermillon; on
m'attache des perles au nez et aux oreilles, et l'on me met
à la main un chichikoué [1].

Ainsi paré pour le sacrifice, j'entre dans Apalachucla, aux
cris répétés de la foule. C'en était fait de ma vie, quand
tout à coup le bruit d'une conque se fait entendre, et le
mico, ou chef de la nation, ordonne de s'assembler.

---

[1] Instrument de musique des sauvages.

Tu connais, mon fils, les tourments que les sauvages font subir aux prisonniers de guerre. Les missionnaires chrétiens, au péril de leurs jours, et avec une charité infatigable, étaient parvenus chez plusieurs nations à faire substituer un esclavage assez doux aux horreurs du bûcher. Les Muscogulges n'avaient point adopté encore cette coutume, mais un parti nombreux s'était déclaré en sa faveur. C'était pour prononcer sur cette importante affaire que le mico convoquait les sachems. On me conduit au lieu des délibérations.

Non loin d'Apalachucla s'élevait sur un tertre isolé le pavillon du conseil. Trois cercles de colonnes formaient l'élégante architecture de cette rotonde. Les colonnes étaient de cyprès poli et sculpté ; elles augmentaient en hauteur et en épaisseur, et diminuaient en nombre à mesure qu'elles se rapprochaient du centre marqué par un pilier unique. Du sommet de ce pilier partaient des bandes d'écorce, qui passant sur le sommet des autres colonnes, couvraient le pavillon en forme d'éventail à jour.

Le conseil s'assemble. Cinquante vieillards, en manteau de castor, se rangent sur des espèces de gradins faisant face à la porte du pavillon. Le grand chef est assis au milieu d'eux, tenant à la main le calumet de paix à demi coloré pour la guerre. A la droite des vieillards se placent cinquante femmes couvertes d'une robe de plumes de cygne. Les chefs de guerre, le tomahawk[1] à la main, le pennage en tête, les bras et la poitrine teints de sang, prennent la gauche.

Au pied de la colonne centrale brûle le feu du conseil. Le premier jongleur, environné des huit gardiens du temple, vêtu de longs habits, et portant un hibou empaillé sur la tête, verse du baume de copalme sur la flamme et offre un sacrifice au soleil. Ce triple rang de vieillards, de matrones, de guerriers, ces prêtres, ces nuages d'encens, ce sacrifice, tout sert à donner à ce conseil un appareil imposant.

J'étais debout, enchaîné au milieu de l'assemblée. Le sacrifice achevé, le mico prend la parole, et expose avec simplicité l'affaire qui rassemble le conseil. Il jette un collier

[1] La hache.

bleu dans la salle, en témoignage de ce qu'il vient de dire.

Alors un sachem de la tribu de l'Aigle se lève, et parle ainsi :

« Mon père le mico, sachems, matrones, guerriers des quatre tribus de l'Aigle, du Castor, du Serpent et de la Tortue, ne changeons rien aux mœurs de nos aïeux, brûlons le prisonnier et n'amollissons point nos courages. C'est une coutume des blancs qu'on vous propose, elle ne peut être que pernicieuse. Donnez un collier rouge qui contienne mes paroles. J'ai dit. »

Et il jette un collier rouge dans l'assemblée.

Une matrone se lève et dit :

« Mon père l'Aigle, vous avez l'esprit d'un renard, et la prudente lenteur d'une tortue. Je veux polir avec vous la chaîne d'amitié, et nous planterons ensemble l'arbre de paix. Mais changeons les coutumes de nos aïeux en ce qu'elles ont de funeste. Ayons des esclaves qui cultivent nos champs, et n'entendons plus les cris du prisonnier qui troublent le sein des mères. J'ai dit. »

Comme on voit les flots de la mer se briser pendant un orage, comme en automne les feuilles séchées sont enlevées par un tourbillon, comme les roseaux du Meschacebé plient et se relèvent dans une inondation subite, comme un grand troupeau de cerfs brame au fond d'une forêt, ainsi s'agitait et murmurait le conseil. Des sachems, des guerriers, des matrones, parlent tour à tour ou tous ensemble. Les intérêts se choquent, les opinions se divisent, le conseil va se dissoudre ; mais enfin l'usage antique l'emporte, et je suis condamné au bûcher.

Une circonstance vint retarder mon supplice ; la *Fête des morts* ou le *Festin des âmes* approchait. Il est d'usage de ne faire mourir aucun captif pendant les jours consacrés à cette cérémonie. On me confia à une garde sévère ; et sans doute les sachems éloignèrent la fille de Simaghan, car je ne la revis plus.

Cependant les nations de plus de trois cents lieues à la ronde arrivaient en foule pour célébrer le *Festin des âmes*. On avait bâti une longue hutte sur un site écarté. Au jour marqué, chaque cabane exhuma les restes de ses pères de leurs tombeaux particuliers, et l'on suspendit les squelettes, par ordre et par famille, aux murs de la *Salle commune des aïeux*. Les vents (une tempête s'était élevée), les forêts, les cataractes mugissaient au dehors, tandis que les vieillards des diverses nations concluaient entre eux des traités de paix et d'alliance sur les os de leurs pères.

On célèbre les jeux funèbres, la course, la balle, les osselets. Deux vierges cherchent à s'arracher une baguette de saule. Les boutons de leur sein viennent se toucher, leurs mains voltigent sur la baguette qu'elles élèvent au-dessus de leurs têtes. Leurs beaux pieds s'entrelacent, leurs bouches se rencontrent, leurs douces haleines se confondent; elles se penchent et mêlent leurs chevelures; elles regardent leurs mères, rougissent[1] : on applaudit. Le jongleur invoque Michabou, génie des eaux. Il raconte les guerres du grand Lièvre contre Matchimanitou, dieu du mal. Il dit le premier homme et Atahensic la première femme précipités du ciel pour avoir perdu l'innocence, la terre rougie du sang fraternel, Jouskeka, l'impie, immolant le juste Tahouistsaron, le déluge descendant à la voix du grand Esprit, Massou sauvé seul dans son canot d'écorce, et le corbeau envoyé à la découverte de la terre; il dit encore la belle Endaé, retirée de la contrée des âmes par les douces chansons de son époux.

Après ces jeux et ces cantiques, on se prépare à donner aux aïeux une éternelle sépulture.

Sur les bords de la rivière Chata-Uche, se voyait un figuier sauvage que le culte des peuples avait consacré. Les vierges avaient accoutumé de laver leurs robes d'écorce dans ce lieu et de les exposer au souffle du désert, sur les rameaux de l'arbre antique. C'était là qu'on avait creusé un immense tombeau. On part de la salle funèbre en chantant l'hymne à la mort; chaque famille porte quelques débris sacrés. On arrive à la tombe, on y descend les reliques, on les y étend par couches, on les sépare avec des peaux d'ours

---

[1] La rougeur est sensible chez les jeunes sauvages.

et de castors; le mont du tombeau s'élève, et l'on y plante *l'arbre des pleurs et du sommeil.*

Plaignons les hommes, mon cher fils! Ces mêmes Indiens dont les coutumes sont si touchantes, ces mêmes femmes qui m'avaient témoigné un intérêt si tendre, demandaient maintenant mon supplice à grands cris, et des nations entières retardaient leur départ pour avoir le plaisir de voir un jeune homme souffrir des tourments épouvantables.

Dans une vallée au nord, à quelque distance du grand village, s'élevait un bois de cyprès et de sapins, appelé le *Bois du sang.* On y arrivait par les ruines d'un de ces monuments dont on ignore l'origine, et qui sont l'ouvrage d'un peuple maintenant inconnu. Au centre de ce bois s'étendait une arène où l'on sacrifiait les prisonniers de guerre. On m'y conduit en triomphe. Tout se prépare pour ma mort : on plante le poteau da'reskoui; les pins, les ormes, les cyprès tombent sous la cognée; le bûcher s'élève; les spectateurs bâtissent des amphithéâtres avec des branches et des troncs d'arbres. Chacun invente un supplice : l'un se propose de m'arracher la peau du crâne, l'autre de me brûler les yeux avec des haches ardentes. Je commence ma chanson de mort :

« Je ne crains point les tourments : je suis brave, ô Muscogulges! je vous défie; je vous méprise plus que des femmes. Mon père Outalissi, fils de Miscou, a bu dans le crâne de vos plus fameux guerriers; vous n'arracherez pas un soupir de mon cœur. »

Provoqué par ma chanson, un guerrier me perça le bras d'une flèche; je dis :

« Frère, je te remercie. »

Malgré l'activité des bourreaux, les préparatifs du supplice ne purent être achevés avant le coucher du soleil. On consulta le jongleur, qui défendit de troubler les génies des ombres, et ma mort fut encore suspendue jusqu'au lendemain. Mais, dans l'impatience de jouir du spectacle, et pour être plus tôt prêts au lever de l'aurore, les Indiens ne quittèrent point le *Bois du sang;* ils allumèrent de grands feux, et commencèrent des festins et des danses.

Cependant on m'avait étendu sur le dos. Des cordes partant de mon cou, de mes pieds, de mes bras, allaient s'attacher à des piquets enfoncés en terre. Des guerriers étaient couchés sur ces cordes, et je ne pouvais faire un mouvement sans qu'ils en fussent avertis. La nuit s'avance : les chants et les danses cessent par degrés; les feux ne jettent plus que des lueurs rougeâtres, devant lesquelles on voit encore passer les ombres de quelques sauvages : tout s'endort; à mesure que le bruit des hommes s'affaiblit, celui du désert augmente, et au tumulte des voix succèdent les plaintes du vent dans la forêt.

C'était l'heure où une jeune Indienne qui vient d'être mère se réveille en sursaut au milieu de la nuit, car elle a cru entendre les cris de son premier-né qui lui demande la douce nourriture. Les yeux attachés au ciel, où le croissant de la lune errait dans les nuages, je réfléchissais sur ma destinée. Atala me semblait un monstre d'ingratitude. M'abandonner au moment du supplice, moi qui m'étais dévoué aux flammes plutôt que de la quitter! Et pourtant je sentais que je l'aimais toujours, et que je mourrais avec joie pour elle.

Il est dans les extrêmes plaisirs un aiguillon qui nous éveille, comme pour nous avertir de profiter de ce moment rapide; dans les grandes douleurs, au contraire, je ne sais quoi de pesant nous endort; des yeux fatigués par les larmes cherchent naturellement à se fermer, et la bonté de la Providence se fait ainsi remarquer jusque dans nos infortunes. Je cédai, malgré moi, à ce lourd sommeil que goûtent quelquefois les misérables. Je rêvais qu'on m'ôtait mes chaînes; je croyais sentir ce soulagement qu'on éprouve, lorsqu'après avoir été fortement pressé, une main secourable relâche nos fers.

Cette sensation devint si vive qu'elle me fit soulever les paupières. A la clarté de la lune, dont un rayon s'échappait entre deux nuages, j'entrevois une grande figure blanche penchée sur moi, et occupée à dénouer silencieusement mes liens. J'allais pousser un cri, lorsqu'une main, que je reconnus à l'instant, me ferma la bouche. Une seule corde restait, mais il paraissait impossible de la couper, sans toucher un guerrier qui la couvrait tout entière de son corps. Atala y porte la main, le guerrier s'éveille à demi, et se dresse sur son séant. Atala reste immobile, et le regarde. L'Indien croit voir l'esprit des ruines; il se recouche en fermant les yeux et en invoquant son manitou. Le lien est brisé. Je me lève; je suis ma libératrice, qui me tend le bout d'un arc dont elle tient l'autre extrémité. Mais que de dangers nous environnent! Tantôt nous sommes prêts de heurter des sauvages endormis; tantôt une garde nous interroge, et Atala répond en changeant sa voix. Des enfants poussent des cris, des dogues aboient. A peine sommes-nous sortis de l'enceinte funeste, que des hurlements ébranlent la forêt. Le camp se réveille, mille feux s'allument, on voit courir de tous côtés des sauvages avec des flambeaux; nous précipitons notre course.

Quand l'aurore se leva sur les Apalaches, nous étions déjà loin. Quelle fut ma félicité lorsque je me trouvai encore une fois dans la solitude avec Atala, avec Atala ma libératrice, avec Atala qui se donnait à moi pour toujours! Les paroles manquèrent à ma langue, je tombai à genoux, et je dis à la fille de Simaghan :

« Les hommes sont bien peu de chose; mais quand les génies les visitent, alors ils ne sont rien du tout. Vous êtes un génie, vous m'avez visité, et je ne puis parler devant vous. »

Atala me tendit la main avec un sourire :

« Il faut bien, dit-elle, que je vous suive, puisque vous ne voulez pas fuir sans moi. Cette nuit, j'ai séduit le jongleur par un présent, j'ai enivré vos bourreaux avec de l'essence de feu[1], et j'ai dû hasarder ma vie pour vous, puisque vous aviez donné la vôtre pour moi. Oui, jeune idolâtre, ajouta-t-elle avec un accent qui m'effraya, le sacrifice sera réciproque. »

Atala me remit les armes qu'elle avait eu soin d'apporter;

[1] De l'eau-de-vie.

ensuite elle pansa ma blessure. En l'essuyant avec une feuille de papaya, elle la mouillait de ses larmes.

« C'est un baume, lui dis-je, que tu répands sur ma plaie.

» — Je crains plutôt que ce ne soit un poison, » répondit-elle.

Elle déchira un des voiles de son sein, dont elle fit une première compresse, qu'elle attacha avec une boucle de ses cheveux.

L'ivresse, qui dure longtemps chez les sauvages, et qui est pour eux une espèce de maladie, les empêcha sans doute de nous poursuivre durant les premières journées. S'ils nous cherchèrent ensuite, il est probable que ce fut du côté du couchant, persuadés que nous aurions essayé de nous rendre au Meschacebé ; mais nous avions pris notre route vers l'étoile immobile [1], en nous dirigeant sur la mousse du tronc des arbres.

Nous ne tardâmes pas à nous apercevoir que nous avions peu gagné à ma délivrance. Le désert déroulait maintenant devant nous ses solitudes démesurées. Sans expérience de la vie des forêts, détournés de notre vrai chemin, et marchant à l'aventure, qu'allions-nous devenir? Souvent, en regardant Atala, je me rappelais cette antique histoire d'Agar, que Lopez m'avait fait lire, et qui est arrivée dans le désert de Bersabée, il y a bien longtemps, alors que les hommes vivaient trois âges de chêne.

Atala me fit un manteau avec la seconde écorce du frêne, car j'étais presque nu. Elle me broda des mocassines [1] de peau de rat musqué, avec du poil de porc-épic. Je prenais soin à mon tour de sa parure. Tantôt je lui mettais sur la tête une couronne de ces mauves bleues, que nous trouvions sur notre route, dans des cimetières indiens abandonnés ; tantôt je lui faisais des colliers avec des graines rouges d'azaléa, et puis je me prenais à sourire en contemplant sa merveilleuse beauté.

Quand nous rencontrions un fleuve, nous le passions sur

---

[1] Le nord. — [1] Chaussure indienne.

un radeau ou à la nage. Atala appuyait une de ses mains sur mon épaule, et, comme deux cygnes voyageurs, nous traversions ces ondes solitaires.

Souvent, dans les grandes chaleurs du jour, nous cherchions un abri sous les mousses des cèdres. Presque tous les arbres de la Floride, en particulier le cèdre et le chêne-vert, sont couverts d'une mousse blanche qui descend de leurs rameaux jusqu'à terre. Quand la nuit, au clair de la lune, vous apercevez sur la nudité d'une savane une yeuse isolée revêtue de cette draperie, vous croiriez voir un fantôme, traînant après lui ses longs voiles. La scène n'est pas moins pittoresque au grand jour; car une foule de papillons, de mouches brillantes, de colibris, de perruches vertes, de geais d'azur, vient s'accrocher à ces mousses, qui produisent alors l'effet d'une tapisserie en laine blanche, où l'ouvrier européen aurait brodé des insectes et des oiseaux éclatants.

C'était dans ces riantes hôtelleries, préparées par le grand Esprit, que nous nous reposions à l'ombre. Lorsque les vents descendaient du ciel pour balancer ce grand cèdre, que le château aérien bâti sur ses branches allait flottant avec les oiseaux et les voyageurs endormis sous ses abris, que mille soupirs sortaient des corridors et des voûtes du mobile édifice, jamais les merveilles de l'ancien monde n'ont approché de ce monument du désert.

Chaque soir nous allumions un grand feu, et nous bâtissions la hutte du voyage avec une écorce élevée sur quatre piquets. Si j'avais tué une dinde sauvage, un ramier, un faisan des bois, nous le suspendions devant le chêne embrasé, au bout d'une gaule plantée en terre, et nous abandonnions au vent le soin de tourner la proie du chasseur. Nous mangions des mousses appelées *tripes de roches*, des écorces sucrées de bouleau, et des pommes de mai, qui ont le goût de la pêche et de la framboise. Le noyer noir, l'érable, le sumac, fournissaient le vin à notre table. Quelquefois j'allais chercher parmi les roseaux une plante, dont la fleur allongée en cornet contenait un verre de la plus pure rosée. Nous bénissions la Providence qui, sur la faible tige d'une fleur, avait placé cette source limpide au milieu des marais corrompus, comme elle a mis l'espérance au fond des cœurs ulcérés par le chagrin, comme elle a fait jaillir la vertu du sein des misères de la vie.

Hélas! je découvris bientôt que je m'étais trompé sur le calme apparent d'Atala. A mesure que nous avancions elle devenait triste. Souvent elle tressaillait sans cause, et tournait précipitamment la tête. Je la surprenais attachant sur moi un regard passionné, qu'elle reportait vers le ciel avec une profonde mélancolie. Ce qui m'effrayait surtout, était un secret, une pensée cachée au fond de son âme, que j'entrevoyais dans ses yeux. Toujours m'attirant et me repoussant, ranimant et détruisant mes espérances, quand je croyais avoir fait un peu de chemin dans son cœur, je me retrouvais au même point. Que de fois elle m'a dit :

« O mon jeune amant! je t'aime comme l'ombre des bois au milieu du jour! Tu es beau comme le désert avec toutes ses fleurs et toutes ses brises. Si je me penche sur toi, je frémis; si ma main tombe sur la tienne, il me semble que je vais mourir. L'autre jour, le vent jeta tes cheveux sur mon visage, tandis que tu te délassais sur mon sein; je crus sentir le léger toucher des esprits invisibles. Oui, j'ai vu les chevrettes de la montagne d'Occone. j'ai entendu les propos des hommes rassasiés de jours, mais la douceur des chevreaux et la sagesse des vieillards sont moins plaisantes et moins fortes que tes paroles. Hé bien, pauvre Chactas, je ne serai jamais ton épouse! »

Les perpétuelles contradictions de l'amour et de la religion d'Atala, l'abandon de sa tendresse et la chasteté de ses mœurs, la fierté de son caractère et sa profonde sensibilité, l'élévation de son âme dans les grandes choses, sa susceptibilité dans les petites, tout en faisait pour moi un être incompréhensible. Atala ne pouvait pas prendre sur un homme un faible empire : pleine de passions, elle était pleine de puissance; il fallait ou l'adorer ou la haïr.

Après quinze nuits d'une marche précipitée, nous entrâmes dans la chaîne des monts Alleganys, et nous atteignîmes une des branches du Tenase, fleuve qui se jette dans l'Ohio.

Aidé des conseils d Atala, je bâtis un canot, que j'enduisis
de gomme de prunier, après en avoir recousu les écorces
avec des racines de sapin. Ensuite je m'embarquai avec
Atala, et nous nous abandonnâmes au cours du fleuve.

Le village indien de Sticoë, avec ses tombes pyramidales
et ses huttes en ruine, se montrait à notre gauche, au détour d'un promontoire; nous laissions à droite la vallée de
Keow, terminée par la perspective des cabanes de Jore,
suspendues au front de la montagne du même nom. Le
fleuve qui nous entraînait, coulait entre de hautes falaises,
au bout desquelles on apercevait le soleil couchant. Ces
profondes solitudes n'étaient point troublées par la présence
de l'homme. Nous ne vîmes qu'un chasseur indien qui, appuyé sur son arc et immobile sur la pointe d'un rocher,
ressemblait à une statue élevée dans la montagne au génie
de ces déserts.

Atala et moi nous joignions notre silence au silence de
cette scène. Tout à coup la fille de l'exil fit éclater dans les
airs une voix pleine d'émotion et de mélancolie; elle chantait la patrie absente :

« Heureux ceux qui n'ont point vu la fumée des fêtes
de l'étranger, et qui ne se sont assis qu'aux festins de leurs
pères!

» Si le geai bleu du Meschacebé disait à la nonpareille
des Florides « : Pourquoi vous plaignez-vous si tristement?
» n'avez-vous pas ici de belles eaux et de beaux ombrages, et
» toutes sortes de pâtures comme dans vos forêts? — Oui,
» répondrait la nonpareille fugitive; mais mon nid est dans le
» jasmin; qui me l'apportera? Et le soleil de ma savane,
» l'avez-vous? »

» Heureux ceux qui n'ont point vu la fumée des fêtes
de l'étranger, et qui ne se sont assis qu'aux festins de leurs
pères!

» Après les heures d'une marche pénible, le voyageur
s'assied tristement. Il contemple autour de lui les toits des
hommes; le voyageur n'a pas un lieu où reposer sa tête.
Le voyageur frappe à la cabane, il met son arc derrière la
porte, il demande l'hospitalité; le maître fait un geste de la

main : le voyageur reprend son arc et retourne au désert.

» Heureux ceux qui n'ont point vu la fumée des fêtes de l'étranger, et qui ne se sont assis qu'aux festins de leurs pères!

» Merveilleuses histoires racontées autour du foyer, tendres épanchements du cœur, longues habitudes d'aimer si nécessaires à la vie, vous avez rempli les journées de ceux qui n'ont point quitté leur pays natal! Leurs tombeaux sont dans leur patrie, avec le soleil couchant, les pleurs de leurs amis et les charmes de la religion.

» Heureux ceux qui n'ont point vu la fumée des fêtes de l'étranger, et qui ne se sont assis qu'aux festins de leurs pères! »

Ainsi chantait Atala. Rien n'interrompait ses plaintes, hors le bruit insensible de notre canot sur les ondes. En deux ou trois endroits seulement elles furent recueillies par un faible écho, qui les redit à un second plus faible, et celui-ci à un troisième plus faible encore : on eût cru que les âmes de deux amants, jadis infortunés comme nous, attirées par cette mélodie touchante, se plaisaient à en soupirer les derniers sons dans la montagne.

Cependant la solitude, la présence continuelle de l'objet aimé, nos malheurs même, redoublaient à chaque instant notre amour. Les forces d'Atala commençaient à l'abandonner, et les passions, en abattant son corps, allaient triompher de sa vertu. Elle priait continuellement sa mère, dont elle avait l'air de vouloir apaiser l'ombre irritée. Quelquefois elle me demandait si je n'entendais pas une voix plaintive, si je ne voyais pas des flammes sortir de la terre. Pour moi, épuisé de fatigue, mais toujours brûlant de désir, songeant que j'étais peut-être perdu sans retour au milieu de ces forêts, cent fois je fus prêt à saisir mon épouse dans mes bras, cent fois je lui proposai de bâtir une hutte sur ces rivages et de nous y ensevelir ensemble. Mais elle me résista toujours :

« Songez, me disait-elle, mon jeune ami, qu'un guerrier se doit à sa patrie. Qu'est-ce qu'une femme auprès des devoirs que tu as à remplir? Prends courage, fils d'Outalissi,

ne murmure point contre ta destinée. Le cœur de l'homme
est comme l'éponge du fleuve, qui tantôt boit une onde pure
dans les temps de sérénité, tantôt s'enfle d'une eau bourbeuse, quand le ciel a troublé les eaux. L'éponge a-t-elle
le droit de dire : Je croyais qu'il n'y aurait jamais d'orages,
que le soleil ne serait jamais brûlant? »

O René! si tu crains les troubles du cœur, défie-toi de la
solitude : les grandes passions sont solitaires, et les transporter au désert, c'est les rendre à leur empire. Accablés
de soucis et de craintes, exposés à tomber entre les mains
des Indiens ennemis, à être engloutis dans les eaux, piqués
des serpents, dévorés des bêtes, trouvant difficilement une
chétive nourriture, et ne sachant plus de quel côté tourner
nos pas, nos maux semblaient ne pouvoir plus s'accroître,
lorsqu'un accident y vint mettre le comble.

C'était le vingt-septième soleil depuis notre départ des cabanes : la *lune de feu*[1] avait commencé son cours, et tout
annonçait un orage. Vers l'heure où les matrones indiennes
suspendent la crosse du labour aux branches du savinier,
et où les perruches se retirent dans le creux des cyprès, le
ciel commença à se couvrir. Les voix de la solitude s'étei-
gnirent, le désert fit silence, et les forêts demeurèrent dans
un calme universel. Bientôt les roulements d'un tonnerre
lointain, se prolongeant dans ces bois aussi vieux que le
monde, en firent sortir des bruits sublimes. Craignant d'être
submergés, nous nous hâtâmes de gagner le bord du fleuve,
et de nous retirer dans une forêt.

Ce lieu était un terrain marécageux. Nous avancions avec
peine sous une voûte de smilax, parmi des ceps de vigne,
des indigos, des faséoles, des lianes rampantes, qui entra-
vaient nos pieds comme des filets. Le sol spongieux tremblait autour de nous, et à chaque instant nous étions près
d'être engloutis dans des fondrières. Des insectes sans
nombre, d'énormes chauves-souris nous aveuglaient; les
serpents à sonnettes bruissaient de toutes parts, et les
loups, les ours, les carcajous, les petits tigres, qui venaient

---

[1] Mois de juillet.

se cacher dans ces retraites, les remplissaient de leurs rugissements.

Cependant l'obscurité redouble : les nuages abaissés entrent sous l'ombrage des bois. La nue se déchire, et l'éclair trace un rapide losange de feu. Un vent impétueux, sorti du couchant, roule les nuages sur les nuages; les forêts plient, le ciel s'ouvre coup sur coup, et, à travers ses crevasses, on aperçoit de nouveaux cieux et des campagnes ardentes. Quel affreux, quel magnifique spectacle! La foudre met le feu dans les bois, l'incendie s'étend comme une chevelure de flammes; des colonnes d'étincelles et de fumée assiégent les nues, qui vomissent leurs foudres dans le vaste embrasement. Alors le grand Esprit couvre les montagnes d'épaisses ténèbres; du milieu de ce vaste chaos s'élève un mugissement confus formé par le fracas des vents, le gémissement des arbres, le hurlement des bêtes féroces, le bourdonnement de l'incendie, et la chute répétée du tonnerre qui siffle en s'éteignant dans les eaux.

Le grand Esprit le sait! Dans ce moment je ne vis qu'Atala, je ne pensai qu'à elle. Sous le tronc penché d'un bouleau, je parvins à la garantir des torrents de la pluie. Assis moi-même sous l'arbre, tenant ma bien-aimée sur mes genoux, et réchauffant ses pieds nus entre mes mains, j'étais plus heureux que la nouvelle épouse qui sent pour la première fois son fruit tressaillir dans son sein.

Nous prêtions l'oreille au bruit de la tempête; tout à coup je sentis une larme d'Atala tomber sur mon sein :

« Orage du cœur, m'écriai-je, est-ce une goutte de votre pluie? »

Puis embrassant étroitement celle que j'aimais :

« Atala, lui dis-je, vous me cachez quelque chose. Ouvre-moi ton cœur, ô ma beauté! cela fait tant de bien, quand un ami regarde dans notre âme! Raconte-moi cet autre secret de la douleur, que tu t'obstines à taire. Ah! je le vois, tu pleures ta patrie. »

Elle repartit aussitôt :

« Enfant des hommes, comment pleurerais-je ma patrie, puisque mon père n'était pas du pays des palmiers?

» — Quoi! répliquai-je avec un profond étonnement, votre père n'était point du pays des palmiers! Quel est donc celui qui vous a mise sur cette terre? Répondez. »

Atala dit ces paroles :

« Avant que ma mère eût apporté en mariage au guerrier Simaghan trente cavales, vingt buffles, cent mesures d'huile de glands, cinquante peau de castor et beaucoup d'autres richesses, elle avait connu un homme de la chair blanche. Or, la mère de ma mère lui jeta de l'eau au visage, et la contraignit d'épouser le magnanime Simaghan, tout semblable à un roi, et honoré des peuples comme un génie. Mais ma mère dit à son nouvel époux : « Mon ventre a conçu, » tuez-moi. » Simaghan lui répondit : « Le grand Esprit » me garde d'une si mauvaise action. Je ne vous mutilerai » point, je ne vous couperai point le nez ni les oreilles, » parce que vous avez été sincère et que vous n'avez point » trompé ma couche. Le fruit de vos entrailles sera mon » fruit, et je ne vous visiterai qu'après le départ de l'oiseau » de rizière, lorsque la treizième lune aura brillé. » En ce temps-là, je brisai le sein de ma mère, et je commençai à croître, fière comme une Espagnole et comme une sauvage. Ma mère me fit chrétienne, afin que son Dieu et le Dieu de mon père fût aussi mon Dieu. Ensuite le chagrin d'amour vint la chercher, et elle descendit dans la petite cave garnie de peaux, d'où l'on ne sort jamais. »

Telle fut l'histoire d'Atala.

« Et quel était donc ton père, pauvre orpheline? lui dis-je ; comment les hommes l'appelaient-ils sur la terre, et quel nom portait-il parmi les génies?

» — Je n'ai jamais lavé les pieds de mon père, dit Atala ; je sais seulement qu'il vivait avec sa sœur à Saint-Augustin, et qu'il a toujours été fidèle à ma mère : *Philippe* était son nom parmi les anges, et les hommes le nommaient *Lopez*. »

A ces mots je poussai un cri qui retentit dans toute la solitude; le bruit de mes transports se mêla au bruit de l'orage. Serrant Atala sur mon cœur, je m'écriai avec des sanglots :

« O ma sœur ! ô fille de Lopez ! fille de mon bienfaiteur ! »

Atala, effrayée, me demanda d'où venait mon trouble ; mais quand elle sut que Lopez était cet hôte généreux qui m'avait adopté à Saint-Augustin, et que j'avais quitté pour être libre, elle fut saisie elle-même de confusion et de joie.

C'en était trop pour nos cœurs que cette amitié fraternelle qui venait nous visiter, et joindre son amour à notre amour. Désormais les combats d'Atala allaient devenir inutiles : en vain je la sentis porter une main à son sein, et faire un mouvement extraordinaire ; déjà je l'avais saisie, déjà je m'étais enivré de son souffle, déjà j'avais bu toute la magie de l'amour sur ses lèvres. Les yeux levés vers le ciel, à la lueur des éclairs, je tenais mon épouse dans mes bras, en présence de l'Éternel. Pompe nuptiale, digne de nos malheurs et de la grandeur de nos amours : superbes forêts qui agitiez vos lianes et vos dômes comme les rideaux et le ciel de notre couche, pins embrasés qui formiez les flambeaux de notre hymen, fleuve débordé, montagnes mugissantes, affreuse et sublime nature, n'étiez-vous donc qu'un appareil préparé pour nous tromper, et ne pûtes-vous cacher un moment dans vos mystérieuses horreurs la félicité d'un homme ?

Atala n'offrait plus qu'une faible résistance ; je touchais au moment du bonheur, quand tout à coup un impétueux éclair, suivi d'un éclat de la foudre, sillonne l'épaisseur des ombres, remplit la forêt de soufre et de lumière, et brise un arbre à nos pieds. Nous fuyons. O surprise !... dans le silence qui succède, nous entendons le son d'une cloche ! Tous deux interdits, nous prêtons l'oreille à ce bruit, si étrange dans un désert. A l'instant un chien aboie dans le lointain ; il approche, il redouble ses cris, il arrive, il hurle de joie à nos pieds ; un vieux solitaire, portant une petite lanterne, le suit à travers les ténèbres de la forêt :

« La Providence soit bénie ! s'écria-t-il aussitôt qu'il nous aperçut. Il y a bien longtemps que je vous cherche ! Notre chien vous a sentis dès le commencement de l'orage, et il m'a conduit ici. Bon Dieu ! comme ils sont jeunes ! Pauvr es

enfants! comme ils ont dû souffrir! Allons, j'ai apporté une
peau d'ours, ce sera pour cette jeune femme; voici un peu
de vin dans notre calebasse. Que Dieu soit loué dans toutes
ses œuvres! sa miséricorde est bien grande et sa bonté est
infinie! »

Atala était aux pieds du religieux :

« Chef de la prière, lui disait-elle, je suis chrétienne,
c'est le ciel qui t'envoie pour me sauver.

» — Ma fille, dit l'ermite en la relevant, nous sonnons
ordinairement la cloche de la mission pendant la nuit et
pendant les tempêtes, pour appeler les étrangers, et, à
l'exemple de nos frères des Alpes et du Liban, nous avons
appris à notre chien à découvrir les voyageurs égarés. »

Pour moi, je comprenais à peine l'ermite; cette charité
me semblait si fort au-dessus de l'homme, que je croyais
faire un songe. A la lueur de la petite lanterne que tenait
le religieux, j'entrevoyais sa barbe et ses cheveux tout
trempés d'eau; ses pieds, ses mains et son visage étaient
ensanglantés par les ronces.

« Vieillard, m'écriai-je enfin, quel cœur as-tu donc, toi
qui n'as pas craint d'être frappé de la foudre?

» — Craindre! repartit le père avec une sorte de chaleur,
craindre lorsqu'il y a des hommes en péril et que je leur
puis être utile! je serais donc un bien indigne serviteur de
Jésus-Christ!

» — Mais sais-tu, lui dis-je, que je ne suis pas chrétien?

» — Jeune homme, répondit l'ermite, vous ai-je demandé
votre religion? Jésus-Christ n'a pas dit : « Mon sang lavera
» celui-ci, et non celui-là. » Il est mort pour le Juif et le
gentil, et il n'a vu dans tous les hommes que des frères et
des infortunés. Ce que je fais ici pour vous est fort peu de
chose, et vous trouveriez ailleurs bien d'autres secours; mais
la gloire n'en doit point retomber sur les prêtres. Que sommes-nous, faibles solitaires, sinon de grossiers instruments
d'une œuvre céleste? Eh! quel serait le soldat assez lâche
pour reculer, lorsque son chef, la croix à la main, et le
front couronné d'épines, marche devant lui au secours des
hommes? »

Ces paroles saisirent mon cœur ; des larmes d'admiration
et de tendresse tombèrent de mes yeux.

« Mes chers enfants, dit le missionnaire, je gouverne dans
ces forêts un petit troupeau de vos frères sauvages. Ma grotte
est assez près d'ici dans la montagne ; venez vous réchauffer
chez moi ; vous n'y trouverez pas les commodités de la vie,
mais vous y aurez un abri, et il faut encore en remercier
la bonté divine, car il y a bien des hommes qui en manquent. »

LES LABOUREURS.

Il y a des justes dont la conscience est si tranquille, qu'on
ne peut approcher d'eux sans participer à la paix qui
s'exhale, pour ainsi dire, de leur cœur et de leurs discours.
A mesure que le solitaire parlait, je sentais les passions
s'apaiser dans mon sein, et l'orage même du ciel semblait
s'éloigner à sa voix. Les nuages furent bientôt assez dispersés
pour nous permettre de quitter notre retraite. Nous sortîmes
de la forêt, et nous commençâmes à gravir le revers d'une
haute montagne. Le chien marchait devant nous, en portant
au bout d'un bâton la lanterne éteinte. Je tenais la main
d'Atala, et nous suivions le missionnaire. Il se détournait
souvent pour nous regarder, contemplant avec pitié nos malheurs et notre jeunesse. Un livre était suspendu à son cou ;
il s'appuyait sur un bâton blanc. Sa taille était élevée, sa
figure pâle et maigre, sa physionomie simple et sincère. Il
n'avait pas les traits morts et effacés de l'homme né sans
passions ; on voyait que ses jours avaient été mauvais, et les
rides de son front montraient les belles cicatrices des passions guéries par la vertu et par l'amour de Dieu et des
hommes. Quand il nous parlait debout et immobile, sa
longue barbe, ses yeux modestement baissés, le son affectueux de sa voix, tout en lui avait quelque chose de calme
et de sublime. Quiconque a vu, comme moi, le père Aubry
cheminant seul avec son bâton et son bréviaire dans le désert,
a une véritable idée du voyageur chrétien sur la terre.

Après une demi-heure d'une marche dangereuse par les

sentiers de la montagne, nous arrivâmes à la grotte du missionnaire. Nous y entrâmes à travers les lierres et les girau-
monts humides, que la pluie avait abattus des rochers. Il n'y
avait dans ce lieu qu'une natte de feuilles de papaya, une
calebasse pour puiser de l'eau, quelques vases de bois, une
bêche, un serpent familier, et, sur une pierre qui servait de
table, un crucifix et le livre des chrétiens.

L'homme des anciens jours se hâta d'allumer du feu avec
des lianes sèches; il brisa du maïs entre deux pierres, et
en ayant fait un gâteau, il le mit cuire sous la cendre.
Quand ce gâteau eut pris au feu une belle couleur dorée, il
nous le servit tout brûlant avec de la crème de noix dans
un vase d'érable. Le soir ayant ramené la sérénité, le serviteur du grand Esprit nous proposa d'aller nous asseoir à
l'entrée de la grotte. Nous le suivîmes dans ce lieu, qui
commandait une vue immense. Les restes de l'orage étaient
jetés en désordre vers l'orient : les feux de l'incendie allumé
dans les forêts par la foudre brillaient encore dans le lointain; au pied de la montagne un bois de pins tout entier
était renversé dans la vase, et le fleuve roulait pêle-mêle les
argiles détrempées, les troncs des arbres, les corps des animaux et les poissons morts, dont on voyait le ventre argenté
flotter à la surface des eaux.

Ce fut au milieu de cette scène qu'Atala raconta notre
histoire au vieux génie de la montagne. Son cœur parut
touché, et des larmes tombèrent sur sa barbe :

« Mon enfant, dit-il à Atala, il faut offrir vos souffrances
à Dieu pour la gloire de qui vous avez déjà fait tant de
choses; il vous rendra le repos. Voyez fumer ces forêts,
sécher ces torrents, se dissiper ces nuages; croyez-vous que
celui qui peut calmer une pareille tempête ne pourra pas
apaiser les troubles du cœur de l'homme? Si vous n'avez
pas de meilleure retraite, ma chère fille, je vous offre une
place au milieu du troupeau que j'ai eu le bonheur d'appeler à Jésus-Christ. J'instruirai Chactas, et je vous le donnerai pour époux quand il sera digne de l'être. »

A ces mots, je tombai aux genoux du solitaire, en versant
des pleurs de joie: mais Atala devint pâle comme la mort.

Le vieillard me releva avec bénignité, et je m'aperçus alors qu'il avait les deux mains mutilées. Atala comprit sur-le-champ ses malheurs.

« Les barbares ! s'écria-t-elle.

» — Ma fille, reprit le père avec un doux sourire, qu'est-ce que cela auprès de ce qu'a enduré mon divin Maître? Si les Indiens idolâtres m'ont affligé, ce sont de pauvres aveugles que Dieu éclairera un jour. Je les chéris même davantage, en proportion des maux qu'ils m'ont faits. Je n'ai pu rester dans ma patrie où j'étais retourné, et où une illustre reine m'a fait l'honneur de vouloir contempler ces faibles marques de mon apostolat. Et quelle récompense plus glorieuse pouvais-je recevoir de mes travaux, que d'avoir obtenu du chef de notre religion la permission de célébrer le divin sacrifice avec ces mains mutilées? Il ne me restait plus, après un tel honneur, qu'à tâcher de m'en rendre digne : je suis revenu au nouveau monde, consumer le reste de ma vie au service de mon Dieu. Il y a bientôt trente ans que j'habite cette solitude, et il y en aura demain vingt-deux que j'ai pris possession de ce rocher. Quand j'arrivai dans ces lieux, je n'y trouvai que des familles vagabondes, dont les mœurs étaient féroces et la vie fort misérable. Je leur ai fait entendre la parole de paix, et leurs mœurs se sont graduellement adoucies. Ils vivent maintenant rassemblés au bas de cette montagne. J'ai tâché, en leur enseignant les voies du salut, de leur apprendre les premiers arts de la vie, mais sans les porter trop loin, et en retenant ces honnêtes gens dans cette simplicité qui fait le bonheur. Pour moi, craignant de les gêner par ma présence, je me suis retiré sous cette grotte, où ils viennent me consulter. C'est ici que, loin des hommes, j'admire Dieu dans la grandeur de ces solitudes, et que je me prépare à la mort, que m'annoncent mes vieux jours. »

En achevant ces mots, le solitaire se mit à genoux, et nous imitâmes son exemple. Il commença à haute voix une prière, à laquelle Atala répondait. De muets éclairs ouvraient encore les cieux dans l'orient, et sur les nuages du couchant trois soleils brillaient ensemble. Quelques renards dispersés

par l'orage allongeaient leurs museaux noirs au bord des
précipices, et l'on entendait le frémissement des plantes qui,
séchant à la brise du soir, relevaient de toutes parts leurs
tiges abattues.

Nous rentrâmes dans la grotte, où l'ermite étendit un lit
de mousse de cyprès pour Atala. Une profonde langueur se
peignait dans les yeux et dans les mouvements de cette
vierge; elle regardait le père Aubry, comme si elle eût voulu
lui communiquer un secret; mais quelque chose semblait la
retenir, soit ma présence, soit une certaine honte, soit l'inutilité de l'aveu. Je l'entendis se lever au milieu de la nuit,
elle cherchait le solitaire; mais comme il lui avait donné sa
couche, il était allé contempler la beauté du ciel et prier
Dieu sur le sommet de la montagne. Il me dit le lendemain
que c'était assez sa coutume, même pendant l'hiver, aimant
à voir les forêts balancer leur cimes dépouillées, les nuages
voler dans les cieux, et à entendre les vents et les torrents
gronder dans la solitude. Ma sœur fut donc obligée de retourner à sa couche, où elle s'assoupit. Hélas! comblé d'espérance, je ne vis dans la faiblesse d'Atala que des marques
passagères de lassitude!

Le lendemain, je m'éveillai aux chants des cardinaux et
des oiseaux-moqueurs, nichés dans les acacias et les lau-
riers qui environnaient la grotte. J'allai cueillir une rose de
magnolia, et je la déposai, humectée des larmes du matin,
sur la tête d'Atala endormie. J'espérais, selon la religion de
mon pays, que l'âme de quelque enfant mort à la mamelle
serait descendue sur cette fleur dans une goutte de rosée, et
qu'un heureux songe la porterait au sein de ma future
épouse. Je cherchai ensuite mon hôte; je le trouvai la robe
relevée dans ses deux poches, un chapelet à la main, et
m'attendant assis sur le tronc d'un pin tombé de vieillesse.
Il me proposa d'aller avec lui à la Mission, tandis qu'Atala
reposait encore; j'acceptai son offre, et nous nous mîmes
en route à l'instant.

En descendant la montagne, j'aperçus des chênes où les
génies semblaient avoir dessiné des caractères étrangers.
L'ermite me dit qu'il les avait tracés lui-même, que c'é-

taient des vers d'un ancien poëte appelé Homère, et quelques sentences d'un autre poëte plus ancien encore, nommé Salomon. Il y avait je ne sais quelle mystérieuse harmonie entre cette sagesse des temps, ces vers rongés de mousse, ce vieux solitaire qui les avait gravés, et ces vieux chênes qui lui servaient de livres.

Son nom, son âge, la date de sa mission, étaient aussi marqués sur un roseau de savane, au pied de ces arbres. Je m'étonnai de la fragilité du dernier monument :

« Il durera encore plus que moi, me répondit le père, et aura toujours plus de valeur que le peu de bien que j'ai fait. »

De là, nous arrivâmes à l'entrée d'une vallée, où je vis un ouvrage merveilleux : c'était un pont naturel, semblable à celui de la Virginie, dont tu as peut-être entendu parler. Les hommes, mon fils, surtout ceux de ton pays, imitent souvent la nature, et leurs copies sont toujours petites; il n'en est pas ainsi de la nature, quand elle a l'air d'imiter les travaux des hommes, en leur offrant en effet des modèles. C'est alors qu'elle jette des ponts du sommet d'une montagne au sommet d'une autre montagne, suspend des chemins dans les nues, répand des fleuves pour canaux, sculpte des monts pour colonnes, et pour bassins creuse des mers.

Nous passâmes sous l'arche unique de ce pont, et nous nous trouvâmes devant une autre merveille : c'était le cimetière des Indiens de la Mission, ou les *Bocages de la mort*. Le père Aubry avait permis à ses néophytes d'ensevelir leurs morts à leur manière et de conserver au lieu de leurs sépultures son nom sauvage; il avait seulement sanctifié ce lieu par une croix [1]. Le sol en était divisé, comme le champ commun des moissons, en autant de lots qu'il y avait de familles. Chaque lot faisait à lui seul un bois qui variait selon le goût de ceux qui l'avaient planté. Un ruisseau ser-

---

[1] Le père Aubry avait fait comme les jésuites à la Chine, qui permettaient aux Chinois d'enterrer leurs parents dans leurs jardins, selon leur ancienne coutume.

pentait sans bruit au milieu de ces bocages; on l'appelait *le Ruisseau de la paix*. Ce riant asile des âmes était fermé à l'orient par le pont sous lequel nous avions passé; deux collines le bornaient au septentrion et au midi; il ne s'ouvrait qu'à l'occident, où s'élevait un grand bois de sapins. Les troncs de ces arbres, rouges, marbrés de vert, montant sans branches jusqu'à leurs cimes, ressemblaient à de hautes colonnes, et formaient le péristyle de ce temple de la mort; il y régnait un bruit religieux, semblable au sourd mugissement de l'orgue sous les voûtes d'une église; mais lorsqu'on pénétrait au fond du sanctuaire, on n'entendait plus que les hymnes des oiseaux qui célébraient à la mémoire des morts une fête éternelle.

En sortant de ce bois, nous découvrîmes le village de la Mission, situé au bord d'un lac, au milieu d'une savane semée de fleurs. On y arrivait par une avenue de magnolias et de chênes verts, qui bordaient une de ces anciennes routes que l'on trouve vers les montagnes qui divisent le Kentucky des Florides. Aussitôt que les Indiens aperçurent leur pasteur dans la plaine, ils abandonnèrent leurs travaux et accoururent au devant de lui. Les uns baisaient sa robe, les autres aidaient ses pas; les mères élevaient dans leurs bras leurs petits enfants pour leur faire voir l'homme de Jésus-Christ qui répandait des larmes. Il s'informait en marchant de ce qui se passait au village; il donnait un conseil à celui-ci, réprimandait doucement celui-là; il parlait des moissons à recueillir, des enfants à instruire, des peines à consoler, et il mêlait Dieu à tous ses discours.

Ainsi escortés, nous arrivâmes au pied d'une grande croix qui se trouvait sur le chemin. C'était là que le serviteur de Dieu avait accoutumé de célébrer les mystères de sa religion :

« Mes chers néophytes, dit-il en se tournant vers la foule, il vous est arrivé un frère et une sœur; et, pour surcroît de bonheur, je vois que la divine Providence a épargné hier vos moissons : voilà deux grandes raisons de la remercier. Offrons donc le saint sacrifice, et que chacun y apporte un recueillement profond, une foi vive, une reconnaissance infinie et un cœur humilié. »

Aussitôt le prêtre divin revêt une tunique blanche d'écorce de mûrier; les vases sacrés sont tirés d'un tabernacle au pied de la croix, l'autel se prépare sur un quartier de roche, l'eau se puise dans le torrent voisin, et une grappe de raisin sauvage fournit le vin du sacrifice. Nous nous mettons tous à genoux dans les hautes herbes : le mystère commence.

L'aurore, paraissant derrière les montagnes, enflammait l'orient. Tout était d'or ou de rose dans la solitude. L'astre annoncé par tant de splendeur sortit enfin d'un abîme de lumière, et son premier rayon rencontra l'hostie consacrée, que le prêtre en ce moment même élevait dans les airs. O charme de la religion! O magnificence du culte chrétien! Pour sacrificateur un vieil ermite, pour autel un rocher, pour église le désert, pour assistance d'innocents sauvages! Non, je ne doute point qu'au moment où nous nous prosternâmes, le grand mystère ne s'accomplît, et que Dieu ne descendît sur la terre, car je le sentis descendre dans mon cœur.

Après le sacrifice, où il ne manqua pour moi que la fille de Lopez, nous nous rendîmes au village. Là régnait le mélange le plus touchant de la vie sociale et de la vie de la nature : au coin d'une cyprière de l'antique désert on découvrait une culture naissante; les épis roulaient à flots d'or sur le tronc de chêne abattu, et la gerbe d'un été remplaçait l'arbre de trois siècles. Partout on voyait les forêts livrées aux flammes pousser de grosses fumées dans les airs, et la charrue se promener lentement entre les débris de leurs racines. Des arpenteurs avec de longues chaînes allaient mesurant le terrain; des arbitres établissaient les premières propriétés; l'oiseau cédait son nid; le repaire de la bête féroce se changeait en une cabane; on entendait gronder des forges, et les coups de la cognée faisaient pour la dernière fois mugir des échos, expirant eux-mêmes avec les arbres qui leur servaient d'asile.

J'errais avec ravissement au milieu de ces tableaux, rendus

plus doux par l'image d'Atala et par les rêves de félicité
dont je berçais mon cœur. J'admirais le triomphe du christianisme sur la vie sauvage ; je voyais l'Indien se civilisant à
la voix de la religion ; j'assistais aux noces primitives de
l'homme et de la terre : l'homme par ce grand contrat,
abandonnant à la terre l'héritage de ses sueurs; et la terre
s'engageant en retour à porter fidèlement les moissons, les
fils et les cendres de l'homme.

Cependant on présenta un enfant au missionnaire, qui le
baptisa parmi des jasmins en fleurs, au bord d'une source,
tandis qu'un cercueil, au milieu des jeux et des travaux, se
rendait aux Bocages de la mort. Deux époux reçurent la
bénédiction nuptiale sous un chêne, et nous allâmes ensuite
les établir dans un coin du désert. Le pasteur marchait
devant nous, bénissant çà et là, et le rocher, et l'arbre, et
la fontaine, comme autrefois, selon le livre des chrétiens,
Dieu bénit la terre inculte, en la donnant en héritage à
Adam. Cette procession, qui pêle-mêle avec ses troupeaux
suivait de rocher en rocher son chef vénérable, représentait
à mon cœur attendri ces migrations des premières familles,
alors que Sem, avec ses enfants, s'avançait à travers le
monde inconnu, en suivant le soleil qui marchait devant
lui.

Je voulus savoir du saint ermite comment il gouvernait
ses enfants; il me répondit avec une grande complaisance :

« Je ne leur ai donné aucune loi; je leur ai seulement
enseigné à s'aimer, à prier Dieu, et à espérer une meilleure
vie : toutes les lois du monde sont là-dedans. Vous voyez au
milieu du village une cabane plus grande que les autres :
elle sert de chapelle dans la saison des pluies. On s'y assemble soir et matin pour louer le Seigneur, et quand je suis
absent, c'est un vieillard qui fait la prière; car la vieillesse
est, comme la maternité, une espèce de sacerdoce. Ensuite
on va travailler dans les champs; et si les propriétés sont
divisées, afin que chacun puisse apprendre l'économie sociale, les moissons sont déposées dans des greniers communs, pour maintenir la charité fraternelle. Quatre vieillards distribuent avec égalité le produit du labeur. Ajoutez

à cela des cérémonies religieuses, beaucoup de cantiques; la croix où j'ai célébré les mystères, l'ormeau sous lequel je prêche dans les bons jours, nos tombeaux tout près de nos champs de blé, nos fleuves où je plonge les petits enfants et les saints Jeans de cette nouvelle Béthanie, vous aurez une idée complète de ce royaume de Jésus-Christ. »

Les paroles du solitaire me ravirent, et je sentis la supériorité de cette vie stable et occupée, sur la vie errante et oisive du sauvage.

Ah! René! je ne murmure point contre la Providence, mais j'avoue que je ne me rappelle jamais cette société évangélique sans éprouver l'amertume des regrets. Qu'une hutte, avec Atala, sur ces bords, eût rendu ma vie heureuse! Là finissaient toutes mes courses ; là, avec une épouse, inconnu des hommes, cachant mon bonheur au fond des forêts, j'aurais passé comme ces fleuves, qui n'ont pas même un nom dans le désert. Au lieu de cette paix que j'osais alors me promettre, dans quel trouble n'ai-je point coulé mes jours! Jouet continuel de la fortune, brisé sur tous les rivages, longtemps exilé de mon pays, et n'y trouvant, à mon retour, qu'une cabane en ruine et des amis dans la tombe : telle devait être la destinée de Chactas.

LE DRAME.

Si mon songe de bonheur fut vif, il fut aussi d'une courte durée, et le réveil m'attendait à la grotte du solitaire. Je fus surpris, en y arrivant au milieu du jour, de ne pas voir Atala accourir au devant de nos pas. Je ne sais quelle soudaine horreur me saisit. En approchant de la grotte, je n'osais appeler la fille de Lopez : mon imagination était également épouvantée, ou du bruit, ou du silence qui succéderait à mes cris. Encore plus effrayé de la nuit qui régnait à l'entrée du rocher, je dis au missionnaire :

« O vous que le ciel accompagne et fortifie, pénétrez dans ces ombres. »

Qu'il est faible celui que les passions dominent! qu'il est

fort celui qui se repose en Dieu! Il y avait plus de courage
dans ce cœur religieux, flétri par soixante-seize années, que
dans toute l'ardeur de ma jeunesse. L'homme de paix entra
dans la grotte, et je restai au dehors plein de terreur. Bientôt un faible murmure semblable à des plaintes sortit du
fond du rocher, et vint frapper mon oreille. Poussant un
cri, et retrouvant mes forces, je m'élançai dans la nuit de
la caverne... Esprit de mes pères, vous savez seuls le spectacle qui frappa mes yeux!

Le solitaire avait allumé un flambeau de pin; il le tenait
d'une main tremblante au-dessus de la couche d'Atala. Cette
belle et jeune femme, à moitié soulevée sur le coude, se
montrait pâle et échevelée. Les gouttes d'une sueur pénible
brillaient sur son front; ses regards à demi éteints cherchaient encore à m'exprimer son amour, et sa bouche essayait de sourire. Frappé comme d'un coup de foudre, les
yeux fixés, les bras étendus, les lèvres entr'ouvertes, je
demeurai immobile. Un profond silence règne un moment
parmi les trois personnages de cette scène de douleur. Le
solitaire le rompt le premier :

« Ceci, dit-il, ne sera qu'une fièvre occasionnée par la
fatigue, et si nous nous résignons à la volonté de Dieu, il
aura pitié de nous. »

A ces paroles, le sang suspendu reprit son cours dans
mon cœur, et, avec la mobilité du sauvage, je passai subitement de l'excès de la crainte à l'excès de la confiance.
Mais Atala ne m'y laissa pas longtemps. Balançant tristement la tête, elle nous fit signe de nous approcher de sa
couche.

« Mon père, dit-elle d'une voix affaiblie en s'adressant au
religieux, je touche au moment de la mort. O Chactas!
écoute sans désespoir le funeste secret que je t'ai caché,
pour ne pas te rendre trop misérable, et pour obéir à ma
mère. Tâche de ne pas m'interrompre par des marques
d'une douleur qui précipiterait le peu d'instants que j'ai à
vivre. J'ai beaucoup de choses à raconter, et, aux battements
de ce cœur, qui se ralentissent... à je ne sais quel fardeau

glacé que mon sein soulève à peine... je sens que je ne me saurais trop hâter. »

Après quelques moments de silence, Atala poursuivit ainsi :

« Ma triste destinée a commencé presque avant que j'eusse vu la lumière. Ma mère m'avait conçue dans le malheur ; je fatiguais son sein ; et elle me mit au monde avec de grands déchirements d'entrailles : on désespéra de ma vie. Pour sauver mes jours, ma mère fit un vœu : elle promit à la Reine des anges que je lui consacrerais ma virginité, si j'échappais à la mort... Vœu fatal qui me précipite au tombeau !

» J'entrais dans ma seizième année lorsque je perdis ma mère. Quelques heures avant de mourir, elle m'appela au bord de sa couche : « Ma fille, me dit-elle en présence d'un » missionnaire qui consolait ses derniers instants, ma fille, tu » sais le vœu que j'ai fait pour toi. Voudrais-tu démentir ta » mère? O mon Atala ! je te laisse dans un monde qui n'est » pas digne de posséder une chrétienne, au milieu d'idolâtres » qui persécutent le Dieu de ton père et le mien, le Dieu qui, » après t'avoir donné le jour, te l'a conservé par un miracle. » Eh ! ma chère enfant, en acceptant le voile des vierges, tu » ne fais que renoncer aux soucis de la cabane et aux funestes » passions qui ont troublé le sein de ta mère ! Viens donc, » ma bien-aimée, viens ; jure sur cette image de la Mère du » Sauveur, entre les mains de ce saint prêtre et de ta mère » expirante, que tu ne me trahiras point à la face du ciel. » Songe que je me suis engagée pour toi, afin de te sauver la » vie, et que, si tu ne tiens ma promesse, tu plongeras l'âme » de ta mère dans des tourments éternels. »

» O ma mère ! pourquoi parlâtes-vous ainsi ! O religion qui fais à la fois mes maux et ma félicité, qui me perds et qui me consoles ! Et toi, cher et triste objet d'une passion qui me consume jusque dans les bras de la mort, tu vois maintenant, ô Chactas ! ce qui a fait la rigueur de notre destinée !... Fondant en pleurs et me précipitant dans le sein maternel, je promis tout ce qu'on me voulut faire promettre. Le missionnaire prononça sur moi les paroles redoutables,

et me donna le scapulaire qui me lie pour jamais. Ma mère
me menaça de sa malédiction, si jamais je rompais mes
vœux, et, après m'avoir recommandé un secret inviolable
envers les païens, persécuteurs de ma religion, elle expira
en me tenant embrassée.

» Je ne connus pas d'abord le danger de mes serments.
Pleine d'ardeur, et chrétienne véritable, fière du sang espagnol qui coule dans mes veines, je n'aperçus autour de
moi que des hommes indignes de recevoir ma main; je
m'applaudis de n'avoir d'autre époux que le Dieu de ma
mère. Je te vis, jeune et beau prisonnier, je m'attendris sur
ton sort, je t'osai parler au bûcher de la forêt; alors je
sentis tout le poids de mes vœux. »

Comme Atala achevait de prononcer ces paroles, serrant
les poings, et regardant le missionnaire d'un air menaçant,
je m'écriai :

« La voilà donc cette religion que vous m'avez tant
vantée! Périsse le serment qui m'enlève Atala! Périsse le
Dieu qui contrarie la nature! Homme-prêtre, qu'es-tu venu
faire dans ces forêts.

» — Te sauver, dit le vieillard d'une voix terrible, dompter
tes passions, et t'empêcher, blasphémateur, d'attirer sur toi
la colère céleste! Il te sied bien, jeune homme, à peine
entré dans la vie, de te plaindre de tes douleurs! Où sont
les marques de tes souffrances? Où sont les injustices que tu
as supportées? Où sont tes vertus, qui seules pourraient te
donner quelques droits à la plainte? Quel service as-tu
rendu? Quel bien as-tu fait? Eh! malheureux, tu ne m'offres
que des passions, et tu oses accuser le ciel! Quand tu auras,
comme le père Aubry, passé trente années exilé sur les
montagnes, tu seras moins prompt à juger des desseins de
la Providence; tu comprendras alors que tu ne sais rien,
que tu n'es rien, et qu'il n'y a point de châtiment si rigou-
reux, point de maux si terribles, que la chair corrompue
ne mérite de souffrir. »

Les éclairs qui sortaient des yeux du vieillard, sa barbe
qui frappait sa poitrine, ses paroles foudroyantes le rendaient semblable à un dieu. Accablé de sa majesté, je

tombai à ses genoux, et lui demandai pardon de mes emportements.

« Mon fils, me répondit-il avec un accent si doux, que le remords entra dans mon âme, mon fils, ce n'est pas pour moi-même que je vous ai réprimandé. Hélas! vous avez raison, mon cher enfant : je suis venu faire bien peu de chose dans ces forêts, et Dieu n'a pas de serviteur plus indigne que moi. Mais, mon fils, le ciel, le ciel, voilà ce qu'il ne faut jamais accuser! Pardonnez-moi si je vous ai offensé, mais écoutons votre sœur. Il y a peut-être du remède, ne nous lassons point d'espérer. Chactas, c'est une religion bien divine que celle-là qui a fait une vertu de l'espérance!

» — Mon jeune ami, reprit Atala, tu as été témoin de mes combats, et cependant tu n'en as vu que la moindre partie; je te cachais le reste. Non, l'esclave noir qui arrose de ses sueurs les sables ardents de la Floride, est moins misérable que n'a été Atala. Te sollicitant à la fuite, et pourtant certaine de mourir si tu t'éloignais de moi; craignant de fuir avec toi dans les déserts, et cependant haletant après l'ombrage des bois... Ah! s'il n'avait fallu que quitter parents, amis, patrie; si même (chose affreuse)! il n'y eût eu que la perte de mon âme!... Mais ton ombre, ô ma mère, ton ombre était toujours là, me reprochant ses tourments! J'entendais tes plaintes, je voyais les flammes de l'enfer te consumer. Mes nuits étaient arides et pleines de fantômes, mes jours étaient désolés; la rosée du soir séchait en tombant sur ma peau brûlante, j'entr'ouvrais mes lèvres aux brises, et les brises, loin de m'apporter la fraîcheur, s'embrasaient du feu de mon souffle. Quel tourment de te voir sans cesse auprès de moi, loin de tous les hommes, dans de profondes solitudes, et de sentir entre toi et moi une barrière invincible! Passer ma vie à tes pieds, te servir comme ton esclave, apprêter ton repas et ta couche dans quelque coin ignoré de l'univers, eût été pour moi le bonheur suprême : ce bonheur, j'y touchais, et je ne pouvais en jouir. Quel dessein n'ai-je point rêvé! Quel songe n'est point sorti de ce cœur si triste! Quelquefois, en attachant mes yeux sur toi, j'allais jusqu'à former des désirs aussi insensés que coupables : tantôt j'aurais voulu être avec toi la seule créature vivante sur la terre ; tantôt, sentant une divinité qui m'arrêtait dans mes horribles transports, j'aurais désiré que cette divinité se fût anéantie, pourvu que, serrée dans tes bras, j'eusse roulé d'abîme en abîme avec les débris de Dieu et du monde ! A présent même... le dirai-je? à présent que l'éternité va m'engloutir, que je vais paraître devant le Juge inexorable, au moment où, pour obéir à ma mère, je vois avec joie ma virginité dévorer ma vie ; eh bien! par une affreuse contradiction, j'emporte le regret de n'avoir pas été à toi!...

» — Ma fille, interrompit le missionnaire, votre douleur vous égare. Cet excès de passion auquel vous vous livrez est rarement juste, il n'est pas même dans la nature ; et en cela il est moins coupable aux yeux de Dieu, parce que c'est plutôt quelque chose de faux dans l'esprit, que de vicieux dans le cœur. Il faut donc éloigner de vous ces emportements, qui ne sont pas dignes de votre innocence. Mais aussi, ma chère enfant, votre imagination impétueuse vous a trop alarmée sur vos vœux. La religion n'exige point de sacrifice plus qu'humain. Ses sentiments vrais ; ses vertus tempérées sont bien au-dessus des sentiments exaltés et des vertus forcées d'un prétendu héroïsme. Si vous aviez succombé, eh bien! pauvre brebis égarée, le bon Pasteur vous aurait cherchée, pour vous ramener au troupeau. Les trésors du repentir vous étaient ouverts : il faut des torrents de sang pour effacer nos fautes aux yeux des hommes, une seule larme suffit à Dieu. Rassurez-vous donc, ma chère fille, votre situation exige du calme ; adressons-nous à Dieu, qui guérit toutes les plaies de ses serviteurs. Si c'est sa volonté, comme je l'espère, que vous échappiez à cette maladie, j'écrirai à l'évêque de Québec ; il a les pouvoirs nécessaires pour vous relever de vos vœux, qui ne sont que des vœux simples, et vous achèverez vos jours près de moi avec Chactas, votre époux. »

A ces paroles du vieillard, Atala fut saisie d'une longue

convulsion, dont elle ne sortit que pour donner des marques d'une douleur effrayante :

« Quoi! dit-elle en joignant les deux mains avec passion, il y avait du remède! Je pouvais être relevée de mes vœux!

» — Oui, ma fille, répondit le père; et vous le pouvez encore.

» — Il est trop tard, il est trop tard! s'écria-t-elle. Faut-il mourir, au moment où j'apprends que j'aurais pu être heureuse! Que n'ai-je connu plus tôt ce saint vieillard! Aujourd'hui, de quel bonheur je jouirais, avec toi, avec Chactas chrétien..., consolée, rassurée par ce prêtre auguste... dans ce désert... pour toujours... oh! c'eût été trop de félicité!

» — Calme-toi, lui dis-je en saisissant une des mains de l'infortunée, calme-toi, ce bonheur, nous allons le goûter.

» — Jamais! jamais! dit Atala.

» — Comment? repartis-je.

» — Tu ne sais pas tout, s'écria la vierge : c'est hier... pendant l'orage... J'allais violer mes vœux : j'allais plonger ma mère dans les flammes de l'abîme; déjà sa malédiction était sur moi; déjà je mentais au Dieu qui m'a sauvé la vie... Quand tu baisais mes lèvres tremblantes, tu ne savais pas que tu n'embrassais que la mort!

» — O ciel! s'écria le missionnaire, chère enfant, qu'avez-vous fait?

» — Un crime, mon père, dit Atala les yeux égarés : mais je ne perdais que moi, et je sauvais ma mère.

» — Achève donc, m'écriai-je plein d'épouvante.

» — Hé bien, dit-elle, j'avais prévu ma faiblesse; en quittant les cabanes, j'ai emporté avec moi...

» — Quoi? repris-je avec horreur.

» — Un poison? dit le père.

» — Il est dans mon sein, » s'écria Atala.

Le flambeau échappe de la main du solitaire, je tombe mourant près de la fille de Lopez, le vieillard nous saisit l'un et l'autre dans ses bras, et tous trois, dans l'ombre, nous mêlons un moment nos sanglots sur cette couche funèbre.

« Réveillons-nous, réveillons-nous! dit bientôt le courageux ermite en allumant une lampe. Nous perdons des moments précieux : intrépides chrétiens, bravons les assauts de l'adversité : la corde au cou, la cendre sur la tête, jetons-nous aux pieds du Très-Haut, pour implorer sa clémence, ou pour nous soumettre à ses décrets. Peut-être est-il temps encore. Ma fille, vous eussiez dû m'avertir hier au soir.

» — Hélas! mon père, dit Atala, je vous ai cherché la nuit dernière; mais le ciel, en punition de mes fautes, vous a éloigné de moi. Tout secours eût d'ailleurs été inutile; car les Indiens mêmes, si habiles dans ce qui regarde les poisons, ne connaissent point de remèdes à celui que j'ai pris. O Chactas! juge de mon étonnement quand j'ai vu que le coup n'était pas aussi subit que je m'y attendais! Mon amour a redoublé mes forces, mon âme n'a pu si vite se séparer de toi. »

Ce ne fut plus ici par des sanglots que je troublai le récit d'Atala, ce fut par des emportements qui ne sont connus que des sauvages. Je me roulai furieux sur la terre en me tordant les bras, et en me dévorant les mains. Le vieux prêtre, avec une tendresse merveilleuse, courait du frère à la sœur, et nous prodiguait mille secours. Dans le calme de son cœur et sous le fardeau des ans, il savait se faire entendre à notre jeunesse, et sa religion lui fournissait des accents plus tendres et plus brûlants que nos passions mêmes. Ce prêtre, qui depuis quarante années s'immolait chaque jour au service de Dieu et des hommes dans ces montagnes, ne te rappelle-t-il pas ces holocaustes d'Israël, fumant perpétuellement sur les hauts lieux, devant le Seigneur?

Hélas! ce fut en vain qu'il essaya d'apporter quelque remède aux maux d'Atala. La fatigue, le chagrin, le poison, et une passion plus mortelle que tous les poisons ensemble, se réunissaient pour ravir cette fleur à la solitude. Vers le soir, des symptômes effrayants se manifestèrent; un engour-

dissement général saisit les membres d'Atala, et les extrémités de son corps commencèrent à se refroidir :

« Touche mes doigts, me disait-elle; ne les trouves-tu pas
bien glacés? »

Je ne savais que répondre, et mes cheveux se hérissaient
d'horreur; ensuite elle ajoutait :

« Hier encore, mon bien-aimé, ton seul toucher me faisait
tressaillir, et voilà que je ne sens plus ta main, je n'entends presque plus ta voix, les objets de la grotte disparaissent tour à tour. Ne sont-ce pas les oiseaux qui
chantent! Le soleil doit être près de se coucher maintenant? Chactas, ses rayons seront bien beaux au désert, sur
ma tombe! »

Atala, s'apercevant que ces paroles nous faisaient fondre
en pleurs, nous dit :

« Pardonnez-moi, mes bons amis, je suis bien faible;
mais peut-être que je vais devenir plus forte. Cependant
mourir si jeune, tout à la fois, quand mon cœur était si
plein de vie! Chef de la prière, aie pitié de moi; soutiens-
moi. Crois-tu que ma mère soit contente, et que Dieu me
pardonne ce que j'ai fait?

» — Ma fille, répondit le bon religieux en versant des
larmes, et les essuyant avec ses doigts tremblants et mutilés, ma fille, tous vos malheurs viennent de votre ignorance; c'est votre éducation sauvage et le manque d'instruction nécessaire qui vous ont perdue; vous ne saviez pas
qu'une chrétienne ne peut disposer de sa vie. Consolez-vous
donc, ma chère brebis; Dieu vous pardonnera à cause de
la simplicité de votre cœur. Votre mère et l'imprudent mis
sionnaire qui la dirigeait ont été plus coupables que vous;
ils ont passé leurs pouvoirs en vous arrachant un vœu indiscret; mais que la paix du Seigneur soit avec eux! Vous
offrez tous trois un terrible exemple des dangers de l'enthousiasme et du défaut de lumière en matière de religion.
Rassurez-vous, mon enfant; celui qui sonde les reins et les
cœurs vous jugera sur vos intentions, qui étaient pures, et
non sur votre action, qui est condamnable.

» Quant à la vie, si le moment est arrivé de vous en-

dormir dans le Seigneur, ah! ma chère enfant, que vous
perdez peu de chose en perdant ce monde! Malgré la solitude où vous avez vécu, vous avez connu les chagrins : que
penseriez-vous donc si vous eussiez été témoin des maux de
la société? si, en abordant sur les rivages de l'Europe, votre
oreille eût été frappée de ce long cri de douleur qui s'élève
de cette vieille terre? L'habitant de la cabane, et celui des
palais, tout souffre, tout gémit ici-bas ; les reines ont été
vues pleurant comme de simples femmes, et l'on s'est
étonné de la quantité de larmes que contiennent les yeux
des rois?

» Est-ce votre amour que vous regrettez? Ma fille, il faudrait autant pleurer un songe. Connaissez-vous le cœur de
l'homme, et pourriez-vous compter les inconstances de son
désir? Vous calculeriez plutôt le nombre des vagues que la
mer roule dans une tempête. Atala, les sacrifices, les bienfaits, ne sont pas des liens éternels : un jour, peut-être, le
dégoût fût venu avec la satiété, le passé eût été compté pour
rien, et l'on n'eût plus aperçu que les inconvénients d'une
union pauvre et méprisée. Sans doute, ma fille, les plus
belles amours furent celles de cet homme et de cette femme,
sortis de la main du Créateur. Un paradis avait été formé
pour eux, ils étaient innocents et immortels. Parfaits de
l'âme et du corps, ils se convenaient en tout : Ève avait
été créée pour Adam, et Adam pour Ève. S'ils n'ont pu
toutefois se maintenir dans cet état de bonheur, quels
couples le pourront après eux? Je ne vous parlerai point des
mariages des premiers-nés des hommes, de ces unions ineffables, alors que la sœur était l'épouse du frère, que l'amour
et l'amitié fraternelle se confondaient dans le même cœur,
et que la pureté de l'une augmentait les délices de l'autre.
Toutes ces unions ont été troublées; la jalousie s'est glissée
à l'autel de gazon où l'on immolait le chevreau, elle a régné
sous la tente d'Abraham, et dans ces couches mêmes où les
patriarches goûtaient tant de joie qu'ils oubliaient la mort
de leurs mères.

» Vous seriez-vous donc flattée, mon enfant, d'être plus
innocente et plus heureuse dans vos liens que ces saintes

familles dont Jésus-Christ a voulu descendre? Je vous épargne les détails des soucis du ménage, les disputes, les reproches mutuels, les inquiétudes et toutes ces peines secrètes qui veillent sur l'oreiller du lit conjugal. La femme renouvelle ses douleurs chaque fois qu'elle est mère, et elle se marie en pleurant. Que de maux dans la seule perte d'un nouveau-né à qui l'on donnait le lait, et qui meurt sur votre sein! La montagne a été pleine de gémissements; rien ne pouvait consoler Rachel, parce que ses fils n'étaient plus. Ces amertumes attachées aux tendresses humaines sont si fortes, que j'ai vu dans ma patrie de grandes dames, aimées par des rois, quitter la cour pour s'ensevelir dans des cloîtres, et mutiler cette chair révoltée, dont les plaisirs ne sont que des douleurs.

» Mais peut-être direz-vous que ces derniers exemples ne vous regardent pas; que toute votre ambition se réduisait à vivre dans une obscure cabane avec l'homme de votre choix; que vous cherchiez moins les douceurs du mariage que les charmes de cette folie que la jeunesse appelle *amour*? Illusion, chimère, vanité, rêve d'une imagination blessée! Et moi aussi, ma fille, j'ai connu les troubles du cœur; cette tête n'a pas toujours été chauve, ni ce sein aussi tranquille qu'il vous le paraît aujourd'hui. Croyez-en mon expérience: si l'homme, constant dans ses affections, pouvait sans cesse fournir à un sentiment renouvelé sans cesse, sans doute la solitude et l'amour l'égaleraient à Dieu même; car ce sont là les deux éternels plaisirs du grand Être. Mais l'âme de l'homme se fatigue, et jamais elle n'aime longtemps le même objet avec plénitude. Il y a toujours quelques points par où deux cœurs ne se touchent pas, et ces points suffisent à la longue pour rendre la vie insupportable.

» Enfin, ma chère fille, le grand tort des hommes, dans leur songe de bonheur, est d'oublier cette infirmité de la mort attachée à leur nature: il faut finir. Tôt ou tard, quelle qu'eût été votre félicité, ce beau visage se fût changé en cette figure uniforme que le sépulcre donne à la famille d'Adam; l'œil même de Chactas n'aurait pu vous reconnaître entre vos sœurs de la tombe. L'amour n'étend point

son empire sur les vers du cercueil. Que dis-je! (ô vanité
des vanités!) que parlé-je de la puissance des amitiés de la
terre! Voulez-vous, ma chère fille, en connaître l'étendue?
Si un homme revenait à la lumière quelques années après
sa mort, je doute qu'il fût revu avec joie par ceux-là mêmes
qui ont donné le plus de larmes à sa mémoire : tant on
forme vite d'autres liaisons, tant on prend facilement d'autres habitudes, tant l'inconstance est naturelle à l'homme,
tant notre vie est peu de chose, même dans le cœur de nos
amis !

» Remerciez donc la bonté divine, ma chère fille, qui vous
retire si vite de cette vallée de misère. Déjà le vêtement
blanc et la couronne éclatante des vierges se préparent pour
vous sur les nuées; déjà j'entends la Reine des anges qui
vous crie : « Venez, ma digne servante, venez, ma colombe,
» venez vous asseoir sur un trône de candeur, parmi toutes
» ces filles qui ont sacrifié leur beauté et leur jeunesse au
» service de l'humanité, à l'éducation des enfants et aux
» chefs-d'œuvre de la pénitence. Venez, rose mystique, vous
» reposer sur le sein de Jésus-Christ. Ce cercueil, lit nuptial
» que vous vous êtes choisi, ne sera point trompé, et les
» embrassements de votre céleste époux ne finiront jamais! »

Comme le dernier rayon du jour abat les vents et répand
le calme dans le ciel, ainsi la parole tranquille du vieillard
apaisa les passions dans le sein de mon amante. Elle ne
parut plus occupée que de ma douleur et des moyens de
me faire supporter sa perte. Tantôt elle me disait qu'elle
mourrait heureuse si je lui promettais de sécher mes pleurs;
tantôt elle me parlait de ma mère, de ma patrie; elle cherchait à me distraire de la douleur présente, en réveillant en
moi une douleur passée. Elle m'exhortait à la patience, à la
vertu.

« Tu ne seras pas toujours malheureux, disait-elle : si le
ciel t'éprouve aujourd'hui, c'est seulement pour te rendre
compatissant aux maux des autres. Le cœur, ô Chactas! est
comme ces sortes d'arbres qui ne donnent leur baume pour
les blessures des hommes que lorsque le fer les a blessés
eux-mêmes. »

Quand elle avait ainsi parlé, elle se tournait vers le missionnaire, cherchait auprès de lui le soulagement qu'elle m'avait fait éprouver, et, tour à tour consolante et consolée, elle donnait et recevait la parole de vie sur la couche de la mort.

Cependant l'ermite redoublait de zèle. Ses vieux os s'étaient rallumés par l'ardeur de la charité, et toujours préparant des remèdes, rallumant le feu, rafraîchissant la couche, il faisait d'admirables discours sur Dieu et sur le bonheur des justes. Le flambeau de la religion à la main, il semblait précéder Atala dans la tombe, pour lui en montrer les secrètes merveilles. L'humble grotte était remplie de la grandeur de ce trépas chrétien, et les esprits célestes étaient sans doute attentifs à cette scène où la religion luttait seule contre l'amour, la jeunesse et la mort.

Elle triomphait, cette religion divine, et l'on s'apercevait de sa victoire à une sainte tristesse qui succédait dans nos cœurs aux premiers transports des passions. Vers le milieu de la nuit, Atala sembla se ranimer pour répéter des prières que le religieux prononçait au bord de sa couche. Peu de temps après, elle me tendit la main, et avec une voix qu'on entendait à peine, elle me dit :

« Fils d'Outalissi, te rappelles-tu cette première nuit où tu me pris pour la Vierge des dernières amours ? Singulier présage de notre destinée ! »

Elle s'arrêta, puis elle reprit :

« Quand je songe que je te quitte pour toujours, mon cœur fait un tel effort pour revivre, que je me sens presque le pouvoir de me rendre immortelle à force d'aimer. Mais, ô mon Dieu ! que votre volonté soit faite ! »

Atala se tut pendant quelques instants, elle ajouta :

« Il ne me reste plus qu'à vous demander pardon des maux que je vous ai causés. Je vous ai beaucoup tourmenté par mon orgueil et mes caprices. Chactas, un peu de terre jeté sur mon corps va mettre tout un monde entre vous et moi et vous délivrer pour toujours du poids de mes infortunes.

» — Vous pardonner! répondis-je noyé de larmes : n'est-ce pas moi qui ai causé tous vos malheurs?

» — Mon ami, dit-elle en m'interrompant, vous m'avez rendue très-heureuse, et si j'étais à recommencer la vie, je préférerais encore le bonheur de vous avoir aimé quelques instants dans un exil infortuné à toute une vie de repos dans ma patrie. »

Ici la voix d'Atala s'éteignit; les ombres de la mort se répandirent autour de ses yeux et de sa bouche; ses doigts errants cherchaient à toucher quelque chose; elle conversait tout bas avec des esprits invisibles. Bientôt, faisant un effort, elle essaya, mais en vain, de détacher de son cou le petit crucifix; elle me pria de le dénouer moi-même, et elle me dit :

« Quand je te parlai pour la première fois, tu vis cette croix briller à la lueur du feu sur mon sein; c'est le seul bien que possède Atala. Lopez, ton père et le mien, l'envoya à ma mère peu de jours après ma naissance. Reçois donc de moi cet héritage, ô mon frère! conserve-le en mémoire de mes malheurs. Tu auras recours à ce Dieu des infortunés dans les chagrins de ta vie. Chactas, j'ai une dernière prière à te faire. Ami, notre union aurait été courte sur la terre, mais il est après cette vie une plus longue vie. Qu'il serait affreux d'être séparée de toi pour jamais! Je ne fais que te devancer aujourd'hui, et je vais t'attendre dans l'empire céleste. Si tu m'as aimée, fais-toi instruire dans la religion chrétienne, qui prépara notre réunion. Elle fait sous tes yeux un grand miracle, cette religion, puisqu'elle me rend capable de te quitter sans mourir dans les angoisses du désespoir. Cependant, Chactas, je ne veux de toi qu'une simple promesse, je sais trop ce qu'il en coûte, pour te demander un serment. Peut-être ce vœu te séparerait-il de quelque femme plus heureuse que moi... O ma mère! pardonne à ta fille. O Vierge! retenez votre courroux. Je retombe dans mes faiblesses, et je te dérobe, ô mon Dieu! des pensées qui ne devraient être que pour toi. »

Navré de douleur, je promis à Atala d'embrasser un jour la religion chrétienne. A ce spectacle, le solitaire, se levant d'un air inspiré, et étendant les bras vers la voûte de la grotte :

« Il est temps, s'écria-t-il, il est temps d'appeler Dieu ici ! »

A peine a-t-il prononcé ces mots, qu'une force surnaturelle me contraint de tomber à genoux, et m'incline la tête au pied du lit d'Atala. Le prêtre ouvre un lieu secret où était renfermée une urne d'or, couverte d'un voile de soie ; il se prosterne et adore profondément. La grotte parut soudain illuminée ; on entendit dans les airs les paroles des anges et les frémissements des harpes célestes ; et, lorsque le solitaire tira le vase sacré de son tabernacle, je crus voir Dieu lui-même sortir du flanc de la montagne.

Le prêtre ouvrit le calice ; il prit entre ses deux doigts une hostie blanche comme la neige, et s'approcha d'Atala en prononçant des mots mystérieux. Cette sainte avait les yeux levés au ciel, en extase. Toutes ses douleurs parurent suspendues, toute sa vie se rassembla sur sa bouche ; ses lèvres s'entr'ouvrirent, et vinrent avec respect chercher le Dieu caché sous le pain mystique. Ensuite le divin vieillard trempe un peu de coton dans une huile consacrée ; il en frotte les tempes d'Atala, il regarde un moment la fille mourante, et tout à coup ces fortes paroles lui échappent :

« Partez, âme chrétienne, allez rejoindre votre Créateur ! »

Relevant alors ma tête abattue, je m'écriai en regardant le vase où était l'huile sainte :

« Mon père, ce remède rendra-t-il la vie à Atala ?

» — Oui, mon fils, dit le vieillard en tombant dans mes bras, la vie éternelle ! »

Atala venait d'expirer.

Dans cet endroit, pour la seconde fois depuis le commencement de son récit, Chactas fut obligé de s'interrompre. Ses pleurs l'inondaient, et sa voix ne laissait échapper que des mots entrecoupés. Le sachem aveugle ouvrit son sein, il en tira le crucifix d'Atala.

« Le voilà, s'écria-t-il, ce gage de l'adversité ! O René, ô mon fils ! tu le vois ; et moi, je ne le vois plus ! Dis-moi, après tant d'années, l'or n'en est-il point altéré ? n'y vois-tu point la trace de mes larmes? Pourrais-tu reconnaître l'endroit qu'une sainte a touché de ses lèvres? Comment Chactas n'est-il point encore chrétien? Quelles frivoles raisons de politique et de patrie l'ont jusqu'à présent retenu dans les erreurs de ses pères? Non, je ne veux pas tarder plus longtemps. La terre me crie : Quand donc descendras-tu dans la tombe, et qu'attends-tu pour embrasser une religion divine ?... O terre! vous ne m'attendrez pas longtemps : aussitôt qu'un prêtre aura rajeuni dans l'onde cette tête blanchie par les chagrins, j'espère me réunir à Atala... Mais achevons ce qui me reste à conter de mon histoire. »

LES FUNÉRAILLES.

Je n'entreprendrai point, ô René! de te peindre aujourd'hui le désespoir qui saisit mon âme lorsque Atala eut rendu le dernier soupir. Il faudrait avoir plus de chaleur qu'il ne m'en reste; il faudrait que mes yeux fermés se pussent rouvrir au soleil, pour lui demander compte des pleurs qu'ils versèrent à sa lumière. Oui, cette lune qui brille à présent sur nos têtes se lassera d'éclairer les solitudes du Kentucky; oui, le fleuve qui porte maintenant nos pirogues suspendra le cours de ses eaux avant que mes larmes cessent de couler pour Atala! Pendant deux jours entiers je fus insensible aux discours de l'ermite. En essayant de calmer mes peines, cet excellent homme ne se servait point des vaines raisons de la terre, il se contentait de me dire :

« Mon fils, c'est la volonté de Dieu ; » et il me pressait dans ses bras. Je n'aurais jamais cru qu'il y eût tant de consolation dans ce peu de mots du chrétien résigné, si je ne l'avais éprouvé moi-même.

La tendresse, l'onction, l'inaltérable patience du vieux serviteur de Dieu, vainquirent enfin l'obstination de ma douleur. J'eus honte des larmes que je lui faisais répandre.

« Mon père, lui dis-je, c'en est trop : que les passions d'un jeune homme ne troublent plus la paix de tes jours. Laisse-moi emporter les restes de mon épouse; je les ense-

velirai dans quelque coin du désert, èt si je suis encore
condamné à la vie, je tâcherai de me rendre digne de ces
noces éternelles qui m'ont été promises par Atala. »

A ce retour inespéré de courage, le bon père tressaillit
de joie; il s'écria :

« O sang de Jésus-Christ, sang de mon divin Maître, je
reconnais là tes mérites! Tu sauveras sans doute ce jeune
homme. Mon Dieu, achève ton ouvrage; rends la paix à
cette âme troublée, et ne lui laisse de ses malheurs que
d'humbles et utiles souvenirs. »

Le juste refusa de m'abandonner le corps de la fille de
Lopez, mais il me proposa de faire venir ses néophytes, et
de l'enterrer avec toute la pompe chrétienne; je m'y refu-
sai à mon tour.

« Les malheurs et les vertus d'Atala, lui dis-je, ont été
inconnus aux hommes; que sa tombe, creusée furtivement
par nos mains, partage cette obscurité. »

Nous convînmes que nous partirions le lendemain au lever
du soleil pour enterrer Atala sous l'arche du pont naturel
à l'entrée des Bocages de la mort. Il fut aussi résolu que
nous passerions la nuit en prières auprès du corps de cette
sainte.

Vers le soir, nous transportâmes ses précieux restes à une
ouverture de la grotte qui donnait vers le nord. L'ermite
les avait roulés dans une pièce de lin d'Europe, filé par sa
mère : c'était le seul bien qui lui restât de sa patrie, et
depuis longtemps il le destinait à son propre tombeau. Atala
était couchée sur un gazon de sensitives de montagnes; ses
pieds, sa tête, ses épaules, et une partie de son sein étaient
découverts. On voyait dans ses cheveux une fleur de magnolia fanée... celle-là même que j'avais déposée sur le lit de
la vierge, pour la rendre féconde. Ses lèvres, comme un
bouton de rose cueilli depuis deux matins, semblaient lan-
guir et sourire. Dans ses joues d'une blancheur éclatante,
on distinguait quelques veines bleues. Ses beaux yeux étaient
fermés, ses pieds modestes étaient joints, et ses mains d'albâtre pressaient sur son cœur un crucifix d'ébène; le scapulaire de ses vœux était passé à son cou. Elle paraissait

enchantée par l'ange de la mélancolie, et par le double sommeil de l'innocence et de la tombe. Je n'ai rien vu de plus céleste. Quiconque eût ignoré que cette jeune fille avait joui de la lumière aurait pu la prendre pour la statue de la Virginité endormie.

Le religieux ne cessa de prier toute la nuit. J'étais assis en silence au chevet du lit funèbre de mon Atala. Que de fois, durant son sommeil, j'avais supporté sur mes genoux cette tête charmante ! Que de fois je m'étais penché sur elle pour entendre et pour respirer son souffle ! Mais à présent aucun bruit ne sortait de ce sein immobile, et c'était en vain que j'attendais le réveil de la beauté !

La lune prêta son pâle flambeau à cette veillée funèbre. Elle se leva au milieu de la nuit, comme une blanche vestale qui vient pleurer sur le cercueil d'une compagne. Bientôt elle répandit dans les bois ce grand secret de mélancolie, qu'elle aime à raconter aux vieux chênes et aux rivages antiques des mers. De temps en temps, le religieux plongeait un rameau fleuri dans une eau consacrée, puis, secouant la branche humide, il parfumait la nuit des baumes du ciel. Parfois il répétait sur un air antique quelques vers d'un vieux poëte nommé *Job*, il disait :

« J'ai passé comme une fleur, j'ai séché comme l'herbe des champs.

» Pourquoi la lumière a-t-elle été donnée à un misérable, et la vie à ceux qui sont dans l'amertume du cœur? »

Ainsi chantait l'ancien des hommes. Sa voix grave et un peu cadencée allait roulant dans le silence des déserts. Le nom de Dieu et du tombeau sortait de tous les échos, de tous les torrents, de toutes les forêts. Les roucoulements de la colombe de Virginie, la chute d'un torrent dans la montagne, les tintements de la cloche qui appelait les voyageurs, se mêlaient à ces chants funèbres, et l'on croyait entendre dans les Bocages de la mort le chœur lointain des décédés qui répondait à la voix du solitaire.

Cependant une barre d'or se forma dans l'orient. Les éperviers criaient sur les rochers, et les martres rentraient dans le creux des ormes : c'était le signal du convoi d'Atala. Je chargeai le corps sur mes épaules ; l'ermite marchait devant moi, une bêche à la main. Nous commençâmes à descendre de rochers en rochers ; la vieillesse et la mort ralentissaient également nos pas. A la vue du chien qui nous avait trouvés dans la forêt, et qui maintenant bondissant de joie, nous traçait une autre route, je me mis à fondre en larmes. Souvent la longue chevelure d'Atala, jouet des brises matinales, étendait son voile d'or sur mes yeux ; souvent, pliant sous le fardeau, j'étais obligé de le déposer sur la mousse, et de m'asseoir auprès, pour reprendre des forces. Enfin nous arrivâmes au lieu marqué par ma douleur ; nous descendîmes sous l'arche du pont. O mon fils ! il eût fallu voir un jeune sauvage et un vieil ermite à genoux l'un vis-à-vis de l'autre dans un désert, creusant avec leurs mains un tombeau pour une pauvre fille dont le corps était étendu près de là dans la ravine desséchée d'un torrent !

Quand notre ouvrage fut achevé, nous transportâmes la beauté dans son lit d'argile. Hélas ! j'avais espéré de préparer une autre couche pour elle ! Prenant alors un peu de poussière dans ma main, et gardant un silence effroyable, j'attachai pour la dernière fois mes yeux sur le visage d'Atala. Ensuite je répandis la terre du sommeil sur un front de dix-huit printemps ; je vis graduellement disparaître les traits de ma sœur, et ses grâces se cacher sous le rideau de l'éternité ; son sein surmonta quelque temps le sol noirci, comme un lis blanc s'élève du milieu d'une sombre argile : « Lopez, m'écriai-je alors, vois ton fils inhumer ta fille ! » et j'achevai de couvrir Atala de la terre du sommeil.

Nous retournâmes à la grotte, et je fis part au missionnaire du projet que j'avais formé de me fixer près de lui. Le saint, qui connaissait merveilleusement le cœur de l'homme, découvrit ma pensée et la ruse de ma douleur. Il me dit :

« Chactas, fils d'Outalissi, tandis qu'Atala a vécu, je vous ai sollicité moi-même de demeurer auprès de moi ; mais à présent votre sort est changé, vous vous devez à votre patrie. Croyez-moi, mon fils, les douleurs ne sont point éternelles ; il faut tôt ou tard qu'elles finissent, parce que le cœur de l'homme est fini ; c'est une de nos grandes misères : nous

ne sommes pas même capables d'être longtemps malheureux.
Retournez au Meschacebé : allez consoler votre mère, qui
vous pleure tous les jours, et qui a besoin de votre appui.
Faites-vous instruire dans la religion de votre Atala, lorsque
vous en trouverez l'occasion, et souvenez-vous que vous lui
avez promis d'être vertueux et chrétien. Moi, je veillerai ici
sur son tombeau. Partez, mon fils. Dieu, l'âme de votre sœur
et le cœur de votre vieil ami vous suivront. »

Telles furent les paroles de l'homme du rocher ; son autorité était trop grande, sa sagesse trop profonde, pour ne lui
obéir pas. Dès le lendemain, je quittai mon vénérable hôte
qui, me pressant sur son cœur, me donna ses derniers conseils, sa dernière bénédiction et ses dernières larmes. Je
passai au tombeau ; je fus surpris d'y trouver une petite
croix qui se montrait au dessus de la mort, comme on aperçoit encore le mât d'un vaisseau qui a fait naufrage. Je jugeai
que le solitaire était venu prier au tombeau pendant la nuit ;
cette marque d'amitié et de religion fit couler mes pleurs en
abondance. Je fus tenté de rouvrir la fosse, et de voir
encore une fois ma bien-aimée ; une crainte religieuse me
retint. Je m'assis sur la terre fraîchement remuée. Un coude
appuyé sur mes genoux, et la tête soutenue dans ma main,
je demeurai enseveli dans la plus amère rêverie. O René !
c'est là que je fis pour la première fois des réflexions
sérieuses sur la vanité de nos jours, et la plus grande vanité
de nos projets ! Eh, mon enfant ! qui ne les a point faites
ces réflexions ? Je ne suis plus qu'un vieux cerf blanchi par
les hivers ; mes ans le disputent à ceux de la corneille ; eh
bien ! malgré tant de jours accumulés sur ma tête, malgré
une si longue expérience de la vie, je n'ai point encore rencontré d'homme qui n'eût été trompé dans ses rêves de félicité, point de cœur qui n'entretînt une plaie cachée. Le
cœur le plus serein en apparence ressemble au puits naturel
de la savane Alachua : la surface en paraît calme et pure ;
mais quand vous regardez au fond du bassin, vous apercevez un large crocodile que le puits nourrit dans ses eaux.

Ayant ainsi vu le soleil se lever et se coucher sur ce lieu
de douleur, le lendemain, au premier cri de la cigogne, je

me préparai à quitter la sépulture sacrée. J'en partis comme
de la borne d'où je voulais m'élancer dans la carrière de la
vertu. Trois fois j'évoquai l'âme d'Atala; trois fois le génie
du désert répondit à mes cris sous l'arche funèbre. Je saluai
ensuite l'orient, et je découvris au loin, dans les sentiers
de la montagne, l'ermite qui se rendait à la cabane de quelque
infortuné. Tombant à genoux et embrassant étroitement la
fosse, je m'écriai :

« Dors en paix dans cette terre étrangère, fille trop malheureuse ! Pour prix de ton amour, de ton exil et de ta
mort, tu vas être abandonnée, même de Chactas ! »

Alors versant des flots de larmes, je me séparai de la fille
de Lopez, alors je m'arrachai de ces lieux, laissant au pied
du monument de la nature un monument plus auguste :
l'humble tombeau de la vertu.

ÉPILOGUE.

Chactas, fils d'Outalissi le Natchez, a fait cette histoire à
René l'Européen. Les pères l'ont redite aux enfants, et moi,
voyageur aux terres lointaines, j'ai fidèlement rapporté ce
que des Indiens m'en ont appris. Je vis dans ce récit le
tableau du peuple chasseur et du peuple laboureur, la religion, première législatrice des hommes, les dangers de l'ignorance et de l'enthousiasme religieux, opposés aux lumières,
à la charité et au véritable esprit de l'Évangile, les combats
des passions et des vertus dans un cœur simple, enfin le
triomphe du christianisme sur le sentiment le plus fougueux
et la crainte la plus terrible, l'amour et la mort.

Quand un Siminole me raconta cette histoire, je la trouvai fort instructive et parfaitement belle, parce qu'il y mit
la fleur du désert, la grâce de la cabane, et une simplicité
à conter la douleur que je ne me flatte pas d'avoir conser-
vées. Mais une chose me restait à savoir. Je demandais ce
qu'était devenu le père Aubry, et personne ne me le pouvait
dire. Je l'aurais toujours ignoré, si la Providence, qui con-

duit tout, ne m'avait découvert ce que je cherchais. Voici
comme la chose se passa :

J'avais parcouru les rivages du Meschacebé, qui formaient
autrefois la barrière méridionale de la Nouvelle-France, et
j'étais curieux de voir au nord l'autre merveille de cet empire, la cataracte de Niagara. J'étais arrivé tout près de cette
chute, dans l'ancien pays des Agannonsioni[1], lorsqu'un matin,
en traversant une plaine, j'aperçus une femme assise sous
un arbre, et tenant un enfant mort sur ses genoux. Je
m'approchai doucement de la jeune mère, et je l'entendis
qui disait :

« Si tu étais resté parmi nous, cher enfant, comme ta
main eût bandé l'arc avec grâce ! Ton bras eût dompté
l'ours en fureur ; et, sur le sommet de la montagne, tes pas
auraient défié le chevreuil à la course. Blanche hermine du
rocher, si jeune être allé dans le pays des âmes ! Comment
feras-tu pour y vivre ? Ton père n'y est point pour t'y nourrir de sa chasse. Tu auras froid, et aucun esprit ne te donnera des peaux pour te couvrir. Oh ! il faut que je me hâte
de t'aller rejoindre, pour te chanter des chansons et te présenter mon sein. »

Et la jeune mère chantait d'une voix tremblante, balançait l'enfant sur ses genoux, humectait ses lèvres du lait
maternel, et prodiguait à la mort tous les soins qu'on donne
à la vie.

Cette femme voulait faire sécher le corps de son fils sur
les branches d'un arbre, selon la coutume indienne, afin
de l'emporter ensuite aux tombeaux de ses pères. Elle dépouilla donc le nouveau-né, et respirant, quelques instants
sur sa bouche, elle dit :

« Ame de mon fils, âme charmante, ton père t'a créée
jadis sur mes lèvres par un baiser ; hélas ! les miens n'ont
pas le pouvoir de te donner une seconde naissance. »

Ensuite elle découvrit son sein, et embrassa ces restes
glacés, qui se fussent ranimés au feu du cœur maternel, si
Dieu ne s'était réservé le souffle qui donne la vie.

[1] Les Iroquois.

Elle se leva, et chercha des yeux un arbre sur les branches duquel elle pût exposer son enfant. Elle choisit un érable à fleurs rouges, festonné de guirlandes d'apios, et qui exhalait les parfums les plus suaves. D'une main elle en abaissa les rameaux inférieurs, de l'autre elle y plaça le corps ; laissant alors échapper la branche, la branche retourna à sa position naturelle, emportant la dépouille de l'innocence, cachée dans un feuillage odorant. Oh ! que cette coutume indienne est touchante ! Je vous ai vus dans vos campagnes désolées, pompeux monuments des Crassus et des Césars, et je vous préfère encore ces tombeaux aériens du sauvage, ces mausolées de fleurs et de verdure que parfume l'abeille, que balance le zéphyr, et où le rossignol bâtit son nid et fait entendre sa plaintive mélodie. Si c'est la dépouille d'une jeune fille que la main d'un amant a suspendue à l'arbre de la mort, si ce sont les restes d'un enfant chéri qu'une mère a placés dans la demeure des petits oiseaux, le charme redouble encore. Je m'approchai de celle qui gémissait au pied de l'érable ; je lui imposai les mains sur la tête, en poussant les trois cris de douleur. Ensuite, sans lui parler, prenant comme elle un rameau, j'écartai les insectes qui bourdonnaient autour du corps de l'enfant ; mais je me donnai de garde d'effrayer une colombe voisine. L'Indienne lui disait :

« Colombe, si tu n'es pas l'âme de mon fils qui s'est envolée, tu es sans doute une mère qui cherche quelque chose pour faire un nid. Prends de ces cheveux, que je ne laverai plus dans l'eau d'esquine ; prends-en pour coucher tes petits : puisse le grand Esprit te les conserver ! »

Cependant la mère pleurait de joie en voyant la politesse de l'étranger. Comme nous faisions ceci, un jeune homme approcha :

« Fille de Céluta, retire notre enfant, nous ne séjournerons pas plus longtemps ici, et nous partirons au premier soleil. »

Je dis alors :

« Frère, je te souhaite un ciel bleu, beaucoup de chevreuils, un manteau de castor, et l'espérance. Tu n'es donc pas de ce désert ?

» — Non, répondit le jeune homme, nous sommes des exilés, et nous allons chercher une patrie. »

En disant cela, le guerrier baissa la tête dans son sein, et avec le bout de son arc il abattait la tête des fleurs. Je vis qu'il y avait des larmes au fond de cette histoire, et je me tus. La femme retira son fils des branches de l'arbre, et elle le donna à porter à son époux. Alors je dis :

« Voulez-vous me permettre d'allumer votre feu cette nuit?

» — Nous n'avons point de cabane, reprit le guerrier; si vous voulez nous suivre, nous campons au bord de la chute.

» — Je le veux bien, » répondis-je, et nous partîmes ensemble.

Nous arrivâmes bientôt au bord de la cataracte, qui s'annonçait par d'affreux mugissements. Elle est formée par la rivière Niagara, qui sort du lac Érié et se jette dans le lac Ontario; sa hauteur perpendiculaire est de cent quarante-quatre pieds. Depuis le lac Érié jusqu'au Saut, le fleuve accourt, par une pente rapide, et au moment de la chute, c'est moins un fleuve qu'une mer, dont les torrents se pressent à la bouche béante d'un gouffre. La cataracte se divise en deux branches et se courbe en fer à cheval. Entre les deux chutes s'avance une île creusée en dessous, qui pend avec tous ses arbres sur le chaos des ondes. La masse du fleuve qui se précipite au midi s'arrondit en un vaste cylindre, puis se déroule en nappe de neige, et brille au soleil de toutes les couleurs. Celle qui tombe au levant descend dans une ombre effrayante; on dirait une colonne d'eau du déluge. Mille arcs-en-ciel se courbent et se croisent sur l'abîme. Frappant le roc ébranlé, l'eau rejaillit en tourbillons d'écume, qui s'élèvent au-dessus des forêts, comme les fumées d'un vaste embrasement. Des pins, des noyers sauvages, des rochers taillés en forme de fantômes, décorent la scène. Des aigles entraînés par le courant d'air descendent en tournoyant au fond du gouffre; et des carcajous se suspendent par leurs queues flexibles au bout d'une branche abaissée, pour saisir dans l'abîme les cadavres brisés des élans et des ours.

Tandis qu'avec un plaisir mêlé de terreur je contemplais ce spectacle, l'Indienne et son époux me quittèrent. Je les cherchai en remontant le fleuve au-dessus de la chute, et bientôt je les trouvai dans un endroit convenable à leur deuil. Ils étaient couchés sur l'herbe avec des vieillards, auprès de quelques ossements humains enveloppés dans des peaux de bêtes. Étonné de tout ce que je voyais depuis quelques heures, je m'assis auprès de la jeune mère, et je lui dis :

« Qu'est-ce que tout ceci, ma sœur? »

Elle me répondit :

« Mon frère, c'est la terre de la patrie, ce sont les cendres de nos aïeux, qui nous suivent dans notre exil.

» — Et comment, m'écriai-je, avez-vous été réduits à un tel malheur? »

La fille de Céluta repartit :

« Nous sommes les restes des Natchez. Après le massacre que les Français firent de notre nation pour venger leurs frères, ceux de nos frères qui échappèrent aux vainqueurs trouvèrent un asile chez les Chikassas, nos voisins. Nous y sommes demeurés assez longtemps tranquilles; mais il y a sept lunes que les blancs de la Virginie se sont emparés de nos terres, en disant qu'elles leur ont été données par un roi d'Europe. Nous avons levé les yeux au ciel, et, chargés des restes de nos aïeux, nous avons pris notre route à travers le désert. Je suis accouchée pendant la marche; et comme mon lait était mauvais, à cause de la douleur, il a fait mourir mon enfant. »

En disant cela, la jeune mère essuya ses yeux avec sa chevelure; je pleurais aussi.

Or, je dis bientôt :

« Ma sœur, adorons le grand Esprit, tout arrive par son ordre. Nous sommes tous voyageurs; nos pères l'ont été comme nous, mais il y a un lieu où nous nous reposerons. Si je ne craignais d'avoir la langue aussi légère que celle d'un blanc, je vous demanderais si vous avez entendu parler de Chactas le Natchez? »

A ces mots, l'Indienne me regarda et me dit :

« Qui est-ce qui vous a parlé de Chactas le Natchez? »

Je répondis :

« C'est la sagesse. »

L'Indienne reprit :

« Je vous dirai ce que je sais, parce que vous avez éloigné les mouches du corps de mon fils, et que vous venez de dire de belles paroles sur le grand Esprit. Je suis la fille de la fille de René l'Européen, que Chactas avait adopté. Chactas, qui avait reçu le baptême, et René, mon aïeul si malheureux, ont péri dans le massacre.

» — L'homme va toujours de douleur en douleur, répondis-je en m'inclinant. Vous pourriez donc aussi m'apprendre des nouvelles du père Aubry?

» — Il n'a pas été plus heureux que Chactas, dit l'Indienne. Les Chéroquois, ennemis des Français, pénétrèrent à sa Mission; ils y furent conduits par le son de la cloche qu'on sonnait pour secourir les voyageurs. Le père Aubry se pouvait sauver; mais il ne voulut pas abandonner ses enfants, et il demeura pour les encourager à mourir, par son exemple. Il fut brûlé avec de grandes tortures; jamais on ne put tirer de lui un cri qui tournât à la honte de son Dieu, ou au déshonneur de sa patrie. Il ne cessa, durant le supplice, de prier pour ses bourreaux et de compatir au sort des victimes. Pour lui arracher une marque de faiblesse, les Chéroquois amenèrent à ses pieds un sauvage chrétien, qu'ils avaient horriblement mutilé. Mais ils furent bien surpris, quand ils virent le jeune homme se jeter à genoux et baiser les plaies du vieil ermite, qui lui criait : « Mon enfant, » nous avons été mis en spectacle aux anges et aux hommes. » Les Indiens, furieux, lui plongèrent un fer rouge dans la gorge, pour l'empêcher de parler. Alors, ne pouvant plus consoler les hommes, il expira.

» On dit que les Chéroquois, tout accoutumés qu'ils étaient à voir des sauvages souffrir avec constance, ne purent s'empêcher d'avouer qu'il y avait dans l'humble courage du père Aubry quelque chose qui leur était inconnu, et qui surpassait tous les courages de la terre. Plusieurs d'entre eux, frappés de cette mort, se sont faits chrétiens.

» Quelques années après, Chactas, à son retour de la terre des blancs, ayant appris les malheurs du chef de la prière, partit pour aller recueillir ses cendres et celles d'Atala. Il arriva à l'endroit où était située la Mission, mais il put à peine le reconnaître. Le lac s'était débordé, et la savane était changée en un marais; le pont naturel, en s'écroulant, avait enseveli sous ses débris le tombeau d'Atala et les Bocages de la mort. Chactas erra longtemps dans ce lieu; il visita la grotte du solitaire, qu'il trouva remplie de ronces et de framboisiers, et dans laquelle une biche allaitait son faon. Il s'assit sur le rocher de la Veillée de la mort, où il ne vit que quelques plumes tombées de l'aile de l'oiseau de passage. Tandis qu'il y pleurait, le serpent familier du missionnaire sortit des broussailles voisines, et vint s'entortiller à ses pieds. Chactas réchauffa dans son sein ce fidèle ami, resté seul au milieu de ces ruines. Le fils d'Outalissi a raconté que plusieurs fois, aux approches de la nuit, il avait cru voir les ombres d'Atala et du père Aubry s'élever dans la vapeur du crépuscule. Ces visions le remplirent d'une religieuse frayeur et d'une joie triste.

» Après avoir cherché vainement le tombeau de sa sœur et celui de l'ermite, il était près d'abandonner ces lieux, lorsque la biche de la grotte se mit à bondir devant lui. Elle s'arrêta au pied de la croix de la Mission. Cette croix était alors à moitié entourée d'eau; son bois était rongé de mousse, et le pélican du désert aimait à se percher sur ses bras vermoulus. Chactas jugea que la biche reconnaissante l'avait conduit au tombeau de son hôte. Il creusa sous la roche qui jadis servait d'autel, et il y trouva les restes d'un homme et d'une femme. Il ne douta point que ce ne fussent ceux du prêtre et de la vierge, que les anges avaient peut-être ensevelis dans ce lieu; il les enveloppa dans des peaux d'ours, et reprit le chemin de son pays, emportant ces précieux restes, qui résonnaient sur ses épaules comme le carquois de la mort. La nuit, il les mettait sous sa tête, et il avait des songes d'amour et de vertu. O étranger! tu peux contempler ici cette poussière avec celle de Chactas lui-même. »

Comme l'Indienne achevait de prononcer ces mots, je me

levai, je m'approchai des cendres sacrées, et me prosternai devant elles en silence. Puis, m'éloignant à grands pas, je m'écriai :

« Ainsi passe sur la terre tout ce qui fut bon, vertueux, sensible! Homme, tu n'es qu'un songe rapide, un rêve douloureux; tu n'existes que par le malheur; tu n'es quelque chose que par la tristesse de ton âme et l'éternelle mélancolie de ta pensée! »

Ces réflexions m'occupèrent toute la nuit. Le lendemain, au point du jour, mes hôtes me quittèrent. Les jeunes guerriers ouvraient la marche, et les épouses la fermaient; les premiers étaient chargés des saintes reliques; les secondes portaient leurs nouveau-nés : les vieillards cheminaient lentement au milieu, placés entre leurs aïeux et leur postérité, entre les souvenirs et l'espérance, entre la patrie perdue et la patrie à venir. Oh! que de larmes sont répandues lorsqu'on abandonne ainsi la terre natale, lorsque du haut de la colline de l'exil on découvre pour la dernière fois le toit où l'on fut nourri, et le fleuve de la cabane qui continue de couler tristement à travers les champs solitaires de la patrie!

Indiens infortunés que j'ai vus errer dans les déserts du nouveau monde avec les cendres de vos aïeux, vous qui m'aviez donné l'hospitalité malgré votre misère, je ne pourrais vous la rendre aujourd'hui, car j'erre, ainsi que vous, à la merci des hommes; et, moins heureux dans mon exil, je n'ai point emporté les os de mes pères.

FIN D'ATALA.

RENÉ.

En arrivant chez les Natchez, René avait été obligé de prendre une épouse, pour se conformer aux mœurs des Indiens; mais il ne vivait point avec elle. Un penchant mélancolique l'entraînait au fond des bois; il y passait seul des journées entières, et semblait sauvage parmi des sauvages. Hors Chactas, son père adoptif, et le père Souël, missionnaire au fort Rosalie[1], il avait renoncé au commerce des hommes. Ces deux vieillards avaient pris beaucoup d'empire sur son cœur: le premier, par une indulgence aimable; l'autre, au contraire, par une extrême sévérité. Depuis la chasse du castor, où le sachem aveugle raconta ses aventures à René, celui-ci n'avait jamais voulu parler des siennes. Cependant Chactas et le missionnaire désiraient vivement connaître par quel malheur un Européen bien né avait été conduit à l'étrange résolution de s'ensevelir dans les déserts de la Louisiane. René avait toujours donné pour motif de ses refus le peu d'intérêt de son histoire, qui se bornait, disait-il, à celle de ses pensées et de ses sentiments.

« Quant à l'événement qui m'a déterminé à passer en Amérique, ajoutait-il, je le dois ensevelir dans un éternel oubli. »

Quelques années s'écoulèrent de la sorte, sans que les deux vieillards lui pussent arracher son secret. Une lettre qu'il reçut d'Europe, par le bureau des Missions étrangères, redoubla tellement sa tristesse, qu'il fuyait jusqu'à ses vieux

[1] Colonie française aux Natchez.

amis. Ils n'en furent que plus ardents à le presser de leur
ouvrir son cœur ; ils y mirent tant de discrétion, de douceur et
d'autorité, qu'il fut enfin obligé de les satisfaire. Il prit donc
jour avec eux pour leur raconter, non les aventures de sa
vie, puisqu'il n'en avait point éprouvé, mais les sentiments
secrets de son âme.

Le 21 de ce mois que les sauvages appellent *la lune des
fleurs,* René se rendit à la cabane de Chactas. Il donna le
bras au sachem, et le conduisit sous un sassafras, au bord
du Meschacebé. Le père Souël ne tarda pas à arriver au
rendez-vous. L'aurore se levait : à quelque distance dans la
plaine, on apercevait le village des Natchez, avec son bocage
de mûriers et ses cabanes qui ressemblent à des ruches
d'abeilles. La colonie française et le fort Rosalie se montraient sur la droite, au bord du fleuve. Des tentes, des
maisons à moitié bâties, des forteresses commencées, des
défrichements couverts de nègres, des groupes de blancs et
d'Indiens, présentaient, dans ce petit espace, le contraste
des mœurs sociales et des mœurs sauvages. Vers l'orient, au
fond de la perspective, le soleil commençait à paraître entre
les sommets brisés des Apalaches, qui se dessinaient comme
des caractères d'azur dans les hauteurs dorées du ciel ; à
l'occident, le Meschacebé roulait ses ondes dans un silence
magnifique, et formait la bordure du tableau avec une in-
concevable grandeur.

Le jeune homme et le missionnaire admirèrent quelque
temps cette belle scène, en plaignant le sachem qui ne
pouvait plus en jouir ; ensuite le père Souël et Chactas s'assirent sur le gazon, au pied de l'arbre ; René prit sa place
au milieu d'eux, et, après un moment de silence, il parla
de la sorte à ses vieux amis :

Je ne puis, en commençant mon récit, me défendre d'un
mouvement de honte. La paix de vos cœurs, respectables
vieillards, et le calme de la nature autour de moi, me font
rougir du trouble et de l'agitation de mon âme.

Combien vous aurez pitié de moi ! Que mes éternelles
inquiétudes vous paraîtront misérables ! Vous qui avez épuisé

tous les chagrins de la vie, que penserez-vous d'un jeune homme sans force et sans vertu, qui trouve en lui-même son tourment, et ne peut guère se plaindre que des maux qu'il se fait à lui-même? Hélas! ne le condamnez pas; il a été trop puni!

J'ai coûté la vie à ma mère en venant au monde; j'ai été tiré de son sein avec le fer. J'avais un frère que mon père bénit, parce qu'il voyait en lui son fils aîné. Pour moi, livré de bonne heure à des mains étrangères, je fus élevé loin du toit paternel.

Mon humeur était impétueuse, mon caractère inégal. Tour à tour bruyant et joyeux, silencieux et triste, je rassemblais autour de moi mes jeunes compagnons; puis, les abandonnant tout à coup, j'allais m'asseoir à l'écart, pour contempler la nue fugitive, ou entendre la pluie tomber sur le feuillage.

Chaque automne, je revenais au château paternel, situé au milieu des forêts, près d'un lac, dans une province reculée.

Timide et contraint devant mon père, je ne trouvais l'aise et le contentement qu'auprès de ma sœur Amélie. Une douce conformité d'humeur et de goûts m'unissait étroitement à cette sœur; elle était un peu plus âgée que moi. Nous aimions à gravir les coteaux ensemble, à voguer sur le lac, à parcourir les bois à la chute des feuilles : promenades dont le souvenir remplit encore mon âme de délices. O illusions de l'enfance et de la patrie, ne perdez-vous jamais vos douceurs!

Tantôt nous marchions en silence, prêtant l'oreille au sourd mugissement de l'automne, ou au bruit des feuilles séchées que nous traînions tristement sous nos pas; tantôt, dans nos jeux innocents, nous poursuivions l'hirondelle dans la prairie, l'arc-en-ciel sur les collines pluvieuses; quelquefois aussi nous murmurions des vers que nous inspirait le spectacle de la nature. Jeune, je cultivais les muses; il n'y a rien de plus poétique, dans la fraîcheur de ses passions, qu'un cœur de seize années. Le matin de la vie est comme le matin du jour, plein de pureté, d'images et d'harmonies.

Les dimanches et les jours de fête, j'ai souvent entendu dans le grand bois, à travers les arbres, les sons de la cloche lointaine qui appelait au temple l'homme des champs. Appuyé contre le tronc d'un ormeau, j'écoutais en silence le pieux murmure. Chaque frémissement de l'airain portait à mon âme naïve l'innocence des mœurs champêtres, le calme de la solitude, le charme de la religion, et la délectable mélancolie des souvenirs de ma première enfance. Oh! quel cœur si mal fait n'a tressailli au bruit des cloches de son lieu natal, de ces cloches qui frémirent de joie sur son berceau, qui annoncèrent son avénement à la vie, qui marquèrent le premier battement de son cœur, qui publièrent dans tous les lieux d'alentour la sainte allégresse de son père, les douleurs et les joies encore plus ineffables de sa mère! Tout se trouve dans les rêveries enchantées où nous plonge le bruit de la cloche natale : religion, famille, patrie, et le berceau et la tombe, et le passé et l'avenir.

Il est vrai qu'Amélie et moi nous jouissions plus que personne de ces idées graves et tendres, car nous avions tous les deux un peu de tristesse au fond du cœur : nous tenions cela de Dieu ou de notre mère.

Cependant mon père fut atteint d'une maladie qui le conduisit en peu de jours au tombeau. Il expira dans mes bras. J'appris à connaître la mort sur les lèvres de celui qui m'avait donné la vie. Cette impression fut grande; elle dure encore. C'est la première fois que l'immortalité de l'âme s'est présentée clairement à mes yeux. Je ne pus croire que ce corps inanimé était en moi l'auteur de la pensée, je sentis qu'elle me devait venir d'une autre source, et, dans une sainte douleur qui approchait de la joie, j'espérais me rejoindre un jour à l'esprit de mon père.

Un autre phénomène me confirma dans cette haute idée. Les traits paternels avaient pris au cercueil quelque chose de sublime. Pourquoi cet étonnant mystère ne serait-il pas l'indice de notre immortalité? Pourquoi la mort, qui sait tout, n'aurait-elle pas gravé sur le front de sa victime les secrets d'un autre univers? Pourquoi n'y aurait-il pas dans la tombe quelque grande vision de l'éternité?

Amélie, accablée de douleur, était retirée au fond d'une tour, d'où elle entendit retentir, sous les voûtes du château gothique, le chant des prêtres du convoi et les sons de la cloche funèbre.

J'accompagnai mon père à son dernier asile; la terre se referma sur sa dépouille; l'éternité et l'oubli le pressèrent de tout leur poids : le soir même l'indifférent passait sur sa tombe; hors pour sa fille et pour son fils, c'était déjà comme s'il n'avait jamais été.

Il fallut quitter le toit paternel, devenu l'héritage de mon frère : je me retirai avec Amélie chez de vieux parents.

Arrêté à l'entrée des voies trompeuses de la vie, je les considérais l'une après l'autre sans m'y oser engager. Amélie m'entretenait souvent du bonheur de la vie religieuse; elle me disait que j'étais le seul lien qui la retînt dans le monde, et ses yeux s'attachaient sur moi avec tristesse.

Le cœur ému par ces conversations pieuses, je portais souvent mes pas vers un monastère voisin de mon nouveau séjour; un moment même j'eus la tentation d'y cacher ma vie. Heureux ceux qui ont fini leur voyage sans avoir quitté le port, et qui n'ont point, comme moi, traîné d'inutiles jours sur la terre!

Les Européens, incessamment agités, sont obligés de se bâtir des solitudes. Plus notre cœur est tumultueux et bruyant, plus le calme et le silence nous attirent. Ces hospices de mon pays, ouverts aux malheureux et aux faibles, sont souvent cachés dans des vallons qui portent au cœur le vague sentiment de l'infortune et l'espérance d'un abri; quelquefois aussi on les découvre sur de hauts sites où l'âme religieuse, comme une plante des montagnes, semble s'élever vers le ciel pour lui offrir ses parfums.

Je vois encore le mélange majestueux des eaux et des bois de cette antique abbaye où je pensai dérober ma vie aux caprices du sort; j'erre encore au déclin du jour dans ces cloîtres retentissants et solitaires. Lorsque la lune éclairait à demi les piliers des arcades, et dessinait leur ombre sur le mur opposé, je m'arrêtais à contempler la croix qui marquait le champ de la mort, et les longues herbes qui croissaient entre les pierres des tombes. O hommes qui ayant vécu loin du monde avez passé du silence de la vie au silence de la mort, de quel dégoût de la terre vos tombeaux ne remplissaient-ils point mon cœur!

Soit inconstance naturelle, soit préjugé contre la vie monastique, je changeai mes desseins; je me résolus à voyager. Je dis adieu à ma sœur; elle me serra dans ses bras avec un mouvement qui ressemblait à de la joie, comme si elle eût été heureuse de me quitter : je ne pus me défendre d'une réflexion amère sur l'inconséquence des amitiés humaines.

Cependant, plein d'ardeur, je m'élançai seul sur cet orageux océan du monde, dont je ne connaissais ni les ports, ni les écueils. Je visitai d'abord les peuples qui ne sont plus : je m'en allai m'asseyant sur les débris de Rome et de la Grèce, pays de forte et d'ingénieuse mémoire, où les palais sont ensevelis dans la poudre et les mausolées des rois cachés sous les ronces. Force de la nature, et faiblesse de l'homme! un brin d'herbe perce souvent le marbre le plus dur de ces tombeaux, que tous ces morts, si puissants, ne soulèveront jamais!

Quelquefois une haute colonne se montrait seule debout dans un désert, comme une grande pensée s'élève, par intervalles, dans une âme que le temps et le malheur ont dévastée.

Je méditai sur ces monuments dans tous les accidents et à toutes les heures de la journée. Tantôt ce même soleil qui avait vu jeter les fondements de cette cité se couchait majestueusement, à mes yeux, sur leurs ruines; tantôt la lune, se levant dans un ciel pur, entre deux urnes cinéraires à moitié brisées, me montrait les pâles tombeaux. Souvent, aux rayons de cet astre qui alimente les rêveries, j'ai cru voir le génie des souvenirs, assis tout pensif à mes côtés.

Mais je me lassai de fouiller dans les cercueils, où je ne remuais trop souvent qu'une poussière criminelle.

Je voulus voir si les races vivantes m'offriraient plus de vertus, ou moins de malheurs que les races évanouies. Comme je me promenais un jour dans une grande cité en

passant derrière un palais, dans une cour retirée et déserte,
j'aperçus une statue qui indiquait du doigt un lieu fameux
par un sacrifice [1]. Je fus frappé du silence de ces lieux ; le
vent seul gémissait autour du marbre tragique. Des manœuvres étaient couchés avec indifférence au pied de la
statue, ou taillaient des pierres en sifflant. Je leur demandai
ce que signifiait ce monument ; les uns purent à peine me
le dire, les autres ignoraient la catastrophe qu'il retraçait.
Rien ne m'a plus donné la juste mesure des événements de
la vie et du peu que nous sommes. Que sont devenus ces
personnages qui firent tant de bruit? Le temps a fait un pas,
et la face de la terre a été renouvelée.

Je recherchai surtout dans mes voyages les artistes et
ces hommes divins qui chantent les dieux sur la lyre, et la
félicité des peuples qui honorent les lois, la religion et les
tombeaux.

Ces chantres sont de race divine ; ils possèdent le seul
talent incontestable dont le ciel ait fait présent à la terre.
Leur vie est à la fois naïve et sublime ; ils célèbrent les dieux
avec une bouche d'or, et sont les plus simples des hommes ;
ils causent comme des immortels ou comme de petits enfants ;
ils expliquent les lois de l'univers, et ne peuvent comprendre
les affaires les plus innocentes de la vie ; ils ont des idées
merveilleuses de la mort, et meurent sans s'en apercevoir,
comme des nouveau-nés.

Sur les monts de la Calédonie, le dernier barde qu'on ait
ouï dans ces déserts me chanta les poëmes dont un héros
consolait jadis sa vieillesse. Nous étions assis sur quatre
pierres rongées de mousse ; un torrent coulait à nos pieds ;
le chevreuil paissait à quelque distance parmi les débris
d'une tour, et le vent des mers sifflait sur la bruyère de
Cona. Maintenant la religion chrétienne, fille aussi des
hautes montagnes, a placé des croix sur les monuments des
héros de Morven, et touché la harpe de David au bord du
même torrent où Ossian fit gémir la sienne. Aussi pacifique
que les divinités de Selma étaient guerrières, elle garde des

[1] A Londres, derrière White-Hall, la statue de Charles II.

troupeaux où Fingal livrait des combats, et elle a répandu des anges de paix dans les nuages qu'habitaient des fantômes homicides.

L'ancienne et riante Italie m'offrit la foule de ses chefs-d'œuvre. Avec quelle sainte et poétique horreur j'errais dans ces vastes édifices consacrés par les arts à la religion! Quel labyrinthe de colonnes! Quelle succession d'arches et de voûtes! Qu'ils sont beaux ces bruits qu'on entend autour des dômes, semblables aux rumeurs des flots dans l'Océan, aux murmures des vents dans les forêts, ou à la voix de Dieu dans son temple! L'architecte bâtit, pour ainsi dire, les idées du poëte, et les fait toucher aux sens.

Cependant qu'avais-je appris jusqu'alors avec tant de fatigue? Rien de certain parmi les anciens, rien de beau parmi les modernes. Le passé et le présent sont deux statues incomplètes : l'une a été retirée toute mutilée du débris des âges; l'autre n'a pas encore reçu sa perfection de l'avenir.

Mais peut-être, mes vieux amis, vous surtout, habitants du désert, êtes-vous étonnés que, dans ce récit de mes voyages, je ne vous aie pas une seule fois entretenus des monuments de la nature?

Un jour j'étais monté au sommet de l'Etna, volcan qui brûle au milieu d'une île. Je vis le soleil se lever dans l'immensité de l'horizon au-dessous de moi, la Sicile resserrée comme un point à mes pieds, et la mer déroulée au loin dans les espaces. Dans cette vue perpendiculaire du tableau, les fleuves ne me semblaient plus que des lignes géographiques tracées sur une carte; mais, tandis que d'un côté mon œil apercevait ces objets, de l'autre il plongeait dans le cratère de l'Etna, dont je découvrais les entrailles brûlantes, entre les bouffées d'une noire vapeur.

Un jeune homme plein de passions, assis sur la bouche d'un volcan, et pleurant sur les mortels dont à peine il voyait à ses pieds les demeures, n'est sans doute, ô vieillards! qu'un objet digne de votre pitié; mais quoi que vous puissiez penser de René, ce tableau vous offre l'image de son caractère et de son existence : c'est ainsi que toute ma vie j'ai eu devant les yeux une création à la fois immense et imperceptible, et un abîme ouvert à mes côtés.

En prononçant ces derniers mots, René se tut et tomba subitement dans la rêverie. Le père Souël le regardait avec étonnement, et le vieux sac em aveugle, qui n'entendait plus parler le jeune homme, ne savait que penser de ce silence.

René avait les yeux attachés sur un groupe d'Indiens qui passaient gaiement dans la plaine. Tout à coup sa physionomie s'attendrit, des larmes coulent de ses yeux, il s'écrie :

« Heureux sauvages! oh! que ne puis-je jouir de la paix qui vous accompagne toujours! Tandis qu'avec si peu de fruit je parcourais tant de contrées, vous, assis tranquillement sous vos chênes, vous laissiez couler les jours sans les compter. Votre raison n'était que vos besoins, et vous arriviez, mieux que moi, au résultat de la sagesse, comme l'enfant, entre les jeux et le sommeil. Si cette mélancolie qui s'engendre de l'excès du bonheur atteignait quelquefois votre âme, bientôt vous sortiez de cette tristesse passagère, et votre regard levé vers le ciel cherchait avec attendrissement ce je ne sais quoi inconnu qui prend pitié du pauvre sauvage. »

Ici la voix de René expira de nouveau, et le jeune homme pencha la tête sur sa poitrine. Chactas, étendant le bras dans l'ombre et prenant le bras de son fils, lui cria d'un ton ému :

« Mon fils! mon cher fils! »

A ces accents, le frère d'Amélie, revenant à lui et rougissant de son trouble, pria son père de lui pardonner.

Alors le vieux sauvage :

« Mon jeune ami, les mouvements d'un cœur comme le tien ne sauraient être égaux; modère seulement ce caractère qui t'a déjà fait tant de mal. Si tu souffres plus qu'un autre des choses de la vie, il ne faut pas t'en étonner; une grande âme doit contenir plus de douleurs qu'une petite. Continue ton récit. Tu nous as fait parcourir une partie de l'Europe, fais-nous connaître ta patrie. Tu sais que j'ai vu la France, et quels liens m'y ont attaché; j'aimerai à entendre parler

de ce grand chef[1], qui n'est plus, et dont j'ai visité la superbe cabane. Mon enfant, je ne vis plus que par la mémoire. Un vieillard avec ses souvenirs ressemble au chêne
décrépit de nos bois : ce chêne ne se décore plus de son
propre feuillage, mais il couvre quelquefois sa nudité des
plantes étrangères qui ont végété sur ses antiques rameaux. »

Le frère d'Amélie, calmé par ces paroles, reprit ainsi
l'histoire de son cœur :

Hélas ! mon père, je ne pourrai t'entretenir de ce grand
siècle dont je n'ai vu que la fin dans mon enfance, et qui
n'était plus lorsque je rentrai dans ma patrie. Jamais un
changement plus étonnant et plus soudain ne s'est opéré
chez un peuple. De la hauteur du génie, du respect pour la
religion, de la gravité des mœurs, tout était subitement
descendu à la souplesse de l'esprit, à l'impiété, à la corruption.

C'était donc bien vainement que j'avais espéré retrouver
dans mon pays de quoi calmer cette inquiétude, cette ardeur de désir qui me suit partout. L'étude du monde ne
m'avait rien appris, et pourtant je n'avais plus la douceur
de l'ignorance.

Ma sœur, par une conduite inexplicable, semblait se plaire
à augmenter mon ennui; elle avait quitté Paris quelques
jours avant mon arrivée. Je lui écrivis que je comptais l'aller
rejoindre; elle se hâta de me répondre pour me détourner
de ce projet, sous prétexte qu'elle était incertaine du lieu où
l'appelleraient ses affaires. Quelles tristes réflexions ne fis-je
point alors sur l'amitié, que la présence attiédit, que l'absence efface, qui ne résiste point au malheur, et encore
moins à la prospérité !

Je me trouvai bientôt plus isolé dans ma patrie que je ne
l'avais été sur une terre étrangère. Je voulus me jeter pendant quelque temps dans un monde qui ne me disait rien et
qui ne m'entendait pas. Mon âme, qu'aucune passion n'a-
vait encore usée, cherchait un objet qui pût l'attacher; mais
je m'aperçus que je donnais plus que je ne recevais. Ce n'é-

[1] Louis XIV.

tait ni un langage élevé, ni un sentiment profond qu'on demandait de moi. Je n'étais occupé qu'à rapetisser ma vie, pour la mettre au niveau de la société. Traité partout d'esprit romanesque, honteux du rôle que je jouais, dégoûté de plus en plus des choses et des hommes, je pris le parti de me retirer dans un faubourg pour y vivre totalement ignoré.

Je trouvai d'abord assez de plaisir dans cette vie obscure et indépendante. Inconnu, je me mêlais à la foule : vaste désert d'hommes!

Souvent assis dans une église peu fréquentée, je passais des heures entières en méditation. Je voyais de pauvres femmes venir se prosterner devant le Très-Haut, ou des pécheurs s'agenouiller au tribunal de la pénitence. Nul ne sortait de ces lieux sans un visage plus serein, et les sourdes clameurs qu'on entendait au dehors semblaient être les flots des passions et les orages du monde, qui venaient expirer au pied du temple du Seigneur. Grand Dieu, qui vis en secret couler mes larmes dans ces retraites sacrées, tu sais combien de fois je me jetai à tes pieds, pour te supplier de me décharger du poids de l'existence, ou de changer en moi le vieil homme! Ah! qui n'a senti quelquefois le besoin de se régénérer, de se rajeunir aux eaux du torrent, de retremper son âme à la fontaine de vie? Qui ne se trouve quelquefois accablé du fardeau de sa propre corruption, et incapable de rien faire de grand, de noble, de juste?

Quand le soir était venu, reprenant le chemin de ma retraite, je m'arrêtais sur les ponts pour voir se coucher le soleil. L'astre, enflammant les vapeurs de la cité, semblait osciller lentement dans un fluide d'or, comme le pendule de l'horloge des siècles. Je me retirais ensuite avec la nuit, à travers un labyrinthe de rues solitaires. En regardant les lumières, qui brillaient dans la demeure des hommes, je me transportais par la pensée au milieu des scènes de douleur et de joie qu'elles éclairaient, et je songeais que sous tant de toits habités je n'avais pas un ami. Au milieu de mes réflexions, l'heure venait frapper à coups mesurés dans la tour de la cathédrale gothique; elle allait se répétant sur tous les tons et à toutes les distances d'église en église. Hélas! chaque heure dans la société ouvre un tombeau et fait couler des larmes.

Cette vie, qui m'avait d'abord enchanté, ne tarda pas à me devenir insupportable. Je me fatiguai de la répétition des mêmes scènes et des mêmes idées. Je me mis à sonder mon cœur, à me demander ce que je désirais. Je ne le savais pas; mais je crus tout à coup que les bois me seraient délicieux. Me voilà soudain résolu d'achever, dans un exil champêtre, une carrière à peine commencée, et dans laquelle j'avais déjà dévoré des siècles.

J'embrassai ce projet avec l'ardeur que je mets à tous mes desseins; je partis précipitamment pour m'ensevelir dans une chaumière, comme j'étais parti autrefois pour faire le tour du monde.

On m'accuse d'avoir des goûts inconstants, de ne pouvoir jouir longtemps de la même chimère, d'être la proie d'une imagination qui se hâte d'arriver au fond de mes plaisirs, comme si elle était accablée de leur durée; on m'accuse de passer toujours le but que je puis atteindre: hélas! je cherche seulement un bien inconnu dont l'instinct me poursuit. Est-ce ma faute, si je trouve partout des bornes, si ce qui est fini n'a pour moi aucune valeur? Cependant je sens que j'aime la monotonie des sentiments de la vie, et si j'avais encore la folie de croire au bonheur, je le chercherais dans l'habitude.

La solitude absolue, le spectacle de la nature, me plongèrent bientôt dans un état presque impossible à décrire. Sans parents, sans amis, pour ainsi dire, sur la terre, n'ayant point encore aimé, j'étais accablé d'une surabondance de vie. Quelquefois je rougissais subitement, et je sentais couler dans mon cœur comme des ruisseaux d'une lave ardente; quelquefois je poussais des cris involontaires, et la nuit était également troublée de mes songes et de mes veilles. Il me manquait quelque chose pour remplir l'abîme de mon existence: je descendais dans la vallée, je m'élevais sur la montagne, appelant de toute la force de mes désirs l'idéal objet d'une flamme future; je l'embrassais dans les vents ; je croyais l'entendre dans les gémissements du fleuve ; tout était ce fantôme imaginaire, et les astres dans les cieux, et le principe même de vie dans l'univers.

Toutefois cet état de calme et de trouble, d'indigence et de richesse, n'était pas sans quelques charmes : un jour je m'étais amusé à effeuiller une branche de saule sur un ruisseau, et à attacher une idée à chaque feuille que le courant entraînait. Un roi qui craint de perdre sa couronne par une révolution subite, ne ressent pas des angoisses plus vives que les miennes à chaque accident qui menaçait les débris de mon rameau. O faiblesse des mortels ! ô enfance du cœur humain qui ne vieillit jamais ! Voilà donc à quel degré de puérilité notre superbe raison peut descendre ! Et encore est-il vrai que bien des hommes attachent leur destinée à des choses d'aussi peu de valeur que mes feuilles de saule.

Mais comment exprimer cette foule de sensations fugitives que j'éprouvais dans mes promenades ? Les sons que rendent les passions dans le vide d'un cœur solitaire ressemblent au murmure que les vents et les eaux font entendre dans le silence d'un désert : on en jouit, mais on ne peut les peindre.

L'automne me surprit au milieu de ces incertitudes : j'entrai avec ravissement dans les mois des tempêtes. Tantôt j'aurais voulu être un de ces guerriers errant au milieu des vents, des nuages et des fantômes ; tantôt j'enviais jusqu'au sort du pâtre que je voyais réchauffer ses mains à l'humble feu de broussailles qu'il avait allumé au coin d'un bois. J'écoutais ses chants mélancoliques, qui me rappelaient que dans tout pays le chant naturel de l'homme est triste, lors même qu'il exprime le bonheur. Notre cœur est un instrument incomplet, une lyre où il manque des cordes, et où nous sommes forcés de rendre les accents de la joie sur le ton consacré aux soupirs.

Le jour, je m'égarais sur de grandes bruyères terminées par des forêts. Qu'il fallait peu de chose à ma rêverie ! une feuille séchée que le vent chassait devant moi, une cabane dont la fumée s'élevait dans la cime dépouillée des arbres, la mousse qui tremblait au souffle du nord sur le tronc d'un chêne, une roche écartée, un étang désert où le jonc flétri murmurait! Le clocher solitaire s'élevant au loin dans la vallée a souvent attiré mes regards; souvent j'ai suivi des yeux les oiseaux de passage qui volaient au-dessus de ma tête. Je me figurais les bords ignorés, les climats lointains où ils se rendent; j'aurais voulu être sur leurs ailes. Un secret instinct me tourmentait; je sentais que je n'étais moi-même qu'un voyageur, mais une voix du ciel semblait me dire :

» Homme, la saison de la migration n'est pas encore venue; attends que le vent de la mort se lève, alors tu déploieras ton vol vers ces régions inconnues que ton cœur demande. »

Levez-vous vite, orages désirés, qui devez emporter René dans les espaces d'une autre vie! Ainsi disant, je marchais à grands pas, le visage enflammé, le vent sifflant dans ma chevelure, ne sentant ni pluie, ni frimas, enchanté, tourmenté, et comme possédé par le démon de mon cœur.

La nuit, lorsque l'aquilon ébranlait ma chaumière, que les pluies tombaient en torrent sur mon toit, qu'à travers ma fenêtre je voyais la lune sillonner les nuages amoncelés, comme un pâle vaisseau qui laboure les vagues, il me semblait que la vie redoublait au fond de mon cœur, que j'aurais la puissance de créer des mondes. Ah! si j'avais pu faire partager à une autre les transports que j'éprouvais! O Dieu! si tu m'avais donné une femme selon mes désirs; si, comme à notre premier père, tu m'eusses amené par la main une Ève tirée de moi-même... Beauté céleste! je me serais prosterné devant toi, puis, te prenant dans mes bras, j'aurais prié l'Éternel de te donner le reste de ma vie.

Hélas! j'étais seul, seul sur la terre! Une langueur secrète s'emparait de mon corps. Ce dégoût de la vie que j'avais ressenti dès mon enfance revenait avec une force nouvelle. Bientôt mon cœur ne fournit plus d'aliment à ma pensée, et je ne m'apercevais de mon existence que par un profond sentiment d'ennui.

Je luttai quelque temps contre mon mal, mais avec indifférence et sans avoir la ferme résolution de le vaincre. Enfin, ne pouvant trouver de remède à cette étrange blessure de mon cœur qui n'était nulle part et qui était partout, je résolus de quitter la vie.

Prêtre du Très-Haut, qui m'entendez, pardonnez à un malheureux que le ciel avait presque privé de la raison. J'étais plein de religion, et je raisonnais en impie; mon cœur aimait Dieu, et mon esprit le méconnaissait; ma conduite, mes discours, mes sentiments, mes pensées n'étaient que contradiction, ténèbres, mensonges. Mais l'homme sait-il bien toujours ce qu'il veut; est-il toujours sûr de ce qu'il pense?

Tout m'échappait à la fois, l'amitié, le monde, la retraite. J'avais essayé de tout, et tout m'avait été fatal. Repoussé par la société, abandonné d'Amélie, quand la solitude vint à me manquer, que me restait-il? C'était la dernière planche sur laquelle j'avais espéré me sauver, et je la sentais encore s'enfoncer dans l'abîme!

Décidé que j'étais à me débarrasser du poids de la vie, je résolus de mettre toute ma raison dans cet acte insensé. Rien ne me pressait; je ne fixai point le moment du départ, afin de savourer à longs traits les derniers moments de l'existence, et de recueillir toutes mes forces, à l'exemple d'un ancien, pour sentir mon âme s'échapper.

Cependant je crus nécessaire de prendre des arrangements concernant ma fortune, et je fus obligé d'écrire à Amélie. Il m'échappa quelques plaintes sur son oubli, et je laissai sans doute percer l'attendrissement qui surmontait peu à peu mon cœur. Je m'imaginais pourtant avoir bien dissimulé mon secret; mais ma sœur, accoutumée à lire dans les replis de mon âme, le devina sans peine. Elle fut alarmée du ton de contrainte qui régnait dans ma lettre, et de mes questions sur des affaires dont je ne m'étais jamais occupé. Au lieu de me répondre, elle me vint tout à coup surprendre.

Pour bien sentir quelle dut être dans la suite l'amertume de ma douleur, et quels furent mes premiers transports en revoyant Amélie, il faut vous figurer que c'était la seule personne au monde que j'eusse aimée, que tous mes sentiments se venaient confondre en elle, avec la douceur des souvenirs de mon enfance. Je reçus donc Amélie dans une sorte d'extase de cœur. Il y avait si longtemps que je n'avais trouvé quelqu'un qui m'entendît, et devant qui je pusse ouvrir mon âme!

Amélie, se jetant dans mes bras, me dit :

« Ingrat, tu veux mourir, et ta sœur existe! Tu soupçonnes son cœur! Ne t'explique point, ne t'excuse point, je sais tout; j'ai tout compris, comme si j'avais été avec toi. Est-ce moi que l'on trompe, moi, qui ai vu naître tes premiers sentiments? Voilà ton malheureux caractère, tes dégoûts, tes injustices. Jure, tandis que je te presse sur mon cœur, jure que c'est la dernière fois que tu te livreras à tes folies; fais le serment de ne jamais attenter à tes jours. »

En prononçant ces mots, Amélie me regardait avec compassion et tendresse, et couvrait mon front de ses baisers; c'était presque une mère, c'était quelque chose de plus tendre. Hélas! mon cœur se rouvrit à toutes les joies; comme un enfant, je ne demandais qu'à être consolé; je cédai à l'empire d'Amélie; elle exigea un serment solennel; je le fis sans hésiter, ne soupçonnant même pas que désormais je pusse être malheureux.

Nous fûmes plus d'un mois à nous accoutumer à l'enchantement d'être ensemble. Quand, le matin, au lieu de me trouver seul, j'entendais la voix de ma sœur, j'éprouvais un tressaillement de joie et de bonheur. Amélie avait reçu de la nature quelque chose de divin; son âme avait les mêmes grâces innocentes que son corps; la douceur de ses sentiments était infinie; il n'y avait rien que de suave et d'un peu rêveur dans son esprit; on eût dit que son cœur, sa pensée et sa voix soupiraient comme de concert; elle tenait de la femme la timidité et l'amour, et de l'ange la pureté et la mélodie.

Le moment était venu où j'allais expier toutes mes inconséquences. Dans mon délire j'avais été jusqu'à désirer d'éprouver un malheur, pour avoir du moins un objet réel de souffrance : épouvantable souhait que Dieu, dans sa colère, a trop exaucé!

Que vais-je vous révéler, ô mes amis! voyez les pleurs qui coulent de mes yeux. Puis-je même... Il y a quelques jours, rien n'aurait pu m'arracher ce secret... A présent tout est fini !

Toutefois, ô vieillards! que cette histoire soit à jamais ensevelie dans le silence : souvenez-vous qu'elle n'a été racontée que sous l'arbre du désert.

L'hiver finissait, lorsque je m'aperçus qu'Amélie perdait le repos et la santé qu'elle commençait à me rendre. Elle maigrissait; ses yeux se creusaient, sa démarche était languissante, et sa voix troublée. Un jour, je la surpris tout en larmes aux pieds d'un crucifix. Le monde, la solitude, mon absence, ma présence, la nuit, le jour, tout l'alarmait. D'involontaires soupirs venaient expirer sur ses lèvres; tantôt elle soutenait, sans se fatiguer, une longue course; tantôt elle se traînait à peine; elle prenait et laissait son ouvrage, ouvrait un livre sans pouvoir lire, commençait une phrase qu'elle n'achevait pas, fondait tout à coup en pleurs, et se retirait pour prier.

En vain je cherchais à découvrir son secret. Quand je l'interrogeais, en la pressant dans mes bras, elle me répondait avec un sourire, qu'elle était comme moi, qu'elle ne savait pas ce qu'elle avait.

Trois mois se passèrent de la sorte, et son état devenait pire chaque jour. Une correspondance mystérieuse me semblait être la cause de ses larmes; car elle paraissait ou plus tranquille ou plus émue, selon les lettres qu'elle recevait. Enfin un matin, l'heure à laquelle nous déjeunions ensemble étant passée, je monte à son appartement; je frappe; on ne me répond point; j'entr'ouvre la porte, il n'y avait personne dans la chambre. J'aperçois sur la cheminée un paquet à mon adresse. Je le saisis en tremblant, je l'ouvre, et je lis cette lettre, que je conserve pour m'ôter à l'avenir tout mouvement de joie.

A RENÉ.

« Le ciel m'est témoin, mon frère, que je donnerais mille fois ma vie pour vous épargner un moment de peine; mais, infortunée que je suis, je ne puis rien pour votre bonheur. Vous me pardonnerez donc de m'être dérobée de chez vous comme une coupable; je n'aurais jamais pu résister à vos prières, et cependant il fallait partir... Mon Dieu, ayez pitié de moi!

» Vous savez, René, que j'ai toujours eu du penchant pour la vie religieuse : il est temps que je mette à profit les avertissements du ciel. Pourquoi ai-je attendu si tard! Dieu m'en punit. J'étais restée pour vous dans le monde... Pardonnez, je suis toute troublée par le chagrin que j'ai de vous quitter.

» C'est à présent, mon cher frère, que je sens bien la nécessité de ces asiles, contre lesquels je vous ai vu souvent vous élever. Il est des malheurs qui nous séparent pour toujours des hommes; que deviendraient alors de pauvres infortunées!... Je suis persuadée que vous-même, mon frère, vous trouveriez le repos dans ces retraites de la religion : la terre n'offre rien qui soit digne de vous.

» Je ne vous rappellerai point votre serment; je connais la fidélité de votre parole. Vous l'avez juré, vous vivrez pour moi. Y a-t-il rien de plus misérable que de songer sans cesse à quitter la vie? Pour un homme de votre caractère, il est si aisé de mourir! Croyez-en votre sœur, il est plus difficile de vivre.

» Mais, mon frère, sortez au plus vite de la solitude, qui ne vous est pas bonne; cherchez quelque occupation. Je sais que vous riez amèrement de cette nécessité où l'on est en France de *prendre un état*. Ne méprisez pas tant l'expérience et la sagesse de nos pères. Il vaut mieux, mon cher René, ressembler un peu plus au commun des hommes, et avoir un peu moins de malheur.

» Peut-être trouveriez-vous dans le mariage un soulagement à vos ennuis. Une femme, des enfants, occuperaient vos jours. Et quelle est la femme qui ne chercherait pas à vous rendre heureux! L'ardeur de votre âme, la beauté de votre génie, votre air noble et passionné, ce regard fier et tendre, tout vous assurerait de son amour et de sa fidélité. Ah! avec quelles délices ne te presserait-elle pas dans ses bras et sur son cœur! Comme tous ses regards, toutes ses pensées, seraient attachés sur toi pour prévenir tes moindres peines! Elle serait tout amour, tout innocence devant toi; tu croirais retrouver une sœur.

» Je pars pour le couvent de... Ce monastère, bâti au bord de la mer, convient à la situation de mon âme. La nuit, du fond de ma cellule, j'entendrai le murmure des flots qui baignent les murs du couvent; je songerai à ces promenades que je faisais avec vous au milieu des bois, alors que nous croyions retrouver le bruit des mers dans la cime agitée des pins. Aimable compagnon de mon enfance, est-ce que je ne vous verrai plus? A peine plus âgée que vous, je vous balançais dans votre berceau; souvent nous avons dormi ensemble. Ah! si un même tombeau nous réunissait un jour! Mais non : je dois dormir seule sous les marbres glacés de ce sanctuaire où reposent pour jamais ces filles qui n'ont point aimé.

» Je ne sais si vous pourrez lire ces lignes à demi effacées par mes larmes. Après tout, mon ami, un peu plus tôt, un peu plus tard, n'aurait-il pas fallu nous quitter? Qu'ai-je besoin de vous entretenir de l'incertitude et du peu de valeur de la vie? Vous vous rappelez le jeune M... qui fit naufrage à l'île de France. Quand vous reçûtes sa dernière lettre, quelques mois après sa mort, sa dépouille terrestre n'existait même plus, et l'instant où vous commenciez son deuil en Europe était celui où on le finissait aux Indes. Qu'est-ce donc que l'homme, dont la mémoire périt si vite? Une partie de ses amis ne peut apprendre sa mort, que l'autre n'en soit déjà consolée! Quoi, cher et trop cher René, mon souvenir s'effacera-t-il si promptement de ton cœur? O mon frère! si je m'arrache à vous dans le temps, c'est pour n'être pas séparée de vous dans l'éternité.

» AMÉLIE.

» P. S. Je joins ici l'acte de la donation de mes biens; j'espère que vous ne refuserez pas cette marque de mon amitié. »

La foudre qui fût tombée à mes pieds ne m'eût pas causé

plus d'effroi que cette lettre. Quel secret Amélie me cachait-
elle? Qui la forçait si subitement à embrasser la vie religieuse? Ne m'avait-elle rattaché à l'existence par le charme
de l'amitié que pour me délaisser tout à coup? Oh! pourquoi était-elle venue me détourner de mon dessein! Un
mouvement de pitié l'avait rappelée auprès de moi; mais
bientôt, fatiguée d'un pénible devoir, elle se hâte de quitter
un malheureux qui n'avait qu'elle sur la terre. On croit
avoir tout fait quand on a empêché un homme de mourir!
Telles étaient mes plaintes. Puis, faisant un retour sur moi-
même : « Ingrate Amélie, disais-je, si tu avais été à ma
place, si, comme moi, tu avais été perdue dans le vide de
tes jours, ah! tu n'aurais pas été abandonnée de ton frère. »

Cependant, quand je relisais la lettre, j'y trouvais je ne
sais quoi de si triste et de si tendre, que tout mon cœur
se fondait. Tout à coup il me vint une idée qui me donna
quelque espérance : je m'imaginai qu'Amélie avait peut-être
conçu une passion pour un homme qu'elle n'osait avouer.
Ce soupçon sembla m'expliquer sa mélancolie, sa correspondance mystérieuse, et le ton passionné qui respirait dans sa
lettre. Je lui écrivis aussitôt pour la supplier de m'ouvrir
son cœur.

Elle ne tarda pas à me répondre, mais sans me découvrir
son secret : elle me mandait seulement qu'elle avait obtenu
les dispenses du noviciat, et qu'elle allait prononcer ses
vœux.

Je fus révolté de l'obstination d'Amélie, du mystère de
ses paroles, et de son peu de confiance en mon amitié.

Après avoir hésité un moment sur le parti que j'avais à
prendre, je résolus d'aller à B... pour faire un dernier
effort auprès de ma sœur. La terre où j'avais été élevé se
trouvait sur la route. Quand j'aperçus les bois où j'avais
passé les seuls moments heureux de ma vie, je ne pus retenir mes larmes, et il me fut impossible de résister à la tentation de leur dire un dernier adieu.

Mon frère aîné avait vendu l'héritage paternel, et le nouveau propriétaire ne l'habitait pas. J'arrivai au château par
la longue avenue de sapins; je traversai à pied les cours

désertes, je m'arrêtai à regarder les fenêtres fermées ou demi-brisées, le chardon qui croissait au pied des murs, les feuilles qui jonchaient le seuil des portes, et ce perron solitaire où j'avais vu si souvent mon père et ses fidèles serviteurs. Les marches étaient déjà couvertes de mousse; le violier jaune croissait entre leurs pierres déjointes et tremblantes. Un gardien inconnu m'ouvrit brusquement les portes. J'hésitais à franchir le seuil; cet homme s'écria :

« Hé bien, allez-vous faire comme cette étrangère qui vint ici il y a quelques jours? Quand ce fut pour entrer, elle s'évanouit, et je fus obligé de la reporter à sa voiture. »

Il me fut aisé de reconnaître l'*étrangère* qui, comme moi, était venue chercher dans ces lieux des pleurs et des souvenirs!

Couvrant un moment mes yeux de mon mouchoir, j'entrai sous le toit de mes ancêtres. Je parcourus les appartements sonores où l'on n'entendait que le bruit de mes pas. Les chambres étaient à peine éclairées par la faible lumière qui pénétrait entre les volets fermés. Je visitai celle où ma mère avait perdu la vie en me mettant au monde, celle où se retirait mon père, celle où j'avais dormi dans mon berceau, celle enfin où l'amitié avait reçu mes premiers vœux dans le sein d'une sœur. Partout les salles étaient détendues, et l'araignée filait sa toile dans les couches abandonnées. Je sortis précipitamment de ces lieux, je m'en éloignai à grands pas, sans oser tourner la tête. Qu'ils sont doux, mais qu'ils sont rapides, les moments que les frères et les sœurs passent dans leurs jeunes années, réunis sous l'aile de leurs vieux parents! La famille de l'homme n'est que d'un jour; le souffle de Dieu la disperse comme une fumée. A peine le fils connaît-il le père, le père le fils, le frère la sœur, la sœur le frère! Le chêne voit germer ses glands autour de lui; il n'en est pas ainsi des enfants des hommes!

En arrivant à B... je me fis conduire au couvent; je demandai à parler à ma sœur. On me dit qu'elle ne recevait personne. Je lui écrivis : elle me répondit que, sur le point de se consacrer à Dieu, il ne lui était pas permis de donner

une pensée au monde ; que, si je l'aimais, j'éviterais de
l'accabler de ma douleur. Elle ajoutait :

« Cependant si votre projet est de paraître à l'autel le jour
de ma profession, daignez m'y servir de père ; ce rôle est le
seul digne de votre courage, le seul qui convienne à notre
amitié et à mon repos. »

Cette froide fermeté qu'on opposait à l'ardeur de mon
amitié me jeta dans de violents transports. Tantôt j'étais près
de retourner sur mes pas, tantôt je voulais rester uniquement
pour troubler le sacrifice. L'enfer me suscitait jusqu'à
la pensée de me poignarder dans l'église, et de mêler mes
derniers soupirs aux vœux qui m'arrachaient ma sœur. La
supérieure du couvent me fit prévenir qu'on avait préparé
un banc dans le sanctuaire, et elle m'invitait à me rendre
à la cérémonie, qui devait avoir lieu dès le lendemain.

Au lever de l'aube, j'entendis le premier son des cloches... Vers dix heures, dans une sorte d'agonie, je me
traînai au monastère. Rien ne peut plus être tragique quand
on a assisté à un pareil spectacle, rien ne peut plus être
douloureux quand on y a survécu.

Un peuple immense remplissait l'église. On me conduit
au banc du sanctuaire ; je me précipite à genoux sans presque savoir où j'étais, ni à quoi j'étais résolu. Déjà le prêtre
attendait à l'autel ; tout à coup la grille mystérieuse s'ouvre,
et Amélie s'avance, parée de toutes les pompes du monde.
Elle était si belle, il y avait sur son visage quelque chose
de si divin, qu'elle excita un mouvement de surprise et d'admiration. Vaincu par la glorieuse douleur de la sainte,
abattu par les grandeurs de la religion, tous mes projets de
violence s'évanouirent, ma force m'abandonna ; je me sentis
lié par une main toute-puissante, et, au lieu de blasphèmes
et de menaces, je ne trouvai dans mon cœur que de profondes adorations et les gémissements de l'humilité.

Amélie se place sous un dais. Le sacrifice commence à la
lueur des flambeaux, au milieu des fleurs et des parfums,
qui devaient rendre l'holocauste agréable. A l'Offertoire, le
prêtre se dépouilla de ses ornements, ne conserva qu'une

tunique de lin, monta en chaire, et, dans un discours simple et pathétique, peignit le bonheur de la vierge qui se consacre au Seigneur. Quand il prononça ces mots : « Elle a paru comme l'encens qui se consume dans le feu, » un grand calme et des odeurs célestes semblèrent se répandre dans l'auditoire; on se sentit comme à l'abri sous les ailes de la colombe mystique, et l'on eût cru voir les anges descendre sur l'autel et remonter vers les cieux avec des parfums et des couronnes.

Le prêtre achève son discours, reprend ses vêtements, continue le sacrifice. Amélie, soutenue de deux jeunes religieuses, se met à genoux sur la dernière marche de l'autel. On vient alors me chercher pour remplir les fonctions paternelles. Au bruit de mes pas chancelants dans le sanctuaire, Amélie est prête à défaillir. On me place à côté du prêtre, pour lui présenter les ciseaux. En ce moment, je sens renaître mes transports; ma fureur va éclater, quand Amélie, rappelant son courage, me lance un regard où il y a tant de reproche et de douleur, que j'en suis atterré. La religion triomphe. Ma sœur profite de mon trouble, elle avance hardiment la tête. Sa superbe chevelure tombe de toutes parts sous le fer sacré; une longue robe d'étamine remplace pour elle les ornements du siècle, sans la rendre moins touchante; les ennuis de son front se cachent sous un bandeau de lin, et le voile mystérieux, double symbole de la virginité et de la religion, accompagne sa tête dépouillée. Jamais elle n'avait paru si belle. L'œil de la pénitente était attaché sur la poussière du monde, et son âme était dans le ciel.

Cependant Amélie n'avait point encore prononcé ses vœux, et pour mourir au monde il fallait qu'elle passât à travers le tombeau. Ma sœur se couche sur le marbre; on étend sur elle un drap mortuaire : quatre flambeaux en marquent les quatre coins. Le prêtre, l'étole au cou, le livre à la main, commence l'office des morts; de jeunes vierges le continuent. O joies de la religion, que vous êtes grandes, mais que vous êtes terribles! On m'avait contraint de me placer à genoux près de ce lugubre appareil. Tout à coup un murmure confus sort de dessous le voile sépulcral; je m'in-

cline, et ces paroles épouvantables (que je fus seul à entendre) viennent frapper mon oreille :

« Dieu de miséricorde, fais que je ne me relève jamais
de cette couche funèbre, et comble de tes biens un frère
qui n'a point partagé ma criminelle passion ! »

A ces mots échappés du cercueil, l'affreuse vérité m'é-
claire; ma raison s'égare, je me laisse tomber sur le linceul de la mort, je presse ma sœur dans mes bras, je m'é-
crie :

« Chaste épouse de Jésus-Christ, reçois mes derniers embrassements à travers les glaces du trépas et les profondeurs
de l'éternité, qui te séparent déjà de ton frère ! »

Ce mouvement, ce cri, ces larmes, troublent la cérémonie : le prêtre s'interrompt, les religieuses ferment la grille,
la foule s'agite et se presse vers l'autel; on m'emporte sans
connaissance. Que je sus peu de gré à ceux qui me rappe-
lèrent au jour ! J'appris, en rouvrant les yeux, que le sacrifice était consommé, et que ma sœur avait été saisie d'une
fièvre ardente. Elle me faisait prier de ne plus chercher à la
voir. O misère de ma vie ! une sœur craindre de parler à
un frère, et un frère craindre de faire entendre sa voix à
une sœur ! Je sortis du monastère comme de ce lieu d'expiation où des flammes nous préparent pour la vie céleste,
où l'on a tout perdu comme aux enfers, hors l'espérance.

On peut trouver des forces dans son âme contre un malheur personnel; mais devenir la cause involontaire du malheur d'un autre, cela est tout à fait insupportable. Éclairé
sur les maux de ma sœur, je me figurais ce qu'elle avait
dû souffrir. Alors s'expliquèrent pour moi plusieurs choses
que je n'avais pu comprendre : ce mélange de joie et de
tristesse qu'Amélie avait fait paraître au moment de mon
départ pour mes voyages, le soin qu'elle prit de m'éviter à
mon retour, et cependant cette faiblesse qui l'empêcha si
longtemps d'entrer dans un monastère; sans doute la fille
malheureuse s'était flattée de guérir ! Ses projets de retraite,
la dispense du noviciat, la disposition de ses biens en ma
faveur, avaient apparemment produit cette correspondance
secrète qui servit à me tromper.

O mes amis! je sus donc ce que c'était que de verser des larmes pour un mal qui n'était point imaginaire! Mes passions, si longtemps indéterminées, se précipitèrent sur cette première proie avec fureur. Je trouvai même une sorte de satisfaction inattendue dans la plénitude de mon chagrin, et je m'aperçus, avec un secret mouvement de joie, que la douleur n'est pas une affection qu'on épuise comme le plaisir.

J'avais voulu quitter la terre avant l'ordre du Tout-Puissant; c'était un grand crime : Dieu m'avait envoyé Amélie à la fois pour me sauver et pour me punir. Ainsi, toute pensée coupable, toute action criminelle entraîne après elle des désordres et des malheurs. Amélie me priait de vivre, et je lui devais bien de ne pas aggraver ses maux. D'ailleurs (chose étrange!) je n'avais plus envie de mourir depuis que j'étais réellement malheureux. Mon chagrin était devenu une occupation qui remplissait tous mes moments : tant mon cœur est naturellement pétri d'ennui et de misère!

Je pris donc subitement une autre résolution : je me déterminai à quitter l'Europe, et à passer en Amérique.

On équipait dans ce moment même, au port de B..., une flotte pour la Louisiane; je m'arrangeai avec un des capitaines de vaisseau. Je fis savoir mon projet à Amélie, et je m'occupai de mon départ.

Ma sœur avait touché aux portes de la mort; mais Dieu, qui lui destinait la première palme des vierges, ne voulut pas la rappeler si vite à lui; son épreuve ici-bas fut prolongée. Descendue une seconde fois dans la pénible carrière de la vie, l'héroïne, courbée sous la croix, s'avança courageusement à l'encontre des douleurs, ne voyant plus que le triomphe dans le combat, et, dans l'excès des souffrances, l'excès de la gloire.

La vente du peu de bien qui me restait, et que je cédai à mon frère, les longs préparatifs d'un convoi, les vents contraires, me retinrent longtemps dans le port. J'allais chaque matin m'informer des nouvelles d'Amélie, et je revenais toujours avec de nouveaux motifs d'admiration et de larmes.

J'errais sans cesse autour du monastère, bâti au bord de la mer. J'apercevais souvent, à une petite fenêtre grillée qui donnait sur une plage déserte, une religieuse assise dans une attitude pensive; elle rêvait à l'aspect de l'Océan où apparaissait quelque vaisseau cinglant aux extrémités de la terre. Plusieurs fois, à la clarté de la lune, j'ai revu la même religieuse aux barreaux de la même fenêtre : elle contemplait la mer, éclairée par l'astre de la nuit, et semblait prêter l'oreille au bruit des vagues qui se brisaient tristement sur des grèves solitaires.

Je crois encore entendre la cloche qui, pendant la nuit, appelait les religieuses aux veilles et aux prières. Tandis qu'elle tintait avec lenteur et que les vierges s'avançaient en silence à l'autel du Tout-Puissant, je courais au monastère : là, seul au pied des murs, j'écoutais dans une sainte extase les derniers sons des cantiques, qui se mêlaient sous les voûtes du temple au faible bruissement des flots.

Je ne sais comment toutes ces choses, qui auraient dû nourrir mes peines, en émoussaient au contraire l'aiguillon. Mes larmes avaient moins d'amertume, lorsque je les répandais sur les rochers et parmi les vents. Mon chagrin même, par sa nature extraordinaire, portait avec lui quelque remède : on jouit de ce qui n'est pas commun, même quand cette chose est un malheur. J'en conçus presque l'espérance que ma sœur deviendrait à son tour moins misérable.

Une lettre que je reçus d'elle avant mon départ sembla me confirmer dans ces idées. Amélie se plaignait tendrement de ma douleur, et m'assurait que le temps diminuait la sienne.

« Je ne désespère pas de mon bonheur, me disait-elle. L'excès même du sacrifice, à présent que le sacrifice est consommé, sert à me rendre quelque paix. La simplicité de mes compagnes, la pureté de leurs vœux, la régularité de leur vie, tout répand du baume sur mes jours. Quand j'entends gronder les orages, et que l'oiseau de mer vient battre des ailes à ma fenêtre, moi, pauvre colombe du ciel, je songe au bonheur que j'ai eu de trouver un abri contre la tempête. C'est ici la sainte montagne, le sommet élevé d'où l'on entend les derniers bruits de la terre et les premiers concerts du ciel; c'est ici que la religion trompe doucement une âme sensible : aux plus violentes amours elle substitue une sorte de chasteté brûlante où l'amante et la vierge sont unies; elle épure les soupirs; elle change en une flamme incorruptible une flamme périssable; elle mêle divinement son calme et son innocence à ce reste de trouble et de volupté d'un cœur qui cherche à se reposer, et d'une vie qui se retire. »

Je ne sais ce que le ciel me réserve et s'il a voulu m'avertir que les orages accompagneraient partout mes pas. L'ordre était donné pour le départ de la flotte; déjà plusieurs vaisseaux avaient appareillé au baisser du soleil; je m'étais arrangé pour passer la dernière nuit à terre, afin d'écrire ma lettre d'adieux à Amélie. Vers minuit, tandis que je m'occupe de ce soin, et que je mouille mon papier de mes larmes, le bruit des vents vient frapper mon oreille. J'écoute, et, au milieu de la tempête, je distingue les coups de canon d'alarme, mêlés au glas de la cloche monastique. Je vole sur le rivage où tout était désert, et où l'on n'entendait que le rugissement des flots. Je m'assieds sur un rocher. D'un côté s'étendent les vagues étincelantes, de l'autre les murs sombres du monastère se perdent confusément dans les cieux. Une petite lumière paraissait à la fenêtre grillée. Était-ce toi, ô mon Amélie! qui, prosternée aux pieds du crucifix, priais le Dieu des orages d'épargner ton malheureux frère! La tempête sur les flots, le calme dans ta retraite; des hommes brisés sur des écueils, au pied de l'asile que rien ne peut troubler; l'infini de l'autre côté du mur d'une cellule; les fanaux agités des vaisseaux, le phare immobile du couvent; l'incertitude des destinées du navigateur, la vestale connaissant dans un seul jour tous les jours futurs de sa vie; d'une autre part, une âme telle que la tienne, ô Amélie! orageuse comme l'Océan; un naufrage plus affreux que celui du marinier : tout ce tableau est

encore profondément gravé dans ma mémoire. Soleil de ce
ciel nouveau, maintenant témoin de mes larmes, échos du
rivage américain qui répétez les accents de René, ce fut le
lendemain de cette nuit terrible qu'appuyé sur le gaillard de
mon vaisseau, je vis s'éloigner pour jamais ma terre natale!
Je contemplai longtemps sur la côte les derniers balance-
ments des arbres de la patrie, et les faîtes du monastère qui
s'abaissaient à l'horizon.

Comme René achevait de raconter son histoire, il tira un
papier de son sein, et le donna au père Souël; puis, se
jetant dans les bras de Chactas, et étouffant ses sanglots, il
laissa le temps au missionnaire de parcourir la lettre qu'il
venait de lui remettre.

Elle était de la supérieure de... Elle contenait le récit des
derniers moments de la sœur Amélie de la Miséricorde,
morte victime de son zèle et de sa charité, en soignant ses
compagnes attaquées d'une maladie contagieuse. Toute la
communauté était inconsolable, et l'on y regardait Amélie
comme une sainte. La supérieure ajoutait que depuis trente
ans qu'elle était à la tête de la maison, elle n'avait jamais
vu de religieuse d'une humeur aussi douce et aussi égale,
ni qui fût plus contente d'avoir quitté les tribulations du
monde.

Chactas pressait René dans ses bras, le vieillard pleurait.

« Mon enfant, dit-il à son fils, je voudrais que le père
Aubry fût ici; il tirait du fond de son cœur je ne sais quelle
paix qui, en les calmant, ne semblait cependant point étrangère aux tempêtes; c'était la lune dans une nuit orageuse:
les nuages errants ne peuvent l'emporter dans leur course;
pure et inaltérable, elle s'avance tranquille au-dessus d'eux.
Hélas, pour moi, tout me trouble et m'entraîne! »

Jusqu'alors le père Souël, sans proférer une parole, avait
écouté d'un air austère l'histoire de René. Il portait en
secret un cœur compatissant, mais il montrait au dehors
un caractère inflexible; la sensibilité du sachem le fit sortir
du silence :

« Rien, dit-il au frère d'Amélie, rien ne mérite, dans
cette histoire, la pitié qu'on vous montre ici. Je vois un

jeune homme entêté de chimères, à qui tout déplaît, et qui s'est soustrait aux charges de la société pour se livrer à d'inutiles rêveries. On n'est point, monsieur, un homme supérieur parce qu'on aperçoit le monde sous un jour odieux. On ne hait les hommes et la vie que faute de voir assez loin. Étendez un peu plus votre regard, et vous serez bientôt convaincu que tous ces maux dont vous vous plaignez sont de purs néants. Mais quelle honte de ne pouvoir songer au seul malheur réel de votre vie, sans être forcé de rougir! Toute la pureté, toute la vertu, toute la religion, toutes les couronnes d'une sainte rendent à peine tolérable la seule idée de vos chagrins. Votre sœur a expié sa faute; mais, s'il faut ici dire ma pensée, je crains que, par une épouvantable justice, un aveu sorti du sein de la tombe n'ait troublé votre âme à son tour. Que faites-vous seul au fond des forêts où vous consumez vos jours, négligeant tous vos devoirs? Des saints, me direz-vous, se sont ensevelis dans les déserts? Ils y étaient avec leurs larmes, et employaient à éteindre leurs passions le temps que vous perdez peut-être à allumer les vôtres. Jeune présomptueux qui avez cru que l'homme se peut suffire à lui-même! La solitude est mauvaise à celui qui n'y vit pas avec Dieu; elle redouble les puissances de l'âme, en même temps qu'elle leur ôte tout sujet pour s'exercer. Quiconque a reçu des forces doit les consacrer au service de ses semblables; s'il les laisse inutiles, il en est d'abord puni par une secrète misère, et tôt ou tard le ciel lui envoie un châtiment effroyable. »

Troublé par ces paroles, René releva du sein de Chactas sa tête humiliée. Le sachem aveugle se prit à sourire; et ce sourire de la bouche, qui ne se mariait plus à celui des yeux, avait quelque chose de mystérieux et de céleste.

« Mon fils, dit le vieil amant d'Atala, il nous parle sévèrement; il corrige et le vieillard et le jeune homme, et il a raison. Oui, il faut que tu renonces à cette vie extraordinaire qui n'est pleine que de soucis; il n'y a de bonheur que dans les voies communes.

» Un jour le Meschacebé, encore assez près de sa source, se lassa de n'être qu'un limpide ruisseau. Il demande des

neiges aux montagnes, des eaux aux torrents, des pluies
aux tempêtes, il franchit ses rives, et désole ses bords charmants. L'orgueilleux ruisseau s'applaudit d'abord de sa puissance ; mais voyant que tout devenait désert sur son
passage ; qu'il coulait, abandonné dans la solitude ; que ses
eaux étaient toujours troublées, il regretta l'humble lit que
lui avait creusé la nature, les oiseaux, les fleurs, les arbres
et les ruisseaux, jadis modestes compagnons de son paisible
cours. »

Chactas cessa de parler, et l'on entendit la voix du *flam-
mant* qui, retiré dans les roseaux du Meschacebé, annonçait
un orage pour le milieu du jour. Les trois amis reprirent
la route de leurs cabanes : René marchait en silence entre
le missionnaire qui priait Dieu, et le sachem aveugle qui
cherchait sa route. On dit que, pressé par les deux vieillards, il retourna chez son épouse, mais sans y trouver le
bonheur. Il périt peu de temps après avec Chactas et le père
Souel, dans le massacre des Français et des Natchez à la
Louisiane. On montre encore un rocher où il allait s'asseoir
au soleil couchant.

FIN DE RENÉ.

LES AVENTURES

ᴅᴜ

DERNIER ABENCERAGE.

Lorsque Boabdil, dernier roi de Grenade, fut obligé d'abandonner le royaume de ses pères, il s'arrêta au sommet du mont Padul. De ce lieu élevé on découvrait la mer où l'infortuné monarque allait s'embarquer pour l'Afrique; on apercevait aussi Grenade, la Véga et le Xénil, au bord duquel s'élevaient les tentes de Ferdinand et d'Isabelle. A la vue de ce beau pays et des cyprès qui marquaient encore çà et là les tombeaux des musulmans, Boabdil se mit à verser des larmes. La sultane Aïxa, sa mère, qui l'accompagnait dans son exil avec les grands qui composaient jadis sa cour, lui dit :

« Pleure maintenant comme une femme un royaume que tu n'as pas su défendre comme un homme. »

Ils descendirent de la montagne, et Grenade disparut à leurs yeux pour toujours.

Les Maures d'Espagne, qui partagèrent le sort de leur roi, se dispersèrent en Afrique. Les tribus des Zégris et des Gomèles s'établirent dans le royaume de Fez, dont elles tiraient leur origine. Les Vanégas et les Alabès s'arrêtèrent sur la côte, depuis Oran jusqu'à Alger; enfin les Abencerages se fixèrent dans les environs de Tunis. Ils formèrent, à la vue des ruines de Carthage, une colonie que l'on distingue en-

core aujourd'hui des Maures d'Afrique par l'élégance de ses
mœurs et la douceur de ses lois.

Ces familles portèrent dans leur patrie nouvelle le souvenir
de leur ancienne patrie. Le *Paradis de Grenade* vivait toujours dans leur mémoire, les mères en redisaient le nom aux
enfants qui suçaient encore la mamelle. Elles les berçaient
avec les romances des Zégris et des Abencerages. Tous les
cinq jours on priait dans la mosquée, en se tournant vers
Grenade. On invoquait Allah, afin qu'il rendît à ses élus
cette terre de délices. En vain le pays des Lotophages offrait
aux exilés ses fruits, ses eaux, sa verdure, son brillant soleil;
loin des *Tours vermeilles* [1], il n'y avait ni fruits agréables, ni
fontaines limpides, ni fraîche verdure, ni soleil digne d'être
regardé. Si l'on montrait à quelque banni les plaines de la
Bagrada, il secouait la tête et s'écriait en soupirant : Gre-
« nade. »

Les Abencerages surtout conservaient le plus tendre et le
plus fidèle souvenir de la patrie. Ils avaient quitté avec un
mortel regret le théâtre de leur gloire, et les bords qu'ils
firent si souvent retentir de ce cri d'armes : « Honneur et
amour. » Ne pouvant plus lever la lance dans les déserts,
ni se couvrir du casque dans une colonie de laboureurs, ils
s'étaient consacrés à l'étude des simples, profession estimée
chez les Arabes à l'égal du métier des armes. Ainsi cette
race de guerriers qui jadis faisait des blessures, s'occupait
maintenant de l'art de les guérir. En cela elle avait retenu
quelque chose de son premier génie, car les chevaliers pansaient souvent eux-mêmes les plaies de l'ennemi qu'ils avaient
abattu.

La cabane de cette famille, qui jadis eut des palais, n'était
point placée dans le hameau des autres exilés, au pied de la
montagne du Mamelife; elle était bâtie parmi les débris
mêmes de Carthage, au bord de la mer, dans l'endroit où
saint Louis mourut sur la cendre, et où l'on voit aujour-
d'hui un ermitage mahométan. Aux murailles de la cabane
étaient attachés des boucliers de peau de lion, qui portaient

---

[1] Tours d'un palais de Grenade.

empreintes sur un champ d'azur deux figures de sauvages, brisant une ville avec une massue. Autour de cette devise on lisait ces mots : « *C'est peu de chose !* » armes et devise des Abencerages. Des lances ornées de pennons blancs et bleus, des alburnos, des casaques de satin tailladé, étaient rangés auprès des boucliers, et brillaient au milieu des cimeterres et des poignards. On voyait encore suspendus çà et là des gantelets, des mors enrichis de pierreries, de larges étriers d'argent, de longues épées dont le fourreau avait été brodé par les mains des princesses, et des éperons d'or que les Yseult, les Genièvre, les Oriane, chaussèrent jadis à de vaillants chevaliers.

Sur des tables, au pied de ces trophées de la gloire, étaient posés des trophées d'une vie pacifique : c'étaient des plantes cueillies sur les sommets de l'Atlas et dans le désert de Zaara ; plusieurs même avaient été apportées de la plaine de Grenade. Les unes étaient propres à soulager les maux du corps ; les autres devaient étendre leur pouvoir jusque sur les chagrins de l'âme. Les Abencerages estimaient surtout celles qui servaient à calmer les vains regrets, à dissiper les folles illusions, et ces espérances de bonheur toujours naissantes, toujours déçues. Malheureusement ces simples avaient des vertus opposées, et souvent le parfum d'une fleur de la patrie était comme une espèce de poison pour les illustres bannis.

Vingt-quatre ans s'étaient écoulés depuis la prise de Grenade. Dans ce court espace de temps quatorze Abencerages avaient péri par l'influence d'un nouveau climat, par les accidents d'une vie errante, et surtout par le chagrin qui mine sourdement les forces de l'homme. Un seul rejeton était tout l'espoir de cette maison fameuse. Aben-Hamet portait le nom de cet Abencerage qui fut accusé par les Zégris d'avoir séduit la sultane Alfaïma. Il réunissait en lui la beauté, la valeur, la courtoisie, la générosité de ses ancêtres, avec ce doux éclat et cette légère expression de tristesse que donne le malheur noblement supporté. Il n'avait que vingt-deux ans lorsqu'il perdit son père ; il résolut alors de faire un pèlerinage au pays de ses aïeux, afin de satisfaire au besoin

de son cœur, et d'accomplir un dessein qu'il cacha soigneuse-
ment à sa mère.

Il s'embarque à l'échelle de Tunis; un vent favorable le
conduit à Carthagène; il descend du navire, et prend aussitôt la route de Grenade : il s'annonçait comme un médecin
arabe qui venait herboriser parmi les rochers de la Sierra-
Nevada. Une mule paisible le portait lentement dans le pays
où les Abencerages volaient jadis sur de belliqueux coursiers : un guide marchait en avant, conduisant deux autres
mules ornées de sonnettes et de touffes de laine de diverses
couleurs. Aben-Hamet traversa les grandes bruyères et les
bois de palmiers du royaume de Murcie : à la vieillesse de
ces palmiers, il jugea qu'ils devaient avoir été plantés par
ses pères, et son cœur fut pénétré de regrets. Là s'élevait
une tour où veillait la sentinelle au temps de la guerre des
Maures et des chrétiens; ici se montrait une ruine dont
l'architecture annonçait une origine moresque : autre sujet
de douleur pour l'Abencerage ! Il descendait de sa mule, et,
sous prétexte de chercher des plantes, il se cachait un
moment dans ces débris pour donner un libre cours à ses
larmes. Il reprenait ensuite sa route, en rêvant au bruit des
sonnettes de la caravane et au chant monotone de son guide.
Celui-ci n'interrompait sa longue romance que pour encourager ses mules, en leur donnant le nom de *belles* et de
valeureuses, ou pour les gourmander, en les appelant *pares-
seuses* et *obstinées*.

Des troupeaux de moutons qu'un berger conduisait comme
une armée dans les plaines jaunes et incultes, quelques
voyageurs solitaires, loin de répandre la vie sur le chemin ne
servaient qu'à le faire paraître plus triste et plus désert. Ces
voyageurs portaient tous une épée à la ceinture : ils étaient
enveloppés dans un manteau, et un large chapeau rabattu
leur couvrait à demi le visage. Ils saluaient en passant Aben-
Hamet, qui ne distinguait dans ce noble salut que le nom de
Dieu, de *seigneur* et de *chevalier*. Le soir, à la *venta*, l'Abencerage prenait sa place au milieu des étrangers, sans être importuné de leur curiosité indiscrète. On ne lui parlait point,
on ne le questionnait point; son turban, sa robe, ses armes,

n'excitaient aucun mouvement. Puisque Allah avait voulu que les Maures d'Espagne perdissent leur belle patrie, Aben-Hamet ne pouvait s'empêcher d'en estimer les graves conquérants.

Des émotions plus vives encore attendaient l'Abencerage au terme de sa course. Grenade est bâtie au pied de la Sierra-Nevada, sur deux hautes collines que sépare une profonde vallée. Les maisons placées sur la pente des coteaux, dans l'enfoncement de la vallée, donnent à la ville l'air et la forme d'une grenade entr'ouverte, d'où lui est venu son nom. Deux rivières, le Xénil et le Douro, dont l'une roule des paillettes d'or, et l'autre des sables d'argent, lavent le pied des collines, se réunissent, et serpentent ensuite au milieu d'une plaine charmante, appelée la Véga. Cette plaine que domine Grenade est couverte de vignes, de grenadiers, de figuiers, de mûriers, d'orangers; elle est entourée par des montagnes d'une forme et d'une couleur admirables. Un ciel enchanté, un air pur et délicieux, portent dans l'âme une langueur secrète dont le voyageur qui ne fait que passer a même de la peine à se défendre. On sent que dans ce pays les tendres passions auraient promptement étouffé les passions héroïques, si l'amour, pour être véritable, n'avait pas toujours besoin d'être accompagné de la gloire.

Lorsque Aben-Hamet découvrit le faîte des premiers édifices de Grenade, le cœur lui battit avec tant de violence qu'il fut obligé d'arrêter sa mule. Il croisa les bras sur sa poitrine, et, les yeux attachés sur la ville sacrée, il resta muet et immobile. Le guide s'arrêta à son tour, et comme tous les sentiments élevés sont aisément compris d'un Espagnol, il parut touché et devina que le Maure revoyait son ancienne patrie. L'Abencerage rompit enfin le silence.

« Guide, s'écria-t-il, sois heureux! ne me cache point la vérité, car le calme régnait dans les flots le jour de ta naissance, et la lune entrait dans son croissant. Quelles sont ces tours qui brillent comme des étoiles au-dessus d'une verte forêt?

» — C'est l'Alhambra, répond le guide.

» — Et cet autre château, sur cette autre colline ? dit Aben-Hamet.

» — C'est le Généralife, répliqua l'Espagnol. Il y a dans ce château un jardin planté de myrtes, où l'on prétend qu'Abencerage fut surpris avec la sultane Alfaïma. Plus loin vous voyez l'Albaïzyn, et plus près de nous les Tours vermeilles. »

Chaque mot du guide perçait le cœur d'Aben-Hamet. Qu'il est cruel d'avoir recours à des étrangers pour apprendre à connaître les monuments de ses pères, et de se faire raconter par des indifférents l'histoire de sa famille et de ses amis! Le guide, mettant fin aux réflexions d'Aben-Hamet, s'écria :

« Marchons, seigneur Maure; marchons, Dieu l'a voulu! Prenez courage. François Ier n'est-il pas aujourd'hui même prisonnier dans notre Madrid? Dieu l'a voulu. »

Il ôta son chapeau, fit un grand signe de croix, et frappa ses mules. L'Abencerage, pressant la sienne à son tour, s'écria :

« C'était écrit[1]! »

Et ils descendirent vers Grenade.

Ils passèrent près du gros frêne célèbre par le combat de Muça et du grand maître de Calatrava, sous le dernier roi de Grenade. Ils firent le tour de la promenade Alaméïda, et pénétrèrent dans la cité par la porte d'Elvire. Ils remontèrent le Rambla et arrivèrent bientôt sur une place qu'environnaient de toutes parts des maisons d'architecture moresque. Un kan était ouvert sur cette place pour les Maures d'Afrique, que le commerce de soies de la Véga attirait en foule à Grenade. Ce fut là que le guide conduisit Aben-Hamet.

L'Abencerage était trop agité pour goûter un peu de repos dans sa nouvelle demeure : la patrie le tourmentait. Ne pouvant résister aux sentiments qui troublaient son cœur, il sortit au milieu de la nuit pour errer dans les rues de Grenade. Il essayait de reconnaître avec ses yeux ou ses

---

[1] Expression que les musulmans ont sans cesse à la bouche, et qu'ils appliquent à la plupart des événements de la vie.

mains quelques-uns des monuments que les vieillards lui
avaient si souvent décrits. Peut-être que ce haut édifice dont
il entrevoyait les murs à travers les ténèbres était autrefois
la demeure des Abencerages; peut-être était-ce sur cette
place solitaire que se donnaient ces fêtes qui portèrent la
gloire de Grenade jusqu'aux nues. Là passaient les quadrilles
superbement vêtus de brocarts; là s'avançaient les galères
chargées d'armes et de fleurs, les dragons qui lançaient des
feux et qui recélaient dans leurs flancs d'illustres guerriers;
ingénieuses inventions du plaisir et de la galanterie.

Mais, hélas! au lieu du son des anafins, du bruit des
trompettes et des chants d'amour, un silence profond régnait autour d'Aben-Hamet. Cette ville muette avait changé
d'habitants, et les vainqueurs reposaient sur la couche des
vaincus.

« Ils dorment donc, ces fiers Espagnols, s'écriait le jeune
Maure indigné, sous ces toits dont ils ont exilé mes aïeux!
Et moi, Abencerage, je veille inconnu, solitaire, délaissé, à
la porte du palais de mes pères! »

Aben-Hamet réfléchissait alors sur les destinées humaines,
sur les vicissitudes de la fortune, sur la chute des empires,
sur cette Grenade enfin, surprise par ses ennemis au milieu
des plaisirs, et changeant tout à coup ses guirlandes de
fleurs contre des chaînes; il lui semblait voir ses citoyens
abandonnant leurs foyers en habits de fête, comme des convives qui, dans le désordre de leur parure, sont tout à coup
chassés de la salle du festin par un incendie.

Toutes ces images, toutes ces pensées se pressaient dans
l'âme d'Aben-Hamet; plein de douleur et de regret, il songeait surtout à exécuter le projet qui l'avait amené à Grenade : le jour le surprit. L'Abencerage s'était égaré : il se
trouvait loin du kan, dans un faubourg écarté de la ville.
Tout dormait; aucun bruit ne troublait le silence des rues;
les portes et les fenêtres des maisons étaient fermées : seulement la voix du coq proclamait dans l'habitation du pauvre
le retour des peines et des travaux.

Après avoir erré longtemps sans pouvoir retrouver sa
route, Aben-Hamet entendit une porte s'ouvrir. Il vit sortir

une jeune femme, vêtue à peu près comme ces reines gothiques sculptées sur les monuments de nos anciennes ab-
bayes. Son corset noir, garni de jais, serrait sa taille élégante; son jupon court, étroit et sans plis, découvrait une
jambe fine et un pied charmant; une mantille également
noire était jetée sur sa tête : elle tenait avec sa main gauche
cette mantille croisée et fermée comme une guimpe au-dessous de son menton, de sorte que l'on n'apercevait de tout
son visage que ses grands yeux et sa bouche de rose. Une
duègne accompagnait ses pas; un page portait devant elle
un livre d'église; deux varlets, parés de ses couleurs, suivaient à quelque distance la belle inconnue : elle se rendait
à la prière matinale, que les tintements d'une cloche annonçaient dans un vaste monastère voisin.

Aben-Hamet crut voir l'ange Israfil ou la plus jeune des
houris. L'Espagnole, non moins surprise, regardait l'Abencerage, dont le turban, la robe et les armes embellissaient
encore la noble figure. Revenue de son premier étonnement,
elle fit signe à l'étranger de s'approcher avec une grâce et
une liberté particulières aux femmes de ce pays.

« Seigneur Maure, lui dit-elle, vous paraissez nouvellement arrivé à Grenade : vous seriez-vous égaré?

» — Sultane des fleurs, répondit Aben-Hamet, délice des
yeux des hommes, ô esclave chrétienne, plus belle que les
vierges de la Georgie, tu l'as deviné! je suis étranger dans
cette ville : perdu au milieu de ces palais, je n'ai pu retrouver le kan des Maures. Que Mahomet touche ton cœur
et récompense ton hospitalité!

» — Les Maures sont renommés pour leur galanterie, reprit l'Espagnole avec le plus doux sourire; mais je ne suis ni
sultane des fleurs, ni esclave, ni contente d'être recomman-
dée à Mahomet. Suivez-moi, seigneur chevalier, je vais vous
reconduire au camp des Maures. »

Elle marcha légèrement devant l'Abencerage, le mena
jusqu'à la porte du kan, le lui montra de la main, passa
derrière un palais et disparut.

A quoi tient donc le repos de la vie! La patrie n'occupe
plus seule et tout entière l'âme d'Aben-Hamet : Grenade a

cessé d'être pour lui déserte, abandonnée, veuve, solitaire;
elle est plus chère que jamais à son cœur, mais c'est un
prestige nouveau qui embellit ses ruines : au souvenir des
aïeux se mêle à présent un autre charme. Aben-Hamet a
découvert le cimetière où reposent les cendres des Abencerages; mais en priant, mais en se prosternant, mais en versant des larmes filiales, il songe que la jeune Espagnole a
passé quelquefois sur ces tombeaux, et il ne trouve plus ses
ancêtres si malheureux.

C'est en vain qu'il ne veut s'occuper que de son pèlerinage au pays de ses pères; c'est en vain qu'il parcourt les
coteaux du Douro et du Xénil, pour y recueillir des plantes
au lever de l'aurore : la fleur qu'il cherche maintenant, c'est
la belle chrétienne. Que d'inutiles efforts il a déjà tentés
pour retrouver le palais de son enchanteresse! Que de fois
il a essayé de repasser par les chemins que lui fit parcourir
son divin guide! Que de fois il a cru reconnaître le son de
cette cloche, le chant de ce coq qu'il entendit près de la
demeure de l'Espagnole! Trompé par des bruits pareils, il
court aussitôt de ce côté, et le palais magnifique ne s'offre
point à ses regards! Souvent encore le vêtement uniforme
des femmes de Grenade lui donnait un moment d'espoir :
de loin toutes les chrétiennes ressemblaient à la maîtresse
de son cœur, de près pas une n'avait sa beauté ou sa grâce.
Aben-Hamet avait enfin parcouru les églises pour découvrir
l'étrangère; il avait même pénétré jusqu'à la tombe de Ferdinand et d'Isabelle, mais c'était aussi le plus grand sacrifice qu'il eût jusqu'alors fait à l'amour.

Un jour il herborisait dans la vallée du Douro. Le coteau
du midi soutenait sur sa pente fleurie les murailles de l'Alhambra et les jardins du Généralife; la colline du nord
était décorée par l'Albaïzyn, par de riants vergers, et par
des grottes qu'habitait un peuple nombreux. A l'extrémité
occidentale de la vallée on découvrait les clochers de Grenade qui s'élevaient en groupe du milieu des chênes verts et
des cyprès. A l'autre extrémité, vers l'orient, l'œil rencontrait, sur des pointes de rochers, des couvents, des ermi-
tages, quelques ruines de l'ancienne Illibéric, et dans le

lointain les sommets de la Sierra-Nevada. Le Douro roulait
au milieu du vallon, et présentait le long de son cours de
frais moulins, de bruyantes cascades, les arches brisées d'un
aqueduc romain, et les restes d'un pont du temps des
Maures.

Aben-Hamet n'était plus ni assez infortuné, ni assez heureux pour bien goûter le charme de la solitude : il parcourait avec distraction et indifférence ces bords enchantés. En
marchant à l'aventure, il suivit une allée d'arbres qui cir-
culait sur la pente du coteau de l'Albaïzyn. Une maison de
campagne, environnée d'un bocage d'orangers, s'offrit bientôt à ses yeux : en approchant du bocage, il entendit les
sons d'une voix et d'une guitare. Entre la voix, les traits et
les regards d'une femme, il y a des rapports qui ne trompent
jamais un homme que l'amour possède.

» C'est ma houri! » dit Aben-Hamet.

Et il écoute, le cœur palpitant : au nom des Abencerages
plusieurs fois répété, son cœur bat encore plus vite. L'inconnue chantait une romance castillane qui retraçait l'histoire des Abencerages et des Zégris. Aben-Hamet ne peut
plus résister à son émotion; il s'élance à travers une haie de
myrtes et tombe au milieu d'une troupe de jeunes femmes
effrayées qui fuient en poussant des cris. L'Espagnole, qui
venait de chanter et qui tenait encore la guitare, s'écrie :

« C'est le seigneur Maure! »

Et elle rappelle ses compagnes.

« Favorite des génies, dit l'Abencerage, je te cherchais
comme l'Arabe cherche une source dans l'ardeur du midi;
j'ai entendu les sons de ta guitare, tu célébrais les héros de
mon pays, je t'ai devinée à la beauté de tes accents, et j'apporte à tes pieds le cœur d'Aben-Hamet.

» — Et moi, répondit doña Blanca, c'était en pensant à
vous que je redisais la romance des Abencerages. Depuis
que je vous ai vu, je me suis figuré que ces chevaliers maures
vous ressemblaient. »

Une légère rougeur monta au front de Blanca en prononc-
çant ces mots. Aben-Hamet se sentit prêt à tomber aux genoux de la jeune chrétienne, à lui déclarer qu'il était le

dernier Abencerage; mais un reste de prudence le retint; il craignit que son nom, trop fameux à Grenade, ne donnât des inquiétudes au gouverneur. La guerre des Morisques était à peine terminée, et la présence d'un Abencerage dans ce moment pouvait inspirer aux Espagnols de justes craintes. Ce n'est pas qu'Aben-Hamet s'effrayât d'aucun péril, mais il frémissait à la pensée d'être obligé de s'éloigner pour jamais de la fille de don Rodrigue.

Dona Blanca descendait d'une famille qui tirait son origine du Cid de Bivar et de Chimène, fille du comte Gomez de Gormas. La postérité du vainqueur de Valence la Belle tomba, par l'ingratitude de la cour de Castille, dans une extrême pauvreté; on crut même pendant plusieurs siècles qu'elle s'était éteinte, tant elle devint obscure. Mais vers le temps de la conquête de Grenade, un dernier rejeton de la race des Bivars, l'aïeul de Blanca, se fit reconnaître moins encore à ses titres qu'à l'éclat de sa valeur. Après l'expulsion des infidèles, Ferdinand donna au descendant du Cid les biens de plusieurs familles maures, et le créa duc de Santa-Fé. Le nouveau duc fixa sa demeure à Grenade, et mourut, jeune encore, en laissant un fils unique déjà marié, don Rodrigue, père de Blanca.

Dona Thérésa de Xérès, femme de don Rodrigue, mit au jour un fils qui reçut à sa naissance le nom de Rodrigue comme tous ses aïeux, mais que l'on appela don Carlos, pour le distinguer de son père. Les grands événements que don Carlos eut sous les yeux dès sa plus tendre jeunesse, les périls auxquels il fut exposé presque au sortir de l'enfance, ne firent que rendre plus grave et plus rigide un caractère naturellement porté à l'austérité. Don Carlos comptait à peine quatorze ans, lorsqu'il suivit Cortez au Mexique : il avait supporté tous les dangers, il avait été témoin de toutes les horreurs de cette étonnante aventure; il avait assisté à la chute du dernier roi d'un monde jusqu'alors inconnu. Trois ans après cette catastrophe, don Carlos s'était trouvé en Europe à la bataille de Pavie, comme pour voir l'honneur et la vaillance couronnés succomber sous les coups de la fortune. L'aspect d'un nouvel univers, de longs voyages

sur des mers non encore parcourues, le spectacle des révolutions et des vicissitudes du sort, avaient fortement ébranlé
l'imagination religieuse et mélancolique de don Carlos : il
était entré dans l'ordre chevaleresque de Calatrava, et, re-
nonçant au mariage, malgré les prières de don Rodrigue, il
destinait tous ses biens à sa sœur.

Blanca de Bivar, sœur unique de don Carlos, et beaucoup plus jeune que lui, était l'idole de son père : elle avait
perdu sa mère, et elle entrait dans sa dix-huitième année,
lorsque Aben-Hamet parut à Grenade. Tout était séduction
dans cette femme enchanteresse : sa voix était ravissante, sa
danse plus légère que le zéphyr; tantôt elle se plaisait à
guider un char comme Armide, tantôt elle volait sur le dos
du plus rapide coursier d'Andalousie, comme ces fées charmantes qui apparaissaient à Tristan et à Galaor dans les forêts. Athènes l'eût prise pour Aspasie, et Paris pour Diane
de Poitiers qui commençait à briller à la cour. Mais avec les
charmes d'une Française, elle avait les passions d'une Espagnole, et sa coquetterie naturelle n'ôtait rien à la sûreté, à
la constance, à la force, à l'élévation des sentiments de son
cœur.

Aux cris qu'avaient poussés les jeunes Espagnoles lorsque
Aben-Hamet s'était élancé dans le bocage, don Rodrigue
était accouru.

« Mon père, dit Blanca, voilà le seigneur maure dont je
vous ai parlé. Il m'a entendue chanter, il m'a reconnue; il
est entré dans le jardin pour me remercier de lui avoir enseigné sa route. »

Le duc de Santa-Fé reçut l'Abencerage avec la politesse
grave et pourtant naïve des Espagnols. On ne remarque
chez cette nation aucun de ces airs serviles, aucun de ces
tours de phrase qui annoncent l'abjection des pensées et la
dégradation de l'âme. La langue du grand seigneur et du
paysan est la même, le salut le même, les compliments, les
habitudes, les usages, sont les mêmes. Autant la confiance
et la générosité de ce peuple envers les étrangers sont sans
bornes, autant sa vengeance est terrible quand on le trahit.
D'un courage héroïque, d'une patience à toute épreuve, in-

capable de céder à la mauvaise fortune, il faut qu'il la
dompte ou qu'il en soit écrasé. Il a peu de ce qu'on appelle
esprit, mais les passions exaltées lui tiennent lieu de cette
lumière qui vient de la finesse et de l'abondance des idées.
Un Espagnol qui passe le jour sans parler, qui n'a rien vu,
qui ne se soucie de rien voir, qui n'a rien lu, rien étudié,
rien comparé, trouvera dans la grandeur de ses résolutions
les ressources nécessaires au moment de l'adversité.

C'était le jour de la naissance de don Rodrigue, et Blanca
donnait à son père une *tertullia*, ou petite fête, dans cette
charmante solitude. Le duc de Santa-Fé invita Aben-Hamet
à s'asseoir au milieu des jeunes femmes, qui s'amusaient du
turban et de la robe de l'étranger. On apporta des carreaux
de velours, et l'Abencerage se reposa sur ces carreaux à la
façon des Maures. On lui fit des questions sur son pays et
sur ses aventures : il y répondit avec esprit et gaieté. Il
parlait le castillan le plus pur ; on aurait pu le prendre pour
un Espagnol, s'il n'eût presque toujours dit *toi* au lieu de
vous. Ce mot avait quelque chose de si doux dans sa bouche,
que Blanca ne pouvait se défendre d'un secret dépit lorsqu'il s'adressait à l'une de ses compagnes.

De nombreux serviteurs parurent : ils portaient le cho-
colat, les pâtes de fruits et les petits pains de sucre de
Malaga, blancs comme la neige, poreux et légers comme
des éponges. Après le refresco, on pria Blanca d'exécuter
une de ces danses de caractère, où elle surpassait les plus
habiles guitanas. Elle fut obligée de céder aux vœux de ses
amies. Aben-Hamet avait gardé le silence, mais ses regards
suppliants parlaient au défaut de sa bouche. Blanca choisit
une zambra, danse expressive que les Espagnols ont em-
pruntée des Maures.

Une des jeunes femmes commence à jouer sur la guitare
l'air de la danse étrangère. La fille de don Rodrigue ôte son
voile, et attache à ses mains blanches des castagnettes de
bois d'ébène. Ses cheveux noirs tombent en boucles sur son
cou d'albâtre ; sa bouche et ses yeux sourient de concert ;
son teint est animé par le mouvement de son cœur. Tout à
coup elle fait retentir le bruyant ébène, frappe trois fois la

mesure, entonne le chant de la zambra, et, mêlant sa voix aux sons de la guitare, elle part comme un éclair.

Quelle variété dans ses pas! quelle élégance dans ses attitudes! Tantôt elle lève ses bras avec vivacité, tantôt elle les laisse retomber avec mollesse. Quelquefois elle s'élance comme enivrée de plaisir, et se retire comme accablée de douleur. Elle tourne la tête, semble appeler quelqu'un d'invisible, tend modestement une joue vermeille au baiser d'un nouvel époux, fuit honteuse, revient brillante et consolée, marche d'un pas noble et presque guerrier, puis voltige de nouveau sur le gazon. L'harmonie de ses pas, de ses chants, et des sons de sa guitare était parfaite. La voix de Blanca, légèrement voilée, avait cette sorte d'accent qui remue les passions jusqu'au fond de l'âme. La musique espagnole, composée de soupirs, de mouvements vifs, de refrains tristes, de chants subitement arrêtés, offre un singulier mélange de gaieté et de mélancolie. Cette musique et cette danse fixèrent sans retour le destin du dernier Abencerage : elles auraient suffi pour troubler un cœur moins malade que le sien.

On retourna le soir à Grenade, par la vallée du Douro. Don Rodrigue, charmé des manières nobles et polies d'Aben-Hamet, ne voulut point se séparer de lui qu'il ne lui eût promis de venir souvent amuser Blanca des merveilleux récits de l'Orient. Le Maure, au comble de ses vœux, accepta l'invitation du duc de Santa-Fé, et dès le lendemain il se rendit au palais où respirait celle qu'il aimait plus que la lumière du jour.

Blanca se trouva bientôt engagée dans une passion profonde par l'impossibilité même où elle crut être d'éprouver jamais cette passion. Aimer un infidèle, un Maure, un inconnu, lui paraissait une chose si étrange, qu'elle ne prit aucune précaution contre le mal qui commençait à se glisser dans ses veines; mais aussitôt qu'elle en reconnut les atteintes, elle accepta ce mal en véritable Espagnole. Les périls et les chagrins qu'elle prévit ne la firent point reculer au bord de l'abîme, ni délibérer longtemps avec son cœur. Elle se dit :

« Qu'Aben-Hamet soit chrétien, qu'il m'aime, et je le suis au bout de la terre. »

L'Abencerage ressentait de son côté toute la puissance d'une passion irrésistible : il ne vivait plus que pour Blanca. Il ne s'occupait plus des projets qui l'avaient amené à Grenade; il lui était facile d'obtenir les éclaircissements qu'il était venu chercher, mais tout autre intérêt que celui de son amour s'était évanoui à ses yeux. Il redoutait même des lumières qui auraient pu apporter des changements dans sa vie. Il ne demandait rien, il ne voulait rien connaître; il se disait :

« Que Blanca soit musulmane, qu'elle m'aime, et je la sers jusqu'à mon dernier soupir. »

Aben-Hamet et Blanca, ainsi fixés dans leur résolution, n'attendaient que le moment de se découvrir leurs sentiments. On était alors dans les plus beaux jours de l'année.

« Vous n'avez point encore vu l'Alhambra, dit la fille du duc de Santa-Fé à l'Abencerage. Si j'en crois quelques paroles qui vous sont échappées, votre famille est originaire de Grenade. Peut-être serez-vous bien aise de visiter le palais de vos anciens rois? Je veux moi-même ce soir vous servir de guide. »

Aben-Hamet jura par le prophète que jamais promenade ne pouvait lui être plus agréable.

L'heure fixée pour le pèlerinage à l'Alhambra étant arrivée, la fille de don Rodrigue monta sur une haquenée blanche accoutumée à gravir les rochers comme un chevreuil. Aben-Hamet accompagnait la brillante Espagnole sur un cheval andalous équipé à la manière des Turcs. Dans la course rapide du jeune Maure, sa robe de pourpre s'enflait derrière lui, son sabre recourbé retentissait sur la selle élevée, et le vent agitait l'aigrette dont son turban était surmonté. Le peuple, charmé de sa bonne grâce, disait en le regardant passer :

« C'est un prince infidèle que doña Blanca va convertir. »

Ils suivirent d'abord une longue rue qui portait encore le nom d'une illustre famille maure; cette rue aboutissait à l'enceinte extérieure de l'Alhambra. Ils traversèrent ensuite

un bois d'ormeaux, arrivèrent à une fontaine, et se trouvèrent bientôt devant l'enceinte intérieure du palais de
Boabdil. Dans une muraille flanquée de tours et surmontée
de créneaux, s'ouvrait une porte appelée *la Porte du Jugement*. Ils franchirent cette première porte, et s'avancèrent
par un chemin étroit qui serpentait entre de hauts murs et
des masures à demi ruinées. Ce chemin les conduisit à la
place des Algibes, près de laquelle Charles-Quint faisait alors
élever un palais. De là, tournant vers le nord, ils s'arrêtèrent dans une cour déserte, au pied d'un mur sans ornements et dégradé par les âges. Aben-Hamet, sautant légèrement à terre, offrit la main à Blanca pour descendre de
sa mule. Les serviteurs frappèrent à une porte abandonnée,
dont l'herbe cachait le seuil : la porte s'ouvrit et laissa voir
tout à coup les réduits secrets de l'Alhambra.

Tous les charmes, tous les regrets de la patrie, mêlés
aux prestiges de l'amour, saisirent le cœur du dernier
Abencerage. Immobile et muet, il plongeait des regards
étonnés dans cette habitation des génies; il croyait être
transporté à l'entrée d'un de ces palais dont on lit la description dans les contes arabes. De légères galeries, des canaux de marbre blanc bordés de citronniers et d'orangers
en fleurs, des fontaines, des cours solitaires, s'offraient de
toutes parts aux yeux d'Aben-Hamet, et, à travers les voûtes
allongées des portiques, il apercevait d'autres labyrinthes et
de nouveaux enchantements. L'azur du plus beau ciel se
montrait entre des colonnes qui soutenaient une chaîne
d'arceaux gothiques. Les murs, chargés d'arabesques, imitaient à la vue ces étoffes de l'Orient, que brode dans
l'ennui du harem le caprice d'une femme esclave. Quelque
chose de voluptueux, de religieux et de guerrier semblait
respirer dans ce magique édifice; espèce de cloître de l'a-
mour, retraite mystérieuse où les rois maures goûtaient tous
les plaisirs, et oubliaient tous les devoirs de la vie.

Après quelques instants de surprise et de silence, les
deux amants entrèrent dans ce séjour de la puissance évanouie et des félicités passées. Ils firent d'abord le tour de
la salle des Mésucar, au milieu du parfum des fleurs et de

la fraîcheur des eaux. Ils pénétrèrent ensuite dans la cour des Lions. L'émotion d'Aben-Hamet augmentait à chaque pas.

« Si tu ne remplissais mon âme de délices, dit-il à Blanca, avec quel chagrin me verrais-je obligé de te demander, à toi Espagnole, l'histoire de ces demeures! Ah! ces lieux sont faits pour servir de retraite au bonheur, et moi!... »

Aben-Hamet aperçut le nom de Boabdil enchâssé dans des mosaïques.

« O mon roi! s'écria-t-il, qu'es-tu devenu? Où te trouverai-je dans ton Alhambra désert? »

Et les larmes de la fidélité, de la loyauté et de l'honneur couvraient les yeux du jeune Maure.

« Vos anciens maîtres, dit Blanca, ou plutôt les rois de vos pères, étaient des ingrats.

» — Qu'importe! répondit l'Abencerage, ils ont été malheureux! »

Comme il prononçait ces mots, Blanca le conduisit dans un cabinet qui semblait être le sanctuaire même du temple de l'Amour. Rien n'égalait l'élégance de cet asile : la voûte entière, peinte d'azur et d'or, et composée d'arabesques découpées à jour, laissait passer la lumière comme à travers un tissu de fleurs. Une fontaine jaillissait au milieu de l'édifice, et ses eaux, retombant en rosée, étaient recueillies dans une conque d'albâtre.

« Aben-Hamet, dit la fille du duc de Santa-Fé, regardez bien cette fontaine, elle reçut les têtes défigurées des Abencerages. Vous voyez encore sur le marbre la tache du sang des infortunés que Boabdil sacrifia à ses soupçons. C'est ainsi qu'on traite dans votre pays les hommes qui séduisent les femmes crédules. »

Aben-Hamet n'écoutait plus Blanca; il s'était prosterné et baisait avec respect la trace du sang de ses ancêtres. Il se relève et s'écrie :

« O Blanca! je jure par le sang de ces chevaliers de t'aimer avec la constance, la fidélité et l'ardeur d'un Abencerage.

» — Vous m'aimez donc? repartit Blanca en joignant ses deux belles mains et levant ses regards au ciel. Mais songez-vous que vous êtes un infidèle, un Maure, un ennemi, et que je suis chrétienne et Espagnole?

» — O saint prophète, dit Aben-Hamet, soyez témoin de mes serments!... »

Blanca l'interrompant :

« Quelle foi voulez-vous que j'ajoute aux serments d'un persécuteur de mon Dieu? Savez-vous si je vous aime? Qui vous a donné l'assurance de me tenir un pareil langage? »

Aben-Hamet, consterné, répondit :

« Il est vrai que je ne suis que ton esclave; tu ne m'as pas choisi pour ton chevalier.

» — Maure, dit Blanca, laisse là la ruse; tu as vu dans mes regards que je t'aimais; ma folie pour toi passe toute mesure; sois chrétien, et rien ne pourra m'empêcher d'être à toi. Mais si la fille du duc de Santa-Fé ose te parler avec cette franchise, tu peux juger par cela même qu'elle saura se vaincre, et que jamais un ennemi des chrétiens n'aura aucun droit sur elle. »

Aben-Hamet, dans un transport de passion, saisit les mains de Blanca, les posa sur son turban et ensuite sur son cœur.

« Allah est puissant, s'écria-t-il, et Aben-Hamet est heureux! O Mahomet! que cette chrétienne connaisse ta loi, et rien ne pourra...

» — Tu blasphèmes, dit Blanca : sortons d'ici. »

Elle s'appuya sur le bras du Maure, et s'approcha de la fontaine des Douze-Lions, qui donne son nom à l'une des cours de l'Alhambra :

« Étranger, dit la naïve Espagnole, quand je regarde ta robe, ton turban, tes armes, et que je songe à nos amours, je crois voir l'ombre du bel Abencerage se promenant dans cette retraite abandonnée avec l'infortunée Alfaïma. Explique-moi l'inscription arabe gravée sur le marbre de cette fontaine. »

Aben-Hamet lu ces mots [1] :

La belle princesse qui se promène couverte de perles dans son jardin, en augmente si prodigieusement la beauté... le reste de l'inscription était effacé.

« C'est pour toi qu'elle a été faite, cette inscription, dit Aben-Hamet. Sultane aimée, ces palais n'ont jamais été aussi beaux dans leur jeunesse, qu'ils le sont aujourd'hui dans leurs ruines. Écoute le bruit des fontaines dont la mousse a détourné les eaux; regarde les jardins qui se montrent à travers ces arcades à demi tombées; contemple l'astre du jour qui se couche par delà tous ces portiques : qu'il est doux d'errer avec toi dans ces lieux ! Tes paroles embaument ces retraites, comme les roses de l'hymen. Avec quel charme je reconnais dans ton langage quelques accents de la langue de mes pères ! le seul frémissement de ta robe sur ces marches me fait tressaillir. L'air n'est parfumé que parce qu'il a touché ta chevelure. Tu es belle comme le génie de ma patrie au milieu de ces débris. Mais Aben-Hamet peut-il espérer de fixer ton cœur ? Qu'est-il auprès de toi ? Il a parcouru les montagnes avec son père; il connaît les plantes du désert... hélas ! il n'en est pas une seule qui pût le guérir de la blessure que tu lui as faite ! il porte des armes, mais il n'est point chevalier. Je me disais autrefois : L'eau de la mer qui dort à l'abri dans le creux du rocher est tranquille et muette, tandis que tout auprès la grande mer est agitée et bruyante. Aben-Hamet ! ainsi sera ta vie, silencieuse, paisible, ignorée dans un coin de terre inconnu, tandis que la cour du sultan est bouleversée par les orages. Je me disais cela, jeune chrétienne, et tu m'as prouvé que la tempête peut aussi troubler la goutte d'eau dans le creux du rocher. »

Blanca écoutait avec ravissement ce langage nouveau pour elle, et dont le tour oriental semblait si bien convenir à la demeure des fées, qu'elle parcourait avec son amant. L'amour pénétrait dans son cœur de toutes parts : elle sentait

---

[1] Cette inscription existe avec quelques autres. Il est inutile de répéter que j'ai fait cette description de l'Alhambra sur les lieux mêmes.

chanceler ses genoux ; elle était obligée de s'appuyer plus fortement sur le bras de son guide. Aben-Hamet soutenait le doux fardeau, et répétait en marchant :

« Ah ! que ne suis-je un brillant Abencerage !

» — Tu me plairais moins, dit Blanca, car je serais plus tourmentée; reste obscur et vis pour moi. Souvent un chevalier célèbre oublie l'amour pour la renommée.

» — Tu n'aurais pas ce danger à craindre, répliqua vivement Aben-Hamet.

» — Et comment m'aimerais-tu donc, si tu étais un Abencerage ? dit la descendante de Chimène.

» — Je t'aimerais, répondit le Maure, plus que la gloire et moins que l'honneur. »

Le soleil était descendu à l'horizon pendant la promenade des deux amants. Ils avaient parcouru tout l'Alhambra. Quels souvenirs offerts à la pensée d'Aben-Hamet! Ici la sultane recevait par des soupiraux la fumée des parfums qu'on brûlait au-dessous d'elle. Là, dans cet asile écarté, elle se parait de tous les atours de l'Orient. Et c'était Blanca, c'était une femme adorée qui racontait ces détails au beau jeune homme qu'elle idolâtrait.

La lune, en se levant, répandit sa clarté douteuse dans les sanctuaires abandonnés, et dans les parvis déserts de l'Alhambra. Ses blancs rayons dessinaient sur le gazon des parterres, sur les murs des salles, la dentelle d'une architecture aérienne, les cintres des cloîtres, l'ombre mobile des eaux jaillissantes, et celle des arbustes balancés par le zéphyr. Le rossignol chantait dans un cyprès qui perçait les dômes d'une mosquée en ruine, et les échos répétaient ses plaintes. Aben-Hamet écrivit, au clair de la lune, le nom de Blanca sur le marbre de la salle des Deux-Sœurs : il traça ce nom en caractères arabes, afin que le voyageur eût un mystère de plus à deviner dans ce palais des mystères.

« Maure, ces jeux sont cruels, dit Blanca, quittons ces lieux. Le destin de ma vie est fixé pour jamais. Retiens bien ces mots : Musulman, je suis ton amante sans espoir ; chrétien, je suis ton épouse fortunée. »

Aben-Hamet répondit :

« Chrétienne, je suis ton esclave désolé; musulmane, je suis ton époux glorieux. »

Et ces nobles amants sortirent de ce dangereux palais.

La passion de Blanca s'augmenta de jour en jour, et celle d'Aben-Hamet s'accrut avec la même violence. Il était si enchanté d'être aimé pour lui seul, de ne devoir à aucune cause étrangère les sentiments qu'il inspirait, qu'il ne révéla point le secret de sa naissance à la fille du duc de Santa-Fé : il se faisait un plaisir délicat de lui apprendre qu'il portait un nom illustre, le jour même où elle consentirait à lui donner sa main. Mais il fut tout à coup rappelé à Tunis : sa mère, atteinte d'un mal sans remède, voulait embrasser son fils et le bénir avant d'abandonner la vie. Aben-Hamet se présente au palais de Blanca.

« Sultane, lui dit-il, ma mère va mourir. Elle me demande pour lui fermer les yeux. Me conserveras-tu ton amour?

» — Tu me quittes, répondit Blanca pâlissante. Te reverrai-je jamais ?

» — Viens, dit Aben-Hamet. Je veux exiger de toi un serment et t'en faire un que la mort seule pourra briser. Suis-moi. »

Ils sortent ; ils arrivent à un cimetière qui fut jadis celui des Maures. On voyait encore çà et là de petites colonnes funèbres autour desquelles le sculpteur figura jadis un turban ; mais les chrétiens avaient depuis remplacé ce turban par une croix. Aben-Hamet conduisit Blanca au pied de ces colonnes.

« Blanca, dit-il, mes ancêtres reposent ici; je jure par leurs cendres de t'aimer jusqu'au jour où l'ange du jugement m'appellera au tribunal d'Allah. Je te promets de ne jamais engager mon cœur à une autre femme, et de te prendre pour épouse aussitôt que tu connaîtras la sainte lumière du prophète. Chaque année, à cette époque, je reviendrai à Grenade pour voir si tu m'as gardé ta foi et si tu veux renoncer à tes erreurs.

» — Et moi, dit Blanca en larmes, je t'attendrai tous les

ans; je te conserverai jusqu'à mon dernier soupir la foi que
je t'ai jurée, et je te recevrai pour époux lorsque le Dieu
des chrétiens, plus puissant que ton amante, aura touché
ton cœur infidèle. »

Aben-Hamet part; les vents l'emportent aux bords africains : sa mère venait d'expirer. Il la pleure, il embrasse
son cercueil. Les mois s'écoulent : tantôt errant parmi les
ruines de Carthage, tantôt assis sur le tombeau de saint Louis,
l'Abencerage exilé appelle le jour qui doit le ramener à
Grenade. Ce jour se lève enfin : Aben-Hamet monte sur un
vaisseau et fait tourner la proue vers Malaga. Avec quel
transport, avec quelle joie mêlée de crainte il aperçut les
premiers promontoires de l'Espagne ! Blanca l'attend-elle
sur ces bords? Se souvient-elle encore d'un pauvre Arabe
qui ne cessa de l'adorer sous le palmier du désert ?

La fille du duc de Santa-Fé n'était point infidèle à ses
serments. Elle avait prié son père de la conduire à Malaga.
Du haut des montagnes qui bordaient la côte inhabitée, elle
suivait des yeux les vaisseaux lointains et les voiles fugitives. Pendant la tempête, elle contemplait avec effroi la mer
soulevée par les vents : elle aimait alors à se perdre dans
les nuages, à s'exposer dans les passages dangereux, à se
sentir baignée par les mêmes vagues, enlevée par le même
tourbillon, qui menaçaient les jours d'Aben-Hamet. Quand
elle voyait la mouette plaintive raser les flots avec ses
grandes ailes recourbées, et voler vers les rivages de l'Afrique, elle la chargeait de toutes ces paroles d'amour, de tous
ces vœux insensés qui sortent d'un cœur que la passion
dévore.

Un jour qu'elle errait sur les grèves, elle aperçut une
longue barque dont la proue élevée, le mât penché et la
voile latine annonçaient l'élégant génie des Maures. Blanca
court au port, et voit bientôt entrer le vaisseau barbaresque
qui faisait écumer l'onde sous la rapidité de sa course. Un
Maure, couvert de superbes habits, se tenait debout sur la
proue. Derrière lui deux esclaves noirs arrêtaient par le frein
un cheval arabe, dont les naseaux fumants et les crins épars
annonçaient à la fois son naturel ardent, et la frayeur que

lui inspirait le bruit des vagues. La barque arrive, abaisse
ses voiles, touche au môle, présente le flanc : le Maure s'é-
lance sur la rive qui retentit du son de ses armes. Les esclaves font sortir le coursier tigré comme un léopard, qui
hennit et bondit de joie en retrouvant la terre. D'autres
esclaves descendent doucement une corbeille où reposait une
gazelle couchée parmi des feuilles de palmier. Ses jambes
fines étaient attachées et ployées sous elle, de peur qu'elles
ne se fussent brisées dans les mouvements du vaisseau ; elle
portait un collier de grains d'aloës ; et sur une plaque d'or
qui servait à rejoindre les deux bouts du collier, étaient
gravés, en arabe, un nom et un talisman.

Blanca reconnaît Aben-Hamet : elle n'ose se trahir aux
yeux de la foule ; elle se retire, et envoie Dorothée, une de
ses femmes, avertir l'Abencerage qu'elle l'attend au palais
des Maures. Aben-Hamet présentait dans ce moment au
gouverneur son firman écrit en lettres d'azur, sur un vélin
précieux et renfermé dans un fourreau de soie. Dorothée
s'approche et conduit l'heureux Abencerage aux pieds de
Blanca. Quels transports, en se retrouvant tous deux fidèles !
Quel bonheur de se revoir, après avoir été si longtemps séparés ! Quels nouveaux serments de s'aimer toujours !

Les deux esclaves noirs amènent le cheval numide, qui,
au lieu de selle, n'avait sur le dos qu'une peau de lion,
rattachée par une zone de pourpre. On apporte ensuite la
gazelle.

« Sultane, dit Aben-Hamet, c'est un chevreuil de mon
pays, presque aussi léger que toi. »

Blanca détache elle-même l'animal charmant qui semblait
la remercier en jetant sur elle les regards les plus doux.
Pendant l'absence de l'Abencerage, la fille du duc de Santa-
Fé avait étudié l'arabe : elle lut avec des yeux attendris son
propre nom sur le collier de la gazelle. Celle-ci, rendue à
la liberté, se soutenait à peine sur ses pieds si longtemps
enchaînés ; elle se couchait à terre, et appuyait sa tête sur
les genoux de sa maîtresse. Blanca lui présenta des dattes
nouvelles, et caressait cette chevrette du désert, dont la peau

fine avait retenu l'odeur du bois d'aloës et de la rose de Tunis.

L'Abencerage, le duc de Santa-Fé et sa fille partirent ensemble pour Grenade. Les jours du couple heureux s'écoulèrent comme ceux de l'année précédente : mêmes promenades, même regret à la vue de la patrie, même amour ou plutôt amour toujours croissant, toujours partagé ; mais aussi même attachement dans les deux amants à la religion de leurs pères.

« — Sois chrétien, disait Blanca. — Sois musulmane », disait Aben-Hamet, et ils se séparèrent encore une fois sans avoir succombé à la passion qui les entraînait l'un vers l'autre.

Aben-Hamet reparut la troisième année, comme ces oiseaux voyageurs que l'amour ramène au printemps dans nos climats. Il ne trouva point Blanca au rivage, mais une lettre de cette femme adorée apprit au fidèle Arabe le départ du duc de Santa-Fé pour Madrid, et l'arrivée de don Carlos à Grenade. Don Carlos était accompagné d'un prisonnier français, ami du frère de Blanca. Le Maure sentit son cœur se serrer à la lecture de cette lettre. Il partit de Malaga pour Grenade avec les plus tristes pressentiments. Les montagnes lui parurent d'une solitude effrayante, et il tourna plusieurs fois la tête pour regarder la mer qu'il venait de traverser.

Blanca, pendant l'absence de son père, n'avait pu quitter un frère qu'elle aimait, un frère qui voulait en sa faveur se dépouiller de tous ses biens, et qu'elle revoyait après sept années d'absence. Don Carlos avait tout le courage et toute la fierté de sa nation : terrible comme les conquérants du nouveau monde, parmi lesquels il avait fait ses premières armes ; religieux comme les chevaliers espagnols vainqueurs des Maures, il nourrissait dans son cœur contre les infidèles la haine qu'il avait héritée du sang du Cid.

Thomas de Lautrec, de l'illustre maison de Foix, où la beauté dans les femmes et la valeur dans les hommes passaient pour un don héréditaire, était frère cadet de la comtesse de Foix, et du brave et malheureux Odet de Foix, seigneur de Lautrec. A l'âge de dix-huit ans, Thomas avait

été armé chevalier par Bayard, dans cette retraite qui coûta
la vie au chevalier sans peur et sans reproche. Quelque
temps après, Thomas fut percé de coups et fait prisonnier
à Pavie, en défendant le roi chevalier qui perdit tout alors,
fors l'honneur.

Don Carlos de Bivar, témoin de la vaillance de Lautrec,
avait fait prendre soin des blessures du jeune Français, et
bientôt il s'établit entre eux une de ces amitiés héroïques,
dont l'estime et la vertu sont les fondements. François Ier
était retourné en France, mais Charles-Quint retint les autres prisonniers. Lautrec avait eu l'honneur de partager la
captivité de son roi, et de coucher à ses pieds dans la
prison. Resté en Espagne après le départ du monarque, il
avait été remis sur sa parole à don Carlos, qui venait de
l'amener à Grenade.

Lorsque Aben-Hamet se présenta au palais de don Rodrigue, et fut introduit dans la salle où se trouvait la fille du
duc de Santa-Fé, il sentit des tourments jusqu'alors inconnus
pour lui. Aux pieds de dona Blanca était assis un jeune
homme qui la regardait en silence, dans une espèce de
ravissement. Ce jeune homme portait un haut-de-chausse de
buffle, et un pourpoint de même couleur, serré par un
ceinturon d'où pendait une épée aux fleurs de lis. Un manteau de soie était jeté sur ses épaules, et sa tête était
couverte d'un chapeau à petits bords, ombragé de plumes :
une fraise de dentelle, rabattue sur sa poitrine, laissait voir
son cou découvert. Deux moustaches noires comme l'ébène
donnaient à son visage naturellement doux un air mâle et
guerrier. De larges bottes, qui tombaient et se repliaient sur
ses pieds, portaient l'éperon d'or, marque de la chevalerie.

A quelque distance, un autre chevalier se tenait debout
appuyé sur la croix de fer de sa longue épée : il était vêtu
comme l'autre chevalier, mais il paraissait plus âgé. Son
air austère, bien qu'ardent et passionné, inspirait le respect
et la crainte. La croix rouge de Calatrava était brodée sur
son pourpoint, avec cette devise : *Pour elle et pour mon roi.*

Un cri involontaire s'échappa de la bouche de Blanca lorsqu'elle aperçut Aben-Hamet :

« Chevaliers, dit-elle aussitôt, voici l'infidèle dont je vous ai tant parlé, craignez qu'il ne remporte la victoire. Les Abencerages étaient faits comme lui, et nul ne les surpassait en loyauté, courage et galanterie. »

Don Carlos s'avança au-devant d'Aben-Hamet :

« Seigneur Maure, dit-il, mon père et ma sœur m'ont appris votre nom; on vous croit d'une race noble et brave; vous-même vous êtes distingué par votre courtoisie. Bientôt Charles-Quint, mon maître, doit porter la guerre à Tunis, et nous nous verrons, j'espère, au champ d'honneur. »

Aben-Hamet posa la main sur son sein, s'assit à terre sans répondre, et resta les yeux attachés sur Blanca et sur Lautrec. Celui-ci admirait, avec la curiosité de son pays, la robe superbe, les armes brillantes, la beauté du Maure; Blanca ne paraissait point embarrassée; toute son âme était dans ses yeux : la sincère Espagnole n'essayait point de cacher le secret de son cœur. Après quelques moments de silence, Aben-Hamet se leva, s'inclina devant la fille de don Rodrigue, et se retira. Étonné du maintien du Maure et des regards de Blanca, Lautrec sortit avec un soupçon qui se changea bientôt en certitude.

Don Carlos resta seul avec sa sœur :

« Blanca, lui dit-il, expliquez-vous. D'où naît le trouble que vous a causé la vue de cet étranger?

» — Mon frère, répondit Blanca, j'aime Aben-Hamet! et, s'il veut se faire chrétien, ma main est à lui.

» — Quoi! s'écria don Carlos, vous aimez Aben-Hamet! la fille des Bivars aime un Maure, un infidèle, un ennemi que nous avons chassé de ces palais!

» — Don Carlos, répliqua Blanca, j'aime Aben-Hamet; Aben-Hamet m'aime; depuis trois ans il renonce à moi plutôt que de renoncer à la religion de ses pères. Noblesse, honneur, chevalerie, sont en lui; jusqu'à mon dernier soupir je l'adorerai. »

Don Carlos était digne de sentir ce que la résolution d'Aben-Hamet avait de généreux, quoiqu'il déplorât l'aveuglement de cet infidèle :

« Infortunée Blanca, dit-il, où te conduira cet amour?

J'avais espéré que Lautrec, mon ami, deviendrait mon frère.

» — Tu t'étais trompé, répondit Blanca : je ne puis aimer cet étranger. Quant à mes sentiments pour Aben-Hamet, je n'en dois compte à personne. Garde tes serments de chevalerie comme je garderai mes serments d'amour. Sache seulement, pour te consoler, que jamais Blanca ne sera l'épouse d'un infidèle.

» — Notre famille disparaîtra donc de la terre! s'écria don Carlos.

» — C'est à toi de la faire revivre, dit Blanca. Qu'importent d'ailleurs des fils que tu ne verras point, et qui dégénéreront de ta vertu? Don Carlos, je sens que nous sommes les derniers de notre race; nous sortons trop de l'ordre commun pour que notre sang fleurisse après nous : le Cid fut notre aïeul, il sera notre postérité. »

Blanca sortit.

Don Carlos vole chez l'Abencerage :

« Maure, lui dit-il, renonce à ma sœur ou accepte le combat.

» — Es-tu chargé par ta sœur, répondit Aben-Hamet, de me redemander les serments qu'elle m'a faits?

» — Non, répliqua don Carlos, elle t'aime plus que jamais.

» — Ah! digne frère de Blanca! s'écria Aben-Hamet en l'interrompant, je dois tenir tout mon bonheur de ton sang! O fortuné Aben-Hamet! O heureux jour! je croyais Blanca infidèle pour ce chevalier français...

» — Et c'est là ton malheur, s'écria à son tour don Carlos hors de lui. Lautrec est mon ami; sans toi il serait mon frère. Rends-moi raison des larmes que tu fais verser à ma famille.

» — Je le veux bien, répondit Aben-Hamet; mais né d'une race qui peut-être a combattu la tienne, je ne suis pourtant point chevalier. Je ne vois ici personne pour me conférer l'ordre qui te permettra de te mesurer avec moi sans descendre de ton rang. »

Don Carlos, frappé de la réflexion du Maure, le regarda

avec un mélange d'admiration et de fureur. Puis, tout à coup :

« C'est moi qui t'armerai chevalier! tu en es digne. »

Aben-Hamet fléchit le genou devant don Carlos, qui lui donne l'accolade, en lui frappant trois fois l'épaule du plat de son épée; ensuite don Carlos lui ceint cette même épée que l'Abencerage va peut-être lui plonger dans la poitrine : tel était l'antique honneur.

Tous deux s'élancent sur leurs coursiers, sortent des murs de Grenade, et volent à la fontaine du Pin. Les duels des Maures et des chrétiens avaient depuis longtemps rendu cette source célèbre. C'était là que Malique Alabès s'était battu contre Ponce de Léon, et que le grand maître de Calatrava avait donné la mort au valeureux Abayados. On voyait encore les débris des armes de ce chevalier maure suspendus aux branches du pin, et l'on apercevait sur l'écorce de l'arbre quelques lettres d'une inscription funèbre. Don Carlos montra de la main la tombe d'Abayados à l'Abencerage :

« Imite, lui cria-t-il, ce brave infidèle, et reçois le baptême et la mort de ma main.

» — La mort peut-être, répondit Aben-Hamet : mais vivent Allah et le prophète! »

Ils prirent aussitôt du champ, et coururent l'un sur l'autre avec furie. Ils n'avaient que leurs épées : Aben-Hamet était moins habile dans les combats que don Carlos, mais la bonté de ses armes, trempées à Damas, et la légèreté de son cheval arabe, lui donnaient encore l'avantage sur son ennemi. Il lança son coursier comme les Maures, et avec son large étrier tranchant, il coupa la jambe droite du cheval de don Carlos au-dessous du genou. Le cheval blessé s'abattit, et don Carlos, démonté par ce coup heureux, marcha sur Aben-Hamet l'épée haute. Aben-Hamet saute à terre et reçoit don Carlos avec intrépidité. Il pare les premiers coups de l'Espagnol, qui brise son épée sur le fer de Damas. Trompé deux fois par la fortune, don Carlos verse des pleurs de rage, et crie à son ennemi :

« Frappe, Maure, frappe ; don Carlos désarmé te défie, toi
et toute ta race infidèle.

» — Tu pouvais me tuer, répond l'Abencerage, mais je
n'ai jamais songé à te faire la moindre blessure : j'ai voulu
seulement te prouver que j'étais digne d'être ton frère, et
t'empêcher de me mépriser. »

Dans cet instant on aperçoit un nuage de poussière : Lautrec et Blanca pressaient deux cavales de Fez plus légères
que les vents. Ils arrivent à la fontaine du Pin et voient le
combat suspendu :

« Je suis vaincu, dit don Carlos, ce chevalier m'a donné
la vie. Lautrec, vous serez peut-être plus heureux que
moi.

» — Mes blessures, dit Lautrec d'une voix noble et gracieuse, me permettent de refuser le combat contre ce chevalier courtois. Je ne veux point, ajouta-t-il en rougissant,
connaître le sujet de votre querelle, et pénétrer un secret
qui porterait peut-être la mort dans mon sein. Bientôt mon
absence fera renaître la paix parmi vous, à moins que Blanca
ne m'ordonne de rester à ses pieds.

» — Chevalier, dit Blanca, vous demeurerez auprès de
mon frère ; vous me regarderez comme votre sœur. Tous les
cœurs qui sont ici éprouvent des chagrins ; vous apprendrez
de nous à supporter les maux de la vie. »

Blanca voulut contraindre les trois chevaliers à se donner
la main ; tous les trois s'y refusèrent :

« Je hais Aben-Hamet ! s'écria don Carlos.

» — Je l'envie, dit Lautrec.

» — Et moi, dit l'Abencerage, j'estime don Carlos, et je
plains Lautrec ; mais je ne saurais les aimer.

» — Voyons-nous toujours, dit Blanca, et tôt ou tard
l'amitié suivra l'estime. Que l'événement fatal qui nous
rassemble ici soit à jamais ignoré de Grenade. »

Aben-Hamet devint, dès ce moment, mille fois plus cher
à la fille du duc de Santa-Fé : l'amour aime la vaillance ; il
ne manquait plus rien à l'Abencerage, puisqu'il était brave,
et que don Carlos lui devait la vie. Aben-Hamet, par le conseil de Blanca, s'abstint, pendant quelques jours, de se pré-

senter au palais, afin de laisser se calmer la colère de don
Carlos. Un mélange de sentiments doux et amers remplissait
l'âme de l'Abencerage : si d'un côté l'assurance d'être aimé
avec tant de fidélité et d'ardeur était pour lui une source
inépuisable de délices, d'un autre côté la certitude de n'être
jamais heureux sans renoncer à la religion de ses pères
accablait le courage d'Aben-Hamet. Déjà plusieurs années
s'étaient écoulées sans apporter de remède à ses maux : ver-
rait-il ainsi s'écouler le reste de sa vie?

Il était plongé dans un abîme de réflexions les plus sérieuses et les plus tendres, lorsqu'un soir il entendit sonner
cette prière chrétienne qui annonce la fin du jour. Il lui vint
en pensée d'entrer dans le temple du Dieu de Blanca et de
demander des conseils au Maître de la nature.

Il sort, il arrive à la porte d'une ancienne mosquée con-
vertie en église par les fidèles. Le cœur saisi de tristesse et
de religion, il pénètre dans le temple qui fut autrefois celui
de son Dieu et de sa patrie. La prière venait de finir : il n'y
avait plus personne dans l'église. Une sainte obscurité régnait
à travers une multitude de colonnes qui ressemblaient aux
troncs des arbres d'une forêt régulièrement plantée. L'architecture légère des Arabes s'était mariée à l'architecture gothique, et, sans rien perdre de son élégance, elle avait pris
une gravité plus convenable aux méditations. Quelques lampes éclairaient à peine les enfoncements des voûtes; mais à
la clarté de plusieurs cierges allumés, on voyait encore
briller l'autel du sanctuaire : il étincelait d'or et de pierreries. Les Espagnols mettent toute leur gloire à se dépouiller de leurs richesses pour en parer les objets de leur
culte, et l'image du Dieu vivant placée au milieu des voiles
de dentelles, des couronnes de perles et des gerbes de rubis,
est adorée par un peuple à demi nu.

On ne remarquait aucun siége au milieu de la vaste enceinte : un pavé de marbre qui recouvrait des cercueils servait aux grands comme aux petits, pour se prosterner devant le Seigneur. Aben-Hamet s'avançait lentement dans les
nefs désertes qui retentissaient du seul bruit de ses pas. Son
esprit était partagé entre les souvenirs que cet ancien édifice

de la religion des Maures retraçait à sa mémoire et les sentiments que la religion des chrétiens faisait naître dans son cœur. Il entrevit au pied d'une colonne une figure immobile, qu'il prit d'abord pour une statue sur un tombeau. Il s'en approche; il distingue un jeune chevalier à genoux, le front respectueusement incliné et les deux bras croisés sur sa poitrine. Ce chevalier ne fit aucun mouvement au bruit des pas d'Aben-Hamet; aucune distraction, aucun signe extérieur de vie ne troubla sa profonde prière. Son épée était couchée à terre devant lui, et son chapeau, chargé de plumes, était posé sur le marbre à ses côtés : il avait l'air d'être fixé dans cette attitude par l'effet d'un enchantement. C'était Lautrec.

« Ah! dit l'Abencerage en lui-même, ce jeune et beau Français demande au ciel quelque faveur signalée : ce guerrier, déjà célèbre par son courage, répand ici son cœur devant le Souverain du ciel, comme le plus humble et le plus obscur des hommes. Prions donc aussi le Dieu des chevaliers et de la gloire. »

Aben-Hamet allait se précipiter sur le marbre, lorsqu'il aperçut, à la lueur d'une lampe, des caractères arabes et un verset du Coran qui paraissaient sous un plâtre à demi tombé. Les remords rentrent dans son cœur, et il se hâte de quitter l'édifice où il a pensé devenir infidèle à sa religion et à sa patrie.

Le cimetière qui environnait cette ancienne mosquée était une espèce de jardin planté d'orangers, de cyprès, de palmiers, et arrosé par deux fontaines; un cloître régnait alentour. Aben-Hamet, en passant sous un des portiques, aperçut une femme prête à entrer dans l'église. Quoiqu'elle fût enveloppée d'un voile, l'Abencerage reconnut la fille du duc de Santa-Fé; il l'arrête et lui dit :

« Viens-tu chercher Lautrec dans ce temple?

» — Laisse-là ces vulgaires jalousies, répondit Blanca : si je ne t'aimais plus, je te le dirais; je dédaignerais de te tromper. Je viens ici prier pour toi; toi seul es maintenant l'objet de mes vœux : j'oublie mon âme pour la tienne. Il ne fallait pas m'enivrer du poison de ton amour, ou il fallait

consentir à servir le Dieu que je sers. Tu troubles toute ma
famille; mon frère te hait; mon père est accablé de chagrin,
parce que je refuse de choisir un époux. Ne t'aperçois-tu pas
que ma santé s'altère? Vois cet asile de la mort; il est enchanté! Je m'y reposerai bientôt, si tu ne te hâtes de recevoir ma foi au pied de l'autel des chrétiens. Les combats
que j'éprouve minent peu à peu ma vie; la passion que tu
m'inspires ne soutiendras pas toujours ma frêle existence :
songe, ô Maure! pour te parler ton langage, que le feu qui
allume le flambeau est aussi le feu qui le consume. »

Blanca entre dans l'église, et laisse Aben-Hamet accablé
de ces dernières paroles.

C'en est fait : l'Abencerage est vaincu; il va renoncer aux
erreurs de son culte; assez longtemps il a combattu. La
crainte de voir Blanca mourir l'emporte sur tout autre sentiment dans le cœur d'Aben-Hamet. Après tout, se disait-il,
le Dieu des chrétiens est peut-être le Dieu véritable? Ce Dieu
est toujours le Dieu des nobles âmes, puisqu'il est le Dieu
de Blanca, de don Carlos et de Lautrec.

Dans cette pensée, Aben-Hamet attendit avec impatience
le lendemain pour faire connaître sa résolution à Blanca, et
changer une vie de tristesse et de larmes dans une vie de
joie et de bonheur. Il ne put se rendre au palais du duc de
Santa-Fé que le soir. Il apprit que Blanca était allée avec
son frère au Généralife, où Lautrec donnait une fête. Aben-
Hamet, agité de nouveaux soupçons, vole sur les traces de
Blanca. Lautrec rougit en voyant paraître l'Abencerage;
quant à don Carlos, il reçut le Maure avec une froide politesse, mais à travers laquelle perçait l'estime.

Lautrec avait fait servir les plus beaux fruits de l'Espagne
et de l'Afrique dans une des salles du Généralife, appelée
la salle des Chevaliers. Tout autour de cette salle étaient suspendus les portraits des princes et des chevaliers vainqueurs
des Maures. Pélasge, le Cid, Gonzalve de Cordoue. L'épée
du dernier roi de Grenade était attachée au-dessous de ces
portraits. Aben-Hamet renferma sa douleur en lui-même,
et dit seulement comme le lion, en regardant ces tableaux :

« Nous ne savons pas peindre. »

Le généreux Lautrec, qui voyait les yeux de l'Abencerage se tourner malgré lui vers l'épée de Boabdil, lui dit :

« Chevalier Maure, si j'avais prévu que vous m'eussiez fait l'honneur de venir à cette fête, je ne vous aurais pas reçu ici. On perd tous les jours une épée, et j'ai vu le plus vaillant des rois remettre la sienne à son heureux ennemi. »

» — Ah! s'écria le Maure en se couvrant le visage d'un pan de sa robe, on peut la perdre comme François Ier ; mais comme Boabdil !... »

La nuit vint; on apporta des flambeaux; la conversation changea de cours. On pria don Carlos de raconter la découverte du Mexique. Il parla de ce monde inconnu avec l'éloquence pompeuse naturelle à la nation espagnole. Il dit les malheurs de Montézume, les mœurs des Américains, les prodiges de la valeur castillane, et même les cruautés de ses compatriotes, qui ne lui semblaient mériter ni blâme ni louange. Ces récits enchantaient Aben-Hamet, dont la passion pour les histoires merveilleuses trahissait le sang arabe. Il fit à son tour le tableau de l'empire ottoman, nouvellement assis sur les ruines de Constantinople, non sans donner des regrets au premier empire de Mahomet ; temps heureux où le commandeur des croyants voyait briller autour de lui Zobéide, Fleur de Beauté, Force des Cœurs, Tourmente, et ce généreux Ganem, esclave par amour. Quant à Lautrec, il peignit la cour galante de François Ier, les arts renaissant du sein de la barbarie, l'honneur, la loyauté, la chevalerie des anciens temps, unis à la politesse des siècles civilisés, les tourelles gothiques ornées des ordres de la Grèce, et les dames gauloises rehaussant la richesse de leurs atours par l'élégance athénienne.

Après ces discours, Lautrec, qui voulait amuser la divinité de cette fête, prit une guitare, et chanta cette romance qu'il avait composée sur un air des montagnes de son pays :

> Combien j'ai douce souvenance
> Du joli lieu de ma naissance !
> Ma sœur, qu'ils étaient beaux les jours
>   De France !

O mon pays, sois mes amours
    Toujours !

Te souvient-il que notre mère,
Au foyer de notre chaumière,
Nous pressait sur son cœur joyeux,
    Ma chère ;
Et nous baisions ses blancs cheveux
    Tous deux.

Ma sœur, te souvient-il encore
Du château que baignait la Dore ?
Et de cette tant vieille tour
    Du More,
Où l'airain sonnait le retour
    Du jour.

Te souvient-il du lac tranquille
Qu'effleurait l'hirondelle agile,
Du vent qui courbait le roseau
    Mobile,
Et du soleil couchant sur l'eau,
    Si beau ?

Oh ! qui me rendra mon Hélène,
Et ma montagne, et le grand chêne ?
Leur souvenir fait tous les jours
    Ma peine :
Mon pays sera mes amours
    Toujours ! [1]

Lautrec, en achevant le dernier couplet, essuya avec son gant une larme que lui arrachait le souvenir du gentil pays de France. Les regrets du beau prisonnier furent vivement sentis par Aben-Hamet, qui déplorait comme Lautrec la perte de sa patrie. Sollicité de prendre à son tour la guitare, il s'en excusa, en disant qu'il ne savait qu'une romance, et qu'elle serait peu agréable à des chrétiens.

---

[1] Cette romance est déjà connue du public. J'en avais composé les paroles pour un air des montagnes d'Auvergne, remarquable par sa douceur et sa simplicité.

« Si ce sont des infidèles qui gémissent de nos victoires, repartit dédaigneusement don Carlos, vous pouvez chanter; les larmes sont permises aux vaincus.

» — Oui, dit Blanca, et c'est pour cela que nos pères, soumis autrefois au joug des Maures, nous ont laissé tant de complaintes. »

Aben-Hamet chanta donc cette ballade, qu'il avait apprise d'un poëte de la tribu des Abencerages [1] :

Le roi don Juan,
Un jour chevauchant,
Vit sur la montagne
Grenade d'Espagne,
Il lui dit soudain :
   Cité mignonne,
   Mon cœur te donne
   Avec ma main.

Je t'épouserai
Puis apporterai
En dons à ta ville,
Cordoue et Séville.
Superbes atours
   Et perle fine
   Je te destine
   Pour nos amours.

Grenade répond :
Grand roi de Léon,

---

[1] En traversant un pays montagneux entre Algésiras et Cadix, je m'arrêtai dans une *venta* située au milieu d'un bois. Je n'y trouvai qu'un petit garçon de quatorze à quinze ans, et une petite fille à peu près du même âge, frère et sœur, qui tressaient auprès du feu des nattes de jonc. Ils chantaient une romance dont je ne comprenais pas les paroles, mais dont l'air était simple et naïf. Il faisait un temps affreux; je restai deux heures à la *venta*. Mes jeunes hôtes répétèrent si longtemps les couplets de leur romance, qu'il me fut aisé d'en apprendre l'air par cœur. C'est sur cet air que j'ai composé la romance de l'Abencerage. Peut-être était-il question d'Aben-Hamet dans la chanson de mes deux petits Espagnols. Au reste, le dialogue de Grenade et du roi de Léon est imité d'une romance espagnole.

Au Maure liée,
Je suis mariée.
Garde tes présents :
  J'ai pour parure,
  Riche ceinture
  Et beaux enfants.

Ainsi tu disais;
Ainsi tu mentais;
O mortelle injure !
Grenade est parjure
Un chrétien maudit
  D'Abencerage
  Tient l'héritage :
  C'était écrit!

Jamais le chameau
N'apporte au tombeau
Près de la Piscine,
L'Haggi de Médine.
Un chrétien maudit
  D'Abencerage
  Tient l'héritage :
  C'était écrit!

O bel Alhambra!
O palais d'Allah!
Cité des fontaines!
Fleuve aux vertes plaines
Un chrétien maudit
  D'Abencerage
  Tient l'héritage :
  C'était écrit!

La naïveté de ces plaintes avait touché jusqu'au superbe don Carlos, malgré les imprécations prononcées contre les chrétiens. Il aurait bien désiré qu'on le dispensât de chanter lui-même : mais par courtoisie pour Lautrec il crut devoir céder à ses prières. Aben-Hamet donna la guitare au frère de Blanca, qui célébra les exploits du Cid, son illustre aïeul.

Prêt à partir pour la rive africaine [1],
Le Cid armé, tout brillant de valeur,
Sur sa guitare, aux pieds de sa Chimène,
Chantait ces vers que lui dictait l'honneur :

Chimène a dit : Va combattre le Maure ;
De ce combat surtout reviens vainqueur.
Oui, je croirai que Rodrigue m'adore
S'il fait céder son amour à l'honneur.

Donnez, donnez et mon casque et ma lance !
Je veux montrer que Rodrigue a du cœur.
Dans les combats signalant sa vaillance,
Son cri sera pour sa dame et l'honneur.

Maure vanté par ta galanterie,
De tes accents mon noble chant vainqueur
D'Espagne un jour deviendra la folie,
Car il peindra l'amour avec l'honneur.

Dans le vallon de notre Andalousie,
Les vieux chrétiens conteront ma valeur :
Il préféra, diront-ils, à la vie,
Son Dieu, son roi, sa Chimène et l'honneur.

Don Carlos avait paru si fier en chantant ces paroles d'une
voix mâle et sonore, qu'on l'aurait pris pour le Cid lui-
même. Lautrec partageait l'enthousiasme guerrier de son
ami ; mais l'Abencerage avait pâli au nom du Cid.

[1] Tout le monde connaît l'air des *Folies d'Espagne*. Cet air était sans
paroles, du moins il n'y avait point de paroles qui en rendissent le
caractère grave, religieux et chevaleresque. J'ai essayé d'exprimer ce
caractère dans la romance du Cid. Cette romance s'étant répandue dans
le public sans mon aveu, des maîtres célèbres m'ont fait l'honneur de
l'embellir de leur musique. Mais comme je l'avais expressément composée
pour l'air des *Folies d'Espagne*, il y a un couplet qui devient un vrai
galimatias, s'il ne se rapporte à mon intention primitive :

. . . . . . Mon noble chant vainqueur
D'Espagne un jour deviendra *la folie*, etc.

Enfin ces trois romances n'ont quelque mérite qu'autant qu'elles sont
chantées sur trois vieux airs véritablement nationaux ; elles amènent d'ailleurs le dénoûment.

« Ce chevalier, dit-il, que les chrétiens appellent la Fleur des batailles, porte parmi nous le nom de cruel. Si sa générosité avait égalé sa valeur !...

» — Sa générosité, repartit don Carlos interrompant Aben-Hamet, surpassait encore son courage, et il n'y a que les Maures qui puissent calomnier le héros à qui ma famille doit le jour.

» — Que dis-tu ? s'écria Aben-Hamet s'élançant du siége où il était à demi couché : tu comptes le Cid parmi tes aïeux ?

» — Son sang coule dans mes veines, répliqua don Carlos, et je me reconnais de ce noble sang à la haine qui brûle dans mon cœur contre les ennemis de mon Dieu.

» — Ainsi, dit Ben-Hamet regardant Blanca, vous êtes de la maison de ces Bivars qui, après la conquête de Grenade, envahirent les foyers des malheureux Abencerages et donnèrent la mort à un vieux chevalier de ce nom qui voulut défendre le tombeau de ses aïeux !

» — Maure ! s'écria don Carlos enflammé de colère, sache que je ne me laisse point interroger. Si je possède aujourd'hui la dépouille des Abencerages, mes ancêtres l'ont acquise au prix de leur sang, et ils ne la doivent qu'à leur épée.

» — Encore un mot, dit Aben-Hamet toujours plus ému : nous avons ignoré dans notre exil que les Bivars eussent porté le titre de Santa-Fé, c'est ce qui a causé mon erreur.

» — Ce fut, répondit don Carlos, à ce même Bivar, vainqueur des Abencerages, que ce titre fut conféré par Ferdinand le Catholique. »

La tête d'Aben-Hamet se pencha dans son sein : il resta debout au milieu de don Carlos, de Lautrec et de Blanca étonnés. Deux torrents de larmes coulèrent de ses yeux sur le poignard attaché à sa ceinture.

« Pardonnez, dit-il ; les hommes, je le sais, ne doivent pas répandre des larmes : désormais les miennes ne couleront plus au dehors, quoiqu'il me reste beaucoup à pleurer ; écoutez-moi.

• Blanca, mon amour pour toi égale l'ardeur des vents brûlants de l'Arabie. J'étais vaincu ; je ne pouvais plus vivre sans toi. Hier, la vue de ce chevalier français en prières, tes paroles dans le cimetière du temple, m'avaient fait prendre la résolution de connaître ton Dieu, et de t'offrir ma foi. »

Un mouvement de joie de Blanca, et de surprise de don Carlos, interrompit Aben-Hamet; Lautrec cacha son visage dans ses deux mains. Le Maure devina sa pensée, et, secouant la tête avec un sourire déchirant :

« Chevalier, dit-il, ne perds pas toute espérance; et toi, Blanca, pleure à jamais sur le dernier Abencerage! »

Blanca, don Carlos, Lautrec, lèvent tous trois les mains au ciel, et s'écrient :

« Le dernier Abencerage! »

Le silence règne; la crainte, l'espoir, la haine, l'amour, l'étonnement, la jalousie, agitent tous les cœurs; Blanca tombe bientôt à genoux :

« Dieu de bonté! dit-elle, tu justifies mon choix, je ne pouvais aimer que le descendant des héros.

» — Ma sœur, s'écria don Carlos irrité, songez donc que vous êtes ici devant Lautrec !

» — Don Carlos, dit Aben-Hamet, suspends ta colère; c'est à moi à vous rendre le repos. »

Alors s'adressant à Blanca qui s'était assise de nouveau :

« Houri du ciel, génie de l'amour et de la beauté, Aben-Hamet sera ton esclave jusqu'à son dernier soupir; mais connais toute l'étendue de son malheur. Le vieillard immolé par ton aïeul en défendant ses foyers était le père de mon père; apprends encore un secret que je t'ai caché, ou plutôt que tu m'avais fait oublier. Lorsque je vins la première fois visiter cette triste patrie, j'avais surtout pour dessein de chercher quelque fils des Bivars, qui pût me rendre compte du sang que ses pères avaient versé.

» — Eh bien! dit Blanca d'une voix douloureuse, mais soutenue par l'accent d'une grande âme, quelle est ta résolution ?

» — La seule qui soit digne de toi, répondit Aben-Hamet : te rendre tes serments, satisfaire, par mon éternelle absence et par ma mort, à ce que nous devons l'un et l'autre à l'inimitié de nos dieux, de nos patries et de nos familles. Si jamais mon image s'effaçait de ton cœur, si le temps, qui détruit tout, emportait de ta mémoire le souvenir d'Abencerage... ce chevalier français... Tu dois ce sacrifice à ton frère. »

Lautrec se lève avec impétuosité, se jette dans les bras du Maure.

« Aben-Hamet ! s'écrie-t-il, ne crois pas me vaincre en générosité : je suis Français ; Bayard m'arma chevalier ; j'ai versé mon sang pour mon roi ; je serai, comme mon parrain et comme mon prince, sans peur et sans reproche. Si tu restes parmi nous, je supplie don Carlos de t'accorder la main de sa sœur ; si tu quittes Grenade, jamais un mot de mon amour ne troublera ton amante. Tu n'emporteras point dans ton exil la funeste idée que Lautrec, insensible à ta vertu, cherche à profiter de ton malheur. »

Et le jeune chevalier pressait le Maure sur son sein avec la chaleur et la vivacité d'un Français.

« Chevaliers, dit don Carlos à son tour, je n'attendais pas moins de vos illustres races. Aben-Hamet, à quelle marque puis-je vous reconnaître pour le dernier Abencerage?

» — A ma conduite, répondit Aben-Hamet.

» — Je l'admire, dit l'Espagnol ; mais avant de m'expliquer, montrez-moi quelque signe de votre naissance. »

Aben-Hamet tira de son sein l'anneau héréditaire des Abencerages qu'il portait suspendu à une chaîne d'or.

A ce signe, don Carlos tendit la main au malheureux Aben-Hamet.

« Sire chevalier, dit-il, je vous tiens pour prud'homme et véritable fils de rois. Vous m'honorez par vos projets sur ma famille, j'accepte le combat que vous étiez venu secrètement chercher. Si je suis vaincu, tous mes biens, autrefois tous les vôtres, vous seront fidèlement remis. Si vous renoncez au projet de combattre, acceptez à votre tour ce que je vous offre : soyez chrétien et recevez la main de ma sœur, que Lautrec a demandée pour vous. »

La tentation était grande, mais elle n'était pas au-dessus des forces d'Aben-Hamet. Si l'amour dans toute sa puissance

parlait au cœur de l'Abencerage, d'une autre part il ne
pensait qu'avec épouvante à l'idée d'unir le sang des persécuteurs au sang des persécutés. Il croyait voir l'ombre de
son aïeul sortir du tombeau et lui reprocher cette alliance
sacrilége. Transpercé de douleur, Aben-Hamet s'écrie :
« Ah ! faut-il que je rencontre ici tant d'âmes sublimes,
tant de caractères généreux, pour mieux sentir ce que je
perds ! Que Blanca prononce ; qu'elle dise ce qu'il faut que
je fasse pour être plus digne de son amour ! »
Blanca s'écrie :
« Retourne au désert ! » Et elle s'évanouit.
Aben-Hamet se prosterna, adora Blanca encore plus que
le ciel, et sortit sans prononcer une seule parole. Dès la
nuit même il partit pour Malaga, et s'embarqua sur un vaisseau qui devait toucher à Oran. Il trouva campée près de
cette ville la caravane qui tous les trois ans sort de Maroc,
traverse l'Afrique, se rend en Égypte, et rejoint dans l'Yé-
men la caverne de la Mecque. Aben-Hamet se mit au nombre
des pèlerins.

Blanca, dont les jours furent d'abord menacés, revint à
la vie. Lautrec, fidèle à la parole qu'il avait donnée à l'Abencerage, s'éloigna, et jamais un mot de son amour ou de sa
douleur ne troubla la mélancolie de la fille du duc de Santa-
Fé. Chaque année Blanca allait errer sur les montages de
Malaga, à l'époque où son amant avait coutume de revenir
d'Afrique ; elle s'asseyait sur les rochers, regardait la mer,
les vaisseaux lointains, et retournait ensuite à Grenade : elle
passait le reste de ses jours parmi les ruines de l'Alhambra.
Elle ne se plaignait point, elle ne pleurait point, elle ne
parlait jamais d'Aben-Hamet : un étranger l'aurait crue
heureuse. Elle resta seule de sa famille. Son père mourut
de chagrin, et don Carlos fut tué dans un duel où Lautrec
lui servit de second. On n'a jamais su quelle fut la destinée
d'Aben-Hamet.

Lorsqu'on sort de Tunis, par la porte qui conduit aux
ruines de Carthage, on trouve un cimetière : sous un palmier, dans un coin de ce cimetière, on m'a montré un
tombeau qu'on appelle *le tombeau du dernier Abencerage.* Il

n'a rien de remarquable; la pierre sépulcrale en est tout unie : seulement, d'après une coutume des Maures, on a creusé au milieu de cette pierre un léger enfoncement avec le ciseau. L'eau de la pluie se rassemble au fond de cette coupe funèbre, et sert, dans un climat brûlant, à désaltérer l'oiseau du ciel.

FIN DU DERNIER ABENCERAGE.

LES NATCHEZ.

LIVRE PREMIER.

A l'ombre des forêts américaines, je veux chanter des airs de la solitude tels que n'en ont point encore entendu des oreilles mortelles; je veux raconter vos malheurs, ô nation de la Louisiane! dont il ne reste plus que des souvenirs. Les infortunes d'un obscur habitant des bois auraient-elles moins de droits à nos pleurs que celles des autres hommes? et les mausolées des rois dans nos temples sont-ils plus touchants que le tombeau d'un Indien sous le chêne de sa patrie?

Et toi, flambeau des méditations, astre des nuits, sois pour moi l'astre du Pinde! marche devant mes pas, à travers les régions inconnues du nouveau monde, pour me découvrir à ta lumière les secrets ravissants de ces déserts!

René, accompagné de ses guides, avait remonté le cours du Meschacebé; sa barque flottait au pied des trois collines dont le rideau dérobe aux regards le beau pays des enfants du Soleil. Il s'élance sur la rive, gravit la côte escarpée, et atteint le sommet le plus élevé des trois coteaux. Le grand village des Natchez se montrait à quelque distance dans une plaine parsemée de bocages de sassafras : çà et là erraient des Indiennes aussi légères que les biches avec lesquelles elles bondissaient; leur bras gauche était chargé d'une corbeille suspendue à une longue écorce de bouleau; elles cueillaient les fraises dont l'incarnat teignait les doigts et les gazons d'alentour. René descend de la colline et s'a-

vance vers le village. Les femmes s'arrêtaient à quelque
distance pour voir passer les étrangers, et puis s'enfuyaient
vers les bois : ainsi des colombes regardent le chasseur du
haut d'une roche élevée, et s'envolent à son approche.

Les voyageurs arrivent aux premières cabanes du grand
village, ils se présentent à la porte d'une de ces cabanes.
Là une famille assemblée était assise sur des nattes de jonc;
les hommes fumaient le calumet; les femmes filaient des
nerfs de chevreuil. Des melons d'eau, des plakmines sèches
et des pommes de mai étaient posés sur des feuilles de vigne-
vierge au milieu du cercle : un nœud de bambou servait
pour boire l'eau d'érable.

Les voyageurs s'arrêtèrent sur le seuil et dirent :

« Nous sommes venus. »

Et le chef de famille répondit :

« Vous êtes venus, c'est bien. »

Après quoi chaque voyageur s'assit sur une natte et par-
tagea le festin sans parler. Quand cela fut fait, un des interprètes éleva la voix et dit :

« Où est le Soleil [1]? »

Le chef répondit :

« Absent. »

Et le silence recommença.

Une jeune fille parut à l'entrée de la cabane. Sa taille
haute, fine et déliée tenait à la fois de l'élégance du palmier et de la faiblesse du roseau. Quelque chose de souffrant
et de rêveur se mêlait à ses grâces presque divines. Les
Indiens, pour peindre la tristesse et la beauté de Céluta,
disaient qu'elle avait le regard de la Nuit et le sourire de
l'Aurore. Ce n'était point encore une femme malheureuse,
mais une femme destinée à le devenir. On aurait été tenté
de presser cette admirable créature dans ses bras, si l'on
n'eût craint de sentir palpiter un cœur dévoué d'avance aux
chagrins de la vie.

Céluta entre en rougissant dans la cabane, passe devant
les étrangers, se penche à l'oreille de la matrone du lieu,

---

[1] Le *Soleil*, le grand-chef, ou l'empereur des Natchez.

lui dit quelques mots à voix basse et se retire. Sa robe
blanche d'écorce de mûrier ondoyait légèrement derrière
elle, et ses deux talons de rose en relevaient le bord à chaque pas. L'air demeura embaumé sur les traces de l'Indienne du parfum des fleurs de magnolia qui couronnaient
sa tête : telle parut Héro aux fêtes d'Abydos; telle Vénus
se fit connaître, dans les bois de Carthage, à sa démarche
et à l'odeur d'ambroisie qu'exhalait sa chevelure.

Cependant les guides achèvent leur repas, se lèvent et
disent :

« Nous nous en allons. »

Et le chef indien répond :

« Allez où le veulent les génies. »

Et ils sortent avec René sans qu'on leur demande quels
soins le ciel leur a commis.

Ils passent au milieu du grand village, dont les cabanes
carrées supportaient un toit arrondi en dôme. Ces toits de
chaume de maïs entrelacé de feuilles, s'appuyaient sur des
murs recouverts en dedans et en dehors de nattes fort
minces. A l'extrémité du village les voyageurs arrivèrent sur
une place irrégulière que formaient la cabane du grand chef
des Natchez, et celle de sa plus proche parente, la *femme-
chef* [1].

Le concours d'Indiens de tous les âges animait ces lieux.
La nuit était survenue, mais des flambeaux de cèdre allumés de toutes parts jetaient une vive clarté sur la mobilité
du tableau. Des vieillards fumaient leurs calumets, en s'en-
tretenant des choses du passé; des mères allaitaient leurs
enfants, ou les suspendaient dans leurs berceaux aux branches des tamarins; plus loin de jeunes garçons, les bras attachés ensemble, s'essayaient à qui supporterait plus longtemps l'ardeur d'un charbon enflammé; les guerriers jouaient
à la balle avec des raquettes garnies de peaux de serpent;
d'autres guerriers avaient de vives contestations aux jeux des
pailles et des osselets; un plus grand nombre exécutaient la
danse de la guerre ou celle du buffle, tandis que des musi-

---

[1] Le fils de cette femme héritait de la royauté.

ciens frappaient avec une seule baguette une sorte de tambour, soufflaient dans une conque sauvage, ou tiraient des sons d'un os de chevreuil percé à quatre trous, comme le fifre aimé du soldat.

C'était l'heure où les fleurs de l'hibiscus commencent à s'entr'ouvrir dans les savanes, où les tortues du fleuve viennent déposer leurs œufs dans les sables. Les étrangers avaient déjà passé sur la place des jeux tout le temps qu'un enfant indien met à parcourir une cabane, quand, pour essayer sa marche, sa mère lui présente la mamelle, et se retire en souriant devant lui. On vit alors paraître un vieillard. Le ciel avait voulu l'éprouver : ses yeux ne voyaient plus la lumière du jour. Il cheminait tout courbé, s'appuyant d'un côté sur le bras d'une jeune femme, de l'autre sur un bâton de chêne.

Le patriarche du désert se promenait au milieu de la foule charmée; les sachems mêmes paraissaient saisis de respect, et faisaient, en le suivant, un cortége de siècles au vénérable homme qui jetait tant d'éclat et attirait tant d'amour sur le vieil âge.

René et ses guides l'ayant salué à la manière de l'Europe, le sauvage, averti, s'inclina à son tour devant eux, et, prenant la parole dans leur langue maternelle, il leur dit :

« Étrangers, j'ignorais votre présence parmi nous. Je suis fâché que mes yeux ne puissent vous voir; j'aimais autrefois à contempler mes hôtes et à lire sur leurs fronts s'ils étaient aimés du ciel. »

Il se tourna ensuite vers la foule qu'il entendait autour de lui :

« Natchez, comment avez-vous laissé ces Français si longtemps seuls? Êtes-vous assurés que vous ne serez jamais voyageurs, loin de votre terre natale? Sachez que toutes les fois qu'il arrive parmi vous un étranger, vous devez, un pied nu dans le fleuve et une main étendue sur les eaux, faire un sacrifice au Meschacebé, car l'étranger est aimé du grand Esprit. »

Près du lieu où parlait ainsi le vieillard se voyait un catalpa au tronc noueux, aux rameaux étendus et chargés de fleurs : le vieillard ordonne à sa fille de l'y conduire. Il s'assied au pied de l'arbre avec René et les guides. Des enfants montés sur les branches du catalpa éclairaient avec des flambeaux la scène au-dessous d'eux. Frappés de la lueur rougeâtre des torches, le vieil arbre et le vieil homme se prêtaient mutuellement une beauté religieuse; l'un et l'autre portaient les marques des rigueurs du ciel, et pourtant ils fleurissaient encore après avoir été frappés de la foudre.

Le frère d'Amélie ne se lassait point d'admirer le sachem. Chactas (c'était son nom) ressemblait aux héros représentés par ces bustes antiques qui expriment le repos dans le génie, et qui semblent naturellement aveugles. La paix des passions éteintes se mêlait, sur le front de Chactas, à cette sérénité remarquable chez les hommes qui ont perdu la vue; soit qu'en étant privés de la lumière terrestre, nous commercions plus intimement avec celle des cieux, soit que l'ombre où vivent les aveugles ait un calme qui s'étende sur l'âme; de même que la nuit est plus silencieuse que le jour.

Le sachem, prenant le calumet de paix chargé de feuilles odorantes du laurier de montagne, poussa la première vapeur vers le ciel, la seconde vers la terre, et la troisième autour de l'horizon. Ensuite il le présente aux étrangers. Alors le frère d'Amélie dit :

« Vieillard! puisse le ciel te bénir dans tes enfants! Es-tu le pasteur de ce peuple qui t'environne? permets-moi de me ranger parmi ton troupeau.

» — Étranger, repartit le sage des bois, je ne suis qu'un simple sachem, fils d'Outalissi. On me nomme Chactas, parce qu'on prétend que ma voix a quelque douceur, ce qui peut provenir de la crainte que j'ai du grand Esprit. Si nous te recevons comme un fils, nous ne devons point en retirer de louanges. Depuis longtemps nous sommes amis d'Ononthio [1] dont le Soleil [2] habite de l'autre côté du lac sans rivage [3]. Les vieillards de ton pays ont discouru avec les vieillards du mien, et mené dans leur temps la danse

[1] Le gouverneur français. — [2] Le roi de France. — [3] La mer.

des forts, car nos aïeux étaient une race puissante. Que sommes-nous auprès de nos aïeux? Moi-même qui te parle, j'ai habité jadis parmi tes pères : je n'étais pas courbé vers la terre comme aujourd'hui, et mon nom retentissait dans les forêts. J'ai contracté une grande dette envers la France. Si l'on me trouve quelque sagesse, c'est à un Français que je la dois : ce sont ses leçons qui ont germé dans mon cœur : les paroles de l'homme selon les voies du grand Esprit sont des graines fines, que les brises de la fécondité dispersent dans mille climats, où elles se développent en pur maïs ou en fruits délicieux. Mes os, ô mon fils! reposeraient mollement dans la cabane de la mort, si je pouvais, avant de descendre à la contrée des âmes, prouver ma reconnaissance par quelque service rendu aux compatriotes de mon ancien hôte du pays des blancs. »

En achevant de prononcer ces mots, le Nestor des Natchez se couvrit la tête de son manteau, et parut se perdre dans quelque grand souvenir. La beauté de ce vieillard, l'éloge d'un homme policé prononcé au milieu d'un désert par un sauvage, le titre de fils donné à un étranger, cette coutume naïve des peuples de la nature, de traiter de parents tous les hommes, touchaient profondément René.

Chactas, après quelques moments de silence, reprit ainsi la parole :

« Étranger du pays de l'Aurore, si je t'ai bien compris, il me semble que tu es venu pour habiter les forêts où le soleil se couche? Tu fais là une entreprise périlleuse; il n'est pas aussi aisé que tu le penses d'errer par les sentiers du chevreuil. Il faut que les manitous du malheur t'aient donné des songes bien funestes, pour t'avoir conduit à une pareille résolution. Raconte-nous ton histoire, jeune étranger; je juge par la fraîcheur de ta voix, et en touchant tes bras je vois par leur souplesse que tu dois être dans l'âge des passions. Tu trouveras ici des cœurs qui pourront compatir à tes souffrances. Plusieurs des sachems qui nous écoutent connaissent la langue et les mœurs de ton pays; tu dois apercevoir aussi, dans la foule, des blancs, tes compatriotes du fort Rosalie, qui seront charmés d'entendre parler de leur pays. »

Le frère d'Amélie répondit d'une voix troublée :

« Indien, ma vie est sans aventures, et le cœur de René ne se raconte point. »

Ces paroles brusques furent suivies d'un profond silence : les regards du frère d'Amélie étincelaient d'un feu sombre ; les pensées s'amoncelaient et s'entr'ouvraient sur son front comme des nuages ; ses cheveux avaient une légère agitation sur ses tempes. Mille sentiments confus régnaient dans la multitude : les uns prenaient l'étranger pour un insensé, les autres pour un génie revêtu de la forme humaine.

Chactas étendant la main dans l'ombre prit celle de René.

« Étranger, lui dit-il, pardonne à ma prière indiscrète : les vieillards sont curieux ; ils aiment à écouter les histoires pour avoir le plaisir de faire des leçons. »

Sortant de l'amertume de ses pensées, et ramené au sentiment de sa nouvelle existence, René supplia Chactas de le faire admettre au nombre des guerriers natchez, et de l'adopter lui-même pour son fils.

« Tu trouveras une natte dans ma cabane, répondit le sachem, et mes vieux ans s'en réjouiront. Mais le Soleil est absent ; tu ne peux être adopté qu'après son retour. Mon hôte, réfléchis bien au parti que tu veux prendre. Trouveras-tu dans nos savanes le repos que tu viens y chercher ? Es-tu certain de ne jamais nourrir dans ton cœur les regrets de la patrie ? Tout se réduit souvent, pour le voyageur, à échanger dans la terre étrangère des illusions contre des souvenirs. L'homme entretient dans son sein un désir de bonheur qui ne se détruit ni ne se réalise ; il y a dans nos bois une plante dont la fleur se forme et ne s'épanouit jamais : c'est l'espérance. »

Ainsi parlait le sachem : mêlant la force à la douceur, il ressemblait à ces vieux chênes où les abeilles ont caché leur miel.

Chactas se lève à l'aide du bras de sa fille. Le frère d'Amélie suit le sachem que la foule empressée reconduit à sa cabane. Les guides retournèrent au fort Rosalie.

Cependant René était entré sous le toit de son hôte, qu'ombrageaient quatre superbes tulipiers. On fait chauffer une eau pure dans un vase de pierre noire, pour laver les pieds du frère d'Amélie. Chactas sacrifie aux manitous protecteurs des étrangers; il brûle en leur honneur des feuilles de saule : le saule est agréable aux génies des voyageurs, parce qu'il croît au bord des fleuves, emblèmes d'une vie errante. Après ceci Chactas présenta à René la calebasse de l'hospitalité, où six générations avaient bu l'eau d'érable; elle était couronnée d'hyacinthes bleues qui répandaient une bonne odeur : deux Indiens, célèbres par leur esprit ingénieux, avaient crayonné sur ses flancs dorés l'histoire d'un voyageur égaré dans les bois. René, après avoir mouillé ses lèvres dans la coupe fragile, la rendit aux mains tremblantes du patron de la solitude. Le calumet de paix, dont le fourneau était fait d'une pierre rouge, fut de nouveau présenté au frère d'Amélie. On lui servit en même temps deux jeunes ramiers qui, nourris de baies de genévriers par leur mère, étaient un mets digne de la table d'un roi. Le repas achevé, une jeune fille aux bras nus parut devant l'étranger, et, dansant la chanson de l'hospitalité, elle disait :

« Salut, hôte du grand Esprit; salut, ô le plus sacré des hommes! Nous avons du maïs et une couche pour toi : salut, hôte du grand Esprit; salut, ô le plus sacré des hommes! »

La jeune fille prit l'étranger par la main, le conduisit à la peau d'ours qui devait lui servir de lit, et puis elle se retira auprès de ses parents. René s'étendit sur la couche du chasseur, et dormit son premier sommeil chez les Natchez.

Tandis que la nation du Soleil s'occupe encore de jeux et de fêtes, une fatale destinée précipite de toutes parts les événements. Abandonnant les champs fertilisés par les sueurs de leurs aïeux, de jeunes hommes, plantes étrangères arrachées au doux sol de la France, viennent en foule peupler de leur fructueux exil le fort qui gourmande le Meschacebé, et qui fait redire à ses bords le nom charmant de Rosalie. Perrier, qui gouverne à la Nouvelle-Orléans les vastes champs de la Louisiane, Perrier ordonne à Chépar, vaillant capitaine des Français aux Natchez, de faire le dénombrement de ses soldats, afin de porter ensuite, si telle était la nécessité, le soc ou la bêche jusque dans les tombeaux des Indiens. Chépar commande aussitôt à ses bataillons de se déployer à la première aurore sur les bords du fleuve.

A peine les rayons du matin avaient jailli du sein des mers Atlantiques, que le bruit des tambours et les fanfares des trompettes font tressaillir le guerrier dans sa tente assoupi. Le désert s'épouvante et secoue sa chevelure de forêts; la terreur pénètre au fond de ces demeures qui, depuis la naissance du monde, ne répétaient que les soupirs des vents, le bramement des cerfs et le chant des oiseaux.

A ce signal, le démon des combats, le sanguinaire Areskoui[1] et les autres esprits des ombres poussent un cri de joie. L'ange du Dieu des armées répond à leurs menaces en frappant sa lance d'or sur son bouclier de diamant. Telles sont les rumeurs de l'Océan, lorsque les fleuves américains, enflant leurs urnes, fondent tous ensemble sur leur vieux père. L'Océan, fracassant ses vagues entre les rochers, étincelle; il se soulève indigné, se précipite sur ses fils, et, les frappant de son trident, les repousse dans leur lit fangeux. Le soldat français entend ces bruits; il se réveille, comme le cheval de bataille qui dresse l'oreille au frémissement de l'airain, ouvre ses narines fumantes, remplit l'air de ses grêles hennissements, mord les barreaux de sa crèche qu'il couvre d'écume, et décèle dans toutes ses allures l'impatience, le courage, la grâce et la légèreté.

Un mouvement général se manifeste dans le camp et dans le fort. Les fantassins courent aux faisceaux d'armes; les cavaliers voltigent déjà sur leurs coursiers; on entend le bruit des chaînes et les roulements de la pesante artillerie. Partout brille l'acier, partout flottent les drapeaux de la France : drapeaux immortels couverts de cicatrices, comme des guerriers vieillis dans les combats. Bientôt l'armée se déroule le long du Meschacebé. Le chœur des instruments de Bellone anime de ses airs triomphants tous ces braves, tandis que l'on voit s'agiter en cadence le bonnet du grenadier qui, re-

---

[1] Génie, ou dieu de la guerre chez les sauvages.

posé sur ses armes, bat la mesure avec une gaieté qui inspire la terreur.

Fille de Mnémosyne à la longue mémoire! âme poétique des trépieds de Delphes et des colombes de Dodone; déesse qui chantez autour du sarcophage d'Homère sur quelque grève inconnue de la mer Égée; vous qui, non loin de l'antique Parthénope, faites naître le laurier du tombeau de Virgile; Muse! daignez quitter un moment tous ces morts harmonieux et leurs vivantes poussières; abandonnez les rivages de l'Ausonie, les ondes du Sperchius et les champs où fut Troie; venez m'animer de votre divin souffle : que je puisse nommer les capitaines et les bataillons de ce peuple indompté dont les exploits fatigueraient même, ô Calliope! votre poitrine immortelle.

Au centre de l'armée paraissait ce bataillon vêtu d'azur, qui lance les foudres de Bellone; c'est lui qui, dans presque tous les combats, détermine la fortune à suivre la France; instruit dans les sciences les plus sublimes, il fait servir le génie à couronner la victoire. Nulle nation ne peut se vanter d'une pareille troupe. Folard la commande, l'impassible Folard qui peut dans les plus grands dangers mesurer la courbe du boulet ou de la bombe, indiquer la colline dont il faut se saisir, tracer et résoudre sur l'arène sanglante, au milieu des feux et de la mort, les figures et les problèmes de Pythagore.

L'infanterie, blanche et légère comme la neige, se forme rapidement devant les lentes machines qui vomissent le fer et la flamme. Marseille dont les galères remontent l'antique Égyptus, Lorient qui fait voguer ses vaisseaux jusque dans les mers de la Taprobane, la Touraine si délicieuse par ses fruits, la Flandre aux plaines ensanglantées, Lyon la Romaine, Strasbourg la Germanique, Toulouse si célèbre par ses troubadours, Reims où les rois vont chercher leur couronne, Paris où ils viennent la porter; toutes les villes, toutes les provinces, tous les fleuves des Gaules, ont donné ces fameux soldats à l'Amérique.

Leurs armes ne sont plus l'épée ou l'angon; ils ne se parent plus du large bracha et des colliers d'or : ils portent un tube enflammé, surmonté du glaive de Bayonne; leur vêtement est celui du lis, symbole de l'honneur virginal de la France.

Divisée en cinquante compagnies, cinquante capitaines choisis commandent cette infanterie formidable. Là se montrent, et l'infatigable Toustain qui naquit aux plaines de la Beauce où les moissons roulent en nappes d'or, et le prompt Armagnac qui fut plongé en naissant dans ce fleuve dont les ondes inspirent le courage et les saillies, et le patient Tourville nourri dans les vallées herbues où dansent des paysannes à la haute coiffure et au corset de soie. Mais qui pourrait nommer tant d'illustres guerriers? Beaumanoir sorti des rochers de l'Armorique, Causans que sa tendre mère mit au jour au bord de la fontaine de Laure, d'Aumale qui goûta le vin d'Aï avant le lait de sa nourrice, Saint-Aulaire de Nîmes, élevé sous un portique romain, et Gautier de Paris, dont la jeunesse enchantée coula parmi les roses de Fontenay, les chênes de Senart, les jardins de Chantilly, de Versailles et d'Ermenonville?

Parmi ces vaillants capitaines on distingue surtout le jeune d'Artaguète à la beauté de son visage, à l'air d'humanité et de douceur qui tempère l'intrépidité de son regard. Il suit le drapeau de l'honneur, et brûle de verser son sang pour la France, mais il déteste les injustices, et plus d'une fois, dans les conseils de la guerre, il a défendu les malheureux Indiens contre la cupidité de leurs oppresseurs.

A la gauche de l'infanterie, s'étendent les lestes escadrons de ces espèces de Centaures, au vêtement vert, dont le casque est surmonté d'un dragon. On voit sur leurs têtes se mouvoir leurs aigrettes de crin, qu'agitent les mouvements du coursier retenu avec peine dans le rang de ses compagnons. Ces cavaliers enfoncent leurs jambes dans un cuir noirci, dépouille du buffle sauvage; un long sabre rebondit sur leur cuisse, lorsque, balayant la terre avec les flancs de leur coursier, ils fondent, le pistolet à la main, sur l'ennemi. Selon les hasards de Bellone, on les voit quitter leurs chevaux à la crinière dorée, combattre à pied sur la montagne, s'élancer de nouveau sur leurs coursiers, descendre et remonter encore. Ces guerriers ont presque tous vu le jour non loin de ce fleuve où le soleil mûrit un vin léger propre à éteindre la soif du soldat dans l'ardeur de la bataille ; ils obéissent à la voix du brillant Villars.

A l'aile opposée du corps d'armée, paraît, immobile, la pesante cavalerie, dont le vêtement d'un sombre azur est ranimé par un pli brillant emprunté du voile de l'aurore. Les glands, d'un or filé et tordu, sautent en étincelant sur les épaules des guerriers, au trot mesuré de leurs chevaux. Ces guerriers couvrent leur front d'un chapeau gaulois, dont le triangle bizarre est orné d'une rose blanche qu'attacha souvent la main d'une vierge timide, et que surmonte de sa cime légère un gracieux faisceau de plumes. C'était vous, intrépide Nemours, qui meniez ces fameux chevaux aux combats.

Mais pourrais-je oublier cette phalange qui, placée derrière toute l'armée, devait la défendre des surprises de l'ennemi? Sacré bataillon de laboureurs, vous étiez descendus des roches de l'Helvétie, vêtus de la pourpre de Mars; la pique dont vos aïeux percèrent les tyrans est encore dans vos mains rustiques : au milieu du désordre des camps et de la corruption du nouvel âge, vous gardez vos vertus premières. Le souvenir de vos demeures champêtres vous poursuit ; ce n'est qu'à regret que vous vous trouvez exilés sur de lointains rivages, et l'on craint de vous faire entendre ces airs de la patrie qui vous rappellent vos pères, vos mères, vos frères, vos sœurs, et le mugissement des troupeaux sur vos montagnes.

D'Erlach tient sous sa discipline ces enfants de Guillaume Tell; il descend d'un de ces Suisses qui teignirent de leur sang, auprès de Henri III, les lis abandonnés. Heureux si sur les degrés du Louvre les fils de ces étrangers ne renouvellent point leur sacrifice!

Enfin le Canadien Henry dirige à l'avant-garde cette troupe de Français demi-sauvages, enfants sans soucis des forêts du nouveau monde. Ces chasseurs, assemblés pêle-mêle à la tête de l'armée, portent pour tout vêtement une tunique de lin qu'une ceinture rapproche de leurs flancs : une corne de chevreuil, renfermant le plomb et le salpêtre, s'attache par un cordon, en forme de baudrier, sur leur poitrine; une courte carabine rayée se suspend comme un carquois à leurs épaules; rarement ils manquent leur but, et poursuivent les hommes dans les bois comme les daims et les cerfs. Rivaux des peuples du désert, ils en ont pris les goûts, les mœurs et la liberté; ils savent découvrir les traces d'un ennemi, lui tendre des embûches ou le forcer dans sa retraite. En vain les pandours, qui les accompagnent sur leurs petits chevaux de race tartare; en vain ces cavaliers du Danube, aux longs pantalons, aux vestes fourrées flottant en arrière, au bonnet oriental, aux moustaches retroussées, veulent devancer les coureurs canadiens : moins rapide est l'hirondelle effleurant les ondes, moins léger le duvet du roseau qu'emporte un tourbillon.

Les troupes ainsi rassemblées bordaient les rives du fleuve, lorsque, monté sur une cavale blanche, élevée vagabonde dans les savanes mexicaines, voici venir Chépar au milieu d'un cortége de guerriers.

Né sous la tente des Luxembourg et des Catinat, le vieux capitaine ne voyait la société que dans les armes; le monde pour lui était un camp. Inutilement il avait traversé les mers; sa vue restait circonscrite au cercle qu'elle avait jadis embrassé, et l'Amérique sauvage ne reproduisait à ses yeux que l'Europe civilisée : ainsi le ver laborieux, qui ourdit la plus belle trame, ne connaît cependant que sa voûte d'or, et ne peut étendre ses regards sur la nature.

Le chef s'avance, et s'arrête bientôt à quelques pas du front des guerriers : les roulements des tambours se font entendre, les capitaines courent à leur poste, les soldats s'affermissent dans leurs rangs. Au second signal, la ligne se fixe et devient immobile, semblable alors au mur d'une cité, au-dessus duquel flottent les drapeaux de Mars.

Des tambours se taisent; une voix s'élève, et va se répétant le long des bataillons de chef en chef, comme d'écho en écho. Mille tubes enlevés de la terre frappent ensemble l'épaule du fantassin; les cavaliers tirent leurs sabres dont l'acier, réfléchissant les rayons du soleil, mêle ses éclairs aux

triples ondes du feu des baïonnettes : ainsi durant une nuit
d'hiver brille une solitude où des tribus canadiennes célèbrent la fête de leurs génies, réunies sur la surface solide
d'un fleuve, elles dansent à la lueur des pins allumés de
toutes parts; les cataractes enchaînées, les montagnes de
neige, les forêts de cristal se revêtent de splendeur, tandis
que les sauvages croient voir les esprits du nord voguer
dans leurs canots aériens, avec des pagaies de flammes, sur
l'aurore mouvante de Borée.

Cependant les rangs de l'armée s'entr'ouvrent et présentent au commandant des allées régulières : il les parcourt
avec lenteur, examinant les guerriers soumis à ses ordres,
comme un jardinier se promène entre les files des jeunes
arbres, dont sa main affermit les racines et dirige les rameaux.

Aussitôt que la revue est finie, Chépar veut que les capitaines exercent les troupes aux jeux de Mars. L'ordre est
donné : le coup de baguette retentit. Soudain vous eussiez
vu le soldat tendre et porter en avant le pied gauche, avec
l'assurance et la fermeté d'un Hercule. L'armée entière
s'ébranle; ses pas égaux mesurent la marche que frappent
les tambours. Les jambes noircies des soldats ouvrent et ferment une longue avenue, en se croisant comme les ciseaux
d'une jeune fille qui découpe d'ingénieux ouvrages. Par intervalles, les caisses d'airain que recouvre la peau de l'onagre
se taisent au signe du géant qui les guide; alors mille instruments, fils d'Éole, animent les forêts, tandis que les cym-
bales du nègre se choquent dans l'air et tournent comme
deux soleils.

Rien de plus merveilleux et de plus terrible à la fois que
de voir ces légions marcher au son de la musique, comme
si elles ouvraient les danses de quelque fête : nul ne peut
les regarder sans se sentir possédé de la fureur des combats,
sans brûler de partager leur gloire et leurs périls. Les fantassins s'appuient et tournent sur leurs ailes de cavalerie
comme sur deux pôles : tantôt ils s'arrêtent, ébranlent la solitude par de pesantes décharges, ou par un feu successif qui
remonte et redescend le long de la ligne comme les orbes

d'un serpent; tantôt ils baissent tous à la fois la pointe de la baïonnette si fatale dans des mains françaises; coucher leurs armes à terre, les reprendre, les lancer à leur épaule, les présenter en salut, les charger ou se reposer sur elles, ce n'est pas la durée d'un moment pour ces enfants de la Victoire.

A cet exercice des armes succèdent de savantes manœuvres. Tour à tour l'armée s'allonge et se resserre, tour à tour s'avance et se retire: ici elle se creuse comme la corbeille de Flore; là elle s'enfle comme les contours d'une urne de Corinthe : le Méandre se replie moins de fois sur lui-même, la danse d'Ariane gravée sur le bouclier d'Achille avait moins d'erreurs que les labyrinthes tracés sur la plaine par ces disciples de Mars. Leurs capitaines font prendre aux bataillons toutes les figures de l'art d'Uranie : ainsi des enfants étendent des soies légères sur leurs doigts légers; sans confondre ou briser le dédale fragile, ils le déploient en étoile, le dessinent en croix, le ferment en cercle, et l'entr'ouvrent doucement sous la forme d'un berceau.

Les Indiens assemblés admiraient ces jeux qui leur cachaient des tempêtes.

LIVRE DEUXIÈME.

Satan planant dans les airs, au-dessus de l'Amérique, jetait un regard désespéré sur cette partie de la terre, où le Sauveur le poursuit, comme le soleil qui, s'avançant des portes de l'Orient, chasse devant lui les ténèbres : le Chili, le Pérou, le Mexique, la Californie, reconnaissent déjà les lois de l'Évangile; d'autres colonies chrétiennes couvrent les rivages de l'Atlantique, et des missionnaires ont enseigné le vrai Dieu aux sauvages des déserts. Satan, rempli de projets de vengeance, va aux enfers rassembler le conseil des démons.

Il déroule, devant ses compagnons de douleur, le tableau

de ce qu'il a fait pour perdre la race humaine, pour partager le monde créé avec le Créateur, pour opposer le mal au bien sur la terre, et, au-delà de la terre, l'enfer au ciel. Il propose aux légions maudites un dernier combat; il veut armer toutes les nations idolâtres du nouveau continent, il veut unir toutes ces nations dans un vaste complot afin d'exterminer les chrétiens.

C'est au milieu des Natchez qu'il aperçoit les passions propres à seconder son entreprise :

« Dieux de l'Amérique, s'écrie-t-il, anges tombés avec moi, vous qui vous faites adorer sous la forme d'un serpent; vous que l'on invoque comme les génies des castors et des ours; vous qui, sous le nom de manitous, remplissez les songes, inspirez les craintes ou entretenez les espérances des peuples barbares; vous qui murmurez dans les vents, qui mugissez dans les cataractes, qui présidez au silence ou à la terreur des forêts, allez défendre vos autels. Répandez les illusions et les ténèbres; soufflez de toute part la discorde, la jalousie, l'amour, la haine, la vengeance. Mêlez-vous aux conseils et aux jeux des Natchez; que tout devienne prodige chez des hommes où tout est fêtes et combats. Je vous donnerai mes ordres : soyez attentifs à les exécuter. »

Il dit, et le Tartare pousse un rugissement de joie qui fut entendu dans les forêts du nouveau monde. Areskoui, démon de la guerre, Athaënsic qui excite à la vengeance, le génie des fatales amours, mille autres puissances infernales se lèvent à la fois pour seconder les desseins du prince des ténèbres. Celui-ci va chercher sur la terre le démon de la renommée, qui n'avait point assisté au conseil infernal.

Le soleil ne faisait que paraître à l'horizon lorsque le frère d'Amélie ouvrit les yeux dans la demeure d'un sauvage. L'écorce qui servait de porte à la hutte avait été roulée et relevée sur le toit. Enveloppé dans son manteau, René se trouvait couché sur sa natte de manière que sa tête était placée à l'ouverture de la cabane. Les premiers objets qui s'offrirent à sa vue, en sortant d'un profond sommeil, furent la vaste coupole d'un ciel bleu où volaient quelques oi-

seaux, et la cime des tulipiers qui frémissaient au souffle
des brises du matin. Des écureuils se jouaient dans les branches de ces beaux arbres, et des perruches sifflaient sous
leurs feuilles satinées. Le visage tourné vers le dôme azuré,
le jeune étranger enfonçait ses regards dans ce dôme qui lui
paraissait d'une immense profondeur et transparent comme
le verre. Un sentiment confus de bonheur, trop inconnu à
René, reposait au fond de son âme, en même temps que le
frère d'Amélie croyait sentir son sang rafraîchi descendre de
son cœur dans ses veines, et par un long détour remonter
à sa source : telle l'antiquité nous peint des ruisseaux de
lait s'égarant au sein de la terre, lorsque les hommes avaient
leur innocence, et que le soleil de l'âge d'or se levait aux
chants d'un peuple de pasteurs.

Un mouvement dans la cabane tira le voyageur de sa
rêverie : il aperçut alors le patriarche des sauvages assis sur
une natte de roseau. Auprès du foyer, Saséga, laborieuse
matrone, faisait infuser des dentelles de Loghetto avec des
écorces de pin rouge qui donne une pourpre éclatante. Dans
un lieu retiré, la nièce de Chactas empennait des flèches
avec des plumes de faucon. Céluta, son amie, qui l'était venue visiter, semblait l'aider dans son travail; mais sa main,
arrêtée sur l'ouvrage, annonçait que d'autres sentiments
occupaient son cœur.

Le frère d'Amélie s'était endormi l'homme de la société,
il se réveillait l'homme de la nature. Le ciel était sur sa
tête, comme le dais de sa couche; des courtines de feuillages
et de fleurs semblaient pendre de ce dais superbe; des vents
soufflaient la fraîcheur et la santé; des hommes libres, des
femmes pures, entouraient la couche du jeune homme. Il se
serait volontiers touché pour s'assurer de son existence, pour
se convaincre qu'autour de lui tout n'était pas illusion. Tel
fut le réveil du guerrier aimé d'Armide, lorsque l'enchante-
teresse, trouvant son ennemi plongé dans le sommeil, l'emporta sur une nue et le déposa dans les bocages des îles
Fortunées.

René se lève, sort, se plonge dans l'onde voisine, respire
l'odeur des sassafras et des liquidambars, salue la lumière

de l'orient, les flots du Meschacebé, les savanes et les forêts, et rentre dans la cabane.

Cependant les femmes souriaient des manières de l'étranger; c'était de ce sourire de femme qui ne blesse point. Céluta fut chargée d'apprêter le repas de l'hôte de Chactas : elle prit de la farine de maïs, qu'elle pétrit avec de l'eau de fontaine; elle en forma un gâteau qu'elle présenta à la flamme, en le soutenant avec une pierre. Elle fit ensuite bouillir de l'eau dans un vase en forme de corbeille; elle versa cette eau sur la poudre de la racine de smilax : ce mélange, exposé à l'air, se changea en une gelée rose d'un goût délicieux. Alors Céluta retira le pain du foyer et l'offrit au frère d'Amélie : elle lui servit en même temps, avec la gelée nouvelle, un rayon de miel et de l'eau d'érable.

Ayant fini ces choses avec un grand zèle, elle se tint debout fort agitée devant l'étranger. Celui-ci, enseigné par Chactas, se leva, imposa les deux mains en signe de deuil sur la tête de l'Indienne, car elle avait perdu son père et sa mère, et elle n'avait plus pour soutien que son frère Outougamiz. La famille poussa les trois cris de douleur, appelés cris de veuve; Céluta retourna à son ouvrage. René commença son repas du matin.

Alors Céluta, chargée d'amuser le guerrier blanc, se mit à chanter. Elle disait :

« Voici le plaqueminier; sous ce plaqueminier il y a un gazon; sous ce gazon repose une femme. Moi qui pleure sous le plaqueminier, je m'appelle Céluta : je suis fille de la femme qui repose sous le gazon; elle était ma mère.

» Ma mère me dit en mourant : Travaille; sois fidèle à ton époux quand tu l'auras trouvé; s'il est heureux, sois humble et timide; n'approche de lui que lorsqu'il te dira : Viens, mes lèvres veulent parler aux tiennes.

» S'il est infortuné, sois prodigue de tes caresses; que ton âme environne la sienne, que ta chair soit insensible aux vents et aux douleurs. Moi, qui m'appelle Céluta, je pleure maintenant sous le plaqueminier; je suis la fille de la femme qui repose sous le gazon. »

L'Indienne, en chantant ces paroles, tremblait, et des

larmes coulaient comme des perles le long de ses joues : elle ne savait pourquoi, à la vue du frère d'Amélie, elle se souvenait des derniers conseils de sa mère. René sentait lui-même ses yeux humides. La famille partageait l'émotion de Céluta, et toute la cabane pleurait de regret, d'amour et de vertu. Tel fut le repas du matin.

A peine cette scène était terminée qu'un guerrier parut : il apportait une hache en présent à l'étranger, pour qu'il se bâtît une cabane. Il conduisait en même temps une vierge plus belle et plus jeune que Chryséis, afin que le nouveau fils de Chactas commençât un lit dans le désert. Céluta baissa la tête dans son sein : Chactas, averti de ce qui se passait, devine le reste. Alors d'une voix courroucée :

« Veut-on faire un affront à Chactas? Le guerrier adopté par moi ne doit pas être traité comme un étranger. »

Consterné à cette réprimande du vieillard, l'envoyé frappa des mains et s'écria :

« René adopté par Chactas ne doit pas être traité comme un étranger. »

Cependant Chactas conseilla au frère d'Amélie de faire un présent à Mila, dans la crainte d'offenser une famille puissante qui comptait plus de trente tombeaux. René obéit : il ouvrit une cassette de bois de papaya, il en tira un collier de porcelaine; ce collier était monté sur un fil de la racine du tremble, appelé l'arbre du refus, parce que la liane se dessèche autour de son tronc. René faisait ces choses par le conseil de Chactas; il donna le collier à Mila, à peine âgée de quatorze ans, en lui disant :

« Heureux votre père et votre mère! plus heureux celui qui sera votre époux! »

Mila jeta le collier à terre.

La paix descendit sur la cabane le reste de la journée; Céluta retourna chez son frère Outougamiz, Mila chez ses parents, et Chactas alla converser avec les sachems.

Le soir on se rassembla sous les tulipiers : la famille prit un repas sur l'herbe semée de verveine empourprée et de ruelles d'or. Le chant monotone du will-poor-will, le bourdonnement du colibri, le cri des dindes sauvages, les soupirs de la nonpareille, le sifflement de l'oiseau moqueur, le sourd mugissement des crocodiles dans les glaïeuls, formaient l'inexprimable symphonie de ce banquet.

Échappés du royaume des ombres, et descendant sans bruit à la clarté des étoiles, les songes venaient se reposer sur le toit des sauvages. C'était l'heure où le cyclope européen rallume la fournaise dont la flamme se dilate ou se concentre aux mouvements des larges soufflets. Tout à coup un cri retentit; réveillées en sursaut dans la cabane, les femmes se dressent sur leur couche; Chactas prête l'oreille; une Indienne soulève l'écorce de la porte, et ces mots se pressent sur ses lèvres :

« Les méchants manitous sont déchaînés : sortez! sortez! »

La famille se précipite sous les tulipiers.

La nuit régnait : des nuages brisés ressemblaient, dans leur désordre sur le firmament, aux ébauches d'un peintre dont le pinceau se serait essayé au hasard sur une toile azurée. Des langues de feu livides et mouvantes léchaient la voûte du ciel. Soudain ces feux s'éteignent : on entend quelque chose de terrible passer dans l'obscurité, et du fond des forêts s'élève une voix qui n'a rien de l'homme.

Dans ce moment un guerrier se présente à la porte de la cabane; il adresse à Chactas ces paroles précipitées :

« Le conseil de la nation s'assemble; les blancs se préparent à lever la hache contre nous; il leur est arrivé de nouveaux soldats. D'une autre part, le trouble est dans la nation : la femme-chef, mère du jeune Soleil, est en proie aux mauvais génies; Ondouré paraît possédé d'une passion funeste. Le grand-prêtre parle d'oracles et de songes; on murmure sourdement contre le Français que vous voulez faire adopter. Vous êtes témoin des prodiges de la nuit : hâtez-vous de vous rendre au conseil. »

En achevant ces mots, le messager poursuit sa route et va réveiller Adario. Chactas rentre dans sa cabane : il suspend à son épaule gauche son manteau de peau de martre; il demande son bâton d'hicory [1] surmonté d'une tête de vautour.

---

[1] Espèce de noyer.

Miscoue avait coupé ce bâton dans sa vieillesse; il l'avait laissé en héritage à son fils Outalissi, et celui-ci à son fils Chactas qui, appuyé sur ce sceptre héréditaire, donnait des leçons de sagesse aux jeunes chasseurs réunis au carrefour des forêts. Un Indien complétement armé vient chercher Chactas et le conduit au conseil.

Tous les sachems avaient déjà pris leur place : les guerriers étaient rangés derrière eux; les matrones ayant à leur tête la femme-chef, mère de l'héritier de la couronne, occupaient les siéges qui leur étaient réservés, et au-dessous d'elles s'asseyaient les prêtres.

Adario, chef de la tribu de la Tortue, se lève : inaccessible à la crainte, insensible à l'espérance, ce sachem se distingue par un ardent amour de la patrie : implacable ennemi des Européens qui avaient massacré son père, mais les abhorrant encore plus comme tyrans de son pays, il parlait incessamment contre eux dans les conseils. Quoiqu'il révérât Chactas, et qu'il se plût à confesser la supériorité du sachem aveugle, il était cependant presque toujours d'un avis opposé à celui de son vieil ami.

Les bras pendants et immobiles, les regards attachés à la terre, il prononça ce discours :

« Sachems, matrones, guerriers des quatre tribus, écoutez :

» Déjà l'aloès avait fleuri deux fois, depuis que Ferdinand de Soto, l'Espagnol, était tombé sous la massue de nos ancêtres; déjà nous étions allés combattre les tyrans loin de nos bords, lorsque le Meschacebé raconta à nos vieillards qu'une nation étrangère descendait de ses sources. Ce peuple n'était point de la race superbe des guerriers de feu [1]. Sa gaieté, sa bravoure, son amour des forêts et de nos usages le faisaient chérir. Nos cabanes eurent pitié de sa misère, et donnèrent à Lasalle [2] tout ce qu'elles pouvaient lui offrir.

» Bientôt la nation légère aborde de toutes parts sur nos rives : d'Iberville, le dompteur des flots, fixe ses guerriers au centre même de notre pays. Je m'opposai à cet établissement; mais vous attachâtes le grand canot de l'étranger aux

---

[1] Les Espagnols. — [2] Il descendit le premier le Mississipi.

buissons, ensuite aux arbres, puis aux rochers, enfin à la grande montagne, et, vous asseyant sur la chaîne qui liait le canot des blancs à nos fleuves, vous ne voulûtes plus faire qu'un peuple avec le peuple de l'Aurore.

» Vous savez, ô sachems! quelle fut la récompense de votre hospitalité! Vous prîtes les armes; mais, trop prompts à les quitter, vous ralumâtes le calumet de paix. Hommes imprudents! la fumée de la servitude et celle de l'indépendance pouvaient-elles sortir du même calumet? Il faut une tête plus forte que celle de l'esclave, pour n'être point troublée par le parfum de la liberté.

» A peine avez-vous enterré la hache [1], à peine, vous reposant sur la foi des colliers [2], commencez-vous à éclaircir la chaîne d'union, que, par la plus noire des perfidies, le chef actuel des Français veut vous attaquer sur vos nattes. La biche n'a pas changé plus de fois de parure que je n'ai de doigts à cette main mutilée en défendant mon père, depuis que les derniers attentats des blancs ont souillé nos savanes. Et nous hésitons encore!

» Peut-être, enfants du Soleil! peut-être comptez-vous changer de désert, abandonner à vos oppresseurs la terre de la patrie? Mais où voulez-vous porter vos pas? Au couchant, au levant, vers l'étoile immobile [3], vers ces régions où le génie du jour s'assied sur la natte de feu [4], partout sont les ennemis de votre race. Ils ne sont plus, ces temps où vous pouviez disposer de toutes les solitudes, où tous les fleuves coulaient pour vous seuls. Vos tyrans ont demandé de nouveaux satellites; ils méditent une nouvelle invasion de nos foyers. Mais notre jeunesse est florissante et nombreuse; n'attendons pas qu'on vienne nous surprendre et nous égorger comme des femmes. Mon sang se rallume dans mes veines, ma hache brûle à ma ceinture. Natchez! soyez dignes de vos pères, et le vieil Adario vous conduit dès aujourd'hui aux batailles sanglantes. Puissent les fleuves rouler à la grande eau les cadavres des ennemis de ma patrie! Puissiez-vous,

[1] Faire la paix. — [2] Lettres, contrats, traités, etc — [3] Le nord. — [4] Le midi.

ô terre trop généreuse des chairs rouges! étouffer dans votre sein le froment empoisonné qu'y jeta la main de la servitude! Puissent ces moissons impies épandues sur la poussière de nos aïeux, ne porter sur leur tige que les semences de la tombe! »

Ainsi parle Adario. Les guerriers, les matrones, les vieillards même, troublés par sa mâle éloquence, s'agitent comme le blé dans le boisseau bruyant qui le verse à la meule rapide. Ondouré se lève au milieu de l'assemblée.

Le grand chef des Natchez, bien qu'il fût encore d'une force étonnante, touchait aux dernières limites de la vieillesse; sa plus proche parente, la violente Akansie, était mère du jeune fils qui devait hériter du rang suprême; ainsi l'avait réglé la loi de l'État. Akansie nourrissait au fond de son cœur une passion criminelle pour Ondouré, un des principaux guerriers de la nation; mais Ondouré, au lieu de répondre à l'amour d'Akansie, brûlait pour Céluta, dont le cœur commençait à incliner vers l'étranger, hôte du vénérable Chactas.

Dévoré d'ambition et d'amour, ayant contracté tous les vices des blancs qu'il détestait, mais dont il avait l'adresse de se faire passer pour l'ami, Ondouré avait pris la résolution de se taire dans le conseil, afin de se ménager, comme à son ordinaire, entre les deux partis; mais son amour pour Céluta et sa jalousie naissante contre René l'entraînèrent à prononcer ces paroles :

« Pères de la patrie, qu'attendons-nous? Le grand Adario ne nous a-t-il pas tracé la route? Je ne vois ici que le sage Chactas qui puisse s'opposer à la levée de la hache[1]. Mais enfin le vénérable fils d'Outalissi montre un trop grand penchant pour les étrangers. Fallait-il qu'il introduisît encore parmi nous cet hôte dont l'arrivée a été marquée par des signes funestes? Chactas, cette lumière des peuples, sentira bientôt que sa générosité l'emporte au-delà des bornes de la prudence : il sera le premier à renier ce fils adoptif, à le sacrifier, s'il le faut, à la patrie. »

[1] La guerre

Comme autrefois une bacchante que l'esprit du dieu avait saisie, courait échevelée sur les montagnes qu'elle faisait retenir de ses hurlements, la jalouse mère du jeune Soleil se sent transportée de fureur à ces paroles d'Ondouré : elle y découvre la passion de ce guerrier pour une rivale. Ses joues pâlissent, ses regards lancent des éclairs sur l'homme dont elle est méprisée : tous ses membres sont agités comme dans une fièvre ardente. Elle veut parler, et les mots manquent à ses pensées. Que va-t-elle dire? que va-t-elle proposer au conseil? La guerre ou la paix? exigera-t-elle la mort ou le bannissement de l'étranger qui augmente l'amour d'Ondouré pour la fille de Tabamica? Demandera-t-elle au contraire l'adoption du nouveau fils de Chactas, afin de désoler, par la présence de René, l'ingrat qui la dédaigne, afin de lui faire éprouver une partie des tourments qu'elle endure? Ces paroles tombent de ses lèvres décolorées et tremblantes :

« Vieillards insensés! n'avez-vous point songé au danger de la présence des Européens parmi nous? Avez-vous des secrets pour rendre le sein des femmes aussi froid que le vôtre? Lorsque la vierge trompée sera comme le poisson que le filet a jeté palpitant sur le sable aride; lorsque l'épouse aura trahi l'époux de sa couche; lorsque la mère, oubliant son fils, suivra éperdue dans les forêts le guerrier qui l'entraîne, vous reconnaîtrez, mais trop tard, votre imprudence. Réveillez-vous de l'assoupissement de vos années! Oui, il faut du sang aujourd'hui! La guerre! il faut du sang! les manitous l'ordonnent! un feu dévorant coule dans tous les cœurs. Ne consultez point les entrailles de l'ours sacré : les vœux, les prières, les autels sont inutiles à nos maux! »

Elle dit : sa couronne de plumes et de fleurs tombe de sa tête. Comme un pavot frappé des rayons du soleil se penche vers la terre, et laisse échapper de sa tige les gouttes amères du sommeil; ainsi la femme jalouse, dévorée par les feux de l'amour, baisse son front dont la mort semble épancher des sueurs glacées. La confusion règne dans l'assemblée; une épaisse fumée, répandue par les esprits du mal, remplit la salle de ténèbres : on entend les cris des matrones, les mouvements des guerriers, la voix des vieillards. Ainsi, dans un atelier, des ouvriers préparent les laines d'Albion ou de l'Ibérie ; ceux-ci battent les toisons poudreuses, ceux-là les transforment en de merveilleux tissus ; plusieurs les plongent dans la pourpre de Tyr ou dans l'azur de l'Indostan : mais si quelque main mal assurée vient à répandre sur la flamme la liqueur des cuves brûlantes, une vapeur s'élève avec un sifflement dans les salles, et des clameurs sortent de cette soudaine nuit.

Toutes les espérances se tournaient vers Chactas ; lui seul pouvait rétablir le calme : il annonce par un signe qu'il va se faire entendre. L'assemblée devient immobile et muette, et l'orateur, qui n'a pas encore parlé, semble déjà faire porter aux passions les chaînes de sa paisible éloquence.

Il se lève ; sa tête couronnée de cheveux argentés, un peu balancée par la vieillesse et par d'attendrissants souvenirs, ressemble à l'étoile du soir qui paraît trembler avant de se plonger dans les flots de l'Océan. Adressant son discours à son ami Adario, Chactas s'exprime de la sorte :

« Mon frère l'Aigle, vos paroles ont l'abondance des grandes eaux, et les cyprès de la savane sont enracinés moins forte- ment que vous sur les tombeaux de nos pères. Je sais aussi les injustices des blancs ; mon cœur s'en est affligé. Mais sommes-nous certains que nous n'avons rien à nous reprocher nous-mêmes ? Avons-nous fait tout ce que nous avons pu pour demeurer libres ? Est-ce avec des mains pures que nous pré- tendons lever la hache d'Areskoui ? Mes enfants, car mon âge et mon amour pour vous me permettent de vous donner ce nom, je déplore la perte de l'innocente simplicité qui fai- sait la beauté de nos cabanes. Qu'auraient dit nos pères, s'ils avaient découvert dans une matrone les signes qui vien- nent de troubler le conseil ? Femme, portez ailleurs l'égare- ment de vos esprits ; ne venez point au milieu des sachems, avec le souffle de vos passions, tirer des plaintes du feuillage flétri des vieux chênes.

» Et toi, jeune chef, qui as osé prendre la parole avant les vieillards, crois-tu donc tromper Chactas ? Tremble que je ne dévoile ton âme aussi creuse que le rocher où se renferme l'ours du Labrador.

» Préparons-nous aux jeux d'Areskoui, exerçons notre jeunesse, faisons des alliances avec de puissants voisins, mais auparavant prenons les sentiers de la paix : renouons la chaîne d'alliance avec Chépar; qu'il parle dans la vérité de son cœur, qu'il dise dans quel dessein il rassemble ses guerriers. Mettons les manitous équitables de notre côté, et, si nous sommes enfin forcés à lever la hache, nous combattrons avec l'assurance de la victoire ou d'une mort sainte, la plus belle et la plus certaine des délivrances. J'ai dit. »

Chactas jette un collier bleu, symbole de paix au milieu de l'assemblée, et se rassied. Tous les guerriers étaient émus :

« Quelle expérience! disaient les uns; quelle douceur et quelle autorité! disaient les autres. Jamais on ne retrouvera un tel sachem. Il sait la langue de toutes les forêts; il connaît tous les tombeaux qui servent de limites aux peuples, tous les fleuves qui séparent les nations. Nos pères ont été plus heureux que nous : ils ont passé leur vie avec sa sagesse; nous, nous ne le verrons que mourir. »

Ainsi parlaient les guerriers.

L'avis de Chactas fut adopté : quatre députés portant le calumet de paix furent envoyés au fort de Rosalie. Mais Areskoui, fidèle aux ordres de Satan, riant d'un rire farouche, suivait à quelque distance les messagers de paix avec la Trahison, la Peur, la Fuite, les Douleurs et la Mort.

Cependant le prince des enfers était arrivé aux extrémités du monde, sous le pôle dont l'intrépide Cook mesura la circonférence à travers les vents et les tempêtes. Là, au milieu des terres australes qu'une barrière de glaces dérobe à la curiosité des hommes, s'élève une montagne qui surpasse en hauteur les sommets les plus élevés des Andes dans le nouveau monde, ou du Thibet dans l'antique Asie.

Sur cette montagne est bâti un palais, ouvrage des puissances infernales. Ce palais a mille portiques d'airain ; les moindres bruits viennent frapper les dômes de cet édifice, dont le silence n'a jamais franchi le seuil.

Au centre du monument est une voûte tournée en spirale, comme une conque, et faite de sorte que tous les sons qui pénètrent dans le palais y aboutissent; mais, par un effet du génie de l'architecte des Mensonges, la plupart de ces sons se trouvent faussement reproduits : souvent une légère rumeur s'enfle et gronde en entrant par la voie préparée aux éclats du tonnerre, tandis que les roulements de la foudre expirent, en passant par les routes sinueuses destinées aux faibles bruits.

C'est là que, l'oreille placée à l'ouverture de cet immense écho, est assis sur un trône retentissant un démon, la Renommée. Cette puissance, fille de Satan et de l'Orgueil, naquit autrefois pour annoncer le mal : avant le jour où Lucifer leva l'étendard contre le Tout-Puissant, la Renommée était inconnue. Si un monde venait à s'animer ou à s'éteindre ; si l'Éternel avait tiré un univers du néant, ou replongé un de ses ouvrages dans le chaos ; s'il avait jeté des soleils dans l'espace, créé un nouvel ordre de séraphins, essayé la bonté d'une lumière, toutes ces choses étaient aussitôt connues dans le ciel par un sentiment intime d'admiration et d'amour, par le chant mystérieux de la céleste Jérusalem. Mais après la rébellion des mauvais anges, la Renommée usurpa la place de cette intuition divine. Bientôt précipitée aux enfers, ce fut elle qui publia dans l'abîme la naissance de notre globe, et qui porta l'ennemi de Dieu à tenter la chute de l'homme. Elle vint sur la terre avec la Mort, et dès ce moment elle établit sa demeure sur la montagne, où elle entend et répète confusément ce qui se passe sur la terre, aux enfers et dans les cieux.

Satan, arrivé au palais, pénètre jusqu'au lieu où veillait la Renommée :

« Ma fille, lui dit-il, est-ce ainsi que tu me sers? peux-tu ignorer mes projets que je médite? Toi seule n'as point paru dans l'assemblée des puissances infernales. Cependant, fille ingrate, pour qui travaillé-je en ce moment, si ce n'est pour toi? Quel est l'ange que j'ai aimé plus tendrement que je ne t'aime? Lorsque l'Orgueil, mon premier amour, te donna naissance, je te pris sur mes genoux, je te prodiguai les caresses d'un père. Hâte-toi donc de me prouver que tu n'as point rompu les liens qui nous unissent. Viens, suis-moi; le temps presse ; il faut que tu parles, il faut que tu répètes ce que je t'apprendrai ; ton silence peut mettre en danger mon empire. »

Le démon de la Renommée, souriant au prince des ténèbres, lui répond d'une voix éclatante :

« O mon père ! je n'ai point rompu les liens qui nous unissent. J'ai entendu les bruits répandus par toi chez les Natchez, j'ai vu avec transport les grandes choses que tu prépares, mais il me venait en ce moment d'autres bruits de la terre : j'étais occupée à redire au monde la gloire d'un monarque de l'Europe [1]. Ces Français m'accablent de leurs merveilles ; il me faudrait des siècles pour les entendre et les raconter. Cependant je suis prête à te suivre, et j'abandonne tout pour servir tes desseins. »

En achevant ces mots, la Renommée descend de son trône. De toutes les voûtes, de tous les dômes, de tous les souterrains du palais ébranlé, s'échappent des sons confus et discordants : tels sont les rugissements d'un troupeau de lions, lorsque, la gueule enflammée, la langue pendante, ils élèvent la voix durant une sécheresse dans l'aridité des sables africains.

Satan et la Renommée sortent du sonore édifice, s'abattent comme deux aigles au pied de la montagne, où la Nuit leur amène un char. Ils y montent. La Renommée saisit les rênes qui flottaient embarrassées dans les ailes des deux coursiers : démon fantastisque, dans les ténèbres elle ressemble à un géant ; à la lumière, elle n'est plus qu'un pygmée ; l'Étonnement la précède, l'Envie la suit de près, et l'Admiration l'accompagne de loin.

Le couple pervers franchit ces mers inexplorées qui s'étendent entre la coupole de glace et ces terres que n'avaient point encore nommées les Cook et les Lapeyrouse. La Renommée, dirigeant ses coursiers sur la croix du sud, tourne le dos à ces constellations australes qu'un œil humain ne vit jamais ; puis, par le conseil de Satan, de peur d'être aperçue de l'ange qui garde l'Asie, au lieu de remonter l'océan Pacifique, elle descend vers l'orient, pour voler sur la plaine

[1] Louis XIV.

humide qui sépare l'Afrique du nouveau continent. Elle ne voit point Othaïti avec ses palmiers, ses chants, ses chœurs, ses danses, et ses peuples qui recommençaient la Grèce. Plus rapide que la pensée, le char double le cap où un océan, si longtemps ignoré, livre d'éternels combats aux mers de l'ancien monde.

Satan et la Renommée laissent loin derrière eux les flammes qui s'élèvent des terres magellaniques; phare lugubre qu'aucune main n'allume, et qui brûle sans gardien, au bord d'une mer sans navigateur. Ils vous saluèrent, ruines fumantes de Rio-Janeiro, monument de ta valeur, ô mon fameux compatriote!

Satan frappe de sa lance les coursiers haletants, et, bientôt, il a passé ce promontoire qui reçut jadis une colonie des Carthaginois. L'Amazone découvre son immense embouchure, ces flots que la Condamine, conduit par la céleste Uranie, visita dans sa docte course, et que Humboldt devait illustrer.

A l'instant même, le char traverse la ligne que le soleil brûle de ses feux, entre dans l'autre hémisphère, et laisse sur la gauche la triste Cayenne, que l'avenir a marquée pour l'exil et la douleur. Les deux puissances infernales, en perdant de vue cette terre qui les fait sourire, volent au-dessus des îles des Caraïbes, et se trouvent engagées dans l'archipel du golfe mexicain. La montueuse Martinique, qui n'était point encore soumise à la valeur française, la Dominique conquise par les Anglais, disparaissent sous les roues du char. Saint-Domingue, qui depuis s'enivra de richesses, de sang et de liberté, Saint-Domingue, dont les destinées devaient être si extraordinaires, se montrait alors en partie sauvage, tel que les intrépides flibustiers l'avaient laissé en héritage à la France. Et toi, île de San-Salvador, à jamais célèbre entre toutes les îles, tu fus découverte par l'œil de la Renommée, bien qu'une ingrate obscurité ait succédé à ta gloire. Élevant la tête entre tes sœurs de Bahama, ce fut toi qui souris la première à Colomb; ce fut toi qui vis descendre de ses vaisseaux l'immortel Génois, comme le fils aîné de l'Océan; ce fut sur tes rivages que se visitèrent les

peuples de l'Occident et de l'Aurore, qu'ils se saluèrent mutuellement du nom d'hommes ! Tes rochers retentissaient
du bruit d'une musique guerrière annonçant cette grande
alliance, tandis que Colomb tombait à genoux, et baisait
cette terre, autre moitié de l'héritage des fils d'Adam.

A peine la Renommée a-t-elle quitté San-Salvador, qu'elle
aborde à l'isthme des Florides : elle arrête le char, s'élance
avec l'archange sur les grèves dont la mer se retire. Satan
promène un moment ses regards sur les forêts, comme s'il
apercevait déjà dans ces solitudes des peuples destinés à
changer la face du monde. La Renommée jette un nuage
sur son char, étend ses ailes, donne une main à son compagnon : tous deux, renfermés dans un globe de feu,
s'élèvent à une hauteur démesurée, et retombent au bord du
Meschacebé. Là, Satan quitte sa trompeuse fille pour voler à
d'autres desseins, tandis qu'elle se hâte d'exécuter les ordres
de son père.

Elle prend la démarche et la contenance d'un vieillard,
afin de donner un plus grand air de vérité à ses paroles.
Sa tête se dépouille, son corps se courbe sur un arc détendu
qu'elle tient à la main en guise de bâton; ses traits ressemblent parfaitement à ceux du sachem Ondaga, un des plus
sages hommes des Natchez. Ainsi transformé, le démon
indiscret va frappant de cabane en cabane, racontant le
doux penchant de Céluta pour René, et ajoutant toujours
quelque circonstance qui éveille la curiosité, la haine, l'envie ou l'amour. La jalouse mère du jeune Soleil, Akansie,
pousse un cri de joie à ces bruits semés par la Renommée,
car elle espérait qu'ainsi rejeté de Céluta, Ondouré revien-
drait peut-être à l'amante qu'il avait dédaignée; mais le faux
vieillard ajoute aussitôt qu'Ondouré est tombé dans le plus
violent désespoir, et qu'il menace les jours de l'étranger.

Ces dernières paroles glacent le cœur d'Akansie. La femme
infortunée s'écrie :

« Sors de ma cabane, ô le plus imprudent des vieillards!
Va continuer ailleurs tes récits insensés. Puissent les sachems faire de toi un exemple mémorable, et t'arracher
cette langue qui distille le poison! »

En prononçant ces mots, Akansie, nouvelle Médée, se sent prête à déchirer ses enfants et à plonger le poignard dans le cœur de sa rivale.

La Renommée quitte la femme-chef, et va chercher Ondouré. Elle le trouva derrière sa cabane, travaillant dans la forêt à la construction d'un canot d'écorce de bouleau ; fragile nacelle destinée à flotter sur le sein des lacs ; comme le cygne, dont elle imitait la blancheur et la forme.

La Renommée s'avance vers le guerrier, et examine d'abord en silence son ouvrage. Contempteur de la vieillesse et des lois, Ondouré dit au faux Ondaga, en le regardant d'un air moqueur :

« Tu ferais mieux, sachem, d'aller causer avec les autres hommes dont l'âge a affaibli la raison, et rendu les pensées semblables à celles des matrones. Tu sais que j'aime peu les cheveux blancs et les longs propos. Éloigne-toi donc, de peur qu'en bâtissant ce canot je ne te fasse sentir, sans le vouloir, la pesanteur de mon bras. Je t'étendrais à terre comme un if qui n'a plus que l'écorce, et que le vent traverse dans sa course.

» — Mon fils, semblable au terrible Areskoui[1], répondit le rusé vieillard, je ne m'étonne pas des propos odieux que tu viens de tenir à un père de la patrie : la colère doit être dans ton cœur, et la vengeance agiter les panaches de ta chevelure. Lorsque la perfide Endaë, plus belle que l'étoile qui ne marche pas [2], rejeta autrefois mes présents pour recevoir ceux de Mengade, mon cœur brûla de la fureur qui possède aujourd'hui le tien. Je méconnus mon père lui-même, et, dans l'égarement de ma raison, je levai mon tomahawk [3] sur celle qui m'avait porté dans son sein, et qui m'avait donné un nom parmi les hommes. Mais Athaënsic [4] plongea bientôt ma flèche dans le cœur de mon rival, et Endaë fut le prix de ma victoire. Malgré le poids des neiges [5], ma mémoire a conservé fidèlement le souvenir de

---

[1] Génie de la guerre. — [2] L'étoile polaire. — [3] Massue. — [4] Génie de la vengeance. — [5] Années.

cette aventure, comme les colliers [1] gardent les actions des
aïeux. Je pardonne à l'imprudence de tes paroles. »

A peine la Renommée achevait ce perfide discours, que
le fer dont Ondouré était armé échappe à sa main. Les yeux
du sauvage se fixent, une écume sanglante paraît et disparaît sur ses lèvres; il pâlit, et ses bras roidis s'agitent à ses
côtés. Soudain, recouvrant ses sens, il bondit comme un
torrent du haut d'un roc, et disparaît.

Alors le démon de la Renommée, reprenant sa forme,
s'élève triomphant dans les airs : trois fois il remplit de son
souffle une trompette dont les sons aigus déchirent les
oreilles. En même temps Satan envoie à Ondouré l'Injure
et la Vengeance : la première le devance, en répandant des
calomnies qui, comme une huile empoisonnée, souillent ce
qu'elles ont touché; la seconde le suit, enveloppée dans un
manteau de sang. Le prince des ténèbres veut qu'une division éclatante sépare à jamais René et Ondouré, et devienne
le premier anneau d'une longue chaîne de malheurs. Cependant Ondouré ne sent pas encore pour Céluta tous les feux
d'amour qui le brûleront dans la suite, et qui l'exciteront à
tous les crimes; mais son orgueil et son ambition sont à la
fois blessés; il ne respire que vengeance. Il va exhalant son
dépit en paroles insultantes :

« Quel est donc ce fils de l'étranger qui prétend m'enlever
la femme de mon choix ? Lui donne-t-on, comme à moi, la
première place dans les festins, et la portion la plus honorable de la victime ? Où sont les chevelures des ennemis
qu'il a enlevées ? Vile chair blanche qui n'as ni père ni mère,
qu'aucune cabane ne réclame ! Lâche guerrier, à qui je
ferai porter le jupon d'écorce de la vieille femme, et que je
formerai à filer le nerf de chevreuil ! »

Ainsi parlait ce chef, environné d'une légion d'esprits
qui remplissaient son âme de mille pensées funestes. Lorsque
l'automne a mûri les vergers, on voit des hommes agrestes
montés sur l'arbre cher à la Neustrie, abattre avec de
longues perches la pomme vermeille, tandis que les jeunes

---

[1] Traités, contrats, lettres, etc.

filles et les jeunes laboureurs ramassent pêle-mêle dans une corbeille les fruits dont le jus doit troubler la raison : ainsi les anges du mal jettent ensemble leurs dons enivrants dans le sein d'Ondouré. Jalousie insensée! L'amour ne pouvait entrer dans le cœur du frère d'Amélie : Céluta aimait seule. Ces passions, de tous côtés non partagées, ne promettaient que des malheurs sans ressource et sans terme.

LIVRE TROISIÈME.

Le départ de Chactas pour le conseil avait laissé René à la solitude. Il sortait et rentrait dans la cabane, suivait un sentier dans le désert, ou regardait le fleuve couler. Un bois de cyprès avait attiré sa vue. Perdu quelque temps dans l'épaisseur des ombres, il se trouva tout à coup auprès de l'habitation de Céluta. Devant la hutte s'élevaient quelques gordonias qui étalaient l'or et l'azur dans leurs feuilles vieillies, la verdure dans leurs jeunes rameaux, et la blancheur dans leurs fleurs de neige. Des copalmes se mêlaient à ces arbustes, et des azaléas formaient un buisson de corail à leurs racines.

Conduit par le chemin derrière ce bocage, le frère d'Amélie jeta les yeux dans la cabane, où il aperçut Céluta : ainsi, après son naufrage, le fils de Laërte regardait à travers les branches de la forêt, Nausicaa, semblable à la tige du palmier de Délos.

La fille des Natchez était assise sur une natte; elle traçait, en fil de pourpre, sur une peau d'orignal, les guerres des Natchez contre les Siminoles. On voyait Chactas au moment d'être brûlé dans le cadre de feu, et délivré par Atala. Profondément occupée, Céluta se penchait sur son ouvrage : ses cheveux, semblables à la fleur d'hyacinthe, se partageaient sur son cou, et tombaient des deux côtés de son sein comme un voile. Lorsqu'elle venait à tirer en arrière

un long fil, en déployant lentement son bras nu, les Grâces
étaient moins charmantes.

Non loin de Céluta, Outougamiz était assis sur des herbes
parfumées, sculptant une pagaie. On retrouvait le frère dans
la sœur, avec cette différence qu'il y avait dans les traits
du premier plus de naïveté, dans les traits de la seconde
plus d'innocence. Égale candeur, égale simplicité, sortait
de leurs cœurs par leurs bouches : tels, sur un même
tronc, dans une vallée du nouveau monde, croissent deux
érables de sexe différent; et cependant le chasseur qui les
voit du haut de la colline, les reconnaît pour frère et sœur
à leur air de famille, et au langage que leur fait parler la
brise du désert.

Le frère d'Amélie était le chasseur qui contemplait le
couple solitaire, et bien qu'il ne comprît pas ses paroles, il
les écoutait pourtant, car les deux orphelins échangeaient
alors de doux propos.

Génie des forêts à la voix naïve, génie accoutumé à ces
entretiens ignorés de l'Europe, qui font à la fois pleurer et
sourire, refuseriez-vous de murmurer ceux-ci à mon oreille?

« Je ne veux plus voir dormir les jeunes hommes, disait
la fille des Natchez. Mon frère, quand tu dors sur ta natte,
ton sommeil est un baume rafraîchissant pour moi : est-ce
que les hommes blancs n'ont pas le même repos? »

Outougamiz répondit :

« Ma sœur, demandez cela aux vieillards. »

Céluta repartit :

« Il m'a semblé voir le manitou de la beauté qui ouvrait
et fermait tour à tour les lèvres du guerrier blanc, pendant
son sommeil, chez Chactas.

» — Un esprit, dit Outougamiz, m'est apparu dans mes
songes. Je n'ai pu voir son visage, car sa tête était voilée.
Cet esprit m'a dit : «Le grand jeune homme blanc porte la
» moitié de ton cœur. »

Ainsi parlaient les deux innocentes créatures; leur tendresse fraternelle enchantait et attristait à la fois le frère
d'Amélie. Il fit un mouvement, et Céluta, levant la tête,
découvrit l'étranger à travers la feuillée. La pudeur monta

au front de la fille des Natchez, et ses joues se colorèrent : ainsi un lis blanc, dont on a trempé le pied dans la séve purpurine d'une plante américaine, se peint en une seule nuit de la couleur brillante, et étonne au matin l'empire de Flore par sa prodigieuse beauté.

A demi caché dans les guirlandes du buisson, René contemplait Céluta, qui lui souriait du même air que la divine Io souriait au maître des dieux, lorsqu'on ne voyait que la tête de l'immortel dans la nue. Enfin, la fille de Tabamica ouvrit ses lèvres comme celles de la persuasion, et d'une voix dont les inflexions ressemblaient aux accents de la linotte bleue :

« Mon frère, voilà le fils de Chactas. »

Outougamiz, le plus léger des chasseurs, se lève, court à l'étranger, le prend par la main, et le conduit dans sa cabane de bois d'ilicium, dont les meubles reflétaient l'éclat des essences qui les avaient embaumés. Il le fait asseoir sur la dépouille d'un ours longtemps la terreur du pays des Esquimaux ; lui-même il s'assied à ses côtés, en lui disant :

« Enfant de l'Aurore, les étrangers et les pauvres viennent du grand Esprit. »

Céluta, dans la couche de laquelle aucun guerrier n'avait dormi, essaya de continuer son ouvrage; mais ses yeux ne voyaient plus que des erreurs sans issue dans les méandres de ses broderies.

Il est une coutume parmi ces peuples de la nature, coutume qu'on trouvait autrefois chez les Hellènes : tout guerrier se choisit un ami. Le nœud, une fois formé, est indissoluble; il résiste au malheur et à la prospérité. Chaque homme devient double et vit de deux âmes; si l'un des deux amis s'éteint, l'autre ne tarde pas à disparaître. Ainsi ces mêmes forêts américaines nourrissent des serpents à deux têtes, dont l'union se fait par le milieu, c'est-à-dire par le cœur : si quelque voyageur écrase l'un des deux chefs de la mystérieuse créature, la partie morte reste attachée à la partie vivante, et bientôt le symbole de l'amitié périt.

Trop jeune encore lorsqu'il perdit son père, le frère de

Céluta n'avait point fait le choix d'un ami. Il résolut d'unir sa destinée à celle du fils adoptif de Chactas ; il saisit donc la main de l'étranger, et lui dit :

« Je veux être ton ami. »

René ne comprit point ce mot, mais il répéta dans la langue de son hôte le mot *ami*. Plein de joie, Outougamiz se lève, prend une flèche, un collier de porcelaines [1], et fait signe à René et à Céluta de le suivre.

Non loin de la cabane habitée, on voyait une autre cabane déserte dans laquelle Outougamiz était né ; un ruisseau en baignait le toit tombé et les débris épars. Le jeune Indien y pénètre avec son hôte ; Céluta, comme une femme appelée en témoignage devant un juge, demeure debout à quelque distance du lieu marqué par son frère. Outougamiz, parvenu au milieu des ruines, prend une contenance solennelle ; il donne à tenir à René un bout de la flèche dont l'autre bout repose dans sa main. Élevant la voix et attestant le ciel et la terre :

« Fils de l'étranger, dit-il, je me confie à toi sur mon berceau, et je mourrai sur ta tombe. Nous n'aurons plus qu'une natte pour le jour, qu'une peau d'ours pour la nuit. Dans les batailles, je serai à tes côtés. Si je te survis, je donnerai à manger à ton esprit, et après plusieurs soleils passés en festins ou en combats, tu me prépareras à ton tour une fête dans le pays des âmes. Les amis de mon pays sont des castors qui bâtissent en commun. Souvent ils frappent leurs tomahawks [2] ensemble, et quand ils se trouvent ennuyés de la vie, ils se soulagent avec leur poignard.

» Reçois ce collier : vingt graines rouges marquent le nombre de mes neiges [3] ; les dix-sept graines blanches qui les suivent indiquent les neiges de Céluta, témoin de notre engagement ; neuf graines violettes disent que c'est dans la neuvième lune, ou la lune des chasseurs, que nous nous sommes juré amitié ; trois graines noires succèdent aux

---

[1] Sorte de coquillage. — [2] Massue. — [3] Année.

graines violettes; elles désignent le nombre des nuits que cette lune a déjà brillé. J'ai dit. »

Outougamiz cessa de parler, et des larmes tombèrent de ses paupières. Comme les premiers rayons du soleil descendent sur une terre fraîchement labourée et humectée de la rosée de la nuit, ainsi l'amitié du jeune Natchez pénétra dans l'âme attendrie de René. A la vivacité du frère de Céluta, au mot d'ami souvent répété, au choix extraordinaire du lieu, René comprit qu'il s'agissait de quelque chose de grand et d'auguste; il s'écria à son tour :

« Quel que soit ce que tu me proposes, homme sauvage, je te jure de l'accomplir; j'accepte les présents que tu me fais. »

Et le frère d'Amélie presse sur son sein le frère de Céluta. Jamais cœur plus calme, jamais cœur plus troublé ne s'étaient approchés l'un de l'autre.

Après ce pacte, les deux amis échangèrent les manitous de l'amitié. Outougamiz donna à René le bois d'un élan, qui, tombant chaque année, chaque année se relève avec une branche de plus, comme l'amitié qui doit s'accroître en vieillissant. René fit présent à Outougamiz d'une chaîne d'or. Le sauvage la saisit d'une main empressée, parla tout bas à la chaîne, car il l'animait de ses sentiments, et la suspendit sur sa poitrine, jurant qu'il ne la quitterait qu'avec la vie : serment trop fidèlement gardé! Comme un arbre consacré dans une forêt à quelque divinité, et dont les rameaux sont chargés de saintes reliques, mais qui va bientôt tomber sous la cognée du bûcheron, ainsi parut Outougamiz portant à son cou l'offrande de l'amitié.

Les deux amis plongèrent leurs pieds nus dans le ruisseau de la cabane, pour marquer que désormais ils étaient deux pèlerins devant finir l'un avec l'autre leur voyage.

Dans la fontaine qui donnait naissance au ruisseau, Outougamiz puisa une eau pure où Céluta mouilla ses lèvres, afin de se payer de son témoignage, et de participer à l'amitié qui venait de naître dans l'âme des deux nouveaux frères.

René, Outougamiz et Céluta errèrent ensuite dans la forêt; Outougamiz s'appuyait sur le bras de René; Céluta les suivait. Outougamiz tournait souvent la tête pour la regarder, et autant de fois il rencontrait les yeux de l'Indienne, où l'on voyait sourire des larmes. Comme trois vertus habitant la même âme, ainsi passaient dans ce lieu ces trois modèles d'amitié, d'amour et de noblesse. Bientôt le frère et la sœur chantèrent la chanson de l'amitié; ils disaient :

« Nous attaquerons avec le même fer l'ours sur le tronc des pins, nous écarterons avec le même rameau l'insecte des savanes, nos paroles secrètes seront entendues dans la cime des arbres.

» Si vous êtes dans un désert, c'est mon ami qui en fait le charme; si vous dansez dans l'assemblée des peuples, c'est encore mon ami qui cause vos plaisirs.

» Mon ami et moi nous avons tressé nos cœurs comme des lianes : ces lianes fleuriront et se dessécheront ensemble. »

Tels étaient les chants du couple fraternel. Le soleil dans ce moment vint toucher de ses derniers rayons les gazons de la forêt : les roseaux, les buissons, les chênes s'animèrent; chaque fontaine soupirait ce que l'amitié a de plus doux, chaque arbre en parlait le langage, chaque oiseau en chantait les délices. Mais René était le génie du malheur égaré dans ces retraites enchantées.

Rentrés dans la cabane, on servit le festin de l'amitié : c'étaient des fruits entourés de fleurs. Les deux amis s'apprenaient à prononcer dans leur langue les noms de père, de mère, de sœur, d'épouse. Outougamiz voulut que sa sœur s'occupât d'un vêtement indien pour l'homme blanc. Céluta déroule aussitôt un ruban de lin; elle invite René à se lever, et appuie une main tremblante sur l'épaule du fils de Chactas, en laissant pendre le ruban jusqu'à terre. Mais lorsque, passant le ruban sous les bras de René, elle approcha son sein si près de celui du jeune homme, qu'il en ressentit la chaleur sur sa poitrine; lorsque, levant sur le frère d'Amélie des yeux qui brillaient timidement à travers ses longues paupières; lorsque, s'efforçant de prononcer quelques mots, les mots vinrent expirer sur ses lèvres, elle trouva l'épreuve trop forte et n'acheva point l'ouvrage de l'amitié.

Douce journée! votre souvenir ne s'effaça de la cabane
des Natchez que quand les cœurs que vous aviez attendris
cessèrent de battre. Pour apprécier vos délices, il faut avoir
élevé comme moi sa pensée vers le ciel du fond des solitudes du nouveau monde.

Cependant les quatre guerriers portant le calumet de paix
étaient arrivés au fort Rosalie. Chépar a rassemblé le conseil
où se trouvent, avec les principaux habitants de la colonie,
les capitaines de l'armée. Un riche trafiquant se lève, prend
la parole, et, après avoir traité les Indiens de sujets rebelles,
il veut que les députés des Natchez soient repoussés et que
l'on s'empare des terres les plus fertiles.

Le père Souël se lève à son tour. Une grande doctrine,
une vaste érudition, un esprit capable des plus hautes sciences,
distinguaient ce missionnaire; charitable comme Jésus-Christ,
humble comme ce divin Maître, il ne cherchait à convertir
les âmes au Seigneur que par des actes de bienfaisance et
par l'exemple d'une bonne vie : pacifique envers les autres,
il aspirait ardemment au martyre.

Il ne devait point rester au fort Rosalie, son ancienne résidence : la palme des confesseurs qu'il demandait au Roi de
gloire, lui devait être accordée à la mission des Yazous.
C'était pour la dernière fois qu'il plaidait la cause de ses
néophytes natchez.

Toujours vêtu d'un habit de voyage, le père Souël avait l'air
d'un pèlerin qui ne fait qu'un séjour passager sur la terre,
et qui va bientôt retourner à sa patrie céleste : lorsqu'il
ouvrit la bouche, un silence profond régna dans le conseil.

Le saint orateur remonta, dans son discours, jusqu'à la
découverte de l'Amérique; il traça le tableau des crimes commis par les Européens au nouveau monde. De là, passant à
l'histoire de la Louisiane, il fit un magnifique éloge de Chactas, qu'il peignit comme un homme d'une vertu digne des
anciens sages du paganisme. Il nomma avec estime Adario,
et invita le conseil à se méfier d'Ondouré. Exhortant les
Français à la modération et à la justice, il conclut ainsi :

« J'espère que notre commandant et cette assemblée voudront bien pardonner à un religieux d'avoir osé expliquer

sa pensée. A Dieu ne plaise qu'il ait parlé dans un esprit d'orgueil ! Ayons, pour l'amour de Jésus-Christ, notre doux Seigneur, quelque pitié des pauvres idolâtres ! tâchons, en nous montrant vrais chrétiens, de les appeler à la lumière de l'Évangile. Plus ils sont misérables et dépourvus des biens de la vie, plus nous devons plaindre leurs faiblesses. Missionnaire du Dieu de paix dans ces déserts, puissé-je vivre et mourir en semant la parole de l'Agneau ! Puisse mon sang servir au maintien de la concorde ! mais à tous n'est pas réservée une si grande bénédiction ; à moi n'appartient pas d'aspirer à la gloire des Brébœuf et des Jogues, morts pour la foi en Amérique. »

Le père Souël s'inclina devant le commandant et reprit sa place. O véritable religion ! que tes délices sont puissantes sur les cœurs ! que ta raison est adorable ! que ta philosophie est haute et profonde ! Dans celle des hommes, il manque toujours quelque chose ; dans la tienne tout est surabondant. Le conseil touché des paroles du missionnaire, croyait sentir les inspirations de la miséricorde de Dieu.

Le démon de l'or, envoyé par Satan, craignit l'effet du discours du père Souël, en voyant les âmes s'attendrir à la voix du juste. Cet esprit infernal, à la tête chauve, aux lèvres minces et serrées, au corps diaphane, au cœur sans pitié, à l'esprit toujours plein de nombres, au regard avide et inquiet, aux manières défiantes et cachées, cet esprit souffle sa concupiscence sur le conseil. Aussitôt les sentiments généreux s'éteignent. Robert, Salency, Artagnan, veulent répliquer au religieux ; Fébriano obtient la parole.

Né parmi les Francs sur les côtes de la Barbarie, cet aventurier, chrétien dans son enfance, ensuite parjure à l'Évangile, fut, dans l'ordre de Seyahs, disciple zélé du Coran. Jeté en Europe par un coup de la fortune, entré dans la carrière des armes, trop noble pour lui, il est redevenu extérieurement chrétien, mais il continue à détester les serviteurs du vrai Dieu, et à observer en secret les abominables lois du faux prophète. Chépar l'a rencontré dans les camps, et le traître, moitié moine, moitié soldat, a pris sur le loyal militaire l'ascendant que la bassesse exerce sur les caractères impérieux, et la finesse sur les esprits bornés. Fébriano dispose presque toujours de la volonté de Chépar, qui croit suivre ses propres résolutions lorsqu'il ne fait qu'obéir aux inspirations de Fébriano. Ce vagabond était du reste un de ces scélérats vulgaires qui ne peuvent briller au rang des grands infâmes, et qui meurent oubliés dans la portion obscure du crime. Jouet d'Onduré, dont il recevait les présents, il en avait les vices sans en avoir le génie. Rencontré par le frère d'Amélie à la Nouvelle-Orléans, traité par lui avec hauteur dans une contention passagère, Fébriano nourrissait déjà contre René un sentiment de haine et de jalousie. Le renégat élève ainsi la voix contre le pasteur de l'Évangile :

« Les moines se devraient tenir dans leur couvent ou avec les femmes et laisser à l'épée le soin de l'épée. Le brave commandant saura bien ce qu'il doit faire, et sa sagesse n'a pas besoin de nos conseils. Les Natchez sont des rebelles qui refusent de céder leurs terres aux sujets du roi. Qu'on me charge de l'expédition, je réponds d'amener ici enchaînés et cet insolent Adario, et ce vieux Chactas qui reçoit dans ce moment même un homme dont on ignore la famille et les desseins ; un homme qui pourrait n'être que l'envoyé de quelque puissance ennemie. »

De bruyants éclats de rire et de longs applaudissements couvrirent ce discours : les habitants de la colonie portaient aux nues l'éloquence de Fébriano. Le père Souël, sans changer de contenance, soutint le mépris des hommes comme il aurait reçu leurs caresses. Mais indigné de l'affront fait au missionnaire, d'Artaguette rompt le silence qu'il avait gardé jusqu'alors.

A jamais cher à la France, à jamais cher à l'Amérique, qui le vit tomber avec tant de gloire, ce jeune capitaine offrait en lui la loyauté des anciens jours et l'aménité des mœurs du nouvel âge. Placé entre son inclination et son devoir, il était malheureux aux Natchez, car avec une âme bien née il n'avait cependant point ce caractère vigoureusement épris du beau qui nous précipite dans le parti où nous croyons l'apercevoir. D'Artaguette aurait été l'ennemi des extrêmes s'il avait pu être l'ennemi de quelque chose : il ne blâmait et ne louait rien absolument; il cherchait à amener tous les hommes à une tolérance mutuelle de leurs faiblesses; il croyait que les sentiments de nos cœurs et les convenances de notre état se devaient céder tour à tour. C'est ainsi qu'en aimant les sauvages, il se trouva toute sa vie engagé contre eux : tel un fleuve plein d'abondance et de limpidité, mais dont le cours n'est pas assez rapide, tourne à chaque pas dans la plaine; repoussé par les moindres obstacles, il est sans cesse obligé de remonter contre le penchant de son onde.

« Ornement de notre ancienne patrie dans cette France nouvelle, dit d'Artaguette, s'adressant au père Souël, vous n'avez pas besoin d'un défenseur tel que moi. Je supplie le commandant de prendre le temps nécessaire pour peser les ordres qu'il a reçus du gouverneur général; je le supplie d'accepter le calumet de paix des sauvages. Le vénérable missionnaire, rempli de sagesse et d'expérience, ne peut avoir fait des objections tout à fait indignes d'être examinées. Il ne m'appartient point de juger les deux premiers sachems des Natchez, encore moins ce jeune voyageur qui ne devait guère s'attendre à trouver son nom mêlé à nos débats : il me semble téméraire de hasarder légèrement une opinion sur l'honneur d'un homme, surtout quand cet homme est Français. »

La noble simplicité avec laquelle d'Artaguette prononça ce peu de paroles charma le conseil sans le convaincre. On attendait avec inquiétude la décision du commandant. Incapable de la moindre bassesse, plein de probité et d'honneur, Chépar commettait cependant une foule d'injustices qui ne sortaient point de la droiture de son cœur, mais de la faiblesse de sa tête. Il blâma Fébriano d'avoir violé l'ordre et la discipline en parlant avant son supérieur, le capitaine d'Artaguette, mais il reprocha à celui-ci sa tiédeur et sa modération.

« Ce n'est pas ainsi, s'écria-t-il, qu'on servait à Malplaquet et à Denain, lorsque j'enlevai un drapeau à l'ennemi, et que je reçus un coup de feu dans la poitrine. Les Villars auraient été bien étonnés de tous ces beaux discours de la jeunesse actuelle; les Marlborough, qu'avaient élevés les Turenne, auraient eu bon marché d'une armée d'orateurs et n'auraient pas acheté si cher leurs victoires. »

Chépar s'emporta contre les chefs des sauvages, soutint qu'Ondouré était le seul Indien attaché aux Français, quel que fût d'ailleurs le dernier discours prononcé par cet Indien, discours que Chépar prenait pour une ruse d'Ondouré. Le commandant menaça de sa surveillance et de sa colère ces Européens sans aveu, qui venaient, disait-il, s'établir au nouveau monde. Mais enfin les ordres du gouverneur de la Louisiane n'étaient pas assez précis pour établir immédiatement la colonie sur les terres des Natchez : Chépar donc consentit à recevoir le calumet de paix et à prolonger les trèves.

C'était ainsi que la fatalité attachée aux pas de René le poursuivait au-delà des mers : à peine avait-il dormi deux fois sous le toit d'un sauvage, que les passions et les préjugés commençaient à se soulever contre lui chez les Français et les Indiens. Les esprits de ténèbres profitaient du malheur du frère d'Amélie, pour étendre ce malheur sur tout ce qui environnait la victime : poussant Onduré à la tentative d'un premier forfait, ils grossirent le germe des divisions.

Lorsqu'un sanglier, la terreur des forêts, a découvert une laie avec son amant sauvage, excité par l'amour, le monstre hérisse ses soies, creuse la terre avec la double corne de son pied, et, blessant de ses défenses le tronc des hêtres, se cache pour fondre sur son rival : ainsi Onduré, transporté de jalousie par le récit de la Renommée, cherche et trouve le lieu écarté qui doit lui livrer l'Européen dont les maléfices ont déjà troublé le cœur de Céluta.

Entre la cabane de Chactas et celle d'Outougamiz s'élevait un bocage de smilax, qui répandait une ombre noire sur la terre; les chênes verts dont il était surmonté en augmentaient les ténèbres. Le frère d'Amélie, revenant de prêter le serment de l'amitié, s'était assis auprès d'une source qui coulait parmi ce bois : ainsi que l'Arabe, accablé par la chaleur du jour, s'arrête au puits du Chameau, René s'était reposé sur la mousse qui bordait la fontaine. Soudain un cri perce les airs :

c'était le cri de guerre des sauvages, dont il est impossible
de peindre l'horreur : ce cri que la victime n'entend presque
jamais, car elle est frappée de la hache au moment même :
tel le boulet qui suit la lumière ; tel le cri du fils de Pélée
retentit aux rives du Simoïs, lorsque le héros, la tête surmontée d'une flamme, s'avança pour sauver le corps de
Patrocle ; les bataillons se renversèrent, les chevaux effrayés
prirent la fuite, et douze des premiers Troyens tombèrent
dans l'éternelle nuit.

C'en était fait des jours du frère d'Amélie, si les esprits
attachés à ses pas ne l'avaient eux-mêmes sauvé du coup
fatal, afin que sa vie prolongée devînt encore plus malheureuse, plus propre à servir les desseins de l'enfer. Docile aux
ordres de Satan, la Nuit, toujours cachée dans ces lieux,
détourna elle-même la hache, qui, sifflant à l'oreille de René,
alla s'enfoncer dans le tronc d'un arbre.

A cette attaque imprévue, René se lève. Furieux d'avoir
manqué le but, Ondouré se précipite, le poignard à la main,
sur le frère d'Amélie et le blesse au-dessous du sein. Le sang
s'élance en jet de pourpre comme la liqueur de Bacchus
jaillit sous le fer dont une troupe de joyeux vignerons a percé
un vaste tonneau.

René saisit la main meurtrière et veut en arracher le poignard ; Ondouré résiste, jette son bras gauche autour du
frère d'Amélie, essaie de l'ébranler et de le précipiter à
terre. Les deux guerriers se poussent et se repoussent, se
dégagent et se reprennent, font mille efforts, l'un pour dominer son adversaire, l'autre pour conserver son avantage.
Leurs mains s'entrelacent sur le poignard que celui-ci veut
garder, que celui-là veut saisir. Tantôt ils se penchent en
arrière, et tâchent par de mutuelles secousses de s'arracher
l'arme fatale ; tantôt ils cherchent à s'en rendre maîtres, en
la faisant tourner comme le rayon de la roue d'un char, afin
de se contraindre à lâcher prise par la douleur. Leurs mains
tordues s'ouvrent et changent adroitement de place sur la
longueur du poignard ; leur genou droit plie, leur jambe
gauche s'étend en arrière, leur corps se penche sur un

côté, leurs têtes se touchent et mêlent leurs cheveux en désordre.

Tout à coup se redressant, les adversaires s'approchent poitrine contre poitrine, front contre front : leurs bras tendus s'élèvent au-dessus de leurs têtes, et leurs muscles se dessinent comme ceux d'Hercule et d'Antée. Dans cette lutte, leur haleine devient courte et bruyante; ils se couvrent de poussière, de sang et de sueur : de leurs corps meurtris s'élève une fumée, comme cette vapeur d'été que le soir fait sortir d'un champ brûlé par le soleil.

Sur les rivages du Nil ou dans les fleuves des Florides, deux crocodiles se disputent au printemps une femelle brillante : les rivaux s'élancent des bords opposés du fleuve, et se joignent au milieu. De leurs bras, ils se saisissent; ils ouvrent des gueules effroyables; leurs dents se heurtent avec un craquement horrible; leurs écailles se choquent comme les armures de deux guerriers; le sang coule de leurs mâchoires écumantes, et jaillit en gerbes de leurs naseaux brûlants : ils poussent de sourds mugissements semblables au bruit lointain du tonnerre. Le fleuve, qu'ils frappent de leur queue, mugit autour de leurs flancs comme autour d'un vaisseau battu par la tempête. Tantôt ils s'abîment dans des gouffres sans fond, et continuent leur lutte au voisinage des enfers; un impur limon s'élève sur les eaux; tantôt ils remontent à la surface des vagues, se chargent avec une furie redoublée, s'enfoncent de nouveau dans les ondes, reparaissent, plongent, reviennent, replongent, et semblent vouloir éterniser leur épouvantable combat : tels se pressent les deux guerriers, tels ils s'étouffent dans leurs bras serrés par les nœuds de la colère. Le lierre s'unit moins étroitement à l'ormeau, le serpent au serpent, la jeune sœur au cou d'une sœur chérie, l'enfant altéré à la mamelle de sa mère. La rage des deux guerriers monte à son comble. Le frère d'Amélie combat en silence son rival, qui lui résiste en poussant des cris. René, plus agile, a la bravoure du Français; Onduré, plus robuste, a la férocité du sauvage.

L'Éternel n'avait point encore pesé dans ses balances d'or la destinée de ces guerriers; la victoire demeurait incertaine.

Mais enfin le frère d'Amélie rassemble toutes ses forces, porte une main à la gorge du Natchez, soulève ses pieds avec les siens, lui fait perdre à la fois l'air et la terre, le pousse d'une poitrine vigoureuse, l'abat comme un pin et tombe avec lui. En vain Ondouré se débat : René le tient sous ses genoux et le menace de la mort avec le poignard arraché à une main déloyale. Déjà généreux par la victoire, le frère d'Amélie sent sa colère expirer : un pêcher couvert de ses fleurs, au milieu des plaines de l'Arménie, cache un moment sa beauté dans un tourbillon de vent, mais il reparaît avec toutes ses grâces lorsque le tourbillon est passé, et le front de l'arbre charmant sourit immobile dans la sérénité des airs : ainsi René reprend sa douceur et son calme. Il se relève, et tend la main au sauvage : « Malheureux, lui dit-il, que t'ai-je fait ? » René s'éloigne, et laisse Ondouré livré non à ses remords, mais au désespoir d'avoir été vaincu et désarmé.

LIVRE QUATRIÈME.

L'ange protecteur de l'Amérique, qui montait vers le soleil, avait découvert le voyage de Satan et du démon de la Renommée : à cette vue, poussant un soupir, il précipite le mouvement de ses ailes. Déjà il a laissé derrière lui les planètes les plus éloignées de l'œil du monde : il traverse ces deux globes que les hommes, plongés dans les ténèbres de l'idolâtrie, profanèrent par les noms de Mercure et de Vénus. Il entre ensuite dans ces régions où se forment les couleurs du soleil couchant et de l'aurore; il nage dans les mers d'or et de pourpre, et sans en être ébloui, les regards fixés sur l'astre du jour, il surgit à son orbite immense.

Uriel l'aperçoit; après l'avoir salué du salut majestueux des anges, il lui dit :

«Esprit diligent, que le Créateur a placé à la garde d'une des plus belles parties de la terre, je connais le sujet qui

vous amène : tandis que vous remontiez jusqu'à moi, l'ange
de la Croix du sud descendait sur le soleil, pour m'apprendre qu'il avait vu Satan et sa compagne s'élancer du
pôle du midi. J'aurais déjà communiqué cette nouvelle aux
archanges des soleils les plus reculés, si je n'avais aperçu
deux illustres voyageuses qui viennent comme vous de la
terre, et qui bientôt arriveront à nous : elles continueront
ensuite leur route vers les tabernacles éternels. Reposez-
vous donc en les attendant ici ; il n'y a point d'ange qui ne
soit effrayé de la course à travers l'infini : les deux saintes
pourront se charger de votre message ; elles témoigneront
de votre vigilance, et vous redescendrez au poste où vous
rappelle l'audace du prince des ténèbres. »

L'ange de l'Amérique répondit :

« Uriel, ce n'est pas sans raison que l'on vous loue dans
les parvis célestes : vos paroles sont véritablement pleines
de sagessse, et les yeux dont vous êtes couvert ne vous
laissent rien ignorer. Vous daignerez donc rendre compte
de mon zèle? vous savez que les flèches du Très-Haut sont
terribles, et qu'elles dévorent les coupables. Puisque les
deux patronnes des Français s'élèvent aux sanctuaires sublimes, dans le même dessein qui m'a conduit à l'astre dont
vous dirigez le cours, je vais retourner à la terre. J'aurai
peut-être à livrer des combats, car Satan semble avoir pris
une force nouvelle. »

Uriel repartit :

« Ne craignez point cet archange ; le crime est toujours
faible, et Dieu vous enverra sa victoire. Votre empressement
est digne d'éloges, mais vous pouvez vous arrêter un moment pour délasser vos ailes. »

En parlant ainsi, l'ange du soleil présenta à celui de
l'Amérique une coupe de diamant, pleine d'une liqueur inconnue ; ils y mouillèrent leurs lèvres, et les dernières
gouttes du nectar, tombées en rosée sur la terre, y firent
naître une moisson de fleurs.

L'ange de l'Amérique, regardant les champs du soleil,
dit à Uriel :

« Brûlant Chérubin, si toutefois ma curiosité n'est point

déplacée, et qu'il soit permis à un ange de mon rang de connaître de tels secrets, ce qu'on dit de l'astre auquel vous présidez est-il vrai, ou n'est-ce qu'un bruit né de l'ignorance humaine ? »

Uriel, avec un sourire paisible :

« Esprit rempli de prudence, votre curiosité n'a rien d'indiscret, puisque vous n'avez pour but que de glorifier l'œuvre du Père, cette œuvre que le Fils conserve et que l'Esprit vivifie. Je puis aisément vous satisfaire.

» Non, cet astre qui sert de marchepied à l'Éternel ne fut point formé comme se le figurent les hommes. Lorsque la création sortit du néant à la parole éternelle, et que le Ciel eut célébré le soir et le matin du premier jour, la clarté émanée du Saint des saints faisait seule la lumière du monde.

» Mais cette lumière, toute tempérée qu'elle pouvait être, trop forte encore pour l'univers, menaçait de le consumer. Emmanuel pria Jéhova de replier ses rayons, et de n'en laisser échapper qu'un seul. Le Fils prit ce rayon dans sa main, le rompit, et du brisement s'échappa une goutte de feu que le Fils nomma Soleil.

» Alors brilla dans les cieux ce luminaire qui lie les planètes autour de lui, par les fils invisibles qu'il tire sans interruption de son sein inépuisable. Je reçus l'ordre de m'asseoir à son foyer, moins pour veiller à la marche des sphères que pour empêcher leur destruction : car lorsque Jéhova, rentré dans la profondeur de son immensité, appelle à lui ses deux autres principes, lorsqu'il enfante avec eux ces pensées qui donnent la vie à des millions d'âmes et de mondes, dans ces moments de conception du Père, il sort de tels feux du tabernacle, que tout ce qui est créé serait dévoré. Placé au centre du soleil, je me hâte d'étendre mes ailes et de les interposer entre la création et l'effusion brûlante, afin de prévenir l'embrasement des globes. L'ombre de mes ailes forme dans l'astre du jour ces taches que les hommes découvrent, et que, dans leur science vaine, ils ont diversement expliquées. »

Ainsi s'entretenaient les deux anges, et cependant Catherine des Bois et Geneviève touchaient au disque du soleil.

Peuple guerrier et plein de génie, Français ! c'est sans doute un esprit puissant, un conquérant fameux qui protége du haut du ciel votre double empire ? Non ! c'est une bergère en Europe, une fille sauvage en Amérique ! Geneviève du hameau de Nanterre, et vous Catherine des bois canadiens, étendez à jamais votre houlette et votre crosse de hêtre sur ma patrie ; conservez-lui cette naïveté, ces grâces naturelles qu'elle tient sans doute de ses patronnes !

Née d'une mère chrétienne et d'un père idolâtre, sous le toit d'écorce d'une famille indienne, Catherine, élevée dans la religion de sa mère, annonça dès son enfance que l'époux céleste l'avait réservée pour ses chastes embrassements. A peine avait-elle accompli quatre lustres qu'elle fut appelée dans ces domaines incorruptibles, où les anges célèbrent incessamment les noces de ces femmes qui ont divorcé avec la terre pour s'unir au ciel. Les vertus de Catherine resplendirent après sa mort ; Dieu couvrit son tombeau de miracles riches et éclatants, en proportion de la pauvreté et de l'obscurité de la sainte ici-bas. Elle fut publiquement honorée comme patronne du Canada ; on lui rendit un culte au bord d'une fontaine sous le nom de la *Bonne Catherine des Bois*. Cette vierge ne cesse de veiller au salut de la nouvelle France et de s'intéresser aux habitants du désert. Elle revenait alors du séjour des hommes avec Geneviève.

Les patronnes des fils de saint Louis s'étaient alarmées des malheurs dont Satan menaçait l'empire français en Amérique : un même mouvement de charité les emportait aux célestes habitacles pour implorer la miséricorde de Marie. Tristes autant que des substances spirituelles peuvent ressentir notre douleur, elles versaient ces larmes intérieures dont Dieu nous a fait présent à ses élus ; elles éprouvaient cette sorte de pitié que l'ange ressent pour l'homme, et qui, loin de troubler la pacifique Jérusalem, ne fait qu'ajouter aux félicités qu'on y goûte.

Geneviève porte encore dans sa main sa houlette garnie de guirlandes de lierre, mais cette houlette est plus brillante que le sceptre d'un monarque de l'Orient. Les roses qui cou-

ronnent le front de la fille des Gaules ne sont plus les roses
fugitives dont la bergère se parait aux champs de Lutèce ;
ce sont ces roses qui ne se fanent jamais, et qui croissent
dans des campagnes merveilleuses, sur les pas de l'Agneau
sans tache. Geneviève ! une nue blanche forme ton vêtement; ces cheveux d'un or fluide accompagnent divinement
ta tête : à travers ton immortalité on reconnaît les grâces
pleines d'amour, les charmes indicibles d'une vierge française !

Plus simple encore que la patronne de la France policée,
est peut-être la patronne de la France sauvage. Catherine
brille de cet éclat qui apparut en elle lorsqu'elle eut cessé
d'exister. Les fidèles accourus à sa couche de mort lui
virent prendre une couleur vermeille, une beauté inconnue
qui inspirait le goût de la vertu et le désir d'être saint.
Catherine retient, avec la transparence de son corps glorieux, la tunique indienne et la crosse du labour : fille de
la solitude, elle aime celui qui se retira au désert avant de
s'immoler au salut des hommes.

Ainsi voyagent ensemble les deux saintes : l'une qui sauva
Paris d'Attila, Geneviève qui précéda le premier des rois
très-chrétiens, qui, dans une longue suite de siècles, opposa
l'obscurité et la vertu de ses cendres à toutes les pompes et
à toutes les calamités de la monarchie de Clovis; l'autre qui
ne devança sur la terre que de peu d'années le dernier des
rois très-chrétiens [1], Catherine qui ne sait que l'histoire de
quelques apôtres de la nouvelle France, semblables à ceux
que vit la pastourelle de Nanterre, lorsque l'Évangile pénétra
dans les vieilles Gaules.

Les épouses du Seigneur se chargèrent du message de
l'ange de l'Amérique, qui se précipita aussitôt sur la terre,
tandis qu'elles continuèrent leur route vers le firmament.

Dans un champ du soleil, dans des prairies dont le sol
semble être de calcédoine, d'onyx et de saphir, sont rangés
les chars subtils de l'âme, chars qui se meuvent d'eux-mêmes

[1] Ceci est dit, par emphase, de la mort de Louis XVI. J'écrivais un
an après la mort du roi-martyr.

et qui sont faits de la même manière que les étoiles [1]. Les deux saintes se placent l'une auprès de l'autre sur un de ces chars. Elles quittent l'astre de la lumière, s'élèvent par un mouvement plus rapide que la pensée, et voient bientôt le soleil suspendu au-dessous d'elles dans les espaces, comme une étoile imperceptible.

Elles suivent la route tracée en losanges de lumière par les esprits des justes qui, dégagés des chaînes du corps, s'envolent au séjour des joies éternelles. Sur cette route passaient et repassaient des âmes délivrées, ainsi qu'une multitude d'anges : ces anges descendaient vers les mondes pour exécuter les ordres du Très-Haut, ou remontaient à lui, chargés des prières et des vœux des mortels.

Bientôt les saintes arrivent à cette terre qui s'étend au-dessous de la région des étoiles, et d'où l'on découvre le soleil, la lune et les planètes tels qu'ils sont en réalité, sans le milieu grossier de l'air qui les déguise aux yeux des hommes. Douze bandes de différente couleur [2] composent cette terre épurée, dont la nôtre est le sédiment matériel : l'une de ces bandes est d'un pourpre étincelant, l'autre d'un vif azur, une troisième d'un blanc de neige ; ces couleurs surpassent en éclat celles de notre peinture, qui n'en sont que les ombres.

Catherine et Geneviève traversent cette zone sans s'arrêter, et bientôt elles entendent cette harmonie des sphères que l'oreille ne saurait saisir, et qui ne parvient qu'au sens intérieur de l'âme. Elles entrent dans la région des étoiles, qu'elles voient comme autant de soleils, avec leurs systèmes de planètes tributaires. Grandeur de Dieu ! qui pourra te comprendre ? Déjà les saintes s'approchent de ces premiers mondes placés à des distances que la balle poussée par le salpêtre mettrait des millions d'années à franchir ; et cependant les deux vierges ne sont que sur les plus lointaines limites du royaume de Jéhova, et des soleils après des soleils émergent de l'immensité, et des créations inconnues succèdent à des créations plus inconnues encore !

[1] Platon. — [2] *Idem.*

Un homme qui, pour comprendre l'infini, se plaçant en imagination au milieu des espaces, chercherait à se représenter l'étendue suivie de l'étendue, des régions qui ne commencent et ne finissent en aucun lieu, cet homme, saisi de vertiges, détournerait sa pensée d'une entreprise si vaine : tels seraient mes inutiles efforts, si j'essayais de tracer la route que parcouraient Geneviève et Catherine. Tantôt elles s'ouvrent une voie au travers des sables d'étoiles; tantôt elles coupent les cercles ignorés où les comètes promènent leurs pas vagabonds. Les deux saintes croient avoir fait des progrès, et elles ne touchent encore qu'à l'essieu commun de tous les univers créés [1].

Cet axe d'or vivant et immortel voit tourner tous les mondes autour de lui dans des révolutions cadencées. A distance égale, le long de cet axe, sont assis trois esprits sévères : le premier est l'ange du passé, le second l'ange du présent, le troisième l'ange de l'avenir. Ce sont ces trois puissances qui laissent tomber le temps sur la terre, car le temps n'entre point dans le ciel et n'en descend point. Trois anges inférieurs, semblables aux fabuleuses sirènes pour la beauté de la voix, se tiennent aux pieds de ces trois premiers anges et chantent de toutes leurs forces : le son que rend l'essieu d'or du monde en tournant sur lui-même accompagne leurs hymnes. Ce concert forme cette triple voix du temps qui raconte le passé, le présent et l'avenir, et que des sages ont quelquefois entendue sur la terre, en approchant l'oreille du tombeau durant le silence des nuits.

Le char subtil de l'âme vole encore : les épouses de Jésus-Christ abordent à ces globes où se pressent les âmes des hommes que l'Éternel créa par sa seconde idée, après avoir pensé les anges [2]. Dieu forma à la fois tous les exemplaires des âmes humaines, et les distribua dans diverses demeures, où ils attendent le moment qui les doit unir à des corps terrestres. La création fut une et entière. Dieu n'admet point de succession pour produire.

Les chastes pèlerines furent émues au spectacle de ces âmes

---

[1] Platon. — [2] Doctrine de quelques Pères de l'Église.

égales en innocence qui devaient devenir inégales par le péché ; les unes restant immaculées, les autres portant la marque des clous avec lesquels les passions les attacheraient un jour au sang et à la chair [1].

Par-delà ces globes où sommeillent les âmes qui n'ont point encore subi la vie mortelle, se creuse la vallée où elles doivent revenir pour être jugées, après leur passage sur la terre. Les saintes aperçoivent dans la formidable Josaphat le cheval pâle monté par la mort, les sauterelles au visage d'homme, aux dents de lion, aux ailes bruyantes comme un chariot de bataille. Là, paraissent les sept anges avec les sept coupes pleines de la colère de Dieu ; là se tient la femme assise sur la bête de couleur écarlate, au front de laquelle est écrit *mystère*. Le puits de l'abîme fume à l'une des extrémités de la vallée, et l'ange du jugement, approchant peu à peu la trompette de ses lèvres, semble prêt à la remplir du souffle qui doit dire aux morts : « *Levez-vous !* »

En sortant de la mystique vallée, Geneviève et Catherine entrèrent enfin dans ces régions où commencent les joies du ciel. Ces joies ne sont pas, comme les nôtres, sujettes à fatiguer et à rassasier le cœur ; elles nourrissent, au contraire, dans celui qui les goûte, une soif insatiable de les goûter encore.

A mesure que les patronnes de la France approchent du séjour de la divinité, la clarté et la félicité redoublent. Aussitôt qu'elles découvrent les murs de la Jérusalem céleste, elles descendent du char et se prosternent comme des pèlerines aux champs de la Judée, lorsque, dans la splendeur du midi, Sion se montre tout à coup à leur foi ardente. Geneviève et Catherine se relèvent, et, glissant dans un air qui n'est point un air, mais qu'il faut appeler de ce nom pour se faire comprendre, elles entrent par la porte de l'Orient. Au même instant le bienheureux Las Casas et les martyrs canadiens, Bréboeuf et Jogues, se pressent sur les pas de

[1] Plusieurs Pères de l'Église ont soutenu ces doctrines, qui ne sont pas ici règle de foi, mais matière de poésie.

Catherine. Toujours brûlés de charité pour les Indiens, ils ne cessent de veiller à leur salut. Par un effet de la gloire de Dieu, plus ces confesseurs ont souffert de leurs ingrats néophytes, plus ils les chérissent. Las Casas adressant la parole à la patronne de la France nouvelle :

« Servante du Seigneur, quelque péril menacerait-il nos frères des terres américaines? La tristesse de votre visage, et celle qui respire sur le front de Geneviève, me feraient craindre un malheur. Nous avons été occupés à chanter la création du monde, et je n'ai pu descendre aux régions sublunaires.

» — Protecteur des cabanes, répondit Catherine, votre bonté ne s'est point en vain alarmée. Satan a déchaîné l'enfer sur l'Amérique : les Français et leurs frères sauvages sont menacés. L'ange gardien du nouveau monde s'est vu forcé de monter vers Uriel pour l'instruire des attentats des esprits pervers. Je viens, chargée de son message avec la vierge de la Seine, supplier Marie d'intercéder auprès du Rédempteur. Prélat, et vous, confesseurs de la foi, joignez-vous à nous : implorons la miséricorde divine. »

Tandis que la fille des torrents parlait de la sorte, les saints, les anges, les archanges, les séraphins et les chérubins, rassemblés autour d'elles, ressentaient une religieuse douleur. Las Casas et les missionnaires canadiens, tout resplendissants de leurs plaies, se réunissent aux deux illustres femmes. Voici venir le saint roi Louis, la palme à la main, qui se met à la tête des enfants de la France, et dirige les suppliants vers les tabernacles de Marie. Ils s'avancent au milieu des chœurs célestes, à travers les champs qu'habitent à jamais les hommes qui ont pratiqué la vertu.

Les eaux, les arbres, les fleurs de ces champs inconnus, n'ont rien qui ressemble aux nôtres, hors les noms : c'est le charme de la verdure, de la solitude, de la fraîcheur de nos bois, et pourtant ce n'est pas cela : c'est quelque chose qui n'a qu'une existence insaisissable.

Une musique qu'on entend partout, et qui n'est nulle part, ne cesse jamais dans ces lieux : tantôt ce sont des murmures comme ceux d'une harpe éolienne que la faible

haleine du zéphyr effleure pendant une nuit de printemps ;
tantôt l'oreille d'un mortel croirait ouïr des plaintes d'un
harmonica divin, ces vibrations qui n'ont rien de terrestre,
et qui nagent dans la moyenne région de l'air. Des voix,
des modulations brillantes sortent tout à coup du fond des
forêts célestes, puis, dispersés par le souffle des esprits, ces
accents semblent avoir expiré. Mais bientôt une mélodie
confuse se relève dans le lointain, et l'on distingue ou les
sons veloutés d'un cor sonné par un ange, ou l'hymne d'un
séraphin qui chante les grandeurs de Dieu au bord du fleuve
de vie.

Un jour grossier comme ici-bas n'éclaire point ces régions ;
mais une molle clarté, tombant sans bruit sur les terres
mystiques, s'y fond pour ainsi dire comme une neige, s'in-
sinue dans tous les objets, les fait briller de la lumière la
plus suave, leur donne à la vue une douceur parfaite. L'é-
ther, si subtil, serait encore trop matériel pour ces lieux :
l'air qu'on y respire est l'amour divin lui-même; cet air est
comme une sorte de mélodie visible qui remplit à la fois de
splendeur et de concerts toutes les blanches campagnes des
âmes.

Les passions, filles du temps, n'entrent point dans l'immortel Éden. Quiconque, apprenant de bonne heure à méditer et à mourir, s'est retiré au tombeau, pur des infirmi-
tés du corps, s'envole au séjour de vie. Délivrée de ses
craintes, de son ignorance, de ses tristesses, cette âme,
dans des ravissements infinis, contemple à jamais ce qui est
vrai, divin, immuable et au-dessus de l'opinion : toutefois,
si elle n'a plus les passions du monde, elle conserve le sentiment de ses tendresses. Serait-il de véritable bonheur sans
le souvenir des personnes qui nous furent chères, sans l'espoir de les voir se réunir à nous? Dieu, source d'amour, a
laissé aux prédestinés toute la sensibilité de leur cœur, en
ôtant seulement à cette sensibilité ce qu'elle peut avoir de
faible : les plus heureux comme les plus grands saints sont
ceux qui ont le plus aimé.

Ainsi s'écoulent rapidement les siècles des siècles. Les élus
existent, pensent, et voient tout en Dieu : la félicité dont

cette union les remplit est délectable. A la source de la
vraie science, ils y puisent à longs traits, et pénètrent dans
les artifices de la sagesse. Quel spectacle merveilleux! et
que l'éternité même, passée dans de telles extases, doit être
courte!

Les secrets les plus cachés et les plus sublimes de la nature
sont découverts à ces hommes de vertu. Ils connaissent les
causes du mouvement de l'abime et de la vie des mers; ils
voient l'or se filtrer dans les entrailles de la terre; ils suivent la circulation de la séve dans les canaux des plantes;
l'hysope et le cèdre ne peuvent dérober à l'œil du saint la
navette qui croise la trame de leurs feuilles et le tissu de
leur écorce.

Mais que dis-je! ce ne sont point de si curieux secrets
qui occupent uniquement les bienheureux : Jéhova leur donne
d'autres joies et d'autres spectacles. Ils embrassent de leurs
regards les cercles sur lesquels roulent les astres divers; ils
connaissent la loi qui gouverne les globes, qui les chasse
ou les attire; ils découvrent les chaînes qui retiennent ces
globes, et viennent aboutir à la main de Dieu, chaînes que
son doigt pourrait rompre avec la facilité de l'ouvrier qui
brise une soie. Les élus voient les comètes accourir aux pieds
du Très-Haut, recevoir ses ordres et partir avec des yeux
rougis et une chevelure flamboyante, pour fracasser quelque
monde. O Paradis! ton chantre ne peut suffire à peindre
tes grandeurs! O vertu! prête-moi tes ailes pour atteindre
à ces régions de béatitude! Déserts et vous, rochers, venez à moi! prenez-moi dans votre sein, afin que, nourri
loin de la corruption des hommes, je puisse, au sortir de
cette misérable vie, monter au séjour de l'éternelle science
et de la souveraine beauté!

Dans les régions de la grâce et de l'amour, le saint roi,
et les saintes patronnes de la France vont chercher le trône
de Marie. Un chant séraphique leur annonce le lieu où réside
la Vierge qui renferma dans son flanc celui que l'univers ne
peut contenir. Ils découvrent dans une crèche resplendis-
sante, au milieu des anges en adoration, au milieu d'un
nuage d'encens et de fleurs, la libératrice du monde ornée

des sept dons du Saint-Esprit. Seule de toutes les justes, Marie a conservé un corps. Une tendre compassion pour les hommes dont elle fut la fille, une patience, une douceur sans égale, rayonnent sur le front de la mère du Sauveur.

Geneviève, Catherine, Louis, roi dans le ciel comme sur la terre, le bienheureux Las Casas, les saints martyrs de la nouvelle France, s'avancent au milieu de la foule céleste qui, s'entr'ouvrant sur leur passage, les laisse approcher du trône de Marie; ils s'y prosternent. Catherine :

« Marie d'Emmanuel! seconde Ève, reine dont je suis la plus indigne des servantes, prenez pitié d'un peuple prêt à périr. Le serpent dont vous avez écrasé la tête, est retourné au monde pour persécuter les hommes, et surtout l'empire nouveau de saint Louis. O Marie! recevez les humbles vœux de la fille d'une nouvelle Église, de la première vierge consacrée au bord du torrent! Écoutez la prière de cette autre vierge et de ces saints profondément humiliés à vos pieds! »

Divine Mère de Dieu, vous ouvrîtes vos lèvres : un parfum délicieux remplit l'immensité du ciel. Telles furent vos paroles :

« Vierge du désert, charitables patronnes des deux Frances, saint roi, miséricordieux prélat, et vous, courageux martyrs, vos prières ont trouvé grâce à mon oreille : je vais monter au trône de mon fils. »

Elle dit et part comme une colombe qui prend son vol. Ses yeux sont levés vers le séjour du Christ, ses bras sont déployés en signe d'oraison, ses cheveux flottent portés par des faces de chérubins d'une beauté incomparable. Les plis de la tunique dont elle se revêtait sur la terre enveloppent ses pieds qui se découvrent à travers le voile immortalisé. Les vierges et les saints, tombés à genoux, regardent éblouis son ascension : Gabriel précède la consolatrice des affligés, en chantant la Salutation que les échos sacrés répètent. Moins ravissant était dans l'antiquité ce mode de musique, expression du charme d'un ciel où le génie de la Grèce se mariait à la beauté de l'Asie.

Marie approche du Calvaire immatériel : l'aspect du pa-

radis commence à prendre une majesté plus terrible. Là,
aucun saint, quelle que soit l'élévation de son bonheur et de
ses vertus, ne peut paraître; là, les anges, les archanges, les
trônes, les dominations, les séraphins, n'osent errer : les
seuls chérubins, premiers-nés des esprits, peuvent supporter
l'ardeur du sanctuaire où réside Emmanuel. Dans ces abîmes
flottent des visions comme celle qui réveilla Job au milieu
de la nuit, et qui fit hérisser le poil de sa chair : les unes
ont quatre têtes et quatre ailes, les autres ne sont qu'une
main, la main qui saisit Ézéchiel par les cheveux, ou qui
traça les mots inexplicables au festin de Balthazar. Ces lieux
sont obscurs à force de lumière, et le foudre à trois pointes
les sillonne.

Un rideau, dont celui qui dérobait l'arche aux regards des
Hébreux fut l'image, sépare les régions inférieures du ciel,
de ces régions sublimes; toute la puissance réunie des
hommes et des anges n'en pourrait soulever un pli : la
garde en est confiée à quatre chérubins armés d'épées flamboyantes. A peine ces ministres du Très-Haut ont aperçu la
fille de David, qu'ils s'inclinent, et la Charité ouvre sans
effort le rideau de l'éternité. Le Sauveur apparaît à Marie :
il est assis sur une tombe immortelle à travers laquelle il
communique avec les hommes.

Marie, saisie d'un saint respect, touche à cet autel de
l'Agneau : elle y présente ses vœux et ceux de la terre, que
le Christ à son tour va porter aux pieds du Père tout-puissant. Qui pourrait redire l'entretien de Marie et d'Emmanuel?
Si la femme a pour son enfant des expressions si divines,
qu'étaient-ce que les paroles de la mère d'un Dieu, d'une
mère qui avait vu mourir son fils sur la croix, et qui le retrouvait vivant d'une vie éternelle? Que devaient être aussi
les paroles d'un fils et d'un Dieu? Quel amour filial, quels
embrassements maternels! Un seul moment d'une pareille
félicité suffirait pour anéantir dans l'excès du bonheur tous
les mondes.

Le Christ sort de son trône, avec un labarum de feu, qui
se forme soudainement dans sa main; sa mère reste au
sanctuaire de la croix. Marie elle-même ne pourrait entrer

dans ces profondeurs du Père, où le Fils et l'Esprit se plongent. Dans le tabernacle le plus secret du Saint des saints, sont les trois idées existantes d'elles-mêmes, exemplaires incréés de toutes les choses créées. Par un mystère inexplicable, le chaos se tient caché derrière Jéhova. Lorsque Jéhova veut former quelque monde, il appelle devant lui une petite partie de la matière, laissant le reste derrière lui, car la matière s'animerait à la fois si elle était exposée aux regards de Dieu.

Une voix unique fait retentir éternellement une parole unique autour du Saint des saints. Que dit-elle?

LIVRE CINQUIÈME.

L'Éternel révéla à son Fils bien-aimé ses desseins sur l'Amérique : il préparait au genre humain, dans cette partie du monde, une rénovation d'existence. L'homme, s'éclairant par des lumières toujours croissantes et jamais perdues, devait retrouver cette sublimité première d'où le péché originel l'avait fait descendre; sublimité dont l'esprit humain était redevenu capable, en vertu de la rédemption du Christ. Cependant le Souverain du ciel permet à Satan un moment de triomphe, pour l'expiation de quelques fautes particulières. L'enfer, profitant de la liberté laissée à sa rage, saisit et fait naître toutes les occasions du mal.

Le bruit du combat d'Ondouré et du frère d'Amélie s'était répandu chez les Natchez. Akansie, qui n'y voyait qu'une preuve de plus de l'amour d'Ondouré pour Céluta, éprouvait de nouvelles angoisses. Le parti des sauvages nourri dans les sentiments d'Adario demandait pourquoi l'on recevait ces étrangers, instruments de trouble et de servitude; les Indiens qui s'attachaient à Chactas louaient au contraire le courage et la générosité de leur nouvel hôte. Quant au frère d'Amélie, qui ne trouvait ni dans les sentiments de

son cœur ni dans sa conduite les motifs de l'inimitié d'Ondouré, il ne pouvait comprendre ce qui avait porté ce sauvage à tenter un homicide. Si Ondouré aimait Céluta, René
n'était point son rival : toute pensée d'hymen était odieuse
au frère d'Amélie ; à peine s'était-il aperçu de la passion
naissante de la sœur d'Outougamiz.

Cependant le retour du grand chef des Natchez était
annoncé : on entendit retentir le son d'une conque :

« Guerrier blanc, dit Chactas à son hôte, voici le Soleil :
prête-moi l'appui de ton bras, et allons nous ranger sur le
passage du chef. »

Aussitôt le sachem et René, dont la blessure n'était que
légère, s'avancent avec la foule.

Bientôt on aperçoit le grand-prêtre et les deux lévites,
maîtres de cérémonies du temple du Soleil : ils étaient enveloppés de robes blanches ; le premier portait sur la tête
un hibou empaillé. Ces sacrificateurs affectaient une démarche grave ; ils tenaient les yeux attachés à terre et murmuraient un hymne sacré. Chactas apprit à René que le
principal jongleur était un prêtre avide et crédule qui pouvait devenir dangereux, à l'instigation de quelques hommes
plus méchants que lui.

Après les lévites s'avançait un vieillard que ne distinguait
aucune marque extérieure :

« Quel est, demanda le frère d'Amélie à son hôte, quel
est le sachem qui marche derrière les prêtres et dont la contenance est affable et sereine?

» — Mon fils, répondit Chactas, c'est le Soleil : il est
cher aux Natchez par le sacrifice qu'il a fait à sa patrie des
prérogatives de ses aïeux. C'est un homme d'une douceur
inaltérable, d'une patience que rien ne peut troubler, d'une
force presque surnaturelle à supporter la douleur. Il a lassé
le temps lui-même, car il est au moment d'accomplir sa
centième année. J'ai eu le bonheur de contribuer avec lui et
Adario à la révolution qui nous a rendu l'indépendance. Les
Natchez veulent bien nous regarder comme leurs trois chefs,
ou plutôt comme leurs pères. »

A la suite du Soleil venait une femme qui conduisait par

la main son jeune fils. René fut frappé des traits de cette femme, sur lesquels la nature avait répandu une expression alarmante de passion et de faiblesse. Le frère d'Amélie la désigna au sachem.

« Elle se nomme Akansie, répondit Chactas : nous l'appelons la femme-chef : c'est la plus proche parente du Soleil, et c'est son fils, à l'exclusion du fils même du Soleil, qui doit occuper un jour la place de grand chef des Natchez; la succession au pouvoir a lieu, parmi nous, en ligne féminine.

» Hélas! mon fils, ajouta Chactas, nous autres habitants des bois, nous ne sommes pas plus à l'abri des passions que les hommes de ton pays. Akansie nourrit pour Ondouré, qui la dédaigne et la trahit, un amour criminel : Ondouré aime Céluta, cette Indienne qui prépara ton premier repas du matin, et qui est la sœur de ce naïf sauvage dont l'amitié t'a été jurée sur les débris d'une cabane; Céluta a toujours repoussé le cœur et la main d'Ondouré. Tu as déjà éprouvé jusqu'où peuvent aller les transports de la jalousie. Si jamais Ondouré s'attachait à Akansie, il est impossible de calculer les maux que produirait une pareille union. »

Immédiatement après la femme-chef, marchaient les capitaines de guerre. L'un d'eux ayant touché, en passant, l'épaule de Chactas, René demanda à son père adoptif quel était ce sachem au visage maigre, dont l'air rigide formait un si grand contraste avec l'air de bonté des autres vieillards :

« C'est le grand Adario, répondit Chactas, l'ami de mon enfance et de ma vieillesse. Il a pour la liberté un amour qui lui ferait sacrifier sa femme, ses enfants et lui-même. Nous avons combattu ensemble dans presque toutes les forêts. Il y a cinquante ans que nous nous estimons, quoique nous soyons presque toujours en opposition d'idées et de dessein. Je suis le rocher, il est la plante marine qui s'est attachée à mes flancs : les flots de la tempête ont miné nos racines; nous roulerons bientôt ensemble dans l'abîme sur lequel nous nous penchons tous deux. Adario est l'oncle de Céluta, et lui sert de père. »

Lorsque les chefs de guerre furent passés, on vit paraître les deux officiers commis au règlement des traités, et l'édile chargé de veiller aux travaux publics. Cet édile songeait à se retirer, et Ondouré convoitait sa place. Cette place, la première de l'État après celle du grand chef, donnait le droit de régence dans la minorité des soleils. Une troupe de guerriers, appelés allouez, qui jadis composaient la garde du Soleil, fermait le cortége ; mais ces guerriers, dispersés dans les tribus, n'existaient plus comme un corps distinct et séparé.

Le grand chef, accompagné de la foule, s'étant arrêté sur la place publique, Chactas se fit conduire vers lui, en poussant trois cris. Il dit alors au Soleil qu'un Français demandait à être adopté par une des tribus des Natchez. Le grand chef répondit : « C'est bien, » et Chactas se retira en poussant trois autres cris un peu différents des premiers. Le frère d'Amélie apprit que l'on traiterait de son adoption dans trois jours.

Il employa ces jours à porter de cabane en cabane les présents d'usage : les uns les reçurent, les autres les refusèrent, selon qu'ils se prononçaient pour ou contre l'adoption de l'étranger. Quand René se présenta chez les parents de Mila, la petite Indienne lui dit :

« Tu n'as pas voulu que je fusse ta femme, je ne veux pas être ta sœur ; va-t'en. »

La famille accepta les dons que l'enfant était fâchée de refuser.

René offrit à Céluta un voile de mousseline qu'elle promit, en baissant les yeux, de garder le reste de sa vie : elle voulait dire qu'elle le conserverait pour le jour de son mariage ; mais aucune parole d'amour ne sortait de la bouche du frère d'Amélie. Céluta demanda timidement des nouvelles de la blessure de René, et Outougamiz, charmé de la valeur du compagnon qu'il s'était choisi, portait avec orgueil la chaîne d'or qui le liait à la destinée de l'homme blanc.

Le jour de l'adoption étant arrivé, elle fut accordée sur la demande de Chactas, malgré l'opposition d'Ondouré. La honte d'une défaite avait changé en haine implacable, dans le cœur de cet homme, un sentiment de jalousie. Aussi impudent que perfide, ce sauvage s'osait montrer après son attentat. Les lois, chez les Indiens, ne recherchent point l'homicide : la vengeance de ce crime est abandonnée aux familles; or René n'avait point de famille.

Le renouvellement des trêves rendit l'adoption de René plus facile; mais le prince des ténèbres fit jaillir de cette solennité une nouvelle source de discorde. Au moment où l'adoption fut proclamée à la porte du temple, le jongleur, dévoué à la puissance d'Akansie, et gagné par les présents d'Ondouré, annonça que le serpent sacré avait disparu sur l'autel. La foule se retira consternée : l'adoption du nouveau fils de Chactas fut déclarée désagréable aux génies, et de mauvais augure pour la prospérité de la nation.

En ramenant la saison des chasses, l'automne suspendit quelque temps l'effet de ces craintes superstitieuses et de ces machinations infernales. Chactas, quoique aveugle, est désigné maître de la grande chasse du castor, à cause de son expérience et du respect que les peuples lui portaient. Il part avec les jeunes guerriers : René, admis dans la tribu de l'Aigle, et accompagné d'Outougamiz, est au nombre des chasseurs. Les pirogues remontent le Meschacebé et entrent dans le lit de l'Ohio. Pendant le cours d'une navigation solitaire, René interroge Chactas sur ses voyages aux pays des blancs, et lui demande le récit de ses aventures : le sachem consent à le satisfaire. Assis auprès du frère d'Amélie à la poupe de la barque indienne, le vieillard raconte son séjour chez Lopez, sa captivité chez les Siminoles, ses amours avec Atala, sa délivrance, sa fuite, l'orage, la rencontre du père Aubry, et la mort de la fille de Lopez[1].

Après avoir quitté le pieux solitaire et les cendres d'Atala, continua Chactas, je traversai des régions immenses sans savoir où j'allais : tous les chemins étaient bons à ma douleur, et peu m'importait de vivre.

Un jour, au lever du soleil, je découvris un parti d'In-

[1] Voyez *Atala*.

diens qui m'eut bientôt entouré. Juge, ô René! de ma sur-
prise, en reconnaissant parmi ces guerriers de la nation
Iroquoise, Adario, compagnon des jeux de mon enfance.
Il était allé apprendre l'art d'Areskoui[1] chez les belliqueux
Canadiens, anciens alliés des Natchez.

Je m'informai avec empressement des nouvelles de ma
mère; j'appris qu'elle avait succombé à ses chagrins, et que
ses amis lui avaient fait les dons du sommeil. Je résolus de
suivre l'exemple d'Adario, de me mettre à l'école des combats chez les Cinq-Nations[2]. Mon cœur était animé du désir
de mêler la gloire à mes regrets; je brûlais de confondre les
souvenirs de la fille de Lopez avec une action digne de sa
mémoire. Déjà je comptais plusieurs neiges, et je n'avais fait
aucun bien. Si le grand Esprit m'eût appelé alors à son tribunal, comment lui aurais-je présenté le collier de ma vie,
où je n'avais pas attaché une seule perle?

Lorsque nous entrâmes dans les forêts du Canada, l'oiseau
de rizière était prêt à partir pour le couchant, et les cygnes
arrivaient des régions du nord. Je fus adopté par une des
nations iroquoises. Adario et moi nous fîmes le serment
d'amitié : notre cri de guerre était le nom d'Atala, de cette
vierge tombée dans le lac de la Nuit, comme ces colombes
du pays des Agniers, qui se précipitent, au coucher du soleil, dans une fontaine où elles disparaissent.

Nous nous engageâmes, sur le bâton de nos pères, à faire
nos efforts pour rendre la liberté à notre patrie, après avoir
étudié les gouvernements des nations.

Je me livrai, dans l'intervalle des combats, à l'étude des
langues iroquoises ou yendates, en même temps que j'ap-
prenais la langue polie ou la langue des traités, c'est-à-dire
la langue algonquine, dont les Indiens du Nord se servent
pour communiquer d'une nation à l'autre. Je m'étais approché
de l'ami du père Aubry, du père Lamberville, missionnaire
chez les Iroquois. Aidé de lui, je parvins à entendre et à
parler facilement la langue française, et je m'instruisis dans
l'art des colliers[3] des blancs.

---

[1] Génie de la guerre. — [2] Les Iroquois. — [3] L'art d'écrire, de lire, etc.

Le religieux me racontait souvent les souffrances de ce Dieu qui s'est dévoué pour le salut du monde. Ces enseignements me plaisaient, car ils rappelaient tous les intérêts de ma vie, le père Aubry et Atala. La raison des hommes est si faible, qu'elle n'est souvent que la raison de leurs passions. Poursuivi de mes souvenirs, je cherchais à me sauver au sanctuaire de la miséricorde, comme le prisonnier racheté des flammes se réfugie à la cabane de paix.

On commençait à m'aimer chez les peuples; mon nom reposait agréablement sur les lèvres des sachems. J'avais fait quelque bruit dans les combats : c'est une malheureuse nécessité de s'habituer à la vue du sang; et ce qu'il y a de plus triste encore, diverses qualités dépendent de celle qui fait un guerrier. Il est difficile d'être compté comme homme avant d'avoir porté les armes.

Je vis pourtant avec horreur les supplices réservés aux victimes du sort des combats. En mémoire d'Atala, je donnai la vie et la liberté à des guerriers arrêtés de ma propre main. Et moi aussi j'avais été prisonnier, loin de la douce lumière de ma patrie!

J'eus le bonheur d'arracher ainsi à la mort quelques Français; Ononthio[1] me fit offrir en échange les dons de l'amitié; il me proposait même une hache de capitaine parmi ses soldats. Mais comme ses paroles étaient celles du secret, et qu'il y joignait des sollicitations peu justes, je priai les présents de retourner vers les richesses d'Ononthio.

Le printemps s'était renouvelé autant de fois qu'il y a d'œufs dans le nid de la fauvette, ou d'étoiles à la constellation des chasseurs, depuis que j'habitais chez les nations iroquoises. Elles avaient fumé le calumet de paix avec les Français. Cette paix fut bientôt rompue : Athaënsic[2] balaya les feuilles qui commençaient à couvrir les chemins de la guerre, et fit croître l'herbe dans les sentiers du commerce.

Après divers succès on proposa une suspension d'armes;

[1] Nom que les sauvages donnaient à tous les gouverneurs du Canada. Il signifie la *grande montagne*. Ainsi *Ononthio*-Denonville, *Ononthio*-Frontenac, etc. — [2] Génie de la vengeance.

des députés furent envoyés par les Iroquois au fort Catara-
koui. J'étais du nombre de ces guerriers, et je leur servais
d'interprète. A peine entrés dans le fort, nous fûmes enveloppés par des soldats. Nous réclamâmes la protection du calumet de paix : le chef qui nous arrêta nous répondit que
nous étions des traîtres, qu'il avait ordre d'Ononthio de nous
embarquer pour Kanata[1], d'où nous serions menés en esclavage au pays des Français. On nous enleva nos haches et
nos flèches; on nous serra les bras et les pieds avec des
chaînes; nous fûmes jetés dans des pirogues qui nous conduisirent au port de Québec, par le fleuve Hochelaga[2]. De
Kanata un large canot nous porta au-delà des grandes eaux,
à la contrée des mille villages, dans la terre où tu es né.

Les cabanes[3] où nous abordâmes sont bâties sous un ciel
délicieux, au fond d'un lac intérieur[4], où Michabou, dieu
des eaux, ne lève point deux fois le jour son front vert couronné de cheveux blancs, comme sur les rives canadiennes.

Nous fûmes reçus aux acclamations de la foule. L'amas
des cabanes, des grands canots et des hommes, tout ce
spectacle si différent de celui de nos solitudes, confondit
d'abord nos idées. Je ne commençai à voir quelque chose de
distinct que lorsque nous eûmes été conduits à la hutte de
l'esclavage[5].

Peut-être, mon jeune ami, seras-tu étonné qu'après avoir
été traité de la sorte, je conserve encore pour ton pays de
l'attachement. Outre les raisons que je t'en donnerai bientôt,
l'expérience de la vie m'a appris que les tyrans et les victimes sont presque également à plaindre, que le crime est
plus souvent commis par ignorance que par méchanceté.
Enfin, une chose me paraît encore certaine : le grand Esprit, qui mêle le bien et le mal dans sa justice, a quelquefois rendu amer le souvenir des bienfaits, et toujours doux
celui des persécutions. On aime facilement son ennemi, surtout s'il nous a donné occasion de vertu ou de renommée.

---

[1] Québec. — [2] Le fleuve Saint-Laurent. — [3] Marseille. — [4] La Méditerranée. — [5] Les bagnes.

Tu me pardonneras ces réflexions : les vieillards sont sujets
à allonger leurs propos.

René répondit :

« Chactas, si les discours que tu vas me faire sont aussi
beaux que ceux que tu m'as déjà faits, le soleil pourrait
finir et recommencer son tour avant que je fusse las de
t'écouter. Continue à répandre dans ton récit cette raison
tendre, cette douce chaleur des souvenirs qui pénètrent mon
cœur. Quelle idée de la société dut avoir un sauvage aux
galères ! »

Chactas reprit le récit de ses aventures. Ses paroles
étaient toutes naïves ; il y mêla une sorte d'aimable enjoue-
ment ; on eût dit que, par une délicatesse digne des grâces
d'Athènes, ce sauvage cherchait à rendre sa voix ingénue,
pour adoucir aux oreilles de René l'histoire de l'injustice des
Français.

Une forte résolution de mourir, dit-il, m'empêcha d'abord
de sentir trop vivement mon malheur dans la hutte de l'esclavage : trois jours entiers nous chantâmes notre chanson
de mort, moi et les autres chefs. Jusqu'alors je m'étais cru
la prudence d'un sachem, et pourtant, loin d'enseigner les
autres, je reçus des leçons de sagesse.

Un Français, mon frère de chaînes, s'était rendu coupable
d'une action qui l'avait fait condamner au tribunal de tes
vieillards. Jeune encore, Honfroy prenait légèrement la vie.
Charmé de m'entendre parler sa langue, il me racontait ses
aventures ; il me disait :

« Chactas, tu es un sauvage, et je suis un homme civilisé. Vraisemblablement tu es un honnête homme, et moi je
suis un scélérat. N'est-il pas singulier que tu arrives exprès
de l'Amérique pour être mon compagnon de boulet en Europe, pour montrer la liberté et la servitude, le vice et la
vertu, accouplés au même joug ? Voilà, mon cher Iroquois,
ce que c'est que la société. N'est-ce pas une très-belle chose ?
mais prends courage et ne t'étonne de rien : qui sait si un
jour je ne serai point assis sur un trône ? Ne t'alarme pas
trop d'être appareillé avec un criminel au char de la vie :
la journée est courte, et la mort viendra vite nous dételer. »

Je n'ai jamais été si étonné qu'en entendant parler cet homme : il y avait dans son insouciance une espèce d'horrible raison qui me confondait. Quelle est, dis-je en moi-même, cette étrange nation, où les insensés semblent avoir étudié la sagesse, où les scélérats supportent la douleur comme ils goûteraient le plaisir? Honfroy m'engagea à lui ouvrir mon cœur : il me fit sentir qu'il y avait lâcheté à se laisser vaincre du chagrin. Ce malheureux me persuada : je consentis à vivre, et j'engageai les autres chefs à suivre mon exemple.

Le soir, après le travail, mes compagnons s'assemblaient autour de moi, et me demandaient des histoires de mon pays. Je leur disais comment nous poursuivions les élans dans nos forêts, comment nous nous plaisions à errer dans la solitude avec nos femmes et nos enfants. A ces peintures de la liberté, je voyais des pleurs couler sur toutes les mains enchaînées. Les galériens me racontaient à leur tour les diverses causes du châtiment qu'ils éprouvaient. Il m'arriva à ce sujet une chose bizarre : je m'imaginai que ces malfaiteurs devaient être les véritables honnêtes gens de la société, puisqu'ils me semblaient punis pour des choses que nous faisons tous les jours sans crime dans nos bois.

Cependant notre vêtement et notre langage excitaient la curiosité. Les premiers guerriers et les principales matrones nous venaient voir : lorsque nous étions au travail, ils nous apportaient des fruits et nous les donnaient en retirant la main. Le chef des esclaves nous montrait pour quelque argent : l'homme était offert en spectacle à l'homme.

Nous n'étions pas sans consolations. Le grand chef de la prière du village [1] nous visitait. Ce digne pasteur, qui me rappelait le père Aubry, nous amenait quelquefois ses parents.

« Chactas, me disait-il, voilà ma mère! figure-toi que c'est la femme qui t'a nourri et qui t'a porté dans la peau de l'ours, comme nous l'apprennent nos missionnaires. » A ce souvenir de ma famille et des coutumes de mon pays,

[1] L'évêque de Marseille.

mon cœur était noyé d'amertume et de plaisir. Ce prêtre charitable nous laissait toujours en nous quittant des pleurs pour effacer les maux de la veille, des espérances pour nous conduire à travers les maux du lendemain.

Le chef de la hutte des chaînes, dans la vue de prolonger notre existence, utile à ses intérêts, nous permettait quelquefois de nous promener avec lui au bord de la mer.

Un soir j'errais ainsi sur les grèves : mes yeux, parcourant l'étendue des flots, tâchaient de découvrir dans le lointain les côtes de ma patrie. Je me figurais que ces flots avaient baigné les rives américaines. Dans l'illusion de ma douleur, la mer me semblait murmurer des plaintes comme celles des arbres de mes forêts; alors je lui racontais mon malheur, afin qu'elle le redît à son tour aux tombeaux de mes pères.

Le gardien, occupé avec d'autres guerriers, oublia de me ramener à mes chaînes. Des millions d'étoiles percèrent la voûte céleste, et la lune s'avança dans le firmament. Je découvris à sa lumière un vieillard assis sur un rocher. Les flots calmés expiraient aux pieds de ce vieillard, comme aux pieds de leur maître. Je le pris pour Michabou, génie des eaux : je m'allais retirer, lorsqu'un soupir apporté à mon oreille m'apprit que le dieu était un homme.

Cet homme de son côté m'aperçut : la vue de mon vêtement natchez lui fit faire un mouvement de surprise et de frayeur :

« Que vois-je! s'écria-t-il, l'ombre d'un sauvage des Florides ? Qui es-tu ? Viens-tu chercher Lopez ? — Lopez! » répétai-je en poussant un cri. Je m'approche du père d'Atala; je crois le reconnaître. Il me regarde avec le même étonnement, la même hésitation; il me tend à demi les bras; il me parle de nouveau. C'est sa voix! sa voix même! Erreur ou vérité, je me précipite dans les bras de mon vieil ami, je le serre sur mon cœur; je baigne son visage de mes larmes. Lopez, hors de lui, doutait encore de la réalité.

« Je suis Chactas, lui disais-je, Chactas, ce jeune Natchez que vous comblâtes de vos bienfaits à Saint-Augustin, et qui vous quitta avec tant d'ingratitude! »

A ces derniers mots, je fus obligé de soutenir le vieillard prêt à s'évanouir, et pourtant il me pressait encore de ses mains devenues tremblantes par l'âge et par le chagrin.

L'effusion de ces premiers transports passée, après avoir ranimé mon ancien hôte, je lui dis :

« Lopez, quels semblables et funestes génies président à nos destinées? quelle infortune t'amène comme moi sur ces bords? Que tu es malheureux dans tes enfants! Pourras-tu croire que j'ai creusé le tombeau de ta fille, de ta fille qui devait être mon épouse?

» — Que me dis-tu? répondit le vieillard.

» — J'ai aimé Atala, m'écriai-je, la fille de cette Floridienne que tu as aimée ! »

Ici ma voix étouffée dans mes larmes s'éteignit. Mille souvenirs m'accablèrent : c'étaient la patrie, l'amour, la liberté, les déserts perdus !

Lopez, qui me comprenait à peine, me pria de m'expliquer. Je lui fis succinctement le récit de mes aventures. Il en fut touché, il admira et pleura cette fille qu'il n'avait point connue ! Il s'étendit en longs regrets sur le bonheur que nous eussions pu goûter réunis dans une cabane, au fond de quelque solitude.

« Mais, mon fils, ajouta-t-il, la volonté de Dieu s'est opposée à nos desseins : c'est à nous de nous soumettre. A peine m'aviez-vous quitté à Saint-Augustin que des méchants m'accusèrent : des colons puissants, à qui j'avais enlevé quelques Indiens esclaves en les rachetant à un prix élevé se joignirent à mes ennemis. Le gouverneur, qui était au nombre de ces derniers, nous fit saisir, moi et ma sœur: on nous transporta à Mexico, où nous comparûmes au tribunal de l'inquisition. Nous fûmes acquittés, mais après plusieurs années de prison, durant lesquelles ma sœur mourut. On me permit alors de retourner à Saint-Augustin. Mes biens avaient été vendus. J'attendis quelque temps dans l'espoir d'obtenir justice : l'iniquité prévalut. Je me décidai à abandonner cette terre de persécution.

» Je m'embarquai pour les vieilles Espagnes : comme je mettais le pied au rivage, j'appris que mes ennemis, redoutant mes plaintes, avaient obtenu contre moi un ordre d'exil. Je remontai sur le vaisseau, et je me réfugiai dans la Provence. Le prélat de Marseille m'accueillit avec bonté : ses secours ont soutenu ma vie. J'ai fait autrefois la charité, et maintenant je suis nourri du pain des pauvres. Mais j'approche du moment de la délivrance éternelle, et Dieu, j'espère, me fera part de son froment. »

Comme Lopez finissait de parler, le guerrier qui surveillait ma servitude revint, et m'ordonna de le suivre. Le sachem espagnol me voulut accompagner, mais son habit n'était pas celui d'un possesseur de grandes cabanes, et le guide repoussa l'indigent étranger.

« Rocher insensible, m'écriai-je, les esprits vengeurs de l'hospitalité violée vous frapperont pour votre dureté. Ce sachem est un suppliant comme moi parmi votre peuple; il y a plus : c'est un vieillard et un infortuné. Ce n'est pas ainsi que je vous traiterais, si vous veniez dans le pays des chevreuils : je vous présenterais le calumet de paix; je fumerais avec vous, je vous offrirais une peau d'ours et du maïs : le grand Esprit veut que l'on traite de la sorte les étrangers. »

A ces paroles, le guerrier des cités se prit à rire : j'aurais tiré de ce méchant une vengeance soudaine, mais songeant que j'exposais Lopez, j'apaisai le bouillonnement de mon cœur. Lopez à son tour, dans la crainte de m'attirer quelque mauvais traitement, s'éloigna, promettant de me venir voir. Je regagnai la natte du malheur, sur laquelle sont assis presque tous les hommes.

Lopez et le grand chef de la prière accoururent le lendemain : je formai avec eux et mes compagnons sauvages une petite société libre et vertueuse au milieu de la servitude et du vice, comme ces cocotiers chargés de fruits et de lait, qui croissent ensemble sur un écueil aride, au milieu des flots mexicains. Les autres esclaves assistaient à nos discours : plusieurs commencèrent à régler leurs âmes qu'ils avaient laissées jusqu'alors dans un affreux abandon. Bientôt, par la patience, par la confession de nos erreurs, par la puissance des prières, nous enchantâmes nos fers. C'est de cette façon,

me disait le ministre des chrétiens, que d'anciens esclaves
avaient racheté autrefois leur liberté, en répétant à leurs
maîtres les compositions d'un homme divin, et des chants
aimés du ciel.

Du village où nous étions, on nous transporta à un autre
village [1], où nous fûmes employés aux travaux d'un port :
on nous ramena ensuite à notre première demeure. Le mérite de nos souffrances supportées avec humilité monta vers
le grand Esprit : celui que vous appelez le Seigneur plaça
ce mérite auprès de nos fautes; ainsi me l'a conté le prêtre
instruit des choses merveilleuses. Comme une veuve indienne,
pleine d'équité, met dans ses balances le reste des richesses
de son époux et l'objet offert en échange par l'Européen,
elle égalise les deux poids dans toute la sincérité de son
cœur, ne voulant ni nuire à ses enfants, ni à l'étranger qui
se confie en elle; de même le Juge suprême pesa l'offense
et la réparation : celle-ci l'emporta aux yeux de sa miséricorde. Dans ce moment même je vis venir Lopez, tenant un
collier [2] qu'il me montrait de loin, en criant :

« Vous êtes libre! »

Je m'empresse de déployer le collier; il était marqué du
sceau d'Ononthio-Frontenac, chef du Canada avant Ononthio-
Denonville. Les premières branches du collier s'exprimaient
ainsi .

« Le Soleil [3] de la grande nation des Français a désap-
prouvé la conduite d'Ononthio-Denonville. Le chef de tous
les chefs a su que son fils Chactas, qui lui avait renvoyé
plusieurs de ses enfants dans le Canada, était retenu dans
la hutte de l'esclavage. Ononthio-Denonville est rappelé.
Moi, ton père Ononthio-Frontenac, je retourne au Canada,
je t'y ramènerai avec tes compagnons. Hâte-toi de venir me
trouver au grand village, où je t'attends pour te présenter
au Soleil. Essuie les pleurs de tes yeux; le calumet de paix
ne sera plus violé, et la natte du sang sera lavée avec l'eau
du fleuve. »

Je fis à haute voix l'explication du collier aux chefs sau-

_____

[1] Toulon. — [2] Une lettre. — [3] Louis XIV.

vages; à l'instant même un guerrier détacha nos fers. Aussitôt que nous sentîmes nos pieds dégagés des entraves, nous présentâmes en sacrifice au grand Esprit un pain de tabac, que nous jetâmes dans la mer, après avoir coupé l'offrande en douze parties.

Le chef de la prière nous donna l'hospitalité, et nous reçûmes, avec de l'or, des vêtements nouveaux, faits à la façon de notre pays.

Dès que l'esprit du jour eut attelé le soleil à son traîneau de flamme, on nous conduisit à la hutte roulante[1] qui nous devait emporter : Lopez et le chef de la prière nous accompagnaient. Longtemps, à la porte de la cabane mobile, je tins serré contre mon cœur le père d'Atala ; je lui disais :

« Lopez! faut-il que je vous quitte encore, que je vous quitte lorsque vous êtes malheureux? Suivez votre fils : venez parmi vos Indiens planter votre bienfaisante vie dans le sol de ma cabane. Là, vous ne serez point méprisé parce que vous êtes pauvre : je chasserai pour votre repas, vous serez honoré comme un génie. Si mes prières trouvent votre cœur fermé, si vous craignez de vous exposer aux fatigues d'un long voyage, je resterai avec vous : j'apprendrai les arts des blancs, je vous mettrai par mon travail au-dessus de l'indigence. Qui vous fermera les yeux? qui cueillera le dernier jour de votre vieillesse? Souffrez que la main d'un fils vous présente au moins la coupe de la mort : d'autres l'agiteraient peut-être et vous la feraient boire troublée. »

« — Sage et indulgent Lopez, vous me répondîtes : Vous n'avez jamais été ingrat envers moi; quand vous me quittâtes à Saint-Augustin, vous suiviez le penchant naturel à tous les hommes; loin de vous rien reprocher, je vous admirai. Dans ce moment vous seriez coupable en demeurant sur ces bords : Dieu a enrichi votre âme des plus beaux dons de l'adversité; vous devez ces richesses à votre patrie. Que si je refuse de vous suivre, ne croyez pas que ce soit faute de vous aimer; mais je serais un trop vieux voyageur. Il faut que chacun accomplisse les ordres de la Providence :

---

[1] Carrosse.

vous dormirez auprès des os de vos pères; moi je dois mourir ici. La charité partagera ma dépouille; les enfants de
l'étranger viendront jouer autour de ma tombe, et l'efface-
ront sous leurs pas. Aucune épouse, aucun fils, aucune
sœur, aucune mère ne s'arrêtera à ma pierre funèbre visitée
seulement du malheureux, et sur laquelle passera le sentier
du pèlerin. »

Et Lopez m'inondait de ses larmes, comme un jardinier
arrose l'arbrisseau qu'il a planté. Le chef de la prière voulant prévenir une plus longue faiblesse, nous cria :

« A quoi pensez-vous? où est donc votre courage? »

Il me jette dans la hutte roulante, en ferme brusquement
la porte, et fait un geste de la main. A ce signal le guide
du traîneau pousse ses coursiers qui s'agitaient dans leurs
traits et blanchissaient le frein d'écume : frappant de leurs
seize pieds d'airain le pavé sonore, ils partent suivis des
quatre ailes bruyantes de la cabane mobile, qui roulent avec
des étincelles de feu. Les édifices fuient des deux côtés;
nous franchissons des portes qui s'ébranlent à notre passage, et bientôt le traîneau, lancé dans une longue carrière,
glisse comme une pirogue sur la surface unie d'un fleuve.

LIVRE SIXIÈME.

La force de mon âme resta longtemps abattue par la
tendresse de mes adieux à Lopez. Le génie de la renommée
nous a devancés : durant tout le voyage, nous reçûmes
l'hospitalité dans les huttes que le Soleil avait fait préparer
pour nous. Notre simplicité en conclut que ces hommes que
nous voyions étaient les esclaves du Soleil, que ces champs
cultivés que nous traversions étaient des pays conquis, la-
bourés par les vaincus pour les vainqueurs; vainqueurs qui,
sans doute, fumaient tranquillement sur leur natte, et que
nous allions trouver au grand village. Cette idée nous donna

un mépris profond pour les peuples qui nous environnaient ; nous brûlions d'arriver à la résidence des vrais Français, où des guerriers libres.

Nous fûmes étrangement surpris en entrant au grand village[1] : les chemins[2] étaient sales et étroits ; nous remarquâmes des huttes de commerce[3] et des troupeaux de serfs comme dans le reste de la France. On nous conduisit chez notre père Ononthio-Frontenac. La cabane était pleine de guerriers qu'Ononthio nous dit être de ses amis. Il nous avertit que nous irions, dès le lendemain, à un autre village[4], où nous allumerions le feu du conseil avec le chef des chefs. Après avoir pris le repas de l'hospitalité, nous nous retirâmes dans une des chambres de la cabane, où nous dormîmes sur des peaux d'ours.

Le soleil éclairait les travaux de l'homme civilisé et les loisirs du sauvage, lorsque nous partîmes du grand village. Des coursiers couverts de fumée nous traînèrent à la hutte[5] du chef des chefs en moins de temps qu'un sachem plein d'expérience, et l'oracle de sa nation, n'en met à juger un différend qui s'élève entre deux mères de famille.

A travers une foule de gardes, nous fûmes conduits jusqu'au père des Français. Surpris de l'air d'esclavage que je remarquais autour de moi, je disais sans cesse à Ononthio :

« Où est donc la nation des guerriers libres ? »

Nous trouvâmes le Soleil[6] assis comme un génie, sur je ne sais quoi qu'on appelait un trône, et qui brillait de toutes parts. Il tenait en main un petit bâton avec lequel il jugeait les peuples. Ononthio nous présenta à ce grand chef en disant :

« Sire, les sujets de Votre Majesté... »

Je me tournai vers les chefs des Cinq-Nations, et leur expliquai la parole d'Ononthio. Ils me répondirent :

« C'est faux. » Et ils s'assirent à terre, les jambes croisées. Alors, m'adressant au premier sachem :

« Puissant Soleil, lui dis-je, toi dont les bras s'étendent

---

[1] Paris. — [2] Les rues. — [3] Les boutiques—. [4] Versailles. — [5] Château de Versailles. — [6] Louis XIV.

jusqu'au milieu de la terre! Ononthio vient de prononcer une parole qu'un génie ennemi lui aura sans doute inspirée; mais toi qu'Athaënsic [1] n'a pas privé de sens, tu es trop prudent pour te persuader que nous soyons tes esclaves. »

A ces paroles qui sortaient ingénument de mes lèvres, il se fit un mouvement dans la hutte. Je continuai mon discours :

« Chef des chefs, tu nous as retenus dans la hutte de la servitude par la plus indigne trahison. Si tu étais venu chanter la chanson de paix chez nos vieillards, nous aurions respecté en toi les manitous vengeurs des traités. Cependant la grandeur de notre âme veut que nous t'excusions, car le souverain Esprit ôte et donne la raison comme il lui plaît, et il n'y a rien de plus insensé et de plus misérable qu'un homme abandonné à lui-même. Enterrons donc la hache dont le manche est teint de sang. Éclaircissons la chaîne d'amitié, et puisse notre union durer autant que la terre et le soleil! J'ai dit. »

En achevant ces mots, je voulus présenter le calumet de paix au Soleil; mais sans doute quelque génie frappa ce chef de ses traits invisibles, car la pâleur étendit son bandeau blanc sur son front : on se hâta de nous emmener dans une autre partie de la cabane.

Là, nous fûmes entourés d'une foule curieuse : les jeunes hommes surtout nous souriaient avec complaisance; plusieurs me serrèrent secrètement la main.

Trois héros s'approchèrent de nous : le premier paraissait rassasié de jours, et cependant on l'aurait pris pour l'immortel vieillard des foudres, tant il traînait après lui de grandeur. A peine pouvait-on soutenir l'éclat de ses regards : l'âme brillante, ingénieuse et guerrière de la France respirait tout entière dans cet homme.

Le second cachait, sous des sourcils épais et un air indécis, une expression extraordinaire de vertu et de courage; on sentait qu'il pouvait être le rival du premier héros et le frein de sa fortune.

[1] La Vengeance.

« Le troisième guerrier, beaucoup plus jeune que les deux autres, portait la modération sur ses lèvres et la sagesse sur son front. Sa physionomie était fine, son œil observateur, sa parole tranquille. Le premier de ces guerriers achevait ses jours de gloire dans une superbe cabane, parmi les bois et les eaux jaillissantes, avec neuf vierges célestes qu'on nomme les Muses; le second ne quittait le grand village que pour habiter les camps ; le troisième vivait retiré dans un petit héritage non loin d'un temple où il se promenait souvent autour des tombeaux.

J'invitai ces trois enfants des batailles à venir chanter au milieu du sang notre chanson de guerre; l'aîné des fils d'Areskoui [1] sourit, le second s'éloigna, le troisième fit un mouvement d'horreur [2].

Ononthio me fit observer plus loin des guerriers qui causaient ensemble avec chaleur.

« Voilà, me dit-il, trois hommes que la France peut opposer à l'Europe combinée. Quel feu dans le plus jeune des trois! quelle impétuosité dans sa parole! Il s'efforce de convaincre ce sachem inflexible qui l'écoute, qu'on doit faire servir les galères de la mer intérieure sur les flots de l'Océan. Ce fils illustre d'un père encore plus fameux fait sourire le troisième guerrier qui veut ne pas décider entre les deux autres, et s'excuse en disant qu'il ignore les arts de Michabou [3], il ne tient que d'Areskoui le secret des ceintures inexpugnables dont il environne les cités [4]. »

« Dans ce moment un jeune héros s'avança vers le guerrier au regard sévère [5]; il lui présenta un collier [6] de suppliant. Le fils altier de la montagne jeta les yeux sur le collier, et le rendit durement au héros, avec les paroles du refus. Le jeune homme rougit et sortit, en jetant sur la cabane un regard qui me fit frémir, car il me sembla qu'il avait imploré le génie des vengeances [7].

« Je fus distrait de ces pensées par un grand bruit qui se

---

[1] Génie de la guerre. — [2] Condé, Turenne et Catinat. — [3] Génie des eaux. — [4] Segnelay, fils de Colbert, Louvois et Vauban. — [5] Louvois. — [6] Un placet, une lettre. — [7] Le prince Eugène.

fit à une porte. Entrent aussitôt deux guerriers qui se tenaient en riant sous le bras. Leur taille arrondie annonçait les fils heureux de la joie; leurs pas étaient un peu chancelants; leur haleine était encore parfumée des esprits du plus excellent jus du feu [1]. Leurs vêtements flottaient négligés comme au sortir d'un long festin; leur visage était tout empreint des poudres chères au conseil des sachems [2]. Je ne sais quoi de brave, de populaire, de spirituel, d'insouciant, de libéral jusqu'à la prodigalité, était répandu sur leur personne; ils avaient l'air de ne rien voir avec un cœur ennemi, de se divertir des hommes, de penser peu aux dieux, et de rire de la mort. On les eût pris pour des jumeaux qu'Areskoui [3] aurait eus d'une mortelle après la victoire, ou pour les fils illégitimes de quelque roi fameux; ils mêlaient à la noblesse des hautes destinées de leur père, ce que l'amour et une plus humble condition ont de gracieux et de fortuné [4].

A peine ces enfants joufflus des vendanges avaient-ils posé un pied mal assuré dans la cabane, que deux autres guerriers coururent se joindre à eux. Un de ces derniers avait reçu en naissant un coup fatal de la main d'un génie, mais c'était l'enfant des bons succès [5]; l'autre ressemblait parfaitement à un génie sauveur [6]. Je l'avais vu arrêter par le bras le jeune homme qui était sorti de la grande cabane après le refus du guerrier hautain [7].

Ainsi réunis, ces quatre guerriers allaient parcourant la hutte, réjouissant les cœurs par leurs agréables propos : ils ne dédaignèrent pas de causer avec un sauvage. Les deux frères me demandèrent si les banquets étaient longs et excellents dans mes forêts, et si l'on sommeillait beaucoup d'heures sur la peau d'ours. Je tâchai de faire honneur à mes bois et de mettre dans ma réponse une gaieté qui respirait sur les lèvres de ces hommes. Un esprit me favorisa, car ils

---

[1] Du vin. — [2] Du tabac. [3] Génie de la guerre. — [4] Les deux Vendôme, petits-fils de Henri IV, par Gabrielle. — [5] Luxembourg. — [6] Villars. — [7] Louvois refusa un régiment au prince Eugène, et celui-ci passa au service de l'empereur.

parurent contents, et me voulurent montrer eux-mêmes la somptuosité de la hutte du Soleil.

Nous parcourûmes d'immenses galeries dont les voûtes étaient habitées par des génies, et dont les murs étaient couverts d'or, d'eau glacée [1], et de merveilleuses peintures. Les guerriers blancs désirèrent savoir ce que je pensais de ces raretés.

« Mes hôtes, répondis-je, je vous dirai la vérité, telle que les manitous me l'inspirent, dans toute la droiture de mon cœur : vous me semblez très à plaindre et fort misérables ; jamais je n'ai tant regretté la cabane de mon père Outalissi, ce guerrier honoré des nations comme un génie. Ce palais dont vous vous enorgueillissez a-t-il été bâti par l'ordre des esprits? N'a-t-il coûté ni sueurs ni larmes ? Ses fondements sont-ils jetés dans la sagesse, seul terrain solide? Il faut une vertu magnifique pour oser habiter la magnificence de ces lieux : le vice serait hideux sous ces dômes. A la pesanteur de l'air que je respire, à je ne sais quoi de glacé dans cet air, à quelque chose de sinistre et de mortel que j'aperçois sous le voile des sourires, il me semble que cette hutte est la hutte de l'esclavage, des soucis, de l'ingratitude et de la mort. N'entendez-vous pas une voix douloureuse qui sort de ces murs, comme s'ils étaient l'écho où se viennent répéter les soupirs des peuples? Ah ! qu'il serait grand ici le bruit des pleurs, si jamais il commençait à se faire entendre! Un tel édifice tombé ne serait point rebâti, tandis que ma hutte se peut relever plus belle en moins d'une journée. Qui sait si les colonnes de mes chênes ne verdiront point encore à la porte de ma cabane, lorsque les piliers de marbre de ce palais seront prosternés dans la poudre !»

C'est ainsi, ô René ! qu'un ignorant sauvage de la nouvelle France devisait avec les plus grands hommes de ta vieille patrie, sous le règne du plus grand roi, au milieu des pompes de Versailles. Nous quittâmes les galeries, et nous descendîmes dans les jardins au milieu du fracas des armes.

[1] Des glaces.

Dans ces jardins, malgré les préjugés de ma natte, je fus vraiment frappé d'étonnement : la façade entière du palais semblable à une immense ville, cent degrés de marbre blanc conduisant à des bocages d'orangers, des eaux jaillissant au milieu des statues et des parterres, des grottes, séjour des esprits célestes, des bois où les premiers héros, les plus belles femmes, les esprits les plus divins erraient en méditant les triples merveilles de la guerre, de l'amour et du génie, tout ce spectacle enfin saisit fortement mon âme. Je commençai à entrevoir une grande nation où je n'avais aperçu que des esclaves, et pour la première fois je rougis de ma superbe du désert.

Nous nous avançâmes parmi les bronzes, les marbres, les eaux et les ombrages : chaque flot, contraint de sortir de la terre, apportait un génie à la surface des bassins. Ces génies variaient selon leur puissance : les uns étaient armés de tridents, les autres sonnaient des conques recourbées ; ceux-ci étaient montés sur des chars, ceux-là vomissaient l'onde en tourbillon. Mes compagnons s'étant écartés, je m'assis au bord d'un bain solitaire. La rêverie vint planer autour de moi ; elle secouait sur mes cheveux les songes et les souvenirs : elle m'envoya la plus douce des tristesses du cœur, celle de la patrie absente.

Nous abandonnâmes enfin la hutte des rois, et la nuit, marchant devant nous avec la fraîcheur, nous reconduisit au grand village.

Lorsque les dons du sommeil eurent réparé mes forces, Ononthio me tint ce discours :

« Chactas, fils d'Outalissi, vous vous plaignez que vous n'avez point encore vu les guerriers libres, et vous me demandez sans cesse où ils sont : je vous les veux faire connaître. Un esclave va vous conduire aux cabanes où s'assemblent diverses espèces de sachems : allez et instruisez-vous, car on apprend beaucoup par l'étude des mœurs étrangères. Un homme qui n'est point sorti de son pays ne connaît pas la moitié de la vie. Quant aux autres chefs, vos compagnons, comme ils n'entendent pas la langue de la terre des chairs blanches, ils préféreront sans doute rester sur la natte, à fumer de leur calumet et à parler de leur pays. »

Il dit. Plein de joie, je sors avec mon guide : comme un aigle qui demande sa pâture, je m'élance plein de la faim de la sagesse. Nous arrivons à une cabane [1] où étaient assemblés des hommes vénérables.

J'entrai avec un profond respect dans le conseil, et je fus d'autant plus satisfait qu'on ne parut faire aucune attention à moi. Je remerciai les génies et je me dis : « Voici enfin la nation française. C'est comme nos sachems ! » Je pris une pipe consacrée à la paix, et je m'apprêtai à répondre à ce qu'on allait sans doute me demander touchant les mœurs, les usages et les lois des chairs rouges. Je prêtai attentivement l'oreille, et je promis le sacrifice d'un ours à Michabou [2], s'il voulait m'envoyer la prudence pour faire honneur à mon pays.

Par le Grand-Lièvre [3], ô mon fils ! je fus dans la dernière confusion, quand je m'aperçus que je n'entendais pas un mot de ce que disaient les divins sachems. Je m'en pris d'abord à quelque manitou, ennemi de ma gloire et de mes forêts : je m'allais retirer plein de honte, lorsqu'un des vieillards, se tournant vers moi, dit gravement :

« Cet homme est rouge, non par nature, car il a la peau blanche comme l'Européen. »

Un autre soutint que la nature m'avait donné une peau rouge, un troisième fut d'avis de m'adresser des questions ; mais un quatrième s'y opposa, disant que, d'après la conformation extérieure de ma tête, il était impossible que je comprisse ce qu'on me demanderait.

Pensant, dans la simplicité de mon cœur, que les sachems se divertissaient, je me pris à rire.

« Voyez, s'écria celui qui avait énoncé la dernière opinion, je vous l'avais dit ! Je serais assez porté à croire, à en juger par ses longues oreilles, que le Canadien est l'espèce mitoyenne entre l'homme et le singe. »

---

[1] Le Louvre. — [2] Génie des eaux. — [3] Divinité souveraine des chasseurs.

Ici s'éleva une dispute violente sur la forme de mes oreilles.

« Mais voyons, dit enfin un des vieillards qui avait l'air plus réfléchi que les autres : il ne faut pas se laisser aller à des préventions. »

Alors le sachem s'approcha de moi avec des précautions qu'il crut nécessaires, et me dit :

« Mon ami, qu'avez-vous trouvé de mieux dans ce pays-ci? »

Charmé de comprendre enfin quelque chose à tous ces discours, je répondis :

« Sachem, on voit bien à votre âge que les génies vous ont accordé une grande sagesse : les mots qui viennent de sortir de votre bouche prouvent que je ne me suis pas trompé. Je n'ai pas encore acquis beaucoup d'expérience, et je pourrais être un de vos fils : quand je quittai les rives du Meschacebé, les magnolias avaient fleuri dix-sept fois, et il y a dix neiges que je pleure la hutte de ma mère. Cependant, tout ignorant que je suis, je vous dirai la vérité. Jusqu'à présent je n'ai point encore vu votre nation, ainsi je ne saurais vous parler des guerriers libres; mais voici ce que j'ai trouvé de mieux parmi vos esclaves : les huttes de commerce[1] où l'on expose la chair des victimes, me semblent bien entendues et parfaitement utiles. »

A cette réponse, un rire qui ne finissait point bouleversa l'assemblée : mon conducteur me fit sortir, priant les sachems d'excuser la stupidité d'un sauvage. Comme je traversais la hutte, j'entendis argumenter sur mes ongles, et ordonner de noter aux colliers[2] ce conseil, comme un des meilleurs de la lune dans laquelle on était alors.

De cette assemblée, nous nous rendîmes à celle des sachems, appelés juges. J'étais triste, en songeant à mon aventure, et je rougissais de n'avoir pas plus d'esprit. Arrivé dans une île[3], au milieu du grand village, je traversai des

---

[1] Boutiques de charcutier et de boucher. Les Sauvages amenés à Paris, sous Louis XIV, ne furent frappés que de l'état des viandes de boucherie. — [2] Registres, livres, contrats, lettres, en général toute sorte d'écrits. — [3] La Cité.

huttes obscures et désertes, et je parvins au lieu[1] où résidait le conseil. De vénérables sachems, vêtus de longues robes rouges et noires, écoutaient un orateur qui parlait d'une voix claire et perçante : « Voici, dis-je intérieurement, les vrais sachems; les autres, je le vois à présent, ne sont que des sorciers et des jongleurs. »

Je me plaçai dans le rang des spectateurs avec mon guide, et m'adressant à mon voisin :

« Vaillant fils de la France, lui dis-je, cet orateur à la voix de cigale parle sans doute pour ou contre la guerre, ce fléau des peuples? Quelle est, je te supplie de me le dire, l'injustice dont il se plaint avec tant de véhémence ? »

L'étranger, me regardant avec un sourire, me répondit :

« Mon cher sauvage, il s'agit bien de la guerre ici! De la guerre, oui, à ce misérable que tu vois, et qui sera sans doute étranglé pour avoir eu la faiblesse de confesser dans les tourments un crime dont il n'y a d'autre preuve que l'aveu arraché à ses douleurs ! »

Je conjurai mon conducteur de me ramener à la hutte d'Ononthio, puisqu'on s'amusait partout de ma simplicité.

Nous retournions en effet chez mon hôte, lorsqu'en passant devant la cabane des prières[2], nous vîmes la foule rassemblée aux portes : mon guide m'apprit qu'il y avait dans cette cabane une fête de la mort. Je me sentis un violent désir d'entrer dans ce lieu saint : nous y pénétrâmes par une ouverture secrète. On se taisait alors pour écouter un génie dont le souffle animait des trompettes d'airain[3] : ce génie cessa bientôt de murmurer. Les colonnes de l'édifice, enveloppées d'étoffes noires, auraient versé à leurs pieds une obscurité impénétrable, si l'éclat de mille torches n'eût dissipé cette obscurité. Au milieu du sanctuaire, que bordaient des chefs de la prière[4], s'élevait le simulacre d'un cercueil. L'autel et les statues des hommes protecteurs de la patrie se cachaient pareillement sous des crêpes funèbres. Ce que le grand village et la cabane du Soleil contenaient de plus

[1] Le Palais de Justice. — [2] Une église. — [3] L'orgue. — [4] Les prêtres.

puissant et de plus beau, était rangé en silence dans les bancs de la nef.

Tous les regards étaient attachés sur un orateur vêtu de blanc au milieu de ce deuil, et qui, debout, dans une galerie suspendue[1], les yeux fermés, les mains croisées sur sa poitrine, s'apprêtait à commencer un discours : il semblait perdu dans les profondeurs du ciel. Tout à coup ses yeux s'ouvrent, ses mains s'étendent, sa voix, interprète de la mort, remplit les voûtes du temple, comme la voix même du grand Esprit[2]. Avec quelle joie je m'aperçus que j'entendais parfaitement le chef de la prière! Il me semblait parler la langue de mon pays, tant les sentiments qu'il exprimait étaient naturels à mon cœur !

Je m'aurais voulu jeter aux pieds de ce sacrificateur, pour le prier de parler un jour sur ma tombe, afin de réjouir mon esprit dans la contrée des âmes; mais lorsque je vins à songer à mon peu de vertu, je n'osai demander une telle faveur : le murmure du vent et du torrent est la seule éloquence qui convient au monument d'un sauvage.

Je ne sortis point de la cabane de la prière sans avoir invoqué le Dieu de la fille de Lopez. Revenu chez Ononthio, je lui fis part des fruits de ma journée; je lui racontai surtout les paroles de l'orateur de la mort.

Il me répondit :

« Chactas, connais la nature humaine : ce grand homme qui t'a enchanté n'a pu se défendre d'être importuné d'une autre renommée que la sienne : pour quelques mots mal interprétés, il partage maintenant la cour et la ville, et persécute un ami[3].

» Tu verras bien d'autres contradictions parmi nous. Mais tu ne serais pas aussi sage que ton père, fils d'Outalissi, si tu nous jugeais d'après ces faiblesses. »

Ainsi me parlait Ononthio qui avait vécu bien des neiges[4]. Les choses qu'il venait de me dire m'occupèrent dans le silence de ma nuit. Aussitôt que la mère du jour, la fraîche Aurore, eut monté sur l'horizon avec le jeune Soleil, son

---

[1] La chaire. — [2] Bossuet. — [3] Fénelon. — [4] Années.

fils, suspendu à ses épaules dans des langes de pourpre, nous secouâmes de nos paupières les vapeurs du sommeil. Par ordre d'Ononthio, nous jetâmes autour de nous nos plus beaux manteaux de castor, nous couvrîmes nos pieds de mocassines merveilleusement brodées, et nous ombrageâmes de plumes nos cheveux relevés avec art : nous devions accompagner notre hôte à la fête que le grand chef préparait dans des bois, non loin des bords de la Seine.

Vers l'heure où l'Indienne chasse avec un rameau les mouches qui bourdonnent autour du berceau de son fils, nous partons ; nous arrivons bientôt au séjour des manitous et des génies [1]. Ononthio nous place sur une estrade élevée.

Le chef des chefs paraît couvert de pierreries : il était monté sur un cheval plus blanc qu'un rayon de la lune, et plus léger que le vent. Il passe sous des portiques semblables à ceux de nos forêts : cent héros l'accompagnent vêtus comme les anciens guerriers de la France.

Une barrière tombe : les héros s'avancent ; un char immense et tout d'or les suit. Quatre Siècles, quatre Saisons, les Heures du jour et de la nuit, marchent à côté de ce char. On se livre des combats qui nous ravissent.

La nuit enveloppe le ciel ; les courses cessent, mille flambeaux s'allument dans les bosquets. Tout à coup une montagne brillante de clarté s'élève du fond d'un antre obscur ; un génie et sa compagne sont debout sur la cime : ils en descendent et couvrent des raretés de la terre et de l'onde une table de cristal. Des femmes éblouissantes de beauté viennent s'asseoir au banquet, et sont servies par des nymphes et des amours.

Un amphithéâtre sort du sein de la terre, et étale sur ses gradins des chœurs harmonieux qui font retentir mille instruments. A un signal la scène s'évanouit : quatre riches cabanes, chargées des dons du commerce et des arts, remplacent les premiers prodiges. Ononthio me fait observer les personnages qui distribuent les présents de la munificence royale.

[1] Fêtes de Louis XIV.

« Voyez-vous, me dit-il, cette femme si belle, mais d'un port un peu altier [1], qui préside à l'une des quatre cabanes avec le fils d'un roi ? Un nuage est sur son front : c'est un astre qui se retire devant cette autre beauté[2], au regard plus doux mais plein d'art, qui tient la seconde cabane avec ce jeune prince. Si le grand chef avait voulu être heureux parmi les femmes, il n'eût écouté ni l'une ni l'autre de ces beautés, et l'âme la plus tendre[3] ne se consumerait pas aujourd'hui dans une solitude chrétienne. »

Tandis que j'écoutais ces paroles, je remarquai plusieurs autres femmes que je désignai à Ononthio. Il me répondit :

« Les Grâces mêmes ont arrangé les colliers[4] que cette matrone envoie à sa fille chérie : quant à ces trois autres fleurs qui balancent ensemble leurs tiges, l'une se plaît au bord des ruisseaux[5], l'autre aime à parer le sein des princesses infortunées[6], et la troisième offre ses parfums à l'amitié[7]. Voilà plus loin deux palmiers illustres par leur race, mais ils n'ont pas la grâce des trois fleurs, et ne sont ornés que de colliers politiques[8]. Chactas, quand ce talent dans les femmes se trouve réuni au génie dans les hommes, c'est ce qui établit la supériorité d'un peuple. Trois fois favorisées du ciel les nations où la muse prend soin d'aplanir les sentiers de la vie, les nations chez lesquelles règne assez d'urbanité pour adoucir les mœurs, pas assez pour les corrompre ! »

Durant ce discours, la voix de deux hommes se fit entendre derrière nous. Le plus jeune disait au plus âgé :

« Je ne m'étonne pas que vous soyez surpris de cette institution de la Chambre ardente : nous sommes, en tous genres, au temps des choses extraordinaires. Si l'on pouvait parler du *Masque de fer*... »

Ici la voix du guerrier devint sourde comme le bruit d'une

---

[1] Madame de Montespan. — [2] Madame de Maintenon. — [3] Madame de la Vallière. — [4] Lettres de madame de Sévigné. — [5] Madame Deshoulières. — [6] Madame de la Fayette. — [7] Madame Lambert. — [8] Mémoires de Mademoiselle de Montpensier et de MADAME, seconde femme du frère de Louis XIV.

eau qui tombe sous des racines, au fond d'une vallée pleine de mousse.

Je tournai la tête et j'aperçus un guerrier que je reconnus pour étranger à son vêtement : il portait une coiffure de pourpre. Ononthio, qui vit ma surprise, se hâta de me dire :

« Fils de la terre des chasseurs, tu te trouves dans le pays des enchantements. Le guerrier qui nous a interrompus par ses propos est lui-même ici une merveille : c'est un roi [1] venu de la ville de marbre, pour humilier son peuple aux pieds du Soleil des Français. »

A peine Ononthio s'était exprimé de la sorte, que la terreur saisit toute l'assemblée : le chef des chefs se troubla aux paroles secrètes que lui porta un héraut. Tandis que des cris retentissaient au loin, le silence et l'inquiétude étaient sur toutes les lèvres et sur tous les fronts : un castor, qui a entendu des pas au bord de son lac, suspend les coups dont il battait le ciment de ses digues, et prête au bruit une oreille alarmée. Après quelques moments, les plaintes s'évanouirent, et le calme revint dans la fête. Je demandai à Ononthio la cause de cet accident ; il hésita avant de répondre. Voici quelles furent ses paroles :

« C'est une imprudence causée par une troupe de guerriers, qui a passé trop près de ce lieu en escortant des bannis. »

Je répliquai :

« Ils ont donc commis des crimes ? A leurs gémissements, je les aurais pris pour des infortunés, plutôt que pour des hommes haïs du grand Esprit à cause de leurs injustices : il y a dans la douleur un accent auquel on ne se peut tromper. D'ailleurs, ils me semblaient bien nombreux ces hommes : y aurait-il tant de cœurs amis du mal ? »

Ononthio repartit :

« On compte plusieurs milliers de Français ainsi condam-

[1] Le doge de Gênes.

nés à l'exil ; on les bannit, parce qu'ils veulent adorer Dieu
à des autels nouvellement élevés [1].

» — Ainsi, m'écriai-je, c'est la voix de plusieurs milliers
de Français malheureux que je viens d'entendre au milieu
de cette pompe française : ô nation incompréhensible ! d'une
main vous faites des libations au manitou des joies, de l'autre vous arrachez vos frères à leur foyer ! vous les forcez
d'abandonner, avec toutes sortes de misères, leurs génies
domestiques !

» — Chactas ! Chactas ! s'écria vivement Ononthio, on
ne parle point de cela ici. »

Je me tus, mais le reste des jeux me parut empoisonné:
incapable de fixer mes pensées sur les mœurs et les lois des
Européens, je regrettai amèrement ma cabane et mes déserts.

Nous nous retrouvâmes avec délices chez Ononthio. Heureux, me disais-je en cédant au sommeil, heureux ceux qui
ont un arc, une peau de castor, et un ami !

Le lendemain, vers la première veille de la nuit, Ononthio me fit monter avec lui sur son traîneau, et nous arrivâmes au portique d'une longue cabane [2] qu'inondaient les
flots des peuples. Par d'étroits passages, éclairés à la lueur
de feux renfermés dans des verres, nous pénétrons jusqu'à
une petite hutte [3] tapissée de pourpre, dont une esclave
nous ouvrit la porte.

A l'instant je découvre une salle où quatre rangs de
cabanes, semblables à celle où j'entrais, étaient suspendus
aux contours de l'édifice : des femmes d'une grande beauté,
des héros à la longue chevelure et chargés de vêtements
d'or, brillaient dans les cabanes à la clarté des lustres. Au-
dessous de nous, au fond d'un abîme, d'autres guerriers,
debout et pressés, ondulaient comme les vagues de la mer.
Un bruit confus sortait de la foule; de temps en temps des
voix, des ris plus distincts se faisaient entendre, et quelques

[1] Les protestants. Révocation de l'édit de Nantes; dragonnades. —
[2] Un théâtre. — [3] Une loge.

fils de l'harmonie, rangés au bas d'un large rideau, exécutaient des airs tristes qu'on n'écoutait pas.

Tandis que je contemplais ces choses si nouvelles pour moi, tandis qu'Ononthio et ses amis étudiaient dans mes yeux les sensations d'un sauvage, un sifflement tel que celui des perruches dans nos bois part d'un lieu inconnu : le rideau se replie dans les airs comme le voile de la Nuit, touché par la main du Jour.

Une cabane soutenue par des colonnes se découvre à mes regards. La musique se tait; un profond silence règne dans l'assemblée. Deux guerriers, l'un jeune, l'autre déjà atteint par la vieillesse, s'avancent sous les portiques. René, je ne suis qu'un sauvage ; mes organes grossiers ne peuvent sentir toute la mélodie d'une langue parlée par le peuple le plus poli de l'univers; mais, malgré ma rudesse native, je ne saurais te dire quelle fut mon émotion lorsque les deux héros vinrent à ouvrir leurs lèvres au milieu de la hutte muette. Je crus entendre la musique du ciel : c'était quelque chose qui ressemblait à des airs divins, et cependant ce n'était point un véritable chant ; c'était je ne sais quoi qui tenait le milieu entre le chant et la parole. J'avais ouï la voix des vierges de la solitude durant le calme des nuits ; plus d'une fois j'avais prêté l'oreille aux brises de la lune, lorsqu'elles réveillent dans les bois les génies de l'harmonie; mais ces sons me parurent sans charmes auprès de ceux que j'écoutais alors.

Mon saisissement ne fit qu'augmenter à mesure que la scène se déroula. O Atala ! quel tableau de la passion, source de toutes nos infortunes ! Vaincu par mes souvenirs, par la vérité des peintures [1], par la poésie des accents, les larmes descendirent en torrent de mes yeux : mon désordre devint si grand, qu'il troubla la cabane entière.

Lorsque le rideau retombé eut fait disparaître ces merveilles, la plus jeune habitante [2] d'une hutte voisine de la nôtre me dit :

« Mon cher Huron, je suis charmée de toi, et je te veux

[1] Phèdre. — [2] Ninon.

avoir ce soir à souper, avec celui que tu appelles ton père. »

Ononthio me prit à part, et me raconta que cette femme gracieuse était une célèbre ikouessen[1], chez laquelle se réunissait la nation française. Ravi de la proposition, je répondis à l'ikouessen :

« Amante du plaisir, tes lèvres sont trop aimables pour recevoir un refus. Tu excuseras seulement ma simplicité, parce que je reviens des grandes forêts. »

Dans ce moment la toile s'enleva de nouveau. Je fus plus étonné du second spectacle que je ne l'avais peut-être été du premier, mais je le compris moins. Les passions que vous appelez tragiques sont communes à tous les peuples, et peuvent être entendues d'un Natchez et d'un Français ; les pleurs sont partout les mêmes, mais les ris diffèrent selon les temps et les pays.

Les jeux finis, l'ikouessen s'enveloppa dans un voile, et me forçant, avec la folâtrerie des Amours, à lui donner la main, nous descendîmes les degrés de la hutte, où se pressaient une foule de spectateurs : Ononthio nous suivait. L'Indien ne sait point rougir ; je ne me sentis aucun embarras, et je remarquai qu'on avait l'air d'applaudir à la naïve hauteur de ma contenance.

Nous montons sur un traîneau au milieu des armes protectrices, des torches flamboyantes, et des cris des esclaves qui faisaient retentir les voûtes du nom pompeux de leurs maîtres. Comme le char de la Nuit, roulent les cabanes mobiles : l'enfant du commerce, retiré dans la paix de ses foyers, entend frémir les vitrages de sa hutte, et sent trembler sous lui la couche nuptiale. Nous arrivons chez la divinité des plaisirs. S'élançant du traîneau rapide auquel ils étaient suspendus, des esclaves nous en ouvrent les portes : nous descendons sous un vestibule de marbre orné d'orangers et de fleurs. Nous pénétrons dans des cabanes voluptueuses, aux lambris de bois d'ébène gravés en paysage d'or. Partout brûlaient les trésors dérobés[2] aux filles des rochers et des vieux chênes. La véritable nation française

---

[1] Courtisane. — [2] La cire.

(car je l'avais reconnue au premier coup d'œil) était déjà établie aux foyers de l'ikouessen. Un ton d'égalité, une franchise semblable à celle des sauvages régnaient parmi les guerriers.

J'adressai ma prière à l'Amour hospitalier, manitou de cette cabane, et me mêlant à la foule, je me trouvai pour la première fois aussi à l'aise que si j'eusse été dans le conseil des Natchez.

Les guerriers étaient rassemblés en divers groupes, comme des faisceaux de maïs planté dans le champ des peuples. Chacun enseignait son voisin, et était enseigné par lui : tour à tour les propos étaient graves comme ceux des vieillards, fugitifs comme ceux des jeunes filles. Ces hommes, capables de grandes choses, ne dédaignaient pas les agréables causeries; ils répandaient au dehors la surabondance de leurs pensées; ils formaient de discours légers un entretien aimable et varié: dans un atelier européen, des ouvriers aux bras robustes filent le métal flexible qui réunit les diverses parties de la parure de la beauté; l'un en aiguise la pointe, l'autre en polit la longueur, un troisième y attache l'anneau qui fixe le nuage transparent sur le sein de la vierge, ou le ruban sur sa tête.

Abandonné à moi-même, j'errais de groupe en groupe, charmé de ce que j'entendais, car je comprenais toutes les paroles : on ne montrait aucune surprise de ma façon étrangère.

Tandis que je promenais mes pas à travers la foule, j'aperçus, dans un coin, un homme qui ne conversait avec personne, et qui paraissait profondément occupé. J'allai droit à lui.

« Chasseur, lui dis-je, je te souhaite un ciel bleu, beaucoup de chevreuils et un manteau de castor. De quel désert es-tu ? car, je le vois bien, tu viens comme moi d'une forêt. »

Le héros, qui eut l'air de se réveiller, me regarda, et me répondit :

« Oui, je viens d'une forêt.

Je ne dormirai point sous de riches lambris ;
Mais voit-on que le somme en perde de son prix ?
En est-il moins profond et moins plein de délices ?
Je lui voue au désert de nouveaux sacrifices.

« Je l'avais bien deviné, mécriai-je ; ton apparence est simple, mais tu es excellent. Y a-t-il rien de moins brillant que le castor, le rossignol et l'abeille ? »

Comme j'achevais de prononcer ces mots, un guerrier au regard pénétrant s'approcha de nous, mettant un doigt sur sa bouche :

« Je parie, dit-il, que nos deux sauvages sont charmés l'un de l'autre ? »

En même temps, il passa son bras sous le mien, et m'entraîna dans une autre partie de la cabane.

« Laissons-nous donc tout seul cet enfant des bois ? lui dis-je.

» — Oh ! répliqua mon conducteur, il se suffit à lui-même : il ne parle pas d'ailleurs le langage des hommes, et n'entend que celui des dieux, des lions, des hirondelles et des colombes [1]. »

Nous traversions la foule : un des plus beaux Français que j'aie jamais vus, s'appuyant sur les bras de deux de ses amis, nous accosta. Mon guide lui dit :

« Quel chef-d'œuvre vous nous avez donné ! vous avez vu les transports dans lesquels il a jeté ce sauvage.

» — J'avoue, repartit le guerrier, que c'est un des succès qui m'ont le plus flatté dans ma vie.

» — Et cependant, dit un de ses amis d'un ton sévère, vous eussiez mieux fait de ne pas tant céder au goût du siècle, de retrancher votre Aricie, au risque de perdre cette scène qui a ravi cet Iroquois. »

Le second ami du guerrier le voulut défendre.

« Voilà vos faiblesses, s'écria le premier, voilà comme vous êtes descendu du Misanthrope au sac dans lequel vous enveloppez votre Scapin ! »

[1] La Fontaine.

A ce propos j'allais à mon tour m'écrier :

« Sont-ce là les hommes aimés du ciel dont j'ai entendu les chants ? »

Mais les trois amis s'éloignèrent [1], et je me trouvai seul avec mon guide.

Il me conduisit à l'autre extrémité de la cabane, et me fit asseoir près de lui sur une natte de soie. De là, promenant ses yeux sur la foule tantôt en mouvement, tantôt immobile, il me dit :

« Chactas, je te veux faire connaître les caractères des personnages que tu vois ici ; ils te donneront une idée de ce siècle et de ma patrie.

» Remarque d'abord ces guerriers qui sont nonchalamment étendus sur cette demi-couche d'édredon. Ce sont des enfants des Jeux et des Ris ; ils tiennent l'immortalité de leur naissance, car, bien qu'ils te paraissent déjà vieux, ils sont toujours jeunes comme les Grâces, leurs mères. Retirés loin du bruit dans un faubourg paisible, ils passent leurs jours assis à des banquets. Les tempes ornées de lierre et le front couronné de fleurs, ils mêlent à des vins parfumés l'eau d'une source que les hommes nomment Hippocrène et les dieux Castalie. Toutefois tu te tromperais, Chactas, si tu prenais ces hommes pour des efféminés sans courage. Nul guerrier n'est peut-être moins qu'eux attaché à la vie ; ils la briseraient avec la même insouciance que les vases fragiles qu'ils s'amusent quelquefois à fracasser dans les festins. »

Émerveillé de la fine peinture de mon curieux démonstrateur, je regardais avec intérêt ces hommes [2] qui présentaient un caractère inconnu chez les Sauvages ; mais mon hôte m'arracha à ces réflexions pour me faire observer une espèce d'ermite qui causait avec l'Ikouessen.

« Il a été prêtre, me dit-il, il va devenir roi, et avant qu'il s'ennuie de son second bandeau, il vit ici en simple jongleur [3]. Quant à cet autre guerrier si vieux, dont les

[1] Racine, Molière et Boileau. — [2] La société du Marais, Chaulieu, la Fare, etc. — [3] Casimir, roi de Pologne.

pieds sont supportés par un coussin de velours, c'est un étranger nouvellement arrivé. Son père conduisit un monarque à l'échafaud, et mit sur sa tête la couronne qu'il avait abattue [1]. Richard, plus sage qu'Ollivier, a préféré le repos à l'agitation d'une vie éclatante : rentré dans l'état obscur de ses aïeux, il n'estime la gloire de son père qu'autant qu'il la compte au nombre de ses plaisirs.

» — Par Michabou [2], m'écriai-je, voici un étrange mélange! il ne manquait ici qu'un sauvage comme moi. »

Mon exclamation fit rire l'observateur des hommes, qui me répondit :

« Tu es loin, mon cher Chactas, d'avoir tout vu : quelle que soit ton envie de connaître, on la peut aisément rassasier. Ces quatre hommes appuyés contre cette table d'albâtre sont les quatre artistes qui ont créé les merveilles de Versailles : l'un en a élevé les colonnes, l'autre en a dessiné les jardins, le troisième en a sculpté les statues, le quatrième en a peint les tableaux [3].

» Regarde assis à leurs pieds, sur ces tapis d'Orient, ces hommes au visage bronzé et aux robes de soie : ils sont venus des portes de l'aurore, comme toi de celles du couchant, eux pour être ambassadeurs à notre cour [4], toi pour servir sur nos galères ; mais eux et toi pour payer également un tribut à notre génie, et faire de ce siècle un siècle à jamais miraculeux.

» Du reste, ces sauvages de l'Inde sont plus heureux aujourd'hui que ceux de la Louisiane, car ils trouvent du moins ici à parler le langage de leur patrie. Ces guerriers blancs, qui s'entretiennent avec eux, sont des voyageurs qui ont recueilli les simples des montagnes, ou les débris de l'antiquité [5].

» Ces autres hommes, resserrés dans l'embrasure de cette fenêtre, sont des savants que la munificence de notre roi a été chercher jusque dans une terre ennemie, pour les combler

---

[1] Olivier Cromwell. — [2] Génie des eaux. — [3] Mansard, le Nôtre, Coustou, le Brun. — [4] Ambassadeurs de Siam. — [5] Tournefort, Boucher, Gerbillon, Chardin, etc.

de bienfaits. Les lettres qu'ils tiennent à la main, et qu'ils parcourent avec tant d'intérêt, sont la correspondance de plusieurs sachems qui, bien que nés dans des pays divers, forment, en Europe, une illustre république dont Paris est le centre. Par ces lettres ils s'apprennent mutuellement leurs découvertes : l'un d'entre eux, au moment où je te parle, vient de trouver le vrai système de la nature, et un autre lui fait passer en réponse ses calculs sur l'infini[1].

» Non loin de ces étrangers, tu peux remarquer un homme qui raisonne avec une grande force : c'est un fameux sachem de ceux que nous appelons philosophes. Albion est sa patrie ; mais depuis quelque temps il s'est exilé sur les rives bataves d'où il est venu rendre hommage à la France[2].

» Eh bien ! continua notre hôte, que penses-tu maintenant de notre nation ? Trouves-tu ici assez d'hommes et de choses extraordinaires ? Des prélats aussi différents de talents que de principes, des gens de lettres remarquables par le contraste de leur génie, des bureaux de beaux esprits en guerre, des filles de la volupté intriguant avec des moines auprès du trône, des courtisans se disputant leurs dépouilles mutuelles, des généraux divisés, des magistrats qui ne s'entendent pas, des ordonnances admirables mais transgressées, la loi proclamée souveraine mais toujours suspendue par la dictature royale, un homme envoyé aux galères pour un temps, mais y demeurant toute sa vie, la propriété déclarée inviolable, mais confisquée par le bon plaisir du maître, tous les citoyens libres d'aller où ils veulent et de dire ce qu'ils pensent, sous la réserve d'être arrêtés s'il plaît au roi, et d'être envoyés au gibet en témoignage de la liberté des opinions ; enfin, des édifices élevés, des manufactures formées, des colonies fondées, la marine créée, l'Europe à demi subjuguée, une partie de la nation chassant une autre partie de cette nation : tel est ce siècle dont tu vois l'abrégé dans cette salle ; siècle qui, malgré ses erreurs, restera modèle de gloire, siècle dont on ne sentira bien la grandeur que lorsqu'on le prétendra surpasser. »

---

[1] Newton, Lebnitz. — [2] Locke.

En achevant ces mots, mon instructeur me quitta pour
aller ailleurs observer les hommes : il ne me parut pas une
des moindres raretés du siècle qu'il venait de peindre [1].

Des esclaves annoncèrent le banquet aux conviés. Des
tables couvertes de fleurs, de fruits et d'oiseaux, nous offrirent leurs élégantes richesses. Le vin était excellent, la
gaieté véritable, et les propos aussi fins que ceux des Hurons.
La volage Ikouessen, qui m'avait donné un siége à sa droite,
se raillait de moi, et me disait :

« Parle-moi donc de tes forêts. Je voudrais savoir si en
Huronie il y a, comme parmi nous, des grandes dames qui
veulent faire enfermer au couvent de pauvres jeunes filles,
parce que ces jeunes filles prétendent jouir de leur liberté?
Oh ! c'est un beau pays que le tien, où l'on dit ce que l'on
pense au grand chef, et où chacun fait ce qu'il a envie de
faire ! Ici c'est précisément le contraire : tout le monde est
obligé de mentir au soleil, et de se soumettre à la volonté
de son voisin : c'est pour cela que tout va chez nous à
merveille. »

Cette femme ajouta beaucoup d'autres propos où, sous
l'apparence de la frivolité, je découvris des pensées très-
graves. On joua gracieusement sur la réponse que j'avais faite
aux sorciers de la grande hutte, et que l'Ikouessen disait être
admirable ; mais ajouta-t-elle :

« Je veux savoir à mon tour ce que tu as trouvé de plus
sensé parmi nous. Comme je ne t'ai parlé ni de ta peau, ni
de tes oreilles, j'espère que tu me feras une autre réponse
que celle qui t'a perdu dans l'esprit de nos philosophes.

» — Mousse blanche des chênes qui sers à la couche des
héros, répondis-je, les galériens et les femmes comme toi
me semblent avoir toute la sagesse de ta nation. »

Ce mot fit rire la table hospitalière, et la coupe de la
liberté fut vidée en l'honneur de Chactas.

Alors les génies des amours dérobèrent la conversation,
et la tournèrent sur un sujet trop aimable. Le souvenir de
la fille de Lopez remua les secrets de mon sein et le fit pal-

[1] La Bruyère.

piter. Un convive remarqua que si la passion crée des tempêtes, l'âge les vient bientôt calmer, et que l'on recouvre en
peu de temps la tranquillité d'âme où l'on était avant d'avoir
perdu la paix de l'enfance. Les guerriers applaudirent à cette
observation ; je répondis :

« Je ne puis trouver le calme, dont on jouit après l'orage,
semblable à celui qui a précédé cet orage : le voyageur qui
n'est pas parti, n'est pas le voyageur revenu ; le bûcher qui
n'a point encore été allumé, n'est pas le bûcher éteint. L'innocence et la raison sont deux arbres plantés aux extrémités
de la vie : à leurs pieds, il est vrai, on trouve également le
repos ; mais l'arbre de l'innocence est chargé de parfums, de
boutons, de fleurs, de jeune verdure ; l'arbre de la raison n'est
qu'un vieux chêne séché sur sa tige, dépouillé de son ombrage par la foudre et les vents du ciel. »

C'était ainsi que nous devisions à ce festin : je t'en ai
fait le détail minutieux, car c'est là qu'ayant aperçu les hommes à leur plus haut point de civilisation, je te les devais
peindre avec une scrupuleuse exactitude. Les choses de la
société et de la nature, présentées dans leur extrême opposition, te fourniront le moyen de peser, avec le moins d'erreur possible, le bien et le mal des deux états.

Nous étions prêts à quitter les tables, lorsqu'on apporta
à notre magicienne un berceau couronné de fleurs : il ren-
fermait un enfant du voisinage, qui réclamait, disait la nourrice, les présents de naissance. L'Ikouessen connaissait les
parents du nouveau-né : elle le prit dans ses bras, lui trouva
un air malicieux [1], et promit de lui donner un jour des grains
de porcelaines [2] pour acheter des colliers [3].

---

[1] Voltaire. — [2] De l'argent. — [3] Des livres.

LIVRE SEPTIÈME.

Le lendemain de ce jour si complétement employé, je me résolus de chercher moi-même la nation française, et d'essayer si je ne la rencontrerais pas mieux seul qu'à l'aide d'un conducteur.

Je sortis sans guide vers la première moitié du matin. Après avoir parcouru des chemins étroits et tortueux, j'arrivai à un pont, où je saluai un roi bienfaisant que portait un cheval de bronze [1]. De là, remontant le cours du fleuve aux eaux blanches, dans lequel les femmes lavaient des tuniques de lin, je parvins à la place du sang [2]. Une grande foule s'y trouvait rassemblée : on me dit qu'on allait attacher une victime à la machine qu'on me montra, et sur laquelle j'aperçus le génie de la mort [3] sous la forme d'un homme.

Persuadé qu'il s'agissait de l'exécution d'un prisonnier de guerre, je m'assis pour entendre chanter ce prisonnier et pour l'encourager à souffrir les tourments comme un Indien. Je dis à l'un de mes voisins qui paraissait fort touché :

« Fils de l'humanité, ce guerrier a-t-il été pris en combattant avec courage, ou bien est-ce un enfant des faibles, que l'homicide Areskoui [4] a saisi dans sa fuite ? »

Le guerrier me répondit :

« Ce n'est point un soldat qui va cesser de vivre; c'est un chef de la prière [5], qui, banni de la France pour des opinions religieuses, n'a pu supporter les chagrins de l'exil. Vaincu par le sentiment qui subjugue tous les hommes, il est revenu déguisé dans son pays : le jour il se tenait caché dans un souterrain, la nuit il errait autour du champ paternel, à la clarté des astres qui présidèrent à sa naissance. Quelques misérables l'ont reconnu dans ces promenades où

---

[1] Le Pont-Neuf et la statue de Henri IV. — [2] La Grève. — [3] Le bourreau. — [4] Génie de la guerre. — [5] Un ministre protestant.

il respirait en secret l'air de sa patrie; ils l'ont dénoncé : la loi le condamne à mort pour avoir rompu son ban. »

Le guerrier se tut, et je vis un vieillard s'avancer au milieu de la foule; arrivé aux piliers de sang, ce vieillard dépouilla sa robe, se mit à genoux, et adora. Ensuite, mettant un pied assuré sur le premier barreau de l'échelle, et s'élevant d'échelon en échelon, il semblait monter vers le ciel. Ses cheveux blancs flottaient sur son cou ridé et bruni par l'âge; on voyait sa vieille poitrine à nu, qui respirait tranquillement sous sa tunique entr'ouverte : il jeta un dernier regard sur la France, et la mort le lia par la cime comme une gerbe moissonnée.

Je me levai dans le trouble de mes sens, qui ne m'avait pas d'abord permis de me dérober à l'abominable spectacle.

Je m'écriai :

« Remenez-moi dans mes déserts! reconduisez-moi dans mes forêts! »

Et je m'éloignais à grands pas. Longtemps j'errai à l'aventure tout en pleurs, et comme hors de moi-même. Mais enfin la lassitude du corps parvint à distraire les fatigues de l'âme; et, me trouvant aussi harassé qu'un chasseur qui a poursuivi un cerf agile, je fus contraint de demander quelque part les dons de l'hospitalité.

Je heurte à la porte d'une très-belle cabane; un esclave vient m'ouvrir :

« Que veux-tu? me dit-il brusquement.

» — Va dire à ton maître, répondis-je, qu'un guerrier des chairs rouges veut boire avec lui la coupe du banquet. »

L'esclave se prit à rire, et referma la porte.

Cette épreuve ne me découragea point. A quelque distance, dans une petite voie écartée, une habitation assez semblable à nos huttes s'offrit à mes regards. Je me présente sur le seuil de cette demeure. J'aperçois au fond d'une case obscure un guerrier demi-nu, une femme et trois enfants: j'augurai bien de mes hôtes, lorsque je vis qu'ils restaient tranquilles à mon aspect comme des Indiens. J'entre dans la cabane, je m'assieds au foyer dont je salue le manitou domestique; et, prenant dans mes bras le plus jeune des trois enfants, ces douces lumières de leur mère, j'entonne la chanson du suppliant.

Quand cela fut fait, je dis en français :

« J'ai faim, » et le guerrier me répondit :

» — Tu as faim? » Ce qui me fit penser qu'il avait été voyageur chez les peuples de la solitude. Il se leva, prit un gâteau de maïs noir, et me le donna : je ne pus le manger, car je vis la mère répandre une larme, et les enfants dévorer des yeux le pain que je portais à ma bouche. Je le distribuai à leur innocence, et je dis au guerrier leur père :

« Les mânes des ours n'ont donc pas été apaisés par des sacrifices la neige[1] dernière, puisque la chasse n'a pas été bonne et que tes enfants ont faim?

» — Faim! répondit mon hôte, oui! Pour nous autres misérables cette faim dure toute notre vie. »

Je repartis :

« Il y a sans doute quelque autre guerrier dont le soleil a regardé les érables, et dont les flèches ont été favorisées du grand Castor : il te fera part de son abondance. »

L'homme sourit amèrement, ce qui me fit juger que j'avais dit une chose peu sage.

Une veuve qui, du lit désert où elle est couchée, voit les toiles de l'insecte suspendues sur sa tête, se plaint de l'abandon de sa cabane; ainsi la laborieuse matrone dont je recevais l'hospitalité adressa les paroles de l'injure à son époux, en l'accusant d'oisiveté. Le guerrier frappa rudement son épouse : je me hâtai d'étendre le calumet de paix entre mes hôtes, et d'apaiser la colère qui monte du cœur au visage en nuage de sang. J'eus alors pour la première fois l'idée de la dégradation européenne dans toute sa laideur. Je vis l'homme abruti par la misère, au milieu d'une famille affamée, ne jouissant point des avantages de la société, et ayant perdu ceux de la nature.

Je me levai; je mis un grain d'or dans la main du guerrier, je l'invitai à venir s'asseoir avec sa famille dans ma cabane.

[1] Année.

» Ah ! s'écria mon hôte tout ému, quoique vous ne soyez qu'un Iroquois, on voit bien que vous êtes un roi des sauvages.

» — Je ne suis point un roi, » répondis-je en me hâtant de quitter cette cabane où j'avais trouvé quelques vertus primitives poussant encore faiblement au milieu des vices de la civilisation : le bouquet de romarin que nos chefs décédés emportent avec eux au tombeau prend quelquefois racine sur l'argile même de l'homme, et végète jusque dans la main des morts.

J'avoue qu'après de telles expériences, je fus prêt à renoncer à mes études, à retourner chez Ononthio. En vain je cherchais ta nation et des mœurs, et je ne trouvais ni les secondes ni la première. La nature me semblait renversée ; je ne la découvrais, dans la société, que comme ces objets dont on voit les images inverties dans les eaux. Génie propice, qui arrêtâtes mes pas, qui m'engageâtes à continuer mes recherches, puissiez-vous en récompense des faveurs que vous m'avez faites, puissiez vous approcher le plus près du grand Esprit! Sans vous, sans votre conseil, je ne serais pas ce que je suis, je n'aurais pas connu un homme qui m'a réconcilié avec les hommes, et de qui mes cheveux blancs tiennent le peu de sagesse qui les couronne.

Je marchais le cœur serré, la tête baissée, lorsque la voix de deux esclaves, qui causaient à la porte d'une cabane, me tira de ma rêverie. Mon premier mouvement fut de m'éloigner ; mais, frappé de l'air d'honnêteté des deux esclaves, je me sentis disposé à faire une dernière tentative. Je m'avançai donc, et, m'adressant au plus vieux des serviteurs :

« Va, lui dis-je, apprendre à ton maître qu'un guerrier étranger a faim. »

L'esclave me regarda avec étonnement, mais je ne vis point l'impudence et la bassesse dans ses regards. Sans me répondre, il entra précipitamment dans les cours de la cabane, et, revenant quelques moments après tout hors d'haleine, il me dit :

« Seigneur sauvage, mon maître vous prie de lui faire l'honneur d'entrer. »

Je suivis aussitôt le bon esclave.

Nous montons les degrés de marbre qui circulaient autour d'une rampe de bronze. Nous traversons plusieurs huttes où régnait, avec la paix, une demi-lumière, et nous arrivons enfin à une cabane pleine de colliers [1]. Là, je vis un homme occupé à tracer sur des feuilles les signes de ses pensées. Il était assez maigre, et d'une taille élevée : un air de bonté intelligente était répandu sur son visage ; l'expression de ses yeux ne se saurait décrire : c'était un mélange de génie et de tendresse, une beauté, je ne sais laquelle, que jamais peintre n'a pu exprimer. Ainsi me le raconta depuis Ononthio.

« Chactas, me dit l'homme en se levant aussitôt qu'il m'aperçut, nous ne sommes déjà plus des étrangers l'un à l'autre. Un de mes parents, qui a prêché notre sainte religion en Amérique, se hâta de m'écrire lorsque vous fûtes si injustement arrêté. Je sollicitai, de concert avec le gouverneur du Canada, votre délivrance, et nous avons eu le bonheur de l'obtenir. Je vous ai vu depuis à Versailles, et, d'après le portrait qu'on m'a fait de vous, il me serait difficile de vous méconnaître. Je vous avouerai d'ailleurs que la manière dont vous venez, par hasard, de me faire demander l'hospitalité, m'a singulièrement touché ; car, ajouta-t-il avec un léger sourire, je suis moi-même un peu sauvage.

» — Serais-tu, m'écriai-je aussitôt, ce généreux chef de la prière qui s'est intéressé à ma liberté et à celle de mes frères ? Puisse le grand Esprit te récompenser ! Je ne t'ai vu encore qu'un moment, mais je sens que je t'aime et te respecte déjà comme un sachem. »

Mon hôte, me prenant par la main, me fit asseoir avec lui auprès d'une table. On servit le pain et le vin, la force de l'homme. Les esclaves s'étant retirés pleins de vénération pour leur maître, je commençai à échanger les paroles de la confiance avec le serviteur des autels.

« Chactas, me dit-il, nous sommes nés dans des pays bien éloignés l'un de l'autre, mais croyez-vous qu'il y ait

[1] De livres, de papiers, etc. Une bibliothèque.

entre les hommes de grandes différences de vertus et con-séquemment de bonheur? »

Je lui répondis :

« Mon père, à te parler sans détour, je crois les hommes de ton pays plus malheureux que ceux du mien. Ils s'enor-gueillissent de leurs arts et rient de notre ignorance ; mais si toute la vie se borne à quelques jours, qu'importe que nous ayons accompli le voyage dans un petit canot d'écorce, ou sur une grande pirogue chargée de lianes et de ma-chines? Le canot même est préférable, car il voyage sur le fleuve le long de la terre où il peut trouver mille abris ; la pirogue européenne voyage sur un lac orageux où les ports sont rares, les écueils fréquents, et où souvent on ne peut jeter l'ancre, à cause de la profondeur de l'abîme.

» Les arts ne font donc rien à la félicité de la vie, et c'est là pourtant le seul point où vous paraissez l'emporter sur nous. J'ai été ce matin témoin d'un spectacle exécrable qui seul déciderait la question en faveur de mes bois. Je viens de frapper à la porte du riche et à celle du pauvre : les esclaves du riche m'ont repoussé ; le pauvre n'est lui-même qu'un esclave.

» Jusqu'à présent j'avais eu la simplicité de croire que je n'avais point encore vu ta nation ; ma dernière course m'a donné d'autres idées. Je commence à entrevoir que ce mé-lange odieux de rangs et de fortunes, d'opulence extraordi-naire et de privations excessives, de crime impuni et d'in-nocence sacrifiée, forme en Europe ce qu'on appelle la société. Il n'en est pas de même parmi nous : entre dans les huttes des Iroquois, tu ne trouveras ni grands, ni petits, ni riches, ni pauvres ; partout le repos du cœur et la liberté de l'homme. »

Ici, je fis le mieux qu'il me fut possible la peinture de notre bonheur, et je finis, comme à l'ordinaire, par inviter mon hôte à se faire sauvage.

Il m'avait écouté avec la plus grande attention : le tableau de notre félicité le toucha :

« Mon enfant, me dit-il, je me confirme dans ma pre-mière pensée : les hommes de tous les pays, quand ils ont

le cœur pur, se ressemblent, car c'est Dieu alors qui parle
en eux, Dieu qui est toujours le même. Le vice seul établit
entre nous des différences hideuses : la beauté n'est qu'une;
il y a mille laideurs. Si jamais je trace le tableau d'une vie
heureuse et sauvage, j'emploierai les couleurs sous lesquelles
vous me la venez de peindre.

» Mais, Chactas, je crains que dans vos opinions vous
n'apportiez un peu de préjugés, car les Indiens en ont
comme les autres hommes. Il arrive un temps où le genre
humain, trop multiplié, ne peut plus exister par la chasse :
il faut alors avoir recours à la culture. La culture entraîne
des lois; les lois, des abus. Serait-il raisonnable de dire qu'il
ne faut point de lois, parce qu'il y a des abus? Serait-il
sensé de supposer que Dieu a rendu la condition sociale la
pire de toutes, lorsque cette condition paraît être l'état universel des hommes?

» Ce qui vous blesse, sincère sauvage, ce sont nos travaux, l'inégalité de nos rangs; enfin cette violation du droit
naturel, qui fait que vous nous regardez comme des esclaves
infiniment malheureux : ainsi votre mépris pour nous tombe
en partie sur nos souffrances. Mais, mon fils, s'il existait
une félicité relative dont vous n'avez ni ne pouvez avoir aucune idée; si le laboureur à son sillon, l'artisan dans son
atelier, goûtaient des biens supérieurs à ceux que vous trouvez
dans vos forêts, il faudrait donc retrancher d'abord de votre
mépris tout ce que vous donnez de ce mépris à nos préten-
dues misères.

» Comment vous expliquerai-je ensuite ce sixième sens où
les cinq autres viennent se confondre, le sens des beaux-
arts? Les arts nous rapprochent de la Divinité; ils nous font
entrevoir une perfection au-dessus de la nature et qui n'existe
que dans notre intelligence. Si vous m'objectiez que les jouissances dont je parle sont vraisemblablement inconnues de la
classe indigente de nos villes, je vous répondrais qu'il est
d'autres plaisirs sociaux accordés à tous : ces plaisirs sont
ceux du cœur.

» Chez vous, les attachements de la famille ne sont fondés
que sur des rapports intéressés de secours accordés et rendus;

chez nous, la société change ces rapports en sentiments : on s'aime pour s'aimer ; on commerce d'âmes ; on arrive au bout de sa carrière à travers une vie pleine d'amour. Est-il un labeur pénible à celui qui travaille pour un père, une mère, un frère, une sœur ? Non, Chactas, il n'en est point ; et, tout considéré, il me semble que l'on peut tirer de la civilisation autant de bonheur que de l'état sauvage. L'or n'existe pas toujours sous sa forme primitive, tel qu'on le trouve dans les mines de votre Amérique : souvent il est façonné, filé, fondu en mille manières ; mais c'est toujours de l'or.

» La condition politique qui nous courbe vers la terre, qui oblige l'un à se sacrifier à l'autre, qui fait des pauvres et des riches, qui semble, en un mot, dégrader l'homme, est précisément ce qui l'élève : la générosité, la pitié céleste, l'amour véritable, le courage dans l'adversité, toutes ces choses divines sont nées de cette condition politique. Le citoyen charitable qui va chercher, pour la secourir, l'humanité souffrante dans les lieux où elle se cache, peut-il être un objet de mépris ? Le prêtre vertueux qui naguère trempait vos fers de ses larmes, sera-t-il frappé de vos dédains ? L'homme qui, pendant de longues années, a lutté contre le malheur, qui a supporté sans se plaindre toutes les sortes de misères, est-il moins admirable dans sa force que le prisonnier sauvage dont le mérite se réduit à braver quelques heures de tourments ?

» Si les vertus sont des émanations du Tout-Puissant ; si elles sont nécessairement plus nombreuses dans l'ordre social que dans l'ordre naturel, l'état de société qui nous rapproche davantage de la Divinité, est donc un état supérieur à celui de nature.

» Il est parmi nous d'ardents amis de leur patrie, des cœurs nobles et désintéressés, des courages magnanimes, des âmes capables d'atteindre à ce qu'il y a de plus grand. Songeons, quand nous voyons un misérable, non à ses haillons, non à son air humilié et timide, mais aux sacrifices qu'il fait, aux vertus quotidiennes qu'il est obligé de reprendre chaque matin avec ses pauvres vêtements, pour affronter les tempêtes de la journée! Alors, loin de le regarder comme un être vil, vous lui porterez respect. Et s'il existait dans la société un homme qui en possédât les vertus sans en avoir les vices, serait-ce à cet homme que vous oseriez comparer le sauvage? En paraissant tous les deux au tribunal du Dieu des chrétiens, du Dieu véritable, quelle serait la sentence du juge? Toi, dirait-il au sauvage, tu ne fis point de mal, mais tu ne fis point de bien. Qu'il passe à ma droite, celui qui vêtit l'orphelin, qui protégea la veuve, qui réchauffa le vieillard, qui donna à manger au Lazare, car c'est ainsi que j'en agis, lorsque j'habitais entre les hommes[1]. »

Ici le chef de la prière cessa de se faire entendre. Le miel distillait de ses lèvres; l'air se calmait autour de lui à mesure qu'il parlait. Ce qu'il faisait éprouver n'était pas des transports, mais une succession de sentiments paisibles et ineffables. Il y avait dans son discours je ne sais quelle tranquille harmonie, je ne sais quelle douce lenteur, je ne sais quelle langueur de grâces, qu'aucune expression ne peut rendre. Saisi de respect et d'amour, je me jetai aux pieds de ce bon génie.

« Mon père, lui dis-je, tu viens de faire de moi un nouvel homme. Les objets s'offrent à mes yeux sous des rapports qui m'étaient auparavant inconnus. O le plus vénérable des sachems! chaste et pure hermine des vieux chênes, que ne puis-je t'emmener dans mes forêts! Mais, je le sens, tu n'es pas fait pour habiter parmi des sauvages; ta place est chez un peuple où l'on peut admirer ton génie et jouir de tes vertus. Je vais bientôt rentrer dans les déserts du nouveau monde; je vais reprendre la vie errante de l'Indien; après avoir conversé avec ce qu'il y a de plus sublime dans la société, je vais entendre les paroles de ce qu'il y a de plus

---

[1] J'avais pris autrefois quelque chose de ce dernier paragraphe, pour le transporter dans un morceau littéraire, sur un Voyage de M. de Humboldt, que l'on peut voir dans les *Mélanges littéraires*. Je n'ai pas cru devoir retrancher cette vingtaine de lignes dans le récit de Chactas : elles se trouvent ici à leur véritable place.

simple dans la nature : mais quels que soient les lieux où le grand Esprit conduise mes pas, sous l'arbre, au bord du fleuve, sur le rocher, je me rappellerai tes leçons, et je tâcherai de devenir sage de ta sagesse.

» — Mon fils, me répondit mon hôte en me relevant, chaque homme se doit à sa patrie : mon devoir me retient sur ces bords pour y faire le peu de bien dont je suis capable; le vôtre est de retourner dans votre pays. Dieu se sert souvent de l'adversité comme d'un marchepied pour nous élever; il a permis contre vous une injustice afin de vous rendre meilleur. Partez, Chactas; allez retrouver votre cabane. Moins heureux que vous, je suis enchaîné dans un palais. Si je vous ai inspiré quelque estime, répandez-la sur ma nation, de même que je chéris la vôtre; devenez parmi vos compatriotes le protecteur des Français. N'oubliez pas que, tous tant que nous sommes, nous méritons plus de pitié que de mépris. Dieu a fait l'homme comme un épi de blé; sa tige est fragile, et se tourmente au moindre souffle, mais son grain est excellent.

» Souvenez-vous enfin, Chactas, que si les habitants de votre pays ne sont encore qu'à la base de l'échelle sociale, les Français sont loin d'être arrivés au sommet : dans la progression des lumières croissantes, nous paraîtrons nous-mêmes des barbares à nos arrière-neveux. Ne vous irritez donc point contre cette civilisation qui appartient à notre nature, contre une civilisation qui peut-être un jour, envahissant vos forêts, les remplira d'un peuple où la liberté de l'homme policé s'unira à l'indépendance de l'homme sauvage. »

Le chef de la prière se leva; nous marchâmes lentement vers la porte.

« Je ne suis pas ici chez moi, me dit-il ; je retourne au palais d'un prince dont l'éducation me fut confiée. Si je puis vous être utile, ne craignez pas de vous adresser à mon zèle; mais vous autres sauvages, vous avez peu de chose à demander aux rois. »

Je répondis :

« Ta bonté m'enhardit; je laisse en France un père qui

languit dans l'adversité. Demande son nom à toutes les infortunes soulagées, elles te diront qu'il s'appelle Lopez. »

A ces paroles, que je prononçai d'une voix altérée, un génie porta les larmes que j'avais aux yeux dans ceux de mon hôte. Cet hôte, plein de bonté, m'apprit que le chef de la prière qui visitait mes chaînes à Marseille, lui avait raconté les traverses de mon ami, et les liens qui m'unissaient à cet Espagnol ; que déjà Lopez était à l'abri de l'indigence, et qu'il retournerait bientôt riche et heureux dans sa vieille patrie. On avait même adouci le sort d'Honfroy, mon compagnon de boulet.

Ces mots inondèrent mon cœur d'un torrent de joie, et la vivacité de ma reconnaissance m'ôta la force de l'exprimer. Cependant l'homme miséricordieux avait tiré un cordon qui correspondait à un écho d'airain ; à la voix de cet écho, les esclaves accoururent, et nous conduisirent aux degrés de marbre. Là je dis un dernier adieu au pasteur des peuples ; je pleurais comme un Européen. Je brisai mon calumet en signe de deuil, et j'entonnai à demi-voix le chant de l'absence :

« Bénissez cette cabane hospitalière, ô génie des fleuves errants ! que l'herbe ne couvre jamais le sentier qui mène à ses portes jour et nuit ouvertes au voyageur ! »

Tandis que ma voix attendrie résonnait sous le vestibule, le prêtre, les yeux levés vers le ciel, offrait à Dieu sa prière. Les serviteurs tombèrent à genoux, et reçurent la bénédiction que le sacrificateur pacifique répandait sur moi. Alors, dans un grand désordre, je descendis précipitamment les degrés. Parvenu au dernier marbre, je levai la tête et j'aperçus mon hôte[1], qui, penché sur les fleurs de bronze, me suivait complaisamment de ses regards : bientôt il se retira comme s'il se sentait trop ému. Je restai quelque temps immobile dans l'espérance de le revoir, mais le retentissement des portes que j'entendis se fermer m'avertit qu'il était temps de m'arracher de ce lieu. Dans la cour, et sous les péristyles, une foule indigente attendait les bienfaits du maître

---

[1] Fénelon.

charitable : je joignis mes vœux à ceux que faisaient pour lui tant d'infortunés, et je sortis de cette cabane, plein de reconnaissance, d'admiration et d'amour.

Ononthio reçut enfin l'ordre de son départ et du nôtre. Nous quittâmes Paris pour nous rendre à un golfe du lac sans rivages [1]. Comme notre traîneau passait sur un pont d'où l'on découvrait la file prolongée des cabanes du grand village, je m'écriai :

« Adieu, terre des palais et des arts! adieu, terre sacrée où j'aurais voulu passer ma vie, si les tombeaux de mes ancêtres ne s'élevaient loin d'ici! »

Je me laissai retomber au fond du traîneau. Oui, mon fils, j'éprouvai de vifs regrets en quittant la France. Il y a quelque chose dans l'air de ton pays que l'on ne sent point ailleurs, et qui ferait oublier à un sauvage même ses foyers paternels.

Nous fîmes un voyage charmant jusqu'au port où nous attendaient les vaisseaux. Nous roulâmes d'abord sur des chaussées bordées d'arbres à perte de vue; ensuite nous descendîmes au bord d'un fleuve [2] qui coulait dans un vallon enchanté. On ne voyait que des laboureurs qui creusaient des sillons, ou des bergers qui paissaient des troupeaux. Là le vigneron effeuillait le cep sur une colline pierreuse; ici, le cultivateur appuyait les branches du pommier trop chargé; plus loin, des paysannes chassaient devant elles l'âne paresseux qui portait le lait et les fruits à la ville, tandis que des barques, traînées par de forts chevaux, rebroussaient le cours du fleuve. Des étrangers, des gens de guerre, des commerçants, allaient et venaient sur toutes les voies publiques. Les coteaux étaient couronnés de riants villages ou de châteaux solitaires. Les tours des cités apparaissaient dans les lointains; des fumées s'élevaient du milieu des arbres : on voyait se dérouler la brillante écharpe des campagnes, toute diaprée de l'azur des fleuves, de l'or des moissons, de la pourpre des vignes et de la verdure des prés et des bois.

Ononthio me disait :

[1] La mer. — [2] La Loire.

« Tu vois ici, Chactas, l'excuse des fêtes de Versailles :
dans toute l'étendue de la France, c'est la même richesse ;
les travaux seulement et les paysages diffèrent, car ce
royaume renferme dans son sein tout ce qui peut servir aux
délices de la vie. L'attention que l'œil du maître donne à
l'agriculture s'étend sur les autres parties de l'État. Nous
avons été chercher jusque dans les pays étrangers les hommes qui pouvaient faire fleurir le commerce et les manufactures. Ce roi qui t'a paru si superbe, si occupé de ses plaisirs, travaille laborieusement avec ses sachems ; il entre
jusque dans les moindres détails. Le plus petit citoyen lui
peut soumettre des plans et obtenir audience de lui : de la
même main qu'il protége les arts et fait céder l'Europe à nos
armes, il corrige les lois et introduit l'unité dans nos coutumes.

» Il est trois choses que les ennemis de ce siècle lui re-
prochent : le faste des monuments et des fêtes, l'excès des
impôts, l'injustice des guerres.

» Quant à nos fêtes, ce n'est pas aux Français à en faire
un crime à leur souverain : elles sont dans nos mœurs, et
elles ont contribué à imprimer à notre âge cette grandeur
que le temps n'effacera point. Nous sommes devenus la première nation du monde par nos édifices et par nos jeux,
comme le furent jadis, par les mêmes pompes, les habitants
d'un pays appelé la Grèce.

» Le reproche relatif à l'accroissement de l'impôt n'a aucun
fondement raisonnable : nul royaume ne paie moins à son
gouvernement, en proportion de sa fertilité, que la France.

» Il est malheureux qu'on ne puisse aussi facilement nous
justifier du reproche fait à notre ambition. Mais, belliqueux
sauvage, tu le sais, est-il beaucoup de guerres dont les
motifs soient équitables? Louis a révélé à la France le secret
de ses forces ; il a prouvé qu'elle se peut rire des ligues de
l'Europe jalouse. Après tout, les étrangers qui cherchent à
rabaisser notre gloire, doivent cependant ce qu'ils sont à
notre génie. Louis est moins le législateur de la France que
celui de l'Europe. Descendez sur les rivages d'Albion, pénétrez dans les forêts de la Germanie, franchissez les Alpes ou

les Pyrénées, partout vous reconnaîtrez qu'on a suivi nos édits pour la justice, nos règlements pour la marine, nos ordonnances pour l'armée, nos institutions pour la police des chemins et des villes : jusqu'à nos mœurs et nos habits, tout a été servilement copié. Telle nation qui, dans son orgueil, se vante aujourd'hui de ses établissements publics, en a emprunté l'idée à notre nation. Vous ne pouvez faire un pas chez les étrangers sans retrouver la France mutilée : Louis est venu après des siècles de barbarie, et il a créé le monde civilisé. »

Après six jours de voyage nous arrivâmes au bord de la grande eau salée. Nous passâmes une lune entière à attendre des vents favorables. Je contemplai avec étonnement ce port[1] qui venait d'être construit dans le lac qui marche[2], de même que j'avais vu cet autre port[3] du lac immobile[4], auquel le manitou de la nécessité m'avait contraint de travailler. Je visitai les arsenaux et les bassins; je n'eus pas moins de sujet d'admirer le génie de ta nation dans ces arts nouveaux pour elle, que dans ceux où depuis longtemps elle était exercée. Une activité générale régnait dans le port et dans la ville : on voyait sortir des vaisseaux qui emportaient des colonies aux extrémités du monde, en même temps que des flottes rapportaient à la France les richesses des terres les plus éloignées. Un matelot embrassait sa mère sur la grève, au retour d'une longue course; un autre recevait en s'embarquant les adieux de sa femme. Onze mille guerriers des troupes d'Areskoui[5], cent soixante-six mille enfants des mers, mille jeunes fils de vieux marins, instruits dans les hautes sciences de Michabou[6], cent quatre-vingt-dix-huit monstres nageant[7] qui vomissaient des feux par soixante bouches, trente galères dont je dois me souvenir, vous rendaient alors dominateurs des flots, comme vous étiez les maîtres de la terre.

Enfin le grand Esprit envoya le vent du milieu du jour qui nous était favorable : l'ordre du départ est proclamé;

---

[1] Rochefort. — [2] L'Océan. — [3] Toulon. — [4] La Méditerranée. — [5] Génie de la guerre. — [6] Génie de la mer. — [7] Vaisseaux de guerre.

on s'embarque en tumulte. De petits canots nous portent aux grands navires; nous arrivons sous leurs flancs; nous y demeurons quelque temps balancés par la lame grossie : nous montons sur les machines flottantes à l'aide de cordes qu'on nous jette. A peine avons-nous atteint le bord, que nos matelots, comme des oiseaux de la tempête, se répandent sur les vergues. La foudre [1], sortant du vaisseau d'O-nonthio, donne le signal au reste de la flotte : tous les vaisseaux, avec de longs efforts, arrachent leur pied d'airain [2] des vases tenaces. La double serre ne s'est pas plutôt déprise de la chevelure de l'abîme, qu'un mouvement se fait sentir dans le corps entier du vaisseau. Les bâtiments se couvrent de leurs voiles : les plus basses, déployées dans toute leur largeur, s'arrondissent comme de vastes cylindres; les plus élevées, comprimées dans leur milieu, ressemblent aux mamelles gonflées d'une jeune mère. Le pavillon sans tache de la France se déroule sur les haleines harmonieuses du matin. Alors de la flotte épandue s'élève un chœur qui salue, par trois cris d'amour, les rivages de la patrie. A ce dernier signal, nos coursiers marins déploient leurs dernières ailes, s'animent d'un souffle plus impétueux, et, s'excitant mutuellement dans la carrière, ils labourent à grand bruit le champ des mers.

Les transports de la joie ne descendirent point dans mon cœur à ce départ de la contrée des mille cabanes. J'avais perdu Atala; je quittais Lopez; le pays des belliqueuses nations du Canada n'était pas celui qui m'avait vu naître : sorti presque enfant de la terre des sassafras, que retrouverais-je dans la hutte de mes aïeux, si jamais les génies bienfaisants me permettaient de rentrer sous son écorce?

La scène imposante que j'avais sous les yeux servait à nourrir ma mélancolie : je ne pouvais me rassasier du spectacle de l'Océan. Ma retraite favorite, lorsque je voulais méditer durant le jour, était la cabane grillée [3] du grand mât de notre navire, où je montais et m'asseyais, dominant les vagues au-dessous de moi. La nuit, renfermé dans ma cou-

---

[1] Le canon. — [2] L'ancre. — [3] La hune.

che étroite, je prêtais l'oreille au bruit de l'eau qui coulait le long du bord : je n'avais qu'à déployer le bras pour atteindre de mon lit à mon cercueil.

Cependant le cristal des eaux que nous avaient donné les rochers de la France commençait à s'altérer. On résolut d'aborder aux iles non loin desquelles les vaisseaux se trouvaient alors. Nous saluons les génies de ces terres propices; nous laissons derrière nous Fayal enivrée de ses vins, Tercère aux moissons parfumées, Santa-Crux qui ignore les forêts, et Pico dont la tête porte une chevelure de feu. Comme une troupe de colombes passagères, notre flotte vient ployer ses ailes sous les rivages de la plus solitaire des filles de l'Océan.

Quelques marins étant descendus à terre, je les suivis; tandis qu'ils s'arrêtaient au bord d'une source, je m'égarai sur les grèves et je parvins à l'entrée d'un bois de figuiers sauvages : la mer se brisait en gémissant à leurs pieds, et dans leurs cimes on entendait le sifflement aride du vent du nord. Saisi de je ne sais quelle horreur, je pénètre dans l'épaisseur de ce bois, à travers les sables blancs et les joncs stériles. Arrivé à l'extrémité opposée, mes yeux découvrent une statue portée sur un cheval de bronze : de sa main droite, elle montrait les régions du couchant[1].

J'approche de ce monument extraordinaire. Sur sa base baignée de l'écume des flots étaient gravés des caractères inconnus : la mousse et le salpêtre des mers rongeaient la surface du bronze antique; l'alcyon perché sur le casque du colosse y jetait, par intervalles, des voix langoureuses; des coquillages se collaient aux flancs et aux crins du coursier, et lorsqu'on approchait l'oreille de ses naseaux ouverts, on croyait ouïr des rumeurs confuses. Je ne sais si jamais rien de plus étonnant s'est présenté à la vue et à l'imagination d'un mortel.

Quel dieu ou quel homme éleva ce monument? Quel siècle, quelle nation le plaça sur ces rivages? qu'enseigne-t-il par sa main déployée? Veut-il prédire quelque grande révo-

[1] Tradition historique.

lution sur le globe, laquelle viendra de l'Occident! Est-ce le génie même de ces mers qui gardent son empire et menace quiconque oserait y pénétrer?

A l'aspect de ce monument qui m'annonçait un noir océan de siècles écoulés, je sentis l'impuissance et la rapidité des jours de l'homme. Tout nous échappe dans le passé et dans l'avenir; sortis du néant pour arriver au tombeau, à peine connaissons-nous le moment de notre existence.

Je m'empressai de retourner aux vaisseaux, et de raconter à Ononthio la découverte que j'avais faite. Il se préparait à visiter avec moi cette merveille, mais une tempête s'éleva, et la flotte fut obligée de gagner la haute mer.

Bientôt cette flotte est dispersée. Demeuré seul et chassé par le souffle du midi, notre vaisseau, pendant douze nuits entières, vole sur les vagues troublées. Nous arrivons dans ces parages où Michabou fait paître ses innombrables troupeaux[1]. Une brume froide et humide enveloppe la mer et le ciel; les flots glapissent dans les ténèbres : un bourdonnement continu sort des cordages du vaisseau, dont toutes les voiles sont ployées; la lame couvre et découvre sans cesse le pont inondé; des feux sinistres voltigent sur les vergues, et, en dépit de nos efforts, la houle qui grossit nous pousse sur l'île des Esquimaux [2].

J'avais, ô mon fils, été coupable d'un souhait téméraire : j'avais appelé de mes vœux le spectacle d'une tempête. Qu'il est insensé celui qui désire être témoin de la colère des génies! Déjà nous avions été le jouet des mers, autant de jours qu'un étranger peut en passer dans une cabane, avant que son hôte lui demande le nom de ses aïeux : le soleil avait disparu pour la sixième fois. La nuit était horrible : j'étais couché dans mon hamac agité; je prêtais l'oreille aux coups des vagues qui ébranlaient la structure du vaisseau : tout à coup j'entends courir sur le pont, et des paquets de cordages tomber; j'éprouve en même temps le mouvement que l'on ressent lorsqu'un vaisseau vire de bord. Le couvercle de l'entre-pont s'ouvre et une voix appelle le capi-

---

[1] Le banc de Terre-Neuve. — [2] Terre-Neuve.

taine. Cette voix solitaire au milieu de la nuit et de la tempête avait quelque chose qui faisait frémir. Je me dresse sur ma couche ; il me semble ouïr des marins discutant le gisement d'une terre que l'on avait en vue. Je monte sur le pont : Ononthio et les passagers s'y trouvaient déjà rassemblés.

En mettant la tête hors de l'entre-pont, je fus frappé d'un spectacle affreux, mais sublime. A la lueur de la lune qui sortait de temps en temps des nuages, on découvrait sur les deux bords du navire, à travers une brume jaune et immobile, des côtes sauvages. La mer élevait ses flots comme des monts dans le canal où nous étions engouffrés. Tantôt les vagues se couvraient d'écume et d'étincelles ; tantôt elles n'offraient plus qu'une surface huileuse, marbrée de taches noires, cuivrées ou verdâtres, selon la couleur des bas-fonds sur lesquels elles mugissaient : quelquefois une lame monstrueuse venait roulant sur elle-même sans se briser, comme une mer qui envahirait les flots d'une autre mer. Pendant un moment le bruit de l'abîme et celui des vents étaient confondus ; le moment d'après on distinguait le fracas des courants, le sifflement des récifs, la triste voix de la lame lointaine. De la concavité du bâtiment sortaient des bruits qui faisaient battre le cœur au plus intrépide. La proue du navire coupait la masse épaisse des vagues avec un froissement affreux ; et au gouvernail, des torrents d'eau s'écoulaient en tourbillonnant comme au débouché d'une écluse. Au milieu de ce fracas, rien n'était peut-être plus alarmant qu'un murmure sourd, pareil à celui d'un vase qui se remplit.

Cependant des cartes, des compas, des instruments de toutes les sortes, étaient étendus à nos pieds. Chacun parlait diversement de cette terre où était assis sur un cercueil le génie du naufrage. Le pilote déclara que le naufrage était inévitable. Alors l'aumônier du vaisseau lut à haute voix la prière qui porte, dans un tourbillon, l'âme du marin au Dieu des tempêtes. Je remarquai que des passagers allaient chercher ce qu'ils avaient de plus précieux pour le sauver, l'espérance est comme la montagne Bleue dans les Florides :

de ses hauts sommets le chasseur découvre un pays enchanté, et il oublie les précipices qui l'en séparent. Moi et les autres chefs sauvages, nous prîmes un poignard pour nous défendre, et un fer tranchant pour couper un arc et tailler une flèche. Hors la vie, qu'avions-nous à perdre? Le flot qui nous jetait sur une côte inhabitée nous rendait à notre bonheur : l'homme nu saluait le désert et rentrait en possession de son empire.

Il plut à la souveraine Sagesse de sauver le vaisseau, mais la même vague qui le poussa hors des écueils, emporta l'un de ses mâts et me jeta dans l'abîme : j'y tombai comme un oiseau de mer qui se précipite sur sa proie. En un clin d'œil le vaisseau, chassé par les vents, parut à une immense distance de moi ; il ne pouvait s'arrêter sans s'exposer une seconde fois au naufrage, et il fut contraint de m'abandonner. Perdant tout espoir de le rejoindre, je commençai à nager vers la côte éloignée.

LIVRE HUITIÈME.

Les premiers pas du matin s'étaient imprimés en taches rougeâtres dans les nuages de la tempête, lorsque couvert de l'écume des flots j'abordai au rivage. Courant sur des limons verdis, tout hérissés des pyramides de l'insecte des sables, je me dérobe à la fureur du génie des eaux. A quelque distance s'offrait une grotte dont l'entrée était fermée par des framboisiers. J'écarte les broussailles et pénètre sous la voûte du rocher où je fus agréablement surpris d'entendre couler une fontaine. Je puisai de l'eau dans le creux de ma main, et faisant une libation : « Qui que tu sois, m'écriai-je, manitou de cette grotte, ne repousse pas un suppliant que le grand Esprit a jeté sur tes rivages ; que cette malédiction du ciel ne t'irrite pas contre un infortuné. Si jamais je revois la terre des sassafras, je te sacrifierai deux jeunes corbeaux dont les ailes seront plus noires que celles de la nuit. »

Après cette prière, je me couchai sur des branches de pin : épuisé de fatigue, je m'endormis aux soupirs du Sommeil qui baignait ses membres délicats dans l'eau de la fontaine.

A l'heure où le fils des cités, couvert d'un riche manteau, se livre aux joies d'un festin servi par la main de l'abondance, je me réveillai dans ma grotte solitaire. En proie aux attaques de la faim, je me lève : comme un élan échappé à la flèche du chasseur croit bientôt retourner à ses forêts ; près de rentrer sous leur ombrage, il rencontre une autre troupe de guerriers qui l'écartent avec des cris et le poursuivent de nouveau sur les montagnes : ainsi j'étais éloigné de ma patrie par les traits de la fortune.

A l'instant où je sortais de la grotte, un ours blanc se présente pour y entrer, je recule quelques pas et tire mon poignard. Le monstre, poussant un mugissement, me menace de ses serres énormes, de son museau noirci et de ses yeux sanglants : il se lève et me saisit dans ses bras comme un lutteur qui cherche à renverser son adversaire. Son haleine me brûle le visage, la faim de ses dents est prête à se rassasier de ma chair ; il m'étouffe dans ses embrassements ; aussi facilement qu'ils ouvrent un coquillage au bord de la mer, ses ongles vont séparer mes épaules. J'invoque le manitou de mes pères ; et, de la main qui me reste libre, je plonge mon poignard dans le cœur de mon ennemi. Les bras du monstre se relâchent ; il abandonne sa proie, s'affaisse, roule à terre, expire.

Plein de joie, j'assemble des mousses et des racines à l'entrée de ma grotte. Deux cailloux me donnent du feu ; j'allume un bûcher dont la flamme et la fumée s'élèvent au-dessus des bois. Je dépouille la victime, je la mets en pièces, je brûle les filets de la langue et les portions consacrées aux génies : je prends soin de ne point briser les os, et je fais rôtir les morceaux les plus succulents. Je m'assieds sur des pierres polies par la douce lime des eaux ; je commence un repas avec l'hostie de la destinée, avec des cres-

sons piquants et des mousses de roches aussi tendres que les
entrailles d'un jeune chevreuil. La solitude de la terre et de
la mer était assise à ma table : je découvrais à l'horizon,
non sans une sorte d'agréable tristesse, les voiles du vaisseau
où j'avais fait naufrage.

L'abondance ayant chassé la faim, et la nuit étant revenue
sur la terre, je me retirai de nouveau au fond de l'antre,
avec la fourrure du monstre que j'avais terrassé. Je remerciai le grand Esprit qui m'avait fait sauvage, et qui me
donnait dans ce moment tant d'avantages sur l'homme
policé. Mes pieds étaient rapides, mon bras vigoureux, ma
vie habituée aux déserts : un génie ami des enfants, le Sommeil, fils de l'Innocence et de la Nuit, ferma mes yeux, et
je bus le frais sumac du Meschacebé dans la coupe dorée
des Songes.

Les sifflements du courlis et le cri de la barnache perchée
sur les framboisiers de la grotte m'annoncèrent le retour du
matin : je sors. Je suspends par des racines de fraisiers les
restes de la victime à mes épaules ; j'arme mon bras d'une
branche de pin ; je me fais une ceinture de joncs où je
place mon poignard, et, comme un lion marin, je m'avance
le long des flots.

Pendant mon séjour chez les Cinq-Nations iroquoises le
commerce et la guerre m'avaient conduit chez les Esquimaux,
et j'avais appris quelque chose de la langue de ce peuple.
Je savais que l'île [1] de mon naufrage s'approchait, dans la
région de l'étoile immobile [2], des côtes du Labrador : je
cherchai donc à remonter vers ce détroit.

Je marchai autant de nuits qu'une jeune femme, qui n'a
point encore nourri de premier-né, reste dans le doute sur
le fruit que son sein a conçu : craignant de tromper son
époux, elle ne confie ses tendres espérances qu'à sa mère;
mais aux défaillances de cette femme, annonces mystérieuses
de l'homme, à son secret qui éclate dans ses regards, le
père devine son bonheur, et, tombant à genoux, offre au
grand Esprit son fils à naître.

[1] Terre-Neuve. — [2] Étoile polaire.

Je traversai des vallées de pierres revêtues de mousse, et au fond desquelles coulaient des torrents d'eau demi-glacée · des bouquets de framboisiers, quelques bouleaux, une multitude d'étangs salés couverts de toutes sortes d'oiseaux de mer, variaient la tristesse de la scène. Ces oiseaux me procuraient une abondante nourriture, et des fraises, des oseilles, des racines ajoutaient à la délicatesse de mes banquets.

Déjà mes pas étaient arrivés au détroit des tempêtes. Les côtes du Labrador se montraient quelquefois par-delà les flots au coucher et au lever du soleil. Dans l'espoir de rencontrer quelque navigateur, je cheminais le long des grèves; mais lorsque j'avais franchi des caps orageux, je n'apercevais qu'une suite de promontoires aussi solitaires que les premiers.

Un jour j'étais assis sous un pin : les flots étaient devant moi ; je m'entretenais avec les vents de la mer et les tombeaux de mes ancêtres. Une brise froide s'élève des régions du nord, et un reflet lumineux voltige sous la voûte du ciel. Je découvre une montagne de glace flottante ; poussée par le vent, elle s'approche de la rive. Manitou du foyer de ma cabane ! dites quel fut mon étonnement lorsqu'une voix, sortant de l'écueil mobile, vint frapper mon oreille. Cette voix chantait ces paroles, dans la langue des Esquimaux :

« Salut, esprit des tempêtes, salut, ô le plus beau des fils de l'Océan !

» Descends de ta colline où l'importun soleil ne luit jamais, descends, charmante Élina ! Embarquons-nous sur cette glace. Les courants nous emportent en pleine mer ; les loups marins viennent se livrer à l'amour sur la même glace que nous.

» Sois-moi propice, esprit des tempêtes, ô le plus beau des fils de l'Océan !

» Élina, je darderai pour toi la baleine ; je te ferai un bandeau pour garantir tes beaux yeux de l'éclat des neiges ; je te creuserai une demeure sous la terre pour y habiter avec un feu de mousse ; je te donnerai trente tuniques impénétrables aux eaux de la mer. Viens sur le sommet de notre rocher flottant. Nos amours y seront enchaînées par les vents, au milieu des nuages et de l'écume des flots.

» Salut, esprit des tempêtes, ô le plus beau des fils de l'Océan ! »

Tel était ce chant extraordinaire. Couvrant mes yeux de ma main, et jetant dans les flots une partie de mon vêtement, je m'écriai : « Divinité de cette mer dont je viens d'entendre la voix, soyez-moi propice; favorisez mon retour. » Aucune réponse ne sortit de la montagne qui vint s'échouer sur les sables à quelque distance du lieu où j'étais assis.

J'en vis bientôt descendre un homme et une femme vêtus de peaux de loups marins. Aux caresses qu'ils prodiguaient à un enfant, je les reconnus pour mari et femme. Ainsi l'a voulu le grand Esprit; le bonheur est de tous les peuples et de tous les climats : le misérable Esquimau, sur son écueil de glace est aussi heureux que le monarque européen sur son trône; c'est le même instinct qui fait palpiter le cœur des mères et des amantes dans les neiges du Labrador et sur le duvet des cygnes de la Seine.

Je dirige mes pas vers la femme, dans l'espérance que l'homme accourrait au secours de son épouse et de son enfant. L'esprit qui m'inspira cette pensée ne trompa point mon attente. Le guerrier s'avance vers moi avec fureur : il était armé d'un javelot surmonté d'une dent de vache marine : ses yeux sanglants étincelaient derrière ses ingénieuses lunettes; sa barbe rousse, se joignant à ses cheveux noirs, lui donnait un air affreux. J'évite les premiers coups de mon adversaire, et, m'élançant sur lui, je le terrasse.

Élina, arrêtée à quelque distance, faisait éclater les signes de la plus vive douleur; ses genoux fléchirent; elle tomba sur le rocher. Comme le pois fragile qui s'élève autour de la gerbe de maïs, sa fleur délicate se marie au blé robuste, et joint ainsi la grâce à la vie utile de son époux; mais si la pierre tranchante de l'Indienne vient à moissonner l'épi, l'humble pois qu'une tige amie ne soutient plus, s'affaisse et couvre de ses grappes fanées le sol qui l'a vu naître : ainsi la jeune sauvage était tombée sur la terre. Elle tenait embrassé son fils, tendre fleur de son sein.

Je rassure l'Esquimau vaincu ; je le caresse en passant la main sur ses bras, comme un chasseur encourage l'animal fidèle qui le guide au fond des bois ; l'Esquimau se relève à demi, et presse mes genoux en signe de reconnaissance et de faiblesse. Dans cette attitude il n'avait rien de rampant à la manière de l'Europe : c'était l'homme obéissant à la nécessité.

La femme revient de son évanouissement. Je l'appelle. Elle fait un pas vers nous, fuit, revient, et, toujours resserrant le cercle, s'approche de plus en plus de son maître et de son mari. Bientôt elle met les mains à terre et s'avance ainsi jusqu'à mes pieds. Je prends l'enfant qu'elle portait sur son dos ; je lui prodigue des caresses : ces caresses apprivoisèrent tellement la mère de l'enfant, qu'elle se mit à bondir de joie à mes côtés. Lorsqu'un guerrier emporte dans ses bras un chevreau qu'il a trouvé sur la montagne, la mère, traînant ses longues mamelles, et surmontant sa frayeur, suit avec de doux bêlements le ravisseur qu'elle semble craindre d'irriter contre le jeune hôte des forêts.

Aussitôt que l'Esquimau eut reconnu mon droit de force, il devint aussi soumis qu'il s'était montré intraitable. Je descendis la côte avec mes deux nouveaux sujets, et je leur fis entendre que je voulais passer au Labrador.

L'Esquimau va prendre sur le rocher de glace des peaux de loup marin que je n'avais pas aperçues ; il les étend avec des barbes de baleine ; il en forme un long canot ; il recouvre ce canot d'une peau élastique. Il se place au milieu de cette espèce d'outre, et m'y fait entrer avec sa femme et son enfant : refermant alors la peau autour de ses reins, semblable à Michabou lui-même, il gourmande les mers.

Un traîneau parti du grand village de tes pères, au moment où nous quittâmes l'île du naufrage, n'aurait atteint le palais de tes rois qu'après notre arrivée aux rivages du Labrador. C'était l'heure où les coquillages des grèves s'entr'ouvrent au soleil, et la saison où les cerfs commencent à

changer de parure. Les génies me préparaient encore une
nouvelle destinée : je commandais ; j'allais servir.

Nous ne tardâmes pas à rencontrer un parti d'Esquimaux.
Ces guerriers, sans s'informer des arbres de mon pays, ni
du nom de ma mère, me chargèrent de l'attirail de leurs
pêches, et me contraignirent d'entrer dans un grand canot.
Ils armèrent mon bras d'une rame, comme si depuis longtemps leurs manitous eussent été en alliance avec les miens,
et nous montâmes le long des rochers du Labrador.

Les deux époux naguère mes esclaves s'étaient embar-
qués avec nous ; ils ne me donnèrent pas la moindre marque
de pitié ou de reconnaissance : ils avaient cédé à mon pouvoir ; ils trouvaient tout simple que je subisse le leur ; au
plus fort l'empire, au plus faible l'obéissance.

Je me résignai à mon sort.

Nous arrivâmes à une contrée où le soleil ne se couchait
plus. Pâle et élargi, cet astre tournait tristement autour
d'un ciel glacé ; de rares animaux erraient sur des montagnes
inconnues. D'un côté s'étendaient des champs de glaces
contre lesquels se brisait une mer décolorée ; de l'autre,
s'élevait une terre hâve et nue qui n'offrait qu'une morne
succession de baies solitaires et de caps décharnés. Nous
cherchions quelquefois un asile dans des trous de rochers,
d'où les aigles marins s'envolaient avec de grands cris.
J'écoutais alors le bruit des vents répétés par les échos de
la caverne, et le gémissement des glaces qui se fendaient
sur la rive.

Et cependant, mon jeune ami, il est quelquefois un
charme à ces régions désolées. Rien ne te peut donner une
idée du moment où le soleil, touchant la terre, semblait
rester immobile, et remontait ensuite dans le ciel, au lieu
de descendre sous l'horizon. Les monts revêtus de neige,
les vallées tapissées de la mousse blanche que broutent les
rennes, les mers couvertes de baleines et semées de glaces
flottantes, toute cette scène, éclairée comme à la fois par
les feux du couchant et par la lumière de l'aurore, brillait
des plus tendres et des plus riches couleurs : on ne savait
si on assistait à la création ou à la fin du monde. Un petit

oiseau, semblable à celui qui chante la nuit dans tes bois, faisait entendre un ramage plaintif. L'amour amenait alors le sauvage Esquimau sur le rocher où l'attendait sa compagne : ces noces de l'homme aux dernières bornes de la terre n'étaient ni sans pompe ni sans félicité.

Mais bientôt à une clarté perpétuelle succéda une nuit sans fin. Un soir le soleil se coucha et ne se leva plus. Une aurore stérile, qui n'enfanta point l'astre du jour, parut dans le septentrion. Nous marchions à la lueur du météore dont les flammes mouvantes et livides s'attachaient à la voûte du ciel comme à une surface onctueuse.

Les neiges descendirent ; les daims, les carribous, les oiseaux même disparurent : on voyait tous ces animaux passer et retourner vers le midi ; rien n'était triste comme cette migration qui laissait l'homme seul. Quelques coups de foudre qui se prolongeaient dans des solitudes où aucun être animé ne les pouvait entendre, semblèrent séparer les deux scènes de la vie et de la mort. La mer fixa ses flots ; tout mouvement cessa, et au bruit des glaces brisées succéda un silence universel.

Aussitôt mes hôtes s'occupèrent à bâtir des cabanes de neige : elles se composaient de deux ou trois chambres qui communiquaient ensemble par des espèces de portes abaissées. Une lampe de pierre, remplie d'huile de baleine et dont la mèche était faite d'une mousse séchée, servait à la fois à nous réchauffer et à cuire la chair des veaux marins. La voûte de ces grottes sans air fondait en gouttes glacées ; on ne pouvait vivre qu'en se pressant les uns contre les autres, et en s'abstenant, pour ainsi dire, de respirer. Mais la faim nous forçait encore de sortir de ces sépulcres de frimas : il fallait aller aux dernières limites de la mer gelée épier les troupeaux de Michabou.

Mes hôtes avaient alors des joies si sauvages, que j'en étais moi-même épouvanté. Après une longue abstinence, avions-nous dardé un phoque, on le traînait sur la glace : la matrone la plus expérimentée montait sur l'animal palpitant, lui ouvrait la poitrine, lui arrachait le foie, et en buvait l'huile avec avidité. Tous les hommes, tous les enfants se jetaient sur la proie, la déchiraient avec les dents, dévoraient les chairs crues; les chiens, accourus au banquet, en partageaient les restes, et léchaient le visage ensanglanté des enfants. Le guerrier vainqueur du monstre recevait une part de la victime plus grande que celle des autres; et lorsque, gonflé de nourriture, il ne se pouvait plus repaître, sa femme, en signe d'amour, le forçait encore d'avaler d'horribles lambeaux qu'elle lui enfonçait dans la bouche. Il y avait loin de là, René, à ma visite au palais de tes rois, et au souper chez l'élégante Ikouessen.

Un chef des Esquimaux vint à mourir; on le laissa auprès de nous, dans une des chambres de la hutte où l'humidité causée par les lampes amena la dissolution du corps. Les ossements humains, ceux des dogues et les débris des poissons, étaient jetés à la porte de nos cabanes; l'été fondant le tombeau de glace qui croissait autour de ces dépouilles, les laissait pêle-mêle sur la terre.

Un jour nous vîmes arriver sur un traîneau, que tiraient six chiens à longs poils, une famille alliée à celle dont j'étais l'esclave. Cette famille retourna bientôt après aux lieux d'où elle était venue; mon maître l'accompagna et m'ordonna de le suivre.

La tribu d'Esquimaux chez laquelle nous arrivâmes n'habitait point, comme la nôtre, dans des cabanes de neige; elle s'était retirée dans une grotte dont on fermait l'ouverture avec une pierre. Comme on voit, au commencement de la lune voyageuse, des corneilles se réunir en bataillons dans quelque vallée, ou comme des fourmis se retirent sous une racine de chêne, ainsi cette nombreuse tribu d'Esquimaux était réfugiée dans le souterrain.

Je fis le tour de la salle, pour chercher quelques vieillards qui sont la mémoire des peuples : le grand Esprit lui-même doit sa science à son éternité. Je remarquai un homme âgé, dont la tête était enveloppée dans la dépouille d'une bête sauvage. Je le saluai en lui disant :

« Mon père ! »

Ensuite j'ajoutai :

« Tu as beaucoup honoré tes parents, car je vois que le

ciel t'a accordé une longue vie. En faveur de mon respect pour tes aïeux, permets-moi de m'asseoir sur la natte à tes côtés. Si je savais où une douce mort a déposé les os de tes pères, je te les aurais apportés pour te réjouir. »

Le vieillard souleva son bonnet de peau d'ours, et me regarda quelque temps, en méditant sa réponse. Non, le bruit des ailes de la cigogne qui s'élève d'un bocage de magnolias dans le ciel des Florides est moins délicieux à l'oreille d'une vierge, que ne le furent pour moi les paroles de cet homme, lorsque je retrouvai sur ses lèvres, dans l'antre des affreux Esquimaux, le langage du prêtre divin des bords de la Seine.

« Je suis fils de la France, me dit le vieillard : lorsque nous enlevâmes aux enfants d'Albion les forts bâtis aux confins du Labrador, je suivais le brave d'Iberville. Ma tendresse pour une jeune fille des mers me retint dans ces régions désolées, où j'ai adopté les mœurs et la vie des aïeux de celle que j'aimais. »

Tels que dans les puits des savanes d'Atala, on voit sortir des canaux souterrains, l'habitant des ondes, brillant étranger que l'amour a égaré loin de sa patrie, ainsi, ô grand Esprit! tu te plais à conduire les hommes par des chemins qui ne sont connus que de ta providence. René, on trouve les guerriers de ton pays chez tous les peuples : les plus civilisés des hommes, ils en deviennent, quand ils le veulent, les plus barbares. Ils ne cherchent point à nous policer, nous autres sauvages; ils trouvent plus aisé de se faire sauvages comme nous. La solitude n'a point de chasseurs plus adroits, de combattants plus intrépides; on les a vus supporter les tourments du cadre de feu [1] avec la fortitude des Indiens mêmes, et malheureusement devenir aussi cruels que leurs bourreaux. Serait-ce que le dernier degré de la civilisation touche à la nature! Serait-ce que le Français possède une sorte de génie universel qui le rend propre à toutes les vies, à tous les climats ? Voilà ce que pourrait

---

[1] Les tourments qu'on fait subir aux prisonniers de guerre.

seule décider la sagesse du père Aubry, ou du chef de la prière [1] qui corrigea l'orgueil de mon ignorance.

Je passai la saison des neiges dans la société du vieillard demi-sauvage, à m'instruire de tout ce qui regardait les lois ou plutôt les mœurs des peuples au milieu desquels j'habitais.

L'hiver finissait ; la lune avait regardé trois mois, du haut des airs, les flots fixes et muets qui ne réfléchissaient point son image. Une pâle aurore se glissa dans les régions du midi, et s'évanouit : elle revint, s'agrandit et se colora. Un Esquimau, envoyé à la découverte, nous apprit, un matin, que le soleil allait paraître ; nous sortîmes en foule du souterrain pour saluer le père de la vie. L'astre se montra un moment à l'horizon, mais il se replongea soudain dans la nuit, comme un juste qui, élevant sa tête rayonnante du séjour des morts, se recoucherait dans son tombeau à la vue de la désolation de la terre : nous poussâmes un cri de joie et de deuil.

Le soleil parcourut peu à peu un plus long chemin dans le ciel. Des brouillards couvrirent la terre et la mer. La surface solide des fleuves se détacha des rivages ; on entendit pour premier bruit le cri d'un oiseau ; ensuite quelques ruisseaux murmurèrent : les vents retrouvèrent la voix. Enfin les nuages amassés dans les airs crevèrent de toutes parts. Les cataractes d'une eau troublée se précipitèrent des montagnes ; des monceaux de neige tombèrent avec fracas des rocs escarpés : le vieil Océan, réveillé au fond de ses abîmes, rompit ses chaînes, secoua sa tête hérissée de glaçons, et, vomissant les flots renfermés dans sa vaste poitrine, répandit sur ses rivages les marées mugissantes.

A ce signal les pêcheurs du Labrador quittèrent leur caverne et se dispersèrent : chaque couple retourna à sa solitude pour bâtir son nouveau nid et chanter ses nouvelles amours. Et moi, me dérobant par la fuite à mon maître, je m'avançai vers les régions du midi et du couchant, dans l'espoir de rencontrer les sources de mon fleuve natal.

---

[1] Fénelon.

Après avoir traversé d'immenses déserts et vécu quelques années chez des hordes errantes, j'arrivai chez les Sioux, hommes chéris des génies pour leur hospitalité, leur justice, leur piété et pour la douceur de leurs mœurs.

Ces peuples habitent des prairies entre les eaux du Missouri et du Meschacebé, sans chef et sans loi ; ils paissent de nombreux troupeaux dans les savanes.

Aussitôt qu'ils apprirent l'arrivée d'un étranger, ils accoururent et se disputèrent le bonheur de me recevoir. Nadoué, qui comptait six garçons et un grand nombre de gendres, obtint la préférence : on déclara qu'il la méritait comme le plus juste des Sioux et le plus heureux par sa couche. Je fus introduit dans une tente de peaux de buffle, ouverte de tous côtés, supportée par quatre piquets, et dressée au bord d'un courant d'eau. Les autres tentes, sous lesquelles on apercevait les joyeuses familles, étaient distribuées çà et là dans les plaines.

Après que les femmes eurent lavé mes pieds, on me servit de la crème de noix et des gâteaux de malomines. Mon hôte ayant fait des libations de lait et d'eau de fontaine au paisible Tébée, génie pastoral de ces peuples, conduisit mes pas à un lit d'herbe, recouvert de la toison d'une chèvre. Accablé de lassitude, je m'endormis aux bruits des vœux de la famille hospitalière, aux chants des pasteurs, et aux rayons du soleil couchant, qui, passant horizontalement sous la tente, fermèrent avec leurs baguettes d'or mes paupières appesanties.

Le lendemain je me préparai à quitter mes hôtes ; mais il me fut impossible de m'arracher à leurs sollicitations. Chaque famille me voulut donner une fête. Il fallut raconter mon histoire que l'on ne se lassait point d'entendre et de me faire répéter.

De toutes les nations que j'ai visitées, celle-ci m'a paru la plus heureuse : ni misérable comme le pêcheur du Labrador, ni cruel comme le chasseur du Canada, ni esclave comme jadis le Natchez, ni corrompu comme l'Européen, le Sioux réunit tout ce qui est désirable chez l'homme sauvage et chez l'homme policé. Ses mœurs sont douces comme les

plantes dont il se nourrit; il fuit les hivers, et, s'attachant
au printemps, il conduit ses troupeaux de prairie en prairie :
ainsi la voyageuse des nuits, la lune, semble garder dans
les plaines du ciel les nuages qu'elle mène avec elle; ainsi
l'hirondelle suit les fleurs et les beaux jours; ainsi la jeune
fille, dans ses gracieuses chimères, laisse errer ses pensées
de rivages en rivages et de félicités en félicités.

Je pressais mon hôte de me permettre de retourner à la
cabane de mes aïeux. Un matin, au lever du soleil, je fus
étonné de voir tous les pasteurs rassemblés. Nadoué se présente à moi avec deux de ses fils, et me conduit au milieu
des anciens : ils étaient assis en cercle à l'ombre d'un petit
bocage d'où l'on découvrait toute la plaine. Les jeunes gens
se tenaient debout autour de leurs pères.

Nadoué prit la parole et me dit :

« Chactas, la sagesse de nos vieillards a examiné ce qu'il
y avait de mieux pour la nation des Sioux. Nous avons vu
que le manitou de nos foyers n'allait point avec nous aux
batailles, et qu'il nous livrait à l'ennemi, car nous ignorons
les arts de la guerre. Or, vous avez le cœur droit; l'expérience des hommes a rempli votre âme d'excellentes choses :
soyez notre chef, défendez-nous; régnez avec la justice. Nous
quitterons pour vous les coutumes des anciens jours; nous
cesserons de former des familles isolées; nous deviendrons
un peuple : par là vous acquerrez une gloire immortelle.

» Or voici ce que nous ferons : vous choisirez la plus
belle des filles des Sioux. Chaque famille vous offrira quatre
génisses de trois ans avec un fort taureau, sept chèvres
pleines, cinquante autres donnant déjà une grande abondance de lait, et six chiens rapides qui pressent également
les chevreuils, les cerfs et toutes les bêtes fauves. Nous
joindrons à ces dons quarante toisons de buffles noirs pour
couvrir votre tente. En voyant vos grandes richesses, nul ne
pourra s'empêcher de vous réputer heureux. Que les génies
vous gardent de rejeter notre prière! Votre père n'est plus;
votre mère dort avec lui. Vous ne serez qu'un étranger dans
votre patrie. Si nous allions vous maudire dans notre douleur, vous savez que le grand Esprit accomplit les malédic-

tions prononcées par les hommes simples. Soyez donc touché de notre peine et entendez nos paroles. »

Frappé des flèches invisibles d'un génie, je demeurai muet au milieu de l'assemblée. Rompant enfin le silence, je répondis :

« O Nadoué, que les peuples honorent! je vous dirai la vérité toute pure. Je prends à témoin les manitous hospitaliers du foyer où je reçus un asile, que la parole du mensonge n'a jamais souillé mes lèvres : vous voyez si je suis touché. Sioux des savanes, jamais l'accueil que j'ai reçu de vous ne sortira de ma mémoire! Les présents que vous m'offrez ne pourraient être rejetés par aucun homme qui aurait quelque sens; mais je suis un infortuné condamné à errer sur la terre. Quel charme la royauté m'offrirait-elle? Craignez d'ailleurs de vous donner un maître : un jour vous vous repentiriez d'avoir abandonné la liberté. Si d'injustes ennemis vous attaquent, implorez le ciel, il vous sauvera, car vos mœurs sont saintes.

» O Sioux! puisqu'il est vrai que je vous ai inspiré quelque pitié, ne retenez plus mes pas; conduisez-moi aux rives du Meschacebé; donnez-moi un canot de cyprès, que je descende à la terre des sassafras. Je ne suis point un méchant que les génies ont puni pour ses crimes; vous n'avez point à craindre la colère du grand Esprit en favorisant mon retour. Mes songes, mes veilles, mon repos, sont tout remplis des images d'une patrie que je pleure sans cesse. Je suis le plus misérable des chevreuils des bois; ne fermez pas l'oreille à mes plaintes. »

Les bergers furent attendris : le grand Esprit les avait fait compatissants. Quand le murmure de la foule eut cessé, Nadoué me dit :

« Les hommes sont touchés de vos paroles, et les génies le sont aussi. Nous vous accordons la pirogue du retour. Mais contractons d'abord l'alliance : rassemblons des pierres pour en faire un haut lieu, et mangeons dessus. »

Or cela fut fait comme il avait été dit : le manitou de Nadoué, celui des Sioux, celui des Natchez, reçurent le sacrifice. L'alliance accomplie et trouvée parfaitement belle par les pasteurs, je marchai avec eux pendant six jours pour arriver au Meschacebé ; mon cœur tressaillait en approchant. Du plus loin que je découvris le fleuve, je me mis à courir vers lui ; je m'y élançai comme un poisson qui, échappé du filet, retombe plein de joie dans les flots. Je m'écriai en portant à ma bouche l'eau sacrée :

« Te voilà donc enfin, ô fleuve qui coule dans le pays de Chactas ! fleuve où mes parents me plongèrent en venant au monde ! fleuve où je me jouais dans mon enfance avec mes jeunes compagnons ! fleuve qui baignes la cabane de mon père et l'arbre sous lequel je fus nourri ! Oui, je te reconnais ! Voilà les osiers pliants qui croissent dans ton lit aux Natchez, et que j'avais accoutumé de tresser en corbeilles ; voilà les roseaux dont les nœuds me servaient de coupe. C'est bien encore le goût et la douceur de ton onde, et cette couleur qui ressemble à celle du lait de nos troupeaux. »

Ainsi je parlais dans mon transport, et les délices de la patrie coulaient déjà dans mon cœur. Les Sioux, doués de simplicité et de justice, se réjouissaient de mon bonheur. J'embrassai Nadoué et ses fils ; je souhaitai toutes sortes de dons à mes hôtes, et, entrant dans ma pirogue chargée de présents, je m'abandonnai au cours du Meschacebé. Les Sioux rangés sur la rive me saluaient du geste et de la voix ; moi-même je les regardais en faisant des signes d'adieu, et priant les génies d'accorder leur faveur à cette nation innocente. Nous continuâmes de nous donner des marques d'amour jusqu'au détour d'un promontoire qui me déroba la vue de mes pasteurs ; mais j'entendais encore le son de leurs voix affaiblies, que les brises dispersaient sur les eaux, le long des rivages du fleuve.

Maintenant chaque heure me rapprochait de ce champ paternel dont j'étais absent depuis tant de neiges. J'en étais sorti sans expérience, dans ma dix-septième lune des fleurs ; j'allais y rentrer dans ma trente-troisième feuille tombée, et plein de la triste connaissance des hommes. Que d'aventures éprouvées ! que de régions parcourues ! que de peuples les

pas de mes malheurs avaient visités! Ces réflexions roulaient
dans mon esprit, et le courant entraînait ma nacelle.

Je franchis l'embouchure du Missouri. Je vis à l'orient le
désert des Casquias et des Tamarouas qui vivent dans les
républiques unies; au confluent de l'Ohio, fils de la montagne Alleghany et du fleuve Monhougohalla, j'aperçus le
pays des Chéroquois qui sèment comme l'Européen, et des
Wabaches, toujours en guerre avec les Illinois. Plus loin je
passai la rivière Blanche fréquentée des crocodiles, et l'Ar-
kansas qui se joint au Meschacebé par la rive occidentale. Je
remarquai à ma gauche la contrée des Chicassas, venus du
midi, et celle des Yazous coureurs des montagnes; à ma
droite je laissai les Sélonis et les Panimas, qui boivent les
eaux du ciel et vivent sous les lataniers. Enfin je découvris
la cime des hauts magnolias qui couronnent le village des
Natchez. Mes yeux se troublèrent, mon cœur flotta dans
mon sein : je tombai sans mouvement au fond de ma pirogue qui, poussée par la main du fleuve, alla s'échouer sur
la rive.

Bocages de la mort, qui couvrirez bientôt de votre ombre
les cendres du vieux Chactas, chênes antiques, mes contem-
porains de solitude, vous savez quelles furent mes pensées
quand, revenu de l'atteinte du génie de la patrie, je me
trouvai assis au pied d'un arbre et livré à une foule curieuse
qui s'empressait autour de moi! Je regardais le ciel, la terre,
le fleuve, les sauvages, sans pouvoir ni parler, ni déclarer
les transports de mon âme. Mais lorsqu'un des inconnus vint
à prononcer quelques mots en natchez, alors soulagé et tout
en pleurs, je serre dans mes bras ma terre natale; j'y colle
mes lèvres comme un amant à celles d'une amante; puis me
relevant :

« Ce sont donc là les Natchez! Manitou de mes malheurs,
ne me trompez-vous point encore? Est-ce la langue de mon
pays que je viens d'entendre? Mon oreille ne m'a-t-elle point
déçu? »

Je touchais les mains, le visage, le vêtement de mes frères.
Je dis à la troupe étonnée :

« Mes amis, mes chers amis, parlez, répétez ces mots que

je n'ai point oubliés! Parlez, que je retrouve dans votre bouche les doux accents de la patrie! O langage chéri des génies! langage dans lequel j'appris à prononcer le nom de mon père, et que j'entendais lorsque je reposais encore dans le sein maternel! »

Les Natchez ne pouvaient revenir de leur surprise : au désordre de mes sens, ils se persuadèrent que j'étais un homme possédé d'Athaënsic pour quelque crime commis dans un pays lointain; ils songeaient déjà à m'écarter, comme un sacrilége, du bois du temple et des bocages de la mort.

La foule grossissait. Tout à coup un cri s'élève; je pousse moi-même un cri en reconnaissant les chefs compagnons de mon esclavage dans ta patrie, et, en m'élançant dans leurs bras, nous mêlons nos pleurs d'amitié et de joie.

« Chactas! Chactas! »

C'est tout ce qu'ils peuvent dire dans leur attendrissement. Mille voix répétèrent :

« Chactas! Chactas! Génies immortels, est-ce là le fils d'Outalissi, ce Chactas que nous n'avons point connu, et qu'on disait enseveli au sein des flots? »

Telles étaient les acclamations. On entendait un bruit confus semblable aux échos des vagues dans les rochers. Mes amis m'apprirent qu'arrivés à Québec sur le vaisseau, après mon naufrage, ils retournèrent d'abord chez les Iroquois d'où ils vinrent, après trois ans, conter mes malheurs à mes parents et à mon pays. Leur récit achevé, ils me conduisirent au temple du Soleil, où je suspendis mes vêtements en offrande. De là, après m'être purifié et avant d'avoir pris aucune nourriture, je me rendis au Bocage de la mort pour saluer les cendres de mes aïeux. Les vieillards m'y vinrent trouver, car la nouvelle de mon retour avait déjà volé de cabane en cabane. Plusieurs d'entre eux me reconnurent à ma ressemblance avec mon père. L'un disait :

« Voilà les cheveux d'Outalissi. »

Un autre :

« C'est son regard et sa voix. »

Un troisième :

« C'est sa démarche, mais il diffère de son aïeul par sa
taille qui est plus élevée. »

Les hommes de mon âge accouraient aussi, et à l'aide de
circonstances reproduites à ma mémoire, ils me rappelaient
les jours de notre jeunesse; alors je retrouvais sur leur visage des traits qui ne m'étaient point inconnus. Les matrones
et les jeunes femmes ne pouvaient rassasier leur curiosité :
elles m'apportaient toutes sortes de présents.

La sœur de ma mère existait encore, mais elle était mourante : mes amis me conduisirent auprès d'elle. Lorsqu'elle
entendit prononcer mon nom, elle fit un effort pour me regarder; elle me reconnut, me tendit la main, leva les yeux
au ciel avec un sourire, et accomplit sa destinée. Je me retirai l'âme en proie aux plus tristes pressentiments en voyant
mon retour marqué par la mort du dernier parent que j'eusse
au monde.

Mes compagnons d'esclavage me menèrent à leur hutte
d'écorce; j'y passai la nuit avec eux. Nous y racontâmes
sur la peau d'ours beaucoup de choses tirées du fond du
cœur, de ces choses que l'on dit à un ami échappé d'un
grand danger.

Le lendemain, après avoir salué la lumière, les arbres,
les rochers, le fleuve, et toute la patrie, je désirai rentrer
dans la cabane de mon père. Je la trouvai telle que l'avaient
mise la solitude et les années : un magnolia s'élevait au milieu, et ses branches passaient à travers le toit; les murs
crevassés étaient recouverts de mousse, et un lierre embrassait le contour de la porte de ses mains noires et cheve-
lues.

Je m'assis au pied du magnolia, et je m'entretins avec la
foule de mes souvenirs :

« Peut-être, me disais-je, selon ma religion du désert,
est-ce ma mère elle-même qui est revenue dans sa cabane,
sous la forme de ce bel arbre! »

Ensuite je caressais le tronc de ce suppliant réfugié au
foyer de mes ancêtres, et qui s'en était fait le génie domestique pendant l'ingrate absence des amis de ma famille.
J'aimais à retrouver pour successeur sous mon toit hérédi-

taire, non les fils indifférents des hommes, mais une paisible génération d'arbres et de fleurs : la conformité des destinées, qui semblait exister entre moi et le magnolia demeuré
seul debout parmi ces ruines, m'attendrissait. N'était-ce pas
aussi une rose de magnolia que j'avais donnée à la fille de
Lopez, et qu'elle emporta dans la tombe?

Plein de ces pensées qui font le charme intérieur de l'âme,
je songeais à établir ma hutte, à consacrer le magnolia à
la mémoire d'Atala, lorsque j'entendis quelque bruit. Un
sachem aussi vieux que la terre, se présente sous les lierres
de la porte : une barbe épaisse ombrageait son menton; sa
poitrine était hérissée d'un long poil semblable aux herbes
qui croissent dans le lit des fleuves; il s'appuyait sur un roseau; une ceinture de joncs pressait ses reins; une couronne
de fleurs de marais ornait sa tête, un manteau de loutre et
de castor flottait suspendu à ses épaules; il paraissait sortir
du fleuve, car l'eau ruisselait de ses vêtements, de sa barbe
et de ses cheveux.

Je n'ai jamais su si ce vieillard était en effet quelque antique
sachem, quelque prêtre instruit de l'avenir et habitant une
île du Meschacebé, ou si ce n'était pas l'ancêtre des fleuves,
le Meschacebé lui-même.

« Chactas, me dit-il d'un son de voix semblable au bruit
de la chute d'une onde, cesse de méditer le rétablisse-
ment de cette cabane. En disputeras-tu la possession contre
un génie, ô le plus imprudent des hommes? Crois-tu donc
être arrivé à la fin de tes travaux, et qu'il ne reste plus qu'à
t'asseoir sur la natte de tes pères? Un jour viendra que le
sang des Natchez... »

Il s'interrompt, agite le roseau qu'il tenait à la main, me
lance des regards prophétiques, tandis que, baissant et relevant la tête, sa barbe limoneuse frappe sa poitrine. Je me
prosterne aux pieds du vieillard; mais lui, s'élançant dans
le fleuve, disparaît au milieu des vagues bouillonnantes.

Je n'osai violer les ordres de cet homme ou de ce génie,
et j'allai bâtir ma nouvelle demeure sur la colline où tu la
vois aujourd'hui. Adario revint du pays des Iroquois; je tra-
vaillai avec lui et le vieux Soleil à l'amélioration des lois de

la patrie. Pour un peu de bien que j'ai fait, on m'a rendu
beaucoup d'amour.

J'avance à grands pas vers le terme de ma carrière ; je prie
le ciel de détourner les orages dont il a menacé les Natchez,
ou de me recevoir en sacrifice. A cette fin je tâche de sanc-
tifier mes jours, pour que la pureté de la victime soit agréable
aux génies : c'est la seule précaution que j'aie prise contre
l'avenir. Je n'ai point interrogé les jongleurs : nous devons
remplir les devoirs que nous enseigne la vertu, sans recher-
cher curieusement les secrets de la Providence. Il est une
sorte de sagesse inquiète et de prudence coupable que le ciel
punit. Telle est, ô mon fils ! la trop longue histoire du vieux
Chactas.

LIVRE NEUVIÈME.

Le récit de Chactas avait conduit les Natchez jusqu'aux
vallées fréquentées par les castors, dans le pays des Illinois.
Ces paisibles et merveilleux animaux furent attaqués et détruits
dans leurs retraites. Après les holocaustes offerts à Michabou,
génie des eaux, les Indiens, au jour marqué par le jongleur,
commencèrent à dépouiller, tous ensemble, leurs victimes.
A peine le fer avait-il entr'ouvert les peaux moelleuses, qu'un
cri s'élève :

« Une femelle de castor ! »

Les guerriers les plus fermes laissent échapper leur proie ;
Chactas lui-même paraît troublé.

Trois causes de guerre existent entre les sauvages : l'invasion des terres, l'enlèvement d'une famille, la destruction
des femelles de castor. Ignorant du droit public des Indiens,
et n'ayant point encore l'expérience des chasseurs, René avait
tué des femelles de castor. On délibère en tumulte : Onduré
veut qu'on abandonne le coupable aux Illinois pour éviter
une guerre sanglante. Le frère d'Amélie est le premier à
se présenter en expiation :

« Je traîne partout mes infortunes, dit-il à Chactas ; délivrez-vous d'un homme qui pèse sur la terre. »

Outougamiz soutint que le guerrier blanc dont il portait le manitou d'or, gage de l'amitié jurée, n'avait péché que par ignorance.

« Ceux qui ont une si grande terreur des Illinois, s'écria-t-il, peuvent les aller supplier de leur accorder la paix. Quant à moi, je sais un moyen plus sûr de l'obtenir, c'est la victoire. L'homme blanc est mon ami ; quiconque est son ennemi est le mien. »

En prononçant ces paroles, le jeune sauvage laissait tomber sur Ondouré des regards terribles.

Outougamiz était renommé chez les Natchez pour sa candeur autant que pour son courage : ils l'avaient surnommé Outougamiz le Simple. Jamais il ne prenait la parole dans un conseil, et ses vertus ne se manifestaient que par ses actions. Les chasseurs furent étonnés de la hardiesse avec laquelle il s'exprima et de la soudaine éloquence que l'amitié avait placée sur ses lèvres : ainsi la fleur de l'hémérocalle, qui referme son calice pendant la nuit, ne répand ses parfums qu'aux premiers rayons de la lumière. La jeunesse, généreuse et guerrière, applaudit aux sentiments d'Outougamiz. René lui-même avait pris sur ses compagnons sauvages l'empire qu'il exerçait involontairement sur les esprits : l'avis d'Ondouré fut rejeté ; on conjura les mânes des femelles des castors. Chactas recommanda le secret ; mais le rival du frère d'Amélie s'était déjà promis de rompre le silence.

Cependant on crut devoir abréger le temps des chasses : le retour précipité des guerriers étonna les Natchez. Bientôt on murmura tout bas la cause secrète de ce retour. Repoussé de plus en plus de Céluta, Ondouré se rapprocha de son ancienne amante, et chercha dans l'ambition des consolations et des vengeances à l'amour.

Durant l'absence des chasseurs, les habitants de la colonie s'étaient répandus dans les villages indiens : des aventuriers sans mœurs, des soldats dans l'ivresse, avaient insulté les femmes. Fébriano, digne ami d'Ondouré, avait tourmenté Céluta, et d'Artaguette l'avait protégée. Au retour d'Outou-

gamiz, l'orpheline raconta à son frère les persécutions par
elle éprouvées ; Outougomiz les redit à René, qui déjà défendu dans le conseil par le généreux capitaine, l'alla remercier au fort Rosalie. Un attachement fondé sur l'estime commença entre ces deux nobles Français. Trop touché de la
beauté de Céluta, d'Artaguette cédait au penchant qui l'entraînait vers l'homme aimé de la vertueuse Indienne. Ainsi
se formaient de toutes parts des liens que le ciel voulait briser, et des haines que le temps devait accroître. Un événement développa tout à coup ces germes de malheurs.

Une nuit, Chactas, au milieu de sa famille, veillait sur sa
natte : la flamme du foyer éclairait l'intérieur de la cabane.
Une hache teinte de sang tombe aux pieds du vieillard : sur
le manche de cette hache étaient gravés l'image de deux
femelles de castors, et le symbole de la nation des Illinois.
Dans les cabanes des différents sachems de pareilles armes
furent jetées, et les hérauts illinois, qui étaient ainsi venus
déclarer la guerre, avaient disparu dans les ténèbres.

Ondouré, dans l'espoir de perdre celui qui lui enlevait le
cœur de Céluta, avait fait avertir secrètement les Illinois de
l'accident de la chasse. Peu importait à ce chef de plonger
son pays dans un abîme de maux, s'il pouvait à la fois
rendre son rival odieux à la nation, et atteindre peut-être
par la chance des armes à la puissance absolue. Il avait
prévu que le vieux Soleil serait obligé de marcher à l'ennemi :
au défaut de la flèche des Illinois, Ondouré ne pourrait-il
pas employer la sienne pour se débarrasser d'un chef importun? Akansie, mère du jeune Soleil, disposerait alors du
pouvoir souverain, et par elle l'homme qu'elle adorait par-
viendrait facilement à la dignité d'édile, dignité qui le rendrait
tuteur du nouveau prince. Enfin Ondouré, qui détestait les
Français, mais qui les servait pour se faire appuyer d'eux, ne
trouverait-il pas quelque moyen de les chasser de la Louisiane, lorsqu'il serait revêtu de l'autorité suprême? Maître
alors de la fortune, il immolerait le frère d'Amélie, et sou-
mettrait Céluta à son amour.

Tels étaient les desseins qu'Ondouré roulait vaguement
dans son âme. Il connaissait Akansie; il savait qu'elle se prê-

terait à tous ses forfaits, s'il la persuadait de son repentir, si elle se pouvait croire aimée. Il affecte donc pour cette femme une ardeur qu'il ne ressent pas; il promet de sacrifier Céluta, exigeant à son tour d'Akansie qu'elle serve une ambition dont elle recueillera les fruits. La crédule amante consent à des crimes pour une caresse.

La passion de Céluta s'augmentait en silence. René était devenu l'ami d'Outougamiz. Ne serait-il pas possible à Céluta d'obtenir la main de René? Les murmures que l'on commençait à élever de toutes parts contre le guerrier blanc ne faisaient qu'attacher davantage l'Indienne à ce guerrier : l'amour se plaît au dévouement et aux sacrifices. Les prêtres ne cessaient de répéter que des signes s'étaient montrés dans les airs, la nuit de la convocation du conseil; que le serpent sacré avait disparu le jour d'une adoption funeste; que les femelles de castors avaient été tuées; que le salut de la nation se trouvait exposé par la présence d'un étranger sacrilège : il fallait des expiations. Redits autour d'elle, ces propos troublaient Céluta : l'injustice de l'accusation la révoltait, et le sentiment de cette injustice fortifiait son amour désormais irrésistible.

Mais René ne partageait point ce penchant; il n'avait point changé de nature, il accomplissait son sort dans toute sa rigueur; déjà la distraction qu'un long voyage et des objets nouveaux avaient produite dans son âme, commençait à perdre sa puissance : les tristesses du frère d'Amélie revenaient, et le souvenir de ses chagrins, au lieu de s'affaiblir par le temps, semblait s'accroître. Les déserts n'avaient pas plus satisfait René que le monde, et dans l'insatiabilité de ses vagues désirs, il avait déjà tari la solitude, comme il avait épuisé la société. Personnage immobile, au milieu de tant de personnages en mouvement, centre de mille passions qu'il ne partageait point, objet de toutes les pensées par des raisons diverses, le frère d'Amélie devenait la cause invisible de tout : aimer et souffrir était la double fatalité qu'il imposait à quiconque s'approchait de sa personne. Jeté dans le monde comme un grand malheur, sa pernicieuse influence s'étendait aux êtres environnants : c'est ainsi qu'il y a de beaux arbres sous lesquels on ne peut s'asseoir ou respirer sans mourir.

Toutefois René ne se voyait pas sans une douleur amère, tout innocent qu'il était, la cause de la guerre entre les Illinois et les Natchez.

« Quoi! se disait-il, pour prix de l'hospitalité que j'ai reçue, je livre à la désolation les cabanes de mes hôtes? Qu'avais-je besoin d'apporter à ces sauvages le trouble et les misères de ma vie? Je répondrai à chaque famille du sang qui sera versé. Ah! qu'on accepte plutôt en réparation le sacrifice de mes jours! »

Le sacrifice n'était plus possible que sur le champ de bataille : la guerre était déclarée, et il ne restait aux Natchez qu'à la soutenir avec courage. Le Soleil prit le commandement de la tribu de l'Aigle, avec laquelle il fut résolu qu'il envahirait les terres des Illinois. Adario demeura aux Natchez avec la tribu de la Tortue et du Serpent, pour défendre la patrie. Outougamiz fut nommé chef des jeunes guerriers qui devaient garder les cabanes. René, adopté dans la tribu de l'Aigle, devait être de l'expédition commandée par le vieux Soleil.

Le jour du départ étant fixé, Outougamiz dit au frère d'Amélie :

« Tu me quittes; les sachems m'obligent à demeurer ici; tu vas marcher au combat sans ton compagnon d'armes; c'est bien mal à moi de te laisser seul ainsi. Si tu meurs, comment ferai-je pour t'aller rejoindre? Souviens-toi de nos manitous dans la bataille. Voici la chaîne d'or de notre amitié, qui m'avertira de tout ce que tu feras. J'aurais voulu au moins que tu eusses été mon frère avant de me quitter. Ma sœur t'aime, tout le monde le dit; il n'y a que toi qui l'ignores. Tu ne lui parles jamais d'amour. Comment! ne la trouves-tu pas belle? Ton âme est-elle engagée ailleurs? Je suis Outougamiz, qu'on appelle le Simple, parce que je n'ai point d'esprit; mais je serai toujours heureux de t'aimer, soit que je devienne malheureux ou heureux par toi. »

Ainsi parla le sauvage : René le pressa sur son sein, et des pleurs d'attendrissement mouillèrent ses yeux.

Bientôt la tribu se mit en marche, ayant le Soleil à sa tête ; toutes les familles étaient accourues sur son passage : les femmes et les enfants pleuraient. Céluta pouvait à peine contenir les mouvements de sa douleur, et suivait des regards le frère d'Amélie. Chactas bénit en passant son fils adoptif, et regretta de ne le pouvoir suivre. La petite Mila, à moitié confuse, cria à René :

« Ne va pas mourir ! »

Et rentra toute rougissante dans la foule. Le capitaine d'Artaguette salua le. frère d'Amélie lorsqu'il passa devant lui, en l'invitant à se souvenir de la gloire de la France. Ondouré fermait la marche ; il devait commander la tribu, dans le cas où le vieux Soleil succomberait aux fatigues de la marche ou sous les coups de l'ennemi.

A peine la tribu de l'Aigle s'était éloignée des Natchez, que des inquiétudes se répandirent parmi les habitants du fort Rosalie. Les colons découvrirent les traces d'un complot parmi les noirs, et on disait qu'il avait des ramifications chez les sauvages. En effet, Ondouré entretenait depuis longtemps des intelligences avec les esclaves des blancs : il avait fait entendre à leurs oreilles le doux nom de liberté, pour se servir d'eux, si jamais ils pouvaient devenir utiles à son ambition. Un jeune nègre, nommé Imley, chef de cette association mystérieuse, cultivait une concession voisine de la cabane de Céluta et d'Outougamiz.

Ces récits sont portés à Fébriano. Le renégat, que la soif de l'or dévore, voit, dans les circonstances où se trouvent les Natchez, une possibilité de destruction dont profiteraient à la fois son avarice et sa lubricité. Fébriano recevait des présents d'Ondouré, et l'instruisait de tout ce qui se passait au conseil des Français ; mais, dans l'absence de ce chef, n'ayant plus de guide, il crut trouver l'occasion de s'enrichir de la dépouille des sauvages.

Comme un dogue que son gardien réveille, Fébriano se lève aux dénonciations de ses agents secrets : il se prépare au dessein qu'il médite par l'accomplissement des rites de son culte abominable.

Enfermé dans sa demeure, il commence, demi-nu, une

danse magique représentant le cours des astres. Il fait ensuite sa prière, le visage tourné vers le temple de l'Arabie,
et il lave son corps dans les eaux immondes. Ces cérémonies achevées, le moine mahométan redevient guerrier chrétien : il enveloppe ses jambes grêles du drap funèbre des
combats; il endosse l'habit blanc des soldats de la France.
Une touffe de franges d'or, semblable à celle qui pendait
au bouclier de Pallas, embrasse, comme une main, l'épaule
gauche de Fébriano : il place sur sa poitrine un croissant
d'où jaillissent des éclairs; il suspend à son baudrier une
épée à la poignée d'argent, à la lame azurée, qui enfonce
une triple blessure dans le flanc de l'ennemi, : abaissant sur
ses sourcils le chapeau de Mars, le renégat sort et va trouver
Chépar.

Pareil à la tunique dévorante, qui sur le mont OEta fit
périr Hercule, l'habit du grenadier français se colle aux os
du fils des Maures, et fait couler dans ses veines les poisons
enflammés de Bellone. Le commandant n'a pas plutôt aperçu
Fébriano, qu'il se sent lui-même possédé de la fureur guerrière, comme si le démon des combats secouait, par sa crinière de couleuvres, la tête d'une des trois Gorgones.

« Illustre chef, s'écrie Fébriano, c'est avec raison qu'on
vous donne les louanges de prudence et de courage; vous
savez saisir l'occasion, et tandis que les plus braves d'entre
nos ennemis sont partis pour une guerre lointaine, vous
jugez qu'il est à propos de se saisir des terres des rebelles.
Les trêves sont au moment d'expirer, et vous ne prétendez
pas qu'on les renouvelle. Vous savez de quels dangers la colonie est menacée; on soulève les esclaves : c'est un misérable nègre, voisin de l'habitation du conspirateur Adario,
et de la demeure du Français adopté par Chactas, c'est Imley
que l'on désigne comme le chef de ce complot. J'apprends
avec joie que vous avez donné des ordres, que tout est en
mouvement dans le camp, et que si les factieux refusent les
concessions demandées, les cadavres des ennemis du roi de-
viendront la proie des vautours. »

Par ce discours plein de ruse, Fébriano évite de blesser
l'orgueil de Chépar, toujours prêt à se révolter contre un

conseil direct. Charmé de voir attribuer à sa prudence des choses auxquelles il n'avait pas songé, le commandant répond à Fébriano :

« Vous m'avez toujours paru doué de pénétration. Oui : je connaissais depuis longtemps les machinations des traîtres. Les dernières instructions de la Nouvelle-Orléans me laissent libre : je pense qu'il est temps d'en finir. Allez déclarer aux sauvages qu'ils aient à céder les terres, ou qu'ils se disposent à me recevoir avec les troupes de mon maître. »

Fébriano, dérobant au commandant un sourire ironique, se hâte d'aller porter aux Natchez la décision de Chépar. Le père Souël, retiré à la mission des Yazous, n'était plus au fort Rosalie pour plaider la cause de la justice, et d'Artaguette reçut l'ordre de se préparer aux combats et non aux discours.

Le conseil des sachems se rassemble : on écoute les paroles et les menaces du messager français.

« Ainsi, lui répond Chactas, vous profitez de l'absence de nos guerriers pour refuser le renouvellement des traités : cela est-il digne du courage de la noble nation dont vous vous dites l'interprète? Qu'il soit fait selon la volonté du grand Esprit! Nous désirions vivre en paix, mais nous saurons nous immoler à la patrie. »

Dernier essai de la modération et de la prudence! Chactas veut aller lui-même présenter encore le calumet au fort Rosalie : les sachems comptaient sur l'autorité de ses années; ils y comptaient vainement. Les habitants de la colonie poussaient le commandant à la violence; Fébriano l'obsédait par le récit de divers complots : dans un camp on désire la guerre, et le soldat est plus sensible à la gloire qu'à la justice. Tout précipitait donc les partis vers une première action. Non-seulement Chépar refusa la paix, mais à l'instigation de Fébriano, il retint Chactas au fort Rosalie.

« Plus ce vieillard est renommé, dit le commandant, plus il est utile de priver les rebelles de leur meilleur guide. J'estime Chactas, à qui le grand roi offrit autrefois un rang dans notre armée : on ne lui fera aucun mal; il sera traité ici avec toutes sortes d'égards, mais il n'ira pas donner à des factieux le moyen d'échapper au châtiment.

» — Français, dit Chactas, vous étiez destinés à violer deux fois dans ma personne le droit des nations ! Quand je fus arrêté au Canada, on pouvait au moins dire que ma main maniait la hache ; mais que craignez-vous aujourd'hui d'un vieillard aveugle ?

» — Ce ne sont pas tes coups que nous craignons, s'écrièrent à la fois les colons, mais tes conseils. »

Chépar avait espéré que la captivité de leur premier sachem, répandant la consternation parmi les Natchez, les amènerait à se soumettre au partage des terres : il en fut autrement. La rage s'empare de tous les cœurs ; on s'assemble en tumulte ; on délibère à la hâte. L'enfer, qui voit ses desseins près d'être renversés, songe à sauver le culte du soleil de l'attaque imprévue des Français. Satan appelle à lui les esprits des ténèbres ; il leur ordonne de soutenir les Natchez par tous les moyens dont il a plu à Dieu de laisser la puissance au génie du mal. Afin de donner aux Indiens le temps de se préparer, le prince des démons déchaîne un ouragan dans les airs, soulève le Meschacebé, et rend pendant quelques jours les chemins impraticables. Profitant de cette trêve de la tempête, les Natchez envoient des messagers aux nations voisines : la jeunesse s'empresse d'accourir.

Chépar n'attendait que la fin de l'orage pour marcher au grand village des Natchez. La sixième aurore ramena la sérénité, et vit les soldats français porter en avant leurs drapeaux, mais l'inondation de la plaine contraignit l'armée à faire un long détour.

Aussitôt que la renommée eut annoncé aux Natchez la nouvelle de l'approche de l'ennemi, l'air retentit de gémissements : les femmes fuient, emportant leurs enfants sur leurs épaules, et laissant les manitous suspendus aux portes des cabanes abandonnées. On voit s'agiter les guerriers qui n'ont eu le temps de se préparer au combat, ni par les jeûnes, ni par les potions sacrées, ni par l'étude des songes. Le cri de guerre, la chanson de mort, le son de la

danse d'Areskoui, se mêlent de toutes parts. Le bataillon des
Amis, la troupe des jeunes gens, se dispose à descendre à la
contrée des âmes : Outougamiz est à la tête de ce bataillon
sacré. Outougamiz seul est triste : il n'a point son compagnon, le guerrier blanc, à ses côtés.

Céluta vient trouver son frère; elle le serre dans ses bras,
elle le prie de ménager ses jours.

« Songe, lui dit-elle, ô mon aigle protecteur! que je suis
née avec toi dans le lit de notre mère. Le cygne que tu as
choisi pour ami, a volé aux rivières lointaines; Chactas est
prisonnier; Adario va peut-être recevoir la mort; d'Artaguette est dans les rangs de l'ennemi : que me restera-t-il,
si je te perds?

» — Fille de Tabamica, répond Outougamiz, souviens-toi
du repas funèbre; si l'homme blanc était ici, le soin lui en
appartiendrait, mais voilà son manitou d'or sur mon cœur:
il me préservera de tout péril, car il m'a parlé ce matin,
et m'a dit des choses secrètes. Rassure-toi donc : invoquons
l'amitié et les génies qui punissent les oppresseurs. Ne crois
pas que les Français soient les plus nombreux; en combattant pour les os de nos pères, nos pères combattront pour
nous. Ne les vois-tu pas, ces aïeux, qui sortent des bocages
funèbres? « Courage! nous crient-ils, courage! Ne souffrez
» pas que l'étranger viole nos cendres; nous accourons à votre
» secours avec les puissances de la nuit et de la tombe! »
Crois-tu, Céluta, que les ennemis puissent résister à cette
pâle milice? Entends-tu la mort qui marche à la tête des
squelettes, armée d'une massue de fer? O mort! nous ne
redoutons point ta présence : tu n'es pour nos cœurs innocents qu'un génie paisible. »

Ainsi parle Outougamiz dans l'exaltation de son âme. Céluta est entraînée dans les bois par Mila et les matrones.

Toute la force des Natchez est dans la troupe de jeunes
hommes, que les sachems ont placée autour des Bocages de
la Mort. Les sachems eux-mêmes forment entre eux un bataillon qui s'assemble dans les bois, à l'entrée du temple du
Soleil : la nation, ainsi divisée, s'était mise sous la protection des tombeaux et des autels. Une admiration profonde

saisissait le cœur à l'aspect des vieillards armés : on voyait
se mouvoir, dans l'obscurité du bois, leurs têtes chauves
ou blanchies, comme les ondes argentées d'un fleuve, sous
la voûte des chênes. Adario, qui commande les sachems, et
qui s'élève au-dessus d'eux de toute la hauteur du front,
ressemble à l'antique étendard de cette troupe paternelle.
Non loin, sur un bûcher, le grand prêtre fait des sacrifices,
consulte les esprits, et ne promet que des malheurs. Ainsi,
aux approches des tempêtes de l'hiver, quand la brise du
soir apporte l'odeur des feuilles séchées, la corneille, perchée
sur un arbre dépouillé, prononce des paroles sinistres.

Bientôt, aux yeux éblouis des Natchez, sort du fond d'une
vallée la pompe des troupes françaises, semblable au feu
annuel dont les sauvages consument les herbages, et qui
s'étend comme un lac de feu. Indiens, à ce spectacle vous
sentîtes une sorte d'étonnement furieux; la patrie, enchan-
tant vos âmes, les défendait de la terreur, mais non de la
surprise. Vous contempliez les ondulations régulières, les
mouvements mesurés, la superbe ordonnance de ces soldats.
Au-dessus des flots de l'armée se hérissaient les baïonnettes,
telles que ces lances du roseau qui tremblent dans le courant d'un fleuve.

Un vieillard se présente seul devant les guerriers de la
France. D'une main il tient le calumet de paix, de l'autre
il lève une hache dégouttante de sang : il chante et danse à
la fois, et ses chants et ses pas sont mêlés de mouvements
tumultueux et paisibles. Tour à tour il invoque la fureur
des jeux d'Areskoui et l'ardeur des luttes de l'amour, la
terreur de la bataille des héros et le charme du combat des
grâces et de la lyre. Tantôt il tourne sur lui-même en poussant des cris et lançant le tomahawk, tantôt il imite le ton
d'un augure qui préside à la fête des moissons. Le visage
de ce vieillard est rigide; son regard impérieux, son front
d'airain, tout son air décèle le père de la patrie et l'en-
thousiaste de la liberté. On mène l'envoyé des Natchez à
Chépar.

Debout au milieu d'une foule de capitaines, sans s'incliner, sans fléchir le genou, il parle ainsi au commandant des Français :

« Mon nom est Adario : de père en fils, tous mes ancêtres sont morts pour la défense de leur terre natale. Je te viens, de la part des sachems, redemander Chactas et te proposer une dernière fois la paix. Si j'avais été le chef de ma nation, tu ne m'eusses vu que la hache à la main. Que veux-tu? Quels sont tes desseins? Que t'avons-nous fait?

» Prétends-tu nous massacrer dans les cabanes où nous avons donné l'hospitalité à tes pères, lorsque, faibles et étrangers, ils n'avaient ni huttes pour se garantir des frimas, ni maïs pour apaiser leur faim?

» Si tu persistes à nous opprimer, sache qu'avant que nous te cédions les tombeaux de nos ancêtres, le soleil se lèvera où il se couche, les chênes porteront les fruits du noyer, et le vautour nourrira les petits de la colombe.

» Tu as violé la foi publique en arrêtant Chactas. Je n'ai pourtant pas craint de me présenter devant toi : ou ton cœur sera rappelé à des sentiments d'équité, ou tu commettras une nouvelle injustice; dans le premier cas nous aurons la paix, dans le second tu combleras la mesure. Le grand Esprit se chargera de notre vengeance.

» Choisis : voilà le calumet de paix, fume; voici la hache de sang, frappe. »

Tel qu'un fer présenté à la forge se pénètre d'une pourpre brûlante, ainsi le visage de Chépar s'allume des feux de la colère au discours du sauvage. L'indomptable vieillard levait sa tête au-dessus de l'assemblée émue, comme un chêne américain qui, laissé debout sur son sol natal, domine de sa tige inflexible les moissons de l'Europe flottantes à ses pieds.

Alors Chépar :

« Rebelle, ce pays appartient au roi mon maître; si tu oses t'opposer au partage des terres que j'ai distribuées aux habitants de la colonie, je ferai de ta nation un exemple épouvantable. Retire-toi, de peur que je ne te fasse éprouver le châtiment épargné à Chactas.

» — Et moi, s'écrie Adario brisant le calumet de paix,

je te déclare, au nom des Natchez, guerre éternelle ; je te dévoue, toi et les tiens, à l'implacable Athaënsic. Viens faire un pain digne de tes soldats avec le sang de nos vieillards, le lait de nos jeunes épouses et les cendres de nos pères ! Puissent mes membres, quand ton fer les aura séparés de mon corps, se ranimer pour la vengeance, mes pieds marcher seuls contre toi, ma main coupée lancer la hache, ma poitrine éteinte pousser le cri de guerre, et jusqu'à mes cheveux, réseau funeste, tendre autour de ton armée les inévitables filets de la mort ! Génies qui m'écoutez, que les os des oppresseurs soient réduits en poudre, comme les débris du calumet écrasés sous mes pieds ! Que jamais l'arbre de la paix n'étende ses rameaux sur les Natchez et sur les Français, tant qu'il existera un seul guerrier des deux nations, tant que les mères continueront d'être fécondes chez ces peuples ! »

Il dit : les démons exaucent sa prière : ils sortent de l'abîme et remplissent les cœurs d'une rage infernale. Le jour se voile, le tonnerre gronde, les mânes hurlent dans les forêts, et les femmes indiennes entendent leur fruit se plaindre dans leur sein. Adario jette la hache au milieu des guerriers : la terre s'entr'ouvre et la dévore ; on l'entend tomber dans de noires profondeurs. Les capitaines français ne se peuvent empêcher d'admirer le courage du vieillard qui, retourné au milieu des siens, leur adresse ce discours :

« Natchez, aux armes ! Assez longtemps nous sommes restés assis sur la natte ! Jeunesse, que l'huile coule sur vos cheveux, que vos visages se peignent, que vos carquois se remplissent, que vos chants ébranlent les forêts. Désennuyons nos morts !

» Il vit infâme celui qui fuit : les femmes lui présentent la pagne qui voile la pudeur ; il siége au conseil parmi les matrones. Mais celui qui meurt pour son pays, oh ! comme il est honoré ! Ses os sont recueillis dans des peaux de castor, et déposés au tombeau des aïeux ; son souvenir se mêle à celui de la religion protégée, de la liberté défendue, des moissons recueillies. Les vierges disent à l'époux de leur choix sur la montagne : « Assure-moi que tu seras semblable à ce héros. »

» Son nom devient la garantie de la publique félicité, le signal des joies secrètes des familles.

» Sois-nous favorable, Areskoui ! Ton casse-tête est armé de dents de crocodile ; le couteau d'escalpe est à ta ceinture : ton haleine exhale, comme celle des loups, l'odeur du carnage ; tu bois le bouillon de la chair des morts dans le crâne du guerrier. Donne à nos jeunes fils une envie irrésistible de mourir pour la patrie : qu'ils sentent une grande joie lorsque le fer de l'ennemi leur percera le cœur ! »

Ainsi parle ou plutôt ainsi chante Adario, et les sauvages lui répondent par des hurlements. Chacun prend son rang et attend l'ordre de la marche. Le grand-prêtre saisit une torche et se place à quelques pas en avant. Sa tunique, tachée du sang des victimes, claque dans l'air; des serpents, qu'il a le pouvoir de charmer, sortent en sifflant de sa poitrine et s'entrelacent autour du simulacre de l'oiseau de la nuit qui surmonte sa chevelure : telle les poëtes ont peint la Discorde, entre les bataillons des Grecs et des Troyens. Le jongleur entonne la chanson de la guerre que répète le bataillon des Amis : ainsi, sur les ondes de l'Eurotas, les cygnes d'Apollon chantaient leur dernier hymne, en se préparant à rejoindre les dieux.

Alors le prince des ténèbres appelle le Temps et lui dit :

« Puissance dévorante que j'ai enfantée, toi qui te nourris de siècles, de tombeaux et de ruines, rival de l'Éternité assise au ciel et dans l'enfer, ô Temps! mon fils, si je t'ai préparé aujourd'hui une ample pâture, seconde les efforts de ton père. Tu vois la faiblesse de nos enfants: leur petite troupe est exposée à une destruction qui renverserait nos projets; vole sur les deux flancs de l'armée indienne, coupe les bois antiques, pour en faire un rempart aux Natchez : rends inutile la supériorité du nombre chez les adorateurs de notre implacable ennemi. »

Le Temps obéit; il s'abat dans la forêt, avec le bruit d'un aigle qui engage ses ailes dans les branches des arbres : les deux armées ouïrent sa chute et tournèrent les yeux de ce côté. Aussitôt on entend retentir, dans la profondeur du désert, les coups de la hache de ce bûcheron qui sape également les monuments de la nature et ceux des hommes. Le père et le destructeur des siècles renverse les pins, les chênes, les cyprès, qui expirent avec de sourds mugissements : les solitudes de la terre et du ciel demeurent nues, en perdant les colonnes qui les unissent.

Le prodige étonne les deux armées : les Français le prennent pour le ravage d'un nouvel ouragan, les Natchez y voient la protection de leurs génies. Adario s'écrie :

« Les Manitous se déclarent pour les opprimés, marchons! » Tout s'ébranle. Les Français, formés en bataille, s'émerveillent de voir ces hommes demi-nus qui s'avancent en chantant contre le canon et l'étincelante baïonnette. Quel courage n'inspires-tu point, sublime amour de la patrie!

LIVRE DIXIÈME.

Déjà les Natchez s'approchaient de l'ennemi. Chépar fait un signe : le centre de l'armée se replie et démasque les foudres ; à chaque bronze se tient un guerrier avec une mèche enflammée. L'infanterie exécute un mouvement rapide : les grenadiers du premier rang tombent un genou en terre ; les deux autres rangs tournent obliquement et présentent, par les brisures de la ligne, le flanc et les armes aux Indiens. A ce mouvement, les Natchez s'arrêtent et retiennent toutes leurs voix ; un silence et une immobilité formidable règnent des deux côtés : on n'entend que le bruit des ailes de la mort qui plane sur les bataillons.

Lorsque l'ardente canicule engendre dans les mers du Mexique le vent pestilentiel du midi, ce vent destructeur pousse, en haletant, une haleine humide et brûlante. La nature se voile : les paysages s'agrandissent, la lumière scarlatine des tropiques se répand sur les eaux, les bois et les plaines ; des nuages pendent en énormes fragments aux deux

horizons du ciel; un midi dévorant semble être levé pour
toujours sur le monde; on croit toucher à ces temps an-
noncés de l'embrasement de l'univers : ainsi paraissent les
armées arrêtées l'une devant l'autre, et prêtes à se charger
avec furie. Mais l'épée de Chépar a brillé... Muse, soutiens
ma voix, et tire de l'oubli les noms de ces guerriers dignes
d'être connus de l'avenir!

Une fumée blanche, d'où s'échappent à chaque instant des
feux, enveloppe d'abord les deux armées. Une odeur de salpêtre, qui irrite le courage, s'exhale de toutes parts. On
entend le cri des Indiens, la voix des chefs français, le hennissement des chevaux, le sifflement de la balle, du boulet
et, des bombes qui montent avec une lumière dans le ciel.

Tant que les Natchez conservent du plomb et des poudres,
leurs tubes empruntés à l'Europe ne cessent de brûler dans
la main de leurs chasseurs : tous les coups que dirige un
œil exercé portent le deuil dans le sein de quelque famille.
Les traits des Français sont moins sûrs : les bombes se croisent sans effet dans les airs, comme l'orbe empenné que
des enfants se renvoient sur la raquette. Folard est surpris
de l'inutilité de son art, et Chépar de la résistance des sauvages. Mais lorsque ceux-ci ont épuisé les semences de feu
qu'ils avaient obtenues des peuples d'Albion, Adario élève
la voix :

« Jeunes guerriers des tribus du Serpent et du Castor,
suivez vos pères, ils vont vous ouvrir le chemin. »

Il dit et fond à la tête des sachems sur les enfants des
Gaules. Outougamiz l'entendit, et se tournant vers ses compagnons :

« Amis, imitons nos pères! »

Suivi de toute la jeunesse, il se précipite dans les rangs des
Français.

Comme deux torrents formés par le même orage descendent parallèlement le flanc d'une montagne, et menacent la
mer de leur égale fureur, ainsi les deux troupes des sachems
et des jeunes guerriers attaquent à la fois les ennemis; et
comme la mer repousse ces torrents, ainsi l'armée française
oppose sa barrière à l'assaut des deux bataillons. Alors com-

mence un combat étrange. D'un côté, tout l'art de la moderne Bellone, telle qu'elle parut aux plaines de Lens, de Rocroy et de Fleurus; de l'autre, toute la simplicité de l'antique Mars, tel qu'on le vit marcher sur la colline des Figuiers et aux bords du Simoïs. Un vent rapide balaye la fumée, et le champ de bataille se découvre. La difficulté du terrain, encombré par les forêts abattues, rend l'habileté vaine et remet la victoire à la seule valeur; les chevaux engagés entre les troncs des arbres déchirent leurs flancs ou brisent leurs pieds; la pesante artillerie s'ensevelit dans des marais; plus loin, les lignes de l'infanterie, rompues par l'impétuosité des sauvages, ne peuvent se reformer sur un terrain inégal, et l'on combat partout homme à homme.

Maintenant, ô Calliope, quel fut le premier Natchez qui signala sa valeur dans cette mêlée sanglante?

Ce fut vous, fils magnanime du grand Siphane, indomptable et terrible Adario.

Les sauvages ont raconté que sous les ombrages de la Floride, dans une île au milieu d'un lac qui étend ses ondes comme un voile de gaze, coule une mystérieuse fontaine. Les eaux de cette fontaine peuvent redresser les membres pliés par les ans [1], et rebrunir, au feu des passions, la chevelure sur la tête blanchie des vieillards. Un éternel printemps habite au bord de cette source : là, les ormeaux n'entretiennent avec le lierre que des amitiés nouvelles; là, les chênes sont étonnés de ne compter leurs années que par l'âge des roses. Les illusions de la vie, les songes du bel âge, habitent avec les zéphyrs les feuilles de lianes qui projettent sur le cristal de la fontaine un réseau d'ombre. Les vapeurs qui s'exhalent des bois d'alentour sont les parfums de la jeunesse; les colombes qui boivent l'eau de la source, les fleurs qu'elle arrose dans son cours, ont sans cesse des œufs dans leur nid, des boutons sur leur tige. Jamais l'astre de la lumière ne se couche sur ces bords enchantés, et le ciel y est toujours entr'ouvert par le sourire de l'Aurore.

Ce fut à cette fontaine, dont la renommée attira les pre-

---

[1] Tradition historique

miers Européens dans la Floride, que le génie de la patrie
alla, d'après le récit des Natchez, puiser un peu d'eau : il
verse, au milieu de la bataille, quelques gouttes de cette
eau sur la tête du fils de Siphane. Le sachem sent rentrer
dans ses veines le sang de sa première jeunesse : ses pas
deviennent rapides, son bras s'étend et s'assouplit, sa main
reprend la fermeté de son cœur.

Il y avait dans l'armée française un jeune homme nommé
Sylvestre, que le chagrin d'un amour sans espérance avait
amené sur ces rives lointaines pour y chercher la gloire ou
la mort. Le riche et inflexible Aranville n'avait jamais voulu
consentir à l'hymen de son fils avec l'indigente Isabelle. Adario aperçut Sylvestre au moment où il essayait de dégager ses
pieds d'une vigne rampante : le sachem, levant sa massue,
en décharge un coup sur la tête de l'héritier d'Aranville : la
tête se brise comme la calebasse sous le pied de la mule ré-
tive. La cervelle de l'infortuné fume en se répandant à terre.
Adario insulte par ces paroles à son ennemi :

« En vérité, c'est dommage que ta mère ne soit pas ici !
elle baignerait ton front dans l'eau d'esquine ! Moi qui ne suis
qu'un barbare, j'ai grossièrement lavé tes cheveux dans ton
sang ! Mais j'espère que tu pardonneras à ma débile vieillesse, car je te promets un tombeau... dans le sein des
vautours. »

En achevant ces mots, Adario se jette sur Lesbin ; il lui
enfonce son poignard entre la troisième et la quatrième côte
à l'endroit du cœur : Lesbin s'abat comme un taureau que
le stylet a frappé. Le sachem lui appuie un pied sur le cou ;
d'une main, il saisit et tire à lui la chevelure du guerrier,
de l'autre il la découpe avec une partie du crâne, et, suspendant l'horrible trophée à sa ceinture, il assaillit le brave
Hubert qui l'attendait. D'un coup de son fort genou Adario
lui meurtrit le flanc, et tandis qu'Hubert se roule sur la poussière, du tranchant de sa hache l'Indien lui abat les deux
bras, et le laisse expirer rugissant.

Comme un loup qui, ayant dévoré un agneau, ne respire
plus que le meurtre, le sachem vise l'enseigne Gédoin, et
d'une flèche lui attache la main au bâton du drapeau fran-

çais. Il blesse ensuite Adémar, le fils de Charles. Habitant des rives de la Dordogne, Adémar avait été élevé avec toute sorte de tendresse par un vieux père dont il était le seul appui, et qu'il nourrissait de l'honorable prix donné à ses armes. Mais Charles ne devait jamais presser son fils dans ses bras, au retour des pays lointains. La hache du sachem, atteignant Adémar au visage, lui enleva une partie du front, du nez et des lèvres. Le soldat reste quelque temps debout, objet affreux, au milieu de ses compagnons épouvantés : tel se montre un bouleau dont les sauvages ont enlevé l'écorce au printemps ; le tronc mis à nu, et teint d'une sève rougie, se fait apercevoir de loin parmi les arbres de la forêt, Adémar tombe sur son visage mutilé, et la nuit éternelle l'environne.

Comme une laie de Cilicie, ou comme un tigre du désert de Sahara, qui défend ses petits, Adario, redoublant de fureur à la vue de ses propres exploits, s'écrie :

« Voilà comme vous périrez tous, vils étrangers ! tel est le sort que vous réservent les Natchez ! »

En même temps il arrache un mousquet à Kerbon, et lui plonge dans la bouche la baïonnette : le triple glaive perce le palais et sort par le haut du crâne de la pâle victime, dont les yeux s'ouvrent et se ferment avec effort. Adario abandonne l'arme avec le cadavre, qui demeurent écartés et debout, comme les deux branches d'un compas.

Soulevant une pierre énorme, telle que deux Européens la porteraient à peine pour marquer la borne de quelques jeux dans une fête publique, le sachem la lance aussi légèrement qu'une flèche contre le fils de Malherbe. La pierre roule et fracasse les jambes du soldat : il frappe le sol de son front, et, dans sa douleur, mord les ronces ensanglantées. O Malherbe ! la faux de la mort te moissonne au milieu de tes belles années ! Mais tant que les Muses conserveront le pouvoir d'enchanter les peuples, ton nom vivra comme ceux des Français auxquels ton illustre aïeul donna l'immortalité !

Partout Adario se fait jour avec la hache, la massue, le poignard ou les flèches. Geblin, qu'enivre la gloire ; d'Assas, au nom héroïque; l'imprudent d'Estaing, qui eût osé défier Mars lui-même; Marigni, Comines, Saint-Alban, cèdent au fils de Siphane. Animés par son exemple, les Natchez viennent mugissant comme des taureaux sauvages, bondissant comme des léopards. La terre se pèle et s'écorche sous les pas redoublés et furieux des guerriers; des tourbillons de poussière répandent de nouveau la nuit sur le champ de bataille; les visages sont noircis, les armes brisées, les vêtements déchirés, et la sueur coule en torrents du front des soldats.

Alors le ciel envoya l'épouvante aux Français. Fébriano, qui combattait devant le sachem, fut le premier à prendre la fuite, et les soldats, abandonnés de leurs chefs, ouvrent leurs rangs.

Adario et les sachems y pénètrent avec un bruit semblable à celui des flots qui jaillissent contre les épieux noircis, plantés devant les murs d'une cité maritime. Chépar, du haut d'une colline, voit la défaite de l'aile gauche de son armée; il ordonne à d'Artaguette de faire avancer ses grenadiers. En même temps Folard, parvenu à sauver quelques bronzes, les place sur un tertre découvert, et commence à foudroyer les sachems.

Vous prévîtes le dessein du commandant des Français, vaillant frère de Céluta! et pour sauver vos pères, vous vous élançâtes, soutenu des jeunes Indiens, contre la troupe choisie. Trois fois les compagnons d'Outougamiz s'efforcent de rompre le bataillon des grenadiers, trois fois ils se viennent briser contre la masse impénétrable.

L'ami de René s'adressant au ciel :

« O génies! si vous nous refusez la victoire, accordez-nous donc la mort. » Et il attaque d'Artaguette.

Deux coursiers, fils des vents, et amants d'une cavale, fille d'Éole, du plus loin qu'ils s'aperçoivent dans la plaine, courent l'un à l'autre avec des hennissements. Aussitôt que leurs haleines enflammées se mêlent, ils se dressent sur leurs jarrets, s'embrassent, couvrent d'écume et de sang leur crinière, et cherchent mutuellement à se dévorer; puis tout à coup se quittant pour se charger de nouveau, tournant la

croupe, dressant leurs queues hérissées, ils heurtent leurs
soles dans les airs : des étincelles jaillissent du demi-cercle
d'airain qui couvre leurs pieds homicides. Ainsi combattaient
d'Artaguette et Outougamiz; tels étaient les éclairs qui partaient de l'acier de leurs glaives. La foudre dirigée par Folard les oblige à se séparer, et répand le désordre dans les
rangs des jeunes Natchez.

« Tribus du Serpent et de la Tortue! s'écrie le frère de
Céluta, soutenez l'assaut de d'Artaguette, tandis que je vais,
avec les alliés, m'emparer des tonnerres. »

Il dit : les guerriers alliés marchent derrière lui deux à
deux, et s'avancent vers la colline où les attend Folard. Intrépides sauvages, si mes chants se font entendre dans l'a-
venir, si j'ai reçu quelque étincelle du feu de Prométhée,
votre gloire s'étendra parmi les hommes aussi longtemps que
le Louvre dominera les flots de la Seine; aussi longtemps
que le peuple de Clovis continuera d'être le premier peuple
du monde, aussi longtemps que vivra la mémoire de ces
laboureurs qui viennent de renouveler le miracle de votre
audace dans les champs de la Vendée [1].

Outougamiz commence à gravir la colline ; bientôt il disparaît dans un torrent de feu et de fumée : tel Hercule s'é-
levait vers l'Olympe, dans les flammes de son bûcher; tel
sur la voie d'Airain, et près du temple des Euménides, un
orage ravit Œdipe au séjour des dieux. Rien n'arrête les
Indiens dont le péril s'accroît à mesure qu'ils approchent
des bouches dévorantes. A chaque pas, la mort enlève quelques-uns des assaillants. Tansou, qui se plaît à porter un
arc de cèdre, reçoit un boulet au milieu du corps; il se sépare en deux comme un épi rompu par la main d'un enfant. Kiousse, qui, prêt à s'engager dans les chaînes de
l'hymen, avait déjà éteint le flambeau dans la cabane de sa
maîtresse, voit ses pieds rapides soudainement écrasés; il
tombe du haut d'un roc dans une terre limoneuse où il demeure enfoncé jusqu'à la ceinture; Tani est frappé d'un

---

[1] On voit par ce passage à quelle époque ce livre a été écrit.

globe d'airain à la tête; son crâne emporté se va suspendre par la chevelure à la branche fleurie d'un érable.

De tous ces guerriers, Sépine suivait Outougamiz avec le plus d'ardeur. Ce héros descendait d'OEkala qui avait régné sur les Siminoles. OEkala eut trois fils : Nape, qui devançait les chevreuils à la course; Téran, qui épousa Nitianis, dont les esprits stériles fermèrent le sein; et Scoute, qui fut le dernier des trois enfants d'OEkala. Scoute eut de la chaste Nibila la charmante Élisoë et le fier Alisinape, père de Sépine. Cet ardent sauvage avait promis à sa mère de lui apporter la chevelure du commandant des Français; mais il avait négligé de faire des sacrifices aux génies, et il ne devait plus rentrer dans la cabane de ses pères. Un boulet l'atteignit dans les parties inférieures du corps. Renversé sur la terre, il se roule dans ses entrailles. Son ami, Télaza, lui tend la main pour l'aider à se relever; mais un second boulet arrache le bras secourable qui va frapper Outougamiz.

Déjà il ne restait plus que soixante guerriers de la troupe qui escaladait la colline des foudres : ils arrivent au sommet. Outougamiz, perçant à travers les baïonnettes que Folard oppose à ses efforts, s'élance le premier sur un canon, abat la tête du cyclope qui allait y porter la mèche, embrasse le tube, et appelle à lui les sauvages. Là se fait un carnage épouvantable des Français et des Indiens. Folard crie aux premiers :

« Quelle honte pour vous, si vous étiez vaincus! »

Outougamiz crie aux seconds :

« Encore un moment de courage, et à nous la victoire! »

On entend le frémissement du sang qui se dessèche et s'évapore en tombant sur la machine rougie, pour la possession de laquelle on combat. Les décharges des mousquets et des batteries font de la colline un effroyable chaos. Tels sont les mugissements, les ténèbres et les lueurs de l'Etna, lorsque le volcan se réveille : un ciel d'airain d'où tombe une pluie de cendre, s'abaisse sur les campagnes obscurcies, au milieu desquelles la montagne brûle avec un funèbre flambeau; des fleuves d'un feu violet sillonnent les plaines mouvantes; les hommes, les cités, les monuments, disparaissent, et Vulcain, vainqueur de Neptune, fait bouillonner les mers sur ses fourneaux embrasés.

Toutes les fureurs de la guerre se rassemblent autour du bronze qu'a saisi le frère de Céluta. Les Indiens tâchent d'ébranler la lourde masse, et de la précipiter du haut du coteau : les uns l'embrassent par sa bouche béante ; les autres poussent avec effort les roues qui laissent dans le sol de profondes traces ; ceux-ci tournent contre les Français les armes qu'ils leur ont arrachées ; ceux-là se font massacrer sur le canon que souillent la moelle éparse, les cervelles fumantes, les lambeaux de chair, les fragments d'os. Chaque soldat, noirci par le salpêtre, est couvert du sang de ses amis et de ses ennemis. On se saisit par les cheveux ; on s'attaque avec les pieds et les mains ; tel a perdu les bras qui se sert de ses dents pour combattre : c'est comme un festin de la mort. Déjà Folard est blessé ; déjà l'héroïsme de quelques sauvages l'emporte sur tout l'art européen, lorsqu'un grenadier parvient à mettre le feu au tube. Aussitôt la couleuvre de bronze dégorge ses entrailles avec un dernier rugissement : sa destinée étant accomplie, elle éclate, mutile, renverse, tue la plus grande partie des guerriers qui l'environnent. L'on n'entend qu'un cri, suivi d'un silence formidable.

Comme deux flottes puissantes, se disputant l'empire de Neptune, se rencontrent à l'embouchure de l'antique Égyptus, le combat s'engage à l'entrée de la nuit. Bientôt un vaisseau s'enflamme par sa poupe pétillante : à la lueur du mouvant incendie on distingue la mer semblable à du sang et couverte de débris : la terre est bordée des nations du désert ; les navires, ou démâtés, ou rasés au niveau des vagues, dérivent en brûlant. Tout à coup le vaisseau en feu mugit ; son énorme carcasse crève, et lance jusqu'au ciel les tubes d'airain, les pins embrasés et les cadavres des matelots : la nuit et le silence s'étendent sur les ondes. Outougamiz reste seul de sa troupe, après l'explosion du foudre. Il se voulait jeter parmi les Français, mais le génie de l'amitié lui fait au fond du cœur cette réprimande :

« Où cours-tu, insensé ? de quel fruit ta mort peut-elle

être maintenant à ta patrie? Réserve ce sacrifice pour une occasion plus favorable, et souviens-toi que tu as un ami. »

Ému par ces tendres sentiments, le fils de Tabamica bondit du haut de la colline, va se plonger dans le fleuve; et, animé par la fraîcheur de l'onde, il rejoint les guerriers qui n'avaient cessé de combattre contre d'Artaguette.

Les Sachems, aussi prudents qu'intrépides, craignant d'être coupés dans leur retraite, s'étaient réunis aux bataillons de leurs fils. Tous ensemble soutenaient à peine les efforts de Beaumanoir, qui, du côté des Français, obtenait l'honneur de la journée. Beaumanoir avait pour ancêtre ce fameux chevalier breton qui but son sang au combat des Trente. Douze générations séparaient Beaumanoir de cette source illustre : Étienne, Matthieu, Charles, Robert, Geoffroy, le second Étienne, Paul, François, qui mourut à Jarnac, George le Balafré, Thomas, François deuxième du nom, et Jean le Solitaire, qui habitait le donjon d'où l'on découvre la colline isolée [1] que couronnent les ruines d'un temple druidique.

Armé d'un casse-tête à l'instar de l'ennemi, Beaumanoir ravage les rangs des Natchez : Adario soutient à peine sa furie. Déjà le vieux Nabal, le riche Lipoé qui possédait deux cents peaux de castor, trente arcs de bois de merisier et trois cabanes; Ouzao, de la tribu du Serpent; Arimat qui portait un aigle d'azur sur son sein, une perle à sa lèvre, et une couronne de plumes sur sa tête, tous ces guerriers avaient péri sous les ongles de ce fier lion, Beaumanoir.

On remarquait dans l'armée des Natchez un sachem redouté, le robuste Nipane; trois fils secondaient son courage : Tanitien aux oreilles découpées; Masinaïke, favori de sa mère, et le grand Ossani. Les trois Nipanides, s'avançant à la tête des sauvages, lançaient leurs flèches contre les Français et se retiraient ensuite à l'abri de la valeur de leur père. Comme un serpent à la peau changeante, à la queue sonore, reposant aux ardeurs du soleil, veille sur ses enfants qui se jouent autour de lui; si quelque bruit vient à se

---

[1] Mont Dol.

faire entendre, les jeunes reptiles se réfugient dans la bouche de leur mère; l'amour les renferme de nouveau dans le sein dont l'amour les fit sortir : tel était Nipane et ses fils.

Au moment où les trois frères allaient attaquer Beaumanoir, Beaumanoir fond sur eux comme le milan sur des colombes. Nipane, qui observe le mouvement du guerrier français, s'avance pour secourir les objets de sa vigilante tendresse. Privé d'une victoire qu'il regardait comme assurée, le soldat breton se tourne vers le sachem, et l'abat d'un coup de massue.

A la vue de Nipane terrassé, les Natchez poussent un cri : Tanitien, Masinaïke et Ossani lancent à la fois leurs flèches contre le meurtrier de leur père. Beaumanoir se baisse pour éviter la mort, et, se jetant sur les trois jeunes sauvages, il les immole.

Nipane, revenu de son évanouissement, mais répandant le sang par les yeux et par les narines, ne peut, heureux dans son infortune, apercevoir ses fils étendus à ses côtés.

« O mes fils! dit-il d'une voix mourante, sauvez mon corps de la rage des Français. Est-il rien de plus pitoyable qu'un sachem renversé par Areskoui? Les ennemis comptent ses cheveux blancs et insultent à son cadavre : « Insensé, » disent-ils, pourquoi quittais-tu le bâton de chêne? » Ils le dépouillent et plaisantent entre eux sur les restes inanimés du vieillard. »

Nipane expire, en parlant en vain à ses fils, et, arrivé chez les morts, il gémit de retrouver ces mêmes fils qui l'ont précédé dans la tombe.

Le grand prêtre, armé d'une torche ardente, rallie les sauvages autour du corps de Nipane. Adario et Outougamiz enlèvent le cadavre; mais Beaumanoir saisit d'une main le sachem, l'oblige à lâcher sa proie, tandis que de l'autre main il lève la massue. Adario recule et détourne le coup. Alors le ciel marque à la fois la fin de la gloire et de la vie de Beaumanoir. D'un revers de sa hache, Adario fend le côté de son ennemi : le Breton sent l'air entrer dans sa poitrine par un chemin inconnu, et son cœur palpiter à découvert. Ses yeux deviennent blancs; il tord les lèvres; ses dents claquent; la massue échappe à sa main; il tombe : la vie l'abandonne; ses membres se roidissent dans la mort.

Adario s'élançant sur Beaumanoir pour lui enlever sa chevelure :

« A moi, Natchez! s'écrie-t-il, Nipane est vengé! »

Les sauvages jettent de grandes clameurs, et reviennent à l'attaque. Du côté des Français, les tambours battent la charge, la musique et les clairons retentissent : d'Artaguette, faisant baisser la baïonnette à ses grenadiers, s'avance pour protéger le corps de son loyal compagnon d'armes. La mêlée devient horrible : Lameck reçoit au-dessous des côtes un coup d'épée, comme il saisissait par les pieds le cadavre de Beaumanoir. La membrane qui soutenait les entrailles de Lameck est rompue; elles s'affaissent dans les aines, lesquelles se gonflent comme une outre. L'Indien se pâme avec d'accablantes douleurs et un dur sommeil ferme ses yeux.

Le sort du noble Yatzi ne fut pas moins déplorable : ce guerrier descendait des rois Yendats, qui avaient régné sur les grands lacs. Lorsque les Iroquois envahirent la contrée de ses pères, sa mère le sauva dans une peau d'ours, et, l'emportant à travers les montagnes, elle devint suppliante aux foyers des Natchez. Élevé sur ces bords étrangers, Yatzi déploya au sortir de l'enfance la générosité d'un roi et la vaillance de ses ancêtres. Sa hutte était ouverte à tous les infortunés, car il l'avait été lui-même : la solitude n'avait point de cœur plus hospitalier.

Yatzi voit dans les rangs ennemis un Français qu'il avait reçu jadis sur la natte : le fils de l'exil, prenant à sa ceinture un calumet de paix, s'avance pour renouveler l'alliance de la cabane; mais le Français qui ne le reconnaît pas, lui appuie un pistolet sur la poitrine : le coup part; la balle fracasse la moelle épinière; Yatzi, enveloppé d'une nuit soudaine, roule aux pieds de son hôte. Son âme, égarée sur ses lèvres, est prête à s'envoler vers celui qui reçoit le voyageur fatigué.

Transporté de colère, Siégo, autre banni des bois canadiens, Siégo qui était né sous un savanier (car sa mère fut surprise des douleurs de l'enfantement en allant à la fon-

taine), Siégo prétend tirer une vengeance éclatante du sort
que vient d'éprouver son ami. Insensé qui courait lui-même
à sa perte! une balle lancée au hasard lui crève le réservoir
du fiel. Le guerrier sent aussitôt sur sa langue une grande
amertume; son haleine expirante fait monter, comme par le
jeu d'une pompe, le sang qui vient bouillonner à ses lèvres.
Ses genoux chancellent; il s'affaisse doucement sur l'infortuné Yatzi qui, d'un dernier mouvement convulsif, le serre
dans ses bras : ainsi l'abeille se repose dans le calice de la
miraculeuse Dionée, mais la fleur se referme sur la fille du
ciel, et l'étouffe dans un voile parfumé.

Les Indiens à leur tour arrachent à la vie une foule de
Français, et sarclent le champ de bataille. A la supériorité
de l'art, ils opposent les avantages de la nature : leurs coups
sont moins nombreux, mais ils portent plus juste. Le climat
ne leur est point un fardeau; les lieux où ils combattent
sont ceux où ils s'exercèrent aux jeux de leur enfance : tout
leur est arme, rempart ou appui ; ils nagent dans les eaux,
ils glissent ou ils volent sur la terre. Tantôt cachés dans les
herbes, tantôt montés sur les chênes, ils rient du boulet
qui passe sur leur tête ou sous leurs pieds. Leurs cris, leurs
chants, le bruit de leurs chichikoués et de leurs fifres, annoncent un autre Mars, mais un Mars non moins redoutable
que celui des Français. Les cheveux rasés ou retroussés des
Indiens, les plumes et les ornements qui les décorent, les couleurs qui peignent le visage du Natchez, les ceintures où brille
la hache, où pendent le casse-tête et le couteau d'escalpe,
contrastent avec la pompe guerrière européenne. Quelquefois
les sauvages attaquent tous ensemble, remplissant l'espace
qui les sépare des ennemis de gestes et de danses héroïques;
quelquefois ils viennent un à un combattre un adversaire
qu'ils ont remarqué comme étant le plus digne d'éprouver
leur valeur.

Outougamiz se distingue de nouveau dans cette lutte re-
naissante. On le prendrait pour un guerrier échappé récem-
ment au repos de ses foyers, tant il déploie de force et
d'ardeur. Le tranchant de sa hache était fait d'un marbre
aiguisé avec beaucoup de soin par Akomanda, aïeul du jeune

héros. Ce marbre avait ensuite été inséré, comme une greffe, dans la tige fendue d'un plant de cormier : l'arbuste en croissant s'était refermé sur la pierre; et, coupé à une longueur de flèche, il était devenu un instrument de mort dans la main des guerriers.

Outougamiz fait tourner l'arme héréditaire autour de sa tête, et, la laissant échapper, elle va, d'un vol impétueux, frapper Valbel au-dessous de l'oreille gauche : la vertèbre est coupée. Le soldat ami de la joie penche la tête sur l'épaule droite, tandis que son sang rougit son bras et sa poitrine : on dirait qu'il s'endort au milieu des coupes de vin répandues, comme il voulait faire dans les orgies d'un festin.

Le rapide sauvage suit la hache qu'il a lancée, la reprend, et en décharge un coup effroyable sur Bois-Robert, dont la poitrine s'ouvre comme celle d'une blanche victime sous le couteau du sacrificateur. Bois-Robert avait pour aïeul ce guerrier qui escalada les rochers de Fécamp. Il comptait à peine dix-sept années : sa mère, assise sur le rivage de la France, avait longtemps regardé, en répandant des pleurs, le vaisseau qui emportait le fils de son amour. Outougamiz est tout à coup frappé de la pâleur du jeune homme, de la grâce de cette chevelure blonde qui ombrage un front décoloré, et descend, second voile, sur des yeux déjà recouverts de leurs longues paupières.

« Pauvre non-pareille, lui dit-il, qui te revêtais à peine d'un léger duvet, te voilà tombée de ton nid! Tu ne chanteras plus sur la branche! Puisse ta mère, si tu as une mère, pardonner à Outougamiz! Les douleurs d'une mère sont bien grandes. Hélas! tu étais à peu près de mon âge! Et moi aussi, il me faudra mourir; mais les esprits sont témoins que je n'avais aucune haine contre toi; je n'ai fait ce mal qu'en défendant la tombe de ma mère. »

Ainsi, vous parliez, naïf et tendre sauvage; les larmes roulaient dans vos yeux. Bois-Robert entendit votre simple éloge funèbre, et il sourit en exhalant son dernier soupir.

Tandis que, vaincus et vainqueurs, les Français et les Natchez continuent de toute part le combat, Chépar ordonne aux légers dragons de mettre pied à terre, d'écarter les arbres et les morts pour ouvrir un passage à la pesante cavalerie et au bataillon helvétique. L'ordre est exécuté. On roule avec effort, on soulève avec des leviers faits à la hâte le tronc des chênes, les débris des canons et des chars : un écoulement est ouvert aux eaux dont le fleuve a inondé la plaine.

De paisibles castors, dans des vallons solitaires, s'empressent à finir un commun ouvrage : les uns scient des bouleaux et les abattent sur le courant d'une onde, afin d'en former une digue; les autres traînent sur leur queue les matériaux destinés aux architectes; les palais de la Venise du désert s'élèvent; des artisans du luxe en tapissent les planchers avec une fraîche verdure, et préparent les salles du bain, tandis que des constructeurs bâtissent plus loin, au bord du lac, les agréables châteaux de la campagne. Cependant de vieux castors, pleins d'expérience, dirigent les travaux de la république, font préparer les magasins de vivres, placent des sentinelles avancées pour la sûreté du peuple, récompensent les citoyens diligents, et exilent les paresseux; ainsi l'on voyait travailler les Français sur le champ des combats. Partout se forment des pyramides où les guerriers moissonnés par le fer sont entassés au hasard : les uns ont le visage tourné vers la terre qu'ils pressent de leurs bras roidis; les autres laissent flotter leurs chevelures sanglantes du haut des pyramides funèbres, comme les plantes humides de rosée pendent du flanc des roches : ceux-ci sont tournés sur le côté; ceux-là semblent regarder le ciel de leurs yeux hagards, et sur leurs traits immobiles la mort a fixé les convulsions de la vie fugitive. Des têtes séparées du tronc, des membres mutilés remplissent les vides de ces trophées; du sang épaissi cimente ces épouvantables monuments de la rage des hommes et de la colère du ciel. Bien différents, s'élèvent dans une riante prairie, au milieu des ruisseaux et des doux ombrages, ces monceaux d'herbes et de fleurs tombées sous la faux de l'homme champêtre : Flore, un râteau à la main, invite les bergers à danser à la fête printanière; et les jeunes filles, avec leurs compagnes, se laissent rouler en folâtrant du sommet de la meule embaumée.

La trompette sonne, et la cavalerie se précipite dans les chemins qui lui sont ouverts. Un bruit sourd s'élève de la terre que l'on sent trembler sous ses pas. Des batteries soudainement démasquées mugissent à la fois. Les échos des forêts multiplient la voix de ces tonnerres, et le Meschacebé y répond en battant ses rives. Satan mêle à ce tumulte des rumeurs surnaturelles qui glaceraient d'effroi les cœurs les plus intrépides. Jamais tel bruit n'avait été ouï, depuis le jour où le chaos, forcé de fuir devant le Créateur, se précipita aux confins des mondes arrachés de ses entrailles; un fracas plus affreux ne se fera point entendre, lorsque la trompette de l'ange réveillant les morts dans leur poussière, tous les tombeaux s'ouvriront à la fois, et reproduiront la race pâlissante des hommes. Les légions infernales répandues dans les airs obscurcissent le soleil; les Indiens crurent qu'il s'allait éteindre. Tremblantes sur leurs bases, les Andes secouèrent leurs glaçons, et les deux océans soulevés menacèrent de rompre l'isthme qui joint l'une et l'autre Amérique.

Suivi de ses centaures, Causans plonge dans les rangs des Natchez. Comme, dans une colonie naissante, un laboureur, empruntant de son voisin des poulains et des cavales, les fait entrer dans une grange où les gerbes de froment sont régulièrement étendues, des enfants, placés au centre de l'aire, contraignent par leurs cris joyeux les paisibles animaux à fouler les richesses rustiques; une charmante harmonie règne entre la candeur des enfants, l'innocence des dons de Cérès, et la légèreté des jeunes poulains qui bondissent sur les épis, en suivant leurs mères : Causans et ses chevaux homicides broient sous leurs pas une moisson de héros. Et comme des abeilles, dont un ours a découvert les trésors dans le creux d'un chêne, se jettent sur le ravisseur et le percent de leur aiguillon, ainsi, ô Natchez! le poignard à la main, vous résistez aux cavaliers et à leur chef, fils du brave Henri et de l'aimable Laure.

Les chevaux percés de flèches bondissent, se cabrent, secouent leur crinière, frottent leur bouche écumante contre leur pied roidi, ou lèvent leurs naseaux sanglants vers le ciel; superbes encore dans leur douleur guerrière, soit qu'ils aient renversé leurs maîtres, soit qu'ils les emportent à travers le champ de bataille.

Peut-être, dans l'ardeur dont les combattants étaient animés, tous les Français et tous les Indiens allaient périr, si, des bords entr'ouverts du firmament, Catherine des Bois, qui voyait ce massacre, n'eût levé les mains vers le trône du Tout-Puissant. Une voix divine se fit entendre :

« Vierge compatissante, cessez vos douleurs; ma miséricorde viendra après ma justice. Mais bientôt l'auteur de tous ces maux va suspendre lui-même, afin de mieux favoriser ses projets, la fureur des guerriers. »

Ainsi retentirent dans l'éternité ces paroles qui tombèrent de soleil en soleil, et descendirent, comme une chaîne d'or, jusqu'aux abîmes de la terre.

En même temps le roi des enfers, jugeant le combat arrivé au point nécessaire pour l'accomplissement de ses desseins, songe à séparer les combattants.

Il vole à la grotte où le démon de la nuit se cache pendant que le soleil anime la nature. La reine des ténèbres était alors occupée à se parer. Les Songes plaçaient des diamants dans sa chevelure azurée; les Mystères couvraient son front d'un bandeau, et les Amours, nouant autour d'elle les crêpes de son écharpe, ne laissaient paraître qu'une de ses mamelles, semblable au globe de la lune : pour sceptre, elle tenait à la main un bouquet de pavots. Tantôt elle souriait dans un profond silence, tantôt elle faisait entendre des chants comme ceux du rossignol; la volupté rouvrait sans cesse ses yeux qu'un doux sommeil fermait sans cesse; le bruit de ses ailes imitait le murmure d'une source ou le frémissement du feuillage; les zéphyrs naissaient de son haleine. Ce démon de la nuit avait toutes les grâces de l'ange de la nuit; mais, comme celui-ci, il ne présidait point au repos de la vertu, et ne pouvait inspirer que des plaisirs ou des crimes.

LES NATCHEZ.

Jamais le monarque des ombres n'avait vu sa fille aussi charmante :

« Ange ravissant, lui dit-il, il n'est pas temps de vous parer : quittez ces brillants atours, et prenez votre robe des tempêtes. Vous savez ce que vous me devez : vous n'étiez pas avant la chute de l'homme, et vous avez pris naissance dans mes ténèbres. »

La Nuit, fille obéissante, arrache ses ornements : elle se revêt de vapeurs et de nuages, comme lorsqu'elle veut favoriser des amours funestes ou les noirs complots de l'assassin. Elle attelle à son char deux hibous qui poussent des cris dolents et lamentables : conduite par le prince des enfers, elle arrive sur le champ de bataille.

Soudain les guerriers cessent de se voir, et ne portent plus dans l'ombre que des coups inutiles. Le ciel ouvre ses cataractes ; un déluge, se précipitant des nues, éteint les salpêtres de Mars. Les vents agitent les forêts; mais cet orage est sans tonnerre, car Jéhova s'est réservé les trésors de la grêle et de la foudre.

Le combat cesse : Chépar fait sonner la retraite ; l'armée française se replie confusément dans l'obscurité, et rétrograde vers ses retranchements. Chaque chef suit avec sa troupe le chemin qu'il croit le plus court, tandis que des soldats égarés tombent dans les précipices, ou se noient dans les torrents.

Alors la Nuit, déchirant ses voiles et calmant ses souffles, laisse descendre une lueur incertaine sur le champ du combat où les Indiens étaient demeurés épars. Aux reflets de la lune, on apercevait des arbres brisés par les bombes et les boulets, des cadavres flottant dans le débordement du Meschacebé, des chevaux abattus ou errant à l'aventure, des caissons, des affûts et des canons renversés, des armes et des drapeaux abandonnés, des groupes de jeunes sauvages immobiles et quelques sachems isolés, dont la tête chauve et mouillée jetait une pâle lumière. Ainsi, du haut de la forteresse de Memphis, quand le Nil a surmonté ses rivages, on découvre, au milieu des plaines inondées, quelques palmiers à demi déracinés, des ruines qui sortent du sein des flots, et le sommet grisâtre des pyramides.

Bientôt ce qui reste des tribus se retire vers les Bocages de la Mort. Outougamiz, en pénétrant dans l'enceinte sacrée, entrevoit, assis sur un tombeau, un guerrier couvert de sang. Le frère de Céluta s'arrête :

« Qui es-tu? dit-il ; es-tu l'âme de quelque guerrier tombé aujourd'hui sous le tomahawk d'Areskoui, en défendant les foyers de nos pères? »

L'ombre inclinée ne répond point ; le grand prêtre survient, et s'avance vers le fantôme avec des évocations. Les sauvages le suivent. Soudain un cri :

« Un homme blanc! un homme blanc! »

D'Artaguette, blessé dans le combat et perdu dans la nuit, s'était réfugié aux tombeaux des sauvages. Outougamiz reconnaît le Français contre lequel il a combattu, le Français protecteur de Céluta, le Français ami de René. Touché des malheurs de d'Artaguette et désirant le sauver, il le réclame comme son prisonnier.

« Je ne souffrirai point, s'écrie-t-il, que l'on brûle ce suppliant. Quoi! il aurait vainement demandé l'hospitalité aux tombeaux de nos aïeux? il aurait en vain cherché la paix dans le lieu où toutes les guerres finissent? Et que dirait René du pays de l'Aurore, le fils adoptif du sage Chactas, cet ami qui m'a donné la chaîne d'or? « Va, me » dirait-il, homme cruel, cherche un autre compagnon pour » errer dans les vallées ; je ne veux point de commerce avec » les vautours qui déchirent les infortunés. » Non! non! je ne descendrai point chez les morts avec un pareil grain noir dans le collier de ma vie. »

Ainsi parlait le frère de Céluta. L'inexorable Adario ordonne que l'on saisisse le guerrier blanc, et qu'il soit réservé au supplice du feu. Chactas avait fait abolir cet affreux usage ; mais le vénérable sachem était prisonnier au fort Rosalie, et les Indiens, irrités, n'écoutaient que la vengeance. Les femmes qui avaient perdu leurs fils dans le combat entouraient l'étranger, en poussant des hurlements : telles les ombres se pressaient autour d'Ulysse, dans les ténèbres cimmériennes, pour boire le sang des victimes ; tels les Grecs chantaient autour du bûcher de la fille d'Hécube, immolée aux mânes de l'impitoyable Achille.

LIVRE ONZIÈME.

Sur une colline, à quelque distance du champ de bataille, s'élevait un sycomore dont la cime était couronnée : tous les soirs des milliers de colombes se venaient percher sur ses rameaux desséchés. Ce fut au pied de cet arbre que le commandant de l'armée française résolut de passer la nuit, et d'assembler le conseil des officiers pour délibérer sur le parti qu'il restait à prendre.

Le bûcher du bivouac est allumé ; des sentinelles sont placées à diverses distances, et les chefs arrivent aux ordres de Chépar. Ils forment un cercle autour du foyer des veilles. On voyait, à la lueur des flammes, les visages fatigués et poudreux, les habits déchirés et sanglants, les armes demi-brisées, les casques fracassés, les chapeaux percés de balles, et tout le noble désordre de ces vaillants capitaines, tandis que les colombes, fidèles à leur retraite accoutumée, loin de fuir les feux, se venaient reposer avec les guerriers.

La résistance inattendue des sauvages avait effrayé le commandant du fort Rosalie : il commençait à craindre de s'être laissé trop emporter à l'humeur intéressée des colons. Il avait livré combat sans en avoir reçu l'ordre précis du gouverneur de la Louisiane, et avant l'arrivée des troupes annoncées d'Europe. Un nombre assez considérable de soldats et plusieurs officiers étaient restés sur le champ de bataille : l'absence du capitaine d'Artaguette alarmait.

L'opinion des chefs, rassemblés autour de Chépar, était partagée : les uns voulaient continuer le combat au lever du jour ; les autres prétendaient que le châtiment infligé aux sauvages était assez sévère : il s'agissait moins, disaient-ils, d'exterminer ces peuples que de les soumettre ; sans doute, les Indiens seraient disposés à un arrangement, et dans tous les cas la suspension des hostilités donnerait aux Français le temps de recevoir des secours.

Fébriano ne parut point à ce conseil : sa conduite sur le champ de bataille lui fit craindre la présence de ses valeureux compagnons d'armes : c'était dans de secrètes communications avec Chépar que le renégat espérait reprendre son influence et son crédit.

Le feu du bivouac ne jetait plus que des fumées ; l'aube blanchissait l'orient ; les oiseaux commençaient à chanter ; le conseil n'avait point encore fixé ses résolutions. Tout à coup retentit l'appel d'une sentinelle avancée ; on voit courir des officiers : la grand'garde fait le premier temps des feux. Un parti de jeunes Indiens, commandé par cet Outougamiz dont l'armée française avait admiré la valeur, se présentait au poste. Ces guerriers s'arrêtent à quelque distance ; de leurs rangs sort un jeune homme, pâle, la tête nue, portant un uniforme français taché de sang : c'était d'Artaguette. Il s'appuyait sur le bras d'une négresse qui allaitait un enfant : on le reçut à l'avant-garde ; les Indiens se retirèrent.

Conduit au général, d'Artaguette parla de la sorte devant le conseil :

« Blessé vers la fin du combat, le brave grenadier Jacques me porta hors de la mêlée. Jacques était blessé lui-même ; je le forçai de se retirer : il obéit à mes ordres, mais dans le dessein de m'aller chercher des secours. La nuit ayant fait cesser le combat, je parvins à me traîner à ce cimetière des Indiens, qu'ils appellent les Bocages de la Mort ; là je fus trouvé par le jongleur : on me condamna au supplice des prisonniers de guerre. Outougamiz me voulut en vain sauver : sa sœur, non moins généreuse, fit ce qu'il n'avait pu faire. La loi indienne permet à une femme de délivrer un prisonnier, en l'adoptant ou pour frère ou pour mari. Céluta a rompu mes liens ; elle a déclaré que j'étais son frère : elle réserve sans doute l'autre titre à un homme plus digne que moi de le porter.

» Les Indiens, dont je suis devenu le fils adoptif, m'ont chargé de paroles de paix. Outougamiz, mon frère sauvage,

m'a escorté jusqu'à l'avant-garde de notre armée ; une négresse appelée Glazirne, que j'avais connue au fort Rosalie,
et qui se trouvait aux Natchez, m'a prêté l'appui de son
bras pour arriver au milieu de vous. Je ne dirai point au
général que j'étais opposé à la guerre : il a dû, dans son
autorité et dans sa sagesse, décider ce qui convenait le mieux
au service du roi ; mais je pense que les Natchez étant aujourd'hui les premiers à parler de paix, l'honneur de la
France est à couvert. Les Indiens m'ont accordé la vie et
rendu la liberté. Chactas peut être échangé contre moi : je
serai glorieux d'avoir servi de rançon à ce vieillard illustre. »

Le sang et le courage du capitaine d'Artaguette étaient
encore plus éloquents que ses paroles : un murmure flatteur
d'applaudissements se répandit dans le conseil. Chépar vit
un moyen de se tirer avec honneur du pas dangereux où il
s'était engagé : il déclara que, puisque les sauvages implo-
raient une trêve, il consentait à la leur accorder, leur voulant apprendre qu'on n'avait jamais recours en vain à sa
clémence. Chactas, qu'on envoya chercher au fort Rosalie,
conclut une suspension d'armes qui devait durer un an, et
dans le cours de laquelle des sachems expérimentés et de
notables Français s'occuperaient à régler le partage des
terres.

Quelques jours suffirent pour donner la sépulture aux
morts ; une nature vierge et vigoureuse eut bientôt fait disparaître dans les bois les traces de la fureur des hommes ;
mais les haines et les divisions ne firent que s'accroître.
Tous ceux qui avaient perdu des parents ou des amis sur le
champ de bataille respiraient la vengeance : les Indiens,
rendus plus fiers par leur résistance, étaient impatients de re-
devenir entièrement libres ; les habitants de la colonie, trom-
pés dans leur premier espoir, convoitaient plus que jamais
les concessions dont ils se voyaient privés ; et Chépar, humilié
d'avoir été arrêté par des sauvages, se promettait, quand il
aurait réuni de nouveaux soldats, de faire oublier le mauvais
succès d'une démarche précipitée.

Cependant on ne recevait aux Natchez aucune nouvelle du
Soleil et de son armée : les messagers envoyés au grand

chef pour l'instruire de l'attaque des Français n'étaient point revenus. L'inquiétude commençait à se répandre, et l'on remarquait dans Akansie une agitation extraordinaire.

Toute la tendresse de Céluta, qui n'était plus alarmée pour Outougamiz, sorti du combat couvert de gloire, s'était portée sur le frère d'Amélie. Outougamiz aurait déjà volé vers René, s'il n'eût été occupé, par ordre des sachems, à donner les fêtes de l'hospitalité aux guerriers des tribus alliées qui s'étaient trouvés au combat. Outougamiz disait à sa sœur :

« Sois tranquille, mon ami aura triomphé comme moi : c'est à son manitou que je dois la victoire; le mien l'aura sauvé de tous les périls. »

Outougamiz jugeait par la force de son amitié de la puissance de son génie tutélaire : il jugeait mal.

Une nuit, un Indien, détaché du camp du Soleil, annonça le retour de la tribu de l'Aigle. La nouvelle se répand dans les cabanes; les familles s'assemblent sous un arbre, à la lueur des flambeaux, pour écouter les cris d'arrivée. Outougamiz et Céluta sont les premiers au rendez-vous.

On entend d'abord le cri d'avertissement de l'approche des guerriers : toutes les oreilles s'inclinent, toutes les têtes se penchent en avant, toutes les bouches s'entr'ouvrent, tous les yeux se fixent, tous les visages expriment le sentiment confus de la crainte et de l'espérance.

Après les cris d'avertissement commencent les cris de mort. Chactas comptait à haute voix ces cris, répétés autant de fois qu'il y avait de guerriers perdus : la nation répondit par une exclamation de douleur. Chaque famille se demande si elle n'a point fourni quelque victime au sacrifice, si un père, un frère, un fils, un mari, un amant, ne sont point descendus à la contrée des âmes : Céluta tremblait et Outougamiz paraissait pétrifié.

Les cris de guerre succédèrent aux cris de mort ; ils annonçaient la quantité de chevelures enlevées à l'ennemi et le nombre de prisonniers faits sur lui. Ces cris de guerre excédant les cris de mort, une exclamation de triomphe se prolongea dans les forêts.

La tribu de l'Aigle parut alors, et défila entre deux rangs

de flambeaux. Les spectateurs cherchaient à découvrir leur bonheur ou leur infortune : on vit tout d'abord que le vieux Soleil manquait, et Outougamiz et sa sœur n'aperçurent point le frère d'Amélie. Céluta, défaillante, fut à peine soutenue dans les bras d'Outougamiz aussi consterné qu'elle. Mila se cacha, en disant :

« Je lui avais recommandé de ne pas mourir ! »

Ondouré, qui remplaçait le Soleil dans le commandement des guerriers, marchait d'un air victorieux. Il salua la femme-chef qui, au lieu de jouir de l'avénement de son fils au pouvoir suprême, semblait troublée par quelque remords. Averti de ce qui se passait, Chactas gardait une contenance douloureuse et sévère.

A mesure que la troupe s'avançait vers le grand village, les chefs adressaient quelques mots aux diverses familles :

« Ton fils s'est conduit dans la bataille comme un buffle indompté, » disait un guerrier à un père.

Et le père répondait :

« C'est bien. »

« Ton fils est mort, » disait un autre guerrier à une mère.

Et la mère répondait en pleurant :

« C'est égal. »

Le conseil des sachems s'assemble : Ondouré, appelé devant ce conseil, fait le récit de l'expédition. Selon ce récit, les Natchez avaient trouvé les Illinois venant eux-mêmes attaquer les Natchez. Dans le combat produit par cette rencontre, la victoire s'était déclarée en faveur des premiers, mais malheureusement le Soleil était tombé mort, percé d'une flèche.

« Quant au coupable auteur de cette guerre, ajouta Ondouré, resté au pouvoir de l'ennemi, il expie à présent même, dans le cadre de feu, le châtiment dû à son sacrilége. »

Ondouré aurait bien voulu accuser de lâcheté son rival; mais René, blessé trois fois en défendant le Soleil, avait fait si publiquement éclater sa valeur aux yeux des sauvages, qu'Ondouré même fut obligé de rendre témoignage à cette valeur.

« Devenu chef des guerriers, reprit-il, j'aurais poursuivi ma victoire, si l'un de vos messagers ne m'eût apporté la nouvelle de l'attaque des Français : j'ai commandé la retraite, et suis accouru à la défense de nos foyers. »

Pendant le récit d'Ondouré, la femme-chef avait donné des signes d'un trouble extraordinaire : on la vit rougir et pâlir. D'après quelques mots échappés à son coupable amant, lorsqu'il marcha aux Illinois, Akansie ne douta point que la flèche lancée contre le vieux Soleil ne fût partie de la main d'Ondouré. Le criminel lui-même se vint bientôt vanter, auprès de la jalouse Indienne, d'avoir fait commencer le règne du jeune Soleil.

« Ma passion pour vous, dit-il, m'a emporté trop loin peut-être ; disposez de moi, et ne songez qu'à établir votre puissance. »

Ondouré espérait se faire nommer édile par le crédit de la femme-chef, et gouverner la nation comme tuteur du souverain adolescent.

La mort du vieux Soleil opérait une révolution dans l'État : en lui expirait un des trois vieillards qui avaient aboli la tyrannie des anciens despotes des Natchez. Il ne restait plus que Chactas et Adario, tous deux au moment de disparaître.

Chactas conçut des soupçons sur le genre de mort de son ami : on ne disait point de quel côté la flèche avait frappé le chef centenaire ; on ne rapportait point le corps de ce vénérable chef, bien qu'on eût obtenu la victoire. Un bruit courait parmi les guerriers de la tribu de l'Aigle, que le Soleil avait été blessé par derrière, qu'il était tombé sur le visage, et que, longtemps défendu à terre par le guerrier blanc, l'un et l'autre, indignement abandonnés, étaient demeurés vivants aux mains de l'ennemi.

Ce bruit n'avait que trop de fondement ; telle était l'affreuse vérité : René et le Soleil avaient été faits prisonniers. Les Illinois se consolèrent de leur défaite en se voyant maîtres du grand-chef des Natchez : non poursuivis dans leur retraite, ils amenèrent paisiblement leurs victimes.

Après un mois de marche, de repos et de chasse, ils arrivèrent à leur grand village : là, les prisonniers devaient
être exécutés. Par un raffinement de barbarie, on avait pris
soin de panser les blessures du frère d'Amélie et du Soleil :
les captifs étaient gardés jour et nuit, avec les précautions
que le démon de la cruauté inspire aux peuples de l'Amérique.

Lorsque les Illinois découvrirent leur grand village, ils
s'arrêtèrent pour préparer une entrée triomphante. Le chef
de la troupe s'avança le premier en jetant des cris de mort.
Les guerriers venaient ensuite rangés deux à deux : ils
tenaient, par l'extrémité d'une corde, René et le chef des
Natchez, à moitié nus, les bras liés au-dessus du coude.

Le cortége parvint ainsi sur la place du village : une foule
curieuse s'y trouvait déjà assemblée. Cette foule se pressait,
s'agitait, dansait autour du vieux Soleil et de son compagnon :
telles, dans un soir d'automne, d'innombrables hirondelles
voltigent autour de quelques ruines solitaires ; tels les habitants des eaux se jouent dans un rayon d'or qui pénètre les
vagues du Meschacebé, tandis que les fleurs des magnolias,
détachées par le souffle de la brise, tombent en pluie sur la
surface de l'onde.

Lorsque l'armée et tous les sauvages furent réunis dans
le lieu de douleur, le grand prêtre donna le signal du pré-
lude des supplices, appelé, par l'horrible Athaënsic [1], *les
caresses aux prisonniers.*

Aussitôt les Indiens, rangés sur deux lignes, frappent avec
des bâtons de cèdre le chef des Natchez : celui-ci, sans hâter
sa marche, passe entre ses bourreaux, comme un fleuve qui
roule la lenteur de ses flots entre deux rives verdoyantes.
René s'attendait à voir tomber la victime : il ignorait que
ces maîtres en supplice évitaient de porter les coups aux
parties mortelles, afin de prolonger leurs plaisirs.

« Vénérable sachem, s'écriait le frère d'Amélie, quelle
destinée ! Moi, je suis jeune, je puis souffrir, mais vous ! »

Le Soleil répondit :

---

[1] La Vengeance.

« Pourquoi me plains-tu ? je n'ai pas besoin de ta pitié. Songe à toi, rappelle tes forces. L'épreuve du feu commencera par moi, parce que je suis un chêne desséché sur ma tige, et propre à m'embraser rapidement. J'espère jeter une flamme dont la lumière éclairera ma patrie et réchauffera ton courage. »

Après ces traitements faits à la vieillesse, le jeune Français eut à supporter les mêmes barbaries ; ensuite les deux prisonniers furent conduits dans une cabane, où on leur prodigua tous les secours et tous les plaisirs : l'oiseau de Minerve canadienne brise le pied de ses victimes, et les engraisse dans son aire durant les beaux jours, pour les dévorer dans la saison des frimas.

La nuit vint : René, couvert de blessures, était couché sur une natte à l'une des extrémités de la cabane. Des gardes veillaient à la porte. Une femme vêtue de blanc, une couronne de jasmin jaune sur la tête, s'avance dans l'ombre : on entendait couler ses larmes.

« Qui es-tu ? dit René en se soulevant avec peine.

« — Je suis *la Vierge des dernières amours* [1], répondit l'Indienne.

» Mes parents ont demandé pour moi la préférence, car ils haïssent Venclao que j'aime. Voilà pourquoi je pleure à ton chevet : je m'appelle Nélida. »

René répondit dans la langue des sauvages :

« Les baisers d'une bouche qui n'est point aimée sont des épines qui percent les lèvres. Nélida, va retrouver Venclao ; dis-lui que l'étranger des Sassafras a respecté ton amour et ton malheur. »

A ces mots, la fille des Illinois s'écria :

« Manitou des infortunés, écoute ma prière ! Fais que ce prisonnier échappe au sort qu'on lui réserve ! Il n'a point flétri mon sein ! Puisse sa bien-aimée lui être attachée comme l'épouse de l'alcyon, qui porte aux rayons du soleil son époux languissant sous le poids des années ! »

En achevant ces paroles, *la Vierge des dernières amours*

[1] Voyez, pour l'explication de cet usage, l'épisode d'*Atala*.

prit les fleurs de jasmin qui couvraient ses cheveux et les
déposa sur le front de René : mœurs extraordinaires dont
la trame semble être tissue par les Muses et par les Furies.

« Couronnée de ta main, dit le jeune homme à Nélida,
la victime sera plus agréable au grand Esprit. »

René depuis longtemps avait assez de la vie ; content
de mourir, il offrait au ciel les tourments qu'il allait endu-
rer pour l'expiation de ceux d'Amélie.

Dans ce moment les gardes entrèrent, et la fille des Illinois se retira.

Elle vint, l'heure des supplices : les Indiens racontèrent
que l'astre de la lumière, épouvanté, ne sortit point ce jour-
là du sein des mers, et qu'Athaënsic, déesse des vengeances,
éclaira seule la nature. Les prisonniers furent conduits au
lieu de l'exécution.

Le chef des Natchez est attaché à un poteau, au pied duquel s'élevait un amas d'écorces et de feuilles séchées : le
frère d'Amélie est réservé pour la dernière victime. Le
grand prêtre paraît au milieu du cercle que formait la foule
autour du poteau : il tient à la main une torche, qu'il secoue en dansant. Bientôt il communique le feu au bûcher :
on eût cru voir un de ces sacrifices offerts par les anciens
Grecs sur les bords de l'Hellespont : le mont Ida, le Xan-
the et le Simoïs pleuraient Astyanax et les ruines fumantes
d'Ilion.

On brûle d'abord les pieds du vieillard, aussi tranquille
au feu du bûcher que s'il eût été assis, aux rayons du matin, à la porte de sa cabane. Le sachem chante au milieu
des tourments qui le conduisent à la tombe, comme l'époux
répète le cri d'hyménée en s'approchant du lit nuptial. Les
bourreaux, irrités, épuisent la fécondité de leur infernal
génie. Ils enfoncent dans les plaies de l'ami de Chactas des
éclisses de pin enflammées, et lui crient :

« Éclaire-nous donc maintenant, ô bel astre [1] !

Tel un soleil, couronnant son front du feu le plus doux,

---

[1] Historique.

se couche au milieu du concert de la nature : ainsi parut aux Illinois la victime rayonnante.

Athaënsic souffle sa rage dans les cœurs : un jongleur, qu'une louve avait nourri dans un antre du Niagara, se précipite sur le sachem, lui arrache la peau de la tête, et répand des cendres rougies sur le crâne découvert du vieillard. La douleur abat le chef des Natchez aux pieds de ses ennemis.

Bientôt réveillé d'un évanouissement dont il s'indigne, il saisit un tison, appelle et défie ses persécuteurs : cantonné au milieu de son bûcher, il est un moment la terreur de toute une armée. Un faux pas le livre de nouveau aux inventeurs des tortures : ils se jettent sur le vieillard : la hache coupe ces pieds qui visitaient la cabane des infortunés, ces mains qui pansaient les blessures. On roule un tronc encore vivant sur la braise dont la violence sert de remède aux plaies de la victime et les cicatrise, tandis que le sang fume sur les charbons, comme l'encens dans un sacrifice.

Le chef n'a pas succombé; il écarte encore de ses regards les guerriers les plus proches, et fait reculer les bourreaux. Moins effrayant est le serpent dont le voyageur a séparé les anneaux avec un glaive : le dragon mutilé s'agite aux pieds de son ennemi, soufflant sur lui ses poisons, le menaçant de ses ardentes prunelles, de sa triple langue, et de ses longs sifflements.

« René ! s'écrie enfin le vieillard d'une voix qui semble avoir redoublé de force, je vais rejoindre mes pères! Je ne me suis livré à ces actions qu'afin de t'encourager à mourir, et de te montrer ce que peut un homme, lorsqu'il veut exercer toute la puissance de son âme. Pour l'honneur de ta nouvelle patrie, imite mon exemple. »

Il expire. Il avait accompli un siècle : sa vertu antique, cultivée si longtemps sur la terre, s'épanouit aux rayons de l'éternité, comme l'aloès américain qui, au bout de cent printemps, ouvre sa fleur aux regards de l'aurore.

LIVRE DOUZIÈME.

Le courage du chef des Natchez avait exalté la fureur des Illinois. Ils s'écriaient pleins de rage :

« Si nous n'avons pu tirer un mugissement de ce vieux buffle, voici un jeune cerf qui nous dédommagera de nos peines. »

Femmes, enfants, sachems, tous s'empressent au nouveau sacrifice : le génie des vengeances sourit aux tourments et aux larmes qu'il prépare.

Sur une habitation américaine que gouverne un maître humain et généreux, de nombreux esclaves s'empressent à recueillir la cerise du café : les enfants la précipitent dans des bassins d'une eau pure; les jeunes Africains l'agitent avec un râteau pour détacher la pulpe vermeille du noyau précieux, ou étendent sur les claies la récolte opulente. Cependant le maître se promène sous des orangers, promettant des amours et du repos à ses esclaves qui font retentir l'air des chansons de leur pays : ainsi les Illinois s'empressent, sous les regards d'Athaënsic, à recueillir une nouvelle moisson de douleurs. En peu de temps l'ouvrage se consomme, et le frère d'Amélie, dépouillé par les sacrificateurs, est attaché au pilier du sacrifice.

Au moment où le flambeau abaissait sa chevelure de feu pour la répandre sur les écorces, des tourbillons de fumée s'élèvent des cabanes voisines : parmi les clameurs confuses on entend retentir le cri des Natchez; un parti de cette nation portait la flamme chez les Illinois. L'épouvante et la confusion se mettent dans la foule assemblée autour du frère d'Amélie; les jongleurs prennent la fuite; les femmes et les enfants les suivent : on se disperse sans écouter la voix des chefs, sans se réunir pour se défendre. Dans la terreur dont les esprits sont frappés, la petite troupe des Natchez pénètre jusqu'au lieu du sang. Un jeune chef, la hache à la main, devance ses compagnons. Qui déjà ne l'a nommé? C'est Outougamiz. Il est au bûcher; il a coupé les liens funestes!

Toutes les paroles de tendresse et de piété prêtes à s'échapper de son âme par lui sont étouffées. Rien n'est fait encore : René n'est pas sauvé; un seul instant de retard le peut perdre. Revenus de leur première frayeur, les Illinois se sont aperçus du petit nombre des Natchez; ils se rassemblent avec des cris et entourent la troupe libératrice. Les efforts de cette troupe lui ouvrent un chemin; mais que peuvent douze guerriers contre tant d'ennemis? En vain les Natchez ont placé au milieu d'eux le frère d'Amélie : ses blessures le rendent boiteux et pesant; sa main percée d'une flèche ne peut lever la hache, et presque à chaque pas il va mesurer la terre.

Outougamiz charge le frère d'Amélie sur ses épaules; le fardeau sacré semble lui avoir donné des ailes : le frère de Céluta glisse sur la pointe des herbes; on n'entend ni le bruit de ses pas, ni le murmure de son haleine. D'une main il retient son ami, de l'autre il frappe et combat. A mesure qu'il s'avance vers la forêt voisine, ses compagnons tombent un à un à ses côtés : quand il pénétra avec René dans la forêt, il restait seul.

Déjà la nuit était descendue; déjà Outougamiz s'était enfoncé dans l'épaisseur des taillis, où déposant, René parmi de longues herbes, il s'était couché près de lui : bientôt il entend des pas. Les Illinois allument des flambeaux qui éclairent les plus sombres détours du bois.

René veut adresser les paroles de sa tendre admiration au jeune sauvage, mais celui-ci lui ferme la bouche : il connaissait l'oreille subtile des Indiens. Il se lève, trouve avec joie que le frère d'Amélie a repris quelque force, lui ceint les reins d'une corde, et l'entraîne au bas d'une colline qui domine un marais.

Les deux infortunés cherchent un asile au fond de ce marais : tantôt ils plongent dans le limon qui bouillonne autour de leur ceinture; tantôt ils montrent à peine la tête au-dessus des eaux. Ils se fraient une route à travers les herbes

aquatiques qui entravent leurs pieds comme des liens, et
parviennent ainsi à de hauts cyprès, sur les genoux[1] desquels ils se reposent.

Des voix errantes s'élèvent autour du marais. Des guerriers se disaient les uns aux autres : « Il est échappé. »
Plusieurs soutenaient qu'un génie l'avait délivré. Les jeunes
Illinois se faisaient de mutuels reproches, tandis que des
sachems assuraient qu'on retrouverait le prisonnier, puisqu'on était sur ses traces, et ils poussaient des dogues dans
les roseaux. Les voix se firent entendre ainsi quelque temps :
par degrés elles s'éloignèrent, et se perdirent enfin dans la
profondeur des forêts.

Le souffle refroidi de l'aube engourdit les membres de
René; ses plaies étaient déchirées par les buissons et les
ronces, et de la nudité de son corps découlait une eau
glacée : la fièvre vint habiter ses os, et ses dents commencèrent à se choquer avec un bruit sinistre. Outougamiz saisit
René de nouveau, le réchauffa sur son cœur, et quand la
lumière du soleil eut pénétré sous la voûte des cyprès, elle
trouva le sauvage tenant encore son ami dans ses bras.

Mère des actions sublimes, toi qui depuis que la Grèce
n'est plus, as établi ta demeure sur les tombeaux indiens,
dans les solitudes du nouveau monde, toi qui parmi ces déserts es pleine de grandeur parce que tu es pleine d'innocence! Amitié sainte! prête-moi tes paroles les plus fortes
et les plus naïves, ta voix la plus mélodieuse et la plus touchante, tes sentiments exaltés, tes feux immortels, et toutes
les choses ineffables qui sortent de ton cœur, pour chanter
les sacrifices que tu inspires! Oh! qui me conduira aux
champs des Rutules, à la tombe d'Euryale et de Nisus, où
la Muse console encore des mânes fidèles! Tendre divinité
de Virgile, tu n'eus à soupirer que la mort de deux amis :
moi, j'ai à peindre leur vie infortunée.

Qui dira les douces larmes du frère d'Amélie? qui fera
voir ses lèvres tremblantes où son âme venait errer? qui

---

[1] On appelle *genoux* du cyprès chauve, les grosses racines qui sortent
de terre.

pourra représenter sous l'abri d'un cyprès, parmi des roseaux, Outougamiz, sa chaîne d'or, manitou de l'amitié, serrée à triple nœud sur sa poitrine, Outougamiz soutenant dans ses bras l'ami qu'il a délivré, cet ami couvert de fange et de sang, et dévoré d'une fièvre ardente? Que celui qui le peut exprimer nous rende le regard de ces deux hommes, quand, se contemplant l'un l'autre en silence, les sentiments du ciel et du malheur rayonnaient et se confondaient sur leurs fronts. Amitié! que sont les empires, les amours, la gloire, toutes les joies de la terre, auprès d'un seul instant de ce douloureux bonheur?

Outougamiz, par cet instinct de la vertu qui fait deviner le crime, avait ajouté peu de foi au récit d'Ondouré; ce qu'il recueillit de la bouche de divers guerriers augmenta ses doutes. Dans tous les cas, René était mort ou pris, et il fallait ou lui donner la sépulture ou le délivrer des flammes.

Outougamiz cache ses desseins à Céluta; il n'avertit qu'une troupe de jeunes Natchez qui consentent à le suivre. Il se dépouille de tout vêtement, et ne garde qu'une ceinture pour être plus léger; il peint son corps de la couleur des ombres, ceint le poignard, s'arme du tomahawk[1], attache sur son cœur la chaîne d'or, suspend de petits pains de maïs à son côté, jette l'arc sur son épaule, et rejoint dans la forêt ses compagnons. Il se glisse avec eux dans les ténèbres : arrivé au Bayouc des Pierres, il le traverse, aborde la rive opposée, pousse le cri du castor qui a perdu ses petits, bondit, et disparaît dans le désert.

Huit jours entiers il marche, ou plutôt il vole; pour lui plus de sommeil, pour lui plus de repos. Ah! le moment où il fermerait la paupière ne pourrait-il pas être le moment même qui lui ravirait son ami? Montagnes, précipices, rivières, tout est franchi : on dirait un aimant qui cherche à se réunir à l'objet qui l'attire à travers les corps qui s'opposent à son passage. Si l'excès de la fatigue arrête le frère de Céluta, s'il sent, malgré lui, ses yeux s'appesantir, il

[1] Hache.

croit entendre une voix qui lui crie du milieu des flammes :
« Outougamiz! Outougamiz! où est le manitou que je t'ai
donné? » A cette voix intérieure, il tressaille, se lève,
baise la chaîne d'or, et reprend sa course.

La lenteur avec laquelle les Illinois retournèrent à leurs
villages donna le temps à Outougamiz d'arriver avant la
consomption de l'holocauste. Ce sauvage n'est plus le simple,
le crédule Outougamiz : à sa résolution, à son adresse, à la
manière dont il a tout prévu, tout calculé, on prendrait ce
soldat pour un chef expérimenté. Il sauve René, mais en
perdant ses nobles compagnons, troupe d'amis qui offre à
l'amitié ce magnanime sacrifice! Il sauve René, l'entraîne
dans le marais; mais que de périls il reste encore à sur-
monter!

Le lieu où les deux amis se reposèrent d'abord étant trop
voisin du rivage, Outougamiz résolut de se réfugier sous
d'autres cyprès qui croissaient au milieu des eaux : lorsqu'il
voulut exécuter son dessein, il sentit toute sa détresse. Un
peu de pain de maïs n'avait pu rendre les forces à René;
ses douleurs s'étaient augmentées, ses plaies s'étaient rouvertes; une fièvre pesante l'accablait, et l'on ne s'apercevait
de sa vie qu'à ses souffrances.

Accablé par ses chagrins et ses travaux, affaibli par la
privation presque totale de nourriture, le frère de Céluta eût
eu besoin pour lui-même des soins qu'il prodiguait à son
ami. Mais il ne s'abandonna point au désespoir; son âme,
s'agrandissant avec les périls, s'élève comme un chêne qui
semble croître à l'œil, à mesure que les tempêtes du ciel
s'amoncellent autour de sa tête. Plus ingénieux dans son
amitié qu'une mère indienne qui ramasse de la mousse pour
en faire un berceau à son fils, Outougamiz coupe des joncs
avec son poignard, en forme une sorte de nacelle, parvient
à y coucher le frère d'Amélie, et, se jetant à la nage, traîne
après lui le fragile vaisseau qui porte le trésor de l'amitié.

Outougamiz avait été au moment d'expirer de douleur; il
se sentit près de mourir de joie, lorsqu'il aborda la cyprière.

« Oh! s'écria-t-il en rompant alors pour la première fois le silence, il est sauvé! Délicieuse nécessité de mon cœur! pauvre colombe fugitive! te voilà donc à l'abri des chasseurs! Mais, René, je crains que tu ne veuilles pas pardonner, car c'est moi qui suis la cause de tout ceci, puisque je n'étais point auprès de toi dans la bataille. Comment ai-je pu quitter mon ami qui m'avait donné un manitou sur mon berceau? C'est fort mal, fort mal à toi, Outougamiz! »

Ainsi parlait le sauvage; la simplicité de ses propos, en contraste avec la sublimité de ses actions, firent sortir un moment René de l'accablement de la douleur : levant une main débile et des yeux éteints, il ne put prononcer que ces mots :

« Te pardonner! »

Outougamiz entre sous les cyprès : il coupe les rameaux trop abaissés : il écarte des genoux de ces arbres les débris des branches; il y fait un doux lit avec des cimes de joncs pleins d'une moelle légère; puis, attirant son ami sur ce lit, il le recouvre de feuilles séchées : ainsi, un castor, dont les eaux ont inondé les premiers travaux, prend son nourrisson et le transporte dans la chambre la plus élevée de son palais.

Le second soin du frère de Céluta fut de panser les plaies du frère d'Amélie. Il sépare deux nœuds de roseaux, puise un peu d'eau du marais, verse cette eau d'une coupe dans l'autre pour l'épurer, et lave les blessures dont il a sucé d'abord le venin. La main d'un fils d'Esculape, armée des instruments les plus ingénieux, n'aurait été ni plus douce, ni plus salutaire que la main de cet ami. René ne pouvait exprimer sa reconnaissance que par le mouvement de ses lèvres. De temps en temps l'Indien lui disait avec inquiétude :

« Te fais-je mal? te trouves-tu un peu soulagé? »

René répondait par un signe qu'il se sentait soulagé, et Outougamiz continuait son opération avec délices.

Le sauvage ne songeait point à lui : il avait encore quelque reste de maïs, il le réservait pour René. Outougamiz ne faisait qu'obéir à un instinct sublime, et les plus belles actions n'étaient chez lui que l'accomplissement des facultés de

sa vie. Comme un charmant olivier nourri parmi les ruisseaux et les ombrages laisse tomber, sans s'en apercevoir,
au gré des brises, ses fruits mûrs sur les gazons fleuris,
ainsi l'enfant des forêts américaines semait, au souffle de
l'amitié, ses vertus sur la terre, sans se douter des merveilleux présents qu'il faisait aux hommes.

Rafraîchi et calmé par les soins de son libérateur, René
sentit ses paupières se fermer, et Outougamiz tomba lui-
même dans un profond sommeil à ses côtés : les anges veillèrent sur le repos de ces deux hommes qui avaient trouvé
grâce auprès de celui qui dormit dans le sein de Jean.

Outougamiz eut un songe. Une jeune femme lui apparut :
elle s'appuyait en marchant sur un arc détendu, entouré de
lierre comme un thyrse ; un chien la suivait. Ses yeux étaient
bleus ; un sourire sincère entr'ouvrait ses lèvres de rose :
son air était un mélange de force et de grâce. Presque nue,
elle ne portait qu'une ceinture plus belle que celle de Vénus.
Outougamiz se figurait lui tenir ce discours :

« Étrangère, j'avais planté un érable sur le sol de la hutte
où je suis né : voilà que, pendant mon absence, de méchants manitous ont blessé son écorce et ont fait couler sa
sève. Je cherche des simples dans ce marais pour les appliquer sur les plaies de mon érable. Dis-moi où je trouverai
la feuille du savinier. »

D'une voix paisible l'Indienne paraissait répondre à Outougamiz :

« En vérité, je dis qu'il connaîtra toutes les ruses de la
sagesse, l'homme qui pourra pénétrer celle de votre amitié.
Ne craignez rien ; j'ai dans le jardin de mon père des simples pour guérir tous les arbres, et en particulier les érables
blessés. »

En prononçant ces paroles, qu'Outougamiz croyait entendre, l'Indienne, fille du songe, prit un air de majesté :
sa tête se couronna de rayons ; deux ailes blanches bordées
d'or ombragèrent ses épaules divines. L'extrémité d'un de ses
pieds touchait légèrement la terre, tandis que son corps flottait déjà dans l'air diaphane.

» Outougamiz, semblait dire le brillant fantôme, élèvetoi par l'adversité. Que les vertus de la nature te servent d'échelons pour atteindre aux vertus plus sublimes de la religion de cet homme à qui tu as dévoué ta vie : alors je reviendrai vers toi, et tu pourras compter sur les secours de l'ange de l'amitié. »

Ainsi parle la vision au jeune Natchez plongé dans le sommeil. Un parfum d'ambroisie, embaumant les lieux d'alentour, répand la force dans l'âme du frère de Céluta, comme l'huile sacrée qui fait les rois, ou prépare l'âme du mourant aux béatitudes célestes.

En même temps le rêve devient magnifique : le séraphin dont il produit l'image, poussant la terre de son pied, comme un plongeur qui remonte du fond de l'abîme, s'élève dans les airs. Cette vertu calme ne se meut point avec la rapidité des messagers qui portent les ordres redoutables du Tout-Puissant ; son assomption vers la région de l'éternelle paix est mesurée, grave et majestueuse. Aux champs de l'Europe un globe lumineux, arrondi par la main d'un enfant des Gaules, perce lentement la voûte du ciel ; aux champs de l'Inde l'oiseau du paradis flotte sur un nuage d'or, dans le fluide azuré du firmament.

Outougamiz se réveille ; la voix du héron annonçait le retour de l'aurore : le frère de Céluta se sentait tout fortifié par son rêve et par son sommeil. Après quelques moments employés à rassembler ses idées, l'Indien, rappelant et les périls passés et les dangers à venir, se lève pour commencer sa journée. Il visite d'abord les blessures de René, frotte les membres engourdis du malade avec un bouquet d'herbes aromatiques, partage avec lui quelques morceaux de maïs, change les joncs de la couche, renouvelle l'air en agitant les branches des cyprès, et replace son ami sur de frais roseaux ; on eût dit d'une matrone laborieuse qui arrange au matin sa cabane, ou d'une mère qui donne de tendres soins à son fils.

Ces choses de l'amitié étant faites, Outougamiz songe à se parer avant d'accomplir les desseins qu'il méditait. Il se mire dans les eaux, peigne sa chevelure, et ranime ses joues décolorées avec la pourpre d'une craie précieuse. Ce sauvage

avait tout oublié dans son héroïque entreprise, hors le vermillon des fêtes, mêlant ainsi l'homme et l'enfant, portant
la gravité du premier dans les frivolités du second, et la
simplicité du second dans les occupations du premier : sur
l'arbre d'Atalante, le bouton parfumé qui sert d'ornement à
la jeune fille, grossit auprès de la pomme d'or qui rafraîchit
la bouche du voyageur fatigué.

La nature avait placé dans le cœur d'Outougamiz l'intelligence qu'elle a mise dans la tête des autres hommes : le
souffle divin donnait à la Pythie des vues de l'avenir moins
claires et moins pénétrantes, que l'esprit dont il était animé
ne découvrait au frère de Céluta les malheurs qui pouvaient
menacer son ami. Saisissant le Temps corps à corps, l'Amitié
forçait le mystérieux Protée à lui révéler ses secrets.

Outougamiz, ayant pris ses armes, dit au nouveau Philoc-
tète couché dans son antre, mais que l'amitié des déserts,
plus fidèle que celle des palais, n'avait point trahi :

« Je vais chercher les dons du grand Esprit, car il faut
bien que tu vives, et il faut aussi que je vive. Si je ne
mangeais pas, j'aurais faim, et mon âme s'en irait dans le
pays des âmes. Et comment ferais-tu alors? Je vois bien tes
pieds, mais ils sont immobiles; je vois bien tes mains,
mais elles sont froides et ne peuvent serrer les miennes.
Tu es loin de ta forêt et de ta retraite : qui donnerait la
pâture à l'hermine blessée, si le castor qui l'accompagne
allait mourir? Elle baisserait la tête, ses yeux se fermeraient;
elle tomberait en défaillance : les chasseurs la trouveraient
expirante, et diraient : « Voyez l'hermine blessée loin de sa
» forêt et de sa retraite. »

A ces mots l'Indien s'enfonça dans la cyprière, mais non
sans tourner plusieurs fois la tête vers le lieu où reposait la
vie de sa vie. Il se parlait incessamment, et se disait :

« Outougamiz! tu es un chevreuil sans esprit; tu ne connais point les plantes, tu ne fais rien pour sauver ton frère. »

Et il versait des larmes sur son peu d'expérience, et il se
reprochait d'être inutile à son ami!

Il chercha longtemps dans les détours du marais des herbes
salutaires : il cueillit des cressons, et tua quelques oiseaux.

En revenant à l'asile consacré par son amitié, il aperçut de de loin les joncs bouleversés et épars. Il approche, appelle, touche à la couche, soulève les roseaux : le frère d'Amélie n'y était plus !

Le désespoir s'empare d'Outougamiz : prêt à se briser la tête contre un tronc de cyprès, il s'écrie :

« Où es-tu? m'as-tu fui comme un faux ami? Mais qui t'a donné des pieds ou des ailes? Est-ce la Mort qui t'a enlevé?...»

Tandis que le sauvage s'abandonne à ses transports il croit entendre un bruit à quelque distance : il se tait, retient son haleine, écoute, puis soudain se plonge dans l'onde, bondit, nage, bondit encore, et bientôt découvre René qui se débat expirant contre un Illinois.

Outougamiz pousse le cri de mort : l'effort qu'il fait en s'élançant est si prodigieux que ses pieds s'élèvent au-dessus de la surface de l'eau. Il est déjà sur l'ennemi, le renverse, se roule avec lui parmi les limons et les roseaux. Comme lorsque deux taureaux viennent à se rencontrer dans un marais où il ne se trouve qu'un seul lieu pour désaltérer leur soif, ils baissent leurs dards recourbés; leurs queues, hérissées, se nouent en cercle ; ils se heurtent du front ; des mugissements sortent de leur poitrine, l'onde jaillit sous leurs pieds, la sueur coule autour de leurs cornes et sur le poil de leurs flancs. Outougamiz est vainqueur; il lie fortement avec des racines tressées son prisonnier, au pied d'un arbre, et étend à l'ombre, sous le même arbre, l'ami qu'il vient encore de sauver.

Par les violentes secousses que le frère d'Amélie avait éprouvées, ses plaies s'étaient rouvertes. Le Natchez, dans le premier moment de sa vengeance, fut près d'immoler l'Illinois.

« Comment, lui dit-il, as-tu pu être assez cruel pour entraîner ce cerf affaibli ? S'il eût été dans sa force, lâche ennemi, d'un seul coup de tête il eût brisé ton bouclier. Tu mériterais bien que cette main t'enlevât ta chevelure ! »

Outougamiz s'arrêtant comme frappé d'une pensée :

« As-tu un ami? dit-il à l'Illinois.

» — Oui, répondit le prisonnier.

» — Tu as un ami! reprit le frère de Céluta s'approchant de lui et le mesurant des yeux; ne va pas faire un
mensonge.

» — Je dis la vérité, reprit l'Illinois.

» — Eh bien! s'écria Outougamiz tirant son poignard,
après avoir approché de son oreille la petite chaîne d'or :
eh bien! rends grâces à ce manitou qui vient de me
défendre de te tuer : il ne sera pas dit qu'Outougamiz le
Natchez, de la tribu du Serpent, ait jamais séparé deux
amis. Que serait-ce de moi, si tu m'avais privé de René?
Ah! je ne serais plus qu'un chevreuil solitaire. Tu vois, ô
Illinois! ce que tu allais faire; et ton ami serait ainsi? et il
irait seul murmurant ton nom dans le désert? Non! il serait
trop infortuné! et ce serait moi!... »

Le sauvage coupe aussitôt les liens de l'Illinois.

« Sois libre, lui dit-il; retourne à l'autre moitié de ton âme,
qui te cherche peut-être, comme je cherchais à l'instant ma
couronne de fleurs, lorsque tu étais assez inhumain pour la
dérober à ma chevelure. Mais je compte sur ta foi : tu ne
découvriras point mon lieu à tes compatriotes. Tu ne leur
diras point : « Sous le cyprès de l'amitié, Outougamiz le
» Simple a caché la chair de sa chair. »

» Jure par ton ami que tes lèvres resteront fermées, comme
les deux coupes d'une noix que la lune des moissons n'a
point achevé de mûrir.

» — Moi, Nassoute, reprit l'étranger, je jure par mon ami,
qui est pour moi comme un baume lorsque j'ai des peines
dans le cœur, je jure que je ne découvrirai point ton lieu,
et que mes lèvres resteront fermées comme les deux coupes
d'une noix que la lune des moissons n'a point achevé de
mûrir. »

A ces mots Nassoute allait s'éloigner, lorsque Outougamiz
l'arrêta et lui dit :

« Où sont les guerriers illinois?

» — Crois-tu, répliqua l'étranger, que je sois assez lâche
pour te l'apprendre? »

Frère de Céluta, vous répondîtes :

« Va retrouver ton ami : je te tendais un piége; si tu

avais trahi ta patrie, je n'eusse point cru à ton serment, et tu tombais sous mes coups. »

Nassoute s'éloigne. Outougamiz vient donner ses soins au frère d'Amélie, comme s'il ne s'était rien passé, et comme s'il n'y eût aucun lieu de douter de la foi de l'Illinois, puisqu'il avait fait le serment de l'amitié.

Quelques jours s'écoulèrent : les blessures de René commençaient à se cicatriser, les meurtrissures étaient moins douloureuses, la fièvre se calmait. Le frère d'Amélie serait revenu plus promptement à la vie, si une nourriture abondante avait pu rétablir ses forces, mais Outougamiz trouvait à peine quelques baies sauvages; elles manquèrent enfin : il ne resta plus au frère de Céluta qu'à tenter les derniers efforts de l'amitié.

Une nuit, il sort furtivement du marais, cachant son entreprise à René, et laissant çà et là des paquets flottants de roseaux pour reconnaître la route, si les génies lui permettaient le retour. Il monte à travers le bois de la colline ; il découvre le camp des Illinois, où il était résolu de pénétrer.

Des feux étaient encore allumés : la plupart des familles dormaient étendues autour de ces feux. Le jeune Natchez, après avoir noué sa chevelure à la manière des guerriers ennemis, s'avance vers l'un des foyers. Il aperçoit un cerf à demi dépouillé, dont les chairs n'avaient point encore pétillé sur la braise. Outougamiz en dépèce avec son poignard les parties les plus tendres, aussi tranquillement que s'il eût préparé un festin dans la cabane de ses pères. Cependant on voyait çà et là quelques Illinois éveillés qui riaient et chantaient. La matrone du foyer où le frère de Céluta dérobait une part de la victime, ouvrit elle-même les yeux, mais elle prit l'étranger pour le jeune fils de ses entrailles, et se replongea dans le sommeil. Des chasseurs passent autour de l'ami de René, lui souhaitant un ciel bleu, un manteau de castor et l'espérance. Outougamiz leur rend à demi-voix le salut de l'hospitalité.

Un d'entre eux s'arrêtant, lui dit :

« Il a singulièrement échappé.

» — Un génie sans doute l'a ravi, » répond le frère de Céluta. L'Illinois repartit :

« Il est caché dans le marais ; il ne se peut sauver, car il est environné de toutes parts : nous boirons dans son crâne. »

Tandis qu'Outougamiz se trouvait engagé dans cette conversation périlleuse, la voix d'une femme se fit entendre à quelque distance ; elle chantait :

« Je suis l'épouse de Venclao. Mon sein, avec son bouton de rose, est comme le duvet d'un cygne que la flèche du chasseur a taché d'une goutte de sang au milieu. Oui, mon sein est blessé, car je ne puis secourir l'étranger qui respecta la Vierge des dernières amours. Puissé-je du moins sauver son ami ! »

L'Indienne se tut ; puis, s'approchant du Natchez dans les ombres, elle continua de la sorte :

« La nonpareille des Florides croyait que l'hiver avait changé sa parure, et qu'elle ne serait point reconnue parmi les aigles des rochers chez lesquels elle cherchait la pâture ; mais la colombe fidèle le découvrit, et lui dit :

« Fuis, imprudent oiseau, la douceur de ton chant t'a trahi. »

Ces paroles frappèrent le frère de Céluta ; il lève les yeux et remarque les pleurs de la jeune femme : il entrevoit en même temps les guerriers armés qui s'avancent. Il charge sur ses épaules une partie de la dépouille du cerf, s'enfonce dans les ombres, franchit le bois, rentre dans les détours du marais, et, après quelques heures de fatigue et de périls, se retrouve auprès de son ami.

Un ingénieux mensonge lui servit à cacher à René sa dangereuse aventure. Mais il fallait préparer le banquet : le jour on en pouvait voir la fumée, la nuit on en pouvait découvrir les feux. Outougamiz préféra pourtant la nuit : il espéra trouver un moyen de masquer la lueur de la flamme.

Lorsque le soleil fut descendu sous l'horizon, et que les dernières teintes du jour se furent évanouies, l'Indien tira une étincelle de deux branches de cyprès en les frottant l'une contre l'autre, et en embrasa quelques feuilles. Tout réussit d'abord; mais des roseaux secs, placés trop près du foyer, prennent feu, et jettent une grande lumière. Outougamiz les veut précipiter dans l'eau, et ne fait qu'étendre la flamme. Il s'élance sur le monceau ardent et cherche à l'écraser sous ses pieds. René épuise ses forces renaissantes pour seconder son ami : soins inutiles! le feu se propage, court en pétillant sur la cime séchée des joncs, et gagne les branches résineuses des cyprès. Le vent s'élève, des tourbillons de flammes, d'étincelles et de fumée montent dans les airs, qui prennent une couleur sanglante. Un vaste incendie se déploie sur le marais.

Comment fuir? comment échapper à l'élément terrible qui, après s'être éloigné de son centre, s'en rapprochait et menaçait les deux amis? Déjà étaient consumés les paquets de joncs sur lesquels le frère de Céluta aurait pu tenter encore de transporter René dans d'autres parties du marais. Essayer de passer au désert voisin : les cruels Illinois n'y campaient-ils pas? N'était-il pas probable qu'attirés par l'incendie, ils fermaient toutes les issues? Ainsi, lorsqu'on croit être arrivé au comble de la misère, on aperçoit par delà de plus hautes adversités. Il est difficile au fils de la femme de dire :

« Ceci est le dernier degré du malheur. »

Outougamiz était presque vaincu par la fortune : il voyait perdu tout ce qu'il avait fait jusqu'alors. Il n'avait donc sauvé son ami du cadre de feu que pour brûler cet ami de sa propre main! Il s'écria d'une voix douloureuse :

« René, c'est moi qui t'immole! Que tu es infortuné de m'avoir eu pour ami! »

Le frère d'Amélie, d'un bras affaibli et d'une main pâle, pressa tendrement le sauvage sur son sein.

« Crois-tu, lui dit-il, qu'il ne me soit pas doux de mourir avec toi? Mais pourquoi descendrais-tu au tombeau? Tu es vigoureux et habile; tu te peux frayer un chemin à travers les flammes. Revole à tes ombrages; les Natchez ont besoin de ton cœur et de ton bras; une épouse, des enfants embelliront tes jours, et tu oublieras une amitié funeste. Pour moi, je n'ai ni patrie ni parents sur la terre : étranger dans ces forêts, ma mort ou ma vie n'intéresse personne; mais toi, Outougamiz, n'as-tu pas une sœur? »

« — Et cette sœur, répliqua Outougamiz, n'a-t-elle pas levé sur toi des regards de tendresse? Ne reposes-tu pas dans le secret de son cœur? Pourquoi l'as-tu dédaignée? Que me conseilles-tu? De t'abandonner! Et depuis quand t'ai-je prouvé que j'étais plus que toi attaché à la vie? Depuis quand m'as-tu vu me troubler au nom de la mort? Ai-je tremblé quand, au milieu des Illinois, j'ai brisé les liens qui te retenaient? Mon cœur palpitait-il de crainte quand je te portais sur mes épaules avec des angoisses que je n'aurais pas échangées contre toutes les joies du monde? Oui, il palpitait ce cœur, mais ce n'était pas pour moi! Et tu oses dire que tu n'as point d'ami! Moi, t'abandonner! Moi! trahir l'amitié! Moi, former d'autres liens après ta mort! Moi, heureux sans toi, avec une épouse et des enfants! Apprends-moi donc ce qu'il faut que je raconte à Céluta en arrivant aux Natchez! lui dirais-je : « J'avais délivré celui pour lequel je t'appelai en témoignage de l'amitié; le feu a pris à des joncs; j'ai eu peur, j'ai fui. J'ai vu de loin les flammes qui ont consumé mon ami. Tu sais mourir, prétends-tu, René; moi, je sais plus, je sais vivre. Si j'étais dans ta place et toi dans la mienne, je ne t'aurais pas dit : Fuis et laisse-moi, Je t'aurais dit : Sauve-moi, ou mourons ensemble. »

Outougamiz avait prononcé ces paroles d'un ton qui ne lui était pas ordinaire. Le langage de la plus noble passion était sorti dans toute sa magnificence des lèvres du simple sauvage.

« Reste avec moi, s'écria à son tour le frère d'Amélie : je ne te presse plus de fuir. Tu n'es pas fait pour de tels conseils. »

A ces mots, quelque chose de serein et d'ineffable se répandit sur le visage d'Outougamiz, comme si le ciel s'était entr'ouvert, et que la clarté divine se fût réfléchie sur le front du frère de Céluta. Avec le plus beau sourire que l'ange des amitiés vertueuses ait jamais mis sur les lèvres d'un mortel, l'Indien répondit :

« Tu viens de parler comme un homme ; je sens dans mon sein toutes les délices de la mort. »

Les deux amis cessant d'opposer à l'incendie des efforts impuissants, et de tenter une retraite impossible, assis l'un près de l'autre, attendirent l'accomplissement de leur destinée.

La flamme se repliant sur elle-même avait embrasé le cyprès qui leur servait d'asile ; des brandons commençaient à tomber sur leurs têtes. Tout à coup, à travers les masses de feu et de fumée, on entend un léger bruit dans les eaux. Une espèce de fantôme apparaît : ses cheveux sont consumés sur ses tempes ; sa poitrine et ses bras sont à demi brûlés, tandis que le bas de son corps dégoutte d'une eau bourbeuse.

« Qui es-tu ? lui crie Outougamiz ; es-tu l'esprit de mon père qui vient nous chercher, pour nous conduire au pays des âmes ?

» —Je suis Venclao, répond le spectre, l'ami de Nassoute, auquel tu as donné la vie, et l'époux de Nélida, cette vierge des dernières amours, que ton ami a respectée. Je viens payer ma double dette. La flamme a découvert votre asile ; les tribus des Illinois environnent le marais ; déjà plusieurs guerriers nagent pour arriver jusqu'à vous ; je les ai devancés. Nassoute nous attend à l'endroit de la rive que l'on a confiée à sa garde. Hâtons-nous. »

Venclao passe un bras vigoureux sous le bras du frère d'Amélie, et fait signe à Outougamiz de le soutenir du côté opposé. Ainsi entrelacés, tous trois se plongent dans les eaux ; ils s'avancent à travers des champs de cannes embrasées, tantôt menacés par le feu, tantôt prêts à s'engloutir dans l'onde. Chaque instant augmente le danger : des cris, des voix se font entendre de toutes parts. Tels furent les périls d'Énée, lorsque, dans la nuit fatale d'Ilion, il allait, à la lueur des flammes, par des rues solitaires et détournées, cacher sur le mont Ida, et les anciens dieux de l'antique Troie et les dieux futurs du Capitole.

Outougamiz, Venclao et René arrivent au lieu où Nassoute les attendait. Le frère d'Amélie est à l'instant placé sur un

lit de branchages que Venclao, Nassoute et Outougamiz portent tour à tour. Ils s'éloignent à grands pas du fatal marais ;
toute la nuit ils errent par le silence des bois. Aux premiers rayons de l'aurore, les deux Illinois s'arrêtent, et
disent aux deux guerriers ennemis :

« Natchez, implorez vos manitous ; fuyez. Nous avons
rendu vos bienfaits. Quittes envers vous, nous nous devons
maintenant à notre patrie. Adieu. »

Venclao et Nassoute posent à terre le lit du blessé, mettent un bâton de houx dans la main gauche du frère d'A-
mélie, donnent à Outougamiz des plantes médicinales, de la
farine de maïs, deux peaux d'ours, et se retirent.

Les deux fugitifs continuèrent leur chemin. René marchait lentement le premier, courbé sur le bâton qu'il soule-
vait à peine ; Outougamiz le suivait répandant des feuilles
séchées, afin de cacher l'empreinte de son passage : l'hôte
des forêts est moins habile à tromper la meute avide que ne
l'était l'Indien à mêler les traces de René pour le dérober à
la recherche de l'ennemi.

Parvenu sur une bruyère, Outougamiz dit tout à coup :
« J'entends des pas précipités. »

Et bientôt après une troupe d'Illinois se montre à l'horizon vers le nord. Le couple infortuné eut le temps de gagner un bois étroit qui bordait l'autre extrémité ; il y pénètre, et l'ayant traversé, il se trouve à l'endroit même où
s'était donné le combat si fatal au grand chef des Natchez
et au frère d'Amélie.

A peine les deux amis foulaient-ils le champ de la mort,
qu'ils ouïrent l'ennemi dans le bois voisin. Outougamiz dit à
René :

« Couche-toi à terre : je te viendrai bientôt trouver. »

René ne voulait plus disputer sa vie ; il était las de lutter
si longtemps pour quelques misérables jours ; mais il fut
encore obligé d'obéir à l'amitié. Son infatigable libérateur
le couvre des effroyables débris du combat, et s'enfonce dans
l'épaisseur d'une forêt.

Lorsque des enfants ont découvert le lieu où un rossignol
a bâti son nid, la mère, poussant des cris plaintifs et lais-

sant pendre ses ailes, voltige, comme blessée, devant les jeunes ravisseurs qui s'égarent à sa poursuite, et s'éloignent du gage fragile de ses amours : ainsi le frère de Céluta, jetant des voix dans la solitude, attire les ennemis de ce côté, et les écarte du trésor plus cher à son cœur que l'œuf plein d'espérance ne l'est à l'oiseau amoureux.

Les Illinois ne purent joindre le léger sauvage à qui l'amitié avait, pour un moment, rendu toute sa vigueur. Ils approchaient du pays des Natchez, et, n'osant aller plus loin, ils abandonnèrent la poursuite.

Le frère de Céluta vint alors dégager René des ruines hideuses qui avaient protégé sa jeunesse et sa beauté. Les deux amis reprirent leur chemin au lever de l'aurore après s'être lavés dans une belle source. Il se trouva que les restes glacés sous lesquels René avait conservé l'étincelle de la vie, étaient ceux de deux Natchez, d'Aconda et d'Irinée. Le frère d'Amélie les reconnut, et, frappé de cette fortune extraordinaire, il dit à Outougamiz :

« Vois-tu ces corps défigurés, déchirés par les aigles et étendus sans honneurs sur la terre? Aconda et Irinée! vous étiez deux amis comme nous; vous fûtes jeunes et infortunés comme nous! Je vous ai vus périr, lorsque abattus j'essayais encore de vous défendre. Outougamiz, tu confiais, cette nuit même, l'ami vivant au secret de deux amis décédés. Ces morts se sont ranimés au feu de ton âme, pour me prêter leur abri. »

Outougamiz pleura sur Aconda et sur Irinée, mais il était trop faible pour leur creuser un tombeau.

Comme des laboureurs, après une longue journée de sueurs et de travaux, ramènent leurs bœufs fatigués à leur chaumière, ils croient déjà découvrir leur toit rustique, ils se voient déjà entourés de leurs épouses et de leurs enfants : ainsi les deux amis, en approchant du pays des Natchez, commençaient à sentir renaître l'espérance; leurs désirs franchissaient l'espace qui les séparait de leurs foyers. Ces illusions, comme toutes celles de la vie, furent de courte durée.

Les forces de René, épuisées une dernière fois, touchaient

à leur terme ; et pour comble de calamité il ne restait plus
rien des dons de Venclao et de Nassoute.

Outougamiz lui-même succombait : ses joues étaient creu-
ses ; ses jambes amaigries et tremblantes ne portaient plus
son corps. Trois fois le soleil vint donner la lumière aux
hommes, et trois fois il retrouva les voyageurs se traînant
sur une bruyère qui n'offrait aucune ressource. Le frère
d'Amélie et le frère de Céluta ne se parlaient plus ; ils se
jetaient seulement par intervalles l'un sur l'autre des regards
furtifs et douloureux. Quelquefois Outougamiz cherchait encore à aider la marche de René : deux jumeaux qui se sou-
tiennent à peine, s'appuient de leurs faibles bras, et ébau-
chent des pas incertains aux yeux de leur mère attendrie.

Du lieu où les amis étaient parvenus, jusqu'au pays des
Natchez, il ne restait plus que quelques heures de chemin ;
mais René fut contraint de s'arrêter. Excité par Outougamiz,
qui le conjurait d'avancer, il voulait faire quelques pas,
afin de ne point ravir volontairement à son sublime ami le
fruit de tant de sacrifices : ses efforts furent vains. Outougamiz essaya de le porter sur ses épaules ; mais il plia et
tomba sous le fardeau.

Non loin du sentier battu murmurait une fontaine ; René
s'en approcha en rampant sur les genoux et sur les mains,
suivi d'Outagamiz qui pleurait ; le pasteur affligé accompagne
ainsi le chevreau qui a brisé ses pieds délicats en tombant
d'une roche élevée, et qui se traîne vers la bergerie.

La fontaine marquait la lisière même de la savane qui s'é-
tend jusqu'au Bayouc des Pierres, et qui n'a d'autres bornes
à l'orient que les bois du fort Rosalie. Outougamiz assit son
compagnon au pied d'un saule. Le jeune sauvage attachait
ses regards sur le pays de ses aïeux : être venu si près !

« René ! dit-il, je vois notre cabane.

» — Tourne-moi le visage de ce côté, » répondit le frère
d'Amélie.

Outougamiz obéit.

Le frère de Céluta eut un moment la pensée de se rendre
aux Natchez pour y chercher du secours ; mais craignant
que l'homme de son cœur n'expirât pendant son absence, il

résolut de ne le point quitter. Il s'assit auprès de René, lui
prit le front dans ses deux mains, et le pencha doucement
sur sa poitrine : alors, baissant son visage sur une tête chérie, il se prépara à recueillir le dernier soupir de son ami.
Comme deux fleurs que le soleil a brûlées sur la même tige,
ainsi paraissaient ces deux jeunes hommes inclinés l'un sur
l'autre vers la terre.

Un bruit léger et le souffle d'un air parfumé firent relever
la tête à Outougamiz : une femme était à ses côtés. Malgré
la pâleur et le vêtement en désordre de cette femme comment l'Indien l'aurait-il méconnue ? Outougamiz laisse échapper de surprise et de joie le front de René ; il s'écrie :

« Ma sœur, est-ce toi ? »

Céluta recule ; elle s'était approchée des amis sans les découvrir ; le son de la voix de son frère l'a étonnée :

« Mon frère ! répond-elle, mon frère ! les génies me l'ont
ravi ! l'homme blanc a expiré dans le cadre du feu ! Tous les
jours je viens attendre les voyageurs à cette limite ; mais ils
ne reparaîtront plus ! »

Outougamiz se lève, s'avance vers Céluta, qui aurait pris
la fuite si elle n'avait remarqué avec une pitié profonde la
marche chancelante du guerrier. Vous eussiez vu sur le front
de l'Indienne passer tour à tour le sentiment de la plus profonde terreur et de la plus vive espérance. Céluta hésitait
encore, quand elle aperçoit, attaché au sein de son frère, le
manitou de l'amitié. Elle vole à Outougamiz qu'elle embrasse
et soutient à la fois ; mais Outougamiz :

« Je l'ai sauvé ! il est là ! mais il est mort si tu n'as rien
pour le nourrir. »

L'amour a entendu la voix de l'amitié ! Céluta est déjà à
genoux : timide et tremblante, elle a relevé le front de l'étranger mourant ; René lui-même a reconnu la fille du désert :
et ses lèvres ont essayé de sourire. Outougamiz, la tête penchée dans son sein, les mains jointes et tombantes, disait :

« Témoin du serment de l'amitié, ma sœur, tu viens voir
si je l'ai bien tenu. J'aurais dû ramener mon ami plein de
vie, et le voilà qui expire ! je suis un mauvais ami, un

guerrier sans force. Mais toi, as-tu quelque chose pour ranimer mon ami ?

» — Je n'ai rien ! s'écrie Céluta désespérée. Ah ! s'il eût été mon époux, s'il eût fécondé mon sein, il pourrait boire avec son enfant à la source de la vie ! »

Souhait divin de l'amante et de la mère !

La chaste Indienne rougit comme si elle eût craint d'avoir été comprise de René. Les yeux de cette femme étaient fixés au ciel, son visage était inspiré : on eût dit que, dans une illusion passionnée, Céluta croyait nourrir et son fils et le père de son fils.

Amitié ! qui m'avez raconté ces merveilles, que ne me donnâtes-vous le talent pour les peindre ! J'avais le cœur pour les sentir.

---

[1] Lorsque Céluta rencontra les deux amis au bord de la fontaine, il y avait déjà plusieurs jours qu'elle était errante dans les bois. Une fièvre ardente l'avait saisie à la nouvelle de la captivité de René ; le départ subit d'Outougamiz redoubla les maux de l'infortunée, car elle devina que son frère avait volé à la délivrance de son ami. Or, cette seconde victime n'aurait-elle pas été immolée à la rage des Illinois ?

La fille de Tabamica s'était obstinée à demeurer seule dans sa cabane. Un jour, couchée sur la natte de douleur, elle vit entrer Ondouré. Le succès de cet homme avait enflé son orgueil ; ses vices s'étaient augmentés de toute l'espérance de ses passions. Sûr maintenant d'Akansie, qui connaissait son crime et qui en profitait, Ondouré se croyait déjà maître du pouvoir absolu, sous le nom de tuteur du jeune Soleil : il songeait à rétablir l'ancienne tyrannie ; et, après avoir trompé les Français, il se flattait de trouver quelque moyen de les perdre.

Une seule chose menaçait l'ambition du sauvage, c'était

[1] Ici commence la seconde partie des *Natchez*.

un sentiment plus fort que cette ambition même, c'était l'amour toujours croissant qu'il ressentait pour Céluta : la vanité blessée, la soif de la vengeance, la fougue des sens, avaient transformé cet amour en une sorte de frénésie dont les accès pouvaient réveiller la jalousie de la femme-chef.

Dans la première exaltation de son triomphe, Ondouré accourut donc à la demeure de la sœur d'Outougamiz. Il s'avança vers la couche où languissait la vierge solitaire :

« Céluta, dit-il, réveille-toi! » Et il lui secouait rudement la main. « Réveille-toi, voici Ondouré : n'es-tu pas trop heureuse qu'un guerrier comme moi veuille bien encore te choisir pour maîtresse, toi, rose fanée par le misérable blanc dont les manitous nous ont délivré ? »

Céluta essaie de repousser le barbare.

« Comme elle est charmante dans sa folie ! s'écrie Ondouré; que son teint est animé, que ses cheveux sont beaux! »

Et le sauvage veut prodiguer des caresses à sa victime.

Dans ce moment, Akansie, que l'instinct jaloux égarait souvent autour de la cabane de sa rivale, paraît sur le seuil de la porte.

Alors Céluta :

« O mère du Soleil! secourez-moi! »

Ondouré laisse échapper sa proie : confondu, honteux, balbutiant, il suit Akansie, qui s'éloigne les yeux sanglants, l'âme agitée par les Furies.

Les parentes de Céluta, qui l'avaient voulu garder dans l'absence de son frère, reviennent offrir leur secours à leur amie; elles voient le désordre de sa couche. Céluta leur tait ses nouveaux chagrins; elle affecte de sourire, elle prétend qu'elle se sent soulagée: on la croit, on se retire. Libre des soins qui l'importunent, la fille de Tabamica sort au milieu de la nuit, s'enfonce dans les forêts, et va sur le chemin du pays des Illinois, attendre des protecteurs qu'elle rencontre: protecteurs qu'elle supposait perdus sans retour, alors même qu'elle les cherchait encore.

Qui sauvera les trois infortunés? Céluta seule conserve un peu de force, mais a-t-elle le temps de voler jusqu'au village des Natchez? René et Outougamiz n'auront-ils point

expiré avant qu'elle revienne? Elle pose doucement la tête de
René sur la mousse, et se lève : la Providence aura pitié de
tant de malheurs. Des guerriers se montrent vers la forêt.
Qui sont-ils? n'importe! Dans ce moment Céluta implorerait
le secours même d'Ondouré.

« Qui que vous soyez, s'écria-t-elle en s'avançant vers les
guerriers, venez rendre la vie à René et à mon frère ! »

Des soldats et de jeunes officiers du fort Rosalie accompagnaient le capitaine d'Artaguette à la source même où reposaient les deux amis, source dont les eaux avaient la vertu
de cicatriser les blessures. D'Artaguette reconnaît à sa voix
l'Indienne qu'il n'aurait pas reconnue à ses traits, tant ils
étaient altérés.

« Est-ce vous, ma sœur, ma libératrice? » s'écrie à son
tour le capitaine.

Céluta vole à lui, verse des pleurs de douleur et de joie,
saisit la main de son frère adoptif, la porte avec ardeur à
ses lèvres, cherche à entraîner d'Artaguette vers la fontaine,
en répétant les noms d'Outougamiz et de René : la troupe se
hâte sur les pas de Céluta.

Bientôt on découvre deux hommes, ou plutôt deux spectres, l'un couché, l'autre debout, mais près de tomber ; on
les environne.

« Chasseurs, dit Outougamiz, je puis mourir à présent,
prenez soin de mon ami ! et il s'affaissa sur le gazon.

On croyait dans la colonie, comme aux Natchez, que René
avait été brûlé par les Illinois. Les secours sont prodigués
aux deux mourants : ce fut Céluta qui offrit les premiers
aliments à son frère et à l'ami de son frère. D'Artaguette essayait de soutenir l'un et l'autre d'un bras encore mal assuré.
Jacques, le grenadier, attaché au généreux capitaine, est
envoyé aux Natchez pour annoncer le retour miraculeux.
Les guerriers et les femmes accourent, les sachems les suivent. Déjà les Français avaient entrelacé des branches d'arbres sur lesquelles étaient déposés séparément les deux amis.
Huit jeunes officiers portaient tour à tour les couches sacrées, comme ils auraient porté les trophées de l'honneur.
Auprès de ces lits de feuillage marchaient Céluta, pleine

d'un bonheur qu'elle n'osait croire, et d'Artaguette dont le front pâle annonçait qu'il manquait encore du sang à un noble cœur.

Ce fut dans cet ordre que la foule des Natchez rencontra la pompe triomphale de l'amitié, élevée par les mains de la vaillance. Les bois retentirent d'acclamations prolongées ; on se presse, on veut savoir jusqu'aux moindres circonstances d'une délivrance dont Outougamiz parle à peine, et que René ne peut encore raconter. Les jeunes gens serraient la main d'Outougamiz, et se juraient les uns aux autres une amitié pareille dans l'adversité. Les sachems disaient à Adario et à Chactas qu'ils avaient d'illustres enfants :

« C'est vrai, » répondaient les deux vieillards. Adario même était attendri.

Les femmes et les enfants caressaient Céluta ; Mila la voulait porter, bien qu'elle se sentît un peu triste au milieu de la joie. Dans l'effusion générale des cœurs, les militaires français avaient leur part des éloges. D'Artaguette disait à Céluta :

« Ma sœur, votre frère soutient bien son rôle de libérateur. »

René, qui entendit ces mots, murmura d'une voix mourante :

« Vous ne savez rien ; Outougamiz ne vous apprendra pas ce qu'il a fait : c'est moi qui vous le dirai, si je vis. »

Tous les yeux versaient aussi des larmes sur les jeunes Indiens qui s'étaient immolés au triomphe de l'amitié.

Ondouré et Akansie seuls n'étaient pas présents à cette scène : les méchants fuient comme un supplice le spectacle de la vertu récompensée. René fut déposé chez son père Chactas, mais Adario voulut qu'on portât son neveu Outougamiz et sa nièce Céluta à sa cabane, afin de prendre soin lui-même de ce couple qu'il reconnaissait digne de son sang,

Ondouré avait apaisé Akansie par ces mensonges, par ces serments et ces caresses que la passion trompée ne croit plus, mais auxquels elle se laisse aller comme à sa dernière ressource. Quand on a fait un pas dans le crime, on se per-

suade qu'il est impossible de reculer, et l'on s'abandonne à
la fatalité du mal : la femme-chef se voyait forcée de servir
les projets d'un scélérat, d'élever Ondouré jusqu'à elle pour
se justifier de s'être abaissée jusqu'à lui. Le retour de René
avait rallumé dans le cœur d'Ondouré les flammes de la
jalousie ; déçu dans sa vengeance, il lui devenait plus que
jamais nécessaire d'atteindre au rang suprême pour exécuter,
comme souverain, le crime qu'il avait manqué comme sujet.
Il alarme la femme-chef :

« Il est possible, lui dit-il, que René m'ait vu lancer la
flèche ; le seul moyen de dominer tous les périls est de
s'élever au-dessus de tous les pouvoirs. Que je sois tuteur
de votre fils, que l'ancienne garde des allouez soit rétablie,
et je vous réponds de tout. »

Akansie ne pouvait plus rien refuser : elle avait livré
sa vertu.

L'Indien, afin de mieux réussir dans ses desseins, s'adressa
d'abord aux Français.

Traité rudement par Chépar, Fébriano avait repris peu à
peu, à force d'humiliations, son ascendant sur le vieux militaire : la bassesse se sert des affronts qu'elle reçoit comme
d'un marchepied pour s'élever. Mais le renégat sentait que
son crédit était affaibli s'il ne parvenait à détruire par
quelque service éclatant la fâcheuse impression qu'avaient
laissée ses premiers conseils. Le gouverneur de la Louisiane
avait témoigné son mécontentement au commandant du fort
Rosalie, et dans la lettre où il lui annonçait l'envoi de troupes
nouvelles, il l'invitait à réparer une imprudence dont souffrait la colonie.

Fébriano épiait donc l'occasion de regagner sa puissance,
au moment où Ondouré cherchait le moyen de satisfaire son
ambition. Ces deux traîtres, jadis compagnons de débauche,
par une conformité de passions, avaient conçu l'un et l'autre
une haine violente contre René. L'homme sauvage alla
trouver l'homme policé ; il lui parla de la mort du Soleil :

« Dans les changements prêts à s'opérer aux Natchez, lui
dit-il, si le commandant des Français me veut seconder, je

lui ferai obtenir les concessions, objet de tant de troubles et de malheurs. »

Ravi d'une proposition qui le rendait important, en le rendant utile, Fébriano court avertir Chépar : celui-ci consent à recevoir Ondouré au milieu de la nuit, sur un des ravelins du fort.

« Sachem des Français, dit Ondouré en l'abordant, je ne sais ce que vous méditez. De nouveaux guerriers vous sont arrivés; peut-être est-ce votre dessein de lever encore une fois la hache contre nous? Au lieu de vous engager dans cette route incertaine, je puis vous mener à votre but par une voie plus sûre. Depuis longtemps je suis l'ami des Français; employez votre autorité à me faire élever à la place qui me rendra tuteur du jeune Soleil. Je m'engage alors à vous faire céder les terres que vous réclamez, et dont vos députés et les nôtres doivent régler les limites. Dans deux jours la nomination de l'édile aura lieu. Que l'on envoie par vos ordres des présents aux jeunes guerriers, aux matrones et aux prêtres, et je l'emporterai sur mes compétiteurs. »

Flatté d'entendre parler de sa puissance, regardant comme un grand coup de politique de mettre Ondouré, qu'il croyait l'ami de la France, à la tête des Natchez, espérant surtout réparer sa faute par l'obtention des terres dont on lui fait la promesse, Chépar se précipite dans le projet d'Ondouré; il charge Fébriano de la distribution des présents.

Ondouré retourne auprès d'Akansie qu'il s'étonne de trouver abattue : il en est du crime comme de ces boissons amères que l'habitude seule rend supportables.

« Il ne s'agit plus d'hésiter, s'écrie Ondouré : voulez-vous commander avec moi, ou voulez-vous rester esclave sous un sachem de votre famille? Songez qu'il y va de votre vie et de la mienne : si nous ne sommes pas assez forts pour proscrire nos ennemis, nous serons proscrits par eux. Tôt ou tard quelque voix accusatrice révélera le secret de la mort du Soleil, et, au lieu de monter au pouvoir, nous serons traînés au supplice. Allez donc; parlez aux matrones, obtenez leurs voix; je cours m'assurer de celles des jeunes

guerriers. Outougamiz, qui balance seul mon crédit auprès
d'eux, Outougamiz, encore trop faible, ne peut sortir de sa
cabane. Que le jongleur dévoué à nos intérêts fasse s'expliquer les génies, et nous triompherons de la résistance de
Chactas et d'Adario. »

L'assemblée générale de la nation étant convoquée pour
procéder au choix de l'édile, Chactas proposa d'élever René,
son fils adoptif, à cette place importante ; mais le jongleur
déclara que l'étranger, coupable à la fois de la disparition
du serpent sacré, de la mort des femelles de castors, et de
la guerre dans laquelle le vieux Soleil avait péri, était réprouvé du grand Esprit.

Le frère d'Amélie rejeté, Adario présenta son neveu Outougamiz, qui venait de faire éclater tant de vertu et de
vaillance : Outougamiz fut écarté à cause de la simplicité
de sa vertu. Chactas et Adario ne voulaient point pour eux-
mêmes une charge dont leur âge ne leur permettait plus
l'exercice.

Akansie désigna à son tour Ondouré : ce nom fit rougir
les hommes qui conservaient encore quelque pudeur. Chactas
repoussa de toute la dignité de son éloquence un guerrier
dont il osa peindre les vices. Adario, qui sentait le tyran
dans Ondouré, menaça de le poignarder s'il attentait jamais
à la liberté de la patrie; mais les présents de Fébriano
avaient produit leur effet : les matrones enchantées par des
parures, les jeunes guerriers séduits par des armes, un assez
bon nombre de sachems, à qui l'ambition ôtait la prudence,
soutinrent le candidat de la femme-chef. Les manitous con-
sultés approuvèrent l'élection d'Ondouré. Ainsi l'éducation
d'un enfant qui devait un jour commander à des peuples,
fut remise à des mains oppressives et souillées : le champ
empoisonné de Gomorrhe fait mourir la plante qu'on lui
confie, ou ne porte que des arbres dont les fruits sont remplis de cendre.

Cependant les blessures de René se fermaient; des simples,
connus des sauvages, rétablissaient ses forces avec une étonnante rapidité. Il n'avait qu'un moyen de payer à Outougamiz la dette d'une amitié sublime, c'était d'épouser Céluta.

Le sacrifice était grand : tout lien pesait au frère d'Amélie ; aucune passion ne pouvait entrer dans son cœur, mais il crut qu'il se devait immoler à la reconnaissance : du moins ce n'était pas à ses yeux démentir sa destinée, que de trouver un malheur dans un devoir.

Il fit part de sa résolution à Chactas : Chactas demanda la main de Céluta à Adario ; Outougamiz fut rempli de joie en apprenant que son ami allait devenir son frère. Céluta, rougissant, accorda son consentement avec cette grâce modeste qui respirait en elle ; mais elle éprouvait quelque chose de plus que ce plaisir mêlé de frayeur qu'éprouve la jeune vierge prête à passer dans les bras d'un époux. Malgré l'amour qui entraînait vers René la fille de Tabamica, malgré la félicité dont elle se faisait l'image, elle était frappée d'une tristesse involontaire ; un secret pressentiment serrait son cœur : René lui inspirait une terreur dont elle ne pouvait se défendre ; elle sentait qu'elle allait tomber dans le sein de cet homme comme on tombe dans un abîme.

Les parents ayant approuvé le mariage, Chactas dit à René :

« Bâtis ta cabane, portes-y le collier pour charger les fardeaux, et le bois pour allumer le feu ; chasse pendant six nuits ; à la septième, Céluta te suivra à tes foyers. »

René établit sa demeure dans une petite vallée qu'arrosait une rivière tributaire du Meschacebé. Quand l'ouvrage fut fini, on découvrait de la porte de la nouvelle cabane les prairies du vallon entrecoupées d'arbustes à fleurs : une forêt, vieille comme la terre, couvrait les collines, et dans l'épaisseur de cette forêt tombait un torrent.

Des danses et des jeux signalèrent le jour du mariage. Placés au milieu d'un cercle de leurs parents, René et Céluta furent instruits de leurs devoirs : on conduisit ensuite les époux au toit qu'ils devaient habiter.

L'aurore les trouva sur le seuil de la cabane : Céluta, un bras jeté autour du cou de René, s'appuyait sur le jeune homme. Les yeux de l'Indienne, avec une expression de respect et de tendresse, cherchaient ceux de son époux. D'un cœur religieux et reconnaissant, elle offrait sa félicité au

Maître de la nature comme un don qu'elle tenait de lui : la rosée de la nuit remonte, au lever du soleil, vers le ciel d'où elle est descendue.

Les regards distraits du frère d'Amélie se promenaient sur la solitude : son bonheur ressemblait à du repentir. René avait désiré un désert, une femme et la liberté : il possédait tout cela, et quelque chose gâtait cette possession. Il aurait béni la main qui, du même coup, l'eût débarrassé de son malheur passé et de sa félicité présente, si toutefois c'était une félicité.

Il essaya de réaliser ses anciennes chimères : quelle femme était plus belle que Céluta ? Il l'emmena au fond des forêts et promena son indépendance de solitude en solitude ; mais quand il avait pressé sa jeune épouse contre son sein, au milieu des précipices, quand il l'avait égarée dans la région des nuages, il ne rencontrait point les délices qu'il avait rêvées.

Le vide qui s'était formé au fond de son âme ne pouvait plus être comblé. René avait été atteint d'un arrêt du ciel, qui faisait à la fois son supplice et son génie ; René troublait tout par sa présence ; les passions sortaient de lui et n'y pouvaient rentrer : il pesait sur la terre qu'il foulait avec impatience, et qui le portait à regret.

Si l'impitoyable Ondouré avait pénétré dans le cœur du frère d'Amélie, s'il en avait connu toutes les misères, s'il avait vu les alarmes de Céluta et l'espèce d'épouvante que lui inspirait son mari, l'union du couple infortuné n'aurait point fait sentir au sauvage les tourments qu'il éprouva lorsque la renommée lui apprit la nouvelle de cette union. Qu'importait à Ondouré d'avoir satisfait son ambition ? Céluta échappait à son amour ! René n'était point encore immolé à sa jalousie ! Les succès du détestable Indien lui coûtaient cher : il était obligé de subir la tendresse d'une femme odieuse ; il avait fait à Chépar des promesses qu'il ne pouvait ni ne voulait remplir. Comment perdre ces étrangers du fort Rosalie qui étaient devenus ses maîtres, puisqu'ils possédaient une partie de son secret ? Comment sacrifier ce rival, que les mauvais génies avaient envoyé aux Natchez pour le désespoir d'Ondouré ?

Plusieurs projets s'offrirent d'abord à la pensée de l'édile, mais les uns n'étaient pas assez sûrs, les autres n'enveloppaient pas assez de victimes. Le dégoût de l'état de nature, le désir de posséder les jouissances de la vie sociale, augmentaient le trouble des esprits d'Ondouré : il dévorait des regards tout ce qu'il apercevait dans les habitations des blancs ; on le voyait errer à travers les villages, l'air farouche, l'œil en feu, les lèvres agitées d'un mouvement convulsif.

Un jour qu'il promenait ainsi ses noires rêveries, il arrive à la cabane de René ; le frère d'Amélie parcourait alors les déserts avec Céluta. Mille passions, mille souvenirs accompagnés de mille desseins funestes, agitent le cœur d'Ondouré. Il fait d'abord à pas lents le tour de la hutte ; bientôt il heurte à la porte, l'ouvre et jette des regards sinistres dans l'intérieur du lieu. Il y pénètre, s'assied au foyer solitaire, comme ces génies du mal attachés à chaque homme, et qui, selon les Indiens, se plaisent à fréquenter les demeures abandonnées. Des lits de joncs, des armes européennes, quelques voiles de femmes, un berceau, présent de la famille de Céluta, tout ce qui frappe la vue d'Ondouré accroît son supplice :

« C'est donc ici qu'ils ont été heureux ! » murmure-t-il à voix basse.

Son imagination s'égare ; il se lève, disperse les roseaux des couches et brise les armes dont il jette au loin les éclats. Les parures de Céluta appellent ensuite sa rage : il les soulève d'une main tremblante, les approche de sa bouche comme pour les couvrir de baisers, puis les déchire avec fureur. Déjà ses bras se levaient sur le berceau, lorsqu'il les laisse tout à coup retomber à ses côtés ; sa tête se penche sur sa poitrine, son front se couvre d'un nuage sombre : le sauvage paraît travaillé par la conception douloureuse d'un crime.

C'en est fait ! les destinées de Céluta, les destinées du frère d'Amélie, les destinées des Français sont fixées ! On-

douré pousse un profond soupir, et souriant comme Satan à
ses perversités :

« Je te remercie, dit-il, ô Athaënsic! tu m'as bien inspiré! Génie de cette cabane, je te remercie! tu m'as conduit
ici pour me découvrir les moyens d'accomplir mes vengeances, d'atteindre à la fois le but de mes desseins divers.
Oui, vous périrez, ennemis d'Ondouré ! et toi, Céluta !... »

Il ne se révèle à lui-même toute l'horreur et toute l'étendue de son projet que par un cri qu'il pousse en sortant de
la cabane ; ce cri fut entendu des Français et des Natchez :
les premiers en frissonnèrent, les seconds prévirent la ruine
de leur patrie.

Lorsque René revint de ses courses, il fut frappé du désordre de sa cabane, sans en pouvoir pénétrer la cause :
nourrie dans la religion des Indiens, Céluta tira de ce désordre un présage funeste. Elle n'avait point rapporté le bonheur
de son pèlerinage au désert : René était pour elle inexplicable; elle avait cependant aperçu quelque chose de mystérieux au fond du cœur de l'homme auquel elle était unie,
mais cet homme ne lui avait point révélé ses secrets; il ne
les avait racontés à personne. Après son retour à sa cabane,
René sembla devenir plus sombre et moins affectueux : la
timide Céluta n'osait l'interroger ; elle ne tarda pas à prendre
pour de la lassitude ou de l'inconstance ce qui n'était que
l'effet du malheur et d'un caractère impénétrable. Le hasard
vint donner quelque apparence de réalité aux premiers
soupçons de la sœur d'Outougamiz.

René traversait un jour une cyprière, lorsqu'il entendit
des cris dans un endroit écarté : il court à ces cris. Il aperçoit entre les arbres une Indienne se débattant contre un
Européen. A l'apparition d'un témoin, le ravisseur s'enfuit.
Le frère d'Amélie avait reconnu Fébriano et Mila.

« Ah ! s'écria l'adolescente en se jetant dans ses bras, si
tu avais voulu m'épouser, tu n'aurais pas été obligé de venir
à mon secours. Que je te remercie, pourtant ! J'ai eu si
grand'peur lorsque l'homme noir m'a surprise, que j'ai
fermé les yeux de toutes mes forces, dans la crainte de le
voir. »

René sourit; il rassura la jeune sauvage, et lui promit de la reconduire chez son père. Il l'aida d'abord à laver son visage meurtri. Mila lui dit alors :

« Que ta main est douce! c'est tout comme celle de ma mère! Les méchants! ils racontent tant de mal de toi, et tu es si bon! »

Quand il se fallut quitter, Mila trouva que le chemin était si court! Elle fondit en larmes, et s'échappa en disant :

« Je ne suis qu'une linotte bleue, je ne sais point chanter pour le chasseur blanc. »

Le frère d'Amélie reprit le chemin de sa cabane, et ne songea plus à cette aventure.

Elle fut bientôt connue d'Ondouré ; elle lui fournit l'occasion d'ajouter une calomnie de plus à toutes celles qu'il inventait pour assouvir sa haine; il se félicita de pouvoir faire partager à Céluta ces tourments de jalousie qu'il avait connus par elle. La rencontre de René et de Mila fut représentée à la chaste sœur d'Outougamiz comme l'infidélité de l'homme qu'elle aimait. Céluta pleura et cacha ses larmes.

Cependant Céluta était mère ; l'épouse féconde n'assurait-elle pas les droits de l'amante ? Lorsque René eut la certitude que sa femme portait un enfant dans son sein, il s'approcha d'elle avec un saint respect ; il la pressa doucement de peur de la blesser :

« Femme, lui dit-il, le ciel a béni tes entrailles! »

Céluta répondit :

« Je n'ai pas osé faire des vœux avant vous pour l'enfant que le grand Esprit m'a donné. Je ne suis que votre servante : mon devoir est de nourrir votre fils ou votre fille, je tâcherai d'y être fidèle. »

Le front du frère d'Amélie s'obscurcit.

« Nourrir mon fils ou ma fille! dit-il avec un sourire amer : sera-t-il plus heureux que moi? sera-t-elle plus heureuse que ma sœur? Qui aurait dit que j'eusse donné la vie à un homme ? »

Il sortit, laissant Céluta dans une inexprimable douleur.

Ondouré poursuivait ses projets : malgré l'autorité d'Adario et de Chactas, il avait rétabli dans toute leur puissance les

alloucz, gardes dévoués au despotisme des anciens Soleils;
il avait dépêché des messagers, avec des ordres secrets,
pour toutes les nations indiennes. Plus que jamais il trompait le commandant du fort Rosalie à l'aide de fausses con-
fidences : il lui faisait dire par Fébriano que, sans l'opposition d'Adario, de Chactas et de René, il serait entièrement
maître du conseil des Natchez ; que ces trois ennemis du nom
français l'empêchaient de tenir sa promesse. Ondouré invitait
Chépar à les enlever quand il lui en donnerait le signal. Par
cette politique, il avait le double dessein de livrer ses adversaires aux étrangers, et de soulever les Natchez contre ces
mêmes étrangers, lorsque ceux-ci se seraient portés à quelque violence contre les deux sachems, idoles de la patrie.

Il fallait néanmoins ne rien précipiter ; il fallait que toutes
les forces des Indiens fussent secrètement rassemblées, afin
de frapper sûrement le dernier coup. Il était en même temps
aussi difficile de modérer ces éléments de discorde que de
les faire agir de concert. Les trèves, sans cesse renouvelées,
suspendaient à peine des hostilités toujours prêtes à renaître : les Français et les Natchez s'exerçaient aux armes,
en cultivant ensemble les champs où ils se devaient exterminer.

Plusieurs mois étaient nécessaires à Ondouré pour l'exécution de son vaste plan. Chépar, de son côté, n'avait point
encore reçu tous les secours qu'il attendait. Une paix forcée
par la position des chefs régnait donc dans la colonie ; les
Indiens, en attendant l'avenir, s'occupaient de leurs travaux
et de leurs fêtes.

Mila, ayant des liens de famille avec Céluta, vint remercier celui qu'elle appelait son libérateur. Elle lui apporta une
gerbe de maïs qui ressemblait à une quenouille chargée d'une
laine dorée :

« Voilà, lui dit-elle, tout ce que je te puis donner, car je
ne suis pas riche. »

René accepta l'offrande.

Céluta sentit ses yeux se remplir de larmes, mais elle
reçut sa jeune parente avec son inaltérable douceur ; elle
caressa même avec bonté l'aimable enfant, qui lui demanda

si elle assisterait à la moisson de la folle-avoine [1]. Céluta lui
dit qu'elle s'y trouverait. Mila sortit pleine de joie, en voyant
René tenir encore dans sa main la gerbe de maïs.

Depuis le jour où le capitaine d'Artaguette avait ramené
aux Natchez les infortunés amis, il était allé à la Nouvelle-
Orléans voir son frère, le général Diron d'Artaguette, et le
jeune conseiller Harlay, qui devait épouser Adélaïde, fille du
gouverneur de la Louisiane. Il revint au fort Rosalie la veille
de la moisson annoncée par Mila. Il avait appris le mariage
du frère d'Amélie avec Céluta : la reconnaissance que le
capitaine devait à cette belle sauvage, le tendre penchant
qui l'entraînait vers elle, l'estime qu'il sentait pour René, le
conduisirent à la cabane des nouveaux époux. Il trouva la
famille réunie prête à partir pour la moisson : Chactas,
Adario, Céluta, René, Outougamiz rétabli dans toute sa
force, Outougamiz qui avait oublié ce qu'il avait fait, et qui
fuyait lorsque René racontait les prodiges de sa délivrance.

D'Artaguette fut reçu avec la plus touchante hospitalité
par Céluta, qui l'appelait son frère. Outougamiz lui dit :

« Céluta t'a sauvé, tu as sauvé mon ami : je t'aime, et si
nos nations combattent encore, ma hache se détournera de
toi. »

René proposa au capitaine d'assister à la fête de la moisson :

« Très-volontiers, » répondit d'Artaguette.

Ses regards ne se pouvaient détacher de Céluta, dont une
secrète langueur augmentait la beauté.

On s'embarque dans des canots, sur la rivière qui coulait
au bas de la colline où la cabane de René était bâtie. On
remonte le courant pour arriver au lieu de la moisson. Les
chênes-saules dont la rivière était bordée y répandaient
l'ombre; les pirogues s'ouvraient un chemin à travers les
plantes qui couvraient de feuilles et de fleurs la surface de
l'eau. Par intervalles, l'œil pénétrait la profondeur des flots
roulant sur des sables d'or, ou sur des lits veloutés d'une
mousse verdoyante. Des martins-pêcheurs se reposaient sur

---

[1] Sorte de riz qui croît dans les rivières.

des branches pendantes au-dessus de l'onde, ou fuyaient devant les canots, en rasant le bord de la rivière.

On arrive au lieu désigné : c'était une baie où la folle-avoine croissait en abondance. Ce blé, que la Providence a semé en Amérique pour le besoin des sauvages, prend racine dans les eaux; son grain est de la nature du riz; il donne une nourriture douce et bienfaisante.

A la vue du champ merveilleux, les Natchez poussèrent des cris, et les rameurs, redoublant d'efforts, lancèrent leurs pirogues au milieu des moissons flottantes. Des milliers d'oiseaux s'enlevèrent, et, après avoir joui des bienfaits de la nature, cédèrent la place aux hommes.

En un instant les nacelles furent cachées dans la hauteur et l'épaisseur des épis. Les voix qui sortaient du labyrinthe mobile ajoutaient à la magie de la scène. Des cordes de bouleau furent distribuées aux moissonneurs; avec ces cordes ils saisissaient les tiges de la folle-avoine qu'ils liaient en gerbe; puis, inclinant cette gerbe sur le bord de la pirogue, ils la frappaient avec un fléau léger, le grain mûr tombait dans le fond du canot. Le bruit des fléaux qui battaient les gerbes, le murmure de l'eau, les rires et les joyeux propos des sauvages, animaient cette scène moitié marine, moitié rustique.

Le champ était moissonné : la lune se leva pour éclairer le retour de la flotte; sa lumière descendait sur la rivière entre les saules à peine frémissants. De jeunes Indiens et de jeunes Indiennes suivaient les canots à la nage, comme des sirènes ou des tritons; l'air s'embaumait de l'odeur de la moisson nouvelle mêlée aux émanations des arbres et des fleurs. La pirogue du grand chef était à la tête de la flotte, et un prêtre, debout à la poupe de cette pirogue, redisait le chant consacré à l'astre des voyageurs :

« Salut, épouse du soleil! tu n'as pas toujours été heureuse! Lorsque, contrainte par Athaënsic de quitter le lit nuptial, tu sors des portes du matin, tes bras arrondis, étendus vers l'orient, appellent inutilement ton époux.

» Ce sont encore ces beaux bras que tu entr'ouvres lorsque

tu te retournes vers l'occident, et que la cruelle Athaënsic force à son tour le soleil à fuir devant toi.

» Depuis ton hymen infortuné, la mélancolie est devenue ta compagne; elle ne te quitte jamais, soit que tu te plaises à errer à travers les nuages, soit qu'immobile dans le ciel, tu tiennes tes yeux fixés sur les bois, soit que, penchée au bord des ondes du Meschacebé, tu t'abandonnes à la rêverie, soit que tes pas s'égarent avec les fantômes le long des pâles bruyères.

» Mais, ô lune! que tu es belle dans ta tristesse! L'ourse étoilée s'éclipse devant tes charmes, tes regards veloutent l'azur du ciel; ils rendent les nues diaphanes, ils font briller les fleuves comme des serpents; ils argentent la cime des arbres, ils couvrent de blancheur le sommet des montagnes; ils changent en une mer de lait les vapeurs de la vallée.

» C'est ta lumière, ô lune! qui donne de grandes pensées aux sachems; c'est ta lumière qui remplit le cœur d'un amant du souvenir de sa maîtresse: à ta clarté, la mère veille au berceau de son fils; à ta clarté, les guerriers marchent aux ennemis de la patrie; à ta clarté, les chasseurs tendent des piéges aux hôtes des forêts; et maintenant, à ta clarté, chargés des dons du grand Esprit, nous allons revoir nos heureuses cabanes. »

Ainsi chantait le prêtre: à chaque strophe, la conque mêlait ses sons au chœur général des Natchez; un recueillement religieux avait saisi Céluta, René, d'Artaguette, Outougamiz, Adario et le vieux Chactas: le pressentiment d'un avenir malheureux s'était emparé de leur cœur. La tristesse est au fond des joies de l'homme: la nature attache une douleur à tous ses plaisirs, et quand elle ne nous peut refuser le bonheur, par un dernier artifice, elle y mêle la crainte de le perdre. Une voix vint arracher les amis à leurs graves réflexions; cette voix semblait sortir de l'eau; elle disait: « Mon libérateur, me voici. » René, d'Artaguette, Outougamiz, Chactas, Adario, Céluta, regardent dans le fleuve, et ils aperçoivent Mila qui nageait auprès du canot. Enveloppée d'un voile, elle ne montrait au-dessus de l'eau que ses épaules demi-nues et sa tête humide; quelques épis de folle-avoine, capricieusement tressés, ornaient son front. Sa figure riante brillait à la clarté de la lune, au milieu de l'ébène de ses cheveux; des filets d'argent coulaient le long de ses joues : on eût pris la petite Indienne pour une naïade qui avait dérobé la couronne de Cérès.

« Outougamiz, disait-elle, viens donc te baigner avec moi; pour le guerrier blanc, ton frère, j'en aurais peur. »

Outougamiz saute par dessus le bord de la pirogue. Mila se mit à nager de concert avec lui. Tantôt elle se balançait lentement le visage tourné vers le ciel : vous eussiez cru qu'elle dormait sur les vagues; tantôt, frappant de son pied l'onde élastique, elle glissait rapidement dans le fleuve. Quelquefois, s'élevant à demi, elle avait l'air de se tenir debout; quelquefois ses bras écartaient l'onde avec grâce : dans cette position, elle tournait un peu la tête, et l'extrémité de ses pieds se montrait à la surface des flots. Son sein, légèrement enflé à l'œil, sous le voile liquide, paraissait enfermé dans un globe de cristal; elle traçait, par ses mouvements, une multitude de cercles qui, se poussant les uns les autres, s'étendaient au loin : Mila s'ébattait au milieu de ces ondulations brillantes, comme un cygne qui baigne son cou et ses ailes.

La langueur des attitudes de Mila aurait pu faire croire qu'elle cherchait des voluptés cachées dans ces ondes mystérieuses, mais le calme de sa voix et la simplicité de ses paroles ne décelaient que la plus tranquille innocence. Il en était ainsi des caprices de l'élégante Indienne avec Outougamiz : elle passait à son cou un bras humide ; elle approchait son visage si près du sien, qu'elle lui faisait sentir à la fois la fraîcheur de ses joues et la chaleur de ses lèvres. Liant ses pieds aux pieds de son compagnon de bain, elle n'était séparée de lui que par l'onde, dont la molle résistance rendait encore ses entrelacements plus doux :

« N'était-ce pas ainsi, disait-elle, que tu étais couché avec René sur le lit de roseaux, au fond du marais? »

Il ne fallait chercher dans ces jeux que ceux d'un enfant plein de charme; et si quelque chose d'inconnu se mêlait

aux pensées de Mila, ce n'était point à Outougamiz que s'a-
dressaient ces pensées.

Tant de grâces n'avaient point échappé à la fille de Tabamica ; moins René y avait paru sensible, plus elle craignit
une délicatesse affectée. Rentrée dans sa demeure, elle se
trouva mal : bien que son sein maternel n'eût encore compté
que sept fois le retour de l'astre témoin des plaisirs de
Mila, Céluta sentit que l'enfant de René se hâterait d'arriver
à la triste lumière des cieux, afin de partager les destinées
de son père.

Le frère d'Amélie avait passé la nuit dans les bois : au
lever du soleil il ne retrouva Céluta, ni dans la cabane, ni
à la fontaine, ni au champ des fleurs. Il apprit bientôt que,
pressée pendant la nuit par les douleurs, son épouse s'était
retirée à la hutte que lui avaient bâtie les matrones, selon
l'usage, et qu'elle resterait dans cette hutte un nombre de
jours plus ou moins long, selon le sexe de l'enfant.

Céluta pensa perdre la vie en la donnant à une fille que
l'on porta à son père, et qu'en versant des pleurs, il nomma
Amélie. Cette seconde Amélie paraissait au moment d'expirer : René se vit obligé de verser l'eau du baptême sur la
tête de l'enfant en péril ; l'enfant poussa un cri. Le baptême parmi les sauvages était regardé comme un maléfice :
Ondouré accusa le guerrier blanc d'avoir voulu faire mourir
sa fille, par dégoût pour Céluta, et par amour pour une
autre femme. Ainsi s'accomplissait le sort de René : tout lui
devenait fatal, même le bonheur.

L'enfant vécut, et les jours de retraite expirèrent : Céluta
revint à son toit où l'attendaient ses parents. Les vêtements
de la jeune mère étaient nouveaux ; elle ne devait rien
porter de ce qui lui avait servi autrefois : son enfant était
suspendu à sa mamelle. Lorsqu'elle mit le pied sur le seuil
de sa cabane, ses yeux, jusqu'alors baissés avec modestie,
se levèrent sur René, qui lui tendait les bras pour recevoir
son enfant : tout ce que la passion d'une amante, tout ce
que la dignité d'une épouse, tout ce que la tendresse d'une
mère, tout ce que la soumission d'une esclave, tout ce que

la douleur d'une femme peuvent jamais réunir de plus touchant, fut exprimé par le regard de Céluta.

« Je ne vous ai donné qu'une fille, dit-elle ; pardonnez à la stérilité de mon sein : je ne suis pas heureuse. »

René prit son enfant, l'éleva vers le ciel, et le remit dans les bras de sa mère. Tous les parents bénirent la fille de Céluta : Outougamiz lui suspendit un moment au cou le manitou d'or, et sembla la consacrer ainsi au malheur.

Chez les sauvages ce sont les parents maternels qui imposent les noms aux nouveau-nés. Selon la religion de ces peuples, le père donne l'âme à l'enfant, la mère ne lui donne que le corps : on suppose d'après cela que la famille de la femme connaît seule le nom que le corps doit porter. René, s'obstinant à appeler sa fille Amélie, blessa de plus en plus les mœurs des Indiens.

Depuis qu'il était père, sa tristesse était singulièrement augmentée. Il passait des jours entiers au fond des forêts. Quand il revenait chez lui, il prenait sa fille sur ses genoux, la regardait avec un mélange de tendresse et de désespoir, et tout à coup la remettait dans son berceau, comme si elle lui faisait horreur. Céluta détournait la tête, et cachait ses larmes, attribuant le mouvement de René à un sentiment de haine pour elle.

Si René, rentrant au milieu de la nuit, adressait des mots de bonté à Céluta, c'était avec peine qu'elle parvenait à dissimuler l'altération de sa voix ; si René s'approchait de son épouse pendant le jour, elle lui laissait adroitement sa fille dans les bras et s'éloignait de lui ; si René montrait quelque inquiétude de la santé chancelante de la sœur d'Outougamiz, celle-ci en attribuait le dérangement à la naissance d'Amélie. Elle disait alors des choses si touchantes en s'efforçant de prendre un air serein, que son trouble paraissait davantage à travers ce calme de la vertu résignée.

Mila se retrouvait partout sur les pas du frère d'Amélie ; elle venait souvent à la cabane, où Céluta l'accueillait toujours avec douceur.

« Si tu étais ma mère, disait Mila à l'épouse affligée, je serais toujours avec toi ; j'entendrais le guerrier blanc

te parler de l'amitié de ton frère et te raconter des histoires
de son pays. Nous préparerions ensemble la couche du guerrier blanc; et puis, quand il dormirait, je rafraîchirais son
sommeil avec un éventail de plumes. »

Mila terminait ordinairement ses discours en se jetant dans
les bras de Céluta : c'était chercher la tranquillité au sein
de l'orage, la fraîcheur au milieu des feux du midi. La
jeune Indienne obtenait un regard de pitié des yeux dont
elle faisait couler les larmes; elle sollicitait l'amitié d'un
cœur qu'elle venait de poignarder.

La mère de Mila, impatiente de ces courses, avait menacé
sa fille de lui jeter de l'eau au visage, châtiment qu'infligent
à leurs enfants les matrones indiennes. Mila avait répondu
qu'elle mettrait le feu à la cabane de sa mère; les parents
avaient ri, et Mila avait continué de chercher René.

Un soir celui-ci était assis au bord d'un de ces lacs que
l'on trouve partout dans les forêts du nouveau monde.
Quelques baumiers isolés bordaient le rivage; le pélican, le
cou reployé, le bec reposant comme une faux sur sa poitrine, se tenait immobile à la pointe d'un rocher; les dindes
sauvages élevaient leur voix rauque du haut des magnolias;
les flots du lac, unis comme un miroir, répétaient les feux
du soleil couchant.

Mila survint.

« Me voici! dit-elle; je suis tout étonnée, je t'assure;
j'avais peur d'être grondée.

» — Et pourquoi vous gronder? dit René.

» — Je ne sais, répondit Mila en s'asseyant et s'appuyant
sur les genoux du guerrier blanc.

» — N'auriez-vous point quelque secret? répliqua René.

» — Grand Esprit, s'écria Mila, est-ce que j'aurais un
secret? J'ai beau penser, je ne me souviens de rien. »

Mila posa ses deux petites mains sur le genou de René,
inclina la tête sur ses mains, et se mit à rêver en regardant
le lac. René souffrait de cette attitude, mais il n'avait pas
le courage de repousser cette enfant. Il s'aperçut, au bout
de quelque temps, que Mila s'était endormie.

Age de candeur, qui ne connais aucun péril! âge de confiance, que tu passes vite!

« Quel bonheur pour toi, Mila, murmura sourdement René, si tu dormais ici ton dernier sommeil!

» — Que dis-tu? s'écria Mila, tirée de son assoupissement. Pourquoi m'as-tu réveillée? Je faisais un si beau rêve!

» — Vous feriez mieux, dit René, de me chanter une chanson, plutôt que de dormir ainsi comme un enfant.

» — C'est bien vrai, dit Mila; attends, que je me réveille. »

Et elle frotta ses yeux humides de sommeil et de larmes.

« Je me souviens, reprit-elle, d'une chanson de Céluta. O Céluta! comme elle est heureuse! comme elle mérite de l'être! C'est ta femme, n'est-ce pas? »

Mila se prit à chanter; elle avait dans la voix une douceur mêlée d'innocence et de volupté. Elle ne put chanter longtemps; elle brouilla tous ses souvenirs, et pleura de dépit de ne pouvoir redire la chanson de Céluta.

La mère de Mila, qui la suivait, la trouva assise aux genoux de René; elle la frappa avec une touffe de lilas qu'elle tenait à la main, et Mila s'échappa en jetant des feuilles à sa mère. L'imprudente colère de la matrone révéla la course de sa fille; le bruit s'en répandit de toutes parts. Mila elle-même s'empressa de dire à Céluta qu'elle avait dormi sur les genoux du guerrier blanc au bord du lac. Céluta n'avait pas besoin de ce qu'elle prenait pour une nouvelle preuve du malheur qui l'avait frappée.

Le frère d'Amélie connaissait trop les passions pour ne pas apercevoir ce qui naissait au fond du cœur de Mila; il devint plus sévère avec elle : cette rigueur effraya la gentille sauvage. Ses sentiments repoussés se replièrent sur tout ce qui aimait René, sur Céluta, sur Outougamiz, qui avait délivré le guerrier blanc avec tant de courage, et qui avait si bien nagé dans le fleuve. Mila rencontrait souvent Outougamiz dans les cabanes : la naïveté héroïque du jeune homme plaisait à la naïveté malicieuse de la jeune fille.

« Tu as sauvé ton ami du cadre de feu, disait un jour Mila à Outougamiz. C'est bien beau! J'aurais voulu être là.

» — Tu m'aurais beaucoup gêné, répondit le frère de Céluta, parce que tu aurais eu faim ; et que t'aurais-je donné à manger ?

» — C'est vrai, répliqua l'Indienne ; mais si j'avais été avec toi, j'aurais pris la tête de ton ami dans mes deux mains, j'aurais réchauffé ses yeux avec mes lèvres ; et pour voir si son cœur battait encore, j'aurais mis ma main sur son cœur. »

Et Mila portait la main au cœur d'Outougamiz.

« Ne fais pas cela, dit le sauvage. Est-ce que tu serais devenue amoureuse ?

» — Non, certainement, s'écria l'Indienne étonnée, mais je le demanderai à Céluta. »

L'âme de la jeunesse, en prenant son essor, essaie de tous les sentiments, goûte, comme l'enfant, à toutes les coupes, douces ou amères, et n'apprend à s'y connaître que par l'expérience. Attirée d'abord par René, Mila trouva bientôt en lui quelque chose de trop loin d'elle. Le cœur d'Outougamiz était le cœur qui convenait à celui de Mila ; leur sympathie, une fois déclarée, promettait d'être durable, et cette sympathie allait naître.

Hélas ! ces simples et gracieuses amours qui auraient dû couler sous un ciel tranquille, se formaient au moment des orages ! Malheureux, ô vous qui commencez à vivre quand les révolutions éclatent ! Amours, amitié, repos, ces biens qui composent le bonheur des autres hommes, vous manqueront ; vous n'aurez le temps ni d'aimer ni d'être aimés. Dans l'âge où tout est illusion, l'affreuse vérité vous poursuivra ; dans l'âge où tout est espérance, vous n'en nourrirez aucune : il vous faudra briser d'avance les liens de la vie, de peur de multiplier des nœuds qui sitôt doivent se rompre !

René, vivant en lui-même, et comme hors du monde qui l'environnait, voyait à peine ce qui se passait autour de lui ; il ne faisait rien pour détruire des calomnies qu'il ignorait, ou qu'il aurait méprisées s'il les eût connues ; calomnies qui n'en allaient pas moins accumuler sur sa tête des malheurs publics et des chagrins domestiques. Se renfermant au sein de ses douleurs et de ses rêveries, dans cette espèce de solitude morale, il devenait de plus en plus farouche et sauvage : impatient de tout joug, importuné de tout devoir, les soins qu'on lui rendait lui pesaient; on le fatiguait en l'aimant. Il ne se plaisait qu'à errer à l'aventure; il ne disait jamais ce qu'il devenait, où il allait; lui-même ne le savait pas. Était-il agité de remords ou de passions, cachait-il des vices ou des vertus, c'est ce qu'on ne pouvait dire. Il était possible de tout croire de lui, hors la vérité.

Assise à la porte de sa cabane, Céluta attendait son mari des journées entières. Elle ne l'accusait point, elle n'accusait qu'elle-même : elle se reprochait de n'avoir ni assez de beauté ni assez de tendresse. Dans la générosité de son amour, elle allait jusqu'à croire qu'elle pourrait devenir l'amie de toute autre femme, maîtresse du cœur de René; mais quand elle portait son enfant à son sein, elle ne pouvait s'empêcher de le baigner de larmes. Lorsque le frère d'Amélie revenait, Céluta apprêtait le repas; elle ne prononçait que des paroles de douceur; elle ne craignait que de se rendre importune; elle ébauchait un sourire qui expirait à ses lèvres, et lorsque jetant des regards furtifs sur René, elle le voyait pâle te agité, elle aurait donné toute sa vie pour lui rendre un moment de repos.

Chactas essayait quelquefois d'apaiser par sa tranquille raison les troubles de l'âme du frère d'Amélie, mais il ne lui pouvait arracher son secret.

« Qu'as-tu? lui disait-il. Tu voulais la solitude; ne te suffit-elle plus? Avais-tu pensé que ton cœur était inépuisable? Les sources coulent-elles toujours?

» — Mais qui empêche, répondit René, quand on s'aperçoit de la fuite du bonheur, de clore la vie? Pourquoi des amis inséparables n'arrivent-ils pas ensemble dans le monde où les félicités ne passent plus?

» — Je n'attache pas plus de prix que toi à la vie, répliquait le sachem expérimenté : vous mourez, et vous êtes oublié; vous vivez, et votre existence n'occupe pas plus de place que votre mémoire. Qu'importent nos joies ou nos douleurs dans la nature? Mais pourquoi t'occuper toi-même de ce qui dure si peu? Tu as déjà rempli parmi nous les devoirs d'un homme envers ta patrie adoptive : il t'en reste d'autres à accomplir. Peut-être n'attendras-tu pas longtemps ce que tu désires. »

Les paroles de la vieillesse sont des oracles : tout, en effet, commençait à précipiter la catastrophe aux Natchez. Les messagers d'Ondouré étaient revenus avec des paroles favorables de la part des nations indiennes. Le commandant français, qui avait reçu de nouveaux soldats, n'avait pas besoin d'être excité secrètement, comme il l'était par Fébriano, pour exercer des violences contre René, Chactas et Adario. Chépar pressait Ondouré de tenir ses promesses relativement au partage des terres ; Ondouré répondait qu'il les mettrait à exécution aussitôt qu'on l'aurait débarrassé de ses adversaires.

Les calomnies répandues par Ondouré, à l'aide du jongleur, avaient produit tout leur effet contre le frère d'Amélie : pour les Natchez, l'impie René était le complice secret des mauvais desseins des Français ; pour les Français, le traître René était l'ennemi de son ancienne patrie.

La famille de Chactas, au milieu de laquelle Mila passait maintenant ses jours, prenait un matin son repas accoutumé dans la cabane de Céluta, lorsqu'elle vit entrer le grenadier Jacques : il était chargé d'un billet du capitaine d'Artaguette, adressé au fils adoptif de Chactas, ou, dans son absence, au vénérable sachem lui-même. Ce billet informait René de l'ordre qui venait d'être donné de l'arrêter avec Adario.

« Vous n'avez pas un moment à perdre pour vous dérober à vos ennemis, mandait le capitaine au frère d'Amélie. Vous êtes dénoncé comme ayant porté les armes contre la France ; un conseil de guerre est déjà nommé afin de vous juger. Adario, qu'on retiendra prisonnier tant que les terres ne seront pas concédées, répondra de la conduite des Natchez. On n'ose encore toucher à la tête de Chactas. »

A cette lecture Céluta fut saisie d'un tremblement ; pour la première fois elle bénit l'absence de René; depuis deux jours il n'avait point paru. Céluta, Mila et Outougamiz convinrent de courir dans les bois, de chercher le frère d'Amélie, et de le tenir éloigné des cabanes; Chactas, avec le reste de la famille, se hâta de se rendre chez Adario.

Instruit du sort qu'on lui prépare, Adario refuse de fuir; il déploie une natte, s'assied à terre. Fatigué des cris qu'il entend :

« Indigne famille! dit-il d'une voix terrible, que me conseillez-vous? Moi! me cacher devant des brigands! donner un tel exemple à la jeunesse! Chactas, j'attendais d'autres sentiments d'un des pères de la patrie.

» — De quelle utilité peut être à la patrie votre captivité ou votre mort? répondit Chactas; en vous retirant, au contraire, dès demain peut-être, nous pourrons nous défendre contre les oppresseurs de notre liberté, mais aujourd'hui le temps nous manque; je ne sais quelle main perfide a écarté la plupart des jeunes guerriers.

» — Non, dit Adario, je ne me retirerai point; je vous laisse le soin de me venger. »

Adario se lève et prend ses armes : sa famille n'ose s'opposer à son dessein. Le sachem se rassied : un profond silence règne autour de lui.

On entend au dehors les pas d'une troupe de concessionnaires conduits par Fébriano. A la gauche du sachem était son fils, derrière lui sa vieille épouse, et sa jeune fille, mère d'un enfant qu'elle tenait dans ses bras, devant lui Chactas appuyé sur un bâton blanc.

Fébriano entre, déploie un ordre, et commande à Adario de le suivre.

« Oui, je te vais suivre, répond le sachem ; je vois que tu m'as reconnu; je t'ai fait assez peur le jour de la bataille pour que tu te souviennes de moi. »

Adario s'élance de sa natte, et appuie le bout d'un javelot sur la poitrine de Fébriano. Chactas, dont les regards ne dirigent plus les mains tremblantes, cherche en vain, dans la nuit qui l'environne, à détourner les coups et à faire entendre des paroles pacifiques. Le renégat recule, et sa troupe avance. De cris s'échappent de la multitude remplissant les lieux d'alentour. Les femmes éplorées se suspendent aux fusils des concessionnaires. Une voix s'élève, la bande armée tire : le fils d'Adario tombe mort à ses côtés. Le sachem se défend quelque temps derrière le corps de son fils; Chactas, renversé, est foulé aux pieds. Une épaisse fumée monte dans les airs; la cabane est en flammes; tout fuit. Lié des mains de Fébriano, Adario est conduit avec sa femme, sa fille et son petit-fils au fort Rosalie. D'autres sicaires du complice d'Ondouré, envoyés à la demeure de René, n'avaient trouvé que le silence et la solitude.

Les habitants de la colonie accoururent en foule sur la passage des prisonniers. Ceux-ci auraient inspiré une pitié profonde, s'il ne suffisait pas d'être malheureux parmi les hommes pour en être haï et persécuté. D'Artaguette qui avait refusé de conduire des soldats aux Natchez, subissait lui-même une captivité militaire, et ne pouvait plus être d'aucun secours à la famille enchaînée.

Le conseil de Chépar s'étant assemblé, Fébriano déclara qu'Adario s'était armé, qu'il avait méprisé les ordres du roi, et qu'on avait été obligé de l'enlever de vive force. Deux avis furent ouverts : le premier, de transporter le rebelle aux îles; le second, de le vendre, avec sa famille, au fort Rosalie. Ce dernier avis l'emporta. Le commandant choisit le parti le plus violent comme le plus capable de frapper les Natchez d'une épouvante salutaire : l'imprudence et la dureté paraissent souvent aux esprits étroits de l'habileté et du courage. Il fut donc résolu qu'Adario, sa femme et ses enfants seraient, à l'instant même, publiquement vendus, et employés aux travaux de la colonie.

Ondouré passa secrètement quelques heures au fort Rosalie : Fébriano l'informa du jugement rendu par le conseil : le sauvage s'en réjouit, ainsi que du meurtre du fils d'Adario et de l'incendie de la cabane. Il regrettait seulement de n'avoir pu abattre du premier coup sa principale victime, mais il s'en consolait dans la pensée que René n'avait échappé à son sort que pour peu de temps.

L'Indien espérait trouver la rage des Natchez à son comble, et les esprits disposés à tout entreprendre : il ne se trompait pas. Revenu du fort Rosalie, il se rendit au lieu où Chactas, après l'enlèvement d'Adario, avait rassemblé les tribus :

c'était au bord du lac des bois, dans l'endroit où Mila s'était endormie sur les genoux de René.

Le chef parut avec un front triste au milieu de l'assemblée. Tous les yeux se tournèrent vers lui. Les jeunes guerriers, à peine de retour d'une longue chasse, s'écrièrent :

« Tuteur du Soleil, que nous conseillez-vous ?

» — Mon opinion, répondit modestement le rusé sauvage, est celle des sachems. »

Les sachems louèrent cette modération, excepté Chactas, qui découvrit l'hypocrite.

« Que la femme-chef s'explique ! dit-on de toutes parts.

» — O malheureux Natchez ! dit Akansie subjuguée et criminelle, on conspire ! » Et elle se tut.

« Il faut la forcer de parler ! » fut le cri de la foule. Alors Ondouré :

« Remarquez, ô guerriers ! que le fils adoptif de Chactas, que l'on représentait comme une des victimes désignées par Chépar, a pourtant été soustrait à la trahison de nos ennemis, tandis qu'Adario est dans les fers. Sachems et guerriers, avez-vous quelque confiance en moi ?

» — Oui, oui ! » répondirent mille voix. Celle de Chactas, dans ce moment de passion, ne fut point écoutée.

« Voulez-vous faire, reprit Ondouré, ce que j'ordonnerai pour votre salut ?

» — Parlez, nous vous obéirons, s'écria de nouveau l'assemblée.

» — Eh bien, dit Ondouré, rentrez dans vos cabanes ; ne montrez aucun ressentiment ; ayez l'air soumis ; supportez de nouvelles injustices, et je vous promets... Mais il n'est pas temps de parler. Je découvrirai au grand prêtre ce qu'Athaënsic m'a inspiré. Oui, Natchez, Athaënsic m'est apparue dans la vallée ! ses yeux étaient deux flammes ; ses cheveux flottaient dans les airs comme les rayons du soleil à travers les nuages de la tempête ; tout son corps était quelque chose d'immense et d'indéfinissable : on ne pouvait la voir sans ressentir les terreurs de la mort. Délivre la patrie, m'a-t-elle dit ; concerte toute chose avec le serviteur de mes autels ..

» Alors l'esprit m'a révélé ce que je devais d'abord apprendre au seul jongleur : ce sont des mystères redoutables. »

L'assemblée frémit. Le grand prêtre s'écria :

« N'en doutons point, Athaënsic a remis sa puissance à Ondouré. Guerriers, le tuteur du Soleil vous recommande par ma voix de vous séparer. Retirez-vous et reposez-vous sur le ciel du soin de votre vengeance. »

A ces mots les sauvages se dispersèrent, pleins d'une horreur religieuse qu'augmentaient l'ombre et le calme des forêts.

Ondouré ne désirait point armer dans ce moment les Natchez contre les Français ; ils n'étaient pas assez forts pour triompher, et tout se serait réduit à une action aussi peu décisive que la première. Ce n'était pas d'ailleurs un combat ouvert et loyal que voulait le sauvage ; il prétendait porter un coup plus sûr mais plus ténébreux. Or, tout n'était pas préparé, et le jour où le complot pouvait éclater avec succès était encore loin.

L'amant dédaigné de Céluta avait fait de l'absence de son rival un nouveau moyen de calomnie : non content de perdre René dans l'opinion des Natchez, il le faisait chercher de toutes parts pour le livrer aux Français. Avec un dessein bien différent, Céluta s'était empressée de suivre les traces de son époux, mais elle avait en vain interrogé les rochers et les bruyères. Elle sortait de sa cabane, elle y revenait, dans la crainte que René n'y fût rentré par un autre chemin : quelfois elle songeait à se rendre au fort Rosalie, se figurant que l'objet de sa tendresse y avait déjà été conduit ; quelquefois elle s'asseyait au carrefour d'un bois, et ses regards s'enfonçaient dans les divers sentiers qui se déroulaient sous l'ombrage ; elle n'osait appeler René de peur de le trahir par les sons mêmes de sa voix. Amélie ne quittait point les bras maternels, et Céluta retrouvait des forces en pleurant sur ce cher témoin de sa douleur.

Outougamiz, toujours inspiré quand il s'agissait des périls de son ami, avait été plus heureux que sa sœur ; depuis longtemps il s'était aperçu que le frère d'Amélie aimait à diriger ses pas vers une colline qui bordait le Meschacebé, et dans le flanc de laquelle s'ouvrait une grotte funèbre : il commença ses recherches de ce côté. Un autre instinct conduisit Mila au même lieu : la colombe au loin transportée trouve, à travers les champs de l'air, le chemin qui la ramène à sa compagne.

Les deux fidèles messagers se rencontrent à l'entrée de la grotte :

« Qui t'amène ici ? dit Mila à Outougamiz.

» — Mon génie, répondit le sauvage; et il montrait la chaîne d'or. Et toi, Mila, qui t'a conduite de ce côté?

» — Je n'en sais rien, répliqua l'Indienne; quelque chose qui est peut-être la femme de ton génie. Tu verras que nous avons deviné, et que le guerrier blanc est ici. »

En effet, ils aperçurent René assis en face du fleuve, sous la voûte de la caverne : on voyait auprès de lui un livre, des fruits, du maïs et des armes. Cette caverne était un lieu redouté des Natchez : ils y avaient déposé une partie des os de leurs pères. On racontait qu'un esprit de la tombe veillait jour et nuit à cette demeure.

« Oh ! s'écria Mila, j'aurais bien peur, si le guerrier blanc n'était ici. »

Étonné de l'apparition de son frère et de la jeune Indienne, René crut qu'ils s'étaient donné rendez-vous dans ce sanctuaire propre à recevoir un serment, et comme il appelait leur union de tous ses vœux, il fut charmé de cette rencontre.

Outougamiz et Mila ne dirent rien au frère d'Amélie du véritable objet de leur descente à la grotte : tant les cœurs naïfs deviennent intelligents quand il s'agit de ce qu'ils aiment ! Ils comprirent que s'ils révélaient à René les périls dont il était menacé, loin de pouvoir l'arrêter, il échapperait à leur tendresse. Le couple ingénu laissa l'homme blanc croire ce qu'il voudrait croire, et ne songea qu'à le retenir dans cette retraite par le charme d'un entretien amical.

Le frère de Céluta ignorait ce qui s'était passé aux Natchez : il supposait qu'Adario se serait éloigné avec Chactas, jusqu'au moment où les enfants du Soleil pourraient venger

leur injure. Outougamiz eût désiré calmer les inquiétudes de
sa sœur, mais il ne voulait pas quitter René; il espérait que
Mila trouverait quelque prétexte pour quitter la grotte et
pour aller rassurer la femme infortunée.

« Mon sublime frère, dit René au jeune sauvage avec un
sourire qui rarement déridait son front, accours-tu encore
pour me délivrer? Pourquoi ces armes? Je n'ai aucun danger à craindre : je ne suis qu'avec les morts, et tu sais qu'ils
sont mes amis. Et vous, petite Mila, que cherchez-vous? la
vie sans doute? elle n'est pas ici, et vous ne pourriez la
rendre à cette foule poudreuse, qui peut-être ne consentirait
pas à la reprendre. »

Le religieux Outougamiz gardait le silence; Mila tremblait,
et dans sa frayeur se serrait fortement contre Outougamiz.
Un faible rayon du jour, en pénétrant dans la caverne, ne
servait qu'à en redoubler l'horreur : les ossements blanchis
reflétaient une lumière fantastique; on eût cru voir remuer
et s'animer l'immobile et insensible dépouille des hommes.
Le fleuve roulait ses ondes à l'entrée de la grotte, et des
herbes flétries pendantes à la voûte frémissaient au souffle
du vent.

Mila, en voulant s'avancer vers René, ébranla un tas d'ossements qui roulèrent sur elle.

« J'en mourrai! j'en mourrai! s'écria Mila : c'était comme
quelque chose de si singulier !

» — Ma jeune amie, dit le frère d'Amélie, rassurez-vous.

» — Je te jure, répliqua l'Indienne, que cela a parlé.

» — Parlé! » dit Outougamiz.

René sourit, fit asseoir Mila auprès de lui, et prenant la
main de l'enfant :

« Oui, dit-il, cela a parlé : les tombeaux nous disent que
dans leur sein finissent nos douleurs et nos joies; qu'après
nous être agités un moment sur la terre, nous passons au
repos éternel. Mila est charmante, son cœur palpite de toutes
les sortes d'amour ; mon admirable frère est tout âme :
encore quelques soupirs sur la terre (et Dieu veuille qu'ils
soient de bonheur!), le cœur de Mila se glacera pour jamais,
et les cendres de l'homme à qui l'amitié fit faire des pro-

diges seront confondues avec la poussière de celui qui n'a jamais aimé. »

René s'interrompit, appuya son front sur sa main, et regarda couler le fleuve.

« Parle encore, dit Mila, c'est si triste et pourtant si doux ce que tu dis. »

René ramenant ses regards dans l'intérieur de la caverne, et les fixant sur un squelette, dit tout à coup :

« Mila, pourrais-tu m'apprendre son nom?

» — Son nom! répéta l'Indienne épouvantée, je ne le sais pas : ces morts se ressemblent tous.

» — Tu me fais voir ce que je n'aurais jamais vu seul, dit Outougamiz; est-ce que les morts sont si peu de chose?

» — La nature de l'homme est l'oubli et la petitesse, répondit le frère d'Amélie; il vit et meurt ignoré. Dis-moi, Outougamiz, entends-tu l'herbe croître dans cette tête que j'approche de ton oreille? Non, sans doute. Eh bien! les pensées qui y végétaient autrefois ne faisaient pas plus de bruit à l'oreille de Dieu. L'existence coule à l'entrée du souterrain de la mort, comme le Meschacebé à l'entrée de cette caverne : les bords de l'étroite ouverture nous empêchent d'étendre nos regards au-dessus et au-dessous sur le fleuve de la vie; nous voyons seulement passer devant nous une petite portion des hommes voyageant du berceau à la tombe dans leur succession rapide, sans que nous puissions découvrir où ils vont et d'où ils viennent.

» — Je conçois bien ton idée, s'écria Mila. Si je disais à mon voisin, placé dans une autre caverne, au-dessus de celle où nous sommes : « Voisin, as-tu vu passer ce flot qui était si brillant (je suppose une jeune fille)? » Il me répondrait peut-être : « J'ai vu passer un flot troublé, car il s'est élevé de l'orage entre ma caverne et la tienne. »

» — Admirablement, Mila! dit René : oui! tels nous paraissons en fuyant sur la terre; notre éclat, notre bonheur, ne vont pas loin, et le flot de notre vie se ternit avant de disparaître.

» — Voilà que tu m'enhardis, s'écria Mila. J'avais tant

peur en entrant dans la grotte! Maintenant je pourrais toucher ce que je n'osais d'abord regarder. »

La main de Mila prit la tête de mort que René n'avait pas replacée avec les autres. Elle en vit sortir des fourmis.

« La vie dans la mort, dit René : c'est par ce côté que le tombeau nous ouvre une vue immense. Dans ce cerveau qui contenait autrefois un monde intellectuel, habite un monde qui a aussi son mouvement et son intelligence; ces fourmis périront à leur tour. Que renaîtra-t-il de leur grain de poussière? »

René cessa de parler. Animée par le premier essai de son esprit, Mila dit à Outougamiz :

« Je songeais que si j'allais t'épouser et que tu vinsses à mourir comme ceux qui sont ici, je serais si triste que je mourrais aussi.

» — Je t'assure que je ne mourrai pas, dit vivement Outougamiz : si tu veux m'épouser, je te promets de vivre.

» — Oui, dit Mila, belle promesse! Avec ton amitié pour le guerrier blanc, tu me garderais bien ta parole! »

Mila, qui avait oublié de rejeter la relique qu'elle tenait de la main de René, échauffait contre son sein l'effigie pâle et glacée : les beaux cheveux de la jeune fille ombrageaient en tombant le front chauve de la mort. Avec ses joues colorées, ses lèvres vermeilles, les grâces de son adolescence, Mila ressemblait à ces roses de l'églantier qui croissent dans les cimetières champêtres, et qui penchent leurs têtes sur la tombe.

Les grandes émotions du spectacle de la grotte funèbre, l'ardente amitié du frère de Céluta pour René, avaient pu seules éloigner un moment de la pensée d'Outougamiz le souvenir du péril qui environnait ses parents et sa patrie : l'Indien fit un léger signe à Mila, qui comprit ce signe, et s'écria :

« Qu'il y a longtemps que je suis ici! Comme je vais être grondée! »

Et elle s'enfuit, non pour aller trouver sa mère, mais pour aller apprendre à Céluta que le guerrier blanc était en sûreté. Le frère de Céluta demeura auprès du frère d'Amélie, feignant

un peu de lassitude et de souffrance; il déclara qu'il se voulait
reposer dans la grotte : c'était le moyen d'y retenir son ame.

Tandis qu'ils étaient renfermés dans ce tabernacle des
morts, des scènes de deuil affligeaient le fort Rosalie.

Si Chactas, au lieu d'Adario, se fût trouvé prisonnier, il
eût, par de sages discours, consolé ses amis : mais Adario,
muet et sévère, ne savait point faire parler avec grâce son
cœur sur ses lèvres; il songeait peu à sa famille, encore
moins à lui-même : toutes ses pensées, toutes ses douleurs
étaient réservées à son pays.

Pour subir l'arrêt du conseil, et pour être vendu à l'en-
chère, il avait été conduit sur la place publique où la foule
était assemblée. Sa femme, et sa fille qui portait son jeune
fils dans ses bras, le suivaient en pleurant. Le sachem se
tourna brusquement vers elles, et leur montra de la main
les cabanes de la patrie : les deux femmes étouffèrent leurs
sanglots. Un large cercle se forma autour de la famille
indienne : les principaux marchands qui faisaient la traite
des nègres et des Indiens s'avancèrent. On commença par
dépouiller les esclaves. L'épouse et la fille d'Adario, cachant
leur nudité de leurs mains, se pressaient honteuses et tremblantes contre le vieillard, dont le corps était tout couvert
d'anciennes cicatrices et tout meurtri de nouveaux coups.

Les traitants, écartant les bras chastes des Indiennes,
livraient ces femmes à des regards encore plus odieux que
ceux de l'avarice. Des femmes blanches, instruites dans l'abominable trafic, prononçaient sur la valeur des effets à vendre.

« Ce vieillard, disait un colon en frappant le sachem de
son bambou, ne vaut pas une pièce d'or : il est mutilé de
la main gauche; il est criblé de blessures ; il est plus que
sexagénaire : il n'a pas trois années à servir.

» — D'ailleurs, disait un autre colon qui cherchait à rava-
ler l'objet de l'encan pour l'obtenir à bas prix, ces sauvages
sont des brutes qui ne valent pas le quart d'un nègre : ils
aiment mieux se laisser mourir que de travailler pour un
maître. Quand on en sauve un sur dix, on est bien heureux. »

Discutant de la sorte, on tâtait les épaules, les flancs, les
bras d'Adario.

« Touche-moi, misérable, disait l'Indien, je suis d'une autre espèce que toi!

» — Je n'ai point vu de plus insolent vieillard, » s'écria un des courtiers de chair humaine; et il rompit sa gaule de frêne sur la tête du sachem.

On fit ensuite des remarques sur les femmes : la mère était vieille, affaiblie par le chagrin; elle n'aurait plus d'enfants. La fille valait un peu mieux, mais elle était délicate, et les premiers six mois de travail la tueraient. L'enfant, arraché tout nu à la mère, fut à son tour examiné : il avait les membres gros; il promettait de grandir :

« Oui, dit un brocanteur, mais c'est un capital avancé sans rentrée certaine : il faut nourrir cela en attendant. »

La mère suivait avec des yeux où se peignait la plus tendre sollicitude, les mouvements qu'on faisait faire à son fils; elle craignait qu'on ne l'en séparât pour toujours. Une fois l'enfant, trop serré, poussa un cri; l'Indienne s'élança pour reprendre le fruit de ses entrailles; on la repoussa à coups de fouet : elle tomba, toute sanglante, la face contre terre, ce qui fit rire aux éclats l'assemblée. On lui rejeta pourtant son fils, dont les membres étaient à moitié disloqués. Elle le prit, l'essuya avec ses cheveux, et le cacha dans son sein. Le marché fut conclu : on rendit les vêtements à la famille.

Adario s'attendait à être brûlé; quand il sut qu'il était esclave, sa constance pensa l'abandonner : ses yeux cherchaient un poignard, mais on lui avait enlevé tout moyen de s'affranchir. Un soupir, ou plutôt un sourd rugissement s'échappa du fond de la poitrine du sachem, lorsqu'on le conduisit aux cases des nègres, en attendant le jour du travail. Là, avec sa famille, Adario vit danser et chanter autour de lui ces Africains qui célébraient la bienvenue d'un Américain, enchaîné avec eux par des Européens, sur le sol où il était né. Dans ce troupeau d'hommes se trouvait le nègre Imley, accusé de vouloir soulever ses compagnons de servitude : on ne l'avait pu convaincre de ce crime ou de cette vertu; il en avait été quitte pour cinquante coups de fouet. Il serra secrètement la main d'Adario.

Cette même nuit qui plaçait ce sachem au rang des

esclaves, apportait de nouveaux chagrins à Outougamiz : il ne pouvait plus prolonger l'erreur du frère d'Amélie, ni le retenir sous un vain prétexte dans la grotte funèbre; il se détermina donc à rompre le silence.

« Tu m'as fait faire, dit-il à René, le premier mensonge de ma vie. Je ne suis point malade, et Mila ne m'avait pas donné de rendez-vous ici. Son bon génie, qui ne ressemble cependant pas au mien, lui avait découvert ta retraite, et nous étions accourus pour t'obliger à te cacher.

» — Me cacher ! dit René; tu sais que ce n'est guère ma coutume.

» — C'est bien pour cela, répondit Outougamiz, que j'ai menti. Je savais que je te fâcherais si je te proposais de rester dans la caverne; pourtant Chactas t'ordonnait d'y rester. »

Outougamiz fit à sa manière le récit de ce qui s'était passé aux Natchez, ajoutant qu'Adario aurait certainement pris le parti de se retirer, afin de mieux se préparer à combattre.

« Je n'en crois rien, dit René se levant et saisissant ses armes; mais allons défendre Céluta qui ignore où je suis, et qui doit être dans une vive inquiétude.

» — Et pourquoi donc, reprit Outougamiz, Mila nous a-t-elle quittés ? Elle a plus d'esprit que toi et que moi, et elle vole comme un oiseau. »

René voulut sortir de la grotte; Outougamiz se jette au devant de lui :

« Il n'y a pas encore assez longtemps que le soleil est couché, dit le jeune sauvage; attends quelques moments de plus. Tu sais que c'est la nuit que je te délivre. »

Ce mot arrêta le frère d'Amélie, qui pressa Outougamiz dans ses bras.

Ils ouïrent alors dans les eaux du fleuve le bruit d'une pirogue; cette pirogue aborde presque aussitôt à la grotte : elle était conduite par le grenadier Jacques et par d'Artaguette lui-même. Le capitaine saute sur le rocher et dit à René :

« Vous êtes découvert; Ondouré vous a fait suivre; il vient d'indiquer au commandant le lieu de votre retraite. Instruit, par le hasard, de cette nouvelle, j'ai forcé mes arrêts pen-

dant la nuit ; je me suis jeté dans cette pirogue avec Jacques ;
grâce au ciel, nous arrivons les premiers ! Mais fuyez ; il y
a des vivres dans l'embarcation ; traversez le fleuve, vous serez
en sûreté sur l'autre bord. Ne balancez pas ! Adario n'a pas
voulu se retirer, il a été pris avec sa famille : son fils a été
tué à ses côtés ; le sachem lui-même, conduit au fort, a été
vendu comme esclave. Nous tâcherons de réparer le mal :
vous ne feriez que l'aggraver en tombant entre les mains de
nos ennemis. »

L'étonnement et l'indignation soulevaient la poitrine de
René :

« Capitaine, dit-il, tandis qu'on égorge mes amis, ce n'est
pas sans doute sérieusement que vous me proposez la fuite.
Adario esclave ! son fils massacré ! Et ma femme et ma fille,
que sont-elles devenues ? Courons les défendre ; soulevons la
nation ; délivrons la terre généreuse qui m'a donné l'hospitalité !...

» — Nous prendrons soin de votre femme, de votre fille,
de Chactas, de tous vos amis, dit d'Artaguette en interrompant René ; mais vous les perdrez dans ce moment si vous
vous obstinez à vous montrer. Partez encore une fois ; épar-
gnez-moi le malheur de vous voir saisir sous mes yeux. Songez que vous exposez ce brave grenadier.

» — Quelle vie que la mienne ! s'écria René avec l'accent
du désespoir. Puis tout à coup : Eh bien ! généreux d'Artaguette, je ne vous exposerai point ; je n'exposerai point ce
brave grenadier ; je ne compromettrai point, comme vous le
dites, ma femme, ma fille, Chactas et mes amis : mais ne
me comptez pas ébranler dans la résolution que je viens de
prendre ; je ne suis point un scélérat, obligé de me cacher
le jour dans les cavernes, la nuit dans les forêts. J'accepte
votre pirogue, je pars, je descends à la Nouvelle-Orléans,
je me présente au gouverneur, je demande quel est mon
crime, je propose ma tête pour celle d'Adario ; j'obtiendrai sa
grâce ou je périrai. »

Le capitaine, en admirant la résolution de René, tâcha
de le dissuader de la suivre :

« Vos ennemis, lui dit-il, sont de petits hommes : ils ne

sentiront ni votre mérite, ni le prix de votre action. Étranger, inconnu, sans protecteurs, vous ne réussirez pas ; vous ne parviendrez même pas à vous faire entendre. Je ne le vous puis cacher : d'après les calomnies répandues contre vous, d'après la puissance de vos calomniateurs, la rigueur de l'autorité militaire dans une colonie nouvelle peut vous être funeste.

» — Tant mieux, répondit brusquement le frère d'Amélie ; le fardeau est trop pesant, et je suis las. Je vous recommande Céluta, sa fille, ma seconde Amélie !... Chactas, mon second père ! » ·

Puis se tournant vers Outougamiz, qui n'avait rien compris à leur langage français, il lui dit en natchez :

« Mon ami, je vais faire un voyage. Quand nous reverrons-nous ? qui le sait ? peut-être dans un lieu où nous aurons plus de bonheur : il n'y a rien sur la terre qui soit digne de ta vertu.

» — Tu peux partir, si tu veux, répondit Outougamiz, mais tu sais bien que je sais te suivre et te retrouver. Je vais aller chercher Mila qui a plus d'esprit que moi ; j'apprendrai par elle ce que tu ne me dis pas. »

On entendit le bruit des armes.

« Je ne cherche plus à vous retenir, dit le capitaine. J'écrirai pour vous à mon frère le général, et à mon ami le conseiller Harlay. »

D'Artaguette ordonne au grenadier de sortir de la pirogue ; il y fait entrer René : celui-ci, repoussant le rivage avec un aviron, est entraîné par le cours du fleuve.

Fébriano ne trouva plus le frère d'Amélie ; il rencontra seulement le capitaine d'Artaguette et le grenadier ; il ne douta point que René ne dût son salut à leur dévouement : il y a des hommes qu'on peut toujours accuser d'avoir fait le bien, comme il y en a d'autres qu'on peut toujours soupçonner d'avoir fait le mal. D'Artaguette jeta un regard plein de mépris à Fébriano, qui n'y répondit que par un geste menaçant adressé à Jacques. Outougamiz, en voyant s'éloigner le frère d'Amélie, s'était dit :

« Je le suivrais bien à la nage; mais il faut que je consulte Mila. » Et il était allé consulter Mila.

On peut juger du soulagement de Céluta quand, après de longues heures d'attente, elle vit accourir sa jeune amie, dont le visage riant annonçait de loin que le guerrier blanc était en sûreté.

« Céluta, s'écria Mila toute haletante, tu aurais été assise trois lunes de suite à pleurer que tu n'aurais rien trouvé. Moi, j'ai été tout droit, sans qu'on me le dît, à la grotte où était mon libérateur; Outougamiz y arrivait en même temps que moi. Grand Esprit! j'aurais eu tant de peur, si je n'avais eu tant de plaisir ! Imagine-toi que ton frère garde ton mari dans la grotte où ils parlent comme deux aigles. »

Céluta comprit sur-le-champ que René était dans la caverne funèbre avec Outougamiz. Elle embrassa la petite Indienne lui disant :

« Charmante enfant, tu me fais à présent autant de bien que tu m'as fait de mal.

» — Je t'ai fait du mal! repartit Mila. Comment ? est-ce que tu ne veux pas que j'épouse ton frère Outougamiz le Simple? Nous venons pourtant de nous promettre de nous marier dans la grande caverne. »

Et Mila fuit de nouveau, disant :

« Je reviens, je reviens; mais il faut que je m'aille montrer à ma mère. »

Céluta remplit en toute hâte une corbeille de gâteaux et de fruits, suspendit sa fille à ses épaules, et, appuyée sur un roseau, s'avança vers la grotte des Ancêtres. Il était plus de minuit lorsqu'elle y arriva : elle ne put se défendre d'une secrète terreur à l'abord de ce lieu redoutable. Elle s'arrête, écoute : aucun bruit ne frappa son oreille; elle nomme à voix basse Outougamiz, n'osant nommer René : aucune voix ne répond à sa voix.

« Ils dorment peut-être, » se dit-elle, et elle pénètre dans le souterrain, elle marche sur des os roulants, répétant à chaque pas ces mots :

« Êtes-vous là? » Ses accents s'évanouissent dans le silence de la mort. L'Indienne se sent prête à défaillir: elle promène ses regards dans les ombres de ce tombeau ; nul être vivant n'y respire.

Céluta sort épouvantée ; elle gravit la rive escarpée, jette les yeux sur le fleuve et sur les campagnes à peine visibles à la lueur des étoiles ; elle appelle René et Outougamiz, se tait, recommence ses cris, les suspend encore, s'épuise en courses inutiles, et ne se résout à reprendre le chemin de sa cabane que quand elle aperçoit les premières teintes du jour.

La fille de Tabamica traversait le grand village abandonné par la plupart des Indiens depuis l'enlèvement d'Adario ; elle entend marcher derrière elle ; elle tourne la tête, et aperçoit son frère.

« Où est ton ami ? s'écrie-t-elle.

« Il est parti, répond Outougamiz ; il ne reviendra peut-être jamais ; mais qu'est-ce que cela fait, puisque je vais le rejoindre ? Je ne sais pas où il est allé ; mais Mila me le dira. »

Mila, échappée à sa mère, arrive en ce moment. Elle voit Céluta en pleurs, et Outougamiz avec cet air inspiré qu'il avait lorsque l'amitié faisait palpiter son cœur. Elle apprend le sujet de leurs nouvelles alarmes :

« Vous voilà bien embarrassés pour rien, leur dit-elle : allons au fort Rosalie ; l'autre bon guerrier blanc nous apprendra où est mon libérateur. »

Elle ouvrit la corbeille que portait Céluta, distribua les fruits et les gâteaux, en prit sa part, et se mit à descendre vers la colonie, se faisant suivre du frère et de la sœur.

Le soleil éclairait alors une scène affreuse. Adario avait été reçu avec des chants et des danses par les hommes noirs, compagnons de sa servitude : la nuit s'écoula dans cette joie de chaînes. Au lever du jour le chef de l'atelier conduisit le sachem au champ du travail avec un troupeau de bœufs et de nègres. Des soldats campaient sur les défrichements.

La captivité d'Adario et de sa famille était un exemple dont le commandant prétendait effrayer ce qu'il appelait les mutins. On avait appris que la nuit s'était passée tranquillement aux Natchez, et l'on ignorait que cette tranquillité était l'effet des complots mêmes d'Ondouré. Chépar crut les Indiens abattus, et pour achever de dompter leur esprit d'indépendance, il leur voulut montrer le plus fameux de leurs vieillards, après Chactas, réduit à la condition d'esclave. L'ordre fut donné de laisser approcher les sauvages, mais sans armes, s'ils se présentaient au champ du travail.

Le commandeur des nègres, un fouet à la main, fit un signe à Adario, et lui prescrivit de sarcler les herbes dans une plantation de maïs : le sachem ne daigna pas même jeter un regard sur le pâtre d'hommes. Mais déjà la femme du sachem, et sa fille qui portait son enfant sur ses épaules, étaient courbées sur un sillon :

« Que faites-vous ? » leur cria Adario d'une voix terrible. Elles se relevèrent; le fouet les contraignit de se courber de nouveau. Adario recevait les coups qui s'adressaient à lui, et qui lui enlevaient des lambeaux de chair, comme si son corps eût été le tronc d'un chêne.

Dans ce moment on vit venir un vieillard aveugle conduit par un enfant : c'était Chactas. Malgré la délibération du conseil et l'opposition d'Ondouré, Chactas s'était présenté seul avec le calumet de la paix à la porte du fort Rosalie. Chépar avait refusé de recevoir le sachem, qui s'était alors fait conduire au champ du travail.

Chactas était si respecté, même des Européens, que le commandeur ne crut pas devoir l'empêcher d'approcher de son ami. Les deux vieillards demeurèrent quelque temps serrés dans les bras l'un de l'autre.

« Adario, dit Chactas, j'ai aussi porté des fers.

» — Tu ne voyais pas les arbres de la patrie, repartit Adario.

» — Tu reprendras bientôt ta liberté, dit Chactas : nous périrons tous, ou tu seras délivré.

» — Peu importe, répliqua Adario : mes mains sont désormais déshonorées. Après tout, je n'ai qu'un jour à vivre; mais cet enfant que tu vois, le fils du fils que les brigands ont tué hier à mes côtés ! cet enfant ! toute une vie esclave !

» — Vieillards, c'est assez, s'écria le commandeur, séparez-vous.

« — Attends du moins, répondit Adario, que Chactas ait
embrassé mon dernier enfant. Ma fille, apporte-moi mon petit-
fils : que je le dépose dans les bras de mon vieil ami ; que
cet ami libre lui donne une bénédiction qui n'appartient plus
à ces mains enchaînées. »

La fille d'Adario remet en tremblant l'enfant à son aïeul ;
Adario le prend, le baise tendrement, l'élève vers le ciel, le
reporte de nouveau à sa bouche paternelle, penche sa tête
sur le visage de l'enfant qui sourit : le sachem presse le
nourrisson sur son sein, fait un pas à l'écart comme pour
verser des larmes sur le dernier né de sa race, et reste quelques moments immobile.

Adario se retourne : il tient par un pied l'enfant étranglé ! il le jette au milieu des Français.

« Le premier est mort libre, s'écrie-t-il, j'ai délivré le
second : le voilà ! »

Des clameurs confuses s'élèvent : O crime! disaient les
uns ; ô vertu! disaient les autres. Les sauvages présents à
ce spectacle, bien qu'ils eussent déposé leurs armes, selon
les ordres, se précipitent sur les soldats ; une rude mêlée
s'engage, les Indiens sont repoussés. Adario est plongé dans
les cachots du fort ; sa fille seule est avec lui, sa fille qui ne
nourrit plus l'enfant ravi à son sein par la main paternelle!
La vieille épouse d'Adario, frappée d'un glaive inconnu au
milieu de l'émeute, était allée rejoindre dans la tombe son
fils et son petit-fils.

Tout était possible désormais à l'ambition et aux crimes
d'Ondouré ; l'indignation des Natchez ne connaissait plus de
bornes ; il les pouvait faire entrer dans tous les desseins par
lesquels il avait promis de les venger. Il ne s'agissait plus
que de calmer une tempête trop violemment excitée, et dont
Ondouré n'était pas encore prêt à recueillir les ravages. Il
fallait atteindre René échappé aux premiers complots ; il fallait parvenir, au milieu du massacre des Français, à immoler le frère d'Amélie, à ravir Céluta, et à monter enfin
au rang suprême, en rétablissant l'ancien pouvoir des Soleils : telles étaient les noires pensées que le chef indien
roulait dans son âme.

Le frère d'Amélie avait à peine perdu de vue le pays des Natchez, que, se contentant de gouverner la pirogue avec un aviron placé en arrière, il s'était abandonné au cours des flots. La beauté des rivages, le premier éclat du printemps dans les forêts, ne faisaient point diversion à sa tristesse.

Il traça quelques lignes au crayon sur des tablettes :

« Me voici seul. Nature qui m'environnez! mon cœur vous idolâtrait autrefois; serais-je devenu insensible à vos charmes? Le malheur m'a touché; sa main m'a flétri.

» Qu'ai-je gagné en venant sur ces bords? Insensé! ne te devais-tu pas apercevoir que ton cœur ferait ton tourment, quels que fussent les lieux habités par toi?

» Rêveries de ma jeunesse, pourquoi renaissez-vous dans mon souvenir? Toi seule, ô mon Amélie! tu as pris le parti que tu devais prendre! Du moins, si tu pleures, c'est dans les abris du port : je gémis sur les vagues, au milieu de la tempête. »

En approchant de la Nouvelle-Orléans, René vit une croix plantée par des missionnaires, sur de hautes collines, dans l'endroit où l'on avait trouvé le corps d'un homme assassiné. Il aborde au rivage, attache sa pirogue sous un peuplier, et accomplit un pèlerinage à la croix : il ne devait point être exaucé, car il allait demander, non le pardon de ses fautes, mais la rémission de ces souffrances que Dieu impose à tous les hommes. Arrivé au pied du calvaire, il s'y prosterne :

« O toi qui as voulu laisser sur la terre l'instrument de ton supplice comme un monument de ta charité et de l'iniquité du méchant! divin Voyageur ici-bas, donne-moi la force nécessaire pour continuer ma route. J'ai à traverser encore des pays brûlés par le soleil; j'ai faim de ta manne, ô Seigneur! car les hommes ne m'ont vendu qu'un pain amer. Rappelle-moi vite à la patrie céleste : je n'ai pas ta résignation pour boire la lie du calice; mes os sont fatigués; mes pieds sont usés à force de marcher : aucun hôte n'a voulu recevoir l'étranger; les portes ont été fermées contre moi. »

René dépose au pied de la croix une branche de chêne en
ex-voto. Il descend les collines, rentre dans sa pirogue, et
bientôt découvre la capitale de la Louisiane.

Il passe au milieu des vaisseaux à l'ancre ou amarrés le
long des quais. Comme il traversait un labyrinthe de câbles,
il fut hélé du bord d'une frégate à laquelle était dévolue la
police du port. On lui cria en français avec un porte-voix :
« De quelle nation indienne êtes-vous? » Il répondit : « Natchez. » On ordonne au frère d'Amélie d'aborder la frégate.

Le capitaine étonné de rencontrer un Français sous l'habit
d'un Indien, lui demanda ses passeports : Réné n'en avait
point. Questionné sur l'objet de son voyage, il déclara ne
pouvoir s'en ouvrir qu'au gouverneur. Sa pirogue étant visitée, on y découvrit les tablettes dont les pages crayonnées
parurent inintelligibles et suspectes. René fut consigné à
bord de la frégate et un officier expédié à terre : celui-ci
était chargé d'apprendre au gouverneur qu'on avait arrêté un
Français déguisé en sauvage ; que les réponses de cet homme
étaient embarrassées et ses manières extraordinaires. Le capitaine ajoutait, dans sa lettre, que l'étranger refusait de
dire son nom, et qu'il demandait à parler au gouverneur :
l'officier portait aussi les tablettes trouvées dans la pirogue.

L'alarme était vive à la Nouvelle-Orléans : depuis le combat
livré aux Natchez, et dans lequel ces sauvages avaient montré
tant d'habileté et de valeur, on n'avait cessé d'être inquiet.
Le commandant du fort Rosalie faisait incessamment partir
des courriers chargés de rapports formidables sur l'indocilité
des Indiens. Les divers chefs se trouvaient nommés dans ces
dépêches : c'étaient ceux que Fébriano, à l'instigation d'Ondouré, prenait soin de dénoncer au crédule Chépar. Adario,
Chactas même, et René surtout, étaient représentés comme
les auteurs d'une conspiration permanente, comme des
hommes qui, voulant la rupture des traités et la continuation de la guerre, s'opposaient à l'établissement des concessionnaires. Un dernier messager annonçait la capture d'A-
dario, et faisait craindre un mouvement parmi les sauvages.

Si Ondouré accablait René de ses calomnies, Fébriano lui
prêtait ses crimes : le peuple racontait que le frère d'Amélie

avait marché sur un crucifix, qu'il avait vendu son âme au démon, qu'il passait sa vie dans les forêts avec une femme indienne adonnée à la magie, qu'ayant été tué dans une bataille contre les Illinois, un sauvage, nécromancien comme lui, lui avait rendu la vie : élévation du génie, dévouement de l'amour, prodiges de l'amitié et de la vertu, vous serez toujours incompréhensibles aux hommes.

Le gouverneur, à la lecture de la lettre du capitaine, ne douta pas que l'étranger ne fût cet homme inconnu, naturalisé Natchez : il ordonna de le conduire devant lui. Le bruit se répandit aussitôt dans la ville que le fameux chef français des Natchez était fait prisonnier : les rues furent obstruées d'une foule superstitieuse, et les fenêtres bordées de spectateurs. Au milieu de ce tumulte, René, escorté d'un détachement de soldats de marine, débarque à la cale du port; des cris de *Vive le roi!* retentissent comme si l'on eût remporté quelque victoire. Cependant l'étonnement fut extrême lorsque, au lieu du personnage attendu, on ne vit qu'un beau jeune homme dont la démarche était noble sans fierté, et qui n'avait sur le front ni insolence ni remords.

Le gouverneur reçut René dans une galerie où se trouvaient réunis les officiers, les magistrats et les principaux habitants de la ville. Adélaïde, fille du gouverneur, avait aussi voulu voir celui qu'elle connaissait par les récits du capitaine d'Artaguette, et dont elle venait de lire les tablettes avec un mélange d'intérêt et d'étonnement. Lorsque René parut, il se fit un profond silence. Il s'avança vers le gouverneur, et lui dit :

« Je vous étais venu chercher. La fortune, pour la première fois de ma vie, m'a été favorable : elle m'amène devant vous plus tôt que je ne l'aurais espéré. »

La contenance, les regards, la voix de l'étranger, surprirent l'assemblée; on ne pouvait retrouver en lui le vagabond sans éducation et sans naissance que dénonçait la renommée. Le gouverneur, d'un caractère froid et réservé, fut lui-même frappé de l'air de noblesse du frère d'Amélie : il y avait dans René quelque chose de dominateur qui s'emparait fortement de l'âme. Adélaïde paraissait tout agitée;

mais son père, loin d'être mieux disposé en faveur de l'inconnu, le regarda dès lors comme infiniment plus dangereux que l'homme vulgaire dont parlaient les dépêches du fort Rosalie.

« Puisque vous m'étiez venu chercher, dit le gouverneur, vous aviez sans doute quelque chose à me dire : quel est votre nom?

» — René, répondit le frère d'Amélie.

» — Tout le monde l'avait supposé, répliqua le gouverneur. Vous êtes Français et naturalisé Natchez? Eh bien! que me voulez-vous?

» — Puisque vous savez déjà qui je suis, répondit René, vous aurez sans doute aussi deviné le sujet qui m'amène. Adopté par Chactas, illustre et sage vieillard de la nation des Natchez, j'ai été témoin de toutes les injustices dont on s'est rendu coupable envers ce peuple. Un vil ramas d'hommes, enlevés à la corruption de l'Europe, a dépouillé de ses terres une nation indépendante. On a troublé cette nation dans ses fêtes, on l'a blessée dans ses mœurs, contrariée dans ses habitudes. Tant de calamités l'ont enfin soulevée; mais avant de prendre les armes, elle vous a demandé, et elle a espéré de vous justice : trompée dans son attente, de sanglants combats ont eu lieu. Quand on a vu qu'on ne pouvait dompter les Natchez à force ouverte, on a eu recours à des trèves mal observées par les chefs de la colonie. Il y a peu de jours que le commandant du fort Rosalie s'est porté aux derniers outrages; j'ai été désigné avec Adario, frère du père de ma femme, comme une des premières victimes. On a saisi le sachem, on l'a vendu publiquement : j'ignore les malheurs qui ont pu suivre cette monstrueuse violence. Je me suis venu remettre en vos mains, et me proposer en échange pour Adario.

» Je n'entrerai point dans des justifications que je dédaigne, ne sachant d'ailleurs de quoi on m'accuse : le soupçon des hommes est déjà une présomption d'innocence. Je viens seulement vous déclarer que s'il y a quelque conspirateur parmi les Natchez, c'est moi, car je me suis toujours opposé à vos oppressions. Comme Français je vous puis paraître coupable ; comme homme je suis innocent. Exercez donc sur moi votre rigueur ; mais souffrez que je vous le demande : pouvez-vous punir Adario d'avoir défendu son pays? Revenez à des sentiments plus équitables; brisez les fers d'un généreux sauvage, dont tout le crime est d'avoir aimé sa patrie. Si vous m'ôtez la liberté et si vous la rendez au sachem, vous satisferez à la fois la justice et la prudence. Qu'on ne dise pas qu'on nous peut retenir tous deux : en brisant les fers d'Adario, vous disposerez en votre faveur les Indiens qui révèrent ce vieillard, et qui ne vous pardonneraient jamais son esclavage ; en portant sur moi vos vengeances, vous n'armerez pas un bras contre vous; personne, pas même moi, ne réclamera contre la balle qui me percera la poitrine. »

On ne saurait décrire l'effet que ce discours produisit sur l'assemblée. Adélaïde versait des larmes : appuyée sur le dos du fauteuil de son père, elle avait écouté avidement les paroles du frère d'Amélie; on voyait se répéter sur le visage de cette jeune femme tous les mouvements de crainte ou d'espérance que le prisonnier faisait éprouver à son cœur.

« Avez-vous porté les armes contre les Français? dit le gouverneur.

» — Je ne me suis point trouvé au combat des Natchez, répondit René, j'étais alors dans les rangs des guerriers qui marchaient contre les Illinois; mais si j'avais été au grand village, je n'aurais pas hésité à combattre pour ma nouvelle patrie. »

Le gouverneur se leva et dit :

« C'est au conseil de guerre à prononcer. »

Il ordonna de déposer l'étranger à la prison militaire.

René fut conduit à la prison, et, le lendemain, transféré de la prison au conseil. On lui avait nommé un défenseur, mais il refusa de s'entretenir avec lui, et ne le voulut pas même voir. Ce défenseur, Pierre de Harlay, ami du capitaine d'Artaguette, était au moment d'épouser Adélaïde; il partageait avec la fille du gouverneur l'attrait qu'elle se sentait pour René : le refus même que celui-ci avait fait de l'entendre, ne le rendit que plus ardent dans la cause d'un homme ressemblant si peu aux autres hommes.

La salle du conseil était remplie de tout ce qu'il y avait de plus puissant dans la colonie. Les militaires chargés de l'instruction du procès firent à René les questions d'usage; quelques lettres du commandant du fort Rosalie furent produites contre lui. On lui demanda ce que signifiaient les phrases écrites sur ses tablettes, si ce nom d'Amélie n'était point un nom emprunté et cachant quelque mystère; l'infortuné jeune homme pâlit. Une joie cruelle s'était glissée au fond de son cœur : se sentir innocent et être condamné par la loi était, dans la nature des idées de René, une espèce de triomphe sur l'ordre social. Il ne répondit que par un sourire de mépris aux accusations de trahison : il fit l'éloge le plus touchant de Céluta, dont on avait prononcé le nom; il répéta qu'il était venu uniquement pour solliciter la délivrance d'Adario, oncle de sa femme, et qu'on pouvait au reste faire de lui tout ce qu'il plairait à Dieu.

Harlay se leva :

« Mon client, dit-il, n'a pas plus voulu s'expliquer avec moi qu'avec ses juges; il a refusé de se défendre; mais n'est-il pas aisé de trouver dans ses courtes réponses quelques mots qui jettent de la lumière sur un complot infâme? Avec quelle vivacité il a parlé de l'Indienne unie à son sort! Et quelle est cette femme? c'est cette Céluta, connue de toute la colonie pour avoir arraché aux flammes un de nos plus braves officiers. Ne serait-il pas possible que la beauté de cette généreuse sauvage eût allumé des passions qui poursuivent aujourd'hui leur vengeance sur la tête d'un innocent? Je n'avance point ceci sur de simples conjectures. Cette nuit même j'ai examiné tous les papiers; j'ai fait des recherches, et je me suis procuré la lettre que je vais lire au conseil. »

Ici Pierre de Harlay lut une lettre datée du fort Rosalie : cette lettre était écrite par le grenadier Jacques à sa mère, qui demeurait à la Nouvelle-Orléans. Le soldat exprimait, dans toute la franchise militaire, son admiration pour son capitaine, d'Artaguette, son estime pour René, sa compas-

sion pour Céluta, son mépris pour Fébriano et pour Ondouré.

« Cette lettre, s'écria le défenseur de René, porte un
caractère d'honnêteté et de vérité auquel on ne se peut mé-
prendre. La justice doit-elle aller si vite? N'est-il pas de son
devoir d'entendre les témoins en faveur de l'accusé? Je sais
qu'une commission militaire juge sans appel et sommaire-
ment; mais cette procédure rapide n'exclut pas l'équité. Je
ne veux pour preuve de l'innocence de l'accusé que la démarche qui le livre aujourd'hui au glaive des lois. Quoi!
vous accepteriez cette tête qu'il est venu vous offrir pour la
tête d'un vieillard? Il est aisé de persécuter un homme sans
amis et sans protecteurs; il est aisé de lui prodiguer les épi-
thètes de vagabond et de traître : la seule présence de mon
client a déjà donné un démenti à ces basses calomnies. Enfin, quand on s'obstinerait dans une accusation qui ne porte
que sur des faits dénués de preuve, je soutiens que René
n'est plus Français, et qu'il ne vous appartient pas de le
juger.

» J'ignore quels motifs ont pu porter l'homme qui com-
paraît aujourd'hui devant vous à quitter la France; mais que
l'on ait le droit de changer de patrie, c'est ce que l'on ne saurait contester. Des tyrans m'auront enchaîné, des ennemis
m'auront persécuté, j'aurai été trompé dans mes affections,
et il ne me serait pas permis d'aller chercher ailleurs la
liberté, le repos et l'oubli de l'amitié trahie! La nature serait
donc plus généreuse que les hommes, elle qui ouvre ses déserts à l'infortuné, elle qui ne lui dit pas : « Tu habiteras
telle forêt ou telle autre; » mais qui lui dit : « Choisis les
abris les plus convenables aux dispositions de ton âme. »
Soutiendriez-vous que les sauvages de la Louisiane sont
sujets du roi de France? Abandonnez cette odieuse prétention.
Assez longtemps ont été opprimés ces peuples qui jouissaient
du bonheur et de l'indépendance, avant que nous eussions
introduit la servitude et la corruption dans leur terre natale.
Soldats-juges, vous portez aujourd'hui deux épées; Dieu vous
a remis le glaive de sa puissance et celui de sa justice;
prenez garde de les lui rendre ébréchés ou couverts de taches :

on émousse le premier en frappant la liberté, on souille le second en répandant le sang innocent. »

L'orateur cessa de parler. L'auditoire était visiblement ému. Adélaïde, cachée dans une tribune, ne se put empêcher d'applaudir : ce fut la plus douce récompense de Harlay. Ce couple que les liens d'un amour heureux allaient unir, prenait seul, par une sympathie touchante, la défense d'un étranger qui devait à une passion tous ses malheurs.

On fit retirer l'accusé ; les juges délibérèrent. Ils inclinaient à trouver René coupable ; mais ils se divisèrent sur la question de droit, relative au changement de patrie. Ils remirent au lendemain la prononciation de la sentence. René dit à Harlay :

« Je ne vous connaissais pas quand j'ai refusé de vous entendre ; je ne vous remercie pas, car vous m'avez trop bien défendu. Dites à la fille du gouverneur que je lui souhaiterais le bonheur, si mes vœux n'étaient des malédictions. »

Le frère d'Amélie fut reconduit en prison, entre deux rangs de marchands d'esclaves, de mariniers étrangers, de trafiquants de tous les pays, de toutes les couleurs, qui l'accablaient d'outrages sans savoir pourquoi.

Rentré dans la tour de la geôle, René désira écrire quelques lettres. Le gardien lui apporta une mauvaise feuille de papier, un peu d'encre dans le fond d'un vase brisé, et une vieille plume ; laissant ensuite le prisonnier, il ferma la porte qu'il assujettit avec les verrous. Demeuré seul, René se mit à genoux au bord du lit de camp dont la planche lui servit de table, et, éclairé par le faible jour qui pénétrait à travers les barreaux d'une fenêtre grillée, il écrivit à Chactas : il chargeait le sachem de traduire les deux lettres qu'il adressait en même temps à Céluta et à Outougamiz.

La femme du geôlier entra ; un enfant de six à sept ans lui aidait à porter une partie du souper. René demanda à cette femme si elle n'aurait pas quelque livre à lui prêter : elle répondit qu'elle n'avait que la Bible. Le prisonnier pria la geôlière de lui confier le livre saint. Adélaïde n'avait point oublié René, et lorsqu'il demanda une lampe pour passer la

nuit, le gardien, adouci par les présents de la fille du gouverneur, ne refusa point cette lampe.

Le lendemain on trouva aux marges de la Bible quelques
mots à peine lisibles. Auprès du quatrième verset du septième
chapitre de l'*Ecclésiastique*, on déchiffrait ces mots :

« Comme cela est vrai ! *la tristesse du cœur est une plaie
universelle.* Dans le chagrin toutes les parties du corps deviennent douloureuses; les os meurtris ne trouvent plus de
couche assez molle. Tout est triste pour le malheureux, tout
saigne comme son cœur : *c'est une plaie universelle !* »

D'autres passages étaient commentés dans le même esprit.

Ce premier verset du dixième chapitre de *Job : Mon âme
est fatiguée de ma vie*, était souligné.

Une des furieuses tempêtes de l'équinoxe du printemps
s'était élevée pendant la nuit : les vents mugissaient; les
vagues du fleuve s'enflaient comme celle de la mer, la pluie
tombait en torrents. René crut distinguer des plaintes à travers le fracas de l'orage : il ferma la Bible, s'approcha de la
fenêtre, écouta, et n'entendit plus rien. Comme il regagnait
le fond de sa prison, les plaintes recommencèrent; il retourna
à la fenêtre : les accents de la voix d'une femme parviennent
alors distinctement à son oreille. Il dérange la planche qui
recouvrait la grille de la croisée, regarde à travers les barreaux, et, à la lueur d'un réverbère agité par le vent, il croit
distinguer une femme assise sur une borne en face de la
prison :

« Malheureuse créature! lui cria René, pourquoi restez-
vous exposée à l'orage? Avez-vous besoin de quelques
secours? »

A peine avait-il prononcé ces mots, qu'il voit l'espèce de
fantôme se lever et accourir vers la tourelle. Le frère d'A-
mélie reconnaît le vêtement d'une femme indienne : une
lueur mobile du réverbère vient en même temps éclairer le
visage pâle de Céluta: c'était elle! René tombe à genoux, et
d'une voix entrecoupée de sanglots :

« Dieu tout-puissant, dit-il, sauve cette femme ! »

Céluta a entendu la voix de René ; les entrailles de l'épouse
et de la mère tressaillent de douleur et de joie. La sœur

d'Outougamiz fut quelques moments sans pouvoir prononcer une parole; recouvrant enfin la voix, elle s'écrie :

« Guerrier, où es-tu? je ne te vois pas dans l'ombre et à travers la pluie. Excuse-moi, je t'importune; je suis venue pour te servir. Voici ta fille.

» — Femme, répondit René, c'est trop de vertu! retire-toi, cherche un abri; n'expose pas ta vie et celle de ta fille... Oh! qui t'a conduite ici? »

Céluta répondit :

« Ne crains rien, je suis forte : ne suis-je pas Indienne? Si j'ai fait quelque chose qui te déplaise, punis-moi, mais ne me renvoie pas. »

Cette réponse brisa le cœur de René :

« Ma bien-aimée, lui dit-il, ange de lumière, fuis cette terre de ténèbres; tu es ici dans un antre où les hommes te dévoreront. Du moins pour le moment, tâche de trouver quelque retraite. Tu reviendras, si tu le veux, quand l'orage sera dissipé. »

Cette permission vainquit en apparence la résistance de Céluta.

« Bénis ta fille, dit-elle à René, avant que je m'éloigne; elle est faible : la pâture a manqué au petit oiseau, parce que son père n'a pu lui aller chercher des graines dans la savane. »

En disant cela, la mère ouvrit le méchant manteau chargé de pluie, sous lequel elle tenait sa fille abritée; elle éleva l'innocente créature vers la tourelle pour recevoir la bénédiction de René. René passa ses mains à travers les barreaux, les étendit sur la petite Amélie, et s'écria :

« Enfant! ta mère te reste. »

Céluta cacha de nouveau son trésor dans son sein, et feignit de se retirer; mais elle n'essaya point de retourner aux pirogues qui l'avaient amenée, et elle s'arrêta à quelque distance de la prison.

Céluta, Mila et Outougamiz étaient arrivés au fort Rosalie au moment où Adario, après avoir étouffé son fils, venait d'être plongé dans les cachots : ils furent arrêtés, comme parents et complices du sachem et de René. La colonie se croyait au moment d'être attaquée par les Natchez : on ne voyait que des hommes et des femmes occupés à mettre à l'abri les meubles et les troupeaux de leurs habitations, à élever des redoutes, à creuser des fossés, tandis que les soldats, sous les armes, occupaient toutes les avenues du fort. Le mouvement de la foule avait séparé Céluta de Mila et d'Outougamiz : celui-ci, en voulant défendre l'Indienne dont l'extrême gentillesse provoquait la grossièreté d'une troupe d'habitants débauchés, fut traité de la manière la plus barbare.

Chactas n'était plus au fort Rosalie quand la fille de Tabamica y vint chercher des renseignements sur le voyage de René. Les jeunes sauvages avaient enlevé le sachem au milieu du tumulte, et l'avaient reporté aux Natchez; mais Céluta retrouva son protecteur accoutumé. Le péril qui paraissait imminent avait forcé Chépar de lever les arrêts de d'Artaguette : le capitaine rencontra Céluta comme Fébriano la faisait traîner en prison, avec une espérance impure qu'il ne dissimulait point.

« Je réclame ma sœur, dit d'Artaguette en poussant rudement Fébriano; j'en répondrai au commandant. Quant à vous, monsieur, ajouta-t-il en regardant le misérable soldat jusqu'au fond de l'âme, vous savez où me trouver. »

Après avoir conduit Céluta dans une maison au bord du fleuve, le capitaine envoya le grenadier Jacques chercher la négresse Glazirne, qui parlait la langue des Natchez. Cette pauvre femme accourut avec son enfant, et servit de truchement à une autre femme infortunée comme elle. D'Artaguette apprit alors à Céluta que René était descendu à la Nouvelle-Orléans, dans le dessein de solliciter la délivrance d'Adario.

« Je ne l'ai pu retenir, dit-il, et peut-être n'ai-je qu'un moment pour vous sauver vous-même. Où voulez-vous aller?

» — Retrouver mon mari, » répondit Céluta.

La négresse traduisit aisément ces simples paroles : la langue et le cœur des épouses sont les mêmes sous les palmiers de l'Afrique et sous les magnolias des Florides.

Des Yazous, qui se trouvaient au fort Rosalie, étaient prêts à se rendre à la Nouvelle-Orléans : d'Artaguette proposa à sa sœur adoptive de la confier à ces sauvages ; elle accepta avec joie la proposition. Le capitaine lui donna un billet pour le général d'Artaguette, et un autre pour Harlay : il recommandait le couple infortuné à son frère et à son ami. Céluta s'embarqua sur les pirogues qui déployèrent au souffle du nord leurs voiles de jonc et de plumes.

La flottille des Yazous toucha à la Nouvelle-Orléans le jour même où le frère d'Amélie avait comparu devant le conseil. Céluta ne put descendre à terre que le soir : pour comble de malheur, elle avait perdu les billets du capitaine. La nièce d'Adario savait à peine quelques mots de français ; elle pria le chef indien, qui venait souvent à la Nouvelle-Orléans échanger des pelleteries contre des armes, de s'informer du sort de René. Le sauvage n'alla pas loin sans apprendre ce que Céluta désirait connaître : il sut que le fils adoptif de Chactas était enfermé dans la hutte du sang [1], et qu'on lui devait casser la tête ; tel était le bruit populaire.

La fille de Tabamica, au lieu d'être abattue par ce récit, sentit son âme s'élever : celle qui, timide et réservée, rougissait à la seule vue d'un étranger, se trouva tout à coup le courage d'affronter une ville remplie d'hommes blancs ; elle demanda au chef sauvage s'il savait où était la hutte du sang, et s'il l'y pourrait conduire : sur la réponse affirmative du chef, Céluta, portant Amélie à son sein, suivit son guide. La nuit était déjà avancée et la pluie commençait à tomber lorsqu'ils arrivèrent au noir édifice. Le Yazou, le montrant de la main à la femme Natchez, lui dit : « Voilà ce que tu cherches, » et la quittant, il retourna à ses pirogues. Restée seule dans la rue, Céluta contemplait les hauts murs de la prison, ses tourelles, ses doubles portes, ses guichets surbaissés, ses fenêtres étroites défendues par des grilles ; demeure formidable qui avait déjà l'air antique de la douleur, sur cette terre nouvelle, dans une colonie d'un jour. Les Européens n'avaient point encore de tombeaux en Amérique,

_____
[1] La prison.

qu'ils y avaient déjà des cachots : c'étaient les seuls monuments du passé pour cette société sans aïeux et sans souvenirs.

Consternée à la vue de cette bastille, Céluta demeura d'a-
bord immobile, puis frappa doucement à une porte. Le soldat
de garde contraignit l'Indienne à se retirer. Elle fit le tour
de la prison par des rues de plus en plus désertes : le ciel
continuant à se charger de nuages et les roulements de la
foudre se multipliant, l'infortunée s'assit sur la borne où
René l'aperçut du haut de la tour. Elle mit sa fille sur ses
genoux, se pencha sur elle pour la garantir de la pluie et la
réchauffer contre son cœur. Un violent coup de tonnerre
ayant fait lever les yeux à Céluta, elle fut frappée d'un rayon
de lumière qui s'échappait à travers une fenêtre grillée :
par un instinct secret, elle ne cessa plus de regarder cette
lumière qui éclairait l'objet d'un si tendre et si fidèle amour.
Plusieurs fois Céluta appela René; les vents emportèrent ses
cris. Ce fut alors qu'elle commença à chanter de longues
chansons, dont l'air triste et les paroles plaintives lui ser-
virent à la fois à se faire entendre de son mari et à endormir
son enfant.

Cette pauvre jeune mère, après avoir été reconnue du frère
d'Amélie, s'était retirée pour lui obéir. Elle languissait à
quelque distance : ses membres étaient engourdis; le froid
et la pluie avaient pénétré jusqu'à sa fille qui se glaçait au
sein maternel.

Céluta promenait des regards tristes sur ces déserts habités
où pas une cabane ne s'ouvrait à ses misères, quand elle
découvrit auprès d'elle une petite lueur qui semblait sortir
de terre. Une trappe se leva; une femme âgée mit la tête au
soupirail pour voir si l'orage commençait à s'éloigner. Cette
vieille aperçut Céluta.

« Oh! pauvre Indienne, s'écria-t-elle, descends vite ici. »

Elle acheva d'ouvrir la trappe, et avançant une main
ridée, elle aida l'épouse de René à descendre dans le caveau
dont elle referma l'entrée.

Il n'y avait dans cette espèce de souterrain qu'un lit recouvert d'un lambeau de laine : une serge grossière, clouée

à une poutre, servait de rideau à cette couche. Deux morceaux de bois vert, dans le milieu d'un large foyer, jetaient, sans se consumer, de grosses fumées; une lampe de fer suspendue à un crochet brûlait dans le coin noirci de ce foyer. Une escabelle était placée devant un rouet dont la fusée de coton annonçait le travail de la maîtresse de ce réduit.

La vieille femme jeta dans le feu quelques copeaux, et prenant son escabelle, elle en voulut faire les honneurs à Céluta.

« Femme-chef de la cabane profonde, dit l'Indienne, tu es une matrone; tu dois être la lumière du conseil des guerriers blancs, si j'en juge par ton hospitalité. A toi appartient la natte; moi, je ne suis encore qu'une jeune mère. »

En disant cela, Céluta s'assit sur la pierre du foyer, débarrassa sa fille de ses langes trempés d'eau, et la présenta à la flamme.

« Bon ! voici un enfant à présent ! s'écria la vieille dans la langue de la sœur d'Outougamiz. Tu es Natchez ? J'ai été longtemps aux Natchez; mais, pauvre chétive créature, comme tu es mouillée! que tu as l'air malade! Et puis voilà un enfant ! »

Céluta fondit en larmes, en entendant des paroles si affectueuses prononcées dans la langue de son pays; elle se jeta au cou de la matrone.

« Attends, attends, » dit celle-ci.

Elle courut en trébuchant à son lit, en arracha la couverture qu'elle vint chauffer au feu, dépouilla malgré elle Céluta d'une partie de ses vêtements, et l'enveloppa avec le nourrisson dans la couverture brûlante.

« Vénérable femme blanche, aussi bonne que la femme noire du fort, disait Céluta, je suis bien malheureuse de ne t'avoir pas reçue dans ma cabane aux Natchez. »

La femme blanche n'écoutait pas; elle préparait du lait dans une calebasse. Elle l'offrit à l'Indienne, qui fut obligée d'y porter ses lèvres, afin de ne pas déplaire à son hôtesse.

La vieille prit alors la petite Amélie, et la déposa dans

son tablier; chantant d'une voix cassée, elle faisait danser devant la flamme l'enfant qui souriait. Céluta regardait ces jeux avec des yeux de mère, tandis que toutes ses pensées se reportaient vers son mari.

« Jacques était tout comme cela quand il était petit, dit la vieille, bon enfant! ne pleurant jamais! Il avait seulement les cheveux plus noirs que ceux de cette mignonne.

» — Quel était ce Jacques, ma mère? dit Céluta.

» — Comment! reprit la vieille femme avec vivacité, Jacques, mon fils! tout le monde le connaît. Un des plus beaux grenadiers qui soient dans les troupes du roi, et un des plus vaillants aussi. Le brave garçon! c'est lui qui me nourrit; sans lui je ne pourrais pas vivre, car je suis trop vieille pour travailler. Je suis bien fâchée de n'avoir pas la dernière lettre que mon fils m'écrivait, je te la lirais : si le capitaine d'Artaguette savait ce que Jacques dit de lui, il serait bien fier. Ils ont été ensemble, Jacques et le capitaine, chercher un gentilhomme appelé René dans une grande caverne.... »

Céluta interrompit cette effusion de la tendresse et de l'orgueil maternels, et jetant de nouveau ses bras autour de son hôtesse :

« Grand Esprit! s'écria-t-elle en sanglotant, tu es la mère de ce pauvre guerrier, compagnon de mon frère d'Artaguette! C'est la mère de ce guerrier qui me reçoit dans sa cabane!

» — Qu'as-tu? demanda la vieille.

» — Ce que j'ai? dit Céluta; ne suis-je pas la femme de René?

» — Comment, s'écria à son tour la mère de Jacques, tu serais cette Céluta qui a sauvé le capitaine, et à cause de cela ils veulent tuer ton mari! »

Le coup frappa Céluta au cœur : elle s'évanouit.

Ayant bientôt repris ses sens par les soins de sa charitable hôtesse, elle lui dit :

« Femme blanche, voilà le jour; laisse-moi retourner à la hutte du sang, je veux rejoindre mon mari. »

La vieille trouva que c'était juste; elle couvrit sa tête

d'une petite cornette blanche, et ses épaules d'un petit man-
telet rouge; elle prit sa béquille dans sa main, et se prépara
à conduire l'Indienne à la prison.

« Je ne te puis blâmer, disait-elle à Céluta : si Jacques fait
quelque chose de bien, et qu'il soit envoyé aux galères,
j'irai aussi avec lui. »

Céluta, vêtue de nouveau de sa tunique indienne et ayant
enveloppé sa fille dans les peaux séchées, monta les degrés
perpendiculaires qui conduisaient à la trappe; la vieille la
suivit avec peine : quand elles se trouvèrent dans la rue,
l'orage était dissipé. Le soleil, émergeant d'une nuit sombre,
éclairait le fleuve, les campagnes et la ville, de même que
sortirent de leur demeure ténébreuse les deux merveilles de
l'amour conjugal et de l'amour maternel.

« Nous touchons à la prison, dit la mère de Jacques, on
ne t'en ouvrira pas la porte, et tu ne pourras pas parler à
René : si tu m'en crois, nous irons plutôt chez le gouverneur. »

Céluta se laissa conduire par sa vénérable hôtesse.

Elles se mirent en route. Chemin faisant elles entendirent
un bruit confus de cloche et de musique : la vieille se signa
pour l'agonie que sonnait la cloche, et s'avança vers le palais du gouvernement où la musique annonçait une fête.

En réjouissance du mariage prochain d'Adélaïde avec le
défenseur de René, un bal avait été donné malgré le procès
du frère d'Amélie et l'orage de la nuit : il était dans le caractère du gouverneur de ne rien changer aux choses préparées, quels que fussent les événements. Le bal durait
encore lorsque le jour parut. La mère de Jacques et Céluta
entrèrent dans les premières cours du palais; les esclaves
blancs et noirs, qui attendaient leurs maîtres, s'attroupèrent
autour des étrangères : les éclats de rire et les insultes furent
prodigués à l'infortune et à la jeunesse qui se présentaient
sous la protection de la vieillesse et de l'indigence.

« Si Jacques était ici, disait la vieille, comme il vous obli-
gerait à me faire place ! »

Les deux femmes pénétrèrent avec peine jusqu'aux soldats
de garde aux portes : ils reconnurent la mère de leur cama-

rade et la laissèrent passer. Plus loin elle fut arrêtée de nouveau par le concierge. La fête finissait ; on commençait à
sortir du palais : Adélaïde se montra à une fenêtre avec
Harlay ; le couple généreux parlait avec vivacité et semblait
oublier la fête ; en jetant les yeux dans la cour, il aperçut
les étrangères repoussées par le concierge. Le vêtement indien
frappa Adélaïde, qui fit signe à la vieille de s'approcher sous
le balcon :

« Ma jeune dame, dit la mère de Jacques, c'est la femme
de René qui veut parler à votre père, et l'on ne nous veut
pas laisser entrer.

» — La femme du prisonnier ! s'écria Adélaïde, cette
jeune sauvage qui a sauvé le capitaine d'Artaguette ! »

Adélaïde, obéissant aux mouvements de son bon cœur,
ouvre les portes, et, dans toute la parure du bal d'un
brillant hyménée, se précipite au-devant de la malheureuse
Céluta. L'Indienne lui présentait sa fille et lui disait :

« Jeune femme blanche, le grand Esprit vous bénira :
vous aurez un petit guerrier qui sera plus heureux que ma
fille.

» — Que je suis fâchée de ne pas la comprendre ! disait
Adélaïde : je n'ai jamais entendu une plus douce voix. »

Dans la pompe de ses adversités, Céluta paraissait d'une
beauté divine : son front pâli était ombragé de ses cheveux
noirs ; ses grands yeux exprimaient l'amour et la mélancolie ; son enfant, qu'elle portait avec grâce sur son sein,
montrait son visage riant auprès du visage attristé de sa
mère : le malheur, l'innocence et la vertu ne se sont jamais
prêté tant de charmes.

Tandis qu'on se pressait autour de Céluta, on entendit au
dehors prononcer ces mots dans la foule :

« Vous ne passerez pas ! »

Une voix d'homme répondait à des menaces, mais dans
une langue inconnue. Le mouvement s'accroît ; un sauvage,
défendant une femme, se débat au milieu des soldats, et
poussé et repoussé arrive jusqu'à la porte du palais. Il disait, les yeux étincelants :

« Je suis venu chercher mon ami par l'ordre de ce manitou

(et il montrait une chaîne d'or) ; je ne veux faire de mal à
personne. Mais est-il ici un guerrier qui m'ose empêcher de
passer ?

» — Mon frère ! s'écria Céluta.

» — Oh ! bien ! dit Mila : Outougamiz, voici ta sœur ! »

La mère de Jacques expliquait ce colloque à Adélaïde, qui
fit entrer tous ces sauvages dans le palais.

« Bon manitou ! disait Mila en embrassant son amie, que
je hais ces chairs blanches ! Nous avons frappé à leurs cabanes pour demander l'hospitalité, et on nous a presque
battus. Et puis de grandes huttes si larges ! si vilaines ! des
guerriers si sauvages !

» — Tu parles trop, dit Outougamiz. Cherchons Ononthio [1] ; il faut qu'il me rende mon ami à l'instant. »

Outougamiz quitte Céluta, et, suivi de Mila, fend la presse
à travers les salles. Les spectateurs regardaient avec surprise
ce couple singulier qui, occupé d'un sentiment unique,
n'avait pas l'air d'être plus étonné au milieu de ce monde
nouveau que s'il eût été dans ses bois.

« Ne me déclarez pas la guerre, disait Outougamiz en avançant toujours, vous vous en repentiriez. »

Faisant tourner son casse-tête, il ouvrait à Mila un large
chemin. La confusion devient générale : la musique se tait,
le bal cesse, les femmes fuient. Le roulement des carrosses
qui veulent s'éloigner, le bruit du tambour qui rappelle les
soldats, la voix des officiers qui font prendre les armes,
ajoutent au sentiment de terreur, et augmentent le désordre.
Adélaïde, la mère de Jacques, Céluta, Mila, Outougamiz,
sont emportés et séparés par la foule : le gouverneur montra
un grand ressentiment de cette scène.

Le conseil de guerre s'était assemblé afin de prononcer
l'arrêt qui devait être lu à René dans la prison. Les charges
examinées de nouveau ne parurent pas suffisantes pour mo-
tiver la peine de mort ; mais le frère d'Amélie fut condamné
à être transporté en France, comme perturbateur du repos
de la colonie. Un vaisseau du roi devait mettre à la voile

---

[1] Le gouverneur.

dans quelques heures; le gouverneur, irrité du bruit dont René avait été l'objet, ordonna d'exécuter sur-le-champ la sentence et de transporter le prisonnier à bord de la frégate.

René connut presque à la fois le jugement qui le condamnait à sortir de la Louisiane, et l'ordre de l'exécution immédiate de ce jugement : il se serait réjoui de mourir; il fut consterné d'être banni. Renvoyer en France le frère d'Amélie, c'était le reporter à la source de ses maux. Cet homme, étranger sur ce globe, cherchait en vain un coin de terre où il pût reposer sa tête : partout où il s'était montré, il avait créé des misères. Que retrouverait-il en Europe? une femme malheureuse. Que laisserait-il en Amérique? une femme malheureuse. Dans le monde et dans le désert son passage avait été marqué par des souffrances. La fatalité qui s'attachait à ses pas le repoussait des deux hémisphères; il ne pouvait aborder à un rivage qu'il n'y soulevât des tempêtes : sans patrie entre deux patries, à cette âme isolée, immense, orageuse, il ne restait d'abri que l'Océan.

En vain René demanda à ne pas subir le supplice de l'existence; en vain il sollicita la commutation de la peine de vivre dans un miséricordieux arrêt de mort : on ne l'écouta point. Il désira parler à Céluta; on n'admit pas que cette Indienne fût sa femme légitime; on lui refusa toute communication avec elle, pour abréger des scènes qui troublaient, disait-on, la tranquillité publique.

L'arrivée d'une troupe d'Yazous, suivie de celle d'Outougamiz, avait donné lieu à mille bruits : on prétendait que les sauvages s'étaient introduits en grand nombre dans la ville avec le dessein de délivrer leur chef, le guerrier blanc. Ces bruits parurent assez inquiétants au gouverneur pour qu'il fit border d'infanterie et de cavalerie la route que René devait suivre en se rendant de la prison au fleuve.

Le palais du gouvernement n'était pas loin de la foule. Céluta, suivant le cours de la foule, se retrouva bientôt devant le sombre édifice dont le souvenir était trop bien gravé dans sa mémoire. Là, le torrent populaire s'était élargi et arrêté; Céluta ignorait ce qui se passait; mais, en voyant cette multitude autour de la hutte du sang, elle comprit

qu'un nouveau désastre menaçait la tête de René. Repoussée
d'un peuple ennemi des sauvages, elle ne trouva de pitié
que chez les soldats; ils la laissèrent entrer dans leurs rangs.
Les mains armées sont presque toujours généreuses; rien
n'est plus ami de l'infortune que la gloire.

Deux heures s'étaient écoulées de cette sorte, lorsqu'un
mouvement général annonça la translation du prisonnier.
Un piquet de dragons, le sabre nu, sort de la cour intérieure de la prison; il est suivi d'un détachement d'infanterie, et derrière ce détachement, entre d'autres soldats,
marche le frère d'Amélie.

Céluta s'élance et tombe aux pieds de son mari avec son
enfant; René se penche sur elles, les bénit de nouveau, mais
la voix lui manque pour dire un dernier adieu à la fille et à
la mère. Le cortége s'arrête, les larmes coulent des yeux
des soldats. Céluta se relève, entoure René de ses bras, et
s'écrie :

« Où menez-vous ce guerrier? Pourquoi m'empêcheriez-
vous de le suivre? son pays n'est-il pas le mien?

» — Ma Céluta, disait René, retourne dans tes forêts, va
embellir de ta vertu quelque solitude que les Européens
n'aient point souillée; laisse-moi supporter mon sort; je ne
te l'ai déjà que trop fait partager!

»—Voilà mes mains, répondit Céluta, qu'on les charge de
fers; que l'on me force, comme Adario, à labourer le sillon;
je serai heureuse si René est à mes côtés. Prends pitié de ta
fille; je l'ai portée dans mon sein. Permets que je te suive
comme ton esclave, comme la femme noire des blancs. Me
refuseras-tu cette grâce? »

Cette scène commençait à attendrir la foule impitoyable
qui, un moment auparavant, trouvait la sentence trop douce,
et qui aurait salué avec des hurlements de joie le supplice de
René. Le commissaire chargé de faire exécuter l'arrêt du conseil ordonne de séparer les deux époux et de continuer la
marche; mais un sauvage, se courbant et passant sous le
ventre des chevaux, se réunit au couple infortuné et s'écrie:

« Me voici encore! Je l'ai sauvé des Illinois, je le sauverai
bien de vos mains, guerriers de la chair blanche!

» — C'est vrai, dit Mila, sortant à son tour de la foule.

» — Et si Jacques était ici, dit une vieille femme, tout cela ne serait pas arrivé. »

Forcés à regret d'obéir, les militaires écartèrent Céluta, Mila, Outougamiz et la mère de Jacques. René est conduit au rivage du Meschacebé. La chaloupe de la frégate que montaient douze forts matelots, et que gardaient des soldats de marine, attendait le prisonnier : on l'y fait entrer. Au coup de sifflet du pilote, les douze matelots enfoncèrent à la fois leurs rames dans le fleuve : la chaloupe glisse sur les vagues comme la pierre aplatie qui, lancée par la main d'un enfant, frappe le flot, se relève, bondit et rebondit en effleurant la surface de l'onde.

Céluta s'était traînée sur le quai. Une frégate était mouillée au milieu du Meschacebé; virée à pic sur une ancre, elle plongeait un peu la proue dans le fleuve : son pavillon flottait au grand mât; ses voiles étaient à demi déferlées : on apercevait des matelots sur toutes les vergues et de grands mouvements sur le pont. La chaloupe accoste le vaisseau : tous ceux qui étaient dans cette chaloupe montent à bord; la chaloupe elle-même est enlevée et suspendue à la poupe du bâtiment. Une lumière et une fumée sortent soudain de la frégate, et le coup de canon du départ retentit : de longues acclamations y répondent du rivage. Céluta avait aperçu René : elle tombe évanouie sur des balles de marchandises qui couvraient le quai.

Ce fut alors qu'un sauvage s'élança dans le Meschacebé, s'efforçant de suivre à la nage le vaisseau qui fuyait devant une forte brise, tandis qu'une Indienne se débattait entre les bras de ceux qui la retenaient, pour l'empêcher de se précipiter dans les flots.

Un murmure lointain se fait entendre; il approche : la foule, qui commençait à se disperser, se ressemble de nouveau. Voici venir un officier qui disait à des soldats : « Où est-elle? où est-elle?» et ils répondaient : « Ici, mon capitaine, » lui montrant Céluta sur les ballots. D'Artaguette se précipite aux genoux de Céluta :

« Femme, s'écria-t-il, que ton âme, au séjour de paix

qu'elle habite, reçoive les vœux de celui qui te doit la vie,
et que tu honorais du nom de frère! »

A ces paroles, les soldats mettent un genou en terre comme
leur capitaine; la multitude, emportée par ce sentiment du
beau qui touche quelquefois les âmes les plus communes, se
prosterne à son tour et prie pour l'Indienne: le bruit du fleuve
qui battait ses rives accompagnait cette prière, et la main de
Dieu pesait sur la tête de tant d'hommes involontairement humiliés aux pieds de la vertu.

Céluta ne donnait aucun signe de vie; la profonde léthargie
dans laquelle elle était plongée ressemblait absolument à la
mort; mais sa fille vivait sur son sein, et semblait communiquer quelque chaleur au cœur de sa mère. L'épouse de René
avait la tête penchée sur le front d'Amélie, comme si, en
voulant donner un dernier baiser à son enfant, elle eût expiré dans cet acte maternel.

En ce moment on vint dire à d'Artaguette qu'il y avait là
tout auprès une autre Indienne qui ne cessait de pleurer.
« C'est Mila! s'écria le capitaine; qu'on lui dise mon nom,
et elle va venir.» Les soldats apportèrent dans leurs bras Mila
échevelée, le visage meurtri, les habits déchirés. Elle n'eut
pas plutôt reconnu d'Artaguette qu'elle se jeta dans son sein,
s'écriant: « C'est lui qui est une bonne chair blanche! Il ne
m'empêchera pas de mourir. » Et suspendant ses bras au cou
du capitaine, elle se serrait fortement autour de lui.

Mais tout à coup elle aperçoit Céluta; elle quitte d'Artaguette, se précipite sur son amie en disant:

« Céluta! ma mère! meilleure que ma mère! sœur d'Outougamiz! femme de René! voici Mila! elle est seule! Comment vais-je faire pour enterrer tes os, car tu n'es pas aux
Natchez? Il n'y a ici que des méchants qui n'entendent rien
aux tombeaux. »

Les soldats firent alors un mouvement: ils répétaient tous
ces mots: « Entrez, entrez, notre mère. » Et la mère de Jacques, avec sa cornette blanche, son manteau d'écarlate et sa
béquille, s'avança dans le cercle des grenadiers.

« Mon capitaine, dit-elle à d'Artaguette, voici la mère de
Jacques, qui vient aussi voir ce que c'est que tout ceci. Je

suis bien vieille pourtant, comme dit le conseiller Harlay, qui est un honnête homme, et Dieu soit loué! car il n'y en a guère. »

La vieille avisant Céluta :

« Bon Dieu! n'est-ce pas là la jeune femme à qui j'ai donné à manger cette nuit? Comme elle parlait de vous, mon capitaine!

» — Pauvre vieille créature! dit d'Artaguette, seule dans toute une ville, recevoir, réchauffer, nourrir Céluta! Et toi-même nourrie de la paye de ce digne soldat! »

La mère de Jacques examinait attentivement Céluta; elle prit une de ses mains :

« Retire-toi, matrone blanche, lui dit Mila; tu ne sais pas pleurer.

» — Je le sais aussi bien que toi, repartit en natchez la vénérable Française.

» — Magicienne! s'écria Mila effrayée, qui t'a appris la langue des chairs rouges?

» — Capitaine, dit la mère de Jacques sans écouter Mila, cette jeune femme n'est pas morte : vite, du secours! » Mille voix répètent : « Elle n'est pas morte! »

Céluta donnait en effet quelques signes de vie.

« Allons, grenadiers, dit la vieille, à qui on laissait tout faire, il faut sauver cette femme, qui a sauvé votre capitaine; portons la mère et l'enfant chez le général d'Artaguette. »

Un dragon prêta son manteau : on y coucha Céluta; Mila prit dans ses bras la petite Amélie, et ne pleurait plus qu'Outougamiz et René. Des soldats, soulevant le manteau par les quatre coins, enlevèrent doucement la fille de Tabamica; le cortége se mit en marche.

Le soleil, qui se couchait, couvrait d'un réseau d'or les savanes et la cime aplatie des cyprières sur la rive occidentale du fleuve; sur la rive orientale, la métropole de la Louisiane opposait ses vitrages étincelants aux derniers feux du jour : les clochers s'élevaient au-dessus des ondes comme des flèches de feu. Le Meschacebé roulait entre ces deux tableaux ses vagues de rose, tandis que les pirogues des sauvages et les vaisseaux des Européens présentaient aux regards leurs mâts ou leurs voiles teints de la pourpre du soir.

Déposée sur une couche, dans un salon de l'habitation du frère du capitaine d'Artaguette, Céluta ne parlait point encore; ses yeux entr'ouverts étaient enveloppés d'une ombre qui leur dérobait la lumière. Des cris prolongés de *Vive le roi!* se font entendre au dehors; la porte de la salle s'ouvre avec fracas: le grenadier Jacques, tête nue, sans habit, les reins serrés d'une forte ceinture, paraît: « Les voici, » dit-il. René entre avec Outougamiz: personne ne pouvait parler dans le saisissement de l'étonnement et de la joie.

« Mon capitaine, reprit le grenadier, adressant la parole à d'Artaguette, j'ai exécuté vos ordres; mais on m'a remis les paquets trop tard; la frégate était partie. J'ai couru le plus vite que j'ai pu à travers le marais, afin de la rejoindre au Grand-Détour. Heureusement elle avait été obligée de laisser tomber l'ancre, le vent étant devenu contraire. Je me suis jeté à la nage pour aller à bord, et j'ai rencontré au milieu du fleuve ce terrible sauvage que j'avais vu au combat du fort Rosalie; il était prêt à se noyer quand je suis arrivé à lui. »

Mila a volé dans les bras d'Outougamiz; René est auprès de Céluta; Jacques soutient sa vieille mère, qui lui essuie le front et les cheveux; Adélaïde et Harlay se viennent joindre à leurs amis.

Céluta commençait à faire entendre quelques paroles inarticulées d'une douceur extrême. « Elle vient de la patrie des anges, dit le capitaine; elle en a rapporté le langage. » Mila, qui regardait Adélaïde, disait: « C'est Céluta ressuscitée en femme blanche. » Tous les cœurs étaient pleins des plus beaux sentiments: la religion, l'amour, l'amitié, la reconnaissance se mêlaient à ce soulagement qui suit une grande douleur passée. Ce n'était pas, il est vrai, un retour complet au bonheur, mais c'était un coup de soleil à travers les nuages de la tempête. L'âme de l'homme, si sujette à l'espérance, saisissait avec avidité ce rayon de lumière, hélas, trop rapide! « Tout le monde pleure encore! disait Mila; mais c'est comme si l'on riait. »

Ces rencontres, en apparence si mystérieuses, s'expliquaient avec une grande simplicité. Le capitaine d'Artaguette avait tour à tour sauvé et délivré, au fort Rosalie, René, Céluta, Mila et Outougamiz; Céluta, Mila et Outougamiz avaient suivi René à la Nouvelle-Orléans, tous trois entraînés par le dévouement au malheur, tous trois arrivés à quelques heures de distance les uns des autres, pour se mêler à des scènes de deuil et d'oppression.

D'une autre part, Ondouré s'était vu au moment d'être pris dans ses propres piéges: s'il avait désiré une attaque de Chépar contre Adario et Chactas, pour se délivrer du joug de ces deux vieillards, il ne s'attendait pas à la scène que produisit l'esclavage du premier sachem. Il craignit que ces violences, en amenant une rupture trop prompte entre les Français et les sauvages, ne fissent avorter tout son plan. Dans cette extrémité, l'édile, fécond en ressources, se hâta d'offrir l'abandon des terres pour le rachat de la liberté d'Adario; Chépar accepta l'échange, et d'Artaguette fut chargé de porter la convention à la Nouvelle-Orléans.

Le capitaine arriva à l'instant même où le conseil venait de prononcer la sentence contre René. D'Artaguette, après avoir annoncé au gouverneur la pacification des troubles, réclama le prisonnier comme son ami et comme son frère. Il montra des lettres d'Europe qui prouvaient que René tenait à une famille puissante. Cette découverte agit plus que toute autre considération sur un homme à la fois prudent et ambitieux:

« Si vous croyez, dit le gouverneur au capitaine, qu'on a trop précipité cette affaire, il est encore temps d'envoyer un contre-ordre; mais qu'on ne me parle plus de ce René, en faveur duquel Harlay et Adélaïde n'ont cessé de m'importuner depuis trois jours. »

La cédule pour l'élargissement du prisonnier fut signée; mais, délivrée trop tard, elle serait devenue inutile sans le dévouement du grenadier Jacques : le capitaine avait amené avec lui ce fidèle militaire. Tandis que celui-ci suivait la frégate, d'Artaguette, instruit de toutes les circonstances de l'apparition de Céluta, de Mila et d'Outougamiz, s'empressa de chercher ces infortunés : il fut ainsi conduit par les soldats au lieu où il trouva Céluta expirante.

Le bonheur, ou ce qui semblait être le bonheur comparé aux maux de la veille, rendit à l'épouse de René, sinon toutes ses forces, du moins tout son amour. Le capitaine d'Artaguette et le général son frère se proposèrent de donner à leurs amis une petite fête, bien différente de celle qu'avait entrevue Céluta au palais du gouverneur. Adélaïde et Harlay y furent invités les premiers; Jacques et sa mère étaient du nombre des convives. La riante *villa* du général avait été livrée à ses hôtes, et Mila et Outougamiz s'en étaient emparés comme de leur cabane.

Le simple couple n'avait pas plutôt vu tout le monde heureux, qu'il ne s'était plus souvenu de personne : après avoir parcouru les appartements et s'être miré dans les glaces, il s'était retiré dans un cabinet rempli de toutes les parures d'une femme.

« Eh bien! dit Mila, que penses-tu de cette grande hutte?

» — Moi, dit Outougamiz, je n'en pense rien.

» — Comment! tu n'en penses rien? répliqua Mila en colère.

» — Écoute, dit Outougamiz, tu parles maintenant comme une chair blanche, et je ne t'entends plus. Tu sais que je n'ai point d'esprit : quand René est fait prisonnier par les Illinois ou par les Français, je m'en vais le chercher. Je n'ai pas besoin de penser pour cela; je ne veux point penser du tout, car je crois que c'est là le mauvais manitou de René.

» — Outougamiz, dit Mila en croisant les bras et s'asseyant sur le tapis, tu me fais mourir de honte parmi toutes ces chairs blanches; il faut que je te remmène bien vite. J'ai fait là une belle chose de te suivre! Que dira ma mère? Mais tu m'épouseras, n'est-ce pas?

» — Sans doute, dit Outougamiz, mais dans ma cabane et non pas dans cette grande vilaine hutte. As-tu vu ce sachem à la robe noire, qui était pendu au mur, qui ne remuait point, et qui me suivait toujours des yeux[1]?

---

[1] Un portrait.

» — C'est un esprit, répondit Mila. La grande salle où je me voyais quatre fois [2] me plaît assez : elle n'est cependant bonne que pour les blancs, chez lesquels il y a plus de corps que d'âmes.

» — N'est-ce pas de la salle des ombres que tu veux parler ? dit Outougamiz. Elle ne me plaît point du tout à moi : je voyais plusieurs Mila, et je ne savais laquelle aimer. Retournons à nos bois, nous ne sommes pas bien ici.

» — Tu as raison, dit Mila, et j'ai peur d'être jugée comme René.

» — Comment jugée ! s'écria Outougamiz.

» — Bon, repartit Mila, est-ce que je ne t'aime pas ? est-ce que je n'ai pas pitié de ceux qui souffrent ? est-ce que je ne suis pas juste, belle, noble, désintéressée ? N'en voilà-t-il pas assez pour me faire juger et mourir, puisque c'est pour cela qu'ils voulaient casser la tête à René ?

» — Partons, Mila ! dit Outougamiz. Léger nuage de la lune des fleurs ! le matin ne te colorerait point ici dans un ciel bleu ; tu ne répandrais point la rosée sur l'herbe du vallon ; tu ne te balancerais point sur les brises parfumées. Sous le ciel nébuleux des chairs blanches, tu demeurerais sombre ; la pluie de l'orage tomberait de ton sein, et tu serais déchiré par le vent des tempêtes. »

Mila se souvint que l'heure du festin approchait. On lui avait dit que tout ce qui était dans le cabinet était pour elle : elle se plaça devant une glace, essayant les robes qu'elle ne savait comment arranger ; elle finit cependant par se composer, avec des voiles, des plumes, des rubans et des fleurs, un habillement que n'aurait pas repoussé la Grèce. Suivie d'Outougamiz avec un mélange d'orgueil et de timidité, elle se rendit à la salle du festin.

Céluta était aussi parée, mais parée à la manière des Indiennes : elle avait refusé un vêtement européen malgré les prières d'Adélaïde. Sur un lit de repos, elle recevait les marques de bienveillance qu'on lui prodiguait, avec une confusion charmante, mais sans cet air d'infériorité que

[1] Des glaces.

donne chez les peuples civilisés une éducation servile : elle
n'avait au visage que cette rougeur que les bienfaits font
monter d'un cœur reconnaissant sur un front ouvert.

Mila fit la joie du festin. Tous les yeux étaient fixés avec
admiration sur Outougamiz, dont René avait raconté les
miracles.

« Comme il ressemble à sa sœur ! disait Adélaïde, qui
ne se lassait point de le regarder.

» — Quel frère! et quelle sœur! » répétait-elle. A ces
noms de frère et de sœur, René avait baissé la tête.

« Mila la blanche, dit la future épouse d'Outougamiz à
Adélaïde, tu ris, mais j'ai cependant noué ma ceinture aussi
bien que toi. »

René servait d'interprète. Adélaïde fit demander à Mila
pourquoi elle l'appelait Mila la blanche. Mila posa la main
sur le cœur de Harlay, son voisin, ensuite sur celui d'Adélaïde qui rougissait, et elle se prit à rire :

« Bon, s'écria-t-elle, demande-moi encore pourquoi je
t'appelle Mila la blanche! Voilà comme je rougis quand je
regarde Outougamiz. »

On ne brise point la chaîne de sa destinée : pendant le
repas, d'Artaguette reçut une lettre du fort Rosalie. Cette
lettre, écrite par le père Souël, momentanément revenu aux
Natchez, avertissait le capitaine qu'une nouvelle dénonciation
contre René venait d'être envoyée au gouverneur général;
que malgré la délivrance d'Adario, on conservait de grandes
inquiétudes; que divers messagers étaient partis des Natchez
dans un dessein inconnu; qu'Ondouré accusait Chactas et
Adario de l'envoi des messagers, tandis qu'il était probable
que ces négociations secrètes avec les nations indiennes,
étaient l'œuvre même d'Ondouré et de la femme-chef. Le
père Souël ajoutait que si René avait été rendu à la liberté,
il lui conseillait de ne pas rester un seul moment à la Nouvelle-Orléans, où ses jours ne lui paraissaient pas en sûreté.

D'Artaguette, après le repas, communiqua cette lettre à
René, et l'invita à retourner sur-le-champ aux Natchez.

« Moi-même, dit-il, je partirai incessamment pour le fort
Rosalie; ainsi nous allons bientôt nous retrouver. Quant à

Céluta, vous n'avez plus rien à craindre . il lui serait impossible dans ce moment de vous suivre, mais, mon frère, Adélaïde et Harlay lui serviront de famille; lorsqu'elle sera guérie, elle reprendra le chemin de son pays : vous la pourrez venir chercher vous-même à quelque distance de la Nouvelle-Orléans. »

René voulait apprendre son départ à Céluta : le médecin s'y opposa, disant qu'elle était hors d'état de soutenir une émotion violente et prolongée. Le capitaine se chargea d'annoncer à sa sœur indienne la triste nouvelle, quand René serait déjà loin : il se flattait de rendre le coup moins rude par toutes les précautions de l'amitié.

Avant de quitter la Nouvelle-Orléans, le frère d'Amélie remercia ses hôtes, Jacques et sa mère, le général d'Artaguette, Adélaïde et Harlay.

« Je suis sans doute, leur dit-il, un homme étrange à vos yeux; mais peut-être que mon souvenir vous sera moins pénible que ma présence. »

René se rendit ensuite auprès de sa femme; il la trouva presque heureuse: elle tenait son enfant endormi sur son sein. Il serra la mère et la fille contre son cœur avec un attendrissement qui ne lui était pas ordinaire. Reverrait-il jamais Céluta? quand et dans quelles circonstances la reverrait-il? Rien n'était plus déchirant à contempler que ce bonheur de Céluta : elle en avait si peu joui! et elle semblait le goûter au moment d'une séparation qui pouvait être éternelle! L'Indienne, elle-même, effrayée des étreintes affectueuses de son mari, lui dit :

« Me faites-vous des adieux? »

Le frère d'Amélie ne lui répondit rien : malheur à qui était pressé dans les bras de cet homme! il étouffait la félicité.

Dès la nuit même René quitta la Nouvelle-Orléans avec Outougamiz et Mila. Ils remontèrent le fleuve dans un canot indien. En arrivant aux Natchez, un spectacle inattendu se présenta à leurs regards.

Des colons poussaient tranquillement leurs défrichements jusqu'au centre du grand village et autour du temple du soleil; des sauvages les regardaient travailler avec indifférence, et semblaient avoir abandonné à l'étranger la terre où reposaient les os de leurs aïeux.

Les trois voyageurs virent Adario qui passait à quelque distance; ils coururent à lui. Au bruit de leurs pas le sachem tourna la tête, et fit un mouvement d'horreur en apercevant le frère d'Amélie. Le vieillard frappa dans la main de son neveu, mais refusa de prendre la main du mari de sa nièce : René venait d'offrir sa vie pour racheter celle d'Adario!

« Mon oncle, dit Outougamiz, veux-tu que je casse la tête à ces étrangers qui sèment dans le champ de la patrie?

» — Tout est arrangé, » répondit Adario d'une voix sombre, et il s'enfonça dans un bois.

Outougamiz dit à Mila :

« Les sachems ont tout arrangé, il ne reste plus à faire que notre mariage. »

Mila retourna chez ses parents, dont elle eut à soutenir la colère ; elle les apaisa, en leur apprenant qu'elle allait épouser Outougamiz. René se rendit à la cabane de Chactas : le sachem était au moment de partir pour une mission près des Anglais de la Géorgie.

Devenu le maître de la nation, Ondouré avait dérobé à Chactas la connaissance d'un projet que la vertu de ce sachem eût repoussé; il éloignait l'homme vénérable, afin qu'il ne se trouvât pas au conseil général des Indiens, où le plan du conspirateur devait être développé.

Le noble et incompréhensible René garda avec Chactas et le reste des Natchez un profond silence sur ce qu'il avait fait pour Adario; il ne lui resta de sa bonne action que les dangers auxquels il s'était exposé. Le frère d'Amélie se contenta de parler à son père adoptif de la surprise qu'il avait éprouvée en voyant les Français promener leur charrue aux environs des Bocages de la mort : le vieillard apprit à René que cet abandon des terres était le prix de la délivrance d'Adario. Chactas ne connaissait pas la profondeur des desseins d'Ondouré; il ignorait que la concession des champs des Natchez avait pour but de séparer les colons les uns des autres, de les attirer au milieu du pays ennemi, et de rendre ainsi leur extermination plus facile. Par cette combinaison infernale, Ondouré, en délivrant Adario, gagnait l'affection des Natchez, de même qu'il obtenait la confiance des Français, en leur payant la rançon d'Adario, rançon qui leur devait être si funeste.

« Au reste, dit Chactas à René, les sachems m'ont commandé une longue absence : ils prétendent que mon expérience peut être utile dans une négociation avec des Européens. Mon grand âge et ma cécité ne peuvent servir de prétexte pour refuser cette mission : plus on me suppose d'autorité, plus je dois l'exemple de la soumission, à une époque où personne n'obéit. Que ferais-je ici? Le grand chef a disparu, le malheur a rendu Adario intraitable, ma voix n'est plus écoutée, une génération indocile s'est élevée, et méprise les conseils des vieillards. On se cache de moi, on me dérobe des secrets : puissent-ils ne pas causer la ruine de ma patrie!

» Toi, René, conserve ta vie pour la nation qui t'a adopté; écarte de ton cœur les passions que tu te plais à y nourrir; tu peux voir encore d'heureux jours. Moi je touche au terme de la course. En achevant mon pèlerinage ici-bas, je vais traverser les déserts où je l'ai commencé, ces déserts que j'ai parcourus, il y a soixante ans, avec Atala. Séparé de mes passions et de mes premiers malheurs par un si long intervalle, mes yeux fermés ne pourront pas même voir les forêts nouvelles qui recouvrent mes anciennes traces et celles de la fille de Lopez. Rien de ce qui existait au moment de ma captivité chez les Muscogulges n'existe aujourd'hui; le monde que j'ai connu est passé : je ne suis plus que le dernier arbre d'une vieille futaie tombée, arbre que le temps a oublié d'abattre. »

René sortit de chez son père le cœur serré, et présageant de nouveaux malheurs. Arrivé à sa cabane, il la trouva dévastée; il s'assit sur une gerbe de roseaux séchés, dans un coin du foyer dont le vent avait dispersé les cendres. Pensif, il rappelait tristement ses chagrins dans sa mémoire, lorsqu'un nègre lui apporta une lettre de la part du père Souël :

ce missionnaire était encore retenu pour quelques jours au fort Rosalie. La lettre venait de France; elle était de la supérieure du couvent de...; elle apprenait à René la mort de la sœur Amélie de la Miséricorde.

Cette nouvelle, reçue dans une solitude profonde, au milieu des débris de la cabane abandonnée de Céluta, réveilla au fond du cœur du malheureux jeune homme des souvenirs si poignants, qu'il éprouva, pendant quelques instants, un véritable délire. Il se mit à courir à travers les bois comme un insensé. Le père Souël, qui le rencontra, s'empressa d'aller chercher Chactas; le sage vieillard et le grave religieux parvinrent un peu à calmer la douleur du frère d'Amélie. A force de prières le sachem obtint de la bouche de l'infortuné un récit longtemps demandé en vain. René prit jour avec Chactas et le père Souël, pour leur raconter les sentiments secrets de son âme. Il donna le bras au sachem qu'il conduisit, au lever de l'aurore, sous un sassafras, au bord du Meschacebé; le missionnaire ne tarda pas à arriver au rendez-vous. Assis entre ces deux vieux amis, le frère d'Amélie leur révéla la mystérieuse douleur qui avait empoisonné son existence [1].

Quelques jours après cette confession déplorable, René fut mandé au conseil des Natchez : Chactas était parti pour la Géorgie; le père Souël avait repris le chemin de sa mission.

René trouva quelques sachems, presque tous parents d'Akansie, assemblés dans la cabane du jeune Soleil : Ondouré était à leur tête; il rayonnait de la joie du crime. Les vieillards, fumant leurs calumets dans un profond silence, reçurent le mari de Céluta avec un visage menaçant.

« Prends ces colliers, lui dit Ondouré d'un air moqueur, va traiter avec les Illinois : tu fus la cause de la guerre, beau prisonnier; sois l'instrument de la paix. »

Qu'importaient au frère d'Amélie ces insultes? Qu'était-ce que ces peines communes auprès des chagrins qui rongeaient son cœur? Il prit les colliers, et sortit en déclarant qu'il obéirait aux ordres des sachems.

---

[1] Ici se trouvait le récit de René. Voyez l'épisode de *René*.

Dans la disposition où se trouvait alors René, ce n'était pas sans un amer plaisir qu'il se voyait obligé à s'éloigner de Céluta : il la supposait au moment de revenir aux Natchez. Une course solitaire parmi les déserts convenait encore en ce moment au frère d'Amélie : il se pourrait du moins livrer à sa douleur sans être entendu des hommes. Il ne chercha point son frère, alors occupé de son mariage avec Mila : il était trop juste que, pour tant de courage et de sacrifices, Outougamiz jouît d'une lueur de félicité.

Il entrait dans les précautions d'Ondouré d'éloigner le guerrier blanc : il craignait que celui-ci, demeuré aux Natchez, ne démêlât quelque chose des trames ourdies. Le tuteur du Soleil désirait encore que Céluta, à son retour de la Nouvelle-Orléans, se trouvât seule, afin qu'elle pût être livrée sans défense aux persécutions d'un détestable amour. Ce chef avait calculé le temps que devait durer le voyage du frère d'Amélie : selon ce calcul de la jalousie et de la vengeance, René ne pouvait revenir aux Natchez que quelques jours avant la catastrophe, assez tôt pour y être enveloppé, trop tard pour la prévenir.

Furieux d'avoir vu sa proie échapper à ses premiers pièges, Ondouré s'était abandonné à de nouvelles calomnies contre le fils adoptif de Chactas. Dans un conseil assemblé la nuit sur les décombres de la cabane d'Adario, le tuteur du Soleil avait dépeint René comme l'auteur de tous les maux de la nation. Remontant jusqu'au jour de l'arrivée de l'étranger aux Natchez, il avait rappelé les présages sinistres qui signalèrent cette arrivée, la disparition du serpent sacré, le meurtre des femelles de castor, la guerre contre les Illinois, suite de ce meurtre, et la mort du vieux Soleil, résultat de cette guerre : Ondouré chargeait ainsi l'innocence de ses propres iniquités.

Entrant dans la vie privée de son rival, le chef parla de la prétendue infidélité de René envers Céluta, du maléfice du baptême employé pour faire périr un enfant devenu odieux à un père criminel; il parla du manitou funeste donné à Outougamiz pour altérer la raison du naïf sauvage. Ondouré représenta les liaisons du frère d'Amélie et du capi-

taine d'Artaguette comme la première cause de toutes les
trahisons et de toutes les violences des Français.

« Quant aux persécutions que cet homme semble essuyer
de ses compatriotes, ajouta-t-il, ce n'est évidemment qu'un
jeu entre des conspirateurs. Remarquez que René échappe
toujours à ces persécutions apparentes : il n'a point été pris
aux Natchez avec Adario. Sous le prétexte de délivrer ce
sachem, il est allé rendre compte à la Nouvelle-Orléans de
ce qui se passait au fort Rosalie. On a feint de juger le mari
de Céluta ; mais la preuve que ce n'était qu'un vain appareil, déployé pour nous donner plus de confiance dans un
traître, c'est que ce traître n'a point subi sa sentence, et
qu'à la grande surprise des Français eux-mêmes, il est revenu sain et sauf aux Natchez. Vous ne douterez pas un
moment des pernicieuses intrigues de ce misérable, si vous
observez son inclination à errer seul dans les bois : il craint
que sa conscience ne se montre sur son visage, et il se dérobe aux regards des hommes. »

Ondouré obtint un succès complet ; le conseil fut convaincu : comment ne l'aurait-il pas été ? Quelle liaison dans
les faits ! quelle vraisemblance dans les accusations ! Tout
se transforme en crime : pas un sourire qui ne soit interprété, pas une démarche qui n'ait un but ! Les sentiments
que René inspire deviennent des sujets de calomnie : s'il a
sauvé Mila, c'est qu'il l'a séduite ; s'il a fait d'Outagamiz le
modèle d'une amitié sublime, c'est qu'il a jeté un sort à ce
simple jeune homme. Des rapports d'estime avec d'Artaguette sont une trahison ; un acte religieux est un infanti-
cide ; un noble dévouement pour un sachem est une basse
délation ; les persécutions, les souffrances même ne sont
que des moyens de tromper, et si René cherche la solitude,
c'est qu'il y va cacher des remords ou méditer des forfaits.
Dieu tout-puissant ! quelle est la destinée de la créature
lorsque le malheur s'attache à ses pas ? quelle lumière as-tu
donnée aux mortels pour connaître la vérité ? quelle est la
pierre de touche où l'innocence peut laisser sa marque d'or ?

Les sachems déclarèrent que René méritait la mort et qu'il
se fallait saisir du perfide. Ondouré loua le vertueux cour-

roux des sachems, mais il soutint qu'il était prudent de ne sacrifier le principal coupable qu'avec les autres coupables : une mort prématurée et isolée pouvant faire avorter le plan général. Il proposa donc d'éloigner seulement René jusqu'au jour où le grand coup serait frappé. Le jongleur déclara que telle était la volonté des génies : le conseil adopta l'opinion d'Ondouré.

L'intégrité d'Adario avait elle-même été surprise : l'erreur dans laquelle il était fut la cause des regards farouches qu'il lança au frère d'Amélie lorsque celui-ci revint de la Nouvelle-Orléans. Si les Indiens rencontraient l'homme blanc dans les bois, ils se détournaient de lui comme d'un sacrilége. René, qui ne voyait rien, qui n'entendait rien, qui ne se souciait de rien, partit pour le pays des Illinois, ignorant que la sentence de mort dont les juges civilisés l'avaient menacé à la Nouvelle-Orléans, avait été prononcée contre lui aux Natchez par des juges sauvages.

On voit quelquefois à la fin de l'automne une fleur tardive ; elle sourit seule dans les campagnes et s'épanouit au milieu des feuilles séchées qui tombent de la cime des bois : ainsi les amours de Mila et d'Outougamiz répandaient un dernier charme sur des jours de désolation. Avant de demander la jeune fille en mariage, le frère de Céluta se conforma à la coutume indienne, appelée *l'Épreuve du flambeau :* éteindre le flambeau qu'on lui présente, c'est pour une vierge donner son consentement à un hymen projeté.

Outougamiz, tenant une torche odorante à la main, sortit au milieu de la nuit ; les brises agitaient les rayons d'or de l'étoile amoureuse, comme on raconte que les zéphyrs se jouaient à Paphos, dans la chevelure embaumée de la mère des Grâces. Le jeune homme entrevoit le toit de sa maîtresse : des craintes et des espérances soulèvent son sein. Il s'approche, il relève l'écorce suspendue devant la porte de la cabane de Mila, et se trouve dans la partie même de cette cabane où l'Indienne dormait seule.

La jeune fille était couchée sur un lit de mousse. Un voile d'écorce de mûrier se roulait en écharpe autour d'elle ; ses bras nus reposaient croisés sur sa tête, et ses mains avaient laissé tomber des fleurs.

Un pied tendu en arrière, le corps penché en avant, Outougamiz contemplait à la lueur de son flambeau la scène charmante. Agitée par les illusions d'un songe, Mila murmure quelques mots; un sourire se répand sur ses lèvres. Outougamiz croit distinguer son nom dans des paroles à demi formées; il s'incline au bord de la couche, prend une branche de jasmin des Florides échappée à la main de Mila, et réveille la fille des bois, en passant légèrement sur sa bouche virginale la fleur parfumée.

Mila s'éveille, fixe des regards effrayés sur son amant, sourit, reprend son air d'épouvante, sourit encore.

« C'est moi! s'écrie Outougamiz, moi, le frère de Céluta, le guerrier qui veut être ton époux. »

Mila hésite, avance ses lèvres pour éteindre la torche de l'hymen, retire la tête avec précipitation, rapproche encore sa bouche du flambeau..., la nuit s'étend dans la cabane.

Quelques instants de silence suivirent l'invasion des ombres. Outougamiz dit ensuite à Mila :

« Je t'aime comme la lumière du soleil; je veux être ton frère.

» — Et moi, ta sœur, répondit Mila.

» — Tu deviendras mon épouse, continua l'ami de René; un petit guerrier te sourira; tu baiseras ses yeux, tu lui chanteras les exploits de ses pères; tu lui apprendras à prononcer le nom d'Outougamiz.

» — Tu me fais pleurer, répondit Mila; moi, je t'accompagnerai dans les forêts, je porterai tes flèches, et j'allumerai le bûcher de la nuit. »

La lune descendait alors à l'occident : un de ses rayons, pénétrant par la porte de la hutte, vint tomber sur le visage et sur le sein de Mila. La reine des nuits se montrait au milieu d'un cortége d'étoiles : quelques nuages étaient déployés autour d'elle, comme les rideaux de sa couche. Dans les bois régnait une sorte de douteuse obscurité, semblable à celle d'une âme qui s'entr'ouvre pour la première fois aux tendres passions de la vie. Le couple heureux tomba dans un recueillement d'esprit involontaire : on n'entendait que le bruit de la respiration tremblante de la jeune sauvage. Mais bientôt Mila :

« Il faut nous quitter : l'oiseau de l'aube a commencé son premier chant; retourne sans être aperçu à ta demeure. Si les guerriers te voyaient, ils diraient : Outougamiz est faible; les Illinois le prendront dans la bataille, car il fréquente la cabane des Indiennes. »

Outougamiz répondit :

« Je serai la liane noire qui se détourne dans la forêt de tous les autres arbres, et qui va chercher le sassafras auquel elle veut uniquement s'attacher. »

Mila se couvrit la tête d'un manteau, et dit :

« Guerrier, je ne te vois plus. »

Outougamiz enterra le flambeau nuptial à la porte de la cabane, et s'enfonça dans les bois.

Le mariage fut célébré avec la pompe ordinaire chez les sauvages. Les deux époux souffraient de cet appareil et se disaient :

« Nous ne nous marions pas pour être heureux, puisque nos amis ne le sont pas. » Laissés seuls dans leur cabane nouvelle, ils y goûtèrent une joie digne de leur innocence. Ils pleurèrent aussi, comme ils en avaient fait le projet. Les larmes qui coulaient de leurs yeux descendaient jusqu'à leurs lèvres, et Mila disait en recevant les embrassements d'Outougamiz : « Ta bouche touche la mienne à travers les malheurs de René. »

Hélas! le fidèle Indien allait verser bien d'autres pleurs! Ce n'était pas assez pour le tuteur du Soleil d'avoir perdu le frère d'Amélie auprès de la foule, de l'avoir fait condamner au conseil des vieillards, il le voulait frapper jusque dans le cœur d'un ami.

Le succès des complots d'Ondouré exigeait qu'Outougamiz assistât à la grande assemblée des sauvages, où le plan général devait être développé.

Si Outougamiz était absent de cette assemblée, il ne porterait point le joug du serment que l'on y devait prononcer, et il pourrait dans ce cas s'opposer au complot à l'instant de l'exécution.

Si Outougamiz ne croyait pas René coupable de trahison envers les Natchez, rien n'empêcherait le frère de Céluta, aussitôt qu'il connaîtrait le secret, de le confier au frère d'Amélie.

Il fallait donc, combinaison digne de l'enfer! qu'Outougamiz fût enchaîné par un serment, et que, persuadé en même temps du crime de René, il se trouvât placé entre la nécessité de perdre son ami pour sauver sa patrie, ou de perdre sa patrie pour sauver son ami.

Le lendemain du mariage de l'héroïque ami et de la courageuse amie de René, le jour même où Mila, toute brillante de ses félicités, conversait avec Outougamiz sur une natte semée de fleurs, Ondouré entra dans la cabane.

« Mauvais esprit! s'écrie Mila, que viens-tu faire ici? viens-tu nous porter malheur? »

Ondouré, affectant un sourire ironique, s'assit à terre et dit :

« Outougamiz! je viens t'offrir les vœux que je fais pour toi; tu méritais d'être heureux.

» — Heureux! repartit Outougamiz, et quel homme l'est plus que moi? Où pourrais-tu trouver rien de comparable à ma femme et à mon ami?

» — Je ne veux point détruire tes illusions, dit Ondouré d'un air attristé; mais si tu savais ce que toute la nation sait! quel méchant manitou t'a lié avec cette chair blanche!

» — Tuteur du Soleil, répliqua Outougamiz rougissant, je te respecte; mais ne calomnie pas mon ami. Il vaudrait mieux pour toi que tu n'eusses jamais existé. »

Ondouré repartit :

« Admirable jeune homme! que n'as-tu trouvé une amitié digne de la tienne!

» — Chef! s'écria Outougamiz avec l'accent de l'impatience, tu me tourmentes comme le vent qui agite la flamme du bûcher; qu'y a-t-il? que veux-tu? que cherches-tu?

» — O patrie! patrie! » dit avec un soupir Ondouré.

Au mot de patrie, les yeux d'Outougamiz se troublent; il se lève précipitamment de sa natte et s'approche d'Ondouré

qui s'était levé à son tour. La crainte de quelque affreux
secret avait passé à travers le cœur du frère de Céluta.

« Qu'y a-t-il donc dans la patrie? dit le noble sauvage.
Faut-il prendre les armes? marchons. Où sont les ennemis?

» — Les ennemis! dit Ondouré, ils sont dans nos entrailles! Nous étions vendus, livrés comme des esclaves! Un
traître...

» — Un traître! nomme-le! s'écria Outougamiz d'une voix
où mille sentiments contraires avaient mêlé leurs accents;
nomme-le; mais prends garde à ce que tu vas dire. »

Ondouré observe Outougamiz dont les mains tremblaient
de colère; il saisit le bras du jeune homme pour prévenir
le premier coup, il s'écrie :

« René!

» — Tu mens, réplique Outougamiz cherchant à dégager
son bras : je t'arracherai ta langue infernale; je ferai de toi
un mémorable exemple. »

Mila se jette entre les deux guerriers.

« Laisse vivre ce misérable, dit-elle à Outougamiz; chasse-le
seulement de ta cabane. »

A la voix de Mila les transports d'Outougamiz s'apaisent.

« Tuteur du Soleil! dit-il, je le vois à présent, tu te voulais amuser de ma simplicité; mais ne renouvelle pas ce jeu,
cela me fait trop de mal.

» — Je te quitte, dit Ondouré; bientôt tu me rendras
plus de justice; interroge le prêtre du Soleil et ton oncle
Adario. »

Ondouré sort de la cabane.

Outougamiz veut paraître tranquille, il ne l'est plus; il se
veut reposer, et il ne sait comment les joncs de sa natte
sont plus piquants que les épines de l'acacia. Il se relève,
marche, s'assied de nouveau. Mila lui parle, et il ne l'entend pas.

« Pourquoi, murmurait-il à voix basse, pourquoi ce chef
a-t-il parlé! J'étais si heureux!

» — N'y pense plus, lui dit Mila; les paroles du méchant
sont comme le sable qu'un vent brûlant chasse au visage : il
aveugle et fait pleurer le voyageur.

» — Tu as raison, Mila, s'écrie Outougamiz; me voilà bien tranquille à présent. »

Infortuné! le coup mortel est frappé : tu ne trouveras plus le repos; ton sommeil, naguère léger comme ton innocence, se va charger de songes funestes! Tel est le bonheur des hommes, un mot suffit pour le détruire. Douce confiance de l'âme, union intime et sacrée, adieu pour toujours! Sainte amitié, elles sont passées tes délices, tes tourments commencent! finiront-ils jamais?

« Mila, dit Outougamiz, je me sens malade, je veux aller voir le jongleur.

» — Le jongleur! repartit Mila. Ne va pas voir cet homme-là. René t'aime, tu l'aimes; il te doit suffire comme tu me suffis. Si la colombe prête l'oreille à la voix de la corneille, celle-ci lui dira des choses qui la troubleront, parce qu'elle ne parle pas son langage.

» — Ce n'est pas pour parler de René que je veux voir le jongleur, dit Outougamiz; je suis malade, il me guérira. »

Mila posa la main sur le cœur d'Outougamiz, et dit à son époux, en le regardant avec un demi-sourire :

« Malade! oui, bien malade, puisqu'un mensonge vient de sortir de tes lèvres. »

Outougamiz s'obstina à vouloir consulter le jongleur qu'Ondouré lui avait exprès nommé dans ses révélations mystérieuses.

« Va donc, dit Mila, pauvre abeille de la savane; mais évite de te reposer sur la fleur empoisonnée de l'acota. »

L'homme ne peut être parfait; aux qualités les plus héroïques, Outougamiz mêlait une faiblesse : de la crainte de Dieu, crainte salutaire sans laquelle il n'y a point de vertu, Outougamiz était descendu jusqu'à la plus aveugle crédulité. La simplicité de son caractère le rendait facile à tromper; un prêtre était pour le frère de Céluta un oracle, et si ce ministre du grand Esprit parlait au nom de la patrie, de la patrie si chère aux sauvages, quel moyen pour Outougamiz d'échapper à ce double pouvoir de la terre et du ciel?

L'ami de René arrive à la porte de la cabane du jongleur: dans ce moment même Ondouré sortait de la demeure du prêtre, et, avec un regard qui disait tout, il laissa le passage libre à l'ami de René. Le jongleur, apercevant Outougamiz, se mit à tracer des cercles magiques: Outougamiz élève vers lui une voix suppliante.

« Qui parle? s'écrie le prêtre d'un air égaré. Quel audacieux mortel trouble l'interprète des génies? Fuyez, profane! la patrie demande seule mes prières. O patrie! tu nourrissais un monstre dans ton sein! L'infâme étranger méditait ta ruine: par lui les femelles des castors ont été massacrées; il trahissait Céluta; il versait sur la tête de son enfant l'eau mortelle du maléfice! Comme il trompait ce jeune et innocent Outougamiz! Malheur à toi, époux de Mila! si désormais tu ne te séparais de ce traître, si tu refusais de croire à ses crimes! Les fantômes s'attacheraient à tes pas, et les os de tes aïeux s'agiteraient dans leur tombe. »

Le jongleur bondit hors de sa cabane et se jeta dans une forêt où on l'entendit pousser des hurlements.

Le frère de Céluta demeure anéanti: une sueur froide qu'il croit sentir découler de son cœur et pénétrer à travers ses membres, l'inonde. Il faudrait avoir fait les prodiges d'amitié d'Outougamiz pour pouvoir peindre sa douleur: René un traître! lui? Qui l'ose ainsi calomnier? Où est-il, le calomniateur, qu'Outougamiz le puisse dévorer? Mais, n'est-ce pas le prêtre du Soleil, celui qui commerce avec les esprits? celui qui parle au nom de la patrie? Malheureux! tu ne crois pas quand le ciel même t'ordonne de croire... Non, cet ami n'est point coupable; des monstres seuls ont élevé la voix contre lui. Le frère de Céluta vengera René aux yeux de la nation; l'éloquence descendra sur les lèvres d'Outougamiz; il s'exprimera mieux que Chactas; il proposera de combattre les accusateurs... Je pars, je vole où m'appelle le manitou d'or... Insensé! n'entends-tu pas le cri des fantômes? ne vois-tu pas se lever les os de tes pères qui viennent témoigner des crimes de ton ami?

Telle est la faible peinture des combats qui se passaient dans l'âme du frère de Céluta. Il quitte la cabane du jongleur; lent et pâle, il se traîne sur la terre; il croit ouïr des bruits dans l'air et l'herbe murmurer sous ses pas. Où va-t-il?... il l'ignore. Quelque chose de fatal le pousse involontairement vers Adario. Adario est son oncle; Adario lui tient lieu de père; Adario, dans l'absence de Chactas, est le premier sachem de la nation; enfin, Adario est le plus affligé des hommes. Le malheur est aussi une religion : il doit être consulté; il rend des oracles : la voix de l'infortune est celle de la vérité. Voilà ce que se disait Outougamiz en allant chercher le rigide vieillard.

Le sachem avait vu tuer son fils à ses côtés et les flammes dévorer sa cabane; le sachem avait étouffé son petit-fils de ses propres mains; la femme du sachem était tombée dans l'émeute qui suivit l'affreux sacrifice : il ne restait de toute sa famille, à Adario, que la fille même dont il avait étranglé l'enfant. Renfermé, avec cette fille, dans les cachots du fort Rosalie, il avait dû terminer ses jours à un gibet :

« Élève-moi bien haut, disait-il au bourreau qui le conduisait au supplice, afin que je puisse découvrir, en expirant, les arbres de ma patrie. »

On sait pourquoi, comment, à quel prix et dans quel dessein Ondouré racheta la vie d'Adario.

Ce fut un grand spectacle que le retour de l'ami de Chactas aux Natchez. Le sachem ressemblait à un squelette échappé de la tombe : quelques cheveux gris, souillés de poussière, tombaient des deux côtés de sa tête chauve : ses vêtements pendaient en lambeaux. Il cheminait en silence, les yeux baissés; sa fille venait derrière lui, dans le même silence, comme la victime marche après le sacrificateur : elle portait, attaché à ses épaules, un berceau vide et les langes désormais inutiles d'un nouveau-né.

Adario ne voulut point relever sa cabane : il établit sa demeure au milieu des bois. Sa fille suivait de loin son terrible père, n'osant lui parler, veillant sur ses jours, s'asseyant quand il s'asseyait, avançant quand il poursuivait sa route. Quelquefois le sachem contemplait les Français qui labouraient les champs de sa patrie: l'ange exterminateur n'aurait pas lancé des regards plus dévorants sur un monde dont le Dieu vivant aurait retiré sa main.

Après la délivrance d'Adario, Ondouré déroula aux yeux

du vieillard le plan d'une grande vengeance. Il lui présenta pour but la liberté des Natchez, et l'expulsion de la
race des blancs de tous les rivages de l'Amérique; il lui
cacha les ressorts secrets, les sentiments honteux, les mystérieuses lâchetés qui faisaient mouvoir cette conspiration :
Adario n'eût jamais emprunté le voile du crime pour couvrir
un seul moment la vertu.

Le sachem assista au conseil secret convoqué la nuit par
Ondouré ; il approuva ce que le tuteur du Soleil exposa de
ses desseins ; savoir : la convocation des nations indiennes
dans une assemblée générale, afin de prendre contre les
étrangers une mesure commune; il ratifia la condamnation
de René, de René qu'il croyait coupable d'impiété et de trahison. Ces résolutions adoptées, les vieillards voulurent déterminer Adario à se livrer à ses occupations ordinaires.

« Tant que je respirerai, dit le sachem, je n'aurai d'abri
que la voûte du ciel. Comme défenseur de la patrie, je suis
innocent; comme père, je suis criminel. Je consens à vivre
encore quelques jours pour mon pays; mais Adario s'est réservé le droit de se punir, lorsque les Natchez auront cessé
d'avoir besoin de lui. »

C'était à ce cœur inflexible, c'était à l'homme le moins
compatissant aux sentiments de la nature, à l'homme le plus
aigri par le chagrin, que l'ami de René allait demander des
conseils en sortant de l'audience du prêtre.

Outougamiz trouva le sachem à moitié nu, assis au bord
d'un torrent sur la pointe d'un roc: il lui raconte les inspirations du jongleur. Adario fait à son neveu le tableau des
prétendus crimes de René. « Tu me tues comme ton fils! »
s'écrie le frère de Céluta avec un accent dont le sachem
même fut touché.

Jamais le malheur ne se grave si subitement et d'une manière plus énergique sur le front d'un homme, que sur celui
d'Outougamiz: plus le marbre est pur, plus l'inscription est
profonde. L'infortuné s'éloigne d'Adario : il saisit la chaîne
d'or, la regarde avec passion, la veut jeter dans le torrent,
puis la presse contre son cœur et la suspend de nouveau sur

sa poitrine. Cependant Outougamiz ignorait le sort réservé
à René: Adario avait peint l'homme blanc coupable, mais il
n'avait pas voulu accabler entièrement son neveu; il s'était
abstenu de l'instruire de la sentence des sachems, sentence
prononcée d'ailleurs sous le sceau du secret. Le souvenir de
Mila vint, come une brise rafraîchissante, soulever un peu
le brûlant chagrin d'Outougamiz: le jeune époux songe que
l'épouse nouvelle qui porte encore sur sa tête la couronne
du premier matin, est déjà demeurée veuve sous son toit; il
se détermine à chercher des consolations auprès de sa compagne.

Mila vole à lui: elle s'aperçoit qu'il chancelle; elle le soutient en disant:

« C'est la liane qui appuie maintenant le tulipier! Eh bien!
je te l'avais prédit! assieds-toi et repose ta tête sur mon sein.
Que t'ont dit les méchants?

» — Ils m'ont répété ce que m'avait dit Ondouré, répondit
Outougamiz: Adario parle aussi comme le jongleur.

» — Quand ce serait Kitchimanitou lui-même, s'écria Mila,
je soutiendrais qu'il fait un mensonge: moi! je croirais aux
calomnies répandues contre mon ami! celui qui t'a donné le
manitou d'or croirait-il le mal qu'on lui dirait de toi? »

Cette question fit monter les larmes dans les yeux d'Outougamiz; Mila pleurant à son tour:

« Ah! c'est un bon guerrier que le guerrier blanc! Ils le
tueront, j'en suis sûre!

» — Ils le tueront! reprit Outougamiz: qui t'a dit cela?

» — Je le devine, répondit l'Indienne: si tu ne sauves
René une troisième fois, ils le mettront dans le Bocage de la
Mort.

» — Non! non! s'écria Outougamiz, ou j'y dormirai près
de lui. Que ne suis-je déjà au lieu de mon repos! Tout est
si agité à la surface de la terre! tout est si calme, une longueur de flèche au-dessous! Mais; Mila, la patrie!

» — La patrie! repartit Mila; et que me fait à moi la patrie si elle est injuste? J'aime mieux un seul cheveu d'Outougamiz innocent que toutes les têtes grises des sachems
pervertis. Qu'ai-je besoin d'une cabane aux Natchez? j'en

puis bâtir une dans un lieu où il n'y aura personne : j'emmènerai mon mari et son ami avec moi, malgré vous tous, méchants ! Voilà comme j'aurais parlé au jongleur. Il aurait fait des tours, tracé des cercles, bondi trois fois comme un orignal ; j'aurais ri à sa face, joué, tourné, sauté comme lui et mieux que lui. Il y a là un génie (et elle appuyait la main sur son cœur) qui n'obéit point aux noirs enchantements.

» — Comme tu me consoles ! comme tu parles bien ! s'écrie l'excellent sauvage ; tu me voudrais donc suivre dans le désert ? »

Mila le regarda et lui dit :

« C'est comme si le ruisseau disait à la fleur qu'il a détachée de son rivage et qu'il entraîne dans son cours : « Fleur, veux-tu suivre mon onde ? » La fleur répondrait : « Non, je ne le veux pas ; » et cependant les flots la pousseraient doucement devant eux. »

L'aimable Indienne avait préparé le repas du soir ; après avoir mouillé ses lèvres dans la coupe, elle retourna à ce lit nuptial non chanté, qui ne tirait sa pompe que de sa simplicité et de la grâce des deux époux. Les jeunes bras de Mila bercèrent et calmèrent les chagrins d'Outougamiz, comme ces légères bandes de soie qui pressent et soulagent à la fois la blessure d'un guerrier.

Heures fugitives, dérobées par l'amour à la douleur, que vous deviez promptement disparaître ! Déjà le conseil des sachems avait reçu les premiers colliers de ses messagers secrets : toutes les nuits Ondouré rassemblait quelques-uns des chefs dans les cavernes. Le gouverneur de la Louisiane, moins facile à tromper que le commandant du fort Rosalie, ne s'endormait point au milieu des périls : il regrettait d'avoir rendu la liberté au frère d'Amélie, et s'il ne fit pas arrêter Céluta, c'est qu'il se laissa fléchir aux larmes d'Adélaïde.

Lorsque Céluta apprit le départ de René, on essaya inutilement de la retenir à la Nouvelle-Orléans. En vain Adélaïde, Harlay, le général d'Artaguette (le capitaine avec le grenadier étaient retournés aux Natchez) lui représentèrent que ses forces ne suffiraient pas aux fatigues d'un si long voyage ; elle conjura sa sœur et ses frères de la chair blanche, comme elle les appelait, de la laisser reprendre le chemin de son pays : il fallut céder à ses ardentes prières que traduisait la vieille mère de Jacques ; Céluta embrassa avec émotion cette pauvre et vénérable matrone, son hôtesse dans la nuit funeste.

« Mon frère et ma sœur, dit-elle à Harlay et à Adélaïde, souvenez-vous de Céluta quand vous serez au pays des blancs. J'espère vous retrouver quelque jour dans la contrée des âmes, si l'on permet l'entrée de la belle forêt que vous habiterez à de misérables Indiennes comme moi. »

La fille du gouverneur conduisit son amie jusqu'aux pirogues d'un grand parti de Pannis qui se préparaient à remonter le fleuve : là se renouvelèrent de tendres adieux. Céluta s'embarqua sur la flotte pannisienne.

« Adieu, disait-elle à Adélaïde, qui pleurait assise au rivage ; que les bons génies vous rendent vos bienfaits ! Je ne vous reverrai plus sur la terre où vous resterez longtemps après moi, mais je tâcherai de faire le moins de mal que je pourrai dans mon rapide passage, afin de me rendre digne de votre souvenir. »

Les pirogues s'éloignèrent.

Lorsque Céluta sortit de la ville des Français, son front était couvert de la pâleur des chagrins et d'une maladie cessant à peine. Sa fille, qui montrait déjà dans son regard quelque chose de la beauté et de la tristesse d'Amélie, sa fille, dont le jour natal n'avait point encore été éclairé deux fois par le soleil, semblait elle-même au moment d'expirer. Céluta la tenait suspendue à ses épaules, dans des peaux blanches d'hermine : tel un cygne qui transporte ses petits, les place entre son cou flexible et ses ailes un peu soulevées ; les charmants passagers se jouent à demi cachés dans le duvet de leur mère.

L'âme entière de Céluta était partagée entre son enfant et son époux : que de maux déjà passés ! quels étaient ceux qui devaient naître encore ? Les pirogues avaient à peine remonté le Meschacebé pendant quelques heures, que les Pannis, par un de ces caprices si fréquents chez les sauvages, s'arrêtèrent sur la rive orientale du fleuve. Céluta descendit à terre avec ses conducteurs; mais ceux-ci, par un autre caprice, se dispersèrent bientôt, les uns commençant une chasse, les autres se rembarquant sans bruit. Céluta s'était assoupie à l'écart, derrière un rocher qui lui cachait le fleuve : la nuit était venue. Quand l'épouse de René se réveilla, elle était abandonnée.

L'insouciance indienne l'avait délaissée, le courage indien la soutint : elle était accoutumée à la solitude. Les ténèbres empêchaient les Pannis de voir la sœur d'Outougamiz, et le vent ne leur permettait pas d'entendre ses cris; résignée, elle attendit le jour.

Lorsque l'aurore parut, Céluta sortit de l'abri du rocher; regardant les différents points du ciel, elle se dit :

« Mon mari est de ce côté-là. »

Et ses pas se dirigèrent vers le septentrion. Elle n'eut pas même la pensée de retourner à la Nouvelle-Orléans; elle se trouvait plus en sûreté dans les bois que parmi les hommes. Pour sa nourriture elle comptait sur les fruits sauvages, et son sein suffirait aux besoins de sa fille.

Tout le jour elle marcha, cueillant çà et là quelques baies dans les buissons.

A l'heure où la hulotte bleue commence à voltiger dans les forêts américaines, Céluta atteignit le sommet d'une colline; elle se détermina à passer la nuit au pied d'un tamarin, dans le tronc caverneux duquel les Indiens allumaient quelquefois le feu du voyageur. Au midi on découvrait la ville des blancs, au couchant le Meschacebé, au nord de hautes falaises où s'élevait une croix.

Prenant dans ses bras la fille de l'homme des passions, Céluta lui présenta son sein que l'enfant débile serrait à peine dans ses lèvres : un jardinier arrose une plante qui languit; mais elle continue de dépérir, car la terre ne l'a point reçue favorablement à sa naissance. Dans son effroi maternel, Céluta n'osait regarder le tendre nourrisson, de peur d'apercevoir les progrès du mal; ses yeux, chargés de pleurs, erraient vaguement sur les objets d'alentour. Telles furent vos douleurs dans la solitude de Bersabée, malheureuse Agar, lorsque, détournant la vue d'Ismaël, vous dites :

« Je ne verrai point mourir mon enfant, »
La nuit fut triste et froide.

Au lever du jour, après avoir fait un repas de pommes de mai et de racines de canneberge, la voyageuse, chargée de son trésor, reprit sa route. La monotonie du désert n'était interrompue que par la vue encore plus monotone de la croix. Cette croix était celle où René avait accompli un pèlerinage en descendant de la Nouvelle-Orléans ; Dieu seul savait ce qu'avait demandé en secret le fervent pèlerin. Une pierre encore tachée du sang de l'homme assassiné gisait près de l'arbre expiatoire : un torrent s'écoulait à quelque distance.

La sœur d'Outougamiz s'assit sur la pierre du meurtre : elle prit involontairement dans sa main la branche de chêne que René avait déposée en *ex-voto* au pied du calvaire; les regards de l'Indienne se fixaient sur le rameau désséché qu'elle balançait lentement, comme si elle eût trouvé une ressemblance de destinée entre elle et la branche flétrie. Céluta rêvait au bruit aride du vent dans le bois de la croix et dans la cime de quelques chardons qui perçaient les roches. Plusieurs fois elle crut entendre des voix, comme si les anges de la Croix et de la Mort eussent conversé invisiblement dans ce lieu.

L'épouse de René se hâta de quitter un monument de douleur, qu'elle supposait gardé par les esprits redoutables des Européens. Le large vallon qui terminait le plateau des bruyères la conduisit au bord d'un courant d'eau. Dans le fond de ce vallon s'élevaient de petits tertres couverts de tulipiers, de liquidambars, de cyprès, de magnolias, et autour desquels se repliait l'onde qui portait son tribut aux Meschacebé. Du sein de la terre échauffée sortait le parfum de l'angélique et de différentes herbes odorantes.

Attirée et presque rassurée par le charme de cette solitude, Céluta s'assied sur la mousse et prépare le banquet maternel. Elle couche Amélie sur ses genoux, et déroule l'une après l'autre les peaux d'hermine dont l'enfant était enveloppé. Quelques larmes, tombées des yeux de la mère, ranimèrent la fille souffrante, comme si cette enfant ne devait tenir la vie que de la douleur.

Quand Céluta eut prodigué à sa fille ses caresses et ses soins, elle chercha pour elle-même un peu de nourriture.

Les lieux où elle se trouvait avaient naguère été habités par une tribu indienne. On voyait encore dans un champ anciennement moissonné quelques rejets de maïs, et l'épi de ce blé sauvageon était rempli d'une crème onctueuse : il servit au repas de Céluta.

Vers le baisser du soleil, la sœur d'Outougamiz se retira à l'entrée d'une grotte tapissée de jasmin des Florides, et environnée de buissons d'azaléas. Dans cette grotte se vinrent réfugier une foule de nonpareilles, de cardinaux, d'oiseaux moqueurs, de perruches, de colibris qui brillaient comme des pierreries au feu du couchant.

La nuit se leva revêtue de cette beauté qu'elle n'a que dans les solitudes américaines. Le ciel étoilé était parsemé de nuages blancs, semblables à de légers flocons d'écume, ou à des troupeaux errants dans une plaine azurée. Toutes les bêtes de la création, les biches, le caribou, les bisons, les chevreuils, les orignaux, sortaient de leur retraite pour paître dans les savanes. Dans le lointain on entendait les chants extraordinaires des raines, dont les unes imitant le mugissement du bœuf laboureur, les autres le tintement d'une cloche champêtre, rappelaient les scènes rustiques de l'Europe civilisée, au milieu des tableaux agrestes de l'Amérique sauvage.

Les zéphyrs embaumés par les magnolias, les oiseaux cachés sous le feuillage, murmuraient d'harmonieuses plaintes que Céluta prenait pour la voix des enfants à naître; elle croyait voir les petits génies des ombres et ceux qui président au silence des bois, descendre du firmament sur les rayons de la lune; légers fantômes qui s'égaraient à travers les arbres et le long des ruisseaux. Alors elle adressait la parole à sa fille couchée sur ses genoux; elle lui disait :

« Si j'avais le malheur de te perdre à présent, que deviendrais-je? Ah ! si ton père m'aimait encore, je t'aurais bientôt retrouvée ! Je découvrirais mon sein; j'épierais ton âme errante avec les brises de l'aube, sur la tige humectée des fleurs, et mes lèvres te recueilleraient dans la rosée. Mais ton père s'éloigne de moi, et les âmes des enfants ne rentrent jamais dans le sein des mères qui ne sont point aimées. »

L'Indienne versait, en prononçant ces mots, des larmes religieuses, semblable à un délicieux ananas qui a perdu sa couronne et dont le cœur exposé aux pluies se fond et s'écoule en eau.

Des pélicans, qui volaient au haut des airs, et dont le plumage couleur de rose réfléchissait les premiers feux de l'aurore, avertirent Céluta qu'il était temps de reprendre sa course. Elle dépouilla d'abord son enfant pour le baigner dans une fontaine où se désaltéraient, en allongeant la tête, des écureuils noirs accrochés à l'extrémité d'une liane flottante. La blanche et souffreteuse Amélie, couchée sur l'herbe, ressemblait à un narcisse abattu par l'orage, ou à un oiseau tombé de son nid avant d'avoir des ailes. Céluta enveloppa dans des mousses de cyprès plus fines que la soie sa fille purifiée ; elle n'oublia point de la parer avec des graines de différentes couleurs et des fleurs de divers parfums ; enfin elle la renferma dans les peaux d'hermine et la suspendit de nouveau à ses épaules par une tresse de chèvrefeuille : la pélerine qui s'avance pieds nus dans les montagnes de Jérusalem porte ainsi les présents sacrés qu'elle doit offrir au saint tombeau.

La fille de Tabamica traversa, sur un pont de liane, la rivière qui lui fermait le chemin. Elle avait à peine marché une heure, qu'elle se trouva engagée au milieu d'un terrain coupé de flaques d'eau remplies de crocodiles. Tandis qu'elle hésite sur le parti qu'elle doit prendre, elle entend haleter derrière elle ; elle tourne la tête et voit briller les yeux vitrés et sanglants d'un énorme reptile. Elle fuit, mais elle heurte du pied un autre monstre, et tombe sur les écailles sonores. Le dragon rugit, Céluta se relève, et ne sent plus le poids léger que portaient ses épaules. Elle jette un cri ; prête à être dévorée, elle n'est attentive qu'à ce qu'elle a perdu. Tout à coup les deux monstres, dont elle sentait déjà la brûlante haleine sur ses pieds, se détournent ; ils se hâtent vers une autre proie. Que les regards d'une mère sont perçants ! ils découvrent parmi de hautes herbes l'objet qui attire les affreux animaux! Céluta s'élance, saisit son enfant, et ses pas, que n'aurait point alors devancés le vol de l'hirondelle, la portent au sommet d'un promontoire d'où l'œil suit au loin les détours du Meschacebé.

Victoire d'une femme! qui dira ton orgueil et tes joies? L'astre des nuits, qui vient de dissiper dans le ciel les nuages d'une tempête, paraît moins beau que la pâle Céluta, triomphante au désert. Amélie avait ignoré le péril; elle ne s'était pas même réveillée dans son lit de mousse, sa parure conservait la fraîcheur et la symétrie. Chargée du berceau où l'innocence dormait sous des fleurs, Céluta avait accompli sa fuite, comme l'élégante canéphore achevait sa course, sans déranger dans sa corbeille les guirlandes et les couronnes. Mais la frayeur, qui n'avait pu troubler l'enfant, avait exercé son pouvoir sur la mère; le sein de Céluta s'était tari : ainsi, quand la terre est ébranlée par les secousses de l'Etna, disparaît une fontaine dans les champs de la Sicile, et l'agneau demande en vain l'eau salutaire à la source épuisée.

Que Céluta manquât de nourriture pour son enfant, que son sein fût stérile quand son cœur surabondait de tendresse, voilà ce que l'Indienne ne pouvait comprendre. Elle accusait sa faiblesse, elle se reprochait jusqu'à ses douleurs, jusqu'à l'excès de sa frayeur maternelle. Elle cherchait une cause à ce châtiment du grand Esprit : elle se demandait si elle avait cessé d'être fidèle à son époux, si elle avait été injuste envers ses amis, si elle avait souhaité du mal à ses ennemis, si sa cabane, sa famille, sa tribu, son pays, les manitous, les génies, n'avaient point eu à se plaindre d'elle? Les yeux levés vers le séjour du père nourricier des hommes, elle montrait au ciel son sein desséché, réclamant sa fécondité première, se plaignant d'une rigueur non méritée.

Tout à coup Amelie, déposée sur l'herbe, pousse un gémissement; elle sollicite le festin accoutumé : ses mains suppliantes se tournent vers sa mère. Le désespoir s'empare de la sœur d'Outougamiz; elle prend son enfant dans ses bras, le presse sur son sein avec des sanglots : que ne pouvait-elle l'abreuver de ses larmes! du moins cette source était inépuisable.

Une inspiration funeste fait battre le cœur de la femme délaissée : Céluta se dit que le lait maternel n'était que le sang de son époux, que c'était René qui retirait à lui cette source de vie; mais ne pouvait-elle pas elle-même s'ouvrir une veine, et remplacer par son propre sang le sang qui se refusait aux lèvres de sa fille?

Peut-être aurait-elle pris quelque résolution extrême si ses regards n'avaient aperçu des fumées qui montaient des deux côtés du Meschacébé, et qui annonçaient l'habitation de l'homme. Cette vue rendit des forces à Céluta; l'Indienne n'était pas d'ailleurs tout à fait déterminée à mourir, car son époux vivait et vivait infortuné. Elle descendit donc du promontoire portant le cher et funeste gage de son amour; mais le fleuve était plus éloigné qu'il ne lui avait paru, et lorsqu'elle arriva sur les bords, la nuit enveloppait le ciel.

La fumée des cabanes s'était perdue dans les ombres; la lune en se levant versa sur les flots du Meschacébé moins de lumière que de mélancolie et de silence. Céluta cherchait des yeux quelque nacelle. Ses regards suivaient, dans leur succession rapide, les lames passagères qui, tour à tour, élevaient leur sommet brillant vers l'astre de la nuit. Elle aperçut un objet flottant.

Bientôt elle vit sortir du fleuve, à quelques pas d'elle, un jeune nègre presque entièrement nu : un pagne lui ceignait les reins, à la mode de son pays, et sa tête était ornée d'une couronne de plumes rouges. Il chantait à demi-voix quelque chose de doux dans sa langue; il étendait les bras vers les eaux, et semblait adresser à un objet invisible des paroles passionnées. Céluta reconnut Imley, qui la reconnut à son tour; il s'approcha d'elle en s'écriant :

« Céluta! ô redoutable Niang [1], Céluta ici! »

Céluta répondit :

« Je viens de la ville des pleurs; la biche des Nachez va perdre son faon que voilà, car son sein est tari. »

Alors Imley :

« La biche des Natchez ne perdra point son faon; nous

---

[1] Dieu du mal : l'Arimane des nègres.

trouverons une mère pour le nourrir. Céluta est belle comme une fétiche bienfaisante.

» — Comment Imley est-il dans ce lieu? dit Céluta.

» — Mon ancien maître, répondit Imley, après m'avoir battu, parce que j'aimais ma liberté, m'a vendu à l'habitant des cases voisines. Venez avec moi, je vous donnerai du maïs et une femme noire de mes bois pour allaiter l'enfant rouge de vos forêts; les blancs ne sauront rien de tout cela. »

Céluta se mit à suivre son guide.

« Et tu es toujours infortunée, pauvre Céluta! disait en marchant l'Africain. Et moi aussi je suis bien malheureux le jour, mais la nuit!... »

Imley posa un doigt sur sa bouche en signe de mystère.

« Et la nuit tu es moins à plaindre, dit Céluta; moi, je pleure toujours.

» — Céluta, reprit Imley, si tu savais! elle est belle comme le palmier des sables! Quand elle dit au sourire de venir visiter ses lèvres, ses dents ressemblent aux perles de la rosée dans les feuilles rouges du bétel. »

L'enfant de Cham arrêtant tout à coup Céluta, et lui montrant le fleuve :

« Vois-tu la cime argentée de ces copalmes, là-bas, sur les eaux? Vois-tu tout auprès les ombres de ces hêtres pourpres, presque aussi belles que celles du front de ma maîtresse? Vois-tu les deux colonnes de ces papayas entre lesquelles apparaît la face de la lune, comme la tête de mon Izéphar entre ses deux bras levés pour me caresser? Eh bien! ce sont les arbres d'une île. Ile de l'amour, île d'Izéphar, les ondes ne cesseront de baigner tes rivages, les oiseaux d'enchanter tes bois, et les brises d'y soupirer la volupté! C'est là, Céluta!... Elle habite sur l'autre bord du Meschacebé; moi, j'ai ma case sur cette rive; chaque nuit elle traverse à la nage le bras du fleuve pour se rendre dans l'île : son Imley s'y trouve toujours le premier. Je reçois Izéphar au moment où elle sort de l'onde; je la cache dans mon sein; je lui sers d'abri et de vêtement; nos baisers sont plus lents que ceux des brises qui caressent les fleurs de l'aloès au

déclin du jour ; deux beaux serpents noirs s'entrelacent moins
étroitement : nous sommeillons au bord du fleuve en disputant de paresse avec ses ondes.

» Souvent aussi nous parlons de la patrie : nous chantons
Niang, Zanhar [1], et les amours des lions. Je reprends toutes
les nuits la parure que tu me vois, et que je portais quand
j'étais libre sous les bananiers de Madinga. J'agite la force
de ma main dans les airs ; il me semble que je lance encore
la zagaie contre le tigre, ou que j'enfonce dans la gueule
de la panthère mon bras entouré d'une écorce. Ces souvenirs remplissent mes yeux de larmes plus douces que celles
du benjoin, ou que la fumée de la pipe chargée d'encens.
Alors je crois boire avec Izéphar le lait de coco sous l'ar-
cade de figuiers ; je m'imagine errer avec ma gazelle à travers les forêts de girofliers, d'acajous et de sandals. Que tu
es belle, ô mon Izéphar ! tu rends délicieux tout ce qui
touche à tes charmes. Je voudrais dévorer les feuilles de ton
lit, car ta couche est divine, ô fille de la Nuit ! divine comme
le nid des hirondelles africaines, comme ce nid qu'on sert à
la table de nos rois, et que composent avec des débris de
fleurs les aromates les plus précieux. »

Ainsi disait Imley : il baisait l'air en feu autour de lui,
et chargeait l'éther brûlant d'aller trouver les lèvres de la
femme aimée, par la route impatiente des désirs.

La petite Amélie vint alors à jeter un cri. Imley imposa
ses deux mains sur la tête de la mère et dit :

« Vous êtes la femme des tribulations. »

A quoi Céluta répondit :

« Je prie le grand Esprit qu'Izéphar ait des entrailles plus
heureuses que les miennes. »

Enfant des peuples de Caïn, vous répliquâtes avec une
grande vivacité :

« J'aime Izéphar comme une perle, mais son sein ne
portera jamais un esclave : l'éléphant m'a enseigné sa sagesse. »

En conversant de la sorte, l'épouse de René et son guide

---

[1] Dieu du bien.

étaient arrivés aux cases des nègres de l'habitation. Les
toits écrasés de ces cases se montraient entre de hauts tour-
nesols. Imley et Céluta traversèrent des carrés d'ignames et
de patates, que l'esclave africain cultive dans ses courts moments de loisirs, pour sa subsistance et pour celle de sa famille. Un calme profond régnait dans ces lieux : sur cette
terre étrangère, dans la couche de la servitude, le sommeil
berçait ces exilés des illusions de la liberté et de la patrie.
Imley dit à voix basse à Céluta :

« Ils dorment, mes frères noirs! Les insensés! ils prennent
des forces, afin de travailler pour un maître. Moi... »

L'Américaine et l'Africain entrèrent dans une case dont
Imley poussa doucement la porte. Il se dépouilla de son
pagne qu'il cacha sous des chaumes : car, disait-il, nos
maîtres prétendent que « l'habit de mon pays est un fétiche qui leur portera malheur. » Il reprit l'habit de l'esclave et réveilla une femme. Cette femme descend de son
hamac de coton bleu, souffle des charbons assoupis, en jetant dans le foyer des cannes de sucre desséchées ; une
grande flamme éclaire subitement l'intérieur de la case.
Céluta reconnaît la négresse Glazirne! Glazirne demeure
immobile d'étonnement. Les deux femmes se prennent à
pleurer.

« Bonne mère des pays lointains, dit Céluta, votre petite
fille indienne est prête à mourir; mon sein s'est fermé :
j'espère que le vôtre est resté ouvert à votre fils. »

Glazirne répondit :

« Je croyais ne plus vous revoir. Mon maître, aux Natchez,
m'a vendue avec Imley, parce que j'avais eu trop de pitié
de vous chez le bon blanc d'Artaguette. Mon maître n'aimait
point la pitié : voilà ma joie dans son berceau. »

Glazirne découvrit un berceau caché sous une natte, prit
son nourrisson, le mit à l'une de ses mamelles, suspendit à
l'autre l'enfant de Céluta, et s'assit à terre.

Quand l'épouse de René vit cette pauvre esclave presser
sur son sein les deux petites créatures si étrangères par leur
pays, si différentes par leur race, si ressemblantes par leur
misère; quand elle la vit nourrir en leur prodiguant ces

petits chants, ce langage maternel, le même en tous climats,
elle adressa au ciel la prière de la reconnaissance. Elle regardait les deux enfants; comparant la faiblesse de sa fille
à la force du fils de Glazirne, elle dit avec un mélange de
joie, de douleur et d'une tendre jalousie :

« Femme noire, que ton fils est grand et fort! Il est
pourtant de l'âge de ma fille!

» — Femme rouge, dit Glazirne en se levant, j'ai commencé par ta fille, prends maintenant pour toi ces ignames,
et bois ce suc d'une plante de mon pays, qui te rendra la
fécondité. Mais hâte-toi de t'éloigner, le jour va naître; mon
nouveau maître hait les femmes indiennes; ne reviens plus
aux cases. Cache-toi dans la forêt; Imley te conduira à un
lieu secret connu de nous autres esclaves. Au milieu du
jour je t'irai porter la pâture, et au milieu de la nuit pleurer
avec toi. Mon cœur n'est point fait de l'acier des blancs;
je ne suis point née sans père ni sans mère, quoique ma
mère m'ait vendue pour un collier. »

Glazirne remplit une coupe de bois de citronnier d'une
liqueur particulière, et la présenta à la voyageuse, comme
la Madianite offrait un vase d'eau à l'étranger, au bord du
puits du chameau. Céluta vida la coupe et sortit avec Imley,
qui la conduisit au lieu désigné.

A l'heure où les cigales, vaincues par l'ardeur du soleil,
cessent leurs chants, Céluta entendit un cri : c'était celui
que les nègres poussent dans le désert pour écarter les serpents et les tigres. Elle découvrit Glazirne qui regardait s'il
n'y avait point de blancs à l'entour.

La négresse, se glissant dans le bois, déposa quelque
chose au pied d'un arbre, et se retira. Céluta, s'avançant à
son tour, enleva la calebasse déposée. Il y avait du lait
pour la fille, des fruits et des gâteaux pour la mère : ce
commerce clandestin de l'infortune et de la misère se faisait
à la porte du riche et de l'heureux.

Les ombres revinrent sur la terre. Céluta ouït vers le milieu de la nuit un bruissement léger; elle étendit la main
dans les ténèbres et rencontra bientôt celle de Glazirne : le
bonheur repousse le bonheur, mais les larmes appellent les

larmes; elles viennent se mêler dans les cœurs des infortunés comme ces eaux sympathiques qui se cherchent à travers les feuilles d'un livre mystérieux, et qui y font paraître, en se confondant, des caractères disposés d'avance par l'amour.

La négresse apportait avec elle son fils : elle mit l'hostie pacifique entre les bras de l'Indienne, qui sentit ce compliment à la façon de la nature. Les deux femmes s'assirent ensuite sous un térébinthe dans une clairière; elles parlèrent de leur frère d'Artaguette, que l'une avait sauvé, que l'autre avait ramené blessé au camp des Français. Glazirne prononça des paroles magiques de son pays sur la fille de Céluta, sur ce vaisseau à peine ébauché que la flamme avait à demi dévoré dans le chantier de la vie. Puis la négresse ouvrit le haut de sa tunique d'esclave dans laquelle elle tenait cachée une colombe : elle rendit la liberté à l'oiseau blanc qui, plein de frayeur, allongeait le cou hors du sein de l'Africaine. Cet emblème d'une âme pure qui s'envole vers les cieux, échappée des prisons de la vie, rappelait en même temps l'idée de la liberté que Glazirne avoit perdue.

« Est-ce que tu crois que ma fille va mourir, dit Céluta, puisque la colombe s'est envolée?

» — Non, dit Glazirne, la colombe a porté au redoutable Niang les paroles que j'ai murmurées tout bas pour guérir ta fille.

» — Fais à la mode de ton pays, repartit l'Indienne : je m'y accoutumerai mieux qu'à la mode du pays des blancs. »

Glazirne déroula une feuille de roseau dans laquelle elle avait enveloppé un coquillage de l'Océan africain; elle adressa à ce fétiche des reproches et des prières. Céluta porta à ses lèvres ce manitou du malheur. Religion des infortunés, vous êtes partout la même! les chagrins ont une source commune : cette source est le cœur de l'homme.

Ces femmes sauvages, si remplies des merveilles de Dieu, voulurent endormir leurs enfants : elles les placèrent sur des peaux moelleuses, l'un auprès de l'autre, dans les festons d'une liane fleurie qui descendait des branches d'un vieux liquidambar : le fils de Glazirne tout nu et obscur comme l'ébène, la fille de Céluta parée d'un collier et éclatante comme l'ivoire; ensuite elles agitèrent doucement le berceau suspendu. Céluta chantait, et la nature lui inspirait à la fois l'air et les paroles de son hymne au Sommeil.

« Enfants, plus heureux que vos mères, que votre sommeil soit également paisible et sans songes! N'êtes-vous point sur cette branche de fleur les deux génies de la nuit et de la lumière? Vous êtes blanc et noir comme ces jumeaux célestes.

» L'un porte la chevelure dorée du matin; l'autre couvre son front du léger crêpe du soir. Charmantes nonpareilles, reposez ensemble dans ce nid : soyez plus heureux que vos mères. »

Les accents de la voix de Céluta étaient pleins de mélodie; ils sortaient de son âme, et son âme était comme une lyre sous la main des anges. Sollicité au repos par le ralentissement graduel du mouvement de la branche, le couple innocent s'endormit : les mères confièrent à la brise le soin de balancer encore leurs gracieux nourrissons.

Mais le maukavis commençait à chanter le réveil de l'aurore; les deux amies songèrent à se séparer; avant de quitter ce lieu, elles amassèrent quelques pierres pour en faire une marque au siècle futur, et les appelèrent, chacune dans sa langue, l'Autel des *femmes affligées*.

L'Africaine promit de revenir. Cependant l'Indienne en vain espéra de revoir sa compagne; sa compagne ne reparut plus. Une fois seulement Céluta crut avoir entendu dans le lointain la voix de Glazirne : il arrive que les vents de l'automne jettent, le soir, sur nos bords, un oiseau de l'autre hémisphère; nous comptons retrouver au matin l'hôte de la tempête, mais il est déjà remonté sur le tourbillon, et son cri, du milieu des nuages, nous apporte son dernier adieu.

Après deux jours d'attente, Céluta se résolut à poursuivre sa route; il lui tardait de revoir ses amis. Elle part; elle franchit des ruisseaux sur des branches entrelacées, légers ponts que les sauvages jettent en passant; elle traverse des marais, en sautant d'une racine à une autre racine; elle se cache quelquefois auprès d'une habitation où des blancs prennent leur repas dans le champ par eux labouré; lorsqu'ils se sont retirés, elle accourt avec une nuée de petits oiseaux qui guettaient comme elle les miettes tombées de la table de l'homme. Après une marche longue et pénible, elle entre dans ses forêts natales, et arrive enfin aux Natchez.

Le premier Indien qu'elle aperçoit, c'est Ondouré. Le bourreau a reconnu la victime; il s'avance vers elle, et d'une voix adoucie, il la félicite de son retour.

« Où est René? dit Céluta; chef cruel, te devais-je rencontrer le premier !

» — Ton mari, répondit Ondouré avec une modération de langage que ses regards démentaient, ton mari est allé, par ordre des sachems, chanter le calumet de paix aux Illinois. »

Quand on s'est attendu à quelque malheur, tout ce qui n'est pas ce malheur semble un bien. « Il vit! » s'écrie Céluta, et elle se sent soulagée.

Les sauvages environnent bientôt la nièce d'Adario; Mila et Outougamiz fendent la foule et se précipitent dans le sein de leur sœur.

« Je suis la femme de ton frère? s'écrie Mila sanglotant de joie, mais je suis toujours ta petite fille.

» — Tu es la femme de mon frère? dit Céluta avec un mouvement de plaisir dont elle ne se rendit pas compte; aime-le et partage ses peines !

» — Oh! dit Mila, j'ai déjà plus pleuré pour lui dans quelques jours que je n'ai pleuré pour moi dans toute ma vie. »

La voyageuse, conduite à sa cabane, la trouva dévastée, telle que René l'avait trouvée lui-même à son retour. Céluta jeta un regard triste sur la vallée, sur la rivière, sur le sentier de la colline à demi cachée dans l'herbe, sur tous ces objets où son œil découvrait des traces de la fuite du temps. La cabane fut promptement rétablie dans son premier ordre par Outougamiz et par Mila; ils y vinrent demeurer avec leur sœur.

Cependant le couple ingénu n'osa raconter à Céluta, déjà

trop éprouvée, ce qui s'était passé aux Natchez pendant son absence; il n'osa lui dire les malheurs d'Adario, les calomnies dont René était la victime, les vertueuses inquiétudes d'Outougamiz. La fille de Tabamica voyait qu'on lui cachait quelque chose : tout lui paraissait extraordinaire, l'éloignement de Chactas et de René, l'établissement des Français sur le champ des Indiens, l'affectation des Indiens qui murmuraient des paroles de paix du même air qu'ils auraient entonné l'hymne de guerre. Adario n'était point venu voir sa nièce, où était-il? Céluta résolut d'aller trouver son oncle, de lui demander l'explication de ces mystères, et de s'éclaircir du sort de René.

Enveloppée d'un voile, elle sort de sa cabane, lorsque les étoiles, déjà chassées de l'orient par le crépuscule, semblaient s'être réfugiées dans la partie occidentale du ciel. Elle se glisse le long des prairies comme ces vapeurs matinales qui suivent le cours des ruisseaux : elle arrive au grand village, cherche la cabane d'Adario, et ne trouve qu'un amas de cendres. Un chasseur vient à passer :

« Chasseur, lui dit Céluta, où est maintenant la demeure d'Adario? »

Le chasseur lui montre un bois avec son arc, et continue sa route.

La sœur d'Outougamiz s'avance vers le bois; elle aperçoit à l'entrée la fille d'Adario, sentinelle vigilante qui observait de loin les mouvements de son père. Le sachem errait lentement entre les arbres, comme un de ces spectres de la nuit qui se retirent au lever du jour. Sa tête chauve et ses membres dépouillés étaient humides de rosée; sa hache, si terrible dans les combats, reposant sur une de ses épaules nues près de son oreille, semblait lui conseiller la vengeance.

Céluta ne se sentait pas la hardiesse d'aborder le sachem; elle l'entendit pousser de profonds soupirs. Le vieillard tourne tout à coup la tête, et s'écrie d'une voix menaçante :

« Qui suit mes pas?

» — C'est moi, répond doucement Céluta.

» — C'est toi, ma nièce! Ne me présente pas ton enfant, mes mains sont dévorantes.

» — Je n'ai point apporté ma fille, reprend l'épouse de René, qui déjà embrasse les genoux du sachem.

» Et ma cousine? ajoute Céluta d'une voix suppliante.

» — Ta cousine! dit Adario; où est-elle? qu'elle vienne! elle n'a plus rien à craindre de mes embrassements. »

La fille d'Adario, assise à l'écart sur une pierre, regardait de loin cette scène avec un mélange de terreur et d'envie. Elle accourt au signe que lui fait Céluta : pour la première fois, depuis le retour du fort Rosalie, elle se sent pressée sur le cœur paternel par la main qui lui a ravi son fils. Adario, surmontant de la tête ces deux femmes, et les serrant contre sa poitrine avec son bras armé de la hache, ressemblait à un bûcheron qui va couper deux arbustes chargés de fleurs.

Le sachem, se dégageant des caresses de ces femmes :

« Il n'est pas temps de pleurer comme un cerf; c'est du sang qu'il nous faut. »

Montrant d'une main la terre à Céluta, et de l'autre la voûte des arbres :

« Voilà, lui dit-il, le lit et le toit que les étrangers m'ont laissés.

» — Est-ce eux qui ont incendié ta cabane? dit Céluta ; tes enfants t'en pourront bâtir une autre. »

Les lèvres d'Adario tremblèrent, son regard parut égaré ; il saisit sa nièce par la main :

« Mes enfants! dis-tu; mes enfants, ils sont libres! Ils ne rebâtiront point ma hutte dans la terre de l'esclavage. »

Adario rejeta avec violence la main de Céluta. La fille du sachem cachait dans ses cheveux son visage baigné de larmes. Céluta s'aperçut alors que sa cousine ne portait point son fils; elle eut un affreux soupçon de la vérité.

L'épouse de René crut devoir calmer ces douleurs, dont elle ne connaissait pas encore la source, par quelques paroles d'amour.

« Sachem, dit-elle, tu es un rempart pour les Natchez, et j'espère que mon mari reviendra bientôt chargé de collier, pacifiques.

» — N'appelle pas ton mari, dit le vieillard, l'infâme que la colère d'Athaënsic a vomi sur ces rivages. Si tu conserves

encore quelque attachement pour lui, ôte-toi de devant mes
yeux ; que le roc qui me sert de couche ne soit pas souillé
de l'empreinte de tes pas.

» — Ah ! s'écrie Céluta, voici le commencement des mystères dont j'étais venue demander l'explication ! Eh bien !
Adario, qu'a donc fait René ? Parle, je t'écoute. »

Adario s'appuie contre un chêne, et répète à Céluta la
longue série des calomnies inventées par Ondouré. A ce discours, qui aurait dû foudroyer l'Indienne, vous l'eussiez vue
prendre un air serein, une contenance hardie :

« Je respire ! dit-elle, cher et malheureux époux ! Si je
t'avais jamais soupçonné, maintenant tu serais pur à mes
yeux comme la rosée du ciel. Que le monde entier te déclare
coupable, je te proclame innocent ; que l'univers te déteste,
j'aurai le bonheur de t'aimer sans rivale. Moi, t'abandonner,
lorsque tu es calomnié, persécuté ! »

Les grandes âmes s'entendent : Adario admira sa nièce.

« Tu es de mon sang, dit-il, et c'est pour cela que l'a-
mour de la patrie triomphera dans ton cœur de l'amour
d'un homme. Que peux-tu opposer à ce que je t'ai raconté ?

» — Ce que j'y oppose ? répliqua vivement Céluta : le
malheur de René. Mon mari coupable ! Il ne l'est point : tu
en as trop dit, Adario, pour me convaincre. N'as-tu pas été
jusqu'à parler de Mila ? C'est à moi d'avoir affaire avec mon
cœur, de dévorer mes peines, si j'en ai ; mais chercher à me
faire croire à des trahisons envers les Natchez, par le ressentiment d'une infidélité qui ne regarderait que moi ! Sachem, je rougis pour ta vertu ! j'ignorais que ton grand
cœur fût si sensible à un chagrin de femme ! »

La fureur d'Adario s'allume ; il ne voit dans ce dévouement
de l'amour conjugal que la faiblesse d'un esprit fasciné par
la passion. Blessé des paroles de Céluta, il s'écrie :

« Tremble, misérable servante d'un blanc ! tremble qu'un
indigne amour ne te fasse hésiter sur tes devoirs ! Apprends
que si ton sang était demandé par la patrie, cette main qui
a étouffé mon fils te saurait bien retrouver. »

Adario, s'arrachant du chêne contre lequel il est appuyé,
va chercher la caverne des ours pour y fuir la vue des hom-

mes, aussi insensible au mal qu'il a fait que le poignard qui
ne sent pas les palpitations du cœur qu'il a percé.

Le coup a pénétré jusqu'aux sources de la vie : la victime
s'est débattue contre le trait au moment où ce trait l'a frappée, mais à la blessure refroidie s'attache une douleur cui-
sante. Céluta ne croit point au crime de René, mais il suffit
qu'on accuse celui qu'elle aime pour qu'elle soit navrée de
douleur ; elle ne croit pas à l'inconstance de son époux ; elle
ne supposera jamais René capable d'avoir donné pour femme
sa maîtresse à son ami ; mais que font la raison, l'élévation
des sentiments, la générosité de caractère contre ces vagues
soupçons qui traversent le cœur ? On s'en défend, on les repousse ; vaine tentative ! ils renaissent comme ces songes qui
se reproduisent dans le cours d'un pénible sommeil.

Céluta regagne à pas tremblants sa cabane, elle y trouve
ses aimables hôtes.

« Mon frère, dit-elle en entrant, je sais tout : on trame
quelque complot. Sauvons ton ami !

» — C'est parler, cela, dit Mila en avançant d'un air courageux son joli visage. Ce n'est pas comme toi, Outougamiz,
qui es triste comme un chevreuil blessé : sauvons René !
c'est ce que je disais tantôt. »

Les deux sœurs et le frère s'assirent ensemble sur la même
natte, approchèrent leurs trois têtes, et se mirent à examiner
comment ils pourraient sauver René. Les conspirations des
bons ne sont pas comme celles des méchants : on nuit facilement, on répare avec peine. Le fond du secret était ignoré
de la femme, de l'ami et de l'amie de René : ils ne pouvaient donc apporter le remède à un mal dont la nature
leur était inconnue. Mila ne savait autre chose que de tuer
Ondouré : elle soutenait par son caractère résolu le frère et
la sœur, dont les âmes, disait-elle, étaient aussi pesantes que
le vol d'un aigle blanc.

« Les sachems, ajoutait Mila, ont plus de sagesse que
nous, mais ils n'aiment point. Opposons nos cœurs à leurs
têtes, et nous saurons bien comment agir quand le moment
sera venu. »

Prêt à consommer ses forfaits, Ondouré sentait ses passions

s'exalter. Céluta, de retour de son pèlerinage, parut toute
divine aux yeux du scélérat. Une femme en pleurs, une femme
qui vient de faire des choses extraordinaires, a des attraits
irrésistibles : plus l'âme s'élève vers le ciel, plus le corps se
couvre de grâce, et le criminel, pour son supplice comme
pour celui de sa victime, aime particulièrement la beauté
qui tient à la vertu.

« Quoi ! cette femme, disait Ondouré, si dévouée à mon
rival, ne m'accorderait pas même un sourire ! Céluta, tu seras
à moi ! j'assouvirai sur toi mes désirs, fusses-tu dans les
bras de la mort. »

Au milieu de son triomphe, Ondouré éprouvait pourtant
une vive inquiétude : la jalousie de la femme-chef, endormie pendant les troubles aux Natchez et pendant l'absence de Céluta, jetait maintenant de nouvelles flammes;
elle menaçait le tuteur du Soleil d'un éclat qu'il l'eût perdu.
Une scène inattendue fut au moment de produire la catastrophe qu'il redoutait.

La fête de la pêche avait été proclamée, fête sacrée à laquelle personne ne se pouvait dispenser d'assister. Céluta s'y
rendit avec Mila et son frère : le grand prêtre ordonna la
danse générale des femmes. La sœur d'Outougamiz fut obligée de figurer dans ce chœur religieux : émue par ses souvenirs, se laissant aller à une imagination attendrie, elle
commence à faire parler ses pas, car la danse a aussi son
langage ; tantôt elle lève les bras vers le ciel, comme le
rameau d'un suppliant ; tantôt elle incline sa tête comme
une rose affaissée sur sa tige. L'air de langueur et de tristesse de Céluta ajoutait un charme à ses grâces.

Ondouré dévorait des yeux la touchante sauvage ; Akansie,
qui ne le perdait pas de vue, se sentait prête à rugir comme
une lionne. Dans l'illusion de sa passion elle crut pouvoir
lutter avec sa rivale, et descendit dans l'arène. Les mouvements de la femme jalouse étaient durs ; ses mains s'a-
gitaient par convulsions ; ses pas se marquaient par intervalles courts et précipités ; le crime avait l'air de peser sur
le ressort qui la faisait tressaillir. Honteux pour elle, le tuteur du Soleil détourna la vue : la femme-chef s'en aperçut,

et, n'ayant le courage ni de cesser, ni de continuer la danse, elle se mit à tourner sur elle-même avec des espèces de hurlements.

Alors Mila, qui voulut tenir compagnie à sa sœur et se rire d'Akansie, vint voltiger sur le gazon. Ses pieds et ses bras se déploient par des mouvements brillants et onduleux ; elle se balance comme un jeune peuplier caressé des brises : le sourire de l'amour est sur ses lèvres, l'ivresse du plaisir dans ses yeux ; c'est un faon qui bondit, un oiseau qui vole : elle se joue, nage dans l'air comme un papillon.

Le contraste qu'offraient les trois femmes étonnait les Natchez et les Français présents à la fête : c'étaient la douleur, la jalousie et le plaisir qui mêlaient leurs pas. Un hymne ordinairement chanté à cette cérémonie était répété en dialogue par les danseuses ; Céluta disait :

« Retire-toi, vagabonde du désert : le bruit de tes pleurs est pour moi plus détestable que celui de l'ondée qui perd la moisson : je hais les infortunés. Ma cabane se plaît dans la solitude : jamais un tombeau ne m'a détournée de mon chemin ; je le foule aux pieds, et je passe sur son gazon. »

La femme-chef répondit :

« Je suis étrangère, je suis le serpent noir qui ne fait point de mal. Mon époux est loin, mon enfant va mourir : matrone de la cabane solitaire, sois bonne, donne à manger à ma faim ; les génies t'en récompenseront : celui que tu aimes ne sera jamais loin, ni ton enfant prêt à mourir. »

Mila répliquait :

« Viens dans ma cabane, viens, pauvre étrangère : malheur à qui repousse l'infortuné ! Viens, n'implore plus cette matrone. C'est une femme de sang : ses mains sont homicides ; les lèvres de son enfant ne caressaient point son sein ; elles la faisaient souffrir, Lorsque son enfant lui disait : « Ma mère ! » elle n'avait jamais besoin de sourire. Viens dans ma cabane, pauvre étrangère : malheur à qui poursuit l'innocent ! »

Il était temps que cette danse cessât : Céluta et Akansie étaient prêtes à s'évanouir. Le hasard, en mettant dans leur bouche le chant opposé à leur position et à leur caractère,

les accablait. Quelle leçon pour la femme-chef! le persécuteur avait pris un moment la place du persécuté, afin que
le premier eût une idée de sa propre injustice. Lorsqu'à la
fin du chant les trois femmes vinrent à mêler leurs voix, il
sortit de ces voix confondues des sons qui arrachèrent un
cri d'étonnement à la foule. La mère du Soleil quitta brusquement les jeux, faisant signe à Ondouré de la suivre : il
ne lui osa désobéir.

Le couple impur arrive à la cabane du Soleil. Akansie
éclate en reproches :

« Voilà donc, s'écrie-t-elle, celui à qui j'ai tout sacrifié!
Honneur, repos, vertu, tout a péri dans la fatale passion qui
me dévore! Pour toi j'ai livré mon âme aux mauvais génies; pour toi j'ai consenti à laisser tuer le grand chef. J'ai
approuvé tous tes complots; esclave de ton ambition comme
de ton amour, je me suis étudiée à satisfaire les moindres
caprices de tes crimes. Heureuse, autant qu'on peut l'être
sous le poids d'une conscience bourrelée, je me disais : Il
m'aime! Esprit des ombres, enseignez-moi ce qu'il faut faire
pour conserver son cœur! De quel nouveau forfait dois-je
souiller mes mains pour donner plus de charmes à mes caresses? Parle, je suis prête : renversons les lois, usurpons
le pouvoir, immolons la patrie, et, s'il le faut, l'enfant royal
que j'ai porté dans mes flancs! »

Ces paroles sortant à flots pressés d'un sein qui les avait
longtemps retenues, suffoquent la misérable Akansie : elle
tombe dans les convulsions du désespoir aux pieds d'Ondouré. Effrayé des révélations qu'elle pouvait faire, le monstre
eut un moment la pensée d'étouffer sa complice au milieu
de cette crise de remords, avant que le repentir la rendît à
l'innocence; mais il avait encore besoin du pouvoir de la
femme-chef; il la rappelle donc à la vie, il essaie de la calmer par des paroles d'amour.

« Tu ne me tromperas plus, dit-elle, je n'ai déjà été
que trop crédule; j'ai vu tes regards idolâtrer ma rivale; je
les ai vus se détourner de moi avec dégoût. Je repousse tes
caresses; tu te les reprocherais, ou peut-être, en me les pro-

diguant, les offrirais-tu, dans le secret de ton cœur, à cette Céluta qui te méprise. »

Akansie s'arrête comme épouvantée de ce qu'elle va dire : ses yeux sont tachés de sang, son sein se gonfle et rompt les liens de fleurs dont il était entouré. Elle s'approche du chef inquiet, appuie ses mains aux épaules du guerrier, et parlant d'une voix étouffée, presque sur les lèvres du traître :

« Écoute, lui dit-elle, plus d'amour; il ne me faut à présent que des vengeances! J'ai favorisé tes projets; sers les miens! Que Céluta soit enveloppée, avec son mari, dans le massacre que tu médites. Je veux tenir dans ma main cette tête charmante, la présenter par ses cheveux sanglants à tes baisers. Si tu hésites à m'offrir ce présent, dès demain j'assemble la nation, je rends l'éclat à la vertu que tu as ternie, je dévoile tes crimes et les miens, et nous recevrons ensemble le châtiment dû à notre perversité. »

Akansie, les yeux attachés sur ceux d'Ondouré, cherche à surprendre sa pensée :

« N'est-ce que cela que tu demandes pour t'assurer de mon amour? répondit l'homme infernal d'un ton glacé, tu seras satisfaite : tu m'as livré René, je te livrerai Céluta.

» — Mais avant qu'elle soit à toi! » s'écrie Akansie.

Ce mot fit hocher la tête à Ondouré : le scélérat vit qu'il était deviné. Il recula quelques pas.

« Il faut donc tout te promettre? » s'écria-t-il à son tour.

Il sort, méditant un crime qui le délivrerait de la crainte de voir publier ceux qu'il avait déjà commis. Les affreux amants se quittèrent, pénétrés de l'horreur qu'ils s'inspiraient mutuellement : au seul souvenir de ce qu'ils avaient découvert dans l'âme l'un de l'autre, leurs cheveux se hérissaient.

Céluta, dont la tête venait d'être demandée et promise, était rentrée dans sa cabane, plus languissante que jamais : elle avait trouvé Amélie accablée d'une fièvre violente. Mila prenait l'enfant dans ses bras et lui disait :

« Fille de René, en cas que tu viennes à mourir, j'irai le matin respirer ton âme dans les parfums de l'aurore. Je te rendrai ensuite à Céluta; car que serait-ce si une autre femme allait te ravir à nous, si tu descendais, par exemple, dans le sein d'Akansie? »

Outougamiz, qui écoutait ce monologue, s'écria :

« Mila, tu es toute notre joie et toute notre tristesse. Est-ce que tu vas bientôt cueillir une âme? Tu me donnerais envie de mourir pour renaître dans ton sein. »

L'idée de la mort, tout adoucie qu'elle était par cette gracieuse croyance, ne pouvait cependant entrer dans le cœur d'une mère sans l'épouvanter. Cette mère demandait inutilement des nouvelles de son époux. On n'avait point entendu parler de René depuis son départ. Chactas était absent; le capitaine d'Artaguette et le grenadier Jacques, après avoir passé un moment au fort Rosalie, avaient été envoyés à un poste avancé sur la frontière des tribus sauvages; tous les appuis manquaient à la fois à Céluta, et elle allait encore être privée de la protection d'Outougamiz.

Un soir, assise avec sa sœur à quelque distance de sa cabane, elle entendit du bruit dans l'ombre : Mila prétendit qu'elle voyait un fantôme.

« Ce n'est point un fantôme, dit Imley; c'est moi qui viens visiter Céluta.

» — Guerrier noir, s'écria Céluta, qui te ramène ici? Glazirne est-elle avec toi, cette colombe étrangère qui a réchauffé ma petite colombe sous ses ailes?

» — Glazirne est toujours esclave, répondit Imley, mais j'ai rompu mes chaînes et celles d'Izéphar. Ondouré, le fameux chef, me nourrit dans la forêt, en attendant l'assemblée au grand lac.

» — De quelle assemblée parles-tu? demanda Céluta étonnée.

» — Tais-toi, reprit Imley, c'est un secret que je ne sais pas entièrement, mais Outougamiz sera du voyage. Céluta, nous serons tous libres! Izéphar est avec moi; depuis qu'elle est fugitive, jamais elle n'a été si belle. Si tu la voyais dans les grandes herbes, où je la cache le jour, tu la prendrais pour une jeune lionne. Quand la nuit vient, nous nous promenons, en parlant de notre pays où nous allons bientôt retourner. J'entends déjà le chant du coq de ma case; je vois déjà à travers les arbres la fumée des pipes des Zangars ! »

Imley, dansant et chantant, se replongea dans le bois, laissant Mila riante et charmée du caribou noir.

L'indiscrète légèreté de l'Africain jeta Céluta dans de nouvelles inquiétudes : quel était le voyage que devait bientôt entreprendre Outougamiz et dont l'Indien n'avait jamais parlé?

Outougamiz n'avait pu parler de ce voyage, car il ignorait encore ce qu'il était au moment d'apprendre. Imley, chef des noirs qu'Ondouré avait débauchés à leurs maîtres, pour les armer un jour contre les blancs, ne savait pas lui-même le fond du complot : il connaissait seulement quelques détails qu'on s'était cru obligé de lui apprendre, afin de soutenir son courage et celui de ses compagnons.

L'apparition d'Imley ne fut précédée de celle d'Adario que de quelques heures. Le sachem vint à la cabane de Céluta chercher son neveu; il l'emmène dans un champ stérile et dépouillé où toute surprise était impossible; il parle ainsi au jeune homme :

« L'assemblée générale des Indiens pour la délivrance des chairs rouges a été convoquée au nom du grand Esprit par les Natchez. Quatre messagers ont été envoyés avec le calumet d'alliance aux quatre points de l'horizon : les guerres particulières sont pour un moment suspendues. Le calumet a été remis à la première nation que les messagers ont rencontrée; cette nation l'a porté à une autre, et ainsi de suite jusqu'à la limite où la terre a été bornée par le ciel et l'eau : nulle tribu n'a désobéi à l'ordre de Kitchimanitou [1]. Des députés de tous les peuples sont en marche pour le rendez-vous, fixé au rocher du grand lac. Le conseil des sachems t'a nommé avec le jongleur et le tuteur du Soleil, pour assister à l'assemblée générale.

» Outougamiz, il faut partir : la patrie te réclame; montre-toi digne du choix des vieillards. Cependant, si tu te sentais faible, dis-le-moi : nous chercherons un autre guerrier jaloux de faire vivre son nom dans la bouche des hommes.

[1] Le grand Esprit.

Toi, tu prendras la tunique de la vieille matrone ; le jour, tu iras dans les bois abattre de petits oiseaux avec des flèches d'enfant ; la nuit, tu reviendras secrètement dans les bras de ta femme qui te protégera ; elle te donnera pour postérité des filles que personne ne voudra épouser. »

Outougamiz regarda le sachem avec des larmes d'indignation.

« Qu'ai-je fait ? lui dit-il. Ai-je mérité que mon oncle me parle ainsi ? Depuis quand ai-je refusé de donner mon sang à mon pays ? Si j'ai jamais eu quelque amour de la vie, ce n'est pas en ce moment.

» — Nourris cette noble ardeur, s'écrie Adario. Oui ! je le vois, tu es prêt à sacrifier...

» — Qui ? dit Outougamiz en l'interrompant.

» — Toi-même, repartit le sachem, qui sentit l'imprudence de la parole à demi échappée à ses lèvres ; va, mon neveu, va t'occuper de ton départ ; tu apprendras le reste sur le rocher du grand lac. »

Adario quitta Outougamiz, et celui-ci rentra dans la cabane de René plein d'une nouvelle tristesse dont il ne pouvait trouver la cause. On sait par quelle profondeur de haine et de crime Ondouré avait voulu qu'Outougamiz se trouvât à l'assemblée générale, afin de le lier par un serment qu'il ne pourrait rompre.

Mila et Céluta observaient Outougamiz ; elles le virent préparer ses armes dans un endroit obscur de la cabane ; il tira de son sein la chaîne d'or et lui dit :

« Manitou, te porterai-je avec moi ? Oui : les guerriers disent que tu me feras mourir, je te veux donc garder. »

Les deux sœurs étaient hors d'elles-mêmes en entendant Outougamiz parler ainsi.

« Mon frère, dit Céluta, tu vas donc faire un voyage ?

» — Oui, ma sœur, répondit le jeune guerrier.

» — Seras-tu longtemps ? dit Mila. Je sais que tu vas au rocher du grand lac.

» — Cela est vrai, repartit Outougamiz ; mais comment le sais-tu ? Il s'agit de la patrie, il faut partir. »

Mila ne trouvait plus de paroles : assise sur sa natte, elle pleurait; un allouez de la garde du Soleil se présente.

» — Guerrier, dit-il à Outougamiz, les sachems assemblés t'attendent.

» — Je te suis, » répond Outougamiz.

Mila et Céluta volent à leur mari et à leur frère.

« Quand te reverrons-nous? dirent-elles en l'entourant de leurs bras.

» — Les lierres, répondit Outougamiz, ne pressent que les vieux chênes : je suis trop jeune encore pour que vous vous attachiez à moi; je ne vous pourrais soutenir.

» — Si je portais ton fils dans mon sein, dit Mila, me quitterais-tu? Comment ferons-nous sans René et sans Outougamiz?

» — Tu es sage comme une vieille matrone, Mila, repartit le sauvage.

» — Ne te fie pas à mes cheveux blancs, dit Mila avec un sourire; c'est de la neige d'été sur la montagne : elle fond au premier rayon du soleil. »

L'allouez pressant Outougamiz de partir, Céluta s'écria : « Grand Esprit! fais qu'il nous rapporte le bonheur! » prière qui n'arriva pas jusqu'au ciel. Les deux femmes restèrent sur le seuil de la cabane à écouter les pas d'Outougamiz, qui retentissaient dans la nuit. Quand elles n'entendirent plus rien, elles rentrèrent et pleurèrent jusqu'au lever du jour.

Arrivé à la grotte des sachems, Outougamiz apprit que le jongleur et Ondouré, avec leur suite et les présents, étaient déjà partis, et qu'il les devait rejoindre. Les vieillards exhortèrent le frère de Céluta à soutenir l'honneur et la liberté de sa patrie. Le même garde qui l'avait amené au conseil le conduisit dans la forêt où se croisaient divers chemins. Outougamiz marcha vers le nord; il trouva le jongleur et Ondouré au lieu désigné : ce lieu était la fontaine même où Céluta avait rencontré son mari et son frère, lors de leur retour du pays des Illinois.

Sur la côte septentrionale du lac Supérieur s'élève une roche d'une hauteur prodigieuse; sa cime porte une forêt de pins; de cette forêt sort un torrent qui, se précipitant dans le lac, ressemble à une zone blanche suspendue dans l'azur du ciel. Le lac s'étend comme une mer sans bornes; l'île des Ames apparaît à peine à l'horizon. Sur les côtes du lac la nature se montre dans toute sa magnificence sauvage. Les Indiens racontent que ce fut du sommet de la *Roche-Isolée* que le grand Esprit examina la terre après l'avoir faite, et qu'en mémoire de cette merveille il voulut qu'une partie de cette terre restât visible du lieu d'où il avait contemplé la création au sortir de ses mains.

C'était à ce rocher, témoin des œuvres du grand Esprit, que toutes les nations indiennes se devaient réunir. Une flotte aussi nombreuse que singulière commençait à s'assembler au pied du rocher : le canot pesant de l'Iroquois voguait auprès du canot léger du Huron; la pirogue de l'Illinois, d'un seul tronc de chêne, flottait avec le radeau du Pannis ; la barque ronde du Poutoüais était soulevée par la vague qui ballottait l'outre de l'Esquimau.

Les députés des Natchez gravirent la roche sauvage; de jeunes Indiens de toutes les tribus les accompagnèrent. Sur les deux rives du torrent, dans l'épaisseur du bois, ils construisirent, en abattant des pins, une salle dont les troncs des arbres renversés formaient les siéges. Au milieu de cet amphithéâtre ils allumèrent un immense bûcher.

Toutes les nations étant arrivées, elles montèrent au rocher du grand Esprit, et vinrent occuper tour à tour l'enceinte préparée.

Les Iroquois parurent les premiers : nulle autre nation n'aurait osé passer avant eux. Ces guerriers avaient la tête rasée, à l'exception d'une touffe de cheveux qui composait, avec des plumes de corbeau, une espèce de diadème; leur front était peint en rouge; leurs sourcils étaient épilés; leurs longues oreilles découpées se rattachaient sur leur poitrine. Chargés d'armes européennes et sauvages, ils portaient une carabine en bandoulière, un poignard à la ceinture, un casse-tête à la main. Leur démarche était fière, leur regard intrépide : c'étaient les républicains de l'état de nature. Seuls de tous les sauvages, ils avaient résisté aux Européens et dompté les Indiens de l'Amérique septentrionale. Le Canada était leur pays. Ils entrèrent dans la salle du conseil en exécutant le pas d'une danse guerrière; ils prirent, à la droite du torrent, la place la plus honorable.

Après eux parurent les Algonquins, reste d'une nation autrefois si puissante, et qu'après trois siècles de guerre les Iroquois avaient presque exterminée. Leur langue, devenue la langue polie du désert, comme celle des Grecs et des Romains dans l'ancien monde, attestait leur grandeur passée. Ils n'avaient que deux jeunes hommes pour députés : ceux-ci, d'une taille élevée, d'une contenance guerrière, ne portant ni ornements, ni peintures, entrèrent simplement et sans danser dans l'enceinte. Ils passèrent devant les Iroquois, la tête haute, et se placèrent en silence sur la gauche du torrent, en face de leurs ennemis.

Les Hurons venaient les troisièmes. Vifs, légers, braves, d'une figure sensible et animée, c'étaient les Français du Nouveau-Monde. De tout temps alliés d'Ononthio [1] et ennemis des Iroquois, ils occupaient quelques bourgades autour de Québec. Ils se précipitèrent dans la salle du conseil, jetèrent en passant un regard moqueur aux Iroquois, et s'assirent auprès de leurs amis les Algonquins.

Un prêtre, suivi d'un vieillard, et ce vieillard suivi lui-même d'un guerrier sur l'âge, arrivèrent après les Hurons. Le prêtre n'avait pour tout vêtement qu'une étoffe rouge roulée en écharpe autour de lui; il tenait à la main deux tisons enflammés, et murmurait à voix basse des paroles magiques. Le vieillard qui le suivait était un sagamo ou un roi : ses cheveux longs flottaient sur ses épaules; son corps nu était chargé d'hiéroglyphes. Le guerrier qui marchait après le vieillard portait sur la tête un berceau, par honneur pour les enfants qu'on adorait dans son pays. Ces trois sauvages représentaient les nations albénaquises, habitantes de l'Acadie et des côtes du Canada. Ils prirent la gauche des Iroquois.

Un homme dont le visage annonçait la majesté tombée,

[1] Le gouverneur du Canada.

se présenta le cinquième sur le rocher. Un manteau de plumes de perruches et de geais bleus, suspendu à son cou par un cordon, flottait derrière lui comme des ailes. C'était un empereur de ces anciens peuples qui habitaient jadis la Virginie, et qui depuis se sont retirés dans les montagnes aux confins des Carolines.

Un autre débris des grandeurs sauvages venait après l'empereur virginien : il était chef des Paraoustis, races indigènes des Carolines, presque totalement extirpées par les Européens. Le prince était jeune, d'une mine fière, mais aimable; tout son corps frotté d'huile avait une couleur cuivrée; un androgyne, être douteux, très-commun chez les Paraoustis, portait les armes de ce chef. Un ionas, prêtre ou jongleur, le précédait en jouant d'un instrument bizarre.

Parurent alors les députés des nations confédérées de la Floride, les fameux Criques, Muscogulges, Siminoles et Chéroquois. Un nez aquilin, un front élevé, des yeux longs, distinguaient ces Indiens des autres sauvages : leur tête était ceinte d'un bandeau, ombragée d'un panache; en guise de tunique, ils portaient une chemise européenne bouffante, rattachée par une ceinture; le mico ou le roi marchait à leur tête; des esclaves yamasées et des femmes gracieuses les suivaient. Tout ce cortége entra avec de grandes cérémonies : les nations déjà assises, excepté les Iroquois, se levèrent et chantèrent sur son passage. Les Criques s'assirent au fond de la salle sur les troncs des pins qui faisaient face au lac, et qui n'étaient point encore occupés.

Les Chicassaws et les Illinois, voisins des Natchez, leur ressemblaient par l'habillement et par les armes. Après eux défilèrent les députés des peuples transmeschacebéens : les Clamoëts, qui soufflaient en passant dans l'oreille des autres sauvages pour les saluer; les Génis, qui portaient au bras gauche un petit plastron de cuir pour parer les flèches; les Macoulas, qui habitent des espèces de ruches, comme des abeilles; les Cachemouks, qui ont appris à faire la guerre à cheval, qui lancent une fronde avec le pied, et cassent en galopant la tête à leurs ennemis; les Ouras au crâne aplati, qui marchent en imitant la danse de l'ours, et dont les joues sont traversées par des os de poissons.

Des sauvages petits, d'un air doux et timide, vêtus d'un habit qui leur descendait jusqu'à la moitié des cuisses, s'avancèrent : ils avaient sur la tête des touffes de plumes, à la main des quipos, aux bras et au cou des colliers de cet or qui leur fut si funeste. Un cacique portait devant lui le premier calumet envoyé de l'île de San-Salvador, pour annoncer aux nations américaines l'arrivée de Colomb. On reconnut les tristes débris des Mexicains. Il se fit un profond silence dans l'assemblée à mesure que ces Indiens passaient.

Les Sioux, peuple pasteur, anciens hôtes de Chactas, auraient fermé la marche si derrière eux on n'eût aperçu les Esquimaux. Une triple paire de chaussons et de bottes fourrées abritaient les cuisses, les jambes et les pieds de ces sauvages; deux casaques, l'une de peau de cygne, l'autre de peau de veau marin enveloppaient leur corps; un capuchon ramené sur leur tête laissait à peine voir leurs petits yeux couverts de lunettes; un toupet de cheveux noirs, qui leur pendait sur le front, venait rejoindre leur barbe rousse. Ils menaient en laisse des chiens semblables à des loups; de la main droite ils tenaient un harpon, de la main gauche une outre remplie d'huile de baleine.

Ces pauvres barbares, en horreur aux autres sauvages, furent repoussés de tous les rangs où ils se voulurent asseoir. Le cacique mexicain les appela, et leur fit une place auprès de lui: Outougamiz le remercia de son hospitalité. L'assemblée ainsi complète, un grand festin fut servi. Les guerriers des diverses nations s'étonnaient de ne point voir Chactas; tous croyaient avoir été convoqués par son ordre, et les vieillards avaient amené leurs fils, pour être témoins de sa sagesse. Ondouré balbutia quelques excuses où, mieux instruit, on eût découvert ses crimes.

C'était au coucher du soleil que devait commencer la délibération. Outougamiz ne savait ce qu'il allait apprendre, mais il pressentait quelque chose de sinistre. L'ouverture de la salle était tournée vers le couchant, de sorte que les députés, assis dans le bois sur le tronc des pins, découvraient la vaste perspective du lac et le soleil incliné sur l'horizon : le bûcher brûlait au milieu du conseil. La roche élevée portait dans les airs, comme sur un piédestal, et ce bois né avec la terre, et cette assemblée de sauvages, prête à délibérer sur la liberté de tout un monde.

Aussitôt que le disque du soleil toucha les flots du lac, par delà l'ile des Ames, le jongleur des Natchez, les bras tendus vers l'astre du jour, s'écria : « Peuples, levez-vous! » Quatre interprètes des quatre langues mères de l'Amérique répétèrent le commandement du jongleur, et les députés se levèrent.

Le silence règne : on n'entend que le bruit du torrent qui coule au milieu du conseil, et qui cesse de gronder en se précipitant dans le lac où il n'arrive qu'en vapeur.

Tous les yeux sont fixés sur le jongleur : il déploie lentement un rouleau de peaux de castors; la dernière enveloppe s'entr'ouvre : on aperçoit des ossements humains!

« Les voilà, s'écrie le prêtre, ces témoins redoutables! Ossements sacrés, vous reposerez encore dans une terre libre! Oui! pour vous, nous allons entreprendre des choses qui ne se sont point encore vues! sur vous, nous allons prêter le serment d'un secret plus profond que les abîmes de la tombe, dont nous vous avons retirés. »

Le jongleur s'arrête, puis s'écrie de nouveau : « Peuples, jurez! » Il prononce ainsi la formule du plus terrible des serments :

« Par le grand Esprit, par Athaënsic, par les cendres de nos pères, par la patrie, par la liberté, je jure d'adhérer fidèlement à la résolution qui sera prise, soit en général par tous les peuples, soit en particulier par ma nation. Je jure que quelles que soient les mesures que les peuples en général ou ma nation en particulier, adoptent dans cette assemblée, je garderai un inviolable secret. Je ne révélerai ce secret ni à mes frères, ni à mes sœurs, ni à mon père, ni à ma mère, ni à ma femme, ni à mes amis, encore moins à ceux contre qui ces mesures pourraient être adoptées. Si je révèle ce secret, que ma langue soit coupée en morceaux, que l'on m'enferme vivant dans un tombeau, qu'Athaënsic me poursuive, que mon corps après ma mort soit livré aux mouches, et que mon âme n'arrive jamais au pays des âmes! »

Agité du génie de la mort, le jongleur se tait; il promène des yeux hagards sur l'assemblée que glace une religieuse terreur. Tout à coup, les sauvages déployant un bras armé s'écrient : « Nous le jurons! »

Le soleil tombe sous l'horizon, le lac bat ses rivages, le bois murmure, le bûcher du conseil pousse une noire fumée, les ossements semblent tressaillir : Outagamiz a juré!

Il a juré! et comment eût-il pu ne pas prononcer le serment? La religion, la mort, la patrie, avaient parlé! Cent vieillards avaient promis de se taire sur la délivrance de toutes les nations américaines!

Ondouré avait prévu pour Outougamiz cet entraînement inévitable, il jeta un regard plein d'une joie affreuse sur l'infortuné : Outougamiz sentit passer sur lui ce fatal regard. Il leva les yeux et lut son malheur au visage du monstre. Un cri aigu sort de la poitrine du frère de Céluta : « René est mort! j'ai tué mon ami! »

Ce cri, ce désespoir trouble l'assemblée. Ondouré explique tout bas aux sachems que ce neveu du grand Adario a quelquefois des accès de frénésie, effet d'un sort à lui jeté par un magicien de la chair blanche. Les prêtres entourent le jeune sauvage, et prononcent sur lui des paroles mystérieuses. Outougamiz revient du premier égarement de sa douleur : il n'ose plus se plaindre devant les ministres du grand Esprit; il écoute la délibération qui commence. Un vague espoir lui reste de trouver le moyen d'échapper à des maux qu'il prévoit, mais que cependant il ne connaît pas, puisqu'il ignore ce qu'on va proposer.

Ondouré porte la parole au nom des Natchez. Six sachems, chargés de garder dans leur mémoire le discours du chef, se distribuèrent les bûchettes qui devaient servir à noter la partie du discours que chacun d'eux était obligé de retenir.

« L'arbre de la paix, dit Ondouré, étendait ses rameaux sur toute la terre des chairs rouges, qui croyaient être seules dans le monde. Nos pères vivaient rassemblés à l'ombre de l'arbre : les forêts ne savaient que faire de leurs chevreuils et les lacs de leurs poissons.

» Donnez douze colliers de porcelaine bleue. »

Le jongleur des Natchez jette douze colliers au milieu du conseil.

« Un jour, reprit Ondouré, jour fatal! un bruit vint du levant; ce bruit disait : Des guerriers vomissant le feu et montés sur des monstres marins sont arrivés à travers le lac sans rivages. Nos aïeux rirent : guerriers mexicains, que je vois ici, vous savez si le bruit disait vrai.

» Nos pères, enfin convaincus de l'apparition des étran-gers, délibérèrent. Ils dirent : Bien que les étrangers soient blancs, ils n'en sont pas moins des hommes; on leur doit l'hospitalité.

» Alléchés par nos richesses, les blancs descendirent de toutes parts sur nos rives. Mexicains, ils vous ensevelirent dans la terre; Chicassaws, ils vous obligèrent de vous en-foncer dans la solitude; Paraoustis, ils vous exterminèrent; Abénaquis, ils vous empoisonnèrent avec une poudre; Iro-quois, Algonquins, Hurons, ils vous détruisirent les uns par les autres; Esquimaux, ils s'emparèrent de vos filets, et nous, infortunés Natchez, nous succombons aujourd'hui sous leurs perfidies. Nos sachems ont été enchaînés; le champ qui couvrait les cendres de nos ancêtres est labouré par les étrangers que nous avions reçus avec le calumet de paix.

» Donnez douze peaux d'élan pour la cendre des morts. »

Le jongleur donne douze peaux d'élan.

« Mais pourquoi, continua Ondouré, m'étendrais-je sur les maux que les étrangers ont fait souffrir à notre patrie? Voyez ces hommes injustes se multiplier à l'infini, tandis que nos nations diminuent sans cesse. Ils nous détruisent encore plus par leurs vices que par leurs armes; ils nous dévorent en s'approchant de nous : nous ne pouvons respirer l'air qu'ils respirent; nous ne pouvons vivre sur le même sol. Les blancs en avançant, en abattant nos bois, nous chassent devant eux comme un troupeau de chevreuils sans asile. La terre man-

quera bientôt à notre fuite, et le dernier des Indiens sera
massacré dans la dernière de ses forêts.

» Donnez un grand soleil de pierre rouge, pour le malheur des Natchez. »

Le jongleur jette une pierre en forme de soleil au centre
du conseil.

Ondouré se rassied : les sauvages frappent leurs casse-tête
en signe d'applaudissement.

Le chef natchez, voyant les esprits préparés à tout entendre, crut qu'il était temps de dévoiler le secret. Il se lève
de nouveau, et reprenant la parole, il fait observer d'abord
qu'un coup soudainement frappé est le seul moyen de délivrer les Indiens; qu'attaquer les blancs à force ouverte, c'était
s'exposer à une destruction certaine, puisque ceux-ci étaient
sûrs de triompher par la supériorité de leurs armes; que le
crime étant prouvé, peu importait la manière de le punir;
que se laisser arrêter par une pitié pusillanime, c'était sacrifier la liberté des générations à venir aux petites considéra-
tions d'un moment.

« Voici donc, dit-il, ce que les Natchez vous proposent. »

Le silence redouble dans l'assemblée; Outougamiz sent sa
peau se coller à ses os.

« Dans tous les lieux où il se trouve des blancs, il faut
que les Indiens paraissent leurs amis et même leurs esclaves.
Une nuit, les chairs rouges se lèveront à la fois, et exter-
mineront leurs ennemis. Les esclaves noirs nous aideront
dans notre vengeance, qui sera la leur ; deux races seront
délivrées du même coup : les Indiens chez lesquels il n'y a
point d'étrangers, se réuniront à leurs frères opprimés pour
accomplir la justice.

» Le moment de cette justice sera fixé à l'époque des
grands jeux chez les nations. Ces jeux offriront le prétexte
naturel des rassemblements ; mais, comme il est essentiel
que le coup soit frappé partout la même nuit, on formera des
gerbes de roseaux contenant autant de roseaux qu'il y aura de
jours à compter du jour de l'ouverture des jeux au jour de
l'exécution, les jongleurs seront chargés de la garde de ces
gerbes; chaque nuit ils retireront un roseau et le brûleront,

de sorte que le dernier roseau brûlé sera la dernière heure des blancs. Jetez un poignard. »

Le jongleur jette un poignard aux pieds des guerriers.

Ici se brisent les paroles d'Ondouré, de même que se rompent quelquefois ces chaînes de fer qui attachent les prisonniers dans les cachots : libre d'une attention pénible, le conseil commence à s'agiter. Un murmure d'horreur, d'étonnement, de blâme, d'approbation, circule dans les rangs de l'assemblée, grossit et bientôt éclate en mille clameurs. Les sauvages, montés sur les pins abattus, n'étaient éclairés, dans la profondeur de la nuit, qu'à la lueur des flammes du bûcher ; on les eût pris, à travers les branches et les troncs des arbres, pour un peuple répandu parmi les ruines et les colonnes d'une ville embrasée. Tous voulaient parler à la fois : on se menaçait ; on levait les massues ; le cri de guerre, poussé de la cime du roc, se perdait sur les flots du lac où le bûcher du conseil se réflétait comme un phare sinistre.

Les jongleurs courant çà et là, agitant des baguettes, maniant des serpents, au lieu de rétablir la paix, ne faisaient qu'augmenter le désordre. On venait de mettre aux prises les principes les plus chers aux hommes : la liberté de tout temps, la morale de toute éternité. Ondouré avait conçu le crime et les détails du crime, le plan et les moyens d'exécution, avec la férocité d'un tigre et la ruse d'un serpent. Cependant le calme peu à peu se rétablit. Outougamiz, qui veut élever la voix, est sévèrement réprimandé par les sachems : c'était aux Iroquois à se faire entendre. Le chef de cette nation s'étant levé, on prête une oreille attentive et inquiète à l'opinion d'un peuple si célèbre.

L'orateur répéta d'abord, selon l'usage, le discours entier d'Ondouré, dont chaque division lui était soufflée par un des six sachems chargés des bûchettes de la mémoire. Ensuite, répondant à ce discours, il dit :

« Ce que le chef des Natchez a proposé est grand, mais est-il juste ? Chactas, mon vieil ami, n'est pas là dedans ; j'y vois Adario : les yeux de Chactas sont tombés comme deux étoiles, sous un ciel qui annonce l'orage. J'ai dit.

» Nous ne sommes point les amis des blancs ; depuis deux cents neiges nous les combattons ; mais une injustice justifie-t-elle un meurtre ? Deviendrons-nous, en nous vengeant, semblables aux chairs blanches ? L'Iroquois est un chêne qui oppose la dureté de son bois à la hache qui le veut couper ; mais il ne laisse point tomber ses branches pour écraser celui qui le frappe. On n'est pas libre parce qu'on se dit libre : la première pierre de la cabane de la liberté est la vertu. J'ai dit.

» L'Iroquois avait cru qu'il s'agissait de s'associer pour lever la hache [1] : veut-on chanter la guerre à l'étranger, l'Iroquois se met à votre tête. Marchons, volons. L'Iroquois rugit comme un ours, il fend les flots des chairs blanches, il brise les têtes avec sa massue, il crie : « Suivez-moi au » fort des blancs. » Il s'élance dans le fossé ; de son corps il vous fait un pont comme une liane pour passer sur le fleuve de sang, pour rendre la liberté aux chairs rouges. Voilà l'Iroquois ; mais l'Iroquois n'est pas une fouine ; il ne suce pas le sang de l'oiseau qui dort. J'ai dit. »

L'orateur, en prononçant la dernière partie de son discours, imitait à chaque parole l'objet dont il empruntait l'image. « Marchons, » et il marchait ; « volons, » et il étendait les bras. Il rugissait comme un ours, il frappait les pins avec son casse-tête, il montait à l'escalade, il se jetait en arc comme un pont.

Des acclamations, les unes de joie, les autres de rage, ébranlent le bois sacré. Outougamiz s'écriait :

« Voilà l'Iroquois, voilà Chactas, voilà moi, voilà René, voilà Céluta, voilà Mila ! »

Ondouré paraissait consterné : de ses desseins avortés, il ne lui restait que le crime. Un Chicassaws, prenant impétueusement la parole, rompit l'ordre de la délibération, et rendit l'espérance au tuteur du Soleil.

« Quoi ! dit ce Chicassaws, est-ce bien un Iroquois que nous venons d'entendre ? Le peuple qui devrait nous soutenir dans une guerre sacrée nous abandonne ! Si ces orgueilleux

---

[1] Déclarer la guerre.

cyprès qui portaient jadis leur tête dans le ciel sont devenus
des lierres rampants, qu'ils se laissent fouler aux pieds du
chasseur étranger! Quant au Chicassaws, déterminé à délivrer la patrie, il adopte le plan des Natchez. »

Ces paroles furent vivement ressenties par les Iroquois,
qui donnèrent aux Chicassaws le nom de daims fugitifs et de
furets cruels. Les Chicassaws répliquèrent en appelant les
Iroquois oiseaux parleurs, et loups changés en dogues appri-
voisés. Toutes ces nations, se divisant, semblaient prêtes à
se charger sur la pointe du roc, à se précipiter dans le lac
avec l'eau du torrent et les débris du bûcher, lorsque les
jongleurs parvinrent à obtenir un moment de silence. Le
grand prêtre des Natchez, du milieu des branches d'un pin
dont il tient le tronc embrassé, s'écrie :

« Par Michabou, génie des eaux, dont vous troublez ici
l'empire, cessez vos discordes funestes! Aucune nation présente à cette assemblée n'est obligée de suivre l'opinion d'une
autre nation : tout ce qu'elle a promis c'est le secret, et elle
ne peut le dévoiler sans périr subitement. Trois opinions
divisent le conseil : la première rejette le plan des Natchez,
la seconde l'adopte, la troisième veut garder la neutralité.
Eh bien, que chaque peuple suive l'opinion à laquelle il se
range, cela n'empêchera pas ceux qui veulent une vengeance
éclatante de l'accomplir. Quand nos frères demeurés en paix
sur leurs nattes verront nos succès, peut-être se détermine-
ront-ils à nous imiter. »

La sagesse du jongleur fut louée et son avis adopté. Alors
se fit la séparation dans l'assemblée : les Indiens du nord et
de l'est, les Iroquois à leur tête, se déclarèrent opposants au
projet des Natchez; les peuples de l'ouest, les Mexicains, les
Sioux, les Pannis, dirent qu'ils ne blâmaient ni ne désap-
prouvaient le projet, mais qu'ils voulaient vivre en paix:
les peuples du midi, et ceux qui, en remontant vers le septentrion, habitaient les rives du Meschacebé, les Chicassaws,
les Yazous, les Miamis entrèrent dans la conjuration. Mais
tous ces peuples, quelles que fussent leurs dernières opinions, avaient juré sur la cendre des morts qu'ils garderaient
un secret inviolable, et tous déclarèrent de nouveau avec

cette foi indienne rarement démentie, qu'ils seraient fidèles
à leur serment.

« Le voilà donc décidé le sort des blancs aux Natchez! »
s'écria Ondouré dans un transport de joie, en voyant le
nombre considérable des nations du midi engagées dans le
complot.

Jusqu'alors un rayon d'espérance avait soutenu le malheureux Outougamiz; mais quand un tiers de l'assemblée se fut
déclaré pour le projet du tuteur du Soleil, l'ami de René se
sentit comme un homme dont le Créateur a détourné sa face.
Il s'avance, ou plutôt il se traîne au milieu de l'assemblée :
les uns, selon leur position, le voyaient comme une ombre
noire sur la flamme du bûcher; les autres l'apercevaient
comme le génie de la douleur, à travers le voile mobile de
la flamme.

« Eh bien! dit-il d'une voix concentrée, mais qu'on entendait dans l'immense silence de la terre et du ciel, il faut
que je tue mon ami! C'est moi, sans doute, Ondouré, que
tu chargeras de porter le coup de poignard. Nations, vous
avez surpris ma foi; hélas! elle n'était pas difficile à surprendre! Je suis simple, mais ce que vous ne surprendrez
pas, c'est l'amitié d'Outougamiz. Il se taira, car il a prêté
le serment du secret, mais quand vous serez prêts à frapper,
Outougamiz, avec le manitou d'or que voici, sera debout
devant René. Forgez le fer bien long pour atteindre le cœur
de mon ami, il faut que ce fer passe par le mien. »

Le jeune homme se tut : ses yeux étaient levés vers le firmament : c'était l'ange de l'amitié redemandant sa céleste
patrie. Les sachems écoutaient pleins de pensées; ils entre-
voyaient un secret qu'ils croyaient important de connaître;
ils commandaient le silence au conseil : les prodiges de
l'amitié d'Outougamiz, connus de toute la solitude, faisaient
l'admiration des jeunes sauvages.

Le frère de Céluta ramenant ses regards sur l'assemblée :

« Guerriers, pourquoi êtes-vous muets? Enseignez-moi
donc ce qu'il faut que je dise à ma sœur et à ma femme
lorsqu'elles viendront au-devant de moi. Que dirai-je à René
lui-même? Lui dirai-je : Chevreuil, que j'avais trouvé dans

les marais de l'Illinois, viens que je rouvre la blessure que
ma main avait fermée ? »

Outougamiz, portant tout à coup ses deux mains à sa poitrine :

« Je t'arracherai bien de mon sein, affreux secret! s'écria-
t-il. Os de mes pères, vous avez beau vous soulever et marcher devant moi, je parlerai; oui, je parlerai; je ne serai
point un assassin! René, écoute, entends-tu?... Voilà tout ce
qui s'est passé au conseil; ne va pas le répéter! Mais, René,
n'es-tu pas coupable?... Ah! Dieu! j'ai parlé, j'ai violé mes
serments, j'ai trahi la patrie! »

Outougamiz défaillit devant le bûcher; si les guerriers voisins ne l'eussent retenu, il tombait dans la flamme. On le
couche à l'écart sur des branches.

Cet évanouissement donna le temps au jongleur et à Ondouré de répéter ce qu'ils avaient déjà dit de la frénésie
d'Outougamiz, causée par un maléfice. Impatientes de partir,
les nations se levèrent, et l'on oublia le frère de Céluta.

Les tribus qui avaient adopté le plan des Natchez reçurent
du jongleur les gerbes funéraires : dans chaque gerbe il y
avait douze roseaux. L'époque des grands jeux, qui duraient
douze jours, commençait le dix-huitième jour de la lune des
chasses; c'était ce jour-là même que les jongleurs, chez les
différentes nations conjurées, devaient brûler le premier roseau : les autres roseaux, successivement retirés pendant
onze nuits, annonceraient le massacre avec l'épuisement de
la gerbe.

Les Indiens commencèrent à descendre le sentier étroit
et dangereux qui conduisait au bas du rocher. Lorsqu'ils
arrivèrent au rivage, le jour éclairait l'horizon, mais il était
sombre; et le soleil, enveloppé d'une tempête, s'était levé
sans aurore. Les Indiens se rembarquèrent dans leurs canots,
se dirigeant vers tous les points de l'horizon : la flotte
bientôt dispersée s'évanouit dans l'immensité du lac. Le
jongleur et Ondouré abandonnèrent les derniers le rocher
du conseil. Ils invitèrent Outougamiz, qui avait repris ses
sens, à les suivre. L'ami de René, les regardant avec
horreur, leur répondit que jamais il ne se trouverait dans

la société de deux pareils méchants; ils le quittèrent sans insister davantage. Qu'importait à Ondouré qu'Outougamiz se précipitât ou non du haut du rocher? Outougamiz était lié par un serment qu'il ne romprait sans doute jamais; mais si, dans son désespoir, il attentait à sa vie, le secret de la tombe paraissait encore plus sûr à Ondouré que celui de la vertu.

Outougamiz demeura assis sur la pointe du rocher, en face du lac, à l'endroit où le torrent, quittant la terre, s'élançait dans l'abîme; la grandeur des sentiments que ce spectacle inspirait s'alliait avec la grandeur d'une amitié sublime et malheureuse. Les flots du lac, poussés par le vent, mordaient leurs rivages dont ils emportaient les débris : partout des déserts autour de cette mer intérieure, elle-même solitude vaste et profonde; partout l'absence des hommes et la présence de Dieu dans ses œuvres.

Le coude appuyé sur son genou, la tête posée dans sa main, les pieds pendants sur l'abîme, ayant derrière lui le bois du conseil, naguère si animé, maintenant rendu à la solitude, Outougamiz fut longtemps à fixer ses résolutions : il se détermina à vivre. Si les blancs allaient découvrir le complot, qui défendrait la patrie, qui défendrait Céluta, qui défendrait Mila, dont le sein porte peut-être le fils d'Outougamiz? On ne peut pas révéler le secret à René, puisque René est peut-être coupable, comme l'affirment les sachems; mais n'y a-t-il pas quelque moyen de sauver l'homme blanc? Chactas reviendra, Chactas sera initié au mystère : la sagesse de ce sachem ne peut-elle prévenir tant de malheurs? Si Outougamiz se précipite dans le lac, sa mort sera inutile à René : celui-ci n'en périra pas moins : Outougamiz, en prolongeant sa vie, peut trouver une occasion inespérée de mettre à l'abri les jours de son ami. Ah! si l'on pouvait faire savoir le secret à Mila, qui a tant d'esprit, elle aurait bientôt tout arrangé! Qui sait aussi si l'innocence de René ne sera pas découverte? Alors, quel bonheur! comme les obstacles s'aplaniraient, comme on passerait du désespoir au comble de la joie!

Outougamiz, après avoir roulé toutes ces pensées dans son âme, se lève :

« Vivons, dit-il, ne laissons pas à Céluta le poids de tous les maux; ne nous reposons pas lâchement dans la tombe. Adieu, bois du sang! adieu, rocher de malédiction : puisse Athaënsic te prendre pour son autel! »

Outougamiz se précipite par l'étroit sentier, laissant au bûcher du conseil quelques cendres qui fumaient encore; image de ce qui reste des vains projets des hommes.

Le frère de Céluta marcha tout le jour et une partie de la nuit suivante. Des Sioux, qu'il rencontra, le portèrent, dans leur canot, de fleuve en fleuve, jusqu'au pays des Illinois : ceux-ci, craignant une nouvelle invasion des Natchez, s'étaient retirés à deux cents lieues plus haut, vers l'Occident. Outougamiz, reprenant sa route par terre, traversa les champs témoins des prodiges de son amitié. Le poteau où René devait être brûlé était encore debout : Outougamiz embrassa ce monument sacré. Il descendit aux marais, et visita la racine sur laquelle il avait tenu son ami dans ses bras, il retrouva les roseaux séchés dont il couvrait, pendant la nuit, l'objet de sa tendresse; il ramassa quelques plumes des oiseaux dont il avait nourri son frère. Il dit :

« Belles plumes, si jamais je suis heureux, je vous attacherai avec des fils d'or, et je vous porterai autour de mon front les jours de fêtes. Auriez-vous jamais cru que je tuerais mon ami? »

Cet homme excellent cherchait à puiser dans ses souvenirs de nouvelles forces, pour qu'elles devinssent égales aux périls de René; il se retrempait, pour ainsi dire, dans ses malheurs passés, pour s'endurcir contre son malheur présent; il s'excitait à l'amitié par son propre exemple, tandis qu'il s'accusait naïvement d'être changé, et d'avoir juré la mort de René.

Suivant ainsi son amitié à la trace, l'Indien arrive jusqu'aux Natchez : là commencèrent ces douleurs qui ne devaient plus finir. René était-il revenu? Comment soutenir sa première entrevue? Que dire aux deux femmes affligées?

René n'était point encore aux Natchez. Ondouré seul et le

jongleur avaient devancé de deux aurores le retour du malheureux Outougamiz. Les jours de Céluta et de Mila s'étaient écoulés dans la plus profonde retraite. Par l'habitude de souffrir et par la longueur du temps, l'épouse de René était tombée dans une tristesse profonde : la tristesse est le relâchement de la douleur : sorte d'intermission de la fièvre de l'âme, qui conduit à la guérison ou à la mort. Il n'y avait plus que les yeux de Céluta à sourire; sa bouche ne le pouvait plus.

« Tu me sembles un peu calme, disait Mila.

» — Oui, lui répondit sa sœur, je suis faite à présent à la mauvaise nourriture : mon cœur s'alimente du chagrin qu'il repoussait avant d'y être accoutumé. »

La nuit qui précéda l'arrivée d'Outougamiz, les deux Indiennes veillèrent plus tard que de coutume : elles s'occupaient de René, inépuisable sujet de leurs entretiens. Lorsqu'elles furent couchées sur la natte, elles continuèrent de parler, et, faisant au milieu de leur adversité des projets de bonheur, elles s'endormirent avec l'espérance : l'enfant malade s'assoupit avec le hochet qu'on lui a donné dans son berceau.

A leur réveil Mila et Céluta trouvèrent debout devant elles Outougamiz pâle, défait, les yeux fixes, la bouche entr'ouverte. Elles s'élancent de leur couche :

« Mon frère! Mon mari! dirent-elles à la fois. Qu'y a-t-il? René est-il mort? Allez-vous mourir?

» — C'en est fait, répond l'Indien sans changer d'attitude, plus d'épouse, plus de sœur!

» — René est mort! s'écria Céluta.

» — Que dis-tu! repartit Outougamiz avec une joie sauvage, René est mort? Kitchimanitou soit béni!

» — Ciel! dit Céluta, tu désires la mort de ton ami! De quel malheur est-il donc menacé?

» — Nous sommes tous perdus! » murmure Outougamiz d'une voix sombre. Se dégageant des bras de sa femme et de sa sœur, il se précipite hors de la cabane : Mila et Céluta le suivent.

Elles sont arrêtées tout à coup par Ondouré.

« Avez-vous vu Outougamiz? leur dit-il d'un air alarmé.

» — Oui, répondent-elles ensemble; il est hors de ses sens, nous volons après lui.

» — Que vous a-t-il dit? reprit le tuteur du Soleil.

» — Il nous a dit que nous étions tous perdus, répliqua Céluta.

» — Ne le croyez pas, dit le chef rassuré, tout va bien au contraire; mais Outougamiz est malade: je vais chercher Adario. »

Comme Ondouré s'éloignait, Outougamiz, par un autre sentier, se rapprochait de la cabane: il marchait lentement, les bras croisés. Les deux femmes qui s'avançaient vers lui l'entendaient parler seul, il disait:

« Manitou d'or, tu m'as privé de la raison: dis-moi donc maintenant ce qu'il faut faire. »

Mila et Céluta saisissent l'infortuné par ses vêtements.

« Que voulez-vous de moi? s'écrie-t-il. Oui, je le jure, j'aimerai René en dépit de vous; je me ris des vers du sépulcre qui déjà dévorent mes chairs vivantes. Je frapperai mon ami sans doute, mais je baiserai sa blessure, je sucerai son sang, et quand il sera mort, je m'attacherai à son cadavre, jusqu'à ce que la corruption ait passé dans mes os. »

Les deux Indiennes éplorées embrassaient les genoux d'Outougamiz. Il les reconnaît.

« C'est nous, dit Mila, parle! »

Outougamiz lui met la main sur la bouche:

« Qu'as-tu dit? On ne parle plus, à moins que ce ne soit comme une tombe: tout vient à présent des morts. Il y a un secret.

» — Un secret! repartit vivement Mila, un secret pour tes amis! De quoi s'agit-il donc? de notre vie? de celle de René? »

Alors Outougamiz:

« Arrache-moi le cœur, dit-il à Mila en lui présentant son sein où la jeune épouse applique ses lèvres de flamme.

» — Ne déchirez pas ainsi mes entrailles, dit Céluta: parle, mon cher Outougamiz; viens te reposer avec nous dans ta cabane. »

Une voix foudroyante interrompit cette scène.

« As-tu parlé? disait cette voix; la terre a-t-elle tremblé sous tes pas?

» — Non, je n'ai pas parlé, répondit Outougamiz en se tournant vers Adario que conduisait Ondouré; mais ne croyez plus trouver en moi le docile Outougamiz : homme de fer, allez porter votre vertu parmi les ours du Labrador; buvez avec délices le sang de vos enfants; quant à moi, je ne boirai que celui que vous ferez entrer de force dans ma bouche; je vous en rejeterai une partie au visage, et je vous couvrirai d'une tache que la mort n'effacera pas. »

Adario fut terrassé.

« Que me reproches-tu? dit-il à son neveu. Mes enfants?... Barbare, cent fois plus barbare que moi! »

Il n'en fallait pas tant pour abattre le ressentiment d'Outougamiz.

« Pardonne, dit-il au vieillard; oui, j'ai été cruel; Outougamiz pourtant ne l'est pas! Je suis indigne de ton amitié, mais laisse-moi la mienne; laisse-moi mourir; console, après moi, ces deux femmes. Je t'en avertis, je succomberai, je parlerai : je n'ai pas la force d'aller jusqu'au bout.

» — Nous consoler! dit Céluta; est-ce là l'homme qui console? Jusqu'ici je me suis tue, j'ai écouté, j'ai deviné, il s'agit de la mort de René. Allons, Outougamiz, couronne ton ouvrage, égorge celui que tu as délivré! Sa voix mourante te remerciera encore de ce que tu as fait pour lui; il cherchera ta main ensanglantée pour la porter à sa bouche, ses yeux ne te voient déjà plus, mais ils te cherchent encore; ils se tournent vers toi avec son cœur expirant.

» — L'entends-tu, Adario? dit Outougamiz. Résiste, si tu le peux! »

Outougamiz saisit Céluta, et dans les étreintes les plus tendres il se sent tenté de l'étouffer.

« Femmes, s'écrie Adario, retirez-vous avec vos larmes.

» — Oui, oui! dit Mila, prends ce ton menaçant, mais sache que nous sauverons René, malgré toi, malgré la patrie : il faut que cette dernière périsse de ma propre main; j'incendierai les cabanes.

» — Vile ikouessen [1], s'écria le vieillard, si jamais tu oses te présenter devant moi avec ta langue maudite, tu n'échapperas pas à ma colère.

» — Tu m'appelles ikouessen! dit Mila, de qui? de mon libérateur? Tu as raison : je ne serais pas ce que je suis, si je n'avais dormi sur ses genoux!

» — Quitte ces femmes, dit le vieillard à son neveu; ce n'est pas le moment de pleurer et de gémir. Viens avec les sachems qui nous attendent. »

Outougamiz se laissa entraîner par Adario et par Ondouré.

Mila et Céluta, voyant leurs premiers efforts inutiles, cherchèrent d'autres moyens de découvrir le secret d'Outougamiz. Par les mots énigmatiques du jeune guerrier, elles savaient qu'il y avait un mystère, et par sa douleur, elles devinaient que ce mystère enveloppait le frère d'Amélie. Dans cette pensée, avec toute l'activité de l'amitié fraternelle et de l'amour conjugal, elles suspendirent leurs plaintes; elles convinrent de se séparer, d'aller chacune de son côté errer à l'entrée des cavernes où s'assemblait le conseil. Elles espéraient surprendre quelques paroles intuitives de leur destinée.

Dès le soir même, Céluta se rendit à la grotte des Rochers, et Mila à la caverne des Reliques.

En approchant de celle-ci, le souvenir des instants passés dans ces mêmes lieux se présenta vivement au cœur de Mila. Les sachems n'étaient pas dans la caverne; Mila n'entendit rien : la mort ne raconte point son secret. Céluta n'avait pas été plus heureuse; les deux sœurs rentrèrent non instruites, mais non découragées, se promettant de recommencer leurs courses.

Outougamiz fut plusieurs jours sans paraître : Adario l'avait emmené dans le souterrain où s'assemblaient les chefs des conjurés, et où l'on s'efforçait, par les tableaux les plus pathétiques de la patrie opprimée, par les plus grossiers mensonges sur René, par toute l'autorité du grand prêtre, de lutter contre la force de l'amitié. Lorsque le frère de

[1] Courtisane.

Céluta voulut sortir, les gardes du Soleil eurent ordre de le suivre de loin; des sachems et Adario lui-même marchaient à quelque distance sur ses traces.

Il se rendit à la cabane de René; Céluta était absente; Mila, solitaire, attendait le retour de son amie. En voyant entrer Outougamiz, elle lui sourit d'un air de tendresse et de surprise. Mila avait quelque chose de charmant; on aurait passé ses jours à la voir sourire.

« Je croyais, dit-elle à son mari, que tu m'avais abandonnée. Où es-tu donc allé? Je ne t'avais pas revu depuis le jour où tu es revenu du désert. »

Elle fit signe à Outougamiz de s'asseoir sur la natte. Outougamiz répondit qu'il était resté avec les sachems; et plein d'une joie triste en entendant Mila lui parler avec tant de douceur, il s'assit auprès d'elle.

Mila suspendit ses bras au cou du jeune sauvage :

« Tu es infortuné, lui dit-elle, et moi, je suis malheureuse. Après une si longue absence, pourquoi n'es-tu pas venu plus tôt me consoler? Tu n'as plus ta raison; j'ai à peine la mienne. Retirons-nous dans les forêts; je serai ton guide; tu marcheras appuyé sur moi, comme l'aveugle conduit par l'aveugle. Je porterai les fruits à ta bouche, j'essuierai tes larmes, je préparerai ta couche, tu reposeras ta tête sur mes genoux lorsque tu la sentiras pesante; tu me diras alors le secret. René viendra nous trouver, et il pleurera avec nous.

» — Qu'il ne pleure pas! dit Outougamiz; s'il pleure, je parlerai. Je veux qu'il me promette de ne pas m'aimer, afin que je tienne mon serment. S'il dit qu'il m'aime, je le tuerai, parce que je trahirais mon pays. »

Mila crut qu'elle allait découvrir quelque chose; mais toutes ses grâces et toutes ses séductions furent inutiles. Ses caresses, dont une seule aurait suffi à tant d'autres hommes pour leur faire vendre la destinée du monde, échouèrent contre la gravité de la douleur et contre la foi du serment. Mila trouva dans son mari une résistance à laquelle elle ne s'était pas attendue; elle ignorait à quel point Outougamiz était passionné pour la patrie; quel empire la religion avait sur lui;

quelle force ajoutait à sa vertueuse résistance l'idée que René était coupable, et que ce blanc pourrait apprendre le secret aux autres blancs, si le secret lui était révélé. Céluta, qui ressemblait davantage à son frère et qui le connaissait mieux, avait désespéré dès le premier moment de lui faire dire ce qu'il croyait devoir taire; elle l'admirait en versant des larmes.

La saison déclinait vers l'automne : saison mélancolique où l'oiseau de passage qui s'envole, la verdure qui se flétrit, la feuille qui tombe, la chaleur qui s'éteint, le jour qui s'abrége, la nuit qui s'étend, et la glace qui vient couronner cette longue nuit, rappellent la destinée de l'homme. Les grands jeux devaient être bientôt proclamés : le jour du massacre approchait. Aucune nouvelle de René ne parvenait à Céluta; l'Indienne ne savait plus si elle devait craindre ou désirer le retour du voyageur. Un matin elle vit entrer dans sa cabane le religieux d'une mission lointaine. Ce n'était pas un prêtre d'autant de science que le père Souël, ni d'un zèle à provoquer le martyre, mais c'était un homme charitable et doux. Il ne se mêlait jamais de ce qui ne le regardait pas, et ne cherchait à convertir les âmes au Seigneur que par l'exemple d'une bonne vie. Il portait la robe et la barbe d'un capucin sans orgueil et sans humilité; il trouvait tout simple que son ordre eût conservé les usages et les habits d'autrefois, comme il lui semblait tout naturel que ces usages et ces habits eussent changé.

Céluta s'avança au devant du missionnaire :

« Chef de la prière, lui dit-elle, tu m'honores de venir à ma hutte; mais le maître n'est pas ici, et je crains qu'une femme ne te reçoive pas aussi bien que tu mérites. »

Le père lui répondit en s'inclinant :

« Je ne vous aurais pas importunée de ma visite, si le capitaine d'Artaguette ne m'eût ordonné de vous apporter une lettre de votre mari. »

Céluta rougit d'espérance et de crainte; elle prit la lettre que le missionnaire lui présentait, et la pressa sur son cœur.

Mila, qui était avec sa sœur dans la cabane, et qui tenait

la petite Amélie sur ses genoux, ne voulait pas qu'on se donnât le temps de servir la cassine au religieux, impatiente qu'elle était d'entendre l'explication du collier. Céluta, plus hospitalière, prépara un léger repas.

Tandis qu'elle s'occupait de ce soin, le religieux, voyant la fille de René dans les bras de Mila, la bénit, et demanda si cette petite était chrétienne. L'enfant ne paraissait point effrayée et souriait au vieux solitaire. Celui-ci, interrogé par les deux sœurs, fit, les larmes aux yeux, l'éloge du capitaine d'Artaguette et du brave grenadier Jacques. Céluta apprit avec peine que son frère blanc, fixé à un poste éloigné, était souffrant depuis plusieurs mois.

Mila dit au missionnaire :

« Chef de la barbe, n'as-tu jamais été repoussé des huttes ?

» — Mon bâton, répondit le père, est toujours derrière la porte. »

Céluta servit la cassine. Quand cela fut fait, elle tira la lettre qu'elle avait mise dans son sein et pria le père de la traduire.

Inexplicable contradiction du cœur humain ! Cette femme qui, la veille, s'alarmait du silence de son mari, désirait presque maintenant la continuation de ce silence ! Que contenait la lettre ? annonçait-elle le retour prochain de René ? jetait-elle quelque lumière sur le secret d'Outougamiz ? dissiperait-elle ou confirmerait-elle les soupçons qui s'étaient élevés contre René ? Assises devant le missionnaire, les deux sœurs fixant les yeux sur ses lèvres, écoutaient des sons qui n'étaient pas encore produits. Le père ouvre la lettre, prend sa barbe dans sa main gauche, élève de sa main droite le papier à hauteur de ses yeux, et parcourt en silence la première page. A mesure qu'il avançait dans la lecture, on voyait l'étonnement se peindre sur son visage. Céluta était comme le prisonnier de guerre assis sur le trépied avant d'être livré aux flammes ; Mila perdant toute patience s'écria :

« Explique-nous donc le collier : est-ce que tu ne le comprends pas ? »

Le père traduisit en natchez ce qui suit :

LETTRE DE RENÉ A CÉLUTA.

Au désert, la trente-deuxième neige de ma naissanc .

« Je comptais vous attendre aux Natchez; j'ai été obligé de partir subitement sur un ordre des sachems. J'ignore quelle sera l'issue de mon voyage : il se peut faire que je ne vous revoie plus. J'ai dû vous paraître si bizarre que je serais fâché de quitter la vie sans m'être justifié auprès de vous.

» J'ai reçu de l'Europe, à mon retour de la Nouvelle-Orléans, une lettre qui m'a appris l'accomplissement de mes destinées : j'ai raconté mon histoire à Chactas et au père Souël : la sagesse et la religion doivent seules la connaître.

» Un grand malheur m'a frappé dans ma première jeunesse; ce malheur m'a fait tel que vous m'avez vu. J'ai été aimé, trop aimé : l'ange qui m'environna de sa tendresse mystérieuse ferma, pour jamais, sans les tarir, les sources de mon existence. Tout amour me fit horreur : un modèle de femme était devant moi, dont rien ne pouvait approcher; intérieurement consumé de passions, par un contraste inexplicable je suis demeuré glacé sous la main du malheur.

» Céluta, il y a des existences si rudes qu'elles semblent accuser la Providence et qu'elles corrigeraient de la manie d'être. Depuis le commencement de ma vie, je n'ai cessé de nourrir des chagrins : j'en portais le germe en moi comme l'arbre porte le germe de son fruit. Un poison inconnu se mêlait à tous mes sentiments : je me reprochais jusqu'à ces joies nées de la jeunesse et fugitives comme elle.

» Que fais-je à présent dans le monde, et qu'y faisais-je auparavant? j'étais toujours seul, alors même que la victime palpitait encore au pied de l'autel. Elle n'est plus, cette victime; mais le tombeau ne m'a rien ôté; il n'est pas plus inexorable pour moi que ne l'était le sanctuaire. Néanmoins je sais que quelque chose de nécessaire à mes jours a disparu. Quand je devrais me réjouir d'une perte qui délivre deux âmes, je pleure; je demande, comme si on me l'avais ravi, ce que je ne devais jamais retrouver; je désire mourir; et dans une autre vie une séparation qui me tue, n'en continuera pas moins l'éternité durante!

» L'éternité! peut-être, dans ma puissance d'aimer, ai-je compris ce mot incompréhensible. Le ciel a su et sait encore au moment même où ma main agitée trace cette lettre, ce que je pouvais être : les hommes ne m'ont pas connu.

» J'écris assis sous l'arbre du désert, au bord d'un fleuve sans nom, dans la vallée où s'élèvent les mêmes forêts qui la couvrirent lorsque les temps commencèrent. Je suppose, Céluta, que le cœur de René s'ouvre maintenant devant toi : vois-tu le monde extraordinaire qu'il renferme? il sort de ce cœur des flammes qui manquent d'aliment, qui dévoreraient la création sans être rassasiées, qui et dévoreraient toi-même. Prends garde, femme de vertu! recule devant cet abîme : laisse-le dans mon sein! Père tout-puissant, tu m'as appelé dans la solitude; tu m'as dit : « René! René! qu'as-tu fait de « ta sœur? » Suis-je donc Caïn? »

CONTINUÉE AU LEVER DE L'AURORE.

« Quelle nuit j'ai passée! Créateur, je te rends grâces; j'ai encore des forces, puisque mes yeux revoient la lumière que tu as faite! Sans flambeau pour éclairer ma course, j'errais dans les ténèbres : mes pas, comme intelligents d'eux-mêmes, se frayaient des sentiers à travers les lianes et les buissons. Je cherchais ce qui me fuit; je pressais le tronc des chênes; mes bras avaient besoin de serrer quelque chose. J'ai cru, dans mon délire, sentir une écorce aride palpiter contre mon cœur; un degré de chaleur de plus, et j'animais des êtres insensibles. Le sein nu et déchiré, les cheveux trempés de la vapeur de la nuit, je croyais voir une femme qui se jetait dans mes bras; elle me disait : Viens échanger des feux avec moi et perdre la vie! mêlons des voluptés à la mort! que la voûte du ciel nous cache en tombant sur nous.

» Céluta, vous me prendrez pour un insensé : je n'ai eu qu'un tort envers vous, c'est de vous avoir liée à mon sort. Vous savez si René a résisté, et à quel prodige d'amitié il a cru devoir le sacrifice d'une indépendance qui du moins n'était funeste qu'à lui. Une misère bien grande m'a ôté la joie de votre amour, et le bonheur d'être père : j'ai vu avec une sorte d'épouvante que ma vie s'allait prolonger au-delà de moi. Le sang qui fit battre mon cœur douloureux animera celui de ma fille : je t'aurai transmis, pauvre Amélie, ma tristesse et mes malheurs ! Déjà appelé par la terre, je ne protégerai point les jours de ton enfance ; plus tard je ne verrai point se développer en toi la douce image de ta mère, mêlée aux charmes de ma sœur et aux grâces de la jeunesse. Ne me regrette pas : dans l'âge des passions j'aurais été un mauvais guide.

» Céluta, je vous recommande particulièrement Amélie : son nom est un nom fatal. Qu'elle ne soit instruite dans aucun art de l'Europe ; que sa mère lui cache l'excès de sa tendresse : il n'est pas bon de s'accoutumer à être trop aimé. Qu'on ne parle jamais de moi à ma fille ; elle ne me doit rien : je ne souhaitais pas lui donner la vie.

» Que René reste pour elle un homme inconnu, dont l'étrange destin raconté la fasse rêver sans qu'elle en pénètre la cause : je ne veux être à ses yeux que ce que je suis, un pénible songe.

» Céluta, il y dans ma cabane des papiers écrits de ma main : c'est l'histoire de mon cœur ; elle n'est bonne à personne, et personne ne la comprendrait : anéantissez ces chimères.

« Retournez sous le toit fraternel, brûlez celui que j'ai élevé de mes mains ; semez des plantes parmi ses cendres ; rendez à la forêt l'ermitage que j'avais envahi. Effacez le sentier qui monte de la rivière à la porte de ma demeure ; je ne veux pas qu'il reste sur la terre la moindre trace de mon passage. Cependant j'ai écrit un nom sur des arbres dans la profondeur des bois : il serait impossible de le retrouver ; qu'il croisse donc avec le chêne inconnu qui le porte : le chasseur indien s'enfuira à la vue de ces caractères gravés par un mauvais génie.

» Donnez mes armes à Outougamiz ; que cet homme sublime

fasse en mémoire de moi un dernier effort; qu'il vive. Chactas me suivra, s'il ne m'a pas devancé.

» Si enfin, Céluta, je dois mourir, vous pourrez chercher
après moi l'union d'une âme plus égale que la mienne. Tou-
fois ne croyez pas désormais recevoir impunément les caresses
d'un autre homme; ne croyez pas que de faibles embrassements puissent effacer de votre âme ceux de René. Je vous ai
tenue sur ma poitrine au milieu du désert, dans les vents de
l'orage, lorsque, après vous avoir portée de l'autre côté d'un
torrent, j'aurais voulu vous poignarder pour fixer le bonheur dans votre sein, et pour me punir de vous avoir donné
ce bonheur. C'est toi, Être suprême, source d'amour et de
beauté, c'est toi seul qui me créas tel que je suis, et toi seul
me peux comprendre! Oh! que ne me suis-je précipité dans
les cataractes, au milieu des ondes écumantes! je serais rentré dans le sein de la nature avec toute mon énergie.

» Oui, Céluta, si vous me perdez, vous resterez veuve :
qui pourrait vous environner de cette flamme que je porte
avec moi, même en n'aimant pas? Ces solitudes que je ren-
dais brûlantes vous paraîtraient glacées auprès d'un autre
époux. Que chercheriez-vous dans les bois et sous les ombrages? il n'est plus pour vous d'illusions, d'enivrements,
de délire : je t'ai tout ravi en te donnant tout, ou plutôt en
ne te donnant rien, car une plaie incurable était au fond de
mon âme. Ne crois pas, Céluta, qu'une femme à laquelle on a
fait des aveux aussi cruels, pour laquelle on a formé des
souhaits aussi odieux que les miens, ne crois pas que cette
femme oublie jamais l'homme qui l'aima de cet amour ou
de cette haine extraordinaire.

» Je m'ennuie de la vie; l'ennui m'a toujours dévoré : ce qui
intéresse les autres hommes ne me touche point. Pasteur
ou roi, qu'aurais-je fait de ma houlette ou de ma couronne?
Je serais également fatigué de la gloire et du génie, du
travail et du loisir, de la prospérité et de l'infortune. En
Europe, en Amérique, la société et la nature m'ont lassé. Je
suis vertueux sans plaisir; si j'étais criminel, je le serais sans
remords. Je voudrais n'être pas né, ou être à jamais oublié.

» Que ce soit ici un dernier adieu, ou que je doive vous

revoir encore, Céluta, quelque chose me dit que ma destinée s'accomplit ; si ce n'est pas aujourd'hui même, elle
n'en sera que plus funeste : René ne peut reculer que vers
le malheur. Regardez donc cette lettre comme un testa-
ment. »

La lecture était achevée que Céluta ne relevait point sa
tête qui s'était penchée sur son sein : toute la sagacité de
Mila n'avait pas suffi pour expliquer le collier ; toute la
religion du missionnaire n'avait pu pénétrer le sens de la
lettre ; mais le cœur d'une épouse l'avait mieux compris : rien
n'est intelligent comme l'amour malheureux. Céluta apprenait qu'elle n'était point aimée ; qu'un lien paternel ne lui
avait même pas attaché René ; qu'il y avait, dans l'âme de
cet homme, du trouble, presque du remords, et qu'il se
repentait d'un malheur comme on se repentirait d'un crime.

Céluta releva lentement son front abattu :

« Allons, dit-elle, mon mari est encore plus infortuné que
je ne le supposais ; un méchant esprit l'a persécuté : je dois
être son bon génie. »

Le religieux rendit la lettre à l'Indienne en lui disant :

« Souffrir est notre partage ; la nouvelle alliance que Jésus-
Christ a faite avec les hommes est une alliance de douleur : c'est de son sang qu'il l'a scellée, je vais prier pour
vous. »

Le missionnaire tomba à genoux, et, les mains jointes,
il répéta dans la langue des Natchez l'oraison dominicale :
le calme de cette prière fut une espèce de baume répandu
sur une plaie vive. Quand le Père prononça ces mots : *Dé-
livrez-nous du mal*, les deux femmes sanglotèrent d'attendrissement. Alors le religieux, se relevant avec peine,
ramena son froc sur sa tête grise, traversa la cabane d'un
pas grave, reprit son bâton à la porte et alla, aussi rapidement que le lui permettait sa vieillesse, consoler d'autres
adversités.

Mila, qui portait toujours Amélie, la rendit à Céluta ;
celle-ci la reçut en la couvrant de baisers et en fondant en
larmes. Mila, qui devinait sa sœur, lui dit :

« Tu l'aimeras pour toi, toi qui es sa mère; moi, je l'aimerai pour son père. »

Mais Mila se sentait aussi un peu découragée. Qui avait donc pu trop aimer René? Quand on arracherait le guerrier blanc à la mort, que gagnerait-on à cela, puisqu'il ne voulait pas vivre? Mila ne s'arrêtant pas longtemps à ces réflexions, et revenant à son caractère :

« C'est assez pleurer pour un collier obscur, mal interprété, que nous ne comprenons ni toi, ni moi, ni le père de la barbe. Le danger est à la porte de notre cabane : pourquoi mêler à des peines véritables des peines chimériques? Entre la réalité du mal et les songes de nos cœurs, nous ne saurions où nous tourner. Occupons-nous du présent, nous penserons une autre fois à l'avenir. Découvrons le secret, sauvons René, et, quand nous l'aurons sauvé, il faudra bien qu'il s'explique.

» — Tu as raison, dit Céluta, sauvons mon mari. »

Mila prit Amélie dans ses bras, puis la rendant encore à sa mère :

« Tiens, dit-elle, je désirais avoir un petit guerrier, je n'en veux plus, garde ta fille : elle te préfère à moi quand elle pleure; elle me préfère à toi quand elle rit. Ne dirait-on pas que le collier lui fait aussi verser des larmes? »

Mila sortit pour aller à la découverte du secret.

René avait écrit une autre lettre aux sachems, pour leur annoncer que les Illinois ne paraissaient pas encore disposés à recevoir le calumet de paix. Plus heureux dans sa mission, Chactas avait tout obtenu des Anglais de la Géorgie : il se disposait à revenir. Le tuteur du Soleil espérait que le vieillard serait mort avant de revoir sa cabane : on racontait qu'il touchait à sa fin.

La femme-chef, attendant la tête de sa rivale, laissait en apparence Ondouré plus tranquille, mais elle le surveillait avec toute l'activité de la jalousie. Le sauvage, craignant toujours de se trahir, n'échappait au péril qu'à l'aide de précautions dont il lui tardait de se délivrer.

D'un autre côté, il était difficile que le secret d'une conjuration connue de tant de monde ne transpirât pas au dehors. De temps en temps, il s'élevait des bruits dont tout commandant moins prévenu que celui du fort Rosalie eût recherché la source. Le gouverneur général avait écrit à Chépar de ne se pas laisser trop rassurer par la concession des terres. Une lettre d'Adélaïde, adressée à René, s'était trouvée dans les dépêches. Ondouré, que Fébriano instruisait de tout, s'empressa d'annoncer une nouvelle trahison du fils adoptif de Chactas; mais, en même temps, pour achever de tromper le commandant et pour avoir l'air de ne s'occuper que de plaisirs, il ordonna une chasse au buffle de l'autre côté du Meschacebé.

Mila n'eut pas plutôt appris cette nouvelle qu'elle dit à Céluta :

« Il nous faut aller à cette chasse, où se trouveront toutes les matrones : je veux que le jongleur m'apprenne aujourd'hui même le secret. »

Céluta consentit tristement à suivre Mila ; elle doutait du succès de sa jeune amie, qui refusait de dire le moyen dont elle se comptait servir pour faire parler le jongleur.

Le jour de la chasse arrivé, les deux sœurs partirent ensemble : elles marchaient seules hors de la foule, car tout le monde les fuyait comme on fuit les malheureux. On s'embarque dans les canots; on traverse le fleuve; on descend sur l'autre rive; on entre dans les savanes parsemées d'étangs d'une eau saumâtre, où les buffles viennent lécher le sel.

Divisés en trois bandes, les chasseurs commencent l'attaque : on voyait bondir les buffles au-dessus des grandes forêts de cannes de plus de quinze pieds de hauteur. Mila avait quitté Céluta. Elle s'était attachée aux pas du jongleur qui prononçait des paroles, afin d'amener les victimes sous la lance des guerriers. Un buffle blessé fond tout à coup sur le magicien qui prend la fuite : le buffle est arrêté par les chasseurs, mais le prêtre continue à s'enfoncer dans les cannes, et, entendant courir derrière lui, il fuit encore plus vite : ce n'était pourtant que Mila qui volait sur ses traces comme les colibris volent sur la cime des roseaux. Elle appelle le jongleur; celui-ci tourne enfin la tête, et reconnaissant une femme, il se précipite à terre tout haletant.

« Je t'assure, dit Mila en arrivant à lui, que j'ai eu autant de peur que toi. Je te suivais, parce que tu m'aurais sauvée. D'une seule parole tu aurais fait tomber le buffle mort à tes pieds.

» — C'est vrai, dit le jongleur reprenant un air solennel ; mais que j'ai soif ! »

Mila portait à son bras une corbeille, dans cette corbeille un flacon et une coupe.

« Le grand Esprit m'a bien inspirée, s'écria Mila ; j'ai par hasard ici de l'essence de feu [1]. Ah ! bon génie ! si un homme comme toi allait mourir, que deviendraient les Natchez ?

» — Mila, dit le prêtre essuyant son front et se rapprochant de la malicieuse enchanteresse, tu m'as toujours semblé avoir de l'esprit comme une hermine.

» — Et toi, dit Mila versant l'essence de feu dans la coupe, tu m'as toujours paru beau comme le génie qui préside aux chasses, comme le grand lièvre honoré dans les forêts. »

Le prêtre vida la coupe.

Les sauvages, passionnés pour les liqueurs de l'Europe, recherchent les fumées de l'ivresse comme les peuples de l'Orient les vapeurs de l'opium.

« Je ne t'avais jamais vu de si près, dit Mila remplissant de nouveau la coupe et la présentant à la main avide du jongleur ; que tu es beau ! que tu es beau ! on dit que tu parles tant de langues ! Est-ce que tu entends tout ce que tu dis ? »

Triplement enivré de vin, d'amour et de louanges, le prêtre commençait à faire parler ses yeux. Mila remplit encore la coupe, la porte de sa main droite aux lèvres du jongleur, et, appuyant doucement sa main gauche sur son épaule, semble regarder avec admiration sa victime déjà séduite.

Le lieu était solitaire, les roseaux élevés.

[1] Eau-de-vie.

« Mila? dit le jongleur.

» — Que veux-tu? dit l'Indienne affectant un air troublé et un peu honteux.

» — Approche-toi, repartit le prêtre. Mila parut se vouloir défendre.

» — N'aie pas peur, dit le prêtre. Je puis répandre la nuit autour de nous.

» — C'est pour cela que j'ai tant de peur! répondit Mila; tu es un si grand magicien! »

Le prêtre, prenant Mila dans ses bras, l'attira sur ses genoux.

« Bois donc à ton tour, charmante colombe, dit-il.

» — Moi! » s'écria Mila. Elle feignit de porter la liqueur à sa bouche, tandis que le prêtre, tournant la coupe, cherchait à boire sur le bord que les lèvres de Mila avaient touché.

Le jongleur commençait à sentir les effets du poison; les objets flottaient devant ses yeux.

« Ne vois-je pas, dit-il à Mila, une grande cabane? »

C'étaient des roseaux agités par le vent.

« Oui, dit Mila; c'est la cabane où les sachems sont rassemblés pour délibérer sur la mort de René.

» — C'est étonnant, repartit le prêtre balbutiant, car ce n'est pas encore sitôt. »

Le cœur de Mila tressaillit; elle pressa involontairement le jongleur, qui la serra à son tour dans ses bras.

« Pas encore sitôt? dit Mila; mais c'est...

» — La douzième nuit, pendant la lune des chasses, dit le prêtre.

» — Je croyais, répondit Mila, que c'était la treizième?

» — Je sais mieux cela que toi, repartit le jongleur; il y a douze roseaux dans la gerbe; nous en retirons un chaque nuit.

» — C'est fort bien imaginé, dit Mila, et René sera tué quand tu retireras le dernier?

» — Oui, dit le prêtre, et il sera tué le premier de tous. »

Le prêtre voulut ravir un baiser à Mila, qui, au lieu de ses lèvres, lui présenta l'essence de feu.

« J'aimerais mieux l'autre coupe, dit le jongleur.

» — Mais, reprit Mila, tu dis que René sera tué le premier de tous ; on tuera donc d'autres chairs blanches ?

» — Eh ! certainement, dit le jongleur riant de la simplicité de Mila ; cela sera d'autant plus admirable, qu'ils seront assemblés comme un troupeau de chevreuils pour regarder les grands jeux.

» — Oh ! comme j'y danserai avec toi, s'écria Mila appliquant, avec le dégoût de la nature mais l'exaltation de l'amitié, un baiser sur le front du jongleur ; je n'avais pas entendu parler de ces grands jeux ! J'aime tant les jeux !

» — Toutes les nations qui ont juré le secret, dit le jongleur, se rendront aux Natchez. Outougamiz le Simple a juré comme les autres ; nous le forcerons de tuer son René. »

Mila se lève, s'arrache aux bras du prêtre qui tombe, et dont le front va frapper la terre. Cet homme eut une idée confuse de la faute qu'il venait de commettre ; mais l'ivresse l'emportant, il s'endormit.

Mila cherche Céluta ; elle l'aperçoit seule assise à l'écart ; elle lui dit :

« Tout est découvert ; les blancs seront massacrés aux grands jeux : ton mari périra le premier. »

L'épouse de René est prête à s'évanouir ; son amie la soutient :

« Du courage, dit-elle ; il faut sauver René. Je cours au fort avertir Chépar. Toi, va chercher Outougamiz.

» — Arrête, s'écrie Céluta ; qu'as-tu dit ? avertir Chépar ! Malheureuse ! ton pays ! »

Ces mots retentissent dans le cœur de Mila ; immobile, elle fixe ses regards sur sa sœur, puis s'écrie :

« Périsse la patrie qui a pu tramer un complot si odieux ! Ce n'est plus qu'un repaire d'assassins. Je cours les dénoncer. »

Céluta frémit :

« Mila, dit-elle, songe à ta mère, à ton père, à moi, à Outougamiz. Ne vois-tu pas qu'en prévenant un massacre, tu ne le fais que changer en un meurtre beaucoup plus terrible pour toi ? »

Mila frémit; elle n'avait pas aperçu cet autre péril; mais, tout à coup :

« Je ne m'attendais pas, lorsqu'il s'agissait de la vie de René, que tu serais si calme; que tu balancerais prudemment, comme un sachem, le bien et le mal.

» — Femme, reprit Céluta avec émotion, quel que soit ton cœur, tu ne m'apprendras pas à aimer; mais ne crois pas non plus m'aveugler : je serai maintenant aussi malheureuse que mon frère et aussi discrète que lui. Je sais mourir de douleur, je ne sais pas perdre ma patrie. »

Mila embrasse Céluta.

« Pardonne-moi, dit-elle; je suis trop au-dessous de toi pour te juger. »

Mila raconte à sa sœur comment elle a surpris la foi du jongleur; Céluta blâma doucement son amie :

« On ne fait pas impunément ce qui n'est pas bien, lui dit-elle; quand il n'y aurait que le tourment du secret que tu viens d'apprendre, secret dont tu réponds à présent devant ton pays, ne serais-tu pas déjà assez punie? »

Mila et Céluta se déterminèrent à aller trouver Outougamiz : elles le rencontrèrent sur le bord du fleuve, loin de la chasse, à laquelle il n'avait pris aucune part. En voyant s'avancer les deux femmes, Outougamiz, pour la première fois, fut tenté de s'éloigner. Que pouvait-il leur dire? N'était-il pas aussi malheureux qu'elles? Céluta lui dit en l'abordant :

« Ne nous fuis pas; nous ne te demandons plus rien; nous connaissons tes malheurs. Mon frère, je ne t'accuse plus; je t'admire : tu es le génie de la vertu comme celui de l'amitié. »

Outougamiz ne comprit pas sa sœur.

« Pleurons tous trois, dit Mila, nous savons tous trois le secret.

» — Vous savez le secret? s'écrie d'une voix formidable le jeune Indien. Qui vous l'a dit? ce n'est pas moi! je n'ai pas menti au grand Esprit! je n'ai pas violé le serment des morts! je n'ai pas tué la patrie! »

Et, plein de l'effroi du parjure, il échappe aux bras dans lesquels il eût voulu mourir. Mila vole sur ses pas sans le pouvoir rejoindre. Céluta, abandonnée, se jette dans une pirogue avec des chasseurs qui repassaient le fleuve, et regagne sa cabane.

Un ami qui disparaît au moment d'un grand danger laisse un vide immense. Céluta appelle sa sœur en approchant de sa demeure; aucune voix ne lui répond : Mila n'était point rentrée sous le toit fraternel. Céluta pénètre dans la cabane ; elle en parcourt les différents réduits, revient à la porte, regarde dans la campagne et ne voit personne. Accablée de fatigue, elle s'assied près du foyer, tenant sa fille dans ses bras. Là, se livrant à ses pensées, elle est encore moins oppressée par le péril du moment que par le souvenir de la lettre de René. La sœur d'Outougamiz n'était point aimée, elle ne le serait jamais ! Et c'était celui qu'elle adorait, celui qu'elle cherchait à sauver aux dépens de ses jours, qui lui avait fait ce barbare aveu ! Céluta se trouvait tout à coup jetée hors de la vie : elle sentait qu'elle s'enfonçait dans une solitude, comme l'être mystérieux qui avait trop aimé René.

Le maukawis chanta le coucher du soleil, le pois parfumé de la Virginie éclata à la première veille de la nuit, la fin de la nuit fut annoncée par le cri de la cigogne, et l'amie de Céluta ne revint pas. L'aube ouvrit les barrières du ciel sans ramener la nymphe, sa compagne fidèle : couronnée de fleurs, Mila paraissait chaque matin comme la plus jeune des Heures; précédant les pas de l'Aurore, elle semblait lui donner ou tenir d'elle ses charmes et sa fraîcheur.

Quand Céluta vit poindre le jour, ses alarmes augmentèrent : que pouvait être devenue sa sœur? Une pensée se présente à l'esprit de la fille de Tabamica : en demeurant avec Céluta, Mila n'habitait point sa propre cabane; la cabane de Mila était celle d'Outougamiz. N'était-il pas possible qu'Outougamiz eût voulu retourner à ses foyers, et que son épouse y fût rentrée avec lui?

Céluta passe à son cou l'écharpe où était suspendu un léger berceau : elle place dans le berceau cet enfant voyageur qui souriait par dessus l'épaule de sa mère. Elle sort, elle arrive bientôt au toit qui lui rappelle de si doux et de si tristes

souvenirs; c'était là qu'elle habitait, avec Outougamiz, lorsque
René la vint visiter; c'était par la porte entr'ouverte de cette
cabane qu'elle avait aperçu l'étranger dans le buisson d'a-
zaléa. Comme le cœur lui battit lorsque le guerrier blanc
s'assit auprès d'elle! Avec quelles délices elle prépara le festin
du serment de l'amitié! Qu'ils sont déjà loin ces jours qui
virent naître un amour si tendre! Doux enchantements du
cœur, projets d'un bonheur sans terme et sans mesure,
qu'êtes-vous devenus? Cabane, qui protégeâtes la jeunesse
d'Outougamiz et de Céluta, serez-vous changée comme vos
maîtres? aurez-vous vieilli comme eux?

Oui : cette cabane n'était plus la même; depuis longtemps
inhabitée, elle était vide et sans génies tutélaires ; quelques
petits oiseaux y faisaient leurs nids, et l'herbe y croissait à
l'entour.

Environnée d'assassins, abandonnée de tous ses amis,
livrée sans défense à l'amour impur du tuteur du Soleil,
accablée du malheur et de l'indifférence de René, Céluta ne
désirait plus qu'une tombe pour y reposer à jamais. Comme
elle s'éloignait de la cabane, où elle n'avait trouvé personne,
elle aperçut Adario qui cheminait lentement, traînant ses
lambeaux et s'appuyant sur le bras d'Outougamiz; elle fut
frappée de terreur en remarquant que Mila n'était pas avec
eux. Le vieillard penchait vers la terre; le poids du chagrin
paternel avait enfin courbé ce front inflexible : Adario n'é-
tait plus qu'un mort resté quelques jours parmi les vivants
pour se venger.

Céluta s'avança vers lui.

« Te voilà, ma fille, lui dit-il d'une voix pleine d'une
douceur inaccoutumée, j'allais chez toi; mais puisque nous
sommes auprès de la cabane de ton frère, arrêtons-nous là.
Le vieux chasseur commence à trouver la course un peu
longue; il se repose partout où il rencontre un abri. »

Touchée du changement du vieillard, et attendrie par sa
bonté, Céluta entra avec son frère et son oncle dans la cabane déserte. Ils furent obligés de s'asseoir sur le sol humide.

« C'est ma couche de tous les jours, dit Adario; il faut que je m'habitue à la terre. »

Incertain, pour la première fois de sa vie, le sachem avait l'air de rassembler ses pensées, de chercher ses paroles. Outougamiz, se réveillant comme d'un songe, et reconnaissant le lieu où il était, dit en secouant la tête :

« Adario, tu n'es pas prudent de m'avoir amené ici : tu veux que je tue René, et c'est ici même que je lui ai juré une amitié éternelle. J'ai juré depuis, il est vrai, que je le tuerais? mais dis-moi auquel des deux serments dois-je être fidèle? N'est-ce pas au premier?

» — C'est à ta patrie que tu as fait le dernier, répliqua Adario; et tu l'as prononcé sur les os de tes aïeux.

» — Sur des ossements apportés par le jongleur, répondit Outougamiz; mais étaient-ce ceux de mes ancêtres? J'ai voulu connaître la vérité. Je suis allé cette nuit sur la tombe de mon père; je me suis couché sur le gazon; j'ai prêté l'oreille : mon père était dans sa tombe, car je l'entendais creuser avec ses mains pour venir vers moi. La couche de poussière, entre nous deux, n'était pas plus épaisse qu'une feuille de platane. Je sentais mon cœur refroidir à mesure que le cœur du mort s'approchait de ma poitrine; il me communiquait ses glaces. J'étais calme et heureux : c'était comme le sommeil.

» — Insensé ! s'écria Adario, ton amitié t'égare.

» — Pour ce mot-là, dit Outougamiz, ne le prononce jamais, Adario, tu n'entends rien à l'amitié. Si tu voulais appeler encore mon père en témoignage contre moi, tu te tromperais, car il a reçu mon serment d'amitié dans cette cabane, ainsi que cette femme que tu ne daignes seulement pas regarder, et qui pleure... Je vois René; il vient réclamer, en ce lieu même, le serment que je lui ai fait. Le manitou d'or s'agite sur ma poitrine : non, mon ami! non, mon frère! je ne renie point mon serment! Approche, que je le renouvelle entre tes mains, entre celles de ma sœur : je te jure...

» — Impie! s'écrie Adario lui portant une main ridée à la

bouche; crains que la terre ne te dévore comme l'onde a englouti Mila.

» — Mila! dirent à la fois le frère et la sœur.

» — Oui, Mila, répète Adario d'une voix inspirée : elle a su le secret, et elle a péri! »

Outougamiz reste pétrifié; Céluta inonde la terre de ses larmes. Adario, un bras levé entre son neveu et sa nièce, semble encore proférer le mot qui vient de les anéantir : elle a péri!

Outougamiz se lève, prend sa sœur par la main, la contraint de se lever, la regarde quelque temps en silence, et lui dit :

« Il ne sera plus aimé. René! le seul cœur qui t'aimât encore, le seul qui te voulût sauver, le seul qui protestât de ton innocence, a cessé de battre; car ma sœur et moi nous doutons, nous sommes sans force, nous ne savons nous décider ni pour la patrie, ni pour l'amitié. Céluta, j'ai perdu ma femme, tu as perdu ta compagne, celle qui t'a suivie à la cité des blancs, qui t'a soignée dans mon absence, qui t'a soutenue dans l'absence de cet autre que nous allons tuer. Mila morte! René mort! sa petite fille va bientôt mourir! Chactas qui s'en va aussi! Céluta, resterons-nous seuls? »

Céluta ne pouvait répondre. Outougamiz se tourne vers Adario toujours assis à terre. Il lève son casse-tête et dit :

« Qui a tué Mila?

» — Athaënsic, répond froidement Adario, l'esprit de malheur l'a saisie : elle s'est elle-même précipitée dans le fleuve.

» — Si je savais, reprit le jeune sauvage les dents serrées, qu'un homme eût porté la main sur Mila, fût-il mon propre père... Et puis j'irais trouver Chépar et me mettre à la tête des chairs blanches. »

Adario se levant indigné et secouant ses lambeaux :

« J'ai cru, infâme, que tu n'en voulais qu'à mes cheveux blancs; je te les livrais avec joie, afin de t'engager à garder le secret, à sauver la patrie. Je me disais : Il lui faut une libation de sang pour satisfaire au premier serment qu'il a

fait : qu'il la puise à mes veines! Mais que l'ombre même
de la pensée de trahir ton pays ait pu passer dans ton lâche
cœur!... Retire-toi, scélérat! je te vais livrer aux sachems
qui te voulaient faire périr avec ta sœur, lorsqu'ils ont appris l'indiscrétion du prêtre. J'avais juré de votre vertu ; je
m'étais engagé pour elle; je venais demander à Céluta le
serment du secret : vous êtes deux traîtres et je vous abandonne. »

Adario fait un mouvement pour se retirer; Céluta l'arrête.

« Désespérez de moi, lui dit-elle, mais non pas d'Outougamiz.

» — Et pourquoi, dit celui-ci, veux-tu qu'il espère de
moi? Oui, je sauverai mon ami, si l'on ne me prévient par
ma mort.

» — Allons, dit Adario, épouse fidèle, ami généreux, ré-
vélez le secret à René! livrez ensuite votre pays aux étrangers; mais, dignes enfants, songez qu'avant cette victoire il
faut avoir incendié nos cabanes, il faut avoir égorgé vos
proches et vos amis, il faut avoir arraché un à un les cheveux de la tête d'Adario, il faut avoir fait de son crâne la
coupe du festin de René. »

Pendant ce discours affreux, Céluta et Outougamiz ressemblaient à deux spectres. Adario s'approche de sa nièce:

« Ma Céluta, lui dit-il, faut-il qu'Adario tombe à tes
pieds? Parle, et tu le verras à tes genoux celui qui n'a jamais fléchi devant personne. Mon enfant! René doit mourir
quelque jour, puisqu'il est homme; mais ta patrie, si tu le
veux, ta patrie peut être immortelle. Ta cousine, ma pauvre
fille, n'a-t-elle pas perdu son fils unique, et ne sais-tu pas
par quelle main? N'ai-je pas arraché ma postérité, pour
qu'elle ne poussât pas des racines dans une terre esclave!
Regarde-moi, et ose dire qu'il ne m'en a rien coûté? ose
dire que mes entrailles déchirées ne saignent plus, que la
plaie que je leur ai faite est guérie? S'il reste des enfants
libres aux Natchez, Céluta, ils te devront leur liberté; ils te
souriront dans les bras de leur mère; les bénédictions t'ac-
compagneront quand tu traverseras les villages de ta patrie;
les sachems se rangeront avec respect sur ton passage, ils

s'écrieront : Faites place à Céluta! Ces moissons florissantes,
c'est toi qui les auras semées; ces cris de joie et d'amour,
c'est toi qui les exciteras. Qu'est-ce que le sacrifice d'une
passion, que le temps doit éteindre, auprès de ces plaisirs
puisés dans la plus grande des vertus? Peux-tu balancer?
peux-tu consentir à n'être qu'une femme vulgaire dans ta
passion, qu'une femme criminelle dans ta conduite, quand
tu peux te donner en exemple à l'univers? »

Outougamiz avait écouté dans un sombre silence; Céluta
paraissait suspendue entre la mort et la vie.

« Que veux-tu de moi? dit-elle d'une voix tremblante.

» — Un serment pareil à celui de ton frère, répond
Adario : jure entre mes mains que tu garderas le secret;
que tu ne le révéleras pas au coupable qui le divulguerait,
à un homme dont tu ne possèdes pas même l'amour, et
qui te trahissait comme la patrie. »

Ces mots entrèrent profondément dans le cœur de Céluta;
mais la noble créature s'élevant au-dessus de son malheur,
répondit :

« Pourquoi supposes-tu que je ne possède pas le cœur de
mon époux? crois-tu par là me déterminer à l'immoler à
ma tendresse méconnue? Si René ne m'aime pas, c'est que
je ne suis pas digne de lui; c'est une raison de plus de le
sauver, et, par mon dévouement, de mériter son amour. »

Elle s'arrête, car ses larmes qu'elle avait retenues, et qui
coulaient intérieurement, l'étouffaient :

« Adario, reprit-elle, tu es ingrat : René, à la cité des
blancs, proposa sa tête pour la tienne...

» — Ne crois pas ce mensonge, dit Adario en l'interrompant; cette scène était arrangée entre nos ennemis pour
nous inspirer plus de confiance dans un traître.

» — Malheureux René! s'écria Céluta, quel fatal génie fait
méconnaître jusqu'à ta vertu!

» — Céluta, dit Adario, le temps s'écoule. Les jeux vont
être proclamés : es-tu amie ou ennemie? Déclare-toi; range-
toi du côté des blancs, ou jure le secret. »

La sœur d'Outougamiz regarde autour d'elle; elle croit
entendre des voix lamentables sortir des Bocages de la Mort;

la fille de René gémit dans son berceau. Après quelques moments de silence :

« Voici l'arrêt, » dit Céluta.

Adario et Outougamiz écoutent.

« Mon frère a pu jurer, parce qu'il ne savait pas à quoi l'engageait son serment; moi qui connais d'avance les conséquences de ce serment, je serais une femme dénaturée si je le prononçais. Je ne jurerai donc point; mais pour te consoler, Adario, sache que si ma vertu ne me fait garder le secret, tous les serments de la terre seraient inutiles. »

En prononçant ces mots, Céluta parut transfigurée et rayonnante :

« C'est assez ! s'écrie Adario pressant sur son sein la main de cette femme, je suis satisfait, les sachems le seront. Tu viens de faire un serment plus redoutable que celui que je te demandais. »

Adario retourne au conseil des sachems, et Outougamiz prête encore au vieillard l'appui de son bras. Céluta reprend le chemin de la cabane de René : son âme était comme un abîme où les chagrins divers roulaient confondus.

La plaie la plus récente devint peu à peu la plus vive : lorsque l'épouse de René, descendue au fond de son cœur, commença à débrouiller le chaos de ses souffrances, celle que lui causait la perte de Mila se fit cruellement sentir. Céluta se représentait tout ce que valait sa sœur : quelle inépuisable gaieté avec un cœur profondément sensible ! l'oiseau chantait moins bien que Mila, et elle aimait mieux. Les peines mêmes qu'elle donnait étaient mêlées de plaisir, et elle donnait tant de plaisir sans mélange de peines ! Ces cheveux charmants sont maintenant souillés dans les limons du fleuve ! cette bouche que l'amour semblait entr'ouvrir, est remplie de sable ! Cette femme qui était tout âme il y a quelques heures, cette femme que la vie animait de toute sa mobilité, maintenant froide, fixée à jamais dans les bras de la mort ! Qu'elle a été vite oubliée la tendre amie qui n'existait que pour ses amis ! Sa famille n'y pense déjà plus; Outougamiz même a été entraîné ailleurs : personne ne rendra les honneurs funèbres à la jeune, à l'innocente, à la courageuse Mila.

Ces réflexions, auxquelles s'abandonnait Céluta en retournant à sa cabane, la firent changer de route; elle chemina vers le fleuve pour y chercher le corps de son amie. Céluta avait injustement accusé son frère; Outougamiz n'avait point oublié Mila. Après avoir reconduit Adario, il descendit au rivage du Meschacebé; il regarda d'abord passer l'eau, et côtoya ensuite le fleuve, attentif à chaque objet que le courant entraînait; il crut ouïr un murmure :

« Est-ce toi qui parles, Mila? dit-il; es-tu maintenant une vague légère, une brise habitante des roseaux? Te joues-tu, poisson d'or et d'azur, à travers les forêts de corail? Mobile hirondelle, traces-tu des cercles à la surface du fleuve? Sous ta robe de plume, d'écaille ou de cristal, ton cœur aime encore et plaint René. »

Un jeune magnolia que le Meschacebé avait environné dans sa dernière inondation, fixa longtemps les regards d'Outougamiz : il lui semblait voir Mila debout dans l'onde.

Outougamiz s'assit sur la rive :

« Pourquoi, dit-il, Mila, ne me réponds-tu pas, toi qui parlais si bien? Quand tu pleurais sur René, tes yeux étaient comme deux perles au fond d'une source; ton sein, mouillé de larmes, était comme le duvet blanc du jonc sur lequel le vent a fait jaillir quelques gouttes d'eau. Tu étais tout mon esprit : à présent que je suis seul, je ne saurai comment enlever mon ami aux sachems : puis tu étais si sûre de son innocence ! »

Mila, avant de disparaître, avait dit au frère et à la sœur qu'ils cherchaient des moyens extraordinaires de sauver René, tandis qu'il y en avait un tout naturel, auquel ils ne songeaient pas : c'était d'aller au-devant du guerrier blanc, de le retenir loin des Natchez autant de jours qu'il serait nécessaire pour le soustraire au péril. Mila avait ajouté que, si René résistait, ils l'attacheraient au pied d'un arbre, car elle mêlait toujours les raisons de l'enfance aux inspirations de l'amour et aux conseils d'une sagesse prématurée. Outougamiz, au bord du fleuve, se souvint du dernier conseil de Mila.

« Tu as raison, » s'écria-t-il.

Il jette au loin tout ce qui peut retarder la rapidité de sa course, et, trompant la vigilance des allouez attachés à ses pas, il vole comme une flèche lancée par la main du chasseur.

A peine avait-il quitté le fleuve, que Céluta parut sur le rivage. Elle s'arrêtait à chaque pas, regardait parmi les roseaux, s'avançait sur la dernière pointe des promontoires, cherchait, comme on cherche un trésor, la dépouille de sa jeune amie; elle ne trouva rien.

« Le Meschacebé est aussi contre nous, » dit-elle; et elle retourna à sa cabane épuisée de fatigue et de douleur.

Revenu de son ivresse, le jongleur avait conservé le sentiment confus de son indiscrétion : il courut en faire l'aveu au tuteur du Soleil. Ondouré, après s'être emporté contre le prêtre, se hâta de rassembler le conseil. Il déclara qu'il était très-probable que Mila, instruite du secret, l'aurait révélé à Céluta; il annonça en même temps aux sachems qu'il n'y avait plus rien à craindre de Mila, car déjà elle n'existait plus. Adario s'opposa à tout arrêt de sang contre sa nièce, et s'engagea à obtenir d'elle un serment qu'elle tiendrait aussi religieusement qu'Outougamiz. Les vieillards cédèrent au désir d'Adario; il fut pourtant résolu que, si le frère et la sœur laissaient échapper la moindre parole, on les immolerait à la sûreté de tous.

On mit aussi en délibération la mort immédiate de René, en cas qu'il revînt avant le jour du massacre; mais Adario fit remarquer que si l'on frappait le traître isolément on alarmerait les blancs, ses complices; qu'on s'exposerait surtout aux effets du désespoir d'Outougamiz et de Céluta, lorsque ce désespoir pourrait encore nuire à l'exécution générale du complot. On trouva donc plus prudent de laisser les choses telles qu'elles étaient, et de ne faire aucun mouvement.

Il ne manquait au succès des plans d'Ondouré que la mort de Chactas, et les divers messagers commençaient à apporter la nouvelle de cette perte irréparable. Quant à la profanation de Céluta dans les bras d'un monstre, Ondouré se croyait déjà sûr de sa proie. Ces ressorts si compliqués, ces plans si tortueux, cette double intrigue dans le conseil aux Natchez et dans le conseil au fort Rosalie, cette trame si laborieusement ourdie et néanmoins si fragile, tout avait été imaginé et conduit par Ondouré, afin de satisfaire une passion criminelle et d'atteindre, par le triomphe de l'amour, au plus haut degré de l'ambition. Mais l'excès de l'orgueil et de la joie fut encore au moment de perdre Ondouré : il ne put s'empêcher d'aller insulter sa victime. Délivré de la présence de Mila, il osa paraître dans la solitude sacrée de Céluta; il osa prononcer des paroles de tendresse à la plus misérable des femmes, à celle dont presque tous les malheurs étaient son ouvrage. Ondouré oubliait que la jalousie comptait ses pas, et qu'il pouvait être puni par la passion même, cause première de tous ses crimes.

Or, des hérauts allaient publiant l'ouverture des grands jeux et la durée de ces jeux, qui devait être de douze jours. Tout était en mouvement parmi les Natchez et dans la colonie, car les Français, avides de plaisirs, même dans les bois, se promettaient d'assister à une fête pour eux si funeste. Le commandant, invité, regardant désormais les Natchez comme les sujets du roi de France, accordait toute sa protection à cette pompe nationale. Il avait reçu plusieurs fois des avis salutaires, mais Fébriano et les autres créatures d'Ondouré maintenaient Chépar dans son aveuglement; la fête même contribuait à le rassurer.

« Des gens qui conspirent, disait-il, ne jouent pas à la balle et aux osselets. »

Il y a un bon sens vulgaire qui perd les hommes communs.

De toutes parts des groupes joyeusement assemblés riaient, chantaient et dansaient en attendant l'ouverture des jeux. Les Chicassaws, les Yazous, les Miamis, tous les peuples entrés dans la conspiration, arrivaient au grand village. Là était campée une famille dont les femmes, encore chargées de bagages, déposaient à terre leur fardeau ou suspendaient aux arbres le berceau de leurs enfants ; ici des Indiens allumaient le feu de leur camp et préparaient leur repas. Plus loin, des voyageurs lavaient leurs pieds dans un ruisseau, ou se délassaient étendus sur l'herbe. Au détour d'un bois paraissait une tribu qui s'avançait, couverte de poussière, dans l'ordre de marche : les oiseaux s'envolaient, les chevreuils s'enfuyaient ou s'arrêtaient curieusement sur les collines à regarder ce rassemblement d'hommes. Les colons quittant leurs habitations venaient jouir des préparatifs des jeux : ils ignoraient quelle couronne était promise aux vainqueurs.

La gerbe de roseaux avait été déposée dans le temple d'Athaënsic, sous l'autel de ce génie des vengeances. Un jongleur veillait à sa garde. Le premier roseau devait être retiré par trois sorcières dans la nuit qui suivrait l'ouverture des jeux : partout où des colonies européennes étaient établies, même chose devait s'accomplir.

Un rayon d'espoir se glissait au fond du cœur de Céluta. René n'arrivait pas ; encore quatorze jours d'absence, et il échappait à sa destinée. Quelque accident l'aurait-il retenu ? Outougamiz l'aurait-il rencontré ? car Céluta ne doutait point que son frère, qu'on avait vu passer dans les bois, n'eût volé au-devant de son ami. Se laissant aller un moment à ces rêves de bonheur, qui nous poursuivent jusqu'au sein de l'infortune, l'Indienne oubliait et les périls de chaque heure, et les torts que pouvait avoir René : elle s'élevait en pensée au séjour des anges, tandis qu'elle était attachée à la terre, semblable au palmier qui réjouit sa tête dans la rosée du ciel, mais dont le pied s'enfonce dans un sable aride.

Les espérances de Céluta auraient été des craintes pour Ondouré, s'il n'avait su que le frère d'Amélie revenait après avoir échoué dans ses négociations, ce qui rendait l'auteur de la guerre des Illinois plus suspect que jamais aux Natchez. Ondouré savait encore qu'Outougamiz n'avait point rencontré René : les allouez envoyés sur les traces du jeune sauvage ne laissaient rien ignorer au tuteur du Soleil. Le bruit du prochain retour de René se répandit bientôt au grand village, et, en dissipant la dernière illusion de Céluta, acheva d'accabler cette femme déjà trop malheureuse.

Le jour de l'ouverture des jeux était enfin arrivé. A quelque distance du grand village s'étendait une vallée tout environnée de bois qui croissaient en amphithéâtre sur les collines, et qui formaient les entours de cette belle salle bâtie des mains de la nature : là devaient se célébrer les jeux : le jeu de balle et ensuite celui des osselets. La fête commença au lever du soleil.

Le grand prêtre s'avançait à la tête des joueurs : il tenait en main une crosse peinte en bleu, ornée de banderoles de jonc et de queues d'oiseaux; des jongleurs, couronnés de lierre, suivaient le grand prêtre. Venait ensuite Ondouré conduisant son pupille, le jeune Soleil, âgé de huit ans : la femme-chef, le front pâle, accompagnait son fils. Derrière elle, rangés deux à deux, paraissaient les vieillards des Chicassaws, des Yazous et des autres alliés. Une bande nombreuse de musiciens avec des conques, des fifres et des tambourins, escortaient les sachems. Les jeunes guerriers, demi-nus et armés de raquettes, se pressaient pêle-mêle sur les pas de leurs pères. Une foule immense, composée d'enfants, de femmes, de colons, de soldats, de nègres, remplissait les bois de l'amphithéâtre. Chépar même était là, entouré de ses officiers. Toutes les cabanes étaient désertes; la douleur seule était restée au foyer de René.

Les joueurs descendus dans l'arène, le grand prêtre frappe des mains, et l'hymne des jeux est entonné en chœur. La première acclamation de cinq ou six peuples réunis fut étonnante : Céluta l'entendit sous son toit abandonné; c'était la voix de la mort appelant le frère d'Amélie.

CHŒUR GÉNÉRAL.

« Est-ce l'aile de l'oiseau qui fend l'air? Est-ce la flèche qui siffle à mon oreille? Non, c'est la balle qui fuit devant la raquette. O mon œil! sois attentif à la balle, ou je t'arracherai. Que dirait la raquette si elle restait veuve de la balle qu'elle aime? »

LES JEUNES GUERRIERS.

« Empruntons les pieds du chevreuil pour marier la raquette à la balle. »

UN PRÊTRE.

« Les femmes étaient nées d'abord sans la moitié de leurs grâces : un jour le Génie de l'Amour jouait à la balle dans les bois du ciel ; la balle va frapper à la poitrine la plus jeune des épouses du Génie ; brisé par le coup, le globe se transforme en un double sein dont la bouche d'un nouveau-né fit éclore le dernier charme. »

UN GUERRIER.

« La balle est un jeu noble et viril, mais qui pourrait chanter les osselets ? C'est aux osselets que l'on gagne les richesses, c'est aux osselets qu'on obtient une tendre épouse. »

LES SACHEMS.

« C'est aux osselets qu'on perd la raison ; c'est aux osselets qu'on vend sa liberté. »

LES JONGLEURS.

« Deux parts ont été faites de nos destinées : l'une bonne, l'autre mauvaise. Le grand Esprit mit la première dans un osselet blanc, la seconde dans un osselet noir. Chaque homme en naissant, avant qu'il ait les yeux ouverts, prend son osselet dans la main du grand Esprit. »

LES SACHEMS.

« Qu'importe que l'osselet de notre destinée soit noir ou blanc, nous jouons dans la vie assis sur une tombe : à peine avons-nous tiré notre osselet heureux ou fatal, la Mort, qui marque la partie, nous le redemande. »

Les joueurs se séparent en deux bandes ; les Natchez d'un côté, les Chicassaws de l'autre. A un signal donné, le plus adroit des guerriers natchez, placé à son poteau, frappe d'un coup de raquette la balle qui fuit, comme le plomb sort du tube enflammé des chasseurs ; un Chicassaws la reçoit et la renvoie avec la même rapidité. Elle est repoussée vers les Chicassaws qui la reprennent de nouveau. Un mouvement général commence ; la balle est chassée et rechassée : tantôt elle vole horizontalement, et vous verriez les joueurs se baisser tour à tour comme des épis sous le passage d'une brise ; tantôt elle est lancée au ciel à perte de vue : tous les yeux sont levés pour la découvrir dans les airs, toutes les mains tendues pour la recevoir dans sa chute. Soudain des guerriers se jettent à l'écart, se groupent, s'entremêlent, se déploient, se rassemblent encore ; la balle saute à petits bonds sur leurs raquettes jusqu'au moment où un bras vigoureux, la dégageant du conflit, la reporte au centre de l'arène. Les cris d'espérance ou de crainte, les applaudissements et les risées, le bruit de la course, le sifflement de la balle, les coups des raquettes, la voix des marqueurs, les ronflements de la conque, font retentir les bois.

Au milieu de ce bruit et de ce mouvement les âmes étaient diversement occupées : les Français jouissaient en pleine confiance de ce spectacle, tandis que les conjurés comptaient leurs victimes. Il n'y avait rien de plus affreux que ces plaisirs qui couvraient le massacre de toute une colonie. Que d'hommes ont pris pour un jour de fête celui qui devait leur apporter la mort!

Les jeux furent suspendus pour le festin, servi à l'ombre d'une futaie d'érables, au bord d'un courant d'eau ; ils recommencèrent ensuite : on ne savait de quel côté se déciderait la victoire, dont le prix était réglé à mille peaux de bêtes sauvages. Tout à coup le spectacle est interrompu ; les sachems se lèvent, la foule se porte vers la colline du nord, on entend répéter ces mots : « Voici notre père, voici Chactas! Hélas! il est mourant! Outougamiz vient d'annoncer son arrivée. »

En effet, Outougamiz, qui n'avait pas rejoint René, avait rencontré le sachem que portait une troupe de jeunes Chéroquois. La réputation de Chactas était telle, que le commandant français lui-même suivit la multitude pour aller au-devant du vieillard. La foule poussait des cris d'amour sur le passage de l'homme vénérable; mais les yeux étaient remplis de larmes, car on voyait que Chactas n'avait plus que quelques heures à vivre : son visage toujours serein annonçait l'extrême fatigue et la décrépitude ; sa voix était si faible qu'on avait de la peine à l'entendre. Cependant le sachem répondait avec sa bonté et son calme ordinaires à ceux qui lui adressaient la parole. Un jeune guerrier remarquant que les cheveux argentés du vieillard avaient encore blanchi :

« C'est vrai, mon enfant, dit Chactas; j'ai pris ma parure d'hiver, et je vais m'enfermer dans la caverne. »

Un sachem du parti d'Ondouré lui parlait des jeux et de la paix de la patrie ; il répondit :

« L'eau est paisible au-dessus de la cataracte; elle n'est troublée qu'au-dessous. »

Outougamiz, qui marchait auprès du lit de feuillage sur lequel les Chéroquois portaient Chactas, passait d'un profond abattement à une incompréhensible joie :

« Ah! disait-il tout haut, c'est ainsi que j'ai vu porter René quand je l'aimais et que je ne le voulais pas tuer, avant que Mila m'eût quitté pour toujours. »

Ces deux noms frappèrent l'oreille de Chactas.

« Mon excellent Outougamiz, lui dit-il, tu parles de René et de Mila ; et Céluta, où est-elle? où sont mes chers enfants, pour que je les embrasse avant de mourir?

» — Chêne protecteur! s'écria Outougamiz, nous allons tous nous mettre à l'abri sous ton ombre, excepté Mila, qui s'est fait une couche au fond des eaux.

» — Héroïque et bon jeune homme, dit Chactas, je crains que le chêne ne soit tombé avant qu'il t'ait pu garantir de l'orage. »

Chactas demanda où était Adario; on lui dit qu'il habitait les forêts.

Ondouré, à ce triomphe de la vertu, éprouvait de mortelles inquiétudes. L'arrivée inattendue et la prolongation de la vie de Chactas semblaient déranger les projets du conspirateur. Il craignait que le sachem ne découvrît ses trames, et qu'un entretien secret d'un moment avec Céluta et Outougamiz ne détruisît l'œuvre de deux années. Désirant séparer le plus tôt possible Outougamiz de Chactas, Ondouré eut l'imprudence de s'avancer jusqu'à la couche du vieillard, pour le supplier de se livrer au repos. Chactas le reconnaissant à la voix, lui dit :

« O le plus faux des hommes! tu n'as donc pas encore appris à rougir?

» — Courage, Chactas! s'écria Outougamiz ; tu parles tout comme Mila ! »

Ondouré, balbutiant, avait perdu son effronterie accoutumée.

« Mes enfants ! dit Chactas élevant la voix et s'adressant à la foule qu'il entendait autour de lui, mais qu'il ne voyait pas, voilà un des plus dangereux scélérats que la terre ait produits. C'est notre faiblesse qui fait sa tyrannie ; il y a longtemps que j'ai deviné les secrets de ce traître. »

Ces paroles violentes dans la bouche du vieillard si modéré et si sage produisirent un effet extraordinaire. Ondouré se crut perdu. Outougamiz encourageait le tumulte :

« Allez chercher Céluta, s'écriait-il ; voici que tout est arrangé : René est sauvé ! Je ne le tuerai pas ! Quel dommage que Mila soit morte ! »

Quelques sachems restés fidèles à Chactas racontaient qu'Ondouré était vraisemblablement le meurtrier du vieux Soleil ; qu'il avait séduit la femme-chef ; qu'il s'était emparé de l'autorité par violence ; qu'il méditait dans ce moment même d'autres forfaits. Les sauvages étrangers paraissaient troublés. Le commandant français commençaient à s'étonner de ce mot de complot redit de toute part. La destinée d'Ondouré ne semblait plus tenir qu'à un fil, lorsque les prêtres et les sachems du parti du traître répétèrent l'histoire du maléfice jeté par un magicien de la chair blanche sur Outougamiz et sur le vénérable Chactas. Les absurdités religieuses employées précédemment dans des occasions pareilles eurent leur succès accoutumé ; la foule superstitieuse les crut de préférence à la vérité. Chactas fut porté à sa cabane. Chépar retourna au fort, toujours disposé par Fébriano à se confier à Ondouré, et à soupçonner le frère d'Amélie. Le soleil étant couché, les sauvages remirent au lendemain la continuation des jeux.

Mais l'orage conjuré pour un moment menaçait d'éclater de nouveau. Chactas, à peine déposé dans sa cabane, avait demandé la convocation d'un conseil, désirant s'entretenir avec les sachems avant d'expirer. Il était impossible aux conjurés de se refuser au dernier vœu de l'illustre vieillard, sans se rendre suspects et odieux à la nation. Ondouré s'empressa de chercher Adario, et de lui parler de Chactas, dont la tête, disait-il, était affaiblie par les approches de la mort. Adario, regardant de travers le sauvage :

« Il te convient, misérable guerrier, de t'exprimer de la sorte sur le plus grand des sachems et sur l'ami d'Adario! Ote-toi de devant mes yeux si tu ne veux que je punisse tes paroles insensées. »

Ces deux vieillards étaient le désespoir d'Ondouré : Chactas ne connaissait point les desseins du scélérat, et les aurait renversés s'il les eût connus; Adario méprisait le tuteur du Soleil, et l'aurait poignardé s'il avait pu croire que, par le massacre des blancs, il aspirait à la tyrannie. Les sachems s'empressèrent de tenir le conseil dans la cabane de Chactas; Adario s'y rendit le premier.

Outougamiz était allé trouver sa sœur. Assise à ses foyers solitaires et descendue dans son propre cœur, Céluta y avait remué, pour ainsi dire, tous ses chagrins; elle les en avait tirés l'un après l'autre : sa fille, Mila, Outougamiz, René, s'étaient tour à tour présentés à ses craintes et à ses regrets : elle n'avait oublié de pleurer que sur elle. Les grandes douleurs abrégent le temps comme les grandes joies; et les larmes qui coulent avec abondance emportent rapidement les heures dans leur cours. Céluta ignorait l'interruption des jeux, le retour de son frère, et l'arrivée de Chactas. Outougamiz se précipite dans la cabane, et s'écrie :

« Me voici! le voilà! Chactas, Chactas lui-même! je l'ai trouvé au lieu de René; il est arrivé! Nous serons tous sauvés! Ah! si Mila n'était pas morte! Elle s'est trop pressée! Allons, prends ton manteau et ta fille, allons vite voir Chactas. Il est peut-être mort à présent, mais nous n'en sommes pas moins sauvés. »

A ces paroles inintelligibles pour tout autre que pour Céluta, l'Indienne éleva son cœur vers le grand Esprit et se hâta de chercher son manteau. Outougamiz lui ordonnait d'aller vite, prétendait l'aider, et ne faisait que retarder ses apprêts. Quand le frère et la sœur sortirent de la cabane, la nuit atteignait le milieu de son cours. Dans ce moment même les trois vieilles femmes attachées au culte d'Athaënsic entraient dans le temple, et, en présence du chef des prêtres, brûlaient un des roseaux de la gerbe : on aurait dit des Parques coupant le premier fil de la vie de René.

Outougamiz et Céluta arrivèrent à la cabane de Chactas : le conseil n'était pas fini, et les allouez placés à l'entour les empêchèrent d'approcher. On n'a jamais su ce qui se passa dans ce conseil assemblé au bord du lit funèbre de Chactas, et présidé par la vertu mourante. Les gardes les plus voisins de la porte saisirent seulement quelques mots lorsque les voix s'élevaient au milieu d'une discussion animée. Une fois Chactas répondit à Adario :

« Je crois aimer la patrie autant que toi; mais je l'aime moins que la vertu. »

Quelque temps après il dit ·

« J'ignore ce que vous prétendez; mais quiconque est obligé de cacher ses actions ne fait rien d'agréable au grand Esprit. »

On entendit ensuite la femme-chef discourir d'un ton passionné sans pouvoir recueillir ses paroles. Chactas dit après elle :

« Vous le voyez, cette femme est en proie aux remords, elle ne dit pas tout; mais sa conscience lui pèse : pourquoi son complice, l'infâme Ondouré, n'est-il pas ici? »

Sur une observation qu'on lui faisait sans doute, Chactas répondit ainsi :

« Je le sais : les jeunes guerriers doivent préférer les conseils d'Adario aux miens; la jeunesse aime les brasiers qui se font sentir à une grande distance, et qui la forcent à reculer. Elle dédaigne ces feux mourants dont il se faut approcher pour recueillir une chaleur prête à s'éteindre. »

Adario répliqua quelque chose.

« Mon vieil ami, répondit Chactas, nous avons parcouru ensemble un long chemin. Je vous aime et vais vous entendre. Ne calomniez pas René : pardonnez-lui l'excès dans le bien, et ni vous ni moi ne vaudrons mieux que lui. »

Ici le trouble parut régner dans le conseil : les sachems

parlaient ensemble; la voix de Chactas ramena le silence;
il disait :

« Qu'entends-je? il y a eu une assemblée générale des
Natchez au rocher du lac! Mila s'est précipitée dans le fleuve!
René est absent, et on l'accuse sans l'entendre! Céluta est
plongée dans la douleur! Outougamiz paraît insensé! Akansie
se repent! Les jeux proclamés semblent cacher quelque résolution funeste. On m'a éloigné, et mon retour jette de la
confusion parmi vous!... Grand Esprit! tu me rappelles à
toi avant que j'aie pu pénétrer ces mystères! que ta volonté
soit faite : prends dans ta main puissante ce qui échappe à
ma faible main. Adieu, chère patrie! Je dois à mon âme le
dernier moment qui me reste. Ici finissent entre moi et les
hommes les scènes de la vie. Sachems, vous me donnez mon
congé en me cachant vos secrets : je vais apprendre ceux de
l'éternité. »

Après ces paroles, on n'entendit plus rien. Les sachems
sortirent bientôt en silence, les yeux baissés et chargés de
pleurs : ainsi de vieux chênes laissent tomber de leurs feuilles
flétries les gouttes de rosée qu'y déposa une belle nuit.
L'aube blanchissait l'horizon, et la femme-chef envoya chercher le tuteur du Soleil.

Outougamiz et Céluta entrèrent alors dans la cabane de
Chactas. Le vieillard éprouvait dans ce moment une défaillance.
Il avait prié, avant son évanouissement, qu'on le portât au
pied d'un arbre, et qu'on lui tournât le visage vers l'orient,
pour mourir. Quand il reprit ses sens, il reconnut à la voix
Outougamiz et Céluta, mais il ne leur put parler.

Adario n'était point sorti de la cabane avec les autres
sachems; il y était resté afin de faire exécuter la dernière
volonté de son ami. Chactas fut porté sous un tulipier planté
au sommet d'un tertre d'où l'on découvrait le fleuve et tout
le désert.

L'aurore entr'ouvrait le ciel; à mesure que la terre accomplissait sa révolution d'occident en orient, il sortait de
dessous l'horizon des zones de pourpre et de rose, magnifiques rubans déroulés de leur cylindre. Du fond des bois
s'élevaient les vapeurs matinales; elles se changeaient en

fumée d'or, en atteignant les régions éclairées par la lumière du jour. Les oiseaux-moqueurs chantaient; les colibris voltigeaient sur la tige des anémones sauvages, tandis que les cigognes montaient au haut des airs pour découvrir le soleil. Les cabanes des Indiens, dispersées sur les collines et dans les vallées, se peignaient des rayons du levant : jusqu'aux Bocages de la Mort, tout riait dans la solitude.

Outougamiz et Céluta se tenaient à genoux à quelque distance de l'arbre sous lequel le sachem rendait le dernier soupir. Un peu plus loin, Adario debout, les bras croisés, le vêtement déchiré, le poil hérissé, regardait mourir son ami : Chactas était assis et appuyé contre le tronc du tulipier; la brise se jouait dans sa chevelure blanchie, et le reflet des roses de l'aurore colorait son front pâlissant.

Faisant un dernier effort, le sachem tira de son sein un crucifix que lui avait donné Fénelon.

« Atala, dit-il d'une voix ranimée, que je meure dans ta religion! que j'accomplisse ma promesse au père Aubry! Je n'ai point été purifié par l'eau sainte; mais je demande au ciel le baptême de désir. Vertueux chef de la prière, qui remis dans mes mains ce signe de mon salut, viens me chercher aux portes du ciel. Je donnerai peu de peine à la mort; une partie de son ouvrage est déjà faite; elle n'aura point à clore mes paupières comme celles des autres hommes : je vais au contraire ouvrir à la clarté divine des yeux fermés depuis longtemps à la lumière terrestre. »

Chactas exhala la vertu avec son dernier soupir : l'arbre parfumé des forêts américaines embaume l'air quand le temps ou l'orage l'ont renversé sur son sol natal. Outougamiz et Céluta, ayant vu le sachem s'affaisser, se levèrent, s'approchèrent du tulipier et embrassèrent les pieds déjà glacés du vieillard : ils perdaient en lui leur dernière espérance. Adario s'éloigna sans prononcer un mot, comme le voyageur qui va bientôt rejoindre son compagnon parti quelques heures avant lui.

Les sauvages étaient déjà rassemblés dans la vallée des Bois pour recommencer la partie de balle, lorsque la nouvelle du trépas de Chactas se répandit parmi la foule. On disait de toutes parts :

« La gloire des Natchez est éteinte! Chactas, le grand sachem, n'est plus! »

Les jeux furent interrompus de nouveau; la douleur était universelle. Quelques tribus indiennes, frappées de ce deuil qui venait se mêler à des fêtes, commencèrent à craindre la colère du ciel; elles plièrent leurs tentes de peaux, et reprirent le chemin de leur pays.

Tout menaçait de ruine, encore une fois, les desseins d'Ondouré; ses messagers secrets avaient perdu les traces du frère d'Amélie; le conseil rassemblé autour de Chactas avait montré de l'hésitation; la femme-chef, qui s'était presque dénoncée, ne voulait plus qu'une entrevue avec son complice pour céder ou pour résister aux remords. Au fort Rosalie, Chépar, malgré son aveuglement, ne se pouvait empêcher de réfléchir sur les avis que lui transmettaient chaque jour le père Souël, le gouverneur général de la Louisiane, et même le capitaine d'Artaguette; avis que paraissait confirmer la désertion d'un grand nombre de nègres réfugiés dans les bois. Le ciel semblait enfin se déclarer pour l'innocence.

Les plus vieux parents de Chactas vinrent enlever son corps; la cérémonie funèbre fut fixée au lendemain à la troisième heure du jour. Céluta, comme femme du fils adoptif de Chactas, Outougamiz, comme frère de ce fils absent, furent prévenus qu'ils seraient chargés des fonctions d'usage; ils reçurent l'ordre de s'y préparer.

Céluta passa sa solitaire journée à déplorer dans sa cabane la nouvelle perte qu'elle venait de faire. Ce retour continuel à un foyer désert, où elle ne trouvait personne pour la consoler, remplissait son imagination de terreur et son âme de tristesse. Où étaient René, Mila, Chactas, ces parents, ces amis, qui la soutenaient autrefois? Adario n'habitait plus que les lieux sauvages; Outougamiz, chargé de sa propre douleur, jouissait à peine de sa raison. Dans la foule, aucun signe de pitié et de bienveillance; partout des visages ennemis ou des sentiments pires que la haine.

René cependant ne paraissait point, bien que son retour

fût annoncé, et dans cette absence prolongée Céluta entrevoyait une lueur d'espérance. Le malheur est religieux; la
solitude appelle la prière : Céluta pria donc. Tantôt elle demandait des conseils au grand Esprit des Indiens, tantôt
elle s'adressait au grand Esprit des blancs : elle présentait à
celui-ci l'innocente Amélie que l'eau du baptême avait rendue
chrétienne, et qui pouvait invoquer mieux que sa mère le
Dieu de René. Une idée frappe tout à coup Céluta, elle se
lève, elle s'écrie :

« Manitou, protecteur de René, est-ce toi qui m'inspires? »

Céluta s'efforce de calmer sa première émotion, afin de
mieux réfléchir à son dessein : plus elle l'examine, plus elle
le trouve propice ; elle n'attend que la nuit pour l'exécuter.

Les ombres régnaient sur la terre; la lune n'était point
dans le ciel ; on distinguait seulement les grandes masses des
bois et des rochers qui se dessinaient sur le fond bleu du
firmament comme des découpures noires. Céluta sort de sa
cabane avec une petite lumière enfoncée dans un nœud de
roseau ; elle portait en outre des cordons de lin sauvage et
un rouleau d'étoffe de mûrier. Plus légère qu'une ombre,
elle vole à la caverne des Reliques, elle y descend sans
crainte; elle se pare des débris de la mort qu'elle attache
autour d'elle et sur son front, comme une jeune fille orne-
rait sa tête et son sein pour plaire dans l'éclat d'une fête.
Elle s'enveloppe ensuite du long voile de mûrier blanc, et
sous ce voile elle cache sa lampe de roseau.

Quittant l'asile funèbre, elle traverse les campagnes que
couvrait un brouillard : elle dirigeait ses pas vers le temple
d'Athaënsic, pour dérober la gerbe fatale.

« Si j'enlève la gerbe, s'était-elle dit, les conjurés aux
Natchez ne sauront plus à quoi se résoudre; ils se croiront
découverts; ils se diviseront; les uns voudront hâter l'exécution du complot, les autres l'abandonner; il faudra envoyer
des messagers aux nations qui doivent de leur côté exécuter
le massacre, afin de les prévenir de l'accident arrivé aux
Natchez. Quelques rumeurs confuses parviendront aux oreilles des Français. Il est impossible que le projet n'avorte pas
au milieu de cette confusion. Céluta, tu épargneras ainsi un

crime à ta patrie, ou si le meurtre général a lieu, René ar-
rivera quand le coup sera porté : tu auras sauvé ton mari
sans avoir révélé le secret, sans avoir menti à la promesse
que tu as faite à Adario. »

Le temple d'Athaënsic était bâti au milieu d'une cyprière
qui lui servait de bois sacré. Les révélations de Mila avaient
appris à Céluta que la gerbe de roseau était déposée sous
l'autel. Dans l'intérieur du temple, un jongleur, remplacé
de deux heures en deux heures par un autre jongleur, veillait au trésor de la vengeance; au dehors, une garde
d'allouez avait ordre de tuer quiconque s'approcherait du
fatal édifice. Que ne peut l'amour dans le cœur d'une femme,
même lorsqu'elle n'est pas aimée ! C'était cet amour qui avait
inspiré à l'épouse de René l'idée d'emprunter la forme d'un
fantôme. Intrépides sur le champ de bataille, les sauvages
prennent dans le silence ou le bruit de leurs forêts la croyance
et la frayeur des apparitions. Leurs prêtres mêmes, par une
justice divine, éprouvent les terreurs superstitieuses qu'ils em-
ploient pour tromper les hommes.

Arrivée à la cyprière, Céluta, se glissant d'arbre en arbre,
se trouve bientôt à quelques pas du temple; elle entr'ouvre
son voile blanc, et laisse voir la figure de la mort à l'aide
de la petite lampe. Le froissement du linceul qui traînait sur
les feuilles parvient à l'oreille des allouez : ils tournent les
yeux du côté du bruit et aperçoivent le spectre. Les armes
échappent à leurs mains; les uns fuient, les autres, sentant
défaillir leurs genoux, ont à peine assez de force pour se
traîner dans les buissons voisins.

Céluta marche au temple, ouvre une des portes, se place
sur le seuil. Le prêtre gardien était assis à terre; l'apparition
le frappe tout à coup : ses prunelles se dilatent, sa bouche
s'entr'ouvre, sa peau frémit. L'Indienne franchit le seuil;
elle s'avance à pas mesurés, s'arrête, s'avance encore, et
étend la main d'un squelette sur la tête du jongleur. Celui-
ci veut crier et ne peut trouver de voix : une sueur froide
inonde son corps, ses dents claquent dans le frisson de la
peur : Céluta achève sa victoire, touche d'une main glacée
le front du prêtre : la victime tombe évanouie.

La fille de Tabamica est à l'autel, elle en cherche de toutes parts l'ouverture ; vingt fois elle fait le tour de la pierre sans rien découvrir ; elle essaie de soulever la table sacrée, se baisse, se relève, porte la lampe à tous les points du tabernacle, renverse l'idole : le dépôt mystérieux échappe à ses perquisitions !

Le temps presse, les gardes et le jongleur peuvent revenir de leur épouvante. La sœur d'Outougamiz croit entendre des pas et des voix au dehors ; elle adresse des prières à l'Amour et à la Patrie ; elle promet des dons, des offrandes : s'il faut du sang pour celui qu'elle veut épargner, elle offre le sien. Les yeux obscurcis par les larmes du désespoir, l'Indienne tantôt regarde vers la porte du temple, tantôt examine de nouveau l'autel. N'a-t-elle pas senti fléchir une des marches de cet autel ? Son cœur bat ; elle s'agenouille, presse le cèdre obéissant, l'ébranle : la planche fuit horizontalement sous sa main. Joie et terreur ! espérance et crainte ! Céluta plonge son bras nu dans l'ouverture et touche du bout des doigts la gerbe de roseaux.

Mais comment la retirer ? l'ouverture n'est pas assez large, et la planche arrêtée refuse de s'écarter. Il ne reste qu'un seul moyen, c'est de saisir les roseaux un à un : trois fois Céluta plonge son bras dans l'ouverture, trois fois elle ramène quelques roseaux, comme si elle arrachait les jours de René à la destinée ! Mais elle ne peut tout enlever ; les roseaux du dessous de la gerbe sont hors de la portée de sa main. La pieuse sacrilége se détermine à fuir avec son larcin : elle avait retiré huit roseaux, il n'en restait plus que trois dans l'habitacle, le douzième ayant été déjà brûlé. Elle sort du temple au moment où le prêtre revenait de son évanouissement. Bientôt, enfoncée dans l'endroit le plus épais de la cyprière, elle détache son effroyable parure, roule son voile, rend les ossements à la terre, leur demandant pardon d'avoir troublé leur repos éternel.

« Dépouille sacrée, leur dit-elle, vous apparteniez peut-être à un infortuné, et vous avez secouru l'infortune ! »

Son succès n'était pas complet, mais du moins Céluta croyait avoir augmenté les chances de salut pour René. Si

le massacre était avancé de huit jours, c'était huit jours
à retrancher du nombre de ceux qui menaçaient la vie du
frère d'Amélie. Il n'y avait plus que trois jours de péril : qui
sait si l'absence de l'homme menacé ne se prolongerait pas
au-delà d'un terme désormais si court? Céluta, rentrée dans
sa cabane, jette aux flammes les roseaux, s'approche de sa
fille endormie sur un lit de mousse, la regarde à la lumière
de cette même lampe qui avait servi à éclairer les ossements
des morts. L'enfant s'éveille et sourit à sa mère ; la mère se
penche sur l'enfant, le couvre de baisers : elle prenait le
sourire de l'innocence pour une approbation de l'enlèvement
des roseaux. Céluta n'avait d'autre conseil que cette petite
Amélie qui, en venant au monde, n'avait pas réjoui le cœur
paternel, que cette Amélie dont René voulait rester à jamais
inconnu. C'était sur un berceau délaissé qu'une femme abandonnée consultait le ciel pour un époux malheureux, et in-
terrogeait l'avenir.

Outougamiz se fait entendre et paraît sur le seuil de la
cabane. Il avait passé le jour précédent et une grande partie
de la nuit à explorer les chemins par où son ami pouvait
revenir. Rien ne s'était présenté à sa vue. Il remarqua quelque chose de plus animé dans les regards de sa sœur :

« Tu prends courage, lui dit-il, pour assister aux funérailles de notre père. Dépêchons-nous, il est temps de
partir. »

Céluta ne crut pas devoir révéler à Outougamiz le larcin
qu'elle venait de commettre, ni embarrasser son frère d'un
nouveau secret. Elle se hâta de prendre ses habits de deuil.
En se rendant de bonne heure au lit funèbre de Chactas,
elle espérait éloigner encore les soupçons qui pourraient
planer sur elle, lorsque la disparition des roseaux serait
connue.

Quand le frère et la sœur arrivèrent à la cabane de Chactas, le jour naissait. Les parents allument un grand feu ;
on purifie la hutte avec l'eau lustrale ; on revêt le corps du
sachem d'une superbe tunique et d'un manteau qui n'avait
jamais été porté. Dans la chevelure blanche du vieillard on
place une couronne de plumes cramoisies. Céluta et Outou-

gamiz furent chargés de peindre les traits du décédé. Quel triste devoir! Ils se mirent à genoux des deux côtés du corps étendu sur une natte. Lorsque les deux orphelins vinrent à se pencher sur le visage de leur père, leurs têtes charmantes se touchèrent et formèrent une voûte au-dessus du front de Chactas.

Un sachem, maître de la cérémonie funèbre, donnait les couleurs et en expliquait les allégories : le rouge étendu sur les joues devait être de différentes nuances selon les morts : l'amour ne se colore pas du même vermillon que la pudeur, et le crime rougit autrement que la vertu. L'azur appliqué aux veines est la couleur du dernier sommeil; c'est aussi celle de la sérénité. Les pleurs de Céluta effaçaient son ouvrage. Il fallut finir par le terrible baiser d'adieu : les lèvres de l'amitié et de l'amour vinrent toucher ensemble celles de la mort.

Cela étant fait, des matrones donnèrent au vieillard l'attitude que l'enfant a dans le sein de sa mère : ce qui voulait dire que la mort nous rend à la terre, notre première mère, et qu'elle nous enfante en même temps à une autre vie.

Déjà la foule s'assemblait : les congrégations des prêtres, des sachems, des guerriers, des matrones, des jeunes filles, des enfants, arrivaient tour à tour et prenaient leur rang. Les sachems avaient tous un bâton blanc à la main; leurs têtes étaient nues et leurs cheveux négligés : Adario menait ces vieillards. Les Français et le commandant du fort se joignirent à la pompe funèbre, comme ils s'étaient mêlés aux jeux : le cortége, attendant la marche, formait un vaste demi-cercle à la porte de la cabane.

Alors on enleva les écorces de cette cabane du côté qui touchait au cortége, et l'on aperçut Chactas assis sur un lit de parade : derrière lui était couché, en travers, son cercueil fait de bois de cèdre et de petits ossements entrelacés. Debout, derrière cette redoutable barrière, se tenait un sachem représentant Chactas lui-même, et qui devait répondre aux harangues qu'on lui allait adresser.

Les deux chiens favoris du mort étaient enchaînés à ses pieds; on ne les avait point égorgés, selon l'usage, parce que le sachem abhorrait le sang; d'ailleurs, il n'aurait aucun besoin de ses dogues pour chasser dans le pays des âmes, car il y serait employé, disait la foule, à gouverner les ombres. Le calumet de paix du vieillard reposait pareillement à ses pieds; à sa gauche on voyait ses armes, honneur de sa jeunesse, à sa droite le bâton sur lequel il appuyait ses vieux ans. Comme on est plus touché des vertus du sage que de celles du héros, la vue de ce simple bâton portait l'attendrissement dans tous les cœurs.

Adario commença les discours au nom des sachems; il s'avança à pas lents dans le cercle des spectateurs. Les bras croisés et le visage tourné vers son ami, il lui dit :

« Frère, vous aimâtes la patrie; frère, vous combattîtes pour elle; frère, vous l'enseignâtes de votre sagesse. Dire ce que vous avez fait est inutile : ennemi de l'oppresseur, vengeur de l'opprimé, tout en vous était indépendance. Votre pied était celui du chevreuil qui ne connaît point de barrière dont il ne puisse franchir la hauteur; votre bras était un rameau de chêne qui se roidit aux coups de la tempête; votre voix était la voix du torrent que rien ne peut forcer au silence. Ceux qui ont habité votre cœur savent qu'il était trop grand pour être resserré dans la petite main de la servitude. Quant à votre âme, c'était un souffle de liberté. »

Le sachem représentant Chactas répondit de derrière le cercueil :

« Frère, je vous remercie : je fus libre et le suis encore; si mon corps vous semble enchaîné, vos yeux vous trompent; il est sans mouvement, mais on ne le peut faire souffrir: il est donc libre. Quant à mon âme, je garde le secret. Adieu, frère!

» — Vous n'avez point parlé de votre amitié mutuelle! » s'écria Outougamiz en se levant, à la grande surprise des spectateurs.

Adario et le sachem représentant Chactas se regardèrent sans répliquer une parole.

Le tuteur du Soleil s'avança pour prononcer un discours au nom des jeunes guerriers, mais un des bras de Chactas, plié de force, s'échappa comme pour repousser Ondouré.

Une voix s'élève : « Il est désagréable aux morts; qu'il s'é-
loigne ! »

Céluta, fille adoptive de Chactas, fut chargée de rattacher
le bras du vieillard. Dans sa tunique noire et sa beauté
religieuse on l'eût prise pour une de ces femmes qui se
consacrent en Europe aux œuvres les plus pénibles de la
charité.

Céluta, s'adressant au mort, lui dit :

« Mon père, êtes-vous bien ?

» — Oui, ma fille, répliqua le sachem interprète; si dans
le tombeau je me retourne pour me délasser, ma main s'é-
tendra sur toi. »

Le représentant de Chactas répondit aux discours des
mères, des veuves, des jeunes filles et des enfants.

Ces harangues extraordinaires finies, les parents poussèrent trois cris; trois sons de conques funèbres annoncèrent
la levée du corps. Les huit sachems les plus âgés, au nombre
desquels était Adario, s'avancèrent en exécutant la marche
de la mort pour emporter Chactas; ils imitaient le bûcheron,
le moissonneur, le chasseur, qui coupe l'arbre, rompt l'épi,
perce l'oiseau. Adario dit à Chactas :

« Frère, voulez-vous vous coucher? »

Le truchement de la tombe répondit :

« Frère, j'ai besoin de sommeil. »

Alors quatre des huit sachems de la mort formèrent en
s'agenouillant un carré étroit; les autres sachems prennent
le lit où reposait le défunt, le posent sur les quatre épaules
des quatre sachems à genoux; ceux-ci se relèvent, et montrent
à la foule ce qui n'était plus qu'une idole pour la patrie.
Les quatre vieillards libres appuyaient de leurs bâtons,
comme avec des arcs-boutants, le lit de Chactas; le cercueil
traîné sur des roues suivait son maître comme le char vide
du triomphateur. On marche aux Bocages de la Mort.

La tombe avait été marquée près du ruisseau de la Paix;
la fosse était large et profonde, les parois en étaient tapissées des plus belles pelleteries. Les huit sachems de la Mort
déposèrent leur frère dans le cercueil que l'on planta debout à la tête de la fosse ouverte. Le vieillard ainsi placé

ressemblait à une statue dans un tabernacle. Les jeux funèbres commencèrent le long d'une vallée verte qui se pro-
longe à travers les bocages.

Ces jeux s'ouvrirent par la lutte des jeunes filles ; la
course des guerriers suivit la lutte, et le combat de l'arc, la
course.

A un poteau peint de diverses couleurs était attaché par
un pied, au bout d'une longue corde, un écureuil, symbole
de la vie chez les sauvages. L'animal agile tournait autour
du poteau, descendait, remontait, descendait encore, sau-
tait, courait sur le gazon, puis regagnait le haut du poteau,
où il se tenait planté sur les pieds de derrière, en se couvrant de sa queue de soie : c'était le but que la flèche devait atteindre, et dont la mobilité fatiguait les regards. Un
arc de bois de cyprès était le prix désigné au vainqueur.

Ce prix, ainsi que celui de la course, fut remporté par
Outougamiz, qui disait à Céluta : « A qui l'offrirai-je? Mila
est morte, René est absent, et je dois tuer mon ami, s'il
revient. »

Tandis qu'on était occupé de ces jeux, on vit arriver le
grand prêtre, l'air effaré, le vêtement en désordre, cherchant et demandant partout le tuteur du Soleil; on le lui
montra dans la foule. Il courut à lui, l'entraîna au fond d'un
des bocages, d'où il sortit avec lui quelque temps après.
Ondouré paraissait ému; on le vit se pencher à l'oreille d'A-
dario et parler à plusieurs autres sachems. Le jongleur déclara qu'il avait vu des signes dans le ciel, que les augures
n'étaient pas favorables, qu'il fallait abréger la cérémonie.

On se hâta de faire au trépassé les présents d'usage.
Chactas fut descendu dans son dernier asile; et tandis qu'on
élevait le mont du tombeau, le jongleur entonnait l'hymne
à la Mort.

LE GRAND PRÊTRE.

« Est-ce un fantôme que j'aperçois, ou n'est-ce rien ?
C'est un fantôme ! A moitié sorti d'une tombe fermée, il s'é-
lève de la pierre sépulcrale comme une vapeur. Ses yeux
sont le vide, sa bouche est sans langue et ans lèvres, il est
muet, et pourtant il parle· il respire et il n'a point d'ha-

leine : quand il aime, au lieu de donner l'être, il donne le
néant. Son cœur ne bat point. Fantôme, laisse-moi vivre. »

UNE JEUNE FILLE.

« Ma sœur, vois-tu ce petit ruisseau qui se perd tout à
coup dans le sable? Comme il est charmant le long de ses
rivages semés de fleurs; mais comme il disparaît vite! Entre
son berceau caché sous les aunes et son tombeau sous l'é-
rable, on compte à peine seize pas. »

CHOEUR DES JEUNES FILLES.

« Nous avons vu la jeune Ondoïa : ses lèvres étaient
pâles, ses yeux ressemblaient à deux gouttes de rosée troublées par le vent sur une feuille d'azaléa. Nous la vîmes
entr'ouvrir un peu la bouche et rester la tête penchée. Nos
mères nous dirent que c'était là mourir, qu'une seule nuit
avait fané la jeune fille. Mères, est-ce qu'il est doux de
mourir? »

LES JEUNES GUERRIERS.

« Qu'il est insensé, celui qui s'écrie : « Sauvez-moi de la
mort! » Il devrait plutôt dire : « Sauvez-moi de la vie! »
O mort! que tu es belle au milieu des combats! que tu nous
paraissais éloquente lorsque tu nous parlais de la patrie, en
nous montrant la gloire! »

LES ENFANTS.

« Il nous faut un berceau de trois pieds; notre tombeau
n'est pas plus long. Notre mère nous suffit pour nous porter
dans ses bras aux Bocages de la Mort. Nous tomberons de
son sein sur le gazon de la tombe, comme une larme du
matin tombe de la tige d'un lis parmi l'herbe où elle se
perd. »

LES SACHEMS.

« La mort est un bien pour les sages; lui plaire est leur
unique étude; ils passent toute leur vie à en contempler les
charmes. Cet infortuné se roule sur sa couche; ses yeux sont
ardents, jamais ses paupières ne les recouvrent; son cœur
est plein de soupirs : mais tout à coup les soupirs de son
cœur s'exhalent; ses yeux se ferment doucement; il s'allonge

sur sa couche. Qu'est-il arrivé? la mort. Infortuné, où sont tes douleurs? »

CHŒUR DES PRÊTRES.

« La vie est un torrent : ce torrent laisse après lui, en s'écoulant, une ravine plus ou moins profonde, que le temps finit par effacer. »

L'hymne de la mort était à peine achevé que la foule se dispersa. Les paroles du grand prêtre, au milieu de la pompe funèbre, faisaient le sujet de tous les entretiens et l'objet de toutes les inquiétudes. Mais déjà les sachems et les chefs des jeunes gens qui connaissaient le secret étaient convoqués au Rocher du Conseil : le jongleur leur raconte l'apparition du fantôme, et la soustraction d'une partie des épis de la gerbe.

Les conjurés pâlissent. Outougamiz se lève, il s'écrie :

« Vous le voyez, sachems, jamais complot plus impie ne fut formé par des hommes. Le grand Esprit le désapprouve; il rappelle de la mort un de nos ancêtres pour enlever les roseaux sanglants. Le ciel a parlé, abandonnons un projet funeste. Quoi! ce sont ces hommes que vous avez invités à vos fêtes qui, aujourd'hui même, ont rendu les derniers honneurs à Chactas, ce sont ces hommes que vous prétendez égorger! Ils avaient partagé vos plaisirs et vos douleurs; leurs rires et leurs larmes étaient sincères, et vous leur répondiez par de faux sourires et des larmes feintes! Sachems! Outougamiz ne sait point savourer le meurtre et le crime : il n'est point un vieillard, il n'est point un oracle, mais il vous annonce, par la voix de ce manitou d'or qu'il porte sur son cœur, qu'un pareil forfait, s'il est exécuté, amènera l'extermination des Natchez et la ruine de la patrie. »

Ce discours étonna le conseil : on ne savait où Outougamiz le Simple avait trouvé de telles paroles; mais, à l'exception de deux ou trois sachems, tous les autres repoussèrent l'opinion généreuse du jeune guerrier. Adario donna des louanges aux sentiments de son neveu; mais il s'éleva avec force contre les étrangers.

« Cessons, s'écria-t-il, de nous apitoyer sur le sort des blancs. A entendre Outougamiz, ne dirait-on pas que notre

pays est libre, que nous cultivons en paix nos champs?
Qu'est-il donc arrivé? Quel heureux soleil a tout à coup
brillé sur nos destinées? J'en appelle à tous les guerriers ici
présents, ne sommes-nous pas dépouillés et plus opprimés
que jamais? Il suffirait donc que ces étrangers qui ont tué
mon fils, qui ont massacré la vieille compagne de mes
jours, qui ont réduit ma fille au dernier degré de misère,
il suffirait que ces étrangers vinssent se promener au milieu
de nos fêtes, pour qu'Adario oubliât ce qu'il a perdu, pour
qu'il renonçât à une vengeance légitime, pour qu'il con-
sentît à la servitude de sa patrie, pour qu'il trompât tant de
nations associées à notre cause, et dont l'indépendance a été
confiée à nos mains? Puisse la terre dévorer les Natchez
avant qu'ils se rendent coupables d'une telle lâcheté, d'un
aussi abominable parjure! »

Adario fut interrompu par les acclamations les plus vives
et par le cri répété de : *Mort aux blancs!*

Aussitôt que le vieillard se put faire entendre de nouveau, il reprit la parole :

« Sachems, abandonner l'entreprise est impossible; mais
exécuterons-nous notre dessein le jour où le dernier des trois
roseaux qui restent sera brûlé; attendrons-nous le jour qui
avait été marqué avant l'enlèvement des huit roseaux? Sachems, prononcez. »

Une violente agitation se manifesta dans l'assemblée : les
uns demandaient que le massacre eût lieu aussitôt que les
roseaux restants seraient brûlés; ils prétendaient que telle
était la volonté des génies, puisqu'ils avaient permis qu'une
partie de la gerbe fût ravie sous l'autel; les autres insistaient
pour qu'on ne frappât le grand coup qu'à l'expiration du
terme primitivement fixé.

« Quelle folie, s'écriait le chef des Chicassaws, d'entreprendre la destruction de vos ennemis avant que toutes les
chairs rouges soient arrivées! Il nous manque encore cinq
tribus des plus puissantes. D'ailleurs ne ferons-nous pas
avorter le dessein général en commençant trop tôt? Si le
plan est exécuté ici huit jours avant qu'il le soit ailleurs,
n'est-il pas certain que les autres colonies de nos oppres-

seurs échapperont à la vengeance commune, et que bientôt
réunies elles viendront nous exterminer? Pour attaquer nos
ennemis dans trois jours, il faudrait pouvoir prévenir de
cette nouvelle résolution les divers peuples conjurés; or,
trois jours suffisent-ils aux plus rapides messagers pour se
rendre chez tous ces peuples? »

Ondouré appuya l'opinion des Chicassaws : René n'était
pas arrivé; le serait-il dans trois jours, et si l'on précipitait
le massacre, n'y pourrait-il pas échapper? Le tuteur du Soleil rejeta avec mépris l'idée que le grand Esprit avait envoyé un mort dérober les roseaux du temple; il accusa de
lâcheté les gardiens et déclara que bientôt il connaîtrait le
prétendu fantôme.

Le jongleur repoussa vivement cette attaque : soit qu'il
crût ou ne crût pas au fantôme, il lui importait de défendre
son art et de soutenir l'honneur des prêtres. Les Yazous, les
Miamis et une partie des Natchez combattirent à leur tour
l'avis des Chicassaws et d'Ondouré. Tous les guerriers parlaient à la fois : des contradictions on en vint aux insultes :
les conjurés se levaient, se rasseyaient, criaient, se saisissaient les uns les autres par le manteau, se menaçaient du
geste, des regards et de la voix; enfin, un sachem Yazou,
renommé parmi les sauvages, parvint à se faire écouter : il
combattit l'avis des Chicassaws.

Il soutint d'abord qu'il était possible qu'avant l'enlèvement d'une partie de la gerbe, il y eût déjà erreur ou dans
le nombre des roseaux aux Natchez, ou dans celui des roseaux placés chez les autres nations; qu'ainsi rien ne prou-
vait que la vengeance pût être exécutée partout le même
jour. Ensuite il ajouta que la disparition des huit roseaux
dans le temple des Natchez était certainement un effet de la
volonté des génies; que cette même volonté aurait aussi retiré le même nombre de roseaux chez tous les peuples conjurés, et que par conséquent l'extermination aurait lieu
partout le même jour. A ces raisons politiques et religieuses
le chef des Yazous joignit une raison d'intérêt qui, faisant
varier les Chicassaws, fixa l'opinion du conseil :

« Des pirogues chargées de grandes richesses pour les

blancs du haut fleuve se sont, dit le sachem, arrêtées au fort Rosalie; elles n'y resteront que quelques jours; si nous exterminons les Français avant le départ de ces pirogues, nous nous emparerons de ce trésor. »

Les Chicassaws, dont la cupidité était connue de tous les Indiens, feignirent d'être convaincus par l'éloquence du Yazou; ils ne l'étaient que par leur avarice; ils revinrent à l'avis d'exécuter le plan arrêté dans la nuit où serait brûlé le dernier des trois roseaux restés sous l'autel. L'immense majorité du conseil adopta cette résolution.

On convint de continuer les grands jeux, comme si Chactas n'était pas mort et comme si le jour de l'exécution n'était pas avancé. On convint encore de n'instruire les jeunes guerriers de la conjuration que quelques heures avant le massacre.

Ces délibérations prises, l'assemblée se sépara : Outougamiz sortit du conseil avec une espèce de joie. En traversant les forêts, au milieu de la nuit, pour retourner à la cabane de Céluta, il se disait: « Si René n'arrive pas dans trois jours, il est sauvé! » Mais bientôt il vint à penser que si René revenait avant l'expiration de ces trois jours, l'heure de sa mort serait considérablement avancée, et que l'on aurait huit jours de moins pour profiter des chances favorables.

Le jeune sauvage se mit alors à compter le peu de moments que le frère d'Amélie avait peut-être à passer sur la terre; la nouvelle détermination du conseil avait forcé ses idées de se fixer sur un objet affreux; elle avait ravivé ses blessures; elle avait fait sortir son âme de l'engourdissement de la douleur. Le désespoir d'Outougamiz lui arracha des cris épouvantables; les échos répétèrent ses cris, et les Natchez, qui les entendirent, crurent ouïr le dernier soupir de la patrie.

Céluta reconnut la voix de son frère, elle sort précipitamment de son foyer, elle court dans les bois, elle appelle l'ami de René, elle le suit au cri de sa douleur.

« Qui m'appelle? dit Outougamiz.

» — C'est ta sœur, répond Céluta.

» — Céluta! dit Outougamiz s'approchant d'elle : si c'est toi, Céluta, oh! que tu es malheureuse!

» — René est-il mort? s'écria Céluta en arrivant à son frère.

» — Non, repartit Outougamiz, mais l'heure de sa mort est avancée. C'est dans trois jours le jour fatal! Dans trois jours c'en est fait de René, de moi, de toi, de toute la terre! »

A peine avait-il prononcé ces mots, que Céluta, d'une voix extraordinaire et étouffée, murmura ces mots : « C'est moi qui le tue! »

Par les paroles de son frère, Céluta avait tout à coup compris l'autre conséquence de l'anticipation du jour du massacre. En effet, si René au lieu de prolonger son absence, reparaissait tout à coup aux Natchez, c'était sa femme alors qui, au lieu de le sauver par l'enlèvement des roseaux, aurait précipité sa perte. Longtemps Céluta, affaissée par la douleur, fit de vains efforts pour parler; enfin, la voix s'échappant en sanglots du fond de sa poitrine :

« C'est moi qui ai dérobé les roseaux!

» — Malheureuse! s'écrie son frère, c'est toi!... toi!... sacrilége, parjure, homicide!

» — Oui, reprit Céluta désespérée, c'est moi, moi qui ai tout fait! punis-moi; dérobe-moi pour jamais à la lumière du jour, rends-moi ce service fraternel. Les tourments de ma vie sont maintenant au-dessus de mon courage. »

Outougamiz, anéanti, s'appuyait contre le tronc d'un arbre : il ne parlait plus, sa douleur le submergeait. Il rompt enfin le silence :

« Ma sœur, dit-il, vous êtes très-malheureuse! très-malheureuse! plus malheureuse que moi! »

Céluta restait muette comme le rocher. Outougamiz reprit :

« Vous êtes obligée en conscience d'être une seconde fois parjure, de révéler le secret à René : ce secret est maintenant le vôtre, c'est vous qui assassinez mon ami; mais je dois aussi vous dire une chose, c'est que moi me voilà forcé d'avertir les sachems : vous ne voulez pas que je sois votre complice, que je trahisse mon serment. »

Outougamiz s'arrêta un moment après ces mots, puis ajouta :

« Oui, c'est là notre devoir à tous deux : dites le secret à René ; quand René reviendra, moi, je dirai votre secret aux sachems ; si mon ami a le temps de se sauver, ma joie sera comme celle du ciel ; mais soyez prompte, car il faut que je révèle ce que vous allez faire. »

Le simple et sublime jeune homme s'éloigna.

Ondouré était venu du conseil l'esprit agité : la majorité de l'assemblée s'était prononcée contre son opinion. Le crime perdait aux yeux de cet homme la plus grande partie de son charme, si René n'était enveloppé dans le massacre, et si Céluta n'était le prix du forfait. Il résolut de se rendre à la demeure de cette femme que tout semblait abandonner jusqu'à Outougamiz lui-même. Peut-être Céluta avait-elle reçu quelques nouvelles de René ; peut-être était-ce cette épouse ingénieuse et fidèle qui avait dérobé les roseaux du temple ; il importait au tuteur du Soleil de s'éclairer sur ces deux points.

Il arriva à la cabane de Céluta au moment où la sœur d'Outougamiz venait d'en sortir, attirée au dehors par les cris de son frère. L'intérieur de la hutte était à peine éclairé par une lampe suspendue au foyer. Ondouré visita tous les coins de cet asile de la douleur ; il ne trouva personne, excepté la fille de René, qui dormait dans un berceau auprès du lit de sa mère, et qu'il fut tenté de plonger dans un éternel sommeil.

La couche de la veuve et de l'enfant, au lieu d'appeler dans le cœur du monstre la pitié et le remords, n'y réveilla que les feux de l'amour et de la jalousie. Ondouré sentit une flamme rapide courir dans la moelle de ses os : ses yeux se chargèrent de volupté, ses sens s'embrasèrent : l'obscurité, la solitude et le silence sollicitaient le désir. Ondouré se précipite sur la couche pudique de Céluta et lui prodigue les embrassements et les caresses : il y cherche l'empreinte des grâces d'une femme ; il y colle ses lèvres avides et couvre de baisers ardents les plis du voile qui avaient pu toucher ou la bouche ou le sein de la beauté. Dans sa frénésie il jure qu'il périra ou qu'il obtiendra la réalité des plaisirs dont la

seule image allume le désir des passions dans son âme. Mais
Céluta qui pleure au fond des bois avec son frère ne reparaît
pas, et Ondouré, dont tous les moments sont comptés, est
obligé de quitter la cabane.

Une femme, ou plutôt un spectre, s'avance vers lui : à
peine eut-il quitté le toit souillé de sa présence, qu'il se
trouve face à face d'Akansie.

« J'ai trop longtemps, dit la mère du jeune Soleil, j'ai trop
longtemps supporté mes tourments. Lorsqu'après avoir appris
ta visite à ma rivale, je t'ai ordonné de comparaître devant
moi, tu ne m'as pas obéi. Je te retrouve sortant encore de
ce lieu où tes pas et les miens sont enchaînés par Athaënsic.
Misérable! je ne t'adresse plus de reproches : l'amour s'éteint
dans mon cœur: tu es au-dessous du mépris, mais j'ai des
crimes à expier, une vengeance à satisfaire. Je t'en ai prévenu, je vais me dénoncer aux sachems et te dénoncer avec
moi : tes complots, tes forfaits, les miens, vont être révélés:
justice sera faite pour tous. »

Ondouré fut d'autant plus effrayé de ces paroles, qu'à la
lumière du jour naissant il n'aperçut point sur le visage
d'Akansie cette langueur qui lui apprenait autrefois combien
la femme jalouse était encore amante; il n'y avait que sécheresse et désespoir dans l'expression des traits d'Akansie. Ondouré prend aussitôt son parti.

Non loin de la cabane de Céluta était un marais, repaire
impur des serpents. Ondouré affecte un violent repentir; il
feint d'adorer celle qu'il n'a jamais aimée; il l'entoure de
ses bras suppliants, la conjure de l'écouter. Akansie se débat
entre les bras du scélérat, l'accable de ces reproches que la
passion trahie, que le mépris longtemps contenu, savent si
bien trouver :

« Si vous ne voulez pas m'entendre, s'écrie le tuteur du
Soleil, je vais me donner la mort. »

Akansie était bien criminelle, mais elle avait tant aimé!
Il lui restait de cet amour une certaine complaisance involontaire; elle se laisse entraîner vers le marais, prêtant
l'oreille à des excuses qui ne la trompaient plus, mais qui la
charmaient encore. Ondouré, toujours se justifiant et tou-

jours marchant avec sa victime, la conduit dans un lieu
écarté. Il affecte le langage de la passion : que son amante
offensée daigne seulement lui sourire, et il va passer à ses
pieds une vie de reconnaissance et d'adoration ! Akansie sent
expirer sa colère ; Ondouré, feignant un transport d'amour,
se prosterne devant son idole.

Akansie se trouvait alors sur une étroite levée qui séparait
des eaux stagnantes, où une multitude de serpents à sonnettes se jouaient avec leurs petits aux derniers feux de l'automne. Ondouré embrasse les pieds d'Akansie, les attire à
lui ; l'infortunée tombe en arrière, et roule dans l'onde empoisonnée ; elle y plonge de tout son poids. Les reptiles dont
le venin augmente de subtilité quand ils ont une famille à
défendre, font entendre le bruit de mort ; s'élançant tous à
la fois, ils frappent de leur tête aplatie et de leur dent creuse
l'ennemie qui vient troubler leurs ébats maternels.

La joie du crime rayonna sur le front d'Ondouré. Akansie
luttant contre un double trépas, au milieu des serpents et
de l'onde, s'écriait :

« Je l'ai bien mérité, homme affreux ! couronne tes forfaits ; va immoler tes dernières victimes, mais sache que ton
heure est aussi arrivée !

» — Eh bien ! répondit l'infâme, jetant le masque, oui,
c'est moi qui te tue parce que tu voulais me trahir. Meurs,
tous mes forfaits sont les tiens. Je brave tes menaces ! désormais il n'est plus de rémission pour moi, mon dernier soupir
sera pour un nouveau crime et pour un amour qui fait ton
supplice. Tu n'auras pas la tête de Céluta, mais je lui pro-
diguerai les baisers que tu m'as permis de donner à cette
tête charmante ! »

Ondouré, mugissant comme s'il eût déjà habité l'enfer,
abandonne la femme qui lui avait fait tous les sacrifices.

Dieu fit sentir à l'instant même à ce réprouvé un avant-
goût des vengeances éternelles. Quelques chasseurs se mon-
trèrent sur la levée ; ils avaient reconnu le tuteur du Soleil
et s'avançaient rapidement vers lui. Akansie flottait encore
sur les eaux ; il était impossible de la dérober à la vue des
chasseurs ; ils allaient s'empresser de la secourir : ne pouvait-

elle pas conserver assez de vie pour parler quand elle serait
déposée sur le rivage? L'effroi d'Ondouré glaça un moment
son cœur, mais il revint bientôt à lui et se montra digne de
son crime. Le moyen de tromper qu'il prit n'était pas complétement sûr, mais il était le seul qui lui restât à prendre :
il l'aurait du moins opposé à une accusation d'assassinat.
Ondouré appelle donc les guerriers avec tous les signes du
plus violent désespoir: « A moi! s'écriait-il ; aidez-moi à
sauver la femme-chef qui vient de tomber dans cet abîme ; »
et, feignant de secourir Akansie, il essayait de lui plonger
la tête dans l'eau.

Les chasseurs se précipitent , écartent les serpents avec des
branches de tamarin et retirent du marais la mère du jeune
Soleil.

Elle ne donna dans le premier moment aucun signe de
vie ; mais bientôt quelques mouvements se manifestèrent, ses
yeux s'ouvrirent, son regard fixe tomba sur Ondouré, qui recula trois pas comme sous l'œil du Dieu vengeur.

Des cris étouffés, qui ressemblaient au râle de la mort,
s'échappèrent peu à peu du sein d'Akansie! Elle s'agite et
rampe sur la terre ; on eût dit des reptiles qui l'avaient frappée. Sa peau, par l'effet ordinaire de la morsure du serpent
à sonnettes, était marquée de taches noires, vertes et jaunes ;
une teinte livide et luisante couvre ces taches, comme le ver-
nis couvre un tableau. Les doigts de la femme coupable
étaient crevés ; une écume impure sortait de sa bouche ; les
chasseurs contemplaient avec horreur le vice châtié de la
main du grand Esprit.

Céluta, qui revenait des bois voisins et qui regagnait sa
cabane par la levée du marais, fut un nouveau témoin envoyé du ciel à cette scène. A l'aspect de la femme punie,
elle fut saisie d'une pitié profonde et lui prodigua des soins
et des secours. Akansie, reconnaissant la généreuse Indienne,
fit des efforts extraordinaires pour parler, mais sa langue
enflée ne laissait sortir de sa bouche que des sons inarticulés.
Lorsqu'elle s'aperçut qu'elle ne se pouvait faire entendre, le
désespoir s'empara d'elle ; elle se roula sur la terre, qu'elle
mordait dans les convulsions de la mort.

« Grand Esprit, s'écria Céluta, accepte le repentir de cette pauvre femme! Pardonne-lui comme je lui pardonne, si jamais elle m'a offensée! »

A cette prière, des espèces de larmes voulurent couler des yeux d'Akansie; il se répandit sur son front une sérénité qui l'aurait embellie si quelque chose avait pu effacer l'horreur de ses traits. Ses lèvres ébauchèrent un sourire d'admiration et de gratitude : elle expira sans douleur, mais en emportant le fatal secret. Ondouré, délivré de ses craintes, remercia intérieurement le ciel épouvanté de sa reconnaissance. Céluta, reprenant le chemin de sa retraite, disait au soleil qui se levait :

« Soleil, tu viens de voir en deux matins la mort de Chactas et celle d'Akansie : rends la mienne semblable à la première. »

Ondouré fit avertir les parents de la femme-chef d'enlever le corps d'Akansie. Afin de ne pas effrayer l'imagination des conjurés par le spectacle d'une seconde pompe funèbre, les sachems décidèrent que les funérailles (qui ne devaient jamais être célébrées) n'auraient lieu qu'après le massacre.

Devenu plus puissant que jamais par la mort de la femme-chef, le tuteur du Soleil ne se souvenant ni d'avoir été aimé d'Akansie, ni de l'avoir assassinée, se rendit à la vallée des Bois. Les jeux avaient recommencé : Outougamiz, par ordre des vieillards, s'était venu mêler à ces jeux. Quelques moments de réflexion lui avaient suffi pour le tranquilliser sur le pieux larcin de sa sœur ; il lui semblait moins nécessaire d'en instruire immédiatement le conseil, puisque René n'était pas arrivé, et que Céluta ne pouvait confier le secret à René absent. En supposant même le retour du frère d'Amélie, Outougamiz avait une telle confiance dans la vertu de Céluta, qu'il était sûr qu'elle se tairait, même après avoir rendu le secret plus fatal. Enfin, quand Outougamiz se hâterait de tout apprendre aux sachems, les sachems feraient peut-être mourir Céluta sans utilité pour personne ; car le massacre n'en aurait pas moins lieu. Et qui pouvait dire s'il était bon ou mauvais que le jour de ce massacre fût retardé ou avancé pour le destin du guerrier blanc ?

Telles étaient les réflexions d'Outougamiz. Le frère et la sœur comptaient maintenant chaque heure écoulée ; ils regardaient si le soleil baissait à l'horizon, si l'éphémère qui sort des eaux à l'approche du soir, commençait à voler dans les prairies ; ils se disaient :

« Encore un moment passé, et René n'est pas revenu ! »

Nos illusions sont sans terme ; détrompés mille fois par l'amertume du calice, nous y reportons sans cesse nos lèvres avides.

Les ennemis s'étant refusés à recevoir le calumet de paix, René avait renvoyé les guerriers porteurs des présents pour les Illinois, et il revenait seul aux Natchez. Accablé du passé, n'espérant rien de l'avenir, insensible à tout, hors à la raison de Chactas, à l'amitié d'Outougamiz et à la vertu de Céluta, il ne soupçonnait pas qu'on en voulût à sa vie ; ses ennemis étaient loin de savoir à leur tour à quel point il y tenait peu. Les Natchez l'accusaient de crimes imaginaires ; ils l'avaient condamné pour ces crimes, et il ne pensait pas plus aux Natchez qu'au reste du monde ; ses idées comme ses désirs habitaient une région inconnue.

Un jour, dans la longue route qu'il avait à parcourir, il arriva à une grande prairie dépouillée d'arbres ; on n'y voyait qu'une vieille épine couverte de fleurs tardives qui croissait sur le bord d'un chemin indien. Le soleil approchait de son couchant lorsque le frère d'Amélie parvint à cette épine. Résolu de passer la nuit dans ce lieu, il aperçut un gazon sur lequel étaient déposées des gerbes de maïs ; il reconnut la tombe d'un enfant et les présents maternels. Remerciant la Providence de l'avoir appelé au festin des morts, il s'assit entre deux grosses racines de l'épine, qui se tordaient au-dessus de la terre. La brise du soir soufflait par intervalles dans le feuillage de l'arbre, elle en détachait les fleurs, et ces fleurs tombaient sur la tête de René en pluie argentée. Après avoir pris son repas, le voyageur s'endormit au chant du grillon.

La mère, qui avait couché l'enfant sous l'herbe au bord du chemin, vint à minuit apporter des dons nouveaux et humecter de son lait le gazon de la tombe. Elle crut distin-

guer une espèce d'ombre ou de fantôme étendu sur la terre;
la frayeur la saisit, mais l'amour maternel, plus fort que la
frayeur, l'empêche de reculer. S'avançant à pas silencieux
vers l'objet inconnu, elle vit un jeune blanc qui dormait la
face tournée vers les étoiles, un bras jeté sur sa tête. L'Indienne se glisse à genoux jusqu'au chevet de l'étranger
qu'elle prenait pour une divinité propice. Quelques insectes
voltigeant autour du front de René, elle les chassait doucement dans la crainte de réveiller l'esprit, et dans la crainte
aussi d'éloigner l'âme de l'enfant, qui pouvait errer autour
du bon génie. La rosée descendait avec abondance; la mère
étendit son voile sur ses deux bras, et le soutint ainsi au-
dessus de la tête de René :

« Tu réchauffes mon enfant, disait-elle en elle-même, il
est juste que je te fasse un abri. »

Quelques sons confus et bientôt quelques paroles distinctes
échappent aux lèvres du frère d'Amélie; il rêvait de sa sœur :
les mots qu'il laissait tomber étaient tour à tour prononcés
dans sa langue maternelle et dans la langue des sauvages. L'Indienne voulut profiter de cet oracle; elle répondait
à mesure qu'il murmurait quelque chose. Il s'établit entre
elle et lui un dialogue :

« Pourquoi m'as-tu quitté? dit René en natchez.

» — Qui? » demanda l'Indienne.

René ne répondit point.

« Je l'aime, dit le frère d'Amélie un moment après.

» — Qui ? dit encore l'Indienne.

» — La mort, » repartit René, en français.

Après un assez long silence, René dit :

« Est-ce là le corps que je portais ? »

Et il ajouta d'une voix plus élevée :

« Les voici tous : Amélie, Céluta, Mila, Outougamiz,
Chactas, d'Artaguette ! »

René poussa un soupir, se tourna du côté du cœur et ne
parla plus.

Le bruit que l'Indienne fit malgré elle, en se voulant retirer, réveilla le frère d'Amélie. Il fut d'abord étonné de
voir une femme à ses côtés, mais il comprit bientôt que

c'était la mère de l'enfant dont il foulait le tombeau. Il lui imposa les mains, poussa les trois cris de douleur, et lui dit :

« Pardonne-moi, j'ai mangé une partie de la nourriture de ton fils, mais j'étais voyageur, et j'avais faim ; ton fils m'a donné l'hospitalité.

» — Et moi, dit l'Indienne, je croyais que tu étais un génie, et je t'ai interrogé pendant ton sommeil.

» — Que t'ai-je dit? demanda René.

» — Rien, repartit l'Indienne. »

René s'était égaré : il s'enquit du chemin qu'il devait suivre :

« Tu tournes le dos aux Natchez, répondit la femme sauvage ; en continuant à marcher vers le nord, tu n'y arriveras jamais. »

Destinée de l'homme ! si René n'eût point rencontré cette femme, il se fût éloigné de plus en plus du lieu fatal. L'Indienne lui montra sa route, et le quitta après lui avoir recommandé l'enfant qu'elle avait perdu.

Il se leva enfin le jour qui devait être suivi d'une nuit si funeste ! Céluta et son frère le passèrent à parcourir les bois, toujours dans la crainte d'y rencontrer René, toujours dans l'espoir de l'arrêter s'ils le rencontraient, toujours regrettant Mila si légère dans sa course, si heureuse dans ses recherches.

Le jeu des osselets, commencé après la partie de la balle gagnée par les Natchez, avait continué dans la vallée des Bois. Une heure avant le coucher du soleil, le sachem d'ordre se présente aux différents groupes des joueurs, et dit à voix basse :

« Quittez le jeu, retournez à vos tentes ; attendez-y le sachem de votre nation. »

Les jeunes gens se regardent avec étonnement, et, laissant tomber les osselets, se retirent. La nuit vint. Le ciel se couvrit d'un voile épais : toutes les brises expirèrent ; des ténèbres muettes et profondes enveloppèrent le désert.

Après mille courses inutiles, Céluta était rentrée dans sa cabane : quelques heures de plus écoulées, et René était

mort ou sauvé ! L'amante qui tant de fois avait désiré le
retour de son bien-aimé, l'épouse qui si souvent s'était levée
avec joie, croyant reconnaître les pas de son époux, tremblait à présent au moindre bruit, et n'implorait que le
silence. Naguère Céluta eût donné tout son sang pour épargner la plus petite douleur au frère d'Amélie ; maintenant
elle eût béni un accident malheureux qui, sans être mortel,
eût arrêté le guerrier blanc loin des Natchez.

Au fort Rosalie on était loin d'être rassuré : Chépar seul
s'obstinait à ne vouloir rien voir. De nouveaux courriers du
gouverneur général, du capitaine d'Artaguette et du père
Souël annonçaient l'existence d'un complot. Le conseil était
rassemblé, et le nègre Imley, saisi dans les bois, avait été
amené devant ce conseil.

Les renseignements envoyés par le missionnaire étaient
exacts et détaillés: ils désignaient Ondouré comme chef de
la conjuration. Imley, interrogé, nia tout, hors ce qu'il ne
pouvait nier, sa propre fuite. Il dit qu'il avait quitté son
maître comme l'oiseau reprend sa liberté quand il trouve la
porte de sa cage ouverte. Pressé par des questions insi-
dieuses, et certain qu'il était d'être condamné à mort, le
nègre, au lieu de répondre, se prit à railler ses juges : il
répétait leurs gestes, affectait leur air, contrefaisait leur voix
avec un talent d'imitation extraordinaire. Fébriano surtout
excitait sa verve comique, et il fit du commandant une copie
si ressemblante, qu'un rire involontaire bouleversa le conseil.
Chépar, furieux, ordonna d'appliquer l'esclave à la torture,
ce qui fut sur-le-champ exécuté. L'Africain brava les tourments avec une constance héroïque, continuant ses moque-
ries au milieu des douleurs, et ne laissant pas échapper un
mot qui pût compromettre la secret des sauvages. On le retira de la gêne pour le réserver au gibet. Alors il se mit à
chanter Izéphar, à rire, à tourner sur lui-même, à frapper
des mains, à gambader, malgré le dislocement de ses
membres, et tout à coup il tomba mort : il s'était étouffé
avec sa langue, genre de suicide connu de plusieurs peu-
plades africaines. Mélange de force et de légèreté, le caractère d'Imley ne se démentit pas un moment : ce noir n'aima

que l'amour et la liberté, et il traita l'un et l'autre avec la même insouciance que la mort et la vie.

Le commandant regarda l'aventure d'Imley comme celle d'un esclave fugitif qui n'avait aucun rapport avec les desseins qu'on supposait aux sauvages. Il traita les missionnaires de poltrons; il accusa les colons de répandre inconsidérément des alarmes aussitôt qu'ils perdaient un nègre. Poussé par Fébriano, vendu aux intérêts d'Ondouré, mais qui ignorait le complot, Chépar s'emporta jusqu'à faire mettre aux fers des habitants qui demandaient à s'armer et parlaient de se retrancher sur les concessions. Il refusait de croire à une conjuration qui s'achevait en ce moment même sous ses pas, dans le sein de la terre.

Les jeunes guerriers, après avoir quitté les jeux, s'étaient armés. Le sachem d'ordre avait reparu : heurtant doucement dans les ténèbres à la porte de chaque cabane, il avait dit :

« Que les jeunes guerriers se rendent par des chemins divers au lac souterrain, ils y trouveront les sachems; que les femmes, après le départ des guerriers, s'enferment dans leurs cabanes; qu'elles y veillent en silence et sans lumière. »

Aussitôt les jeunes guerriers se glissent à travers les ténèbres jusqu'au lieu du rendez-vous. Les portes des huttes se referment sur les femmes et sur les enfants; les lumières s'éteignent : tous les sauvages quittent le désert, hors quelques sentinelles placées çà et là derrière les arbres. Outougamiz, avec le reste de sa tribu, descendit au lac souterrain.

A l'orient du grand village des Natchez, dans la même cyprière où s'élevait le temple d'Athaënsic, s'ouvre perpendiculairement, comme le soupirail d'une mine, une caverne profonde. On n'y peut pénétrer qu'à l'aide d'une échelle et d'un flambeau. A la profondeur de cent pieds se trouve une grève qui borde un lac. Sur ce lac, semblable à celui de l'empire des ombres, quelques sauvages, pourvus de torches et de fanaux, eurent un jour l'audace de s'embarquer. Autour du gouffre ils n'aperçurent que des rochers stériles hérissant des côtes ténébreuses, ou suspendus en voûte au-

dessus de l'abîme. Des bruits lamentables, d'effrayantes clameurs, d'affreux rugissements, assourdissaient les navigateurs
à mesure qu'ils s'enfonçaient dans ces solitudes d'eau et de
nuit. Entraînés par un courant rapide et tumultueux, ce ne
fut qu'après de longs efforts que ces audacieux mortels parvinrent à regagner le rivage, épouvantant de leurs récits
quiconque serait tenté d'imiter leur exemple.

Tel était le lieu que les conjurés avaient fixé pour celui de
leur assemblée. C'était de cette demeure souterraine que la
liberté du nouveau monde devait s'élancer, qu'elle devait
rappeler à la lumière du jour ces peuples ensevelis par les
Européens dans les entrailles de la terre. Déjà les jeunes
guerriers étaient réunis et attendaient la révélation du mystère que les sachems leur avait promise.

Au bord du lac était un grand fragment de rocher ; les
jongleurs l'avaient transformé en autel. On y voyait, à la
lueur d'une torche, trois hideux marmousets de tailles inégales. Celui du centre, manitou de la liberté, surpassait les
autres de toute la tête ; dans ses traits, grossièrement sculptés,
on reconnaissait le symbole d'une indépendance rude, ennemie du joug des lois, impatiente même des chaînes de la
nature. Les deux autres figures représentaient, l'une les
chairs rouges, l'autre les chairs blanches. Un feu d'ossements
brûlait devant ces idoles, en jetant une lumière enfumée et
une odeur pénétrante. Du sang humain, des poisons expri-
més de divers serpents, des herbes vénéneuses, cueillies avec
des paroles cabalistiques, remplissaient un vase de cyprès.
Un vent nocturne se leva du lac, dont les flots montèrent
aux voûtes de l'abîme : la tempête dans les flancs de la
terre, les idoles menaçantes, le bassin de sang, le feu mortuaire, les prêtres agitant des vipères avec des évocations
épouvantables, la foule des sauvages dans leurs habille-
ments bizarres et divers, toute cette scène, entourée par les
masses des rochers souterrains, donnait une idée du Tartare.

Soudain un des jongleurs, les bras tendus vers le lac,
s'écrie :

« Divinité de la vengeance, est-ce toi qui sors de l'abîme
avec cet orage ? Oui, tu viens : reçois nos vœux ! »

Le jongleur lance une vipère dans les flots, un autre prêtre répand le bassin de sang sur le feu : une triple nuit s'étend sous les voûtes.

Quelques minutes s'écoulent dans l'obscurité ; puis tout à coup une vive clarté illumine les vagues orageuses et les rochers fantastiques. Les idoles ont disparu ; on n'aperçoit plus sur la pierre, autel de la vengeance, que le vieillard Adario vêtu de la tunique de guerre, appuyé d'une main sur son casse-tête, tenant de l'autre un flambeau.

« Guerriers, dit-il, la liberté se lève, le soleil de l'indépendance, resté depuis deux cent cinquante neiges sous l'horizon, va éclairer de nouveau nos forêts. Jour sacré, salut! Mon cœur se réjouit à tes rayons, comme le chêne décrépit au premier sourire du printemps! Pour toi Adario a dépouillé ses lambeaux, il a lavé sa chevelure comme un jeune homme, il renaît au souffle de la liberté. Donnez trois poignards. »

Le sachem jette trois poignards du haut du roc.

« Jeunes guerriers, vous n'êtes pas assemblés ici pour délibérer; vos sachems ont prononcé pour vous au Rocher du Lac, dans le conseil général des peuples; ils ont juré de purger nos déserts des brigands qui les infestent. Vous êtes venus seulement pour dévorer les ours étrangers. Le moment du festin est arrivé. Vous ne quitterez ces voûtes que pour marcher à la mort ou à la liberté. C'est la dernière fois que vous aurez été obligés de vous cacher dans les profondeurs de la terre, pour parler le langage des hommes. Donnez la hache. »

Adario jette à ses pieds une hache teinte de sang.

Un cri de surprise mêlé de joie échappe au bouillant courage des jeunes guerriers. Adario reprend la parole :

« Tout est réglé par vos pères. Plongés dans le sommeil, nos oppresseurs ne soupçonnent pas la mort. Nous allons sortir de cette caverne divisés en trois compagnies : je conduirai les Natchez, et les mènerai, au travers des ombres, à l'escalade du fort. Vous, Chicassaws, sous la conduite de vos sachems, vous formerez le second corps; vous attaquerez le village des blancs au fort Rosalie. Vous, Miamis et Yazous, composant le troisième corps, guidés dans vos vengeances par Ondouré et par Outougamiz, vous détruirez les blancs dont les demeures sont dispersées dans les campagnes. Les esclaves noirs, qui comme nous vont briser leurs chaînes, seconderont nos efforts.

» Tels sont, ô jeunes guerriers! les devoirs que vous êtes appelés à remplir. Il ne s'agit pas de la cause particulière des Natchez : le coup que vous allez porter sera répété dans un espace immense. A l'instant où je vous parle, mille nations, comme vous cachées dans les cavernes, vont en sortir, comme vous, pour exterminer la race étrangère; le reste des chairs rouges ne tardera pas à vous imiter.

» Quant à moi, je n'ai plus qu'un jour à vivre : la nuit prochaine j'aurai rejoint Chactas, ma femme et mes enfants : il ne m'a été permis de leur survivre que pour les venger. Je vous recommande ma fille. »

Il dit et jette son casse-tête au milieu des jeunes guerriers.

Une acclamation générale ébranle les dômes funèbres :

« Délivrons la patrie! »

On vit alors un jeune guerrier monter sur la pierre auprès d'Adario, c'était Outougamiz; il dit :

« Vous avez voulu me faire tuer le guerrier blanc, mon ami. Il n'est point arrivé; ainsi je ne le tuerai pas, mais je tuerai quiconque le tuera! Vous voulez que j'égorge des chevreuils étrangers pendant la nuit; je n'assassinerai personne. Quand le jour sera venu, si l'on combat, je combattrai. J'avais promis le secret, je l'ai tenu : dans quelques heures la borne de mon serment sera passée, je serai libre; j'userai de ma liberté comme il me plaira. Guerriers, je ne sais point parler parce que je n'ai point d'esprit; mais si je suis comme un ramier timide pendant la paix, je suis comme un vautour pendant la guerre. Ondouré, c'est pour toi que je dis cela, souviens-toi des paroles d'Outougamiz le Simple. »

Outougamiz saute en bas du rocher comme un plongeur qui se précipite dans les vagues; quelque temps après on le chercha, et on ne le trouva plus.

Ondouré n'avait remarqué du discours du frère de Céluta

que le passage où le jeune homme s'était applaudi de l'absence de René. Le tuteur du Soleil ressentait de cette absence les plus vives alarmes; il se voyait au moment d'exécuter le dessein qu'il avait conçu sans atteindre le principal but de ce dessein. Céluta, en dérobant les roseaux, pouvait s'applaudir d'avoir obtenu ce qu'elle avait désiré, d'avoir sauvé son époux. Il n'y avait aucun moyen pour Ondouré de reculer la catastrophe; et, comme dans toutes les choses humaines, il fallait prendre l'événement tel que le ciel l'avait fait.

Les guerriers sortirent du lac souterrain, et, cachés dans l'épaisseur de la cyprière, ils se divisèrent en trois corps. Assis à terre dans le plus profond silence, ils attendirent l'ordre de la marche. Minuit approchait; le dernier roseau allait être brûlé dans le temple.

Que différemment occupée était Céluta dans sa cabane! Tressaillant au plus léger murmure des feuilles, les yeux constamment fixés sur la porte, comptant, par les battements de son cœur, toutes les minutes de cette dernière heure, elle n'aurait pu supporter longtemps de telles angoisses sans mourir. A force d'avoir écouté le silence, ce silence s'était rempli pour elle de bruits sinistres : tantôt elle croyait ouïr des voix lointaines, tantôt il lui semblait entendre des pas précipités. Mais n'est-ce point en effet des pas qui font retentir le sentier désert? Ils approchent rapidement. Céluta ne peut plus se tromper; elle se veut lever, les forces lui manquent; elle reste enchaînée sur sa natte, le front couvert de sueur. Un homme paraît sur le seuil de la porte : ce n'est pas René; c'est le bon grenadier de la Nouvelle-Orléans, le fils de la vieille hôtesse de Céluta, le soldat du capitaine d'Artaguette.

Il apportait un billet écrit du poste des Yazous par son capitaine. Quel bonheur, quel soulagement, dans la crainte et l'attente d'une grande catastrophe, de voir entrer un ami au lieu de la victime ou de l'ennemi que l'on attendait! Céluta retrouve ses forces, se lève, court les bras ouverts au grenadier; mais tout à coup elle se souvient du péril général. René n'est pas le seul Français menacé; tous

les blancs sont sous le poignard; un moment encore, et
Jacques peut être égorgé.

« Fils de ma vieille mère de la chair blanche, s'écrie-t-elle,
celui que vous cherchez n'est pas ici; retournez vite sur vos
pas, vous n'êtes pas en sûreté dans cette cabane; au nom
du grand Esprit, retirez-vous! »

Le grenadier n'entendait point ce qu'elle disait; il lui
montrait le billet, qui n'était point pour René, mais pour
elle-même. Céluta ne pouvait lire ce billet. Jacques et Céluta
faisaient des gestes multipliés, tâchaient de se faire comprendre l'un de l'autre sans y pouvoir réussir. Dans ce
moment un sablier qui appartenait à René, et avec lequel
l'Indienne avait appris à diviser le temps, laisse échapper le
dernier grain de sable qui annonçait l'heure expirée. Céluta
voit tomber dans l'éternité la minute fatale : elle jette un
cri, arrache le billet de la main de Jacques, et pousse le
soldat hors de sa cabane. Celui-ci ayant rempli son message,
et ne se pouvant expliquer les manières extraordinaires de
Céluta, court à travers les bois afin de gagner le fort Rosalie,
avant le lever du jour.

Que contenait le billet du capitaine? On l'a toujours ignoré.
A force de regarder la lettre, de se souvenir des paroles et
des gestes du soldat qui n'avait pas l'air triste, Céluta laisse
pénétrer dans son cœur un rayon d'espérance, pâle crépuscule
bientôt éteint dans cette sombre nuit.

Maintenant chaque minute aux Natchez appartenait à la
mort : quelques heures de plus d'absence, et René était à
l'abri de la catastrophe, déjà commencée peut-être pour ses
compatriotes. Ah! si Céluta, aux dépens de sa vie, eût pu
précipiter la fuite du temps! Un nouveau bruit se fait entendre : sont-ce les meurtriers qui viennent chercher René dans
sa cabane? ils ne l'y trouveront pas! Serait-ce le frère
d'Amélie lui-même? Céluta s'élance à la porte : ô prodige !
Mila! Mila échevelée, pâle, amaigrie, recouverte de lambeaux
comme si elle sortait du sépulcre, et charmante encore!
Céluta recule au fond de la cabane; elle s'écrie :

« Ombre de ma sœur, me viens-tu chercher? le moment
fatal est-il arrivé?

» — Je ne suis point un fantôme, répondit Mila, déjà
tombée dans le sein de son amie; je suis ta petite Mila. »

Et les deux sœurs entrelaçaient leurs bras, mêlaient leurs
pleurs, confondaient leurs âmes. Mila dit rapidement :

« Après la découverte du secret, Ondouré me fit enlever.
Ils m'ont enfermée dans une caverne et m'ont fait souffrir
toutes sortes de maux; mais je me suis ri des allouez :
cette nuit, je ne sais pourquoi, mes geôliers se sont éloignés
de moi un moment; ils étaient armés et ils sont allés parler
à d'autres guerriers sous des arbres. Moi, qui cherchais
toujours les moyens de me sauver, j'ai suivi ces méchants.
Je me suis glissée derrière eux : une fois échappée, ils
auraient plutôt attrapé l'oiseau dans la nue que Mila dans
le bois. J'accours. Où est Outougamiz? Le guerrier blanc
est-il arrivé? Lui as-tu dit le secret, comme je le lui vais
dire? Il y a encore huit nuits avant la catastrophe, si ce
beau jongleur amoureux m'a dit vrai sur le nombre des
roseaux.

» — Oh! Mila, s'écrie Céluta, je suis la plus coupable, la
plus infortunée des créatures! J'ai avancé la mort de René ;
j'ai dérobé huit roseaux ; c'est à l'heure même où je te parle
que le coup est porté.

» — Tu as fait cela? dit Mila; je ne t'aurais pas crue si
courageuse! René est-il arrivé?

» — Non, reprit Céluta.

» — Eh bien! dit Mila, que te reproches-tu? Tu as sauvé
mon libérateur; tu n'as plus que quelques heures à attendre.
Mais que fais-tu? que fait Outougamiz pendant ces heures?
Tu commences toujours bien, Céluta, et tu finis toujours
mal. Crois-tu que tu sauveras René en te contentant de
pleurer sur ta natte? Je ne sais point demeurer ainsi tranquille;
je ne sais point sacrifier mes sentiments ; je ne sais point
douter de la vertu de mes amis, les soupçonner, m'attendrir
sur une patrie impitoyable et garder le secret des assassins.
Méchants, vous m'avez laissée échapper de mon tombeau, je
viens révéler vos iniquités! je viens sauver mon libérateur,
s'il n'est point encore tombé entre vos mains. »

Mila, échappée aux bras de sa sœur, fuit en s'écriant :

« Nous perdons des moments irréparables. »

Depuis le jour où René avait rencontré l'Indienne qui lui
enseigna sa route, il s'était avancé paisiblement vers le pays
des Natchez. A mesure qu'il marchait, il se trouvait moins
triste; ses noirs chagrins paraissaient se dissiper; il touchait
au moment de revoir sa femme et sa fille, objets charmants
qui n'avaient contre eux que le malheur dont le frère d'Amélie
avait été frappé. René se reprochait sa lettre; il se reprochait
cette sorte d'indifférence qu'un chagrin dévorant avait laissée
au fond de son cœur : démentant son caractère, il se laissait
aller peu à peu aux sentiments les plus tendres et les plus
affectueux : retour au calme qui ressemblait à ce soulagement que le mourant éprouve avant d'expirer. Céluta était si
belle! Elle avait tant aimé René! elle avait tant souffert pour
lui! Outougamiz, Chactas, d'Artaguette, Mila, attendaient
René. Il allait retrouver cette petite société supérieure à tout
ce qui existait sur la terre; il allait élever sur ses genoux
cette seconde Amélie qui aurait les charmes de la première,
sans en avoir le malheur.

Ces idées, si différentes de celles qu'il nourrissait habi-
tuellement, amenèrent René jusqu'à la vue des bois des
Natchez; il sentit quelque chose d'extraordinaire en décou-
vrant ces bois. Il en vit sortir une fumée qu'il prit pour
celle de ses foyers; il était encore assez loin, et il précipita
sa marche. Le soleil se coucha dans les nuages d'une tempête, et la nuit la plus obscure (celle même du massacre)
couvrit la terre.

René fit un long détour afin d'arriver chez lui par la
vallée. La rivière qui coulait dans cette vallée ayant grossi,
il eut quelque peine à la traverser; deux heures furent ainsi
perdues dans une nuit dont chaque minute était un siècle.
Comme il commençait à gravir la colline sur le penchant de
laquelle était bâtie sa cabane, un homme s'approcha de lui
dans les ténèbres pour le reconnaître, et disparut.

Le frère d'Amélie n'était plus qu'à la distance d'un trait
d'arc de la demeure qu'il s'était bâtie; une faible clarté
s'échappant par la porte ouverte en dessinait le cadre au
dehors sur l'obscurité du gazon. Aucun bruit ne sortait du

toit solitaire. René hésitait maintenant à entrer ; il s'arrêtait à chaque demi-pas ; il ne savait pourquoi il était tenté de retourner en arrière, de s'enfoncer dans les bois et d'attendre le retour de l'aurore. René n'était plus le maître de ses actions ; une force irrésistible le soumettait aux décrets de la Providence : poussé presque malgré lui jusqu'au seuil qu'il redoutait de franchir, il jette un regard dans la cabane.

Céluta, la tête baissée dans son sein, les cheveux pendants et rabattus sur son front, était à genoux, les mains croisées, les bras levés dans le mouvement de la prière la plus humble et la plus passionnée. Un maigre flambeau, dont la mèche allongée par la durée de la veille obscurcissait la clarté, brûlait dans un coin du foyer. Le chien favori de René, étendu sur la pierre de ce foyer, aperçut son maître et donna un signe de joie, mais il ne se leva point, comme s'il eût craint de hâter un moment fatal. Suspendue dans son berceau à l'une des solives sculptées de la cabane, la fille de René poussait de temps en temps une petite plainte, que Céluta absorbée dans sa douleur, n'entendait pas.

René, arrêté sur le seuil, contemple en silence ce triste et touchant spectacle ; il devine que ces vœux adressés au ciel sont offerts pour lui : son cœur s'ouvre à la plus tendre reconnaissance ; ses yeux, dans lesquels un brûlant chagrin avait depuis longtemps séché les larmes, laissent échapper un torrent de pleurs délicieux. Il s'écrie : « Céluta ! ma Céluta ! » Et il vole à l'infortunée qu'il relève, qu'il presse avec ardeur. Céluta veut parler : l'amour, la terreur, le désespoir, lui ferment la bouche ; elle fait de violents efforts pour trouver des accents ; ses bras s'agitent, ses lèvres tremblent ; enfin un cri aigu sort de sa poitrine, et, lui rendant la voix :

« Sauvez-le, sauvez-le ! esprits secourables, emportez-le dans votre demeure ! »

Céluta jette ses bras autour de son époux, l'enveloppe, et semble vouloir le faire entrer dans son sein pour l'y cacher.

René prodigue à son épouse des caresses inaccoutumées.

« Qu'as-tu, ma Céluta? lui disait-il; rassure-toi. Je viens te
protéger et te défendre. »

Céluta regardant vers la porte s'écrie :

« Les voilà, les voilà! »

Elle se place devant René pour le couvrir de son corps.

« Barbares, vous n'arriverez à lui qu'à travers mon
sein.

» — Ma Céluta, dit René, il n'y a personne; qui te peut
troubler ainsi? »

Céluta frappant la terre de ses pieds :

« Fuis, fuis! tu es mort! Non, viens; cache-toi sous les
peaux de ma couche; prends des vêtements de femme. »

L'épouse désolée, arrachant ses voiles, en veut couvrir
son époux.

« Céluta, disait celui-ci, reprends ta raison ; aucun péril
ne me menace.

» — Aucun péril? dit Céluta l'interrompant. N'est-ce pas
moi qui te tue? n'est-ce pas moi qui hâte ta mort? n'est-ce
pas moi qui en ai fixé le jour en dérobant les roseaux?...
Un secret... O ma patrie!

» — Un secret? repartit René.

» — Je ne te l'ai pas dit! s'écrie Céluta. Oh! ne perds
pas ce seul moment laissé à ton existence! Fuyons tous
deux! viens te précipiter avec moi dans le fleuve! »

Céluta est aux genoux de René; elle baise la poussière de
ses pieds; elle le conjure par sa fille de s'éloigner seulement
pour quelques heures :

« Au lever du soleil, dit-elle, tu seras sauvé. Outougamiz
viendra; tu sauras tout ce que je ne puis te dire dans ce
moment!

» — Eh bien! dit René, si cela peut guérir ton mal, je
m'éloigne; tu m'expliqueras plus tard ce mystère, qui n'est
sans doute que celui de ta raison troublée par une fièvre
ardente. »

Céluta, ravie, s'élance au berceau de sa fille, présente
Amélie au baiser de son père, et avec ce même berceau
pousse René vers la porte. René va sortir : un bruit d'armes
retentit au dehors. René tourne la tête; la hache lancée

l'atteint et s'enfonce dans son front, comme la coignée dans la cime du chêne, comme le fer qui mutile une statue antique, image d'un Dieu et chef-d'œuvre de l'art. René tombe dans sa cabane : René n'est plus !

Ondouré a fait retirer ses complices : il est seul avec Céluta évanouie, étendue dans le sang et auprès du corps de René. Ondouré rit d'un rire sans nom. A la lueur du flambeau expirant, il promène ses regards de l'une à l'autre victime. De temps en temps il foule aux pieds le cadavre de son rival et le perce à coups de poignard. Il dépouille en partie Céluta et l'admire. Il fait plus... Éteignant ensuite le flambeau, il court présider à d'autres assassinats, après avoir fermé la porte du lieu témoin de son double crime.

Heureuse, mille fois heureuse, si Céluta n'avait jamais rouvert les yeux à la lumière ! Dieu ne le voulut pas. L'épouse de René revint à la vie quelques instants après la retraite d'Ondouré. D'abord elle étend les bras, et trempe ses mains dans le sang répandu autour d'elle, sans savoir ce que c'était. Elle se met avec effort sur son séant, secoue la tête, cherche à rassembler ses souvenirs, à deviner où elle est, ce qu'elle est. Par un bienfait de la Providence l'Indienne n'avait pas sa raison : elle ne se formait qu'une idée confuse de quelque chose d'effroyable. Elle plia ses bras devant elle, elle promena ses regards dans la cabane où les ténèbres étaient profondes. Le silence de la mort n'était interrompu de temps en temps que par les hurlements du chien. Céluta voulut inutilement murmurer quelques mots.

Dans ce moment elle crut voir Tabamica, sa mère. Les mamelles qui nourrirent Céluta avaient disparu ; les lèvres de la femme des morts s'étaient retirées et laissaient à découvert des dents nues ; elle était sans nez et sans yeux : d'une main décharnée Tabamica semblait presser des entrailles qu'elle n'avait pas. Céluta veut s'avancer vers sa mère ; elle se lève, retombe sur ses genoux et se traîne au hasard dans sa cabane ; ses vêtements à demi détachés faisaient entendre le froissement d'une draperie pesante et mouillée. Elle rencontra le corps de René ; épuisée par ses

efforts, elle s'assied, sans le reconnaître, sur ce siége : elle
s'y trouva bien, et s'y reposa.

Au bout de quelque temps la porte de la cabane s'entr'ouvrit, et une voix dit tout bas :

« Es-tu là? »

Céluta, rappelée par cette voix à une demi-existence, répondit :

« Oui, je suis là.

» — Ah! dit Mila, est-il venu?

» — Qui? demanda Céluta.

» — René! repartit Mila.

» — Je ne l'ai pas vu, dit Céluta.

» — Et moi, je ne l'ai pu trouver, dit Mila toujours à
voix basse. Les assassins n'ont donc pas encore paru? Ton
mari n'est donc pas revenu? il est donc sauvé? »

Céluta ne répondit rien.

« Pourquoi, reprit Mila, es-tu sans lumière? j'ai peur et
je n'ose entrer. »

Céluta répondit qu'elle ne savait pourquoi elle était sans
lumière.

« Comme ta voix est extraordinaire! s'écria Mila; es-tu
malade? La cabane sent le carnage : attends, je viens à
toi. »

Mila franchit le seuil et laissa retomber la porte :

« Qu'as-tu répandu sur les nattes? dit-elle en marchant
dans l'obscurité; mes pieds s'attachent à la terre? où es-tu?
tends-moi la main. »

» — Ici, dit Céluta.

» — Je ne puis aller plus loin, repartit Mila; je me sens
défaillir. »

La porte de la cabane s'entr'ouvrit de nouveau : la voix
d'Outougamiz appelle Céluta.

« C'est Outougamiz! s'écria Mila. Dieu soit loué! nous
sommes sauvés!

» — Qui parle? dit Outougamiz saisi de terreur: n'est-ce
pas Mila? Cher fantôme, es-tu venu sauver René?

» — Oui, repartit Mila; mais entre vite, Céluta n'est pas
bien. »

Outougamiz, croyant entendre le fantôme de Mila, entre en frissonnant dans la cabane :

« Donne-moi la main, dit Mila ; appuie-la sur mon cœur ; tu verras que je ne suis pas un spectre : on m'avait enfermée dans une caverne, je me suis échappée. »

Mila avait saisi la main d'Outougamiz étendue dans les ténèbres, et avait posé cette main sur son cœur.

« C'est comme la vie, dit Outougamiz ; mais je sais bien que tu es morte ; je te sais toujours gré d'être revenue pour sauver René. Mais, Céluta, parle donc?

» — M'appelle-t-on? dit Céluta.

» — Est-ce que tu réponds du fond d'une tombe? s'écria Outougamiz frappé de la voix sépulcrale de sa sœur ; je respire un champ de bataille ; j'ai du sang sous mes pieds.

» — Du sang! s'écria Mila ; allume donc un flambeau.

» — Fantôme, répond Outougamiz, donne-moi la lumière des morts. »

Outougamiz cherche en tâtonnant le foyer ; il y trouve de la mousse de chêne et deux pierres à feu ; il frappe ces deux pierres l'une contre l'autre : une étincelle tombe sur la mousse, et soudain une flamme s'élève au milieu du foyer. Trois cris horribles s'échappent à la fois du sein de Céluta, de Mila et d'Outougamiz.

La cabane inondée de sang, quelques meubles renversés par les dernières convulsions du cadavre, les animaux domestiques montés sur les siéges et sur les tables pour éviter la souillure de la terre, Céluta assise sur la poitrine de René, et portant les marques de deux crimes qui auraient fait rebrousser l'astre du jour ; Mila debout, les yeux à moitié sortis de leur orbite ; Outougamiz le front sillonné comme par la foudre : voilà ce qui se présentait aux regards!

Mila rompt la première le silence ; elle se précipite sur le cadavre de René, le serre dans ses bras, le presse de ses lèvres.

« C'en est donc fait! s'écrie-t-elle. O mon libérateur! faut-il que je te revoie ainsi! Lâches amis, cœurs pusillanimes, c'est vous qui l'avez assassiné par vos indignes soupçons, par vos irrésolutions éternelles! Félicite-toi, Outougamiz, d'avoir bien gardé ton secret. Mais, à présent, ranime donc ce cœur qui palpitait pour toi d'une amitié si sainte! Oh! tu es un sublime guerrier! Je reconnais ta vertu; mais ne m'approche jamais : je préférerais à tes embrassements ceux du monstre dont tu vois l'œuvre dans cette cabane. »

Le désespoir ôtait la raison à la jeune Indienne, d'abord amante et ensuite amie de René. Outougamiz l'écoutait, muet comme la pierre du sépulcre; puis, tout-à-coup :

« Hors d'ici, fantôme exécrable, ombre sinistre, ombre affamée qui veux dévorer mon ami!

» — Ton ami! dit Mila en relevant la tête : tu oses te dire l'ami de René! Ne devrais-tu pas plutôt, comme cette femme sans amour, évanouie maintenant sur cette dépouille sanglante, ne devrais-tu pas supplier la terre de t'engloutir? Moi seule j'ai aimé René! En vain tu feins de me croire un fantôme : j'existe, je sors de la caverne où m'avaient plongée les scélérats dont j'allais révéler les desseins. As-tu pu jamais croire que tu étais obligé au secret? As-tu pu te figurer que la liberté serait le fruit du crime? »

Ici Céluta parut revenir à la vie, elle ouvrit les yeux et se souleva; ses idées se débrouillèrent : elle se ressouvient de ses malheurs; elle reconnaît Mila et Outougamiz; elle reconnaît la dépouille mortelle du plus infortuné des hommes. La douleur lui rend les forces; elle se lève, elle s'écrie :

« C'est moi qui l'ai assassiné!

» — Oui, c'est toi! s'écrie à son tour Mila, devenue cruelle par le désespoir.

» — René, dit Céluta du ton le plus passionné, parlant au cadavre de son époux, je te voulais dire, avant de mourir, que mon âme t'adorait comme elle adorait le grand Esprit; que ta lettre n'avait rien changé au fond de mon cœur; que je te révérais comme la lumière du matin; que je te croyais aussi innocent que l'enfant qui n'a fait encore que sourire à sa mère.

» — Pourquoi donc, dit Mila, as-tu gardé le secret? Que n'en instruisais-tu les Français, puisque tu ne pouvais l'apprendre à ton mari absent? »

Mila pousse des sanglots, et ses larmes descendent à flots pressés comme la pluie de l'orage.

Le frère de Céluta s'approchant alors avec respect du corps de son ami :

« Mila dit que tu n'étais pas coupable : quel bonheur ! Tu as donc pu mourir. »

Malgré son désespoir, Mila comprit ce mot, et tendit une main désarmée au jeune sauvage.

Outougamiz continuant :

« Je leur avais bien dit que je n'aimais point, que j'étais un mauvais ami, que je te tuerais. Je suis pourtant sorti du lac souterrain pour te sauver ; j'ai couru de toutes parts ; des guerriers qui prétendaient t'avoir vu m'ont égaré : je suis simple, on me trompe toujours. Tu es mort seul, je mourrai aussi ; mais il faut auparavant... J'attendrai pourtant que la patrie n'ait plus besoin de lui, car il faudra maintenant défendre la patrie. »

Dans ce moment Céluta fut saisie de convulsions. Un ruisseau de sueur glacée sillonne son front : elle cherche à s'étrangler, se roule d'un côté sur l'autre, pousse des espèces de mugissements. Outougamiz et Mila volent à son secours ; Céluta les regarde et leur dit en pressant ses flancs :

« Le savez-vous ! La mort m'a-t-elle fait violence ? »

Mila jette un cri : elle a deviné ! Outougamiz, qui n'a pas compris, veut parler encore :

« Tu ne sais rien, lui dit Mila en l'interrompant, le cadavre de ton ami est un spectacle délicieux auprès de ce que j'entrevois ! »

Le jour commençait à poindre ; le canon se fait entendre du côté du fort Rosalie ; les parentes de Chactas arrivent à la cabane de René ; elles venaient féliciter Céluta de l'absence de son mari : elles rencontrent cette scène épouvantable.

« Femmes, dit Outougamiz, on se bat : je dois mon sang à mon pays, quelque coupable qu'il puisse être. Je laisse entre vos mains ce que j'ai de plus cher au monde : ma femme, qui n'est point morte comme on l'avait dit ; ma sœur, si misérable, et les restes de mon ami. Je reviendrai bientôt. »

Il sort et marche vers le lieu où l'appelait le bruit des armes.

Les femmes enlevèrent Céluta et Mila, qu'elles placèrent dans les bras l'une de l'autre sur un lit de feuillage. Elles laissèrent le corps de René dans la cabane qu'elles fermèrent. Elles portèrent les deux amies à l'ancienne demeure de Chactas, et leur prodiguèrent les soins les plus tendres : il eût été plus humain de les laisser mourir.

Tous les colons périrent aux Natchez; dix-sept personnes seulement échappèrent au massacre. Parmi les soldats blessés qui se défendirent et se sauvèrent se trouva le grenadier Jacques. Le fort avait été escaladé dans les ténèbres, et les sentinelles égorgées avant qu'on sût que les Indiens étaient en armes. Par l'imprudence du commandant, la garnison était à peine d'une centaine d'hommes, tout le reste ayant été dispersé dans différents postes le long du fleuve. Chépar, qui n'avait jamais voulu croire à la conjuration, accourut au bruit qui se faisait sur les remparts, et tomba sous la hache d'Adario. Fébriano, qui fut rencontré par Ondouré, reçut la mort de la main de ce sauvage, son corrupteur et son complice. Il n'y eut de résistance chez les Français que dans une maison particulière. Adario, qui commandait l'attaque, y fut tué : il expira plein d'une grande joie; il crut avoir délivré sa patrie et vengé ses enfants. Les coups de canon entendus d'Outougamiz avaient été tirés en signal de victoire par les Indiens eux-mêmes, après la conquête du fort.

Le frère de Céluta, trouvant que son bras était inutile, retourna à la cabane de René. Il s'assit auprès des restes inanimés du guerrier blanc. D'un air de mystère, il approcha l'œil d'une des blessures de son ami, comme pour voir dans le sein de René. Joignant les mains avec admiration, l'insensé dit quelques mots d'une tendresse passionnée. Il prit ensuite un petit vase de pierre sur une table, recueillit du sang de René qu'il réchauffa avec le sien, après s'être ouvert une veine. Il trempa le manitou d'or dans le filtre de l'amitié, et il remit la chaîne à son cou.

La rage d'Ondouré était assouvie, mais non sa passion. Sortant d'une épouvantable orgie, enivré de vin, de succès, d'ambition et d'amour, il voulut revoir Céluta. Dans toute la pompe du meurtre et de la débauche, il s'avance au sanctuaire de la douleur ; ses crimes marchaient avec lui, comme les bourreaux accompagnent le condamné. Les bruyants éclats de rire du tuteur du Soleil et de ses satellites se faisaient entendre au loin.

Ondouré arrive à la cabane : il avait ordonné à ses amis de se tenir à quelque distance, car il avait ses desseins. Il recule quelques pas, lorsqu'au lieu de Céluta, il n'aperçoit qu'Outougamiz. Reprenant bientôt son assurance :

« Que fais-tu là ? dit-il à l'Indien...

» — Je t'attendais, répondit celui-ci ; j'étais sûr que tu viendrais avec tes enfants célébrer le festin du prisonnier de guerre. Apportes-tu la chaudière du sang ? C'est un excellent mets qu'une chair blanche ! Ne dévore pas tout : je ne te demande que le cœur de mon ami.

» — C'est juste, dit l'atroce Ondouré, nous te le réserverons. »

De nouveaux rires accompagnèrent ces paroles.

« Mais, dis-moi, continua le pervers à qui la vapeur du vin ôtait la prévoyance, où est ta sœur ? Comme elle a été fidèle cette nuit à ce beau guerrier blanc ! Elle a perdu pour moi toute sa haine ; elle m'a pardonné mon amour pour Akansie. Viens, ma charmante colombe ; où es-tu donc ? m'accorderas-tu un second rendez-vous ? »

Et Ondouré entra dans la cabane.

Outougamiz se lève, s'appuyant sur un fusil de chasse que lui avait donné René :

« Illustre chef, dit-il, changeant tout à coup de langage et de contenance, tous nos ennemis sont-ils morts ?

» — En doutes-tu ? s'écria Ondouré.

» — Ainsi, dit Outougamiz, la patrie est sauvée ; elle n'a plus besoin de défenseurs ? Tout est-il en sûreté pour l'avenir ? Peux-tu, fameux guerrier, te reposer en paix ?

» — Oui, mon cher Outougamiz, répondit le tuteur du Soleil, qui n'avait pas ce qu'il fallait pour comprendre à la fois et le danger et la magnanimité de la question; oui, je puis me reposer cent neiges avec ta sœur sur la natte du plaisir. »

Le corps de René séparait Ondouré d'Outougamiz :

« La nuit, dit celui-ci, a été fatigante pour toi, Ondouré : va donc à ton repos, puisque ton bras n'est plus nécessaire à la patrie. Je te vais rendre ta hache. »

Outougamiz relève la hache avec laquelle le tuteur du Soleil avait frappé René; elle était restée dans la cabane. Ondouré avance le bras pour la reprendre.

« Non, pas comme cela, » dit Outougamiz; et, levant la hache avec les deux mains, il fend d'un seul coup la tête du monstre, qui tombe sur le corps de René, sans avoir le temps de proférer un blasphème. Outougamiz sort, couche en joue les satellites d'Ondouré, et leur crie de cette voix de l'homme de bien si foudroyante pour le méchant :

« Disparaissez, race impure, ou je vous immole auprès de votre maître ! »

Ces misérables, qui voyaient s'avancer une troupe de jeunes guerriers, amis du frère de Céluta, prennent la fuite.

Les guerriers survenus déplorèrent de si grands malheurs.

« Allons, leur dit Outougamiz, je reviendrai bientôt ici; mais il faut que j'aille dire à Mila et à ma sœur ce que le manitou d'or a fait. »

Céluta ne put entendre le récit de son frère; à chaque instant on craignait de la voir expirer. Mila apprit la mort d'Ondouré avec indifférence.

« C'était plus tôt, dit-elle, que tu devais donner cette pâture aux chiens. »

Outougamiz revint la nuit suivante chercher les restes sacrés du frère d'Amélie; il les porta sur ses épaules au bas de la colline, creusa dans un endroit écarté une fosse qu'il ne voulut montrer à personne : il y déposa le corps de celui qui, pendant sa vie, n'avait cherché que la solitude.

« Je sais, dit-il en se retirant, que je suis un faux ami :

je t'ai tué; mais attends-moi : nous nous expliquerons dans le pays des âmes. »

Le frère de Céluta n'avait plus rien à faire de la vie, mais il se voulait assurer que sa sœur n'avait plus besoin de lui, et que Mila se pouvait passer d'un protecteur.

Déjà la lune avait parcouru trois fois sa carrière depuis la catastrophe tragique, et Céluta, toujours près de rendre le dernier soupir, semblait sans cesse revivre. La coupe de la colère céleste n'était point épuisée; le génie fatal de René poursuivait encore Céluta, comme ces fantômes nocturnes qui vivent du sang des mortels. Elle refusait pourtant toute nourriture : ses barbares amis étaient obligés de lui faire prendre de force quelques gouttes d'eau d'érable. Son corps, modèle de grâce et de beauté, n'était plus qu'un léger squelette, semblable à un jeune peuplier mort sur sa tige. Les longues paupières de Céluta n'avaient pas la force de se replier et de découvrir ses yeux dans les larmes. Quand la veuve infortunée recouvrait la raison, elle était muette; quand elle tombait dans la folie de la douleur, elle poussait des cris. Alors elle faisait des efforts pour écarter deux spectres qui voulaient la dévorer à la fois, Ondouré et le frère d'Amélie; elle voyait aussi une femme qui lui était inconnue, et qui lui souriait d'un air de pitié du haut du ciel.

Témoin des maux de son amie, la courageuse Mila avait eu honte de ses propres chagrins : elle passait ses jours auprès de sa sœur, veillant à ses souffrances, la retournant sur sa couche, servant de mère à la fille de René. La tendre orpheline était déjà belle, mais sérieuse; dans le sein de Mila, elle avait l'air d'une petite colombe blanche, sous l'aile du plus brillant oiseau des forêts américaines.

De temps en temps Outougamiz venait voir sa femme et sa sœur; il s'asseyait au bord de la couche, prenait la main de Céluta, ou faisait danser Amélie sur ses genoux. Il se levait bientôt après, remettait l'enfant dans les bras de Mila et se retirait en silence. Le jeune homme dépérissait : chaque jour son front devenait plus pâle et son air plus languissant; il ne parlait ni de René, ni de Céluta, ni de Mila. Tous les soirs il visitait la petite urne de pierre remplie du

sang de René, et l'on remarquait avec surprise que ce sang
ne desséchait point. Outougamiz laissait suspendu autour de
l'urne le manitou d'or qu'il ne portait plus.

Un soir il était venu rendre sa visite accoutumée à sa sœur.
Mila et plusieurs Indiennes étaient rangées autour du lit des
tribulations : tout à coup, à leur profond étonnement, Céluta
se soulève et s'assied d'elle-même sur sa couche. On ne lui
avait point encore vu l'air qu'elle avait dans ce moment :
c'était pour la douleur et la beauté quelque chose de sur-
humain. Elle baissa d'abord la tête dans son sein, mais relevant bientôt son front pâle où s'évanouissait une faible
rougeur, elle dit d'une voix assurée :

« Je voudrais manger. »

Ces mots surprirent Outougamiz : c'étaient les premiers
que Céluta eût prononcés depuis la nuit de ses malheurs, et
elle avait constamment repoussé toute nourriture. Pendant
qu'elle revenait de son désespoir et qu'elle se déterminait à
vivre, les matrones firent une exclamation de joie et s'empressèrent de lui porter du maïs nouveau. Mais Mila regardant Céluta lui dit :

« Tu veux manger ?

» — Oui, repartit Céluta la regardant à son tour ; il faut
à présent que je vive. »

Mila lève les mains au ciel et s'écrie :

« O vertu ! »

Outougamiz rompant lui-même son silence obstiné dit :

« Qu'avez-vous ?

» — Adore, reprit Mila : ce que tu vois ici n'est pas une
femme ; c'est la compagne d'un génie. »

» — Pourquoi le tromper, dit Céluta ? Mon ami, ajouta-
t-elle en se tournant vers son frère, ma destinée s'accomplit
au delà de moi ; je viens de découvrir dans mon sein un
fantôme né de la mort. »

Outougamiz s'enfuit.

Céluta était mère : elle se résigna à la vie, dernier degré
de vertu et de malheur où jamais fille d'Adam soit parvenue.
Mais la nature ne s'élève pas ainsi au-dessus d'elle-même
sans souffrir jusque dans sa source : le lendemain, aux

rayons du jour, on s'aperçut que le visage de la veuve de René était devenu de la couleur de l'ébène, et ses cheveux de celle du cygne. Quelques soleils éclaircirent les ombres du front de Céluta, mais ne firent point disparaître de sa chevelure la vieillesse de l'adversité.

Lorsque le capitaine d'Artaguette apprit la catastrophe des Natchez, l'assassinat de René et les misères de Céluta, il se sentit frappé au cœur : il était attaché au frère d'Amélie par une noble amitié; il avait nourri en secret une tendre passion pour la femme qui lui conserva la vie, en lui donnant le doux nom de frère. Rappelé à la Nouvelle-Orléans, il pleura avec Adélaïde, Harlay, le grenadier Jacques et sa vieille mère. Outougamiz avait caché la tombe de René; d'Artaguette fit célébrer un service à la mémoire du frère d'Amélie : il pria Dieu de se souvenir de celui qui avait voulu être oublié.

Cependant des troupes se rassemblaient de toutes parts pour aller châtier les Indiens. Les huit roseaux retirés du temple avaient fait avorter le complot général chez les autres nations conjurées, excepté chez les Yazous, où le père Souël fut massacré. L'armée française arriva au fort Rosalie. Bien que divisés entre eux, les Natchez se défendirent avec courage, et Outougamiz, qui pouvait à peine porter le poids de ses armes, fit admirer de nouveau sa valeur. Mais enfin il fallut céder au torrent, et quitter à jamais la patrie.

Une nuit les Natchez déterrèrent les os de leurs pères, les chargèrent sur leurs épaules, et mettant au milieu des jeunes guerriers les femmes, les vieillards et les enfants, ils prirent la route du désert sans savoir où ils trouveraient un asile. Le capitaine d'Artaguette se trouvait dans la division des troupes chargée d'attaquer les Chicassaws; il exécuta devant l'ennemi une retraite où il s'acquit la plus grande gloire, mais où il perdit la vie avec son fidèle grenadier. Comme il ne périt qu'après avoir sauvé l'armée, on crut généralement qu'il avait cherché la mort. Adélaïde et Harlay avaient quitté l'Amérique; la mère de Jacques s'était éteinte dans sa vieillesse.

Le faible reste des Natchez exilés était déjà loin dans la

solitude. Outougamiz expira cinq lunes après avoir quitté la terre de la patrie. On sut alors qu'il avait continué à s'ouvrir les veines toutes les nuits pour rafraîchir l'urne du sang; son sang s'épuisa avant son amitié. Il montra une joie excessive de mourir, et laissa en héritage (c'était tout son bien) l'urne du sang et le manitou d'or à la fille de René. On l'enterra, comme il avait enseveli son ami, sous un arbre inconnu.

Quelques jours après sa mort, Céluta mit au monde une fille : elle ferma les yeux en la portant à son sein ; et quand elle l'eut allaitée, elle la suspendit à ses épaules. Elle continua d'en agir ainsi dans la suite, de sorte qu'elle ne vit jamais l'enfant qu'elle n'appelait que le fantôme.

Mila, devenue veuve à son tour, portait toujours la fille de René, que Céluta ne voulut plus toucher de peur de la flétrir, après avoir enfanté une autre fille. Céluta ne pressait jamais sur son cœur cette autre fille sans éprouver des convulsions. L'amour maternel demandait des baisers que l'amour conjugal refusait : dans les plaintes de l'innocence, Céluta entendait la voix du crime. Quelquefois l'épouse de René était prête à déchirer l'enfant; un sentiment plus fort, celui de la mère, rendait ses mains impuissantes. Qui pourrait peindre de pareils combats, de tels supplices?

Mila faisait l'admiration des exilés. A peine ornée de dix-sept printemps, elle déployait un courage et une raison extraordinaires. Elle ne vivait que pour Céluta; elle préparait sa couche, ses vêtements, sa nourriture; elle était devenue la mère de la fille de René. Ses manières vives n'étaient point changées; mais elle gardait le silence, et ne parlait plus que par signes et par sourires.

Les Natchez trouvèrent enfin l'hospitalité chez une nation autrefois alliée de la leur. Un exilé, commençant la danse du suppliant, présenta le calumet des bannis; il fut accepté. Un enfant apporta en échange une calebasse pleine du jus de l'érable et couronnée de fleurs. Alors les tentes de la patrie furent plantées dans la terre étrangère, et les ossements des aïeux déposés à ces nouveaux foyers.

Pour premier bienfait du ciel, la seconde fille de Céluta

mourut. Le fantôme se replongea dans la nuit éternelle.
Aucune mère n'alla répandre son lait sur le gazon funèbre :
Céluta eût encore rempli ce pieux devoir, si elle n'avait
craint que le fantôme ne rentrât dans son sein avec le parfum des fleurs. La fille de René avait trouvé une patrie ; la
fille d'Ondouré était retournée à la terre : on s'aperçut que
Céluta ne se croyait plus obligée de vivre, et l'on devina
que Mila ne quitterait pas son amie.

Un soir, lorsque les bannis prenaient leur repas à la porte
de leurs tentes, Céluta sortit de la sienne. Elle était vêtue
d'une robe de peaux d'oiseaux et de quadrupèdes cousues
ensemble, ouvrage ingénieux de Mila : ses cheveux blancs
flottaient en boucles sur sa jeune tête ornée d'une couronne
de ronces à fleurs bleues ; elle portait dans ses bras la fille
de René, et Mila, à moitié nue, suivait sa compagne. Les
bannis, étonnés et charmés de les voir, se levèrent, les com-
blèrent de bénédictions, et leur formèrent un cortége. Ils
arrivèrent tous ainsi au bord d'une cataracte dont on entendait de loin les mugissements. Cette cataracte qu'aucun voyageur n'avait visitée, tombait entre deux montagnes dans un
abime. Céluta donna un baiser à sa fille, la déposa sur le
gazon, mit sur les genoux de l'enfant le manitou d'or et
l'urne où le sang s'était desséché. Mila et Céluta, se tenant
par la main, s'approchèrent du bord de la cataracte comme
pour regarder au fond, et, plus rapides que la chute du
fleuve, elles accomplirent leur destinée. Céluta s'était souve-
nue que René, dans sa lettre, avait regretté de ne s'être pas
précipité dans les ondes écumantes.

Les femmes prirent dans leurs bras la fille de René laissée sur la rive ; elles la portèrent au plus vieux sachem, qui
en confia le soin à une matrone renommée. Cette matrone
suspendit au cou de l'enfant le manitou d'or, comme une
parure. Le nom français d'Amélie étant ignoré des sauvages,
les sachems en imposèrent un autre à l'orpheline, qui vit
ainsi périr jusqu'à son nom.

Lorsque la fille de Céluta eut atteint sa seizième année,
on lui raconta l'histoire de sa famille. Elle parut triste le reste
de sa vie qui fut courte. Elle eut elle-même, d'un mariage

sans amour, une fille plus malheureuse encore que sa mère. Les Indiens chez lesquels les Natchez s'étaient retirés périrent presque tous dans une guerre contre les Iroquois, et les derniers enfants de la nation du Soleil se vinrent perdre dans un second exil au milieu des forêts du Niagara.

Il y a des familles que la destinée semble persécuter : n'accusons pas la Providence. La vie et la mort de René furent poursuivis par des feux illégitimes qui donnèrent le ciel à Amélie et l'enfer à Ondouré : René porta le double châtiment de ses passions coupables. On ne fait point sortir les autres de l'ordre sans avoir en soi quelque principe de désordre ; et celui qui, même involontairement, est la cause de quelque malheur ou de quelque crime, n'est jamais innocent aux yeux de Dieu.

Puisse mon récit avoir coulé comme tes flots, ô Meschacebé !

FIN DES NATCHEZ.

TABLE DES MATIÈRES.

PARIS. — IMPRIMERIE ET LIBRAIRIE CENTRALES DE NAPOLÉON CHAIX ET Ci°.

LA BIBLIOTHÈQUE UNIVERSELLE

SE COMPOSE DE 500 BEAUX VOLU

CHOISIS PARMI LES MEILLEURS OUVRAGES ANG

Prix, par série, 2 francs le volume. — Séparémen

Voici les Ouvrages compris dans la première Série, classés p

PARIS. — IMPRIMERIE ET LIBRAIRIE CENTRALES DE NAPOLÉON CHAIX ET Cie

BIBLIOTHEQUE NATIONALE DE FRANCE

3 7531 03971515 7

www.ingramcontent.com/pod-product-compliance
Lightning Source LLC
Chambersburg PA
CBHW070348030726
47504CB00001B/107